本成果受到中国人民大学
"统筹支持一流大学和一流学科建设"经费的支持

徐正英 著

先唐文學與文學思想考論
——以出土文獻为起点

增補本

中國人民大學古代文學與文獻學研究叢書

上海古籍出版社

图书在版编目(CIP)数据

先唐文学与文学思想考论(增补本)/徐正英著.—上海：上海古籍出版社，2015.12(2016.5重印)
(中国人民大学古代文学与文献学研究丛书)
ISBN 978-7-5325-7846-7

Ⅰ.①先… Ⅱ.①徐… Ⅲ.①古典文学—文学研究—中国—文集 Ⅳ.①I206.2-53

中国版本图书馆CIP数据核字(2015)第247033号

中国人民大学古代文学与文献学研究丛书

先唐文学与文学思想考论(增补本)

徐正英 著

上海世纪出版股份有限公司
上 海 古 籍 出 版 社 出版

(上海瑞金二路272号 邮政编码200020)

(1) 网址：www.guji.com.cn
(2) E-mail：guji1@guji.com.cn
(3) 易文网网址：www.ewen.co

上海世纪出版股份有限公司发行中心发行经销
常熟文化印刷有限公司印刷

开本635×965 1/16 印张33.25 插页3 字数494,000
2015年12月第1版 2016年5月第2次印刷
ISBN 978-7-5325-7846-7
I·2981 定价：98.00元
如有质量问题，请与承印公司联系

王运熙序

徐正英同志有关中国古典文学与文学批评的论文集将于近期内公开出版，为之十分高兴。

正英同志在北京师范大学毕业后，执教于河南省安阳师专（今安阳师院），着重教元明清文学。20世纪80年代进入复旦中文系硕士课程班学习，重点移至汉魏六朝唐宋文学与文论方面。当时我在该班任教，与之相识，他学习态度的认真坚决给我留下了深刻的印象。之后，他返回河南，不久即转至郑州大学中文系工作，担任古代文学、古代文论的课程。上世纪末，又去西北师范大学读博士研究生，其方向是先秦文学与文论。去年，博士生毕业后又去中山大学攻读博士后，继续学习与研究。

正英同志的教学研究方向，由元明清文学上推至汉魏六朝唐宋文学，再上推至先秦文学，中国古代文学的几个阶段，他都涉猎过了，并在某些点上作了深入钻研。这一过程不但使他视野广阔，而且培养了明晰的分析判断能力。收集在本书中的论文，上自甲骨、金文中所表现的文学思想，下逮顾炎武对《文选》的研究，是他近二十年来陆陆续续写成的研究成果。他的论文写得认真细致，注意发掘搜集有关资料，进行仔细的剖析，不作故意惊人之论，但论断大致客观合理，并往往有自己的使读者获得启发的见解。总之，论文内容使人感到充实、合理并有新意，这应当说是很不容易的。

正英同志为人热情豪爽，忠厚善良，对工作认真负责，对业务执着追求。他在攻读博士研究生期间还时常在郑大文学院兼任一些工作，为此时常奔波于两地之间，辛劳而不叫苦。他在科研方面已经取得相当良好的成绩，但谦谦毫不自满，追求更高的学术境界。这都令人感动，佩服。环顾当今国内古典文学研究领域，许多年轻学子在选择研究方向与对象时，往往希冀速成，避难就易，学唐诗、宋词、明清小说的人多，学先秦、两汉、魏晋南北朝文学的人少，因为后者古汉语的难度要大得多。与此相反，正英同志搁置原先较熟悉的元明清文学，转攻汉魏六朝以至先秦文学，并由传世文献转向出土文献，其舍易就难的精神是难能可贵的。相信他本着这种精神孜孜不倦地继续追求，今后一定会取得更加良好的成绩，并将不断有新的研究成果问世。

王运熙于沪上寓所（时年七十有九）

2004 年 10 月

曹 道 衡 序

　　自从王国维先生提出了把传统文献资料和考古发现结合起来进行研究的"双重论证法"以来,已经八九十年了。在这方面,我们的史学研究者和古文字学研究者努力实践了这种方法,取得了许多丰硕的成绩。相对来说,我们的文学史研究和文学批评史研究方面,却显得比较滞后。其实这也有其原因。因为在一个较长的时期里,考古发现的史料,大部分是一些实物,即使有文字的实物,也主要是殷商甲骨和两周彝器,至于文学作品则较罕见。但从20世纪的后期以来,情况发生了很大变化,例如"唐革(勒)赋"、"《神乌傅(赋)》"的发现,就给文学史研究者提出了一系列新的问题。近几年上海博物馆所藏战国楚简"《孔子诗论》"的发现,更给我们的文学史和文学批评史研究带来了巨大的震动,使我们对过去《诗经》研究方面一些结论,都需要重加审视。特别是许多竹简、帛书的出现,证明了历来流传的一些古籍如《六韬》、《文子》、《晏子春秋》等,多为先秦古籍,并非如过去一些人说的那样出于后人伪托。因此对历来一些"辨伪"、"疑古"之说也应该重加审核。显然,据此认为那些相传的古书全部可信未免草率,但一律以"伪书"目之,更非笃论。在这方面,我们也面临着许多繁重的史料鉴别任务。也许,这些工作,还需要许多人的共同努力。

　　在这方面,徐正英博士的《先唐文学与文学思想考论》一书,确实做出了可喜的成绩。正英博士长期从事先秦至六朝文学和文论的研究。他对当代的文艺理论有较高的素养,例如《从〈世说新语〉看魏晋士人的生命意识》诸文,都能结合魏晋时代一些士人的种种表现,运用美国学者马斯洛等人的学说,加以解释,使人耳目一新。但更重要的,则在他能扎扎实实地钻研原始资料,从中得出比较可信的结论。

尤其难得的是他除了努力钻研传统的文献资料外,还对考古发现的资料进行了深入刻苦的研究。例如关于各种文体的起源问题,他就大量地阅读了许多已经发现的甲骨文和金文,论证像"表"、"谱"、"诰"等文体实始于殷商。这个论点就是过去很少有人谈到的。过去的学者往往说:各种文体,多起源于"五经"。这种说法除了囿于古人"尊经"的偏见,也自有其原因,那就是他们所见的古籍,最早无过《诗经》、《尚书》,而现在的事实证明殷商的甲骨文显然早于《尚书》和《诗经》(《尚书》中的"虞夏书"和多数"商书",大部出于后人追记)。因此推论文体起源应该上溯甲骨文、金文,这是完全合理的。在探讨甲骨文、金文的问题时,正英博士还提到了甲骨文中许多有文学意味的文字,这就比过去一些文学史著作更能显示先民的文学成就。如文中所引"甲寅,冥,乞不嘉,惟女"条,从口气看生动地表现了商王重男轻女的失望心理;"……卜,翌日壬王其田?麸呼:西有麋兴,王于之擒。"记录商王驰骋捕麋的生动场面。这些文字,显然能给人留下深刻的印象。

正英博士在研究这些甲骨文、金文的时候,既大量参考、吸收了当代许多学者的成果,又都能认真鉴别,绝不盲从。例如在《殷商甲骨刻辞中的文艺思想因素》中,谈到《尚书·汤诰》时,他采取怀疑的态度,因为此篇为伪"古文"而非"今文",在目前尚无确切证据推翻阎若璩、惠栋的结论时,仍应取慎重态度。又如同一篇文章中讲到"伐"字的解释,他认为罗振玉的说法不能全部否定,这也是很有见地的。因为自古以来,对一个字的解释,就有"本义"和"引申之义"的区别。这一点,许多古人都已经注意到《说文》的解释,有时和毛公、郑玄等"经师"不同。他们认为就是"本义"与"引申之义"的区别。说到"伐"字,据《说文》云:"击也。"从这个字看来,从人持戈,显然是"砍击"的意思。"伐"可以是杀人,也可以是伐木(如《诗经》中的"伐木"、"伐檀"等)。引申为征伐,也可以引申为冲杀,如《礼记·乐记》的"驷伐",据郑注为"一击一刺为一伐"。这解释我看是有道理的。因为《尚书·牧誓》就有"六伐七伐"之语。这个"六伐"、"七伐"大约就是六次、七次冲击吧。"武舞"中的"一伐",当即象征这种冲击。关于一些先秦已佚古书的佚文,正英博士也作了仔细的研究,例如所谓的"金人铭",他认为是春秋时代的作品,这很有见地。《从几则佚文看先秦诸子的言辞观及其趋同倾向》①一文,亦极有见地。因为先秦时代的"百家争鸣",一方面既是争论,另一方面也在互相吸收对方的论点,走向融合。这是思想史上必然的趋向。正英博士此论,可谓极当!

除了这些关于先秦的论文以外,有关六朝的一些文章,亦颇见功力。如《20世纪最后二十年江淹研究述评》一文,就显示出作者对《江淹集》本身的研究下了很深功夫,因此论证翔实,深有见地。《顾炎武研究〈昭明文选〉的成就及不足》一文更显示出作者对顾炎武的著作尤其是《日知录》一书的熟习,能够从明末社会风气来看顾炎武论《文选》的言论,所以很是深刻。

当然,正英博士此书,似乎还有些地方尚可推敲。如前面提到"伐"字的解释,除了征引考古材料外,像《牧誓》文字似亦可一提,更可体现"双重论证"之意。

正英博士长期执教于郑州大学文学院,上世纪末,曾来北京跟我进修,由于他工作繁忙,我自愧对他没有多少帮助。后来他到西北师大,师从赵逵夫先生,在赵先生指导下,他的论文取得了飞速的进步,读后令人欣喜。现在正英博士把他的文章收集起来出版,要我作序。我自以为对传统文献虽有一知半解,然而对考古资料所知甚少,本不当充此重任。勉力为之,不妥之处请大家指正。

曹道衡序于中国社会科学院文学所(时年七十有六)
2004年7月9日

---

① 该文原为摘发,这次收入本书时恢复全文原貌,作为《先秦佚文中的文艺思想》的一个章节。

增补本弁言

本书是 2005 年 3 月所出旧稿基础上的增补本。原书收录了笔者 1983 年大学毕业至 2003 年晋升教授 20 年间发表在中文核心期刊上的 18 篇有关先秦至六朝文学与文学思想方面的学术论文,因大学毕业初期教学时段和研习重点都在唐宋明清,刊发的 25 篇学术论文也几乎全是该时段的,自然无法收入以《先唐文学与文学思想考论》命名的书稿之中,所以,旧书稿所收基本上是后 10 年的研习成果。这次增收的 14 篇新论文,则又几乎全是(只有 1 篇例外)2004 年至 2013 年又一个新的 10 年刊发在 CSSCI 来源期刊上的新成果,因此,增补本基本上代表了笔者大学毕业 30 年中后 20 年的研习成绩。

借此,就增补本的具体编纂情况说明如下:

其一,新收 2004 年至 2013 年的 13 篇论文,依次为:《上博简〈孔子诗论〉第九简新论》、《上博简〈孔子诗论〉第十七简新论》、《上博简〈孔子诗论〉评〈小雅〉中两篇作品》、《上博简〈孔子诗论〉第二十三简新论》、《上博简〈孔子诗论〉第二十五简新论》、《上博简〈孔子诗论〉第二十六简新论》、《〈孝经〉的成书年代、作者及版本考论——以出土文献"郭店简"、"上博简"、"定县汉简"等为参照》、《先秦佚文中的文艺思想》、《"郑风淫"是朱熹对孔子"郑声淫"的故意误读》、《古代司马迁文学思想研究的学术透视》、《近代以来司马迁文学思想研究的学术观照》、《论河洛文化的根源性特征》、《技进乎艺 艺进乎道——从〈论书绝句〉看启功先生的古书鉴定法》。删除了原书中与新收文章内容有重合的《从几则佚文看先秦诸子的言辞观及其趋同倾向》一文,同时在附录中增收了一篇 1999 年刊发的《赵逵夫著〈屈骚探幽〉刍论》旧文。全书共收文 31 篇,总字数比原书翻了一倍多,其中 11 篇曾被转载,标志了学术界的一定认可度。需要特别说明的是,《古代司马迁文学思想研究的学术透视》、《近代以来司马迁文学思想研究的学术观照》、《〈孝经〉的成书年代、作者及版本考论——以出土文献"郭店简"、"上博简"、"定县汉简"等为参照》三文，虽然分别迟发于2015年和2014年，但是完成于2007年和2010年的旧稿，或本未打算发表而拟直接收入本书，蒙期刊朋友好意才在出书前"突击"修订刊出，或因特殊原因未在2013年之前刊出，但三文均代表笔者与学生2013年之前的研习心得，故应视其为2013年之前的成果。

其二，增补本对所收论文全部作了重新编排。原书按"文论编"、"文学编"、"评论编"的次序编排，但新增最近10年的研习成果多属于"文论编"内容，尤其集中在出土文献及佚文献的文论研究方面，若仍按原书体例编排，则"文论编"与"文学编"的比重就会严重失调，头重脚轻现象突出。故根据新的实际情况，增补本依研究对象的文献存在形态，按"出土文献编"、"佚文献编"、"传世文献编"、"附录"四部分内容重新编排，从目录上即可窥出笔者的研习趋向和重心所在。

其三，此次重编大致做了几方面的工作。一是对全部书稿逐一进行了重新审校，尤其是对引文，皆依原出处逐字逐句进行核对，发现和纠正了文章原稿或刊发时的不少错误。二是按新的学术规范补充了大量失注的引文新注。三是按出版社的要求统一了各文原期刊千差万别的注释格式。四是调换了一些引文出处的版本，因有些论文发表时，所用引文文本或尚未整理，或为通俗译注本，此次则调换成了新整理出版的权威版本。如此，既保证了引文的准确可靠性，又方便读者查找，自然也出现了注释所用版本出版时间晚于论文发表时间的矛盾现象，祈读者理解。五是有些文章原文过长，刊发时限于期刊字数要求，或精简，或摘发，或分期拆发，此次收入本书时则全部恢复论文发表前的原貌，后两者皆在篇首注中作了说明。另外，个别论文刊发时接受编辑建议改动了题目，此次也恢复了投稿时的原标题，并在首注中作了说明。

其四，有几篇论文是和学生或同事合作完成的。其中与博士生常佩雨、硕士生陈昭颖合作的三文，分别由他们执笔初稿，我做了幅度不同的改写、补充、完善；与其他人合作的六文皆由我执笔完成，合作者辅助。这次收入本书均征得了合作者的同意，并在各篇首注作了说明。

拙著增补本的出版，需要感谢的人很多。

首先，深切缅怀两位敬爱的恩师王运熙先生和曹道衡先生。两位近80岁的老人不仅曾拖着病体为原书作序，而且王先生还为原书设计了"文论编"、"文学编"、"评论编"的编排体例，曹先生则为本书起了书名。王先生在目力降至0.3近乎失明早已经"弃读"的情况下，坚持翻完了书稿，借助强阳光才得一笔一画写出序言并附简信寄给了我。曹先生则是细研书稿后写出了他一生中最后一篇学术短文和最后一封长信，从信中得知，这位从来不会打理生活和手不沾琐事的老人，因师母不在家，又怕误我书出版，竟自己冒雨到邮局亲自将书序和信笺寄了出来，当时拜读信札顿生一种负罪感。令人痛惜的是，敬爱的曹先生并未能见到拙书的出版，因为赐序时他就已患上了直肠癌，只是自己不知道而已，不久便住进医院，并再也没能走出来。如今，两位先生都已仙归道山，每次重读珍藏的两位老人的序文手稿和所附信笺，看着两种近似的隽永字体，两先生的音容就会浮现在眼前，崇敬和怀念之情便油然而生，同时也会暗暗警示自己不敢偷懒懈怠，以不负两位先生的眷顾之恩。这次编纂增补本，也是向两位先生汇报自己近年的一点进步。

还要感谢上海古籍出版社，自本书初版出版后，上古又曾陆续帮助我主政过的郑州大学文学院诸多青年教师出版过近二十部销路不可能太好的学术论著，承担了颇大的经济压力，将不少年轻人推上了副教授、教授甚至博导的位置，这次又为我到中国人民大学任教后所联系的第一批四部阅读群体定然很小的"中国人民大学古代文学与文献学研究丛书"的出版慷慨相助，这种为繁荣和扶植学术而不计成本的精神令人感佩。愿借此献上深深的敬意。

同样感谢中国人民大学"统筹支持一流大学和一流学科建设"项目的支持。学科同仁有一个共同心愿，期待能在这一项目滚动支持下，与上海古籍出版社长期合作，努力将"中国人民大学古代文学与文献学研究丛书"逐渐打造成中国人民大学古代文学和古典文献学学科的一个学术品牌，以为中国人民大学的一流学科建设尽绵薄之力。

最后要感谢的是我的研究生。为重编书稿，硕士生孙玲玲推迟毕业离校的时间，自答辩后就整月或全天候地待在我的工作室或穿梭于校图书馆之间，代我这个电脑盲逐篇校对稿件，核查原书，增补注释，不辞辛劳。全书的最后定稿均由其完成，使本书质量大增其色。博士生马芳、硕士生陈婧，此前也为转换论文格式，查找、增补注释出处，付出不少劳动。爱女徐小湾也曾帮助校对或新打印了三篇文章。在此对他们的劳动一并致谢。

徐正英 2015 年 8 月 1 日建军节
记于中国人民大学人文楼三知斋

目 录

王运熙序 ································· 001
曹道衡序 ································· 001
增补本弁言 ······························· 001

出土文献编

殷商甲骨刻辞中的文艺思想因素 ············· 003
西周铜器铭文中的文学功能观 ··············· 040
上博简《诗论》作者复议 ··················· 056
上博简《孔子诗论》简序复排与简文释读 ····· 075
上博简《孔子诗论》第九简新论 ············· 092
上博简《孔子诗论》第十七简新论 ··········· 102
上博简《孔子诗论》评《小雅》中两篇作品 ··· 112
上博简《孔子诗论》第二十三简新论 ········· 119
上博简《孔子诗论》第二十五简新论 ········· 128
上博简《孔子诗论》第二十六简新论 ········· 137
《孝经》的成书时代、作者及版本考论
　　——以出土文献"郭店简"、"上博简"、"定县汉简"等为
　　参照 ······························· 146

佚文献编

先秦文论佚文考辑 ························· 209

先秦佚文中的文艺思想 …………………………………… 228

传 世 文 献 编

"诗言志"复议 …………………………………………… 261
先秦至唐代比兴说述论 …………………………………… 276
"郑风淫"是朱熹对孔子"郑声淫"的故意误读 ………… 286
古代司马迁文学思想研究的学术透视 …………………… 300
近代以来司马迁文学思想研究的学术观照 ……………… 326
《公莫舞》古辞研究的历史回顾与前瞻 ………………… 353
蔡琰作品研究的世纪回顾 ………………………………… 366
曹丕《典论·论文》创作动机新解 ……………………… 378
从《世说新语》看魏晋士人的生命意识 ………………… 383
20世纪最后二十年江淹研究述评 ………………………… 393
从《原道》篇看刘勰的文学起源理论 …………………… 404
顾炎武研究《昭明文选》的成就及不足 ………………… 413

附　　录

论河洛文化的根源性特征 ………………………………… 431
赵逵夫的《屈原与他的时代》 …………………………… 466
赵逵夫著《屈骚探幽》刍论 ……………………………… 476
技进乎艺　艺进乎道
　　——从《论书绝句》看启功先生的古书鉴定法 …… 485
俞绍初辑校《建安七子集》评介 ………………………… 502
郑州大学古籍所编《中外学者文选学论集》述评 ……… 508

初版后记 …………………………………………………… 519

出土文献编

殷商甲骨刻辞中的文艺思想因素*

甲骨刻辞是我国现存最早的档案文献。它主要是商朝后期"盘庚徙殷,至纣之灭,二百五十三年(当为二百七十三年),更不徙都"①时期的产物,其包括商朝宫廷占卜吉凶的占卜刻辞及与占卜有关的记事刻辞和表谱刻辞。甲骨刻辞疑是商朝文献形式中的一种,且又仅局限于宫廷对吉凶的占卜,所以其反映当时现实的能力当是很有限的。由"册"、"典"、"编"等字在甲骨刻辞中的频繁出现可知,广泛记录社会生活和时人思想的文献载体应主要是简牍,只可惜此类文献至今尚未出土和被发现,因此,要对商朝人的文艺思想意识作些窥测,仍只能借助于甲骨刻辞中透露出的点滴信息。

一、从甲骨刻辞看商朝人的尚文意识

敬天轻人、尚伐轻文是汉代以来学术界对商朝意识形态特点的基本看法。如《礼记·表记》托孔子语云:"殷人尊神,率民以事神,先鬼而后礼,先罚而后赏,尊而不亲。"②司马迁更以"野"概括夏,以"鬼"概括商,其《史记·高祖本纪》"赞"语云:"夏之政,忠;忠之敝,小人以野,故殷人承之以敬;敬之敝,小人以鬼,故周人承之以文。"③今

---

* 本文原载于《甘肃社会科学》2003年2期,题目为《甲骨刻辞中的文艺思想因素》,被中国人民大学复印报刊资料《中国古代、近代文学研究》2003年7期全文转载。

① (西汉)司马迁著《史记·殷本纪》正义引《竹书纪年》,中华书局1982年11月版,106页。

② 杨天宇译注《礼记译注》,上海古籍出版社1997年4月版,938页。

③ (西汉)司马迁著《史记·高祖本纪》,中华书局1982年11月版,393页。

人顾颉刚亦将商朝的政治概括为"鬼治主义"。① 其他如各种版本的《中国通史》《中国政治制度史》《中国思想史》《中国文化史》及断代史亦持大体相近的看法。人们并认为周朝与商朝的主要区别即在于周朝重人尚文,这方面的言论更是俯拾皆是。其实这一认识不够全面。还是孔子的评价比较客观,云:"周监于二代,郁郁乎文哉!吾从周。"(《论语·八佾》)又云:"殷因于夏礼,所损益,可知也;周因于殷礼,所损益,可知也。"(《论语·为政》)孔子的言论告诉我们,周朝的灿烂文化是在夏商二代尤其是商代文明基础上发展起来的,而不是其反动。这就从反面说明商朝也并不轻文。商人敬天是不争的事实,甲骨刻辞的用途本身就是最具说服力的实证,其统治者每事必卜问神灵,卜辞即国君与上帝的来往信件。商人轻人反映在甲骨刻辞中主要是多有杀人祭殉的记录,但这一看似野蛮残忍的行为,的确主要是由当时的生产力发展水平等客观原因决定的。刻辞所记被杀祭者常为北羌战俘,其身体强壮而食量大,释放之则忧其再度扰边,收留之则供养不起,杀之以祭殉乃是生产力低下时代的不得已之举。商人崇尚征伐和武功也是不争的事实,甲骨刻辞中占卜战争的内容占了较大比重,仅带"伐"字的刻辞就达1 000多条。由野蛮到文明、由崇武到尚文的人类进步,是一个极其缓慢的渐进历程,战争频繁是古代社会的普遍现象,更何况商朝的不少征伐是为了施德于被征伐对象②。笔者以为,商朝当处于中华民族崇武与尚文并举的历史发展阶段,不能因为其崇征尚伐就掩盖其重文的一面。文字的发明是人类进入文明大门的标志,甲骨刻辞事件本身就是商人重文的最有力的说明。且不说已出土的16万余片带字甲骨中所刻单字达4 500多个,远远超过了历代和现代的常用字字数,也不说其文字字体相对稳定、异体体样较少,标志汉字已进入了成熟阶段,足以证明商朝的文明程度,仅当时将所卜之事精心刻记于甲骨之上并作为国家档案深

---

① 顾颉刚等著《古史辨》第二册,上海古籍出版社1982年8月版,44页。
② 郭沫若主编《甲骨文合集》3699片云:"庚申卜,殻贞:今载王德伐土方?"李圃《甲骨文选注》译为:"庚申日占卜,殻问道:今载时王通过征伐施德于土方国吧?"相类的内容还有"……王德伐封主受……"(《合集》6400片)、"……德伐羌"(《合集》6545片)、"亥卜,争贞:王德伐方"(《合集》6733片正)、"贞:王德伐方受有"(《合集》6733片反)、"丙戌卜,争贞:王德伐"(《合集》7229片)、"贞:今者王德伐"(《合集》7230片)等。

埋储存至今①，就已经说明商朝人对文化建设是多么重视了。具体到甲骨刻辞的内容，虽郭沫若《卜辞通纂》的八分法和《甲骨文合集》的四大类二十二小类分法都未列"文艺"一类，但这并不意味着甲骨刻辞中没有透露出商朝人有关尚文的信息。试以带"伐"、"舞"、"奏"、"文"、"美"等字的刻辞为例讨论之。

先说"伐"字句刻辞。较晚的甲骨文字学家否定了罗振玉早期《殷释》中关于"伐"为"武舞"的解释，释"伐"为"征伐"和"杀人以祭"。

---

① 有关甲骨深埋地下的原因，学术界有三种观点：一种观点认为，可能因商朝末年战乱，统治者逃离首都时仓促掩埋。这一观点已被专家否定，因为除商末帝辛（殷纣王）被周武王灭于牧野行宫的历史事件之外，此前商朝一直很稳定，没有商都被攻占商王逃离的事情发生。而在殷墟所发现的甲骨文则都是从武丁到帝乙时期的，恰恰没有帝辛时期的甲骨，其牧野行宫（今河南淇县）也从未发现过甲骨文。所以不可能是殷纣王逃离商都时仓促埋藏，况且他在亡国前本就长驻牧野行宫而不存在逃离商都（今安阳）的问题。一种观点认为，甲骨文是被商朝宫廷作为生活垃圾被埋掉的。这一观点应该说也不符合实际情况，因为在商朝那样的神权时代，龟甲被视为通神的圣物，其卜辞是商王向上帝所打"报告"和上帝给商王的"批件"或"圣旨"，如果说少量的试刻习作、残品作为生活垃圾处理掉是有可能的，但若将全部"圣物"都作为生活垃圾埋掉是不合常理的。再说，从埋藏甲骨之坑曾被专门夯实过也证明不是随便所挖垃圾坑。一种观点认为，是商代宫廷将甲骨文作为"王家档案"有意储存在地下的。这一观点最早是由陈梦家先生1952年在《殷虚卜辞综述》中提出来的，其后遂为学界普遍接受而成为主流看法一直延续至今。尽管20世纪90年代末期曾有学者如张果硕对"王家档案"说提出质疑，但很快引来不少批评责难的声音，其实张文也承认甲骨文是"事实档案"。笔者认为，"王家档案"说是比较符合历史实际的，其原因大致为：第一，商代是王权与神权合一的时代，卜辞是商王兼巫师对国家重要事件决策的记录，统治者高度重视这一特殊形式的国家档案的保存是必然的，如何长期保存应是经过深思熟虑后决定的。一些刻辞记录的是出师几千里之外、时间长达几个月的战争过程，而却被从遥远边防带回到首都埋藏，便知宫廷对其集中储存的重视程度。第二，龟生活于水中，其龟甲适宜潮湿的地下长期保存，不适宜地上保存。第三，殷人崇拜土，所以将圣物储藏在窖穴内而不是建筑物中。《易经》中"归藏易"就是将《易经》归藏于地下的意思。周原遗址所发现的殷商晚期周朝作为方国时的甲骨就是储藏在周大型宫室建筑基址的窖穴内的。第四，从发现的甲骨埋藏地点看，都分布在商都宫殿区，并集中于HY127、H24、H3几个坑中，仅小屯南地一处就储存24150片甲骨，并且这些半地穴地下室式的储窖夯土结实，虽未能发现其为供将来整理利用的迹象，但对骨坑的用心整治表现了明显的档案集中储存意识。第五，龟甲与兽骨分别储存，说明是据龟甲和兽骨不同用途而分类储藏。第六，这些窖藏甲骨大多有朝代可循，有储藏一个朝代的，也有积累几个朝代的，宫廷档案长期储存逐步积累特色明显。第七，有的龟甲被裁成鞋底样子，上面有小穿孔，可供若干片龟甲穿连起来，成为书册性质，有的甲骨上还刻有"册六"、"编六"即第六册第六编字样，有被初步整理归档的性质。

如,吴其昌云:"伐为用人之祭。"①陈梦家云:"所伐之人即所杀之人牲。"②屈万里云:"当是斩首之义。"③李孝定云:"卜辞恒言伐某方,征伐之义也;或言伐若干人,杀人以祭也。"④姚孝遂云:"卜辞'伐'为用牲之法,即斩人首以祭神祖……'征伐'亦为其引申义,凡征战必有所斩伐。"⑤如上解释将"伐"字的研究向前推进了一步,颇值得肯定,然而,若以"征伐"和"杀人以祭"对读刻辞原文,有些"伐"字句却仍难以读通。综观1400余条"伐"字句刻辞,共有三种句型。

第一种是"伐某方"句型。如《合集》6412片云:"辛巳卜,争贞……呼妇好伐土方。"6664片正云:"甲辰卜,争贞,我伐马方,帝受我祐。一月。"6585片正云:"贞,勿呼妇妌伐龙方。"《英藏》2526片云:"丙戌伐人方于筑。吉。"此类刻辞以"讨伐"释读,豁然贯通,皆为记商朝军队讨伐各部族的卜辞。如第一例为辛巳这一天占卜,由名叫争的贞人主持,占卜的结果是呼召让妇好指挥军队讨伐土方。

第二种是"伐若干人"句型。如《合集》32048片云:"伐三十羌卯三十豕"。《屯南》2293片云:"大乙伐三十羌。"《英藏》2406片云:"甲午卜,毓祖乙伐十羌又五,兹用。"《怀特》1558片云:"大乙伐十羌又五。"此类刻辞以"杀人以祭"释读亦疏之即通,皆为记祭祀时问杀多少羌人合适的卜辞。如第一例是说祭祀时杀三十个羌人和三十头猪作祭品。

第三种是"若干伐"句型。如《合集》890片云:"……三十伐。"891片正云:"侑于成,三十伐。"892片正云:"贞,三十伐,下乙,二告。"893片正云:"侑于上甲,十伐。"893片正云:"贞,二十伐。"893片正云:"上甲,十伐又五。"7043片云:"贞,二伐,利。"32202片云:"三伐。五伐。十伐。"《安明》233片云:"贞,三伐,利。"《安明》234片云:"[贞],

---

① 吴其昌《殷代人祭考》,载《清华周刊·文史专号》第37卷第9册。
② 陈梦家著《殷虚卜辞综述》,载《考古学专刊甲种二号》,科学出版社1956年7月版,281页。
③ 屈万里《殷虚文字甲编考释》,载《中国考古报告集之二》,"中研院"历史语言研究所影印本,1961年6月版,427页。
④ 李孝定著《甲骨文字集释》,载"中研院"历史语言研究所专刊之五十,1965年6月版,2661页。
⑤ 于省吾主编《甲骨文字诂林》,中华书局1996年5月版,2344页。

八伐,[利]。"此类句型例句还有很多。若以"征伐"或"杀人以祭"释读则颇难疏通,囿于所见,亦未发现上几位甲骨文字学家有对此例句作出圆通释读者。因此,笔者以为罗振玉的早期阐释不宜彻底否定。罗氏依郑玄注《礼记·乐记》"驷伐"乃"一击一刺为一伐"逆推"伐"乃"武舞",之后郭沫若的《书契粹编》又据《山海经·海外西经》"大乐之野,夏后启于此舞九伐"之句释"伐"为"干舞",为罗氏"武舞"说补充了新证,董作宾《释羌》一文亦依郑玄笺《诗经·大雅·皇矣》"伐"乃"一击一刺曰伐",称"伐"为"舞名",支持了罗说。他们的观点都值得重视,其问题似在于将甲骨刻辞中所有"伐"字都释为"武舞",有以引申义取代本义、以一个义项取代全部义项之嫌,但并不似姚孝遂所说"所谓'干舞'、'羌舞'之说,皆不可据"①。笔者愚见,"伐"字乃从人执戈之形,本义为以戈砍人头,即"杀人以祭",引申为"征伐",由"征伐"之义再度引申,便演变为表现"征伐"动作的刺杀行为,此刺杀行为后又演变为武舞之名。武舞则有可能脱胎于商朝战斗队列的变化②。这样解释,刻辞中第三种类型的"伐"字句则全部可以疏通了。这一解释,也可在传世文献中得到印证,如《尚书·周书·牧誓》就有"夫子勖哉!不愆于四伐、五伐、六伐、七伐,乃止,齐焉",大意为勇士们努力啊,刺杀时,不超过四次、五次、六次、七次,就停下来,整顿一下队形。《说文》解"伐"为"击也",似也指刺杀之意。因此,上引刻辞例句分别当为二伐之舞、三伐之舞、五伐之舞、八伐之舞、十伐之舞、十五伐之舞、二十伐之舞、三十伐之舞。由此测知,商朝在军队出征之前或祭祀时,很可能常常举行如上一种或数种武舞表演。这种表演,无疑表现了商朝人的尚武精神,但更值得注意的是,选择舞蹈形式宣扬尚武精神,正说明商朝统治者意识到了舞蹈这种文艺形式具有渲染气氛、激荡人心、鼓舞士气的感染作用。其以文艺弘扬尚武精神,正是重视文艺作用的意识的体现。

次说"舞"字句刻辞。甲骨刻辞中与"舞"有关的内容约200条,所有"舞"(舞等)字都是表现一人两手持羽或畜兽之尾,像人两手执物而舞之形。《说文》称该字下部"舛"指跳舞时足相背,上半"無"为

---

① 于省吾主编《甲骨文字诂林》,中华书局1996年5月版,2344页。
② 宋镇豪著《夏商社会生活史》,中国社会科学出版社1994年9月版,332页。

"无"声。甲骨文字学家对"舞"字意义的诠释没有争议,皆为"跳舞"或"舞蹈"。按当时舞蹈在舞姿、道具等几个方面形成的不同表演方式,刻辞中出现的舞蹈可分几个类型,有"若干伐"之舞(见上引)、"羽舞"(《前编》6.20.4)、"林舞"(《安明》1825)、"围舞"(《前编》6.26.2)、"出舞"(《合集》20398)、"⿱⺈舞"(《合集》20974)等,晚商青铜彝铭中还记有"九律舞"(《历代》2.22)。出现的舞名有"《万舞》"(《合集》28180)、"《雩舞》"(《粹编》845)、"《征舞》(《前编》26)"、"《多老舞》"(《前编》35)、"《兹舞》"(《粹编》813)、"《勺舞》"(《合集》16011)、"《霓舞》"(《合集》30044)、"《多冒舞》"(《合集》14116)等。参与舞蹈活动的人除巫师和专业舞蹈班子之外,还有上至商王(《乙编》2592"王舞"、《合集》11006 正"王其舞")下至"多老"(《合集》16013"呼多老舞")、"舞臣"(《乙编》2373)、"万"(《合集》10 余见)等宫廷专职臣僚①。跳舞的目的主要是祭神求雨,多数"舞"字句都与此有关。如,《合集》14207 片正云:"贞,我舞,雨。"12819 片云:"奏舞,雨。癸巳,奏舞,雨。辛卯,奏舞,雨。"12820 片云:"今夕,奏舞,有从雨。"12835 片云:"其舞,有雨。"12836 片云:"贞,舞,有雨。"12837 片云:"舞,有雨。"12838 片云:"贞,舞,雨。"等等。祭祀的对象是鬼神,有山岳、河流、风云等人格化的自然神,有先公、先王、先妣等宗主神,更有上帝这个至上神。据此,我们似可对商朝后期人们的文艺思想意识作如下探测。

其一,与周朝"有帗舞,有羽舞,有皇舞,有旄舞,有干舞,有人舞"(《周礼·春官·乐师》)相比,商朝后期舞蹈种类的丰富性与成熟性已相差无几。与周朝以文舞为主相比,如上商朝甲骨刻辞中反而未出现武舞之标志"干舞",有"若干伐"之舞,当为武舞,但其不属于刻辞中的"舞"字句,判其为舞蹈只是我们的合理推断。仅《万舞》先干后羽,属于武舞与文舞合演。其余似多近"羽舞"的文舞。说明商朝人既重视文化建设,又重尚文精神。

其二,甲骨文字学家认为"呼"乃"呼召"之义,由刻辞"呼某某舞"句式屡现可知,舞蹈表演不仅常由商王直接呼召举行,并且有时商王

---

① 裘锡圭《释万》一文认为"万"是专门从事乐舞工作的官员,见《中华文史论丛》1980年2期,上海古籍出版社出版。

还亲自表演，说明商朝最高统治者对文艺有足够的重视。

其三，由舞蹈多为祭祀求雨而设测知，商朝人重视的主要是文艺的实用价值，将舞蹈与巫术混杂，视舞蹈为国计民生的组成部分和向神灵讨生存的手段，对文艺的娱乐性特征似较少关注。这就证实了《周礼·春官·司巫》、《礼记·月令》等"若国大旱则帅巫而舞雩"的记载，对刘师培"文学出于巫祝之官"之说也是一个佐证①。实用性是文艺初创时期的基本特征，也是其生成的基本动因。商朝人对文艺作用的认识水平在世界各国同一历史阶段具有普遍意义。不过，商朝人以舞蹈通神，求神本身利用的却是文艺的娱乐性特征（也许他们当时主观上未必意识到这一点），唯以娱神、乐神才能寄希望于神灵赐福降雨。从这个角度推测，商朝人未必对文艺的娱乐性特征一无所知。再者，尽管甲骨刻辞中未发现商朝人跳舞以自娱的内容，但《韩非子·喻老》、《吕氏春秋·过理》、《史记·殷本纪》、《说苑·反质》对殷纣王纵情乐舞以享乐的夸张性记载与渲染，也客观上透露了商代君王对文艺的娱乐功能有自然认识。宋镇豪《夏商社会生活史》曾就商朝人对乐舞作用的认识水平有过一段总结性文字，现转录以供参考："《周礼·春官·大司乐》有云：'以六律、六同、六声、八音、六舞、大合乐，以致鬼神示，以和邦国，以谐万民，以安宾客，以悦远人，以作动物。'古代统治者寓乐于教政，不同的乐舞用于不同的场合，要以体现威仪、和谐上下、养尊处优为其本质所在，至少在商代已经如此。甲骨文中出现的众多的乐歌名，不同形式的舞蹈，品类较齐的乐器，以及关于乐师舞臣的设置分工，表明商代统治者对'乐政'的重视。"②

再说"奏"字句刻辞。此类刻辞亦多达140余条。甲骨文字学家对"奏"字的解释几无分歧，认为乃"奏乐"之义。释读"奏"字句刻辞有两种现象值得注意。一是，刻记商王亲自奏乐的内容较多，达10余条。如《合集》6片云："王奏……之若。"6016片正云："戊戌卜，争贞，王奏丝玉成左。"16017片云："贞，王奏丝。"同时还有关于商朝宫廷权贵"宾"、"妇"奏乐的记载，如《合集》13517片、22625片分别有"宾奏"、"妇奏"之句。这说明商朝最高统治阶层对音乐的重视程度，亦

---

① 刘师培著《刘申叔遗书》，江苏古籍出版社1997年11月版，1238页。
② 宋镇豪著《夏商社会生活史》，中国社会科学出版社1994年9月版，332页。

说明他们本身即通晓音律，有较高的文化素养，其尚文意识不言自明。二是，"奏"与"舞"并举的刻辞屡屡出现，达 23 条之多。前引"舞"字例句已见，又如《合集》12818 片、12828 片皆有"今日奏舞，有从雨"句等。说明商朝的舞蹈表演常由音乐伴奏，表现了音乐舞蹈二位一体特征。我们甚至还能从"惟商奏"（《屯南》4338）、"惟美奏"（《屯南》4338）、"惟嘉奏"（《安明》1822）、"惟新奏"（《安明》1825）、"惟戚奏"（《安明》1826）等刻辞中，感受出演奏"商"、"美"、"嘉"、"新"、"戚"等祭歌曲子时舞者载歌载舞地歌唱这些歌曲之歌词的情景，这就证实了《尚书·尧典》、《吕氏春秋·古乐》关于早期歌乐舞三位一体特征之记载的不虚。

复说"文"字句刻辞。《说文》释"文"字云："文，错画也，象交文。"认为"文"指由线条交错而形成的一种带修饰性的形式。甲骨刻辞中的"文"（𠀎）字像正面站立的人形，胸部刻画有文饰，故以纹身之纹为文。因此甲骨文字学家如朱芳圃、孙海波、严一萍、姚孝遂等多信从《说文》的解释，认为"文"字的产生及本义可能与原始人的纹身有关，但具体到甲骨刻辞的"文"字句，又多认为"文"仅指人名或方国名①。笔者拟对此作两点臆测。其一，即便"文"字在甲骨刻辞中仅作人名、方国名、地方名解释，其亦透露了商朝人尚文意识的某些信息。进入刻辞的人名皆上流阶层，其以"文"字命名本身就意味着时人有崇"文"时尚。《合集》946 片正的"文载王事"指一个叫"文"的大臣协助商王处理国事，其地位之尊不言而喻。4611 片有"文入十"指有个叫"文"的方国向商朝宫廷进献了十片龟甲，亦可见该方国与商王朝关系之密切，说不定其国以"文"命名正是商王所赐。27695 片云："贞于文室。"说明商朝宫廷占卜的地方亦以"文室"称之，或至少说明商朝宫廷内有"文室"之名。以上皆透露出商朝人对"文"字的重视。其二，吴其昌将"文"的终极之义推定为"文化"之"文"、徐中舒释为"美"

---

① 朱芳圃云："文即文身之文。"（《殷周文字释丛》卷中，中华书局 1962 年 11 月版，卷中 67 页）孙海波云："文……人名。"（《甲骨文编》，中华社会科学院考古研究所 2004 年 1 月版，372 页）严一萍云："《说文》曰'文，错画也，象交文。'案甲骨及彝铭之文皆示人身有错画……盖文身之象形。引申以为文采字。其用于卜辞中者方国地名，或称先祖文武丁。"（《甲骨古文字研究》第三辑，台湾艺文印书馆 1990 年 10 月版，71 页。）姚孝遂云："《说文》：'文，错画也，象交文。'……朱芳圃以为'文'之本义为'文身'之'文'，其说可信。""(文)为人名"（《甲骨文字诂林》，中华书局 1996 年 5 月版，3266 页）。

和"美称"、赵诚释为形容词"文武"之"文"①，均从一个侧面道出了"文"字的含义。甲骨刻辞中出现最多的"文"字句是"文武丁"一句，如《前编》1.18.4片、28.1片、438.2片、4.385片，《后编》下4.17片，《甲编》3940片，《战后京津新获甲骨集》2837片，《怀特》1702片等都有此句。笔者以为，依商王之名多用两个字而非三个字的通例，"文武丁"前面的"文"字当为修饰语，是后人对武丁的美称，"文，美也，冠于王名之上以为美称"②，其乃为古代谥号、谥法的起源。依《正义·谥法解》"道德博闻曰文"③和《六家谥法解》"博闻多见，和顺积中，而英华发外，可以谓之文矣"④的解释，"文武丁"似可作"有极高文化道德修养的武丁"解，若此臆解不太荒谬的话，以有文化修养赞美自己的国君，商朝人的崇文意识则昭然若揭。

最后说"美"字句刻辞。甲骨刻辞中"美"字的基本写法有两种，一种为"羑"及其变形"羑"（如《甲编》686、《前编》7.28.2），一种为"羑"（如《甲编》1269、《续编》141、《京都》981、《前编》7.28.2、《前编》1.29.2、《后编》下14.3）⑤。据笔者统计，甲骨文中这两种写法的"美"字句刻辞共29条，第一种构形多见于较早甲片，第二种构形多见于后期甲片。学术界对"美"字原始意义的解释有两种影响较大的观点，一种认为是古人的头饰，一种认为是羊肥大而味美，"头饰"说中又分为以羊头羊角为头饰和以羽毛为头饰两说。笔者以为，此三种意见表面看差异较大，其实都是对古人审美意识的有益揭示，揭示了古人

---

① 吴其昌云："从'文身'之义而推演之，则引申而文学、制度文物，而终极其义，以止于'文化'。"（《殷虚书契解诂》第27页）徐中舒主编《甲骨文字典》"文"字释义。赵诚云："(文)象文理交错之形，即后世纹理、花纹之纹的本字。似为象形字，甲骨文用作文武之文，为形容词。作修饰语，则是借字。如文武丁。"（《甲骨文简明词典——卜辞分类读本》，中华书局1988年1月版，279页）。

② 徐中舒主编《甲骨文字典》，四川辞书出版社1998年10月版，996页。

③ （唐）张守节正义《史记正义·论例·谥法解》，四库本，总247册，20页。

④ 《六家谥法解》引文转引自汪受宽《谥法研究》，上海古籍出版社1995年6月版，293页。

⑤ 刻辞中还有几种字体被个别学者隶定为"美"字，因尚未获得公认，故未予征引，现附于此。王献唐《释每美》云："《作父丁尊》，有'羑'字，旧亦阙释，仍是美字。卜辞复有'羑'字（《前》五·十八·五）亦当释美。又有'羑'（《前》二·四三）、'羑'（《前》四·二六·二）诸体，并且金文，皆美字也。"载《中国文字》第九卷，3934页。

审美意识依次发展的三个不同阶段。现分述之。

第一种意见，如商承祚云："𦍌象角羧敤之形。"①李孝定云："（美）契文羊大二字相连，疑象人饰羊首之形，与羌同意。"②姚孝遂云："甲骨文、金文'美'字……其上为头饰。"③这种意见用来解释刻辞中"美"的第一种写法颇为确切。"𦍌"或"𦍌"的上半是突出羊角特征的羊头，下半是摊开双手叉开两腿正面站着的人，合之，则像一个人头戴羊头或羊角的饰物。由此可见，人头上戴有羊头或羊角的装饰就是"美"。这种装饰应该源于原始部落的羊图腾崇拜及由此而起的羊图腾狩猎舞，因此，甲骨刻辞中"𦍌"的写法当代表了"美"字的最原始意义。依生活经验推测，原始部落当初以羊头为装饰，在表明其对羊图腾崇拜的同时本就可能潜藏着对这种装饰的审美追求，只是其审美意识不够明确和自觉而已，然而随着时间的推移，这种羊头装饰当逐渐脱离图腾巫术，演变成以满足视觉感官享乐需要即审美需要为目的了。依笔者的判断，这种审美意识在商朝之前即已产生，至商朝而得到充分发展。

第二种意见，如王献唐云："以毛羽饰加于女首为每，加于男首则为美。（例略——引者）上亦毛羽饰也。女饰为单，故𦍌、𦍌诸形，只象一首偃仰。男饰为双，故𦍌、𦍌诸形，象两首分披，判然有别。……在单双性别限格外，复有一通体，只象人首饰插毛羽形。""幸有甲骨金文出土，尚保存先时首饰毛羽之形态。"④徐中舒云："（美）象人首加羽毛或羊首等饰物之形，古人以此为美。"⑤笔者完全赞同徐中舒将甲骨刻辞中两种"美"字构形分而释之的作法（惜其未能指出两种构形所代表意义的先后），不敢苟同王献唐将两种构形皆混释为羽毛饰物的观点，因两种构形上半确实明显不同。但王氏"羽毛头饰"说的首倡之功不可没，刻辞中"美"的第二种构形"𦍌"，确实像一个正面站立之人头戴羽毛饰物的样子。这种构形所蕴含的意义既有可能是原始的

---

① 商承祚著《殷虚文字类编》，台北艺文印书馆影印本1971年8月版，四卷8页。
② 李孝定著《甲骨文字集释》，北京光华书店翻印本1983年6月版，1323页。
③ 于省吾主编《甲骨文字诂林》，姚孝遂"美"字按语，中华书局1996年5月版，224页。
④ 王献唐《释每美》，载《中国文字》第九卷，3941页。
⑤ 徐中舒主编《甲骨文字典》，四川辞书出版社1998年10月版，416页。

鸟图腾崇拜，又有可能是古人对羽毛之美纯粹的感官享乐追求即审美追求，笔者以为，前一种可能性不大，因鸟图腾崇拜和羊图腾崇拜一样当以鸟形或其某个部位为饰，不可能仅以羽毛之形为饰。若然，则羽毛头饰的兴起当远在羊头头饰兴起之后，是羊头头饰脱离图腾崇拜而发展为感官审美需要时代的产物。再依"羊"在后期甲骨刻辞中方出现的情况推测，这种追求羽毛感官之美的意识当大致产生于商朝早期。

第三种意见主要来自古代的文字学家，首见于许慎《说文》，云："美，甘也。从羊，从大，羊在六畜给主膳也。"宋徐铉注《说文》云："羊大则美，故从大。"清段玉裁注《说文》亦云："羊大则肥美。"①现当代学者对此说多予以否定。王献唐认为，"谓美从羊大训甘者，乃小篆字首变羊，不能不以羊意求释也。时至汉代，古俗变，字义随变"②；姚孝遂亦认为，"羊大则肥美，乃据小篆形体附会之谈"③。可以看出，今人对《说文》之解的否定主要是说其依后起的小篆体误将"美"字上半判作了"羊"而不得不以羊意附会。其实这种批评并不允当，《说文》对"美"字之解，错并不在据小篆将上半判作"羊"，甲骨刻辞中"美"字第一种写法上半即为羊头之形，其问题出在以偏概全，将羊头"羊"和羽毛"羊"不加区分地统作了"羊"。再说，许慎也并非仅据小篆和汉俗作解，他的解说是在融会贯通先秦典籍基础上进行的，其对"美"的解释虽未能揭示出"美"字的本义，然其确实揭示出了"美"字在商朝之后的引申义。此解不只是对"美"字本义的重要补充，也许更是对古人审美意识起源时期后一阶段的标示。因为从通感的规律上去体认，人们对美好事物的感知，总是先从视觉或听觉开始，再到触觉或味觉的。笔者的如上臆测如果不太无稽的话，从羊头装饰潜藏感官审美追求，到羽毛装饰独立感官审美追求，再到味道好吃为美的味觉快感审美追求，当是古人审美意识发展初期的三个阶段，《左传》昭公元年（前541）所载医和之论④、昭公二十五年（前517）子太

---

① 《说文》解"美"的原文和注文均见段玉裁《说文解字注》，上海古籍出版社1981年10月版，146页。
② 王献唐《释每美》，载《中国文字》第九卷，3942页。
③ 于省吾主编《甲骨文字诂林》，姚孝遂"美"字按语，中华书局1996年5月版，224页。
④ 《左传》昭公元年医和云："君子之近琴瑟，以仪节也，非以慆心也。天有六气，降生五味，发为五色，征为五声。"见杨伯峻注《春秋左传注》，中华书局1981年3月版，1222页。

叔之语①、《国语·周语下》所记周景王二十三年（前522）单穆公言②、《楚语上》所记楚灵王时（前540—前528在位）伍举之说③都表明，至迟在春秋的中晚期，人们心目中的"美"就已专指"五味"、"五色"、"五声"而言了，将引起人们味觉、视觉、听觉等感官上的快感视作"美感"基础已是此时人们的普遍共识。以此逆推，味觉快感审美意识的最初产生亦很可能早在商周之际。虽然味觉快感在后世不再被归入严格意义的美感之内，但历代诗歌理论著作如钟嵘《诗品》、皎然《诗式》、司空图《二十四诗品》、严羽《沧浪诗话》都强调诗歌的"味"，不能说与商周时期这种味觉快感中的美感意识没有渊源联系。当然，也有学者认为"美"与"善"二字皆起源于原始图腾崇拜，开始皆为实用，始于实用是铁律，审美意识必在其后；并且"美"与"善"当同时产生，没有先后之分。这种观点颇有启发意义，可对笔者的如上认识有所修正，启示我们将这一问题继续探讨下去。④

总之，通过对甲骨刻辞中"美"字构形原始本义、另起本义、晚起引申义的认知，不难发现，商朝人已具备以视觉感官快感和味觉感官快感为美的审美意识及审美思想，其在美学思想史和文学思想史上的意义不可低估。具体到29条带"美"字的甲骨刻辞，因其局限于占卜且甲片多残损，惜尚未发现以"美"字直接表述审美意识的内容，所出现的"美"字主要用作人名和地名。人名如，《合集》3100片云：

---

① 《左传》昭公二十五年子太叔云："天地之经，而民实则之。则天之明，因地之性，生其六气，用其五行。气为五味，发为五色，章为五声。淫则昏乱，民失其性。是故为礼以奉之：为六畜、五牲、三牺，以奉五味；为九文、六采、五章，以奉五色；为九歌、八风、七音、六律，以奉五声。"见杨伯峻注《春秋左传注》，中华书局1981年3月版，1457—1458页。

② 《国语·周语下》单穆公云："夫乐不过以听耳，而美不过以观目。若听乐而震，观美而眩，患莫甚焉。夫耳目，心之枢机也，故必听和而视正。……夫耳内和声，而口出美言，以为宪令……口内味而耳内声，声味生气。气在口为言，在目为明。"见清徐元诰集解、王树民、沈长云点校《国语集解》（修订本），中华书局2002年6月版，109页。

③ 《国语·楚语上》伍举云："臣闻国君服宠以为美，安民以为乐，听德以为聪，致远以为明。不闻其以土木之崇高彤镂为美，而以金石匏竹之昌大嚣庶为乐。不闻其以观大、视侈、淫色以为明，而以察清浊为聪。"见清徐元诰集解、王树民、沈长云点校《国语集解》（修订本），中华书局2002年6月版，493—494页。

④ 相关研究成果可参阅金维诺、罗世平《中国宗教美术史》，江西美术出版社1995年6月版；石兴邦《有关马家窑文化的一些问题》，载《考古》1962年6期；高名凯、石安石主编《语言学概论》，中华书局1963年6月初版，2003年5月新版。

"……子美见以岁于丁。"其 3101 片云："丙寅卜，贞……丁亥，子美……见以岁于。"其 3103 片云："壬子卜，贞：翌庚，子美其见。"地名如，《合集》22044 片云："庚戌卜，贞于美。"其 28089 片正云："王于迟使人于美于之，及伐，望王受有祐。"即便如此，我们仍不妨像审视"文"字句刻辞的文艺思想意义一样，审视"美"字句刻辞所透露出的商朝人的美学思想意识和文艺思想意识：商朝的重要人物和重要地方屡以"美"字命名，其本身即反映了商朝人对"美"和"美感"的重视。

二、从甲骨刻辞看商朝人的文体意识

古代文体属于古代文学理论研究的范畴，探测出反映在甲骨刻辞中的某些文体，便捕捉到了蕴藏在商朝人意识中的某些文体意识，也就等于揭示出了商朝人这方面相应的文学思想意识。因此，对甲骨刻辞文体因素的考察是本文的任务之一。关于文体的渊源，历代文论家多认为各体文章皆起源于五经或数经。如，刘勰在《文心雕龙·原道篇》中称文章始于伏羲著《易经》，云："人文之元，肇自太极（即八卦），幽赞神明，《易·象》惟先。庖牺画其始，仲尼翼其终。"①其又在《宗经篇》中将各体文章分属五经，云："论、说、辞、序，则《易》统其首；诏、策、章、奏，则《书》发其源；赋、颂、歌、赞，则《诗》立其本；铭、诔、箴、祝，则《礼》总其端；纪、传、盟、檄，则《春秋》为根。并穷高以树表，极远以启疆，所以百家腾跃，终入环内者也。"②与刘勰同时的颜之推亦有类似论述，其《颜氏家训·文章篇》云："夫文章者，原出五经：诏、命、策、檄，生于《书》者也；序、述、论、议，生于《易》者也；歌、咏、赋、颂，生于《诗》者也；祭、祀、哀、诔，生于《礼》者也；书、奏、箴、铭，生于《春秋》者也。"③同时的萧统亦认为文章始于伏羲著《易经》，其《文选序》云："逮乎伏羲氏之王天下也，始画八卦，造书契，以代结绳之

---

① （南朝梁）刘勰著，范文澜注《文心雕龙注》，人民文学出版社1998年2月版，2页。
② 同上，22—23页。
③ （北齐）颜之推著，王利器集解《颜氏家训集解》（增补本），中华书局1996年9月版，237页。

政,由是文籍生焉。"①明代宋濂则在其《文原》中统而言之云:"(文章)实肇于庖牺之世。"②清代章学诚《文史通义·诗教上》将文体之源归于六艺(即六经),云:"周衰文弊,六艺道息,而诸子争鸣。盖至战国而文章之变尽,至战国而著述之事专,至战国而后世之文体备;故论文于战国,而升降盛衰之故可知也。战国之文,奇邪错出,而裂于道,人知之;其源皆出于六艺,人不知也。后世之文,其体皆备于战国,人不知;其源多出于《诗》教,人愈不知也。知文体备于战国,而始可与论后世之文。知诸家本于六艺,而后可与论战国之文,知战国多出于《诗》教,而后可与论六艺之文;可与论六艺之文,而后可与离文而见道;可与离文而见道,而后可与奉道而折诸家之文也。"③清代方苞《古文约选序》将古文之源增至八经,云:"盖古文所从来远矣,六经、《语》、《孟》其根源也。"④郭晋稀先生曾以刘勰、颜之推的言论为例对文体源于五经说作了中肯的分析批评,云:"两人都主张后代文章源出五经,具体论述就有的相同,有的矛盾。其所以相同,因为有些文体的渊源,确实与五经相关;其所以矛盾,因为有些文体的渊源,却又与五经的联系太小。各自附会,所以看法不同了。如果把历代论述文体源出五经的著作,排比起来,其龃龉会更多。所以论文章式样的原始,溯源于历史文献是可以的,但不能牵强附会。"⑤郭先生的批评颇具普遍意义,也颇为宽容。从科学的眼光看,将《易经》的著作权归于传说人物伏羲纯属附会,将文体之源皆归于数经亦颇牵强。笔者以为,不同的文体起源的时间各不相同,有些文体的起源是很早的。正如逵夫师所说:"文字产生以前已有祭祀,有氏族、部落的会议,氏族、部落的首领常常发布命令或就某些事情作训诰,于是祷辞和训诰命令等语言形式便产生了。与此同时,神话故事、传说、歌谣,作为早期自然科学知识结晶和社会礼俗成规的谚语也都产生了。这些言辞因为使用场合与使用对象的不同,从形式到语言风格上都会有所不

---

① (南朝梁)萧统编,(唐)李善注《文选》,中华书局1977年11月影印版,1页。
② (明)宋濂著《宋学士全集》,中华书局1991年6月版,931页。
③ (清)章学诚著,叶瑛校注《文史通义校注》,中华书局1994年3月版,60页。
④ (清)方苞著《方苞集》,上海古籍出版社1983年8月版,613页。
⑤ (南朝梁)刘勰著,郭晋稀译注《文心雕龙译注》,甘肃人民出版社1982年3月版,45页。

同,这便形成了不同的'文体',只是因为它们不是用文字固定下来的,还不能算是文章。其形式也只能说是约定俗成的表述方式,还不能说是'文体'。它们除歌、谣、谚以及韵文形式的祭祷之辞(如传为伊耆氏的《蜡辞》),可能由长期的口耳相传,至文字产生之后被著之竹帛,其他的便湮没或慢慢变形,甚至加进了后代的东西(属于后一种情况的如《尚书·尧典》)。虽然由口头语言到最早的书面语,其间被删除的必然很多,但后来的所谓'文章'便是从这里产生的。随着人们创造的文字数目的增多,文字对语言的记录功能的增强,各种文章便产生了,各种文体也随之产生了。"①即便是刘勰,其虽在《宗经篇》中将各体文章的起源归于五经,而具体讨论某些文体的起源时也不得不打破自己的成说,追溯到远古时代(当然,许多追溯是不正确的)。就我们对甲骨刻辞研究的结果看,对有些文体源头的追溯,宜从甲骨刻辞开始。八十年前,近人刘师培就在《文章原始》一文中提出过"积字成句,积句成文,欲溯文章之缘起,先穷造字之源流"②的观点,近人姚华在《论文后编·源流第一》中则进一步将文学之源追溯至甲骨刻辞和金文,云:"书契既兴,文字觕(粗)成,吉金贞卜,始见殷商。虞夏书迹虽不可见,然孔子册《书》起于《尧典》,遗文垂世,照耀古今,文章之原,必稽如此。"③通过研读甲骨刻辞的内容及字义可以发现,有些古代文体滥觞于甲骨刻辞本身;有些文体虽非孕育于甲骨刻辞本身,却孕育于甲骨刻辞时代,其名称曾为刻辞所记录;有些文体特点的孕育受到过甲骨文字本义的某些影响。当然,甲骨刻辞是庙堂文学的文本,其实除此之外,那时的大量文学作品的文本来自民间并以口头形式流布,文体本身包含着从宫廷到民间的多个层面。

笔者以为,至少有五种古代文体在甲骨刻辞中已具雏形。

第一种是占体。甲骨刻辞包括占卜刻辞、记事刻辞、表谱刻辞三种,就已整理出来的5万余条较为完整的刻辞看,占卜刻辞占了绝大多数。而占卜刻辞已有了固定的程式,每一条完整的占卜刻辞都包

---

① 赵逵夫《先秦文体分类与古代文章分类学》,收入《中国古代散文研究》,安徽大学出版社2001年4月版。
② 刘师培著《刘申叔遗书》,凤凰出版社1997年3月版,1644页。
③ 舒芜等编选《近代文论选》,人民文学出版社1999年1月版,648页。

括叙辞、命辞、占辞、验辞四项内容,记述占卜干支日和贞人名等内容的为叙辞(亦称前辞)、记述卜问事项内容的为命辞、记述根据卜兆对卜问事项所做的凶吉判断或推测的为占辞、记述事情是否和预卜的判断或推测相应验等内容的为验辞。其中占辞又是四项内容的核心。如《合集》641 正云:"癸酉卜,亘贞,臣得。王占曰:'其得,惟甲乙、甲戌,臣涉舟延□弗告。'旬又五日丁亥执,十二月。"其中"王占曰"之后单引号内的话就是占辞。它展示给我们的就是"占"这种文体的原始形态,后代逐渐成熟的占体即渊源于这类占辞。刘勰在其《文心雕龙·书记篇》中追溯占体的性质和渊源时称:"占者,觇也。星辰飞伏,伺候乃见,精(登)观书云,故曰占也。"①《说文》释"觇"为"窥也",杜预注《左传》成公十年"公使觇之"之"觇"也沿用《说文》之解,称"伺也。"可见,刘勰认为"占"始于春秋时期的观天象而预测吉凶福祸,占体则起源于《春秋左氏传》对所占内容的记载。其所依据的明显是《左传》僖公五年(前 655)的一段文字,文云:"春王正月,辛亥,朔,日南至。公既视朔,遂登观台以望,而书,礼也。凡分、至、启、闭,必书云物,为备故也。"②刘勰所说的"觇"、"伺侯"即此处的"视"、"望";其所说的"登观",即此处的"登观台"。笔者以为刘勰将占体的起源追溯至《左传》似不准确。从《说文》释"占"为"视兆问"和《诗经·卫风·氓》"尔卜尔筮"及《庄子·外物篇》"乃刳龟七十二,钻而无遗策"的言论看,刘勰当和许慎一样知道古代曾有过用龟甲占卜吉凶的习俗,但他们不知道商朝宫廷储存了那么多成熟的占辞原始文献,加之宗经思想的束缚,所以刘勰仅将占体的源头逆推至注释五经之一《春秋》的《左传》而止。而今人饶宗颐则认为,上引《左传》中的"观台"甲骨刻辞中已有,就是卜辞中的观象之台——"义台"。③ 说明商朝有些卜辞正是登义台观天象之后才占卜刻记的,那时的占天象活动往往是与占卜契刻活动混合进行的。饶氏还从卜辞中考出了

---

① (南朝梁)刘勰著,范文澜注《文心雕龙注》,人民文学出版社 1998 年 2 月版,458 页。
② 杨伯峻注《春秋左传注》,中华书局 1981 年 3 月版,302—303 页。
③ 饶宗颐《如何进一步精读甲骨刻辞和认识卜辞文学》,载《中国语文研究》总第 10 期(1992 年)。

"千"是专门负责报告观象结果而使贞人进行占卜刻契占辞的人。这就无疑证明了《左传》中所说的占体渊源于甲骨卜辞中的占体。因此,《太平御览》所引用的占体专书如《黄帝占》《师旷占》《杂占书》《开元占经》等的真正源头是甲骨刻辞中的"占辞"而不是《左传》中的"觇辞"。

第二种是谱体。《文心雕龙·书记篇》对谱体的性质和起源作了如下推定,云:"谱者,普也。注序世统,事资《周普》,郑氏谱《诗》,盖取乎此。"①这里刘勰认为谱体起源于周代的《周谱》。东汉郑玄的《诗谱》就是学习模仿《周谱》而成;之前的桓谭和同时的刘杳也都曾表达过类似看法,刘杳云:"桓谭《新论》云:'太史《三代世表》,旁行邪上,并效《周谱》。'以此而推,当起周代。"②因古文没有标点符号,既然"普"为"普遍"之义,"周谱"则也可以不加书名号而理解为"周详普遍"之意。如此,刘勰的意思就成了编排世系要周详全面,郑玄编《诗谱》就取了周详全面之意。这样一来,刘勰所认定的谱体起源时间就更晚了,今见最早谱体就是郑玄的《诗谱》而不是《周谱》。其实,我国的谱体亦渊源于商朝的甲骨刻辞。笔者以为,被甲骨文学界称作"表谱刻辞"的那部分甲骨刻辞当包括"干支表"刻辞、"商王世系谱"刻辞、"贵族家谱"刻辞三类,干支表以六甲为首,世系谱分直系旁系,排列有序。其中"商王世系谱"刻辞虽相对较零散,未将历代商王名字刻契在同一个甲版上,但仍为今人缀合排列研究商王世系提供了最早的实证,王国维《殷虚卜辞中所见先公先王考》和董作宾《甲骨学五十年》所取得的重大突破就是明证。可贵的是这类刻辞中有些甲版容量较大,刻契商代先公先王达十代之多。如《合集》32385 片云:"□□未卜,□雨自上甲、大乙、大丁、大甲、大庚、[大戊]、中丁、祖乙、祖辛、祖丁十示率羊土。"其 32384 片版刻契世系数比此版还多,只可惜甲片有残损。不难看出,此类断代性的商王世系刻辞确已具备了谱体的原始形态。更为典型的是"贵族家谱"(通常称"家谱刻辞"),如为学术界广泛关注的《库方》1506 云:"尔先祖曰吹,吹子曰戎,戎子曰夒,夒子曰雀,雀子曰壹,壹弟曰启,壹子曰丧,丧子曰养,养子

---

① (南朝梁)刘勰著,范文澜注《文心雕龙注》,人民文学出版社 1998 年 2 月版,457 页。

② 转引自(唐)姚思廉著《梁书·文学上·刘杳传》,中华书局 1973 年 5 月版,716 页。

曰洪，洪子曰御，御弟曰𪨻，御子曰𣪠，𣪠子曰𩪊。"如果说《合集》32385片等刻辞可视为谱体的雏形的话，这片《库方》1506刻辞无论从内容性质还是从刻契形式上讲，则都可视作谱体产生的标志了，可称为我国现存的第一篇谱体文《儿氏家谱》。

第三种是表体。因日辰与占卜的关系极为密切，占卜和应验都有时间条件的限制，所以商朝人的时间观念极强，为此，该朝创立了具有划时代意义的干支记日记时法。不仅每卜必系以干支，甚至亦常用天干为先公先王之名。更值得重视的是，不少甲骨上还刻契有与占卜内容无关的完整的《干支表》。仅郭沫若《卜辞通纂》就收录8片刻有《干支表》的甲骨，依次为《前编》3.3.1片（上段）、3.7.3片（下段）、《前编》3.5.2片、《前编》3.2.4片、《前编》3.4.2片（上段）、《前编》3.4.3片（下段）、《林》1.1.8片、《后编》下.1.5片、（右片）《林》1.15.7（左片）《林》1.15.1、《前编》3.14.2片等。郭沫若从历法变迁的高度对这些《干支表》的不同形式作了科学解释，极具说服力。云："右选《干支表》凡八片，此外散见诸家著录者尚多，不备举。就上所举者而论，第一片乃整列六十干支，第二至第五片则仅列前三甲，或以为乃练字之骨未刻全者，然如第二第三两片则反复一二遍，殊非任意契刻之说所能解释。余谓籍此可观古代历法之变迁。盖古人初以十干支纪日，自甲至癸为一旬，旬者遍也，周则复始。然十之周期过短，日份易混淆，故复以十二支与十干相配，而成复式之干支纪日法。多见三旬式者，盖初历月无大小，仅逮三旬已足，日后始补足为六十甲子也。以干支纪日，则干支之用至每系，故有此多数之《干支表》存在。此等表式与卜无关，然欲读卜辞者必自此入手。"①郭氏将《干支表》视为今人解读甲骨卜辞的关键，正启发我们对《干支表》在当时的用途有所推测。笔者以为，当时刻契的大量《干支表》，可能是为参与占卜的"神职人员"背诵熟记日辰提供的读本。从这个意义上说，《干支表》是商朝人创立的又一种文体——表体。认知《干支表》的文体意义需注意两点。一是该文体在后代比谱体的影响还大。在甲骨刻辞中，表、谱两体形式极接近，仅有排列干支和排列世系的内容之别。至周朝，排列周族世系的文字尚仍称为《周谱》

---

① 郭沫若著《郭沫若全集·考古编》第二卷，科学出版社1983年6月版，219—220页。

(据桓谭《新论》佚文），而汉代以后，凡是以表格形式出现的文字内容包括排列帝王诸侯世系的内容，都改而统称为"表"了，如司马迁《史记》中的"十表"和班固《汉书》中的"八表"等。实际上《史记》的《三代世表》、《十二诸侯表》、《六国表》，《汉书》的《诸侯表》等，所列都是帝王诸侯世系，依内容都应称作"谱"。由此可见，商朝人创立的表体在后代的应用范围远比谱体广泛，影响很大。其二，甲骨刻辞中的表体，与《文心雕龙·章表篇》所论用以向最高统治者"陈情"的"章表奏议"之"表"体，不是同一种文体。然而或许"表谱"之体排列内容的严密性曾对"章表"之体文体特点的形成有过某些影响，也未可知。

　　第四种是令（命）体。所谓"令"，就是"命令"。《说文解字》的解释颇为准确，云："令，发号也。"《文心雕龙·诏策篇》论令（命）体的起源和流变云："昔轩辕、唐、虞，同称为命。命之为义，制性之本也。其在三代，事兼诰、誓。誓以训戒（宋本《御览》作'诫'），诰以敷政，命喻自天，故授官锡胤。《易》之《姤》象，后以施命诰四方。诰命动民，若天下之有风矣。降及七国，并称曰令（《御览》作'命'）。令者，使也。秦并天下，改命曰制。"这里刘勰将令（命）体的起源追溯至文字产生之前的远古时代是有道理的，正如逯夫师所说，那时文字虽尚未产生，然因氏族、部落首领常常口头发布命令，"命令"等语言形式已经产生了；其将令（命）体演变为诏体（或制体）的时间断在秦始皇统一中国以后也大体正确，《史记·秦始皇本纪》二十六年（前221）关于丞相绾"等昧死上尊号，王为'泰皇'，'命'为'制'，'令'为'诏'，天子自称曰'朕'"①的记载可以印证。但是，笔者以为刘氏将"令"的意思释为"使也"（《说文》释"命"为"使也"）不如《说文》释为"发号"确切，其将令（命）体的正式形成定在"降及七国"即战国时代更不合令（命）体发展的实际。其实，清代文体学家王兆芳已承《说文》之解纠正了刘氏的偏颇，其《文体通释》云："令者，发号也，教也，禁也。发号而教且禁也。古天子诸侯皆用令，秦改令为诏，其惟皇后、太子、王侯称令。主于教善禁恶，号使畏服。"②近现代文字学家从金甲文的造型入手对"令"字本义作出的"发号"之解更证明了《说文》释义的准确。如罗振

---

① （西汉）司马迁著《史记》，中华书局1982年11月版，236页。
② （清）王兆芳著《文体通释》，中华印刷局1925年12月版，17页。

玉《殷虚书契考释》云:"《说文解字》:'令,发号也。从亼卩。'案古文'令'从'亼''人',集众人而命令之,故古令与命为一字一谊。许书训'卩'为瑞信,不知古文'卩'字象人跽形,即人字也。"①洪家义《命令的分化》(《古文字研究》第十辑,123页)云:"上部之人……原简陋的房屋,后来引申而包括宫室。龠(令)象人危坐于屋中,会意发号施令。大概当时君长发号施令时是危坐于屋中的。"②姚孝遂《甲骨文字诂林·令字按语》云:"罗振玉以令字为'集众人而命令之'是对的。林义光《文源》谓令字'从口在人上,古作龠、作龠,象口发号,人跽伏以听也。'……令孳乳从口为命,古本同源,西周以后,始出现从口之命字。"③文字学家的理由虽不尽相同,但其释"令"为"发号"的结论却是一致的,可以作为定论。依如上定性解释研读带"令"字的甲骨刻辞,不难发现刘勰对令体形成时代的断限太晚了,"令"作为一种文体早在甲骨时代即已正式形成。甲骨刻辞中带"令"字的内容多达290余条,其中有些刻辞无论从命令的语气还是从命令的内容看,都可称为现存最早的令体。尤其60余条"王令"句型,文体性质颇为清楚。如,《合集》5775片正云:"癸卯卜,争贞:王令三百射,弗告□示,王占惟之。"6480片云:"贞:王令妇好比侯告伐人……"20505片云:"庚戌,王令:伐旅妇。五月。"33526片云:"癸丑,贞:王令□出田,告于父丁牛。"《屯南》232片云:"癸丑卜,王令介田于京。"《屯南》341片云:"……未卜,王令以子尹立□。"以上例句中"王令"明显是发号施令的口气和神态,"令"后的内容则是令体的具体内容。合而观之,便是我国现存最早的令体原始形态和体式,这是颇为宝贵的文体资料。由此可见,古代令体的正式定型并不是如刘勰所说的在战国时代,而是远在战国之前的商朝,这些定型的令体公文可能大量地书写于简牍之上,极少数被刻契于甲骨之上。附带说明一点,因"命"字是"令"字的孳乳字,所以令体和命体及二者在秦朝时的演变体实大同小异,正如戴侗《六书故》所说"命者,令之物也。令出于口,成而不可易之谓命。秦始皇改令曰诏,命曰制,即诏与制,可以见命、

---

① 罗振玉著《殷墟书契考释》,中华书局2006年1月版,491页。
② 于省吾主编《甲骨文字诂林》,中华书局1996年5月版,365页。
③ 同上,366页。

令之分。"①我们不妨忽略二体的差异,大致视为同一文体。

第五种是有韵的诗歌体(详后)。

除占体、谱体、表体、令(命)体等源于甲骨刻辞外,还有几种文体的名称曾在甲骨刻辞中屡屡出现,说明这几种文体亦孕育于殷商时代。

第一种是册体。"册"字在甲骨刻辞中出现频繁,多达数百见,仅"称册"一词就出现 120 余次。如《合集》7408、7410、7411、7412 几片就重复刻有"己巳卜,争贞,侯告称册,王勿衣岁"之语。甲骨文字学家对"册"字的解释多信从《说文》的"简册"之说,认为"册"就是"简牍"。说明简牍在商朝已经被广泛使用,当时的政治、军事及日常生活的文字主要是写在简牍上的,唯卜辞及与其相关的内容才刻契在甲骨上。但是于省吾却考辨认为"册"与后世的"策"字同义,②其弟子姚孝遂进一步考辨认为"册"不是书写载体之简牍,而是一种文体,云:"商代册制目前仅见龟骨,尚未发现简牍。卜辞累见'称册'即举册。国有大事,必有册告。……凡此皆与军事行动有关,当属盟书之类。"③姚氏乃甲骨学泰斗,其观点未必全谬。据此推测,可能写在简册上的主要是檄盟一类的公文,所以甲骨刻辞便以"册"字代指这类文体了。这说明后代的檄、盟等文体与商朝的册确有特殊的渊源关系。其上引刻辞中的"侯告称册"则可释读为某方国举盟文或檄文来报告。

第二种是祝体。刘勰《文心雕龙·祝盟篇》对祝体的起源和发展作了如下描述:"天地定位,祀遍群神。六宗既禋,三望咸秩。甘雨和风,是生黍稷,兆民所仰,美报兴焉。牺盛惟馨,本于明德,祝史陈信,资乎文辞。昔伊耆始蜡,以祭八神。其辞云:'土反其宅,水归其壑,昆虫无作,草木归其泽。'则上皇祝文,爰在兹矣。舜之祠田云:'荷此长耜,耕彼南亩,四海俱有。'利民之志,颇形于言矣。至于商履,圣敬日跻。玄牡告天,以万方罪己,即郊禋之词也。……及周之大祝,掌六祝之辞……所以寅虔于神祇,严恭于宗庙也。"④刘勰将祝辞性质确

---

① (南宋)戴侗著《六书故》,上海社会科学院出版社 2006 年 1 月影印版,251 页。
② 于省吾著《双剑誃殷契骈枝续编》云:"策、册古籍通用。经传言册祝、祝册、策告,其义一也。"中华书局 1979 年 6 月版,12 页。
③ 于省吾主编《甲骨文字诂林》,中华书局 1996 年 5 月版,2963 页。
④ (南朝梁)刘勰著,范文澜注《文心雕龙注》,人民文学出版社 1998 年 2 月版,175—176 页。

定为向祭祀对象吟诵的祈祷愿望的祷告语,是正确的,将祝体的成熟时间确定在西周的大祝掌六祝之辞,亦较合情理。但其所引录伊耆(神农)、虞舜、商汤的祝辞是靠不住的。前二者为传说人物,附会其名下的祝辞分别出自较晚的《礼记·郊特牲》和《尸子》;商汤的祝辞出自《论语·尧曰》和《荀子·大略》,亦为春秋及其以后的文献,附会的可能性亦较大。所以,我们认为祝辞产生并口耳相传的时代可能较早,但作为一种文体雏形被祭祀祈祷者祭祀时宣读,只能是文字产生之后的事情。甲骨刻辞虽惜未刻契下祝辞的原文,但却有 320 多片甲骨分别记录了这一文体在商朝被频繁使用的情况,可见祝体确当滥觞于商朝。如《屯南》2459 云:"祝册,毓祖乙,惟牡。"意为捧着写有祝辞的简牍祭祀祖乙,并用公牛为祭品。再如《合集》32285 云:"丙午贞,酌人册祝。"依屈万里《殷虚文字甲编考释》"作册以祝告于神也"之解,此条刻辞意为丙午卜问,以酒洒地,杀牲,制作简册,书写祝辞,用来向神灵祷告。

第三种是诰体。刘勰《文心雕龙》将"诰"体归入杂文类,未对其特点和产生时间作出阐说。《尚书》曾以诰、典、谟、誓、命、训六体名篇①,疑篇名乃春秋战国之际的编纂者所加,代表编纂者所处时代的文体观,其篇名似已不是取篇首之字,而是综合篇子内容性质而命名。据此推测,诰等六体乃定型于此时。然而"诰"体的孕育似可追溯至甲骨刻辞时代。所谓"诰",就是"告谕"的意思,后有播告四方之意。无论其是口头上或书面上的告谕,都可称其为"诰"。甲骨刻辞

---

① 《尚书序》言孔子编《书》,"典谟训诰誓命之文,凡百篇"。唐孔颖达将《尚书》的文体分为 10 种,其《尚书正义》云:"致言有本,名随其事,检其此体,为例有十:一曰典,二曰谟,三曰贡,四曰歌,五曰誓,六曰诰,七曰训,八曰命,九曰征,十曰范。《尧典》、《舜典》二篇,典也。《大禹谟》、《皋陶谟》二篇,谟也。《禹贡》一篇,贡也。《五子之歌》一篇,歌也。《甘誓》、《泰誓》三篇、《汤誓》、《牧誓》、《费誓》、《秦誓》八篇,誓也。《仲虺之诰》、《汤诰》、《大诰》、《康诰》、《酒诰》、《召诰》、《洛诰》、《康王之诰》八篇,诰也。《伊训》一篇,训也。《说命》三篇、《微子之命》、《蔡仲之命》、《顾命》、《毕命》、《冏命》、《文侯之命》九篇,命也。《胤征》一篇,征也。《洪范》一篇,范也。"这种文体分类明显拘泥于《尚书》篇名,未免烦琐,因而又有南宋王应麟《困学纪闻》卷二引《尚书大传》曰:"六《誓》可以观义,五《诰》可以观仁,《吕刑》可以观诫,《洪范》可以观度,《禹贡》可以观事,《皋陶谟》可以观治,《尧典》可以观美。"其将《尚书》分为诰、誓和其他记事者三类。今人陈梦家也将《尚书》分为诰命、誓祷、叙事三类文体。笔者以为,这些都是唐以后的学者根据自己的文体观对《尚书》文体所作的划分,不一定符合为《尚书》一书命名者的原意,故还是以《尚书》原有的六种篇名为六体更好。

有"告"字而无"诰"字，甲骨文字学家们认为刻辞中的"告"字即为"诰"字。如饶宗颐《通考》云："告即诰。"屈万里《殷虚文字甲编考释》云："告，读为诰。"综观甲骨刻辞中出现的570余条"告"字句，似可分两类。一类是祭祀时将心愿告知于祭祀对象，如《合集》183片"告于大甲"、17722片"贞，告于祖辛"等。一类是四域诸侯来告事，如《合集》6460片正："贞，王惟侯告从正尸。六月。"陈梦家《殷虚卜辞综述》称凡"侯告"之"侯"皆泛指四域诸侯。姚孝遂《小屯南地甲骨文考释》认为凡称"多方告"、"多白告"、"多田告"者，均相当于后世所谓诸侯报告。笔者以为，四域诸侯来告必将所告之事书于简帛，故"告"字在甲骨刻辞中的大量使用意味着最原始的告（诰）体在此时已经孕育和应用。此时的诰体似与前述册体尚无太明确区分，依姚孝遂的看法，册体多有关军事或政治结盟的内容，诰体则多为"有关田猎之情报及敌警等"①。另外，还有一种现象很值得重视，有的甲骨刻辞虽没有"诰"字出现，然而其内容明显带有诰体性质。这一点李学勤作了精辟的分析，云："董作宾先生写过一篇论文叫《王若曰古义》，文中引述了一版甲骨文，上刻有'王若曰：羌女……'等语。下面的'羌女'当然有各种不同的解释，但最好的解释还是'羌，汝……'这是对羌人的一种文告，意思是'王这样说：羌，你如何如何……'可见当时就有'诰'这样一种文体。这样我们就可以证明《尚书·商书》里的'王若曰'，还有'微子若曰'，并不是周人所拟作。据我所知，在文学史研究领域，文体研究也算一个热点问题吧。作为一种文体，'诰'在中国历史上是非常重要的。它起源于何时？又有什么特点？甲骨文给我们提供了有益的研究资料。"②李先生以甲骨刻辞中有"王若曰"证明《尚书·商书·汤诰》等篇为商代真实史料的说法，我们虽不敢苟同（因今文《尚书》中无此篇，其仅存后出的伪古文《尚书》中），但笔者完全赞同李先生甲骨刻辞中有诰体的观点。陈梦家以为由史官或大员代王宣命称"王若曰"。于省吾《王若曰释义》引王引之说，"王若曰"当作"王如此说"。凡王直接命令臣属从来不称"王若曰"，凡史官宣示

---

① 姚孝遂、肖丁著《小屯南地甲骨文考释》，中华书局1985年8月版，158页。
② 李学勤、裘锡圭等《新学问大都由于新发现——考古发现与先秦、秦汉典籍文化》，载《文学遗产》2000年3期。

王命臣某或王呼史官册命臣某而称"王若曰"者，多在一篇之首或一篇的前一段，以下复述时都称为"王曰"。① 类似于李学勤所举实例，甲骨刻辞中还有一些，只是多用"王曰"而无"若"字。如：《合集》3297片正"王曰：侯豹毋归"，《合集》3297片正"王曰：侯豹往，余不束其合，以乃使归"，《合集》24391片"王曰：贞，有咒在行，其左射"，《合集》24503片"王曰：贞，毋田"等，亦都表达了"某某，如何如何"的意思。可见诰体起源于殷商时代是信而有征的。比较甲骨刻辞中的诰体和《尚书》中的诰体，可以发现，甲骨刻辞中的诰体既有上级对下级的指示，也有下级对上级的报告，更有人对神的报告，而不论《尚书》中以"诰"命名的《汤诰》、《大诰》、《康诰》、《酒诰》、《召诰》、《洛诰》、《康王之诰》，还是不以"诰"字命名而实际含有诰体性质的《盘庚》、《梓材》、《多士》、《多方》等，则已多局限于上级对下级的指示或统治者对臣民的讲话，这说明商朝人的文体意识还比较模糊，各种文体的内容、性质还不规范，界限还不大明确，而发展到春秋时期，包括诰体在内的几种文体已趋于定型，时人对它们的性质特点的区分已有了相对固定的标准。笔者以为，以文体为《尚书》各篇命名标志着春秋时期开始了对文体的研究，不妨视其为早期的文体理论。

第四种是典体。"典"在甲骨刻辞中写作" "，上半部的" "就是"册"字，代表书册；下半部的" "像双手捧献之形。所以凡受人们尊重的书册就称为"典"。"经典"、"典范"一类意义当由此而来。《尚书》中的"典"即"经典"之意。像《尧典》、《舜典》记载的是托名尧舜的事迹和言论，春秋时期的史官认为这类文献应当受到人们尊重，所以将其正式命名为典体了。不过，商朝人似已有了这种意识，甲骨刻辞中的"典"字句似能证明这一点。如《合集》36489片云："甲子酒妹工典其……王征人方。"37840片云："王占曰：吉。在十月又一，甲戌妹工典其□。惟王三祀。"38305片云："在十月，甲子工典其妹。"《怀特》1805片云："在六月，甲寅工典其翌。"仅从如上行文似看不出"典"在甲骨刻辞中已是一种文体，然而参读于省吾《释"工典"》的阐释就不难确认它在甲骨时代确实已具备了文体雏形的性质。于氏

---

① 于省吾《王若曰释义》，载《中国语文》1966年2期。

云:"典犹册也,贡典犹言献册告册也。……谓祭时贡献典册于神也。"①祭祀时向神灵双手恭敬地捧献、宣读典册,其"典"自当具备了文体性质。还有,甲骨刻辞中的"盟"、"对"等字的本义也都对后来盟体、对问体的产生有过某些影响,此不赘述。

通过对甲骨刻辞与古代文体关系的简略考察,可以对商朝人的文体意识作两点推测。

第一,我们认为商朝人已有了初步的文体意识。其理由有三:其一,商朝人已初具为文体雏形命名的意识。虽然甲骨卜辞的叙辞、命辞、占辞、验辞的程式是由当今的甲骨文字学家经过释读大量甲骨卜辞后发现并总结出来的,但四项内容次序、特点的固定化即说明这种程式是商朝人有意识确立的,更重要的是,商朝人当时就已经给了其中的占辞一个正式名分,将其命名为"占"了。如《合集》21067片"乙丑卜,王贞,占:娥子余子"、21068片"乙酉卜,王占:娥娩,允其于壬不?十月"、21069片"戊戌卜,大占:嘉"等。这就不仅为我们保存了最早的占辞内容和体式,还说明商朝人已经有了初步的文体意识。商朝人对"册"、"祝"二体的命名同样说明了这一点。尽管后代定型于《昭明文选》的"册"体与此处的"册"体性质无关,其所选《册魏公九锡文》的文体性质源于周代金文,发展于汉武帝时的诏书,而此处的"册"体可能演变成了后代的盟体、檄体、策体等,但"册"体名称在甲骨刻辞中的出现对商朝人初具文体意识还是有证明作用的。"祝册"、"册祝"之称虽在甲骨刻辞中出现还比较少,"祝"用作动词(如"祝于某某"句式)的情况虽还较普遍,但无论如何,其在商朝被命名和被使用的事实,已经说明当时人有了初步的文体意识。其二,商朝人有了分类处理不同内容、不同文体文献的意识。罗孟桢在其《古典文献学》中认为,"册"和"典"从字的象形看是用皮绳串编起来的若干甲骨片或竹简片,典册是目前已知最早的具有一定文字内容且编辑串联成册的文字载体。"《小屯殷虚文字乙编》四五二八片,有一片龟腹甲的纪事刻辞是'四册,册凡三',这是记载龟册的数目。……在殷虚第三十六坑所出的龟版,是一年内整齐的甲骨……可以推想:殷代

---

① 于省吾著《双剑誃殷契骈技续编》,中华书局1979年6月版,12页。

可能已经有长文典册。近年陕西周原地区发现早周的甲骨……得字四百五十多个。……甲骨每片都有穿孔,并有'典册'字样,说明这是周人将甲骨文字编连成册的档案",故称为"甲骨文字的书","为我国最早的原始书籍"。① 说明商朝人已有将同类内容的文字符号串连编在一起的意识。我们虽不敢确信《国语·鲁语下》关于商朝人已将体裁相同的文学作品集结起来并为之命名的说法有什么真凭实据(《鲁语下》云:"昔正考父校商之名'颂'十二篇于周太师,以《那》为首。"说明商代已将不同于民歌和贵族文人诗的一类诗歌十二篇集结一起并命名为"颂"诗了。但对此说法后代有争议,不少学者认为《商颂》是东周时商代后裔宋国人所作的怀念故商而献给周太师的作品,不是商朝的作品,乃改"宋颂"为《商颂》,此问题成为诗经学史上争论两千多年的四大公案之一②),但商朝人将占卜及与占卜相关的文献主要用甲骨刻契的形式保存,将占卜之外记录政治、军事、田猎、祭祀的册

---

① 罗孟祯著《古典文献学》,重庆出版社1989年8月版,20—21页。
② 关于《诗经·商颂》的五首诗(原来十二首)《那》、《烈祖》、《玄鸟》、《长发》、《殷武》是商朝人创作命名并排序的,还是周朝的宋国人所作,汉代以来的争论情况大致如下:汉代古文学派《毛诗序》引述《国语》的话时将"校"作"得",解为孔子七世祖正考父在东周宋国戴公时得到保存在周司乐大师那里的《商颂》旧歌拿回去作为宋国祭祀祖先的乐歌,故是商诗。今文学派三家诗崇孔子解为正考父献给周太师的诗,故是宋诗,也就是东周诗。司马迁《史记·宋世家》也说《商颂》是宋国人正考父所作。东汉班固《汉书·儒林传》、郑玄笺毛传也取三家《诗》称周人作。"周(宋)诗"说通行。唐初孔颖达作《毛诗正义》又坚持"商诗"说。此后至清代"商诗"说较盛。清中叶以后魏源《诗古微》、王先谦《诗三家义集疏》、皮锡瑞《经学通论·诗经通论》又重翻案,力证"宋诗"说。清朝以后,王国维《说商颂》利用殷商甲骨刻辞补充证明《商颂》不是商代作品。梁启超赞同王氏"宋诗"说。"五四"以后,俞平伯、顾颉刚、郭沫若都有专文持"宋诗"说。新中国成立后,相关大学教材亦取此说。故《商颂》"宋诗"说几成定论。但《商颂》为商人所作的呼声并没有停止。1956年杨公冀、张松如合著《论商颂》文,次年杨公冀又著《商颂考》高唱"商诗"说。20世纪80年代后,一批力主"商诗"说的专文和专著强力推出,影响较大的有张松如、刘毓庆、赵明、张启成、赵敏俐等人。尤其张松如的专著《商颂研究》、赵明主编《先秦大文学史》第二编第二章,从五篇诗歌入手,以训诂释义为基础,论述诗歌时代和内容,逐一反驳历代"宋诗"说的论点和论据,代表了此问题研究的前沿水平。笔者更倾向于张松如等所主张的"商诗"说,不过依上古作品形成通例,作品从产生到最后定型一般都有一个逐渐丰富完善的过程。正如夏传才先生所说,《商颂》中有殷商旧歌的遗存,也经过了春秋时代人的整理加工。若然,商朝人确实有了将同类作品以类相聚并为之命名的初步意识,而这种意识到春秋时代已自觉化了。新补充说明:江林昌最近刊在《福州大学学报》2010年1期的新文《甲骨文与〈商颂〉》,找到了甲骨文中有《商颂》诗歌内容的实证,强化了"商诗"说的说服力。

文、祝文、诰文等文献主要用简牍等形式保存却是事实。这样处理虽有版面容量、刻写条件等客观方面的原因,但确也透露了时人分类处理不同文献的意识,正如周朝人把有韵的诗和无韵的文分别汇总编纂为《诗经》和《尚书》两书反映了周朝人对文体类别有了较清晰的认识一样。商朝人的这种分类处理不同文献的意识中也蕴含了他们的文体类别意识。这一意识是后代文体理论诞生的基础。其三,商朝人有了将同类性质的文本刻在龟甲相应固定位置的意识。如前所说,甲骨刻辞包括占卜刻辞、记事刻辞、表谱刻辞三种。其中记事刻辞能不能算一种文体学术界有不同的看法,有人认为记事刻辞可算为一文类而不能算作一种文体,梅军博士则在其博士论文《殷商西周散文文体研究》中专列甲骨刻辞中的"记"体。① 不论"记"体说能不能成立,但凡是记录方国进贡龟甲情况的记事刻辞,一定都是固定刻在不重要的位置甲桥或甲尾上的。如《合》9261 片反"念入百"、《合》9811 片反"唐入十"、《合》9329 片"丘入"、《合》9354 片"册入"、《合》9367 片"勺入"、《合》9369 片"圖入"、《合》10937 片反"雀入二百五十"等,前三例均刻在甲桥上,后四例均刻在甲尾上。这就说明商朝人有了以内容分类刻记文辞的意识,也就是有了初步的文体意识。

第二,我们认为商朝人对文体的意识仅局限于实用。不论甲骨刻辞中保存的占体、表体、谱体和令(命)体,还是其提及的册体、祝体、诰体和典体,以及刻辞字义中蕴含的后代某些文体的因素,从今天的眼光看,都属于关系国计民生的应用文的文体范围,尚未涉及纯文学的文体。这些文体即使用六朝人的眼光去审视,也都是"文艺之末品,而政事之先务"(《文心雕龙·书记》语)。由此推测,商朝人对文体的认识仅局限于其在政治、军事、社会生活中的实用价值的认识,还不大可能有从审美、情感、娱乐角度去体认文学价值的明确意识。因此,他们对文体类别的区分,仅是从使用场合、使用范围、用途的不同去着眼的。如此说来,商朝人算不算已具备了文学意识呢?笔者以为,他们已经具备了。其理由是,中国古代文学中的"文"始终是以应用文为主体的。正如褚斌杰所说:"我国古代散文早在先秦时

---

① 梅军《殷商西周散文文体研究》2009 年博士论文,108 页。

代就已充分发展,但它是与学术文、应用文混合在一起的(所谓文、史、哲不分),并非是一种独立的审美形态。而在以后的发展中,散文作品一直秉承了这样的特点,审美性的散文虽也有出现,但占据主流的仍是将应用文、学术文加以文学化。这就在理论上和实践上对如何界定文学散文形成了困难。一般来说,诗、赋属于文学作品是明确的,但文学散文和非文学散文却一直没有清楚的划分。因此,文体的分类往往成为一切单篇文章的分类,对'文'的理解既广,当然所包容的体类就十分繁多了。"①从纯文学的角度体认文学是近代西方传入我国的文学观念,并不符合中国文学发展的客观实际,这一问题已引起了不少文学理论家的反思。② 笔者认为中国传统的大文学观、杂文艺观的理念真正体现了中国文学的固有特征。即便被称为文学自觉时代的魏晋南北朝,文学理论家所讨论的文学对象亦仍以应用文为主。曹丕所称"经国之大业"的"文章"就主要指奏、议、书、论、铭、诔等,陆机所论十种文体、挚虞所述十一种文体,除诗赋之外亦皆应用文体,《文心雕龙》所分三十三大类八十四小类文体,除骚、诗、乐府、赋四大类六小类之外,其余亦皆为应用文体,《昭明文选》所收三十九类文体中除赋、诗、骚三类外,其余三十六类也全是应用文体,更不用说宋代的《文苑英华》将有史以来所存文体皆纳入文学范围了。因此,不能因为甲骨刻辞中关注的主要是应用文体(其实刻辞中已经有了韵文),且未能明确地从审美角度去认识文学价值,就认为商朝人尚无初步的文学思想意识。

三、从甲骨刻辞看商朝人的写作意识

写作意识是写作理论产生的渊源,写作理论则是文学理论的有机组成部分,因此,刘勰在其文学理论名著《文心雕龙》中专设了讨论写作基本功的《练字》、《章句》、《丽辞》、《定势》、《熔裁》等篇。尽管甲骨刻辞主要不是出于审美的需要,而是为了实用的目的,但其刻辞还

---

① 褚斌杰著《中国古代文体概论》(增订本),北京大学出版社1990年10月版,497—498页。
② 参见陈飞著《唐代试策考述》董序,中华书局2002年4月版,8页。

是比较明显地体现出了记事者主观上炼字、修辞、酌句甚至谋篇的写作意识。除表谱刻辞外,不少记事刻辞和占卜刻辞都表现了这种意识。似非像有些文学史所说甲骨刻辞仅是对事件"粗劣"的记录①。截至目前,虽还没有人从写作意识的高度探讨甲骨刻辞中的文学思想因素问题,但从20世纪30年代就已经有学者开始关注甲骨刻辞的文学性问题了。就笔者所见,这方面的研究成果有唐兰的《卜辞时代的文学和卜辞文学》(1936)、詹安泰的《文字的创造与殷周散文》(1957)、姚孝遂的《论甲骨刻辞文学》(1963)、萧艾的《卜辞文学再探》(1985)、王焕章和曾祥芹的《甲骨卜辞——中国最早的文章形态》(1986)、饶宗颐的《如何进一步精读甲骨刻辞和认识卜辞文学》(1992)、孟祥鲁的《甲骨刻辞有韵文》(1993)及《甲骨刻辞有韵文说》(1994)、杜爱英的《"甲骨刻辞有韵文说"之补正》(1994)等。尽管如上成果对甲骨刻辞文学性的探讨还是初步的、浮光掠影式的,但却为这方面的系统、深入研究奠定了一些基础,更为重要的是,其探讨问题的视角启发了我们对商朝人写作意识的体认,增强了我们探讨甲骨刻辞中文学思想因素问题的自信。笔者以为,商朝人的写作意识在甲骨刻辞中至少表现为如下几个方面。

炼字意识。甲骨版面的容量和刻契的困难及文体性质的要求,决定了甲骨刻辞"贵乎精要,意少一字则义阙,句长一言则辞妨"②的简洁凝练特点,这就对字词的锤炼和选用提出了颇高的要求。从不少刻辞看,记事者在这方面是颇费斟酌的。

(一) 词语简缩。为了使行文简洁,甲骨刻辞的作者首创了词语简缩形式,较典型的如《合集》32392片一条卜辞就两处用了简缩形式。文云:"丙申卜,祐三报二示。"这是武乙时期祭祀先公报乙、报丙、报丁、示壬、示癸的记录,辞中用"三报"作为报乙、报丙、报丁的简称,以"二示"作为示壬、示癸的简称,使全文省去了多半字数,可谓简洁凝练而文意豁然,充分体现了时人对字词的锤炼意识。此类例子

---

① 参见刘大杰著《中国文学发展史》(上海古籍出版社1982年5月版)、杨公骥著《中国文学史》(吉林文史出版社1980年11月版)相关章节。

② (南朝梁)刘勰著,范文澜注《文心雕龙注》,人民文学出版社1998年2月版,第460页。

很多,如《后编》2236片、2237片有"二父",《乙编》7767片和《龟》1.5.5片有"三父",《前编》4.17.1片有"三示",《缀》166片和《粹编》149片有"九示",《后编》上28.8片有"十示又二",《续编》1.2.4片和《粹编》221片有"二十示"等,都是记事者节省笔墨和刀工的实证。

(二)用字准确。谨以"唯"字为例,在约80条"唯"字句中,有不少地方用得确实恰如其分。如,《合集》440片云:"贞,有疾言,唯害。"甲骨文字学家一般认为"言"在甲骨文中指发声部位,"疾言"即指发声部位有疾病。而连劭名在《殷商卜辞与〈洪范五行传〉》中将"疾言"与《尚书·盘庚上》"率吁众戚出矢言"的"矢言"结合考察,认为两词同义,指流言蜚语。连氏之解很有说服力。如此,该条卜辞选用一个"唯"字不仅表达了卜者对流言蜚语的忧虑,还表达了刻记者对流言蜚语现象的深恶痛绝之情,认为制造和传播流言蜚语只有危害程度之别而没有任何好处可言。结合有关文献考察,不难发现古人对流言蜚语确实存在着普遍的厌恶心理。如,《诗经·小雅·巷伯》:"取彼谮人,投畀豺虎。"意为把那些谗言陷害人的人投给豺狼老虎吃掉!表示了对谗言的强烈憎恨。《诗经·大雅·抑》云:"白圭之玷,尚可磨也;斯言之玷,不可为也。"《郭店楚墓竹简·语丛四》云:"言而苟,墙有耳。往言伤人,来言伤己。……口不慎而户之闭,恶言覆己而死无日。"①由此更印证刻记者在上条刻辞中选取"唯"字的良苦用心。《乙编》7731片卜辞连用三个"惟"字("惟"与"唯"同,中期前作"惟",晚期出现"唯"字),都经过了记事者的精心斟酌。最后一个"惟"字的选用尤为准确,云:"甲寅,冥,允不嘉——惟女!"意为妇好是在甲寅那天分娩的,确实不好,因为她生下的只是一个女孩!"唯"字在这里不只告知了妇好生育的结果,更蕴含了记事者对该结果的态度和武丁的极度失望心情,当时人重男轻女的观念亦跃然甲片之上。是否用此"唯"字,表达效果大不一样。其他如"王勿惟出循"(《合集》32正)、"不惟冥人"(《合集》7851)、"今夕惟雨"(《合集》33911)、"惟多子"(《英藏》148正)等皆可作如是观。

(三)用字生动。如,《屯南》641片云:"……卜,翌日壬王其田?

---

① 荆门市博物馆编《郭店楚墓竹简》,文物出版社1998年5月版,217页。

愀呼：西有麋兴。王于之擒。"这条刻辞，"田"后是验辞，追记的是"王田"的具体情况和结果，其中选用的"呼"和"兴"两字极为生动，愀突然发现猎物时的惊喜神态和麋鹿突然在远处出现的情景都被生动地刻画了出来，正因如此，才使得"三千多年以前商王田猎的情景历历在目：愀惊呼道：'西面有麋鹿出现！'商王立刻驰马赶到那里，猎获到了麋鹿"①。没有记事者的主观努力，仅凭客观记录，是不可能有如此效果的。又如，《合集》13584片云："戊午卜，争，水其驭兹邑？其为我家祖辛佐王！其［为我］家祖乙佐王！"这是武丁时期卜人"争"占卜情况的记录。河水上涨，有淹没商邑的危险，恐惧、绝望中祈求祖先保佑，其选用"我家"二字称祖先可谓生动之极，生动地反映出了卜者情急呼父母、痛急则呼天的心理状态，使人倍感亲切。记事者的选字遣词之功由此可见。《诗经·大雅·云汉》"旱既大甚，则不可沮。……父母先祖，胡宁忍予"的诗句也许曾受过此类刻辞的影响吧。

（四）用字形象。试看《合集》10405片反面牛胛骨上的一段刻辞，云："……王占曰：'有祟'！八日庚戌，有各云自东□母，昃亦有出虹自北饮于河。"意为商王武丁根据卜兆判断有灾祸发生。果然第八天早上天空出现了云彩，中午以后又有彩虹从北方出来到河里去饮水。历代描写彩虹壮丽景观者不乏其例，而用一"饮"字将其写得活灵活现者却唯见此刻辞。这里将彩虹的出现描写成了一条钻出地面划破天空又一头扎进黄河中去饮水的巨龙，可谓最形象地描写出了横贯天空、笼罩河流的彩虹壮丽景观。如果记事者未经过主观上的精心推敲，彩虹景观是不可能被记录得如此精彩的。值得注意的是，甲骨刻辞作者并不为一味追求辞条简洁而完全忽视对记录对象的修饰描绘，如《合集》37848片和《殷契佚存》518片两条刻辞分别记录了商王帝乙两次田猎收获，云："辛酉，王田于鸡麓，获文霖虎"，"壬午，王田于麦麓，获商戠兕"。其中"文霖"和"商戠"是记事者有意增入的修饰字，"文"犹花纹，"霖"引申为斑点错落，"商"直读作"章"，指花纹，"戠"通"痣"，小黑点儿。由此，"获文霖虎"是说此次田猎猎获了一只花纹间带有小斑点的斑斓大虎，"获商戠兕"是说这次田猎捉到

---

① 陈年福著《甲骨文动词词汇研究》，巴蜀书社2001年9月版，12页。

了一头花纹间杂有小斑点的大兕。很明显,若不是记事者着意增入了如上必要的修饰字,虎和兕两种野兽就不可能如此形象可感,似在眼前,辞条也不会像现在这样有声有色。

造句意识。甲骨刻辞中的记事刻辞并非全是纯客观的记录,为使记事效果更佳,记事者选用了多种类型的句子,除陈述句外,还运用了疑问句、告诫句、判断句、选择句、假设句等。

疑问句,如常被人们征引的《卜辞通纂》第375片:"癸卯卜,今日雨。其自西来雨?其自东来雨?其自北来雨?其自南来雨?"先叙后问,且东、南、西、北排问一遍,记事效果颇佳。再如《卜辞通纂》第640片,亦是多句连问,云:"于噩亡灾?甲午卜,翌日乙,王其越于向亡灾?于宫亡灾,于盂亡灾。"郭沫若认为此甲片所记乃一日卜征四地,每辞均当加问号:于盂无灾乎?于宫无灾乎?于向无灾乎?于噩无灾乎?① 四句连读,则占人对"无灾"的关注与期待跃然甲片之上。

告诫句很多,刻辞中仅告诫商王的句子就达数十见,如"王勿衣入"(《合集》1210)、"王勿往出"(《合编》5111)、"王勿去"(《合集》5156)、"王勿入"(《合编》5170)、"王勿步"(《合集》527正)、"王勿往于敦"(《英藏》725正)等皆是。此类句子精炼简短,语气干脆,而对商王的关心之情亦豁然可见。

判断句,上引《乙编》7731片(《合》14002片正)记妇好分娩的刻辞颇为典型,全文为:"甲申卜,㱿贞,妇好娩,嘉?王占曰:其惟丁娩,嘉,其惟庚娩,弘吉。三旬又一日,甲寅娩,允不嘉——惟女!"② 卜问妇好什么时候分娩好,商王武丁视兆后认为假如丁日分娩则生男孩,吉利;假如庚日分娩亦生男孩,更是大吉大利。可实际上三十一天后越过了吉祥的丁日和庚日,到了甲寅日妇好才分娩,果然不好,因她只生了个女孩。记事者所记商王的话则是用了假言判断句式,最后又用了推理句式,而这些句式的运用很明显是为记事效果更佳而经过记事者加工过的,并非商王的原话。武丁时的另一片卜辞也用了假言判断句,可称假言判断与选言判断的结合,云:"癸酉贞,日夕有

---

① 《卜辞通纂》第375片、第640片及郭沫若的相关阐释,分别见《甲骨文研究资料汇编》第八册,北京图书馆出版社2008年5月版,346、475页。

② 姚孝遂主编《殷墟甲骨刻类纂》,中华书局1989年1月版,178页上。

食,佳若?癸酉贞,日夕有食,非若?"是问如果今晚发生日食,是吉利?还是不吉利?此记录对卜问者忧虑日食的心态展示得亦恰如其分。与上条刻辞的判断句一样,都有制造悬念的表现效果。

记事者的造句意识还表现为刻契时有意将长短句搭配,力图使刻辞有错落感。如,《屯南》2232 片云:"弜祀。王其观日出,其戠于日。㱿,弜㱿。其□濡,王其焚,其沈。㱿:其五牢,其十牢,吉。"正如饶宗颐所说,这段刻辞"造语奇崛,以一字、二字、三字为句,错落有致,而叠用'其'字前后共七次,不病重复,弥见文的气势,'磊落如珠'。"①可见记事者在炼字、酌句上所花费的心血。

谋篇意识。因甲骨版面的容量限制,记事者在刻记事件内容时一般是有通盘考虑的,在内容的详略取舍上颇费了些心思。除晚期的刻辞中记征伐"人方"和"盂方"之役的内容是用很多片甲骨连续客观记录同一事件完整过程的,其余记录事件过程的刻辞则根据版面的容量而有所取舍。这一点姚孝遂曾以刻辞所载河伯娶妇故事为例作了很好的说明②,他认为《铁》127.2 片、《后编》上 23.4 片、《乙编》5520 片、《乙编》3094 片、《粹编》36 片等舍去了时人所熟悉的河伯娶妇的神话背景,仅取其最核心内容以记之,当时的读者结合自身的知识,仍易读懂刻辞的意蕴和内含,这些都是体现商朝人谋篇意识的实证。笔者再举《合集》36481 版一段记事刻辞为例说明之。文云:"……小臣墙从伐,禽獵美……二十人四,馘一千五百七十,讯一百……辆,车二辆,弩一百八十三,函五十,矢……祐伯麟于大乙,用雔伯印……讯于祖乙,用美于祖丁。偤曰:京赐。"本文记述的是帝乙时期商朝征伐獵狁的一次大规模战争,"这次战争规模之大,为殷墟甲骨文所仅见"③。从表面看,本文仅是对此次战争纯客观的记录,甚至多为数字统计,实则蕴含了记事者材料取舍、谋篇布局的良苦用心。作为国家档案,记录战争过程远不如记录战争结果意义重大,故记事者在有限的甲面上,除开头点出商王亲征外,将战争过程全部舍

---

① 《屯南》2232 引文及饶宗颐论述均见饶宗颐《如何进一步精读甲骨刻辞和认识卜辞文学》,载《中国语文研究》总第 10 期(1992 年)。
② 姚孝遂《论甲骨刻辞文学》,载《吉林大学学报》1963 年 2 期。
③ 李圃选注《甲骨文选注》,上海古籍出版社 1989 年 8 月版,166 页。

去,而仅记述了大获全胜的战争结果;大规模战争,两军伤亡惨重实乃必然,而本文为突出商朝战果辉煌,有意对己方伤亡情况只字不提,而对俘获敌军情况、缴获战利品的数字,通报得则详之又详;战后祭祖的意义大于战后赏赐的意义,所谓"以其成功告于神明者也",故本文记战后以敌首祭祖详之又详,而记赏赐参战将士则简之又简,仅用"京赐(大赐)"二字一笔了结。全文可谓取舍合理,详略适宜。就俘获敌军情况而言,为防杂乱无章,记事者选取了以重要性为序的排记方法,首记俘获敌首獻美,次记俘敌数量,再记斩敌数量,复记缴获武器数量,而敌军武器的缴获又从重到轻依次以战车、弩机、箭袋、箭支为序,其记述可谓条理分明,井然有序。就战后祭祖情况而言,记事者又选取了以事件发生的时间先后为序的记述方法,祭太乙,祭祖乙,祭祖丁,依次叙述,明白自然。通观本刻辞,可视为商朝晚期一篇较为成熟的记事散文,记事者的谋篇意识体现得已颇为明显。

另外,还有一种现象似不容忽视,甲骨刻辞中有些辞条与有韵的诗歌颇为接近。如陆侃如、冯沅君合著的《中国诗史》就曾对上引《卜辞通纂》第375片作过精辟论定,认为其"很像是当时的歌曲",它的"体裁很近于汉乐府的《江南》"。① 孟祥鲁还在此基础上对这首诗歌的创作、使用及押韵情况作了符合情理的分析和推测②,颇值得信从。《合集》14294片和36975片更为典型。前者云:"东方曰析风曰协,南方曰因风曰凯,西方曰夷风曰丰③,北方曰勹风曰洌。"后者云:"……王占曰:吉。东土受年吉。南土受年吉。西土受年吉。北土受年吉。"前文是前期武丁时期的刻辞,记述了古代东南西北四方神名和四方风神名;后文是后期帝乙帝辛时期的卜辞,记录了殷人向神灵祈求丰收的情况。两文分别似四句七言诗和四句五言诗,不仅每文中各句字数相等、句式相同,而且基本押韵,其语句形式的形成也许是

---

① 陆侃如、冯沅君著《中国诗史》,作家出版社1956年9月版,7页。
② 孟祥鲁《甲骨刻辞有韵文》,载《文史哲》1999年4期。
③ 李圃选注《甲骨文选注》云:"四方与四方风名除此版外,还见于《甲骨文合集》14295版,文辞略有不同。……其中西方的方名与风名正好与此版的说法互相颠倒。胡厚宣根据《山海经》等典籍材料互相印证,指出'西方曰夷风曰丰'是对的,而此版的西方名与风名互倒,应是契刻者的笔误。据此,西方一句应作:西方曰夷风曰丰。"上海古籍出版社,1989年8月版,26页。李说甚是,今引文径从改。

一种自然结果，但笔者以为，此两文文句的运用主要还是刻记者人为的结果，是已具东南西北四方方位概念及春种、夏耘、秋收、冬藏四季观念的商朝人为求各方神灵保佑获取各方丰收而刻契的"顺口溜"。如果说36975片文还属于刻契者对占辞的修订加工的话，14294片文则完全属于刻契者对当时的神名自行作出的有序编排，已接近独立创作了。

孟祥鲁对14294片文的刻写和用韵情况所作的两点揭示颇能证实我们对商朝人创作意识的推测。他认为：第一，"此骨既无钻凿，也无灼兆的痕迹，与占卜无关"；第二，其"西方曰丰风曰夷"与14295片"西方曰夷风曰丰"中的"丰与夷可以互换，说明它们的声音是一样的"。① 这就说明该刻辞不是对占卜的记录，而是为创作而创作的"顺口溜"。刘奉光除进一步阐发孟说而论定该辞为"贞人在工作之余诗兴大发"而写成的"一首优美的七言记事诗"外，还对胡厚宣、李圃等依传世文献改动其字的作法提出了批评（胡、李所改见前注），其批评未必确当，然亦不失为一家之言，对体认商朝人的创作意识不无参考价值。现节录如下：

> 我们可以把14294片楷定为："东方曰折风曰协。南方曰荫风曰微。西方曰戎风曰彝。北方曰漠风曰霾。"这与过去的讲法大相径庭。旧说多以《山海经》、《尧典》及五行十二次为据为证，其实是本末倒置。须知甲骨文早于上述典籍，商周文字变迁，声韵转移，孔子哀叹杞宋无征；秦汉兵劫火余，伏生靠背诵传《尚书》，孔安国难识鲁壁蝌蚪文，因而可以推想，《山海经》、《尧典》所言四方土地风神均系传闻追记，谐音借字，偶或有文献为本，也难免传抄之讹。故我们只据甲骨金文诠释，传世文献仅做零星验证而已，不求对证无误。……《合集》14295片甲文是祭祀贞卜的真实记录，因为同片每句卜辞之后还有"祈年"等字样，说明祭祀的目的。但14294片却没有任何关于占卜的字样。这很像是贞人在工作之余，诗兴大发，将14295片卜辞略加调整，写成了一首优美的七言记事诗。然而这首诗用今音读来却全不押韵，

---

① 孟祥鲁《甲骨刻辞有韵文》，载《文史哲》1999年4期。

这或许和古今音变有关,但更大的可能是,这是一首每句自成韵的散体诗,即散文体诗。……由排列分析看来,每句的第四个字和第七个字在句内押韵,这就形成了我们为之定义的散体诗,在当代叫顺口溜。同时,第二句的"微"字属上古微部韵,第四句的"霾"字属上古之部韵,二部通转押韵,在当代也很顺口。这说明这首七言诗同时又是"偶句韵七言四句散体诗"。再从纵行文字对应来看,东西南北四方对应,"方曰"、"风曰"四句皆同;八大神名分两组位次相当;因而这又是一首"整齐对应偶句韵七言四句散体诗"。由此我们可以断定:(1)商代文人在文案工作的同时,力求把文句作得工整、顺口、押韵,形成了一定数量的档案诗。(2)商代文人在文案工作之余,特意创作了少量艺术水平较高的、与占卜记事无关的散体韵诗。①

商朝人尚不懂用韵,他们之所以用字数相等并大体押韵的句式编排刻记各方神名,很可能就是感觉这样编排读来顺口,便于记诵,因而便于广泛传播,倒不一定有更多的其他想法。

刘奉光对《小屯南地甲骨》624片刻辞的重新断句和分析,对我们体认商朝人的创作意识同样有一定帮助。云:

"辛亥卜翌日,壬旦至食日不雨?壬旦至食日其雨?食日至日中不雨?食日至日中其雨?中日至廓兮不雨?中日至廓兮其雨?"(《小屯南地甲骨》624片)这篇文献的传统句读是:"辛亥卜,翌日壬,旦至食日不雨?壬,旦至食日其雨?食日至日中不雨?食日至日中其雨?中日至廓兮不雨?中日至廓兮其雨?"旦即日出之时,食日即吃早饭之时,中日即日中正午之时,廓兮即廓曦,即廓霞,乃外出之人见太阳落在城廓村落之上、晚霞夕照之时。传统句读的"翌日壬"还讲得通,但第二个壬字单读,则于文义、文理不顺。若以考古、识字为研究目的,这就足够了。我们则以甲骨诗歌为研究导向,发现"壬旦"连续正好与"食日"、"日中"对应,古人的本意乃是凑六句卜辞,押韵、对偶、整齐,故把"第二天壬子日的早晨"简称"壬旦"。又中日它例多写作日中,此处写中

---

① 刘奉光著《甲骨金石简帛文学源流》,吉林人民出版社2002年10月版,13—15页。

日,乃求与食日对应。可见将语言文句随宜组编为诗歌,乃是古代贞人所好。①

若情况果真如此,商朝人的造句意识甚至创作意识则已是颇为明确的了。

由商朝人在甲骨刻辞中体现出的炼字意识、造句意识和谋篇意识,不难发现,商朝人已具备了初步的文章写作和文学创作意识。

总之,本文从三个层面考察了殷商甲骨刻辞文艺思想因素问题。通过对带"伐"、"舞"、"奏"、"文"、"美"等字的辞条的考察,我们发现商朝人确有浓厚的尚文意识;通过对孕育和记录"占"、"谱"、"表"、"令(命)"、"册"、"祝"、"诰"、"典"等古代文体及文体雏形的刻辞的考辨,又发现商朝人亦具备了初步的文体意识;通过对甲骨刻辞字、句、篇的例释,还发现商朝人已具备了明晰的写作意识甚至文学创作意识。而这三种意识都是文艺思想产生的重要因素、前提和基础,所以说,商朝人已具有了初步的文艺思想意识。中华民族的文艺思想意识可能在商朝时即已初步形成。确认这一点,对我们整体把握先秦文学思想的发展水平颇为重要。

---

① 刘奉光著《甲骨金石简帛文学源流》,吉林人民出版社2002年10月版,11—12页。

西周铜器铭文中的文学功能观*

正如出土的甲骨刻辞为现存最早的商朝国家档案一样,出土的西周铜器铭文也是现存最早的西周原始文献。《诗经》、《尚书》、《逸周书》、《周礼》、《仪礼》、《礼记》等专书虽保存了大量西周文献,惜多经后人增删加工甚至窜改伪造过,其文献的原始性和真实性都无法与铜器铭文相提并论。研究西周文艺思想,这部分文献很值得发掘清理。

就《殷周金文集成》修订增补之后所收的约 1 万 4 千篇先秦铭文而言,西周铭文占了一半强,可见铭文在此历史阶段的鼎盛。从文艺思想的角度看,其与商朝甲骨刻辞及铭文相比,发生了重大变化。第一是创作主体发生了重要变化。甲骨刻辞是商王手下的神职人员卜巫代替商王向天帝鬼神卜问的记录,其创作主体是商王,而西周铜器铭文的创作主体则已主要是公卿大夫列士等,铭文从宫廷走进了整个贵族阶层,作者面大大拓展了。第二是接受主体发生了质的变化。甲骨刻辞的卜问对象是天帝鬼神,其接受主体是虚拟中的天帝鬼神,而铜器铭文的接受主体则主要是周天子、公侯贵族及作者的家族成员等,即由神主要换成了人。第三是作品容量明显加大并表明了具体创作意图。商朝铜器铭文字数很少,"一般只有一、两字,多者四、五字,直到殷末,未有超过五十字的铭文,数十字的铭文也仅有几例。商代铜器铭文的内容也较简单,一般不含重要意义。铸铭的目的在于标记器主的族氏,识别用途。如'戈'、'禾'、'子渔'是标记铸器的氏族或铸器人;'父乙'、'母丙'是表明器为祭祀父乙或母丙而作;'寝

---

* 本文原载于《甘肃社会科学》2004 年 2 期,被中国人民大学复印报刊资料《中国古代、近代文学研究》2004 年 12 期全文转载。

小室盂'则是标识存放地点和使用场所。所以,这个时期的铭文,一般都铸在器物的不显著部位"①。甲骨刻辞的字数也大体相类。而西周铜器铭文则数百字的"长篇巨制,屡见不鲜",不仅"记载着王室的政治谋划、历代君王事迹、祭典训诰、宴飨、田猎、征伐方国、政治动乱、赏赐册命、奴隶买卖、土地转让、刑事诉讼、盟誓契约,以及家史、婚媾等"②,而且不少铭文还直接表达了作者创作铭文的目的,反映了他们对广义的文学社会功能的基本认识。因此,笔者以为,西周铜器铭文事件本身不仅说明西周人有了初步独立的文学活动,而且还创立了初步的文学功能理论。不少铭文可视为文学理论的雏形。

第一个方面,西周人认识到了文章具有赞颂美德的社会功能。研读西周铜器铭文不难发现,其"对扬王休"、"扬王休"、"对扬王丕显休"、"对扬王丕显休命"、"对扬王鲁休命"或"对扬天子休"、"扬天子休"、"对扬天子丕显休"、"对扬天子丕显休命"、"对扬天子鲁休命"一类句子频繁出现于铭文中。相同的意思还有其他表述方式,如"用对扬王休"、"对扬王休于尊"、"敏扬王休于尊"、"对王休于尊"、"扬王休于尊"、"对扬君令于彝"、"对扬王天子休"、"对扬皇王休"、"对扬天君休"、"对扬皇君休"、"对扬皇尹休"等。此外,还有少数言及爵位、官职和具体人名的"对扬"句或其单称,如《殷周金文集成》5.2835《多友鼎》、7.3864《伯簋》、8.4146《残底簋》、8.4159《龟簋》、10.5399《盂卣》、10.5400《作册翻卣》、10.5432《作册虢卣》、11.5951《作册翻父乙尊》、11.5994《次尊》等皆有"对扬公休"之语,5.2721《师雒鼎》、10.5390《伯肙父卣》、10.5411《秬卣》、11.6008《臥尊》等皆有"对扬其父休"之语,8.4122《录作辛公簋》、8.4167《虔簋》等皆有"对扬伯休"之语,8.4134和8.4135两《御史竞簋》皆有"扬伯迟父休"之语,7.4099《鼓簋》、5.2749《盉鼎》、8.4136《相侯簋》、5.2789《致方鼎》、5.2833《禹鼎》、15.9646《保侃母壶》分别有"永扬公休"、"扬侯休"、"对扬侯休"、"对扬王剌姜休"、"对扬武公丕显耿光"、"扬女司休"之语等。据笔者统计,"对扬"(包括单称)之句在西周铜器铭文中出现多达500余次,几占该期铭文总数的十二分之一。难怪其被金文学家

---

① 马承源主编《中国青铜器》,上海古籍出版社1988年7月版,357—358页。
② 同上,358页。

称为金文习用语了。

关于上引语句句意的阐释,金文学家对"对扬"或其单称之外字词的解释无甚差异,多认为"王"、"天子"、"君"、"王天子"、"皇王"、"天君"、"皇君"、"皇尹"均特指西周最高统治者周天子(也有人认为"皇尹"指西周某一官职名),"公"、"侯"、"伯"指某位有此爵位或官职者,其他则是具体的人名,"休"为美德,"休命"为美命,"丕显休"为光明正大的美德,"休鲁"为完善的美德。而对"对扬"或其单称的解释,学术界却有较大的分歧。因"对扬王休"一类句子亦见于先秦传世典籍,故古人早已作过诠释,如《诗经·大雅·江汉》云:"虎拜稽首,对扬王休,作召公考,天子万寿。"郑玄《笺》释云:"虎既拜而答王策命之时,称扬王之德美,君臣之言,宜相成也。"①朱熹《诗集传》释云:"言穆公既受赐,遂答称天子之美命,作康公之庙器,而勒王策命之辞以考其成,且祝天子以万寿也。"②《尚书·商书·说命下》云:"说拜稽首曰:'敢对扬天子之休命。'"伪《孔传》释云:"对,答也。答受美命而称扬之。"③总之,古人认为"对扬王休"、"对扬天子之休命"是受赐者接受赏赐或策命时所说的感激之辞。现当代金文学家亦多是借用以上旧说释读铜器铭文中的同类语句的,如郭沫若、杨树达、岑仲勉、朱芳圃、林沄、张亚初、刘节、张日升等先后释铭文"对扬"时都未对旧说提出异议就是明证④。但礼学家沈文倬却从礼学的角度断然否定了旧说,认为"对扬"是古代行赏或策命时举行的一种答谢仪式,这种仪式的具体内容已经失传,而"对扬"二字就是对这一仪式情状的概括性描述⑤。沈氏的观点虽受到金文学界的质疑⑥。但因其乃礼学界泰斗,其观点近些年影响颇巨,致使一些较权威的金文工具书也采用了

---

① (清)阮元校刻《十三经注疏》,中华书局影印 1980 年 10 月版,574 页。
② (南宋)朱熹注《诗集传》,上海古籍出版社 1980 年 2 月新 1 版,218 页。
③ (清)阮元校刻《十三经注疏》,中华书局影印 1980 年 10 月版,176 页。
④ 参见郭沫若著《两周金文辞大系图录考释》、杨树达《小学》、岑仲勉《从汉语拼音文字联系到周金铭的熟语》、朱芳圃《释聱》、林沄、张亚初《〈对扬补释〉质疑》、刘节《古代成语分析举例》、张日升《金文诂林》第三册 1394 页引文。
⑤ 沈文倬《对扬补释》,载《考古》1963 年 4 期。
⑥ 林沄、张亚初《〈对扬补释〉质疑》,《考古》1964 年 5 期。

其说。①

笔者以为，用旧说和沈说释读《诗经》之句皆可疏通，用它们释读《尚书》之句则沈说难以疏通，用其释读铜器铭文则旧说和沈说似都不大合适。《诗经》中"虎拜稽首"四句诗都是叙述性语言，无论将"对扬王休"理解为召虎接受周宣王赏赐时回答王命、称扬王德的话还是理解为其接受赏赐时举行的答谢仪式，似乎都对理解文意无大碍，答谢仪式亦无非是如何回答王命、如何谢恩、如何颂圣一类内容。《尚书》中"说拜稽首曰"两语却不能视为叙述性语言，因"曰"字决定了"敢对扬天子之休命"一语必出自傅说之口，是傅说说话的内容，傅说对武丁的感谢之语不可能又去描述答谢仪式的情状。据此，要么"曰"字乃《尚书》编纂者所误加，当删除，要么就是沈氏之释确实错了。而铜器铭文中的"对扬"句或单称所处的语言环境与《诗经》、《尚书》中的"对扬"句所处的语言环境又都不大一样。综观西周铜器铭文中的"对扬"句或单称，其多数情况下出现在记策命赏赐结束与阐说造器铸文原因开始的交叉处，这几乎成为一种程式。试举例如下：

> 唯十又六年，九月初吉庚寅，王在周康剌宫，王乎士曶召克，王亲令克，遹泾东至于京师，赐克佃车、马乘，克不敢坠，溥奠王命。克敢对扬天子休，用作朕皇祖考伯宝林钟，用匄纯嘏、永命，克其万年，子子孙孙永宝。

这是《殷周金文集成》1.204 至 1.209 的六篇《克钟》和《克镈》铭文，内容相同，其他铭文的格式也大体如此，故这六篇铭文颇有代表性。其中"克敢对扬天子休"句，若作为本文上半内容的结束语，则本句便是克在接受周王赏赐时对王命的答谢与称扬之辞，若作后半内容的开头语，则本句是事后克阐说的制造钟镈并铸刻铭文的原因。笔者以为，此句毫无疑问是铭文后半内容的开始。其理由有四。

（一）上句"克不敢坠，溥奠王命"已记述了克当时接受赏赐时的答谢情状，此处不可能再以"克"字开头重复答谢。

（二）若铭文后半内容不以此句开始，下句的"用"字就失去了作用对象，只有此句与下句连读意思才完整，其意为克为了报答和称扬

---

① 参见王文耀著《简明金文词典》，上海古籍出版社1998年12月版，410页。

天子的美德，特用来制造宝林钟并铸刻铭文。

（三）其他铭文中出现在铭文文末的"对扬"句或单称，为说明此处的"对扬"句乃铭文后半内容的开始提供了铁证。如，武王时期的《朕簋》结尾句云："敏扬王休于尊簋。""敏"与"对"义同，"于"是介词，"于尊簋"是"敏扬"的处所状语，所以该句只能译为称扬报答武王的赐命美德于尊簋之上，也就是"在尊簋上铸刻铭文来报答武王的赐命、称扬武王的美德"，而不能译为在尊簋上回答武王的美命或在尊簋上举行答谢武王的"敏扬"仪式。其《天亡簋》结语的"敏扬王命于尊簋"、《羌鼎》结语的"羌对扬君命于彝"等皆可作如是观。又如，《小子生尊》结语云："用作簋宝尊，用对扬王休。"此铭文干脆把制造宝尊句放在了"对扬"句前面，毋容置疑地说明了"对扬王休"是制造宝尊、铸刻铭文的目的和原因。与《小子生尊》句型相同的《大盂鼎》早在20世纪60年代就已被林沄、张亚初确定为其"'用对扬王休'是作器时盂所说的感恩戴德之词，是作器的原因"①了，他们认为此"对"字句绝不是盂接受赏赐时所说的话。由此类推，上引六篇《克钟》、《克镈》铭文中的"克敢对扬天子休"句必是下文"用作朕皇祖考伯宝林钟"的开头语，而绝不是上文"克不敢坠，溥奠王命"的煞尾句。

（四）更能说明问题的是用诗歌和铭文两种不同形式记录同一事件的例证。上引《诗经·大雅·江汉》记召伯虎受周宣王赏赐之事，现存《召伯虎簋铭》对此亦有刻记。尽管朱熹、方玉润、郭沫若等认为两作品"语正相类"，甚至认为此诗就是"铭器"，但诗"虎拜稽首，对扬王休，作召公考，天子万寿"和铭文"对扬朕宗君其休，用作列祖召公尝簋"相比相差一个最关键的"用"字，意思就完全不一样了。诗无"用"字，"对扬王休"则是召伯虎稽首谢恩时说的话，铭文有"用"字，"对扬"句则变成了召伯虎铸簋作铭文的目的，意译为：为了称扬宗君的美德，用来创作了这篇铭文。至此，可以得出如下结论：《诗经》、《尚书》中的"对扬"句出现于受赏之时，而西周铜器铭文中的"对扬"句或单称则全部出现于受赏之事过后的造器铸文之时，铭文中的此类语句既不是受赏者受赏之时所说的感恩戴德的话，也不是受赏者

---

① 林沄、张亚初《〈对扬补释〉质疑》，载《考古》1964年5期。

受赏时所举行的答谢仪式,而是受赏者对制造彝器、铸刻铭文原因的直言表白。他们声称,创作铭文的目的是为了报答赏赐者的美命,称扬赏赐者的美德。

另外,西周厉王时的《小克鼎》铭文中的一段话也能表明铸刻铭文的歌颂美德思想,云:"克其日用□朕辟鲁休。"胡性初在《甲金文修辞思想例释》中译为"我(克)希望每时每日都凭借这祭器的铭文来赞美我的君主的赏赐"①,明言铭文的作用。当然,铜器铭文也有例外者。如《汉书·郊祀志》载宣帝时精通古文字的张敞在奏议中对美阳所献出土小鼎的铭文就作了如下隶定和释读:"今鼎出于郏东,中有刻书曰:'王命尸臣:"官此栒邑,赐尔旂鸾黼黻琱戈。"尸臣拜手稽首曰:"敢对扬天子丕显休命。"'臣愚不足以迹古文,窃以传记言之,此鼎殆周之所以褒赐大臣,大臣子孙刻铭其先功,藏之于宫(宗)庙也。"②惜今天我们已见不到此鼎铭文,然依张敞的识读看,"敢对扬天子丕显休命"肯定是尸臣在接受赏赐时说的话,因"稽首"后有一"曰"字。虽然此鼎铭文是一个例外,但并不妨碍我们作出其铭文创作目的是歌颂王德和祖功的判断,因为张敞说得很明白,此铭文是尸臣的子孙为"刻记其先功"而创作的,即便铭文中没有表白歌颂王德目的的话(也可能有),其歌颂的意图也是显而易见、毋庸置疑的。

综上可见,尽管受赏者(即铭文作者)所言及的仅是创作铭文一体的原因,其各文要称扬的对象亦是某个具体的人,但铭文既是一类文体,又和简牍帛书一样是一种文章载体。它涵盖了先秦较多文体,500余篇铭文的作者和500余篇铭文所需称扬的对象各自相加,则涵盖了上自天子下至公侯列士等整个贵族阶层,因此,从文艺理论的角度去审视西周铜器铭文中的如上言论,说明西周贵族阶层已经充分认识到了文章具有赞颂美德的社会功能。我们可称之为"赞颂美德"说。今天看来,这一文学社会功能观是颇值得珍视的。

其一,"赞颂美德"说早于《诗经》中的"美刺"说。"美刺"说是孔子之前的几大著名古代文论学说之一,其中"美"即是指诗歌作品赞美现实的社会功能,与此处"赞颂美德"的社会功能意思相类(仅有广

---

① 胡性初《甲金文修辞思想例释》,载《修辞学习》1997年5期。
② (东汉)班固著《汉书》,中华书局1962年6月版,1251页。

狭之别），综合考察地上地下文献，不难发现，西周人对文学这一社会功能的体认最早并不是表现在《诗经》中而恰是表现在铜器铭文中的。《诗经》的《大雅·卷阿》、《大雅·崧高》、《大雅·烝民》、《小雅·车辖》四诗表达了时人对诗歌赞美功能的认识，依次为"矢诗不多，维以遂歌"，"吉甫作诵，穆如清风，仲山甫永怀，以慰其心"，"虽无德与女，式歌且舞"。《毛诗序》称《卷阿》是"召康公戒成王"，有人还引《竹书纪年》"成王三十三年游于卷阿，召康公从"之语以证《毛诗序》，南宋王质《诗总闻》以为是颂文王。今人程俊英认为《竹书纪年》此段内容很可能是后人作伪，因此毛、王两说"都是推测之词"，该诗的写作"时代等，只能存疑"。① 《毛诗序》称《崧高》、《烝民》皆"尹吉甫美宣王也"。朱熹《诗集传》分别释二诗为"宣王之舅申伯，出封于谢，而尹吉甫作诗以送之。言岳山高大而降其神灵和气以生甫侯申伯，实能为周之桢干屏蔽而宣其德泽于天下也"，"宣王命樊侯仲山甫筑城于齐，而尹吉甫作诗以送之。言天生众民，有是物必有是则，盖自百骸九窍五藏而达之君臣、父子、夫妇、长幼、朋友，无非物也"。② 《左传·昭公二十五年》记载《车辖》赋诵情况云："宋公享昭子，赋《新宫》，昭子赋《车辖》。"杜预注云："昭子将为季孙迎宋公女，故赋之。"③ 可见，四首表明文学赞美功能的"美"诗除第一首不明时代外，其余三首或者产生于西周晚期的宣王时期，或者晚在东周。当然，《左传》中昭子所赋《车辖》很可能是赋诵已有成诗而非自创，但是，依《小雅》整体产生时代判断，该诗的产生时间也绝不会早于前三首。而铜器铭文中的"对扬"之句则在西周建立之初就已经出现了，周武王时期的《朕簋》就已经有了"敏扬王休于尊簋"的明确言论，要比《诗经》中《崧高》、《烝民》的同类言论早约 300 年。所以，标举古代文论中的"美刺"理论，绝不可忽视西周铜器铭文中"赞颂美德"说的首创之功。

其二，"赞颂美德"说的产生和形成既是西周社会以德治国思想在文艺思想领域的反映，又是铜器铭文这一特定文学样式兴盛的结果。所以，这一文学功能观既富时代特征，又富实践特征和文体特征。

---

① 程俊英、蒋见元著《诗经注析》，中华书局 1991 年 10 月版，831 页。
② （南宋）朱熹注《诗集传》，上海古籍出版社 1980 年 2 月新 1 版，212、214 页。
③ 杨伯峻注《春秋左传注》，中华书局 1981 年 3 月版，1455—1456 页。

其三,"赞颂美德"说既对后代儒家正统文学理论的形成有积极影响,又对后世不良的颂圣文风的泛滥有诱发作用。

第二个方面,西周人还认识到了文章有记彰功烈的社会功能。西周铜器铭文大量刻记了一些人物的立功事迹,这些记功内容为澄清不少历史事件提供了实证,弥补了传世文献的严重不足,有重要的史料价值。值得注意的是,有些铭文还直接表明了铸刻铭文以记功烈的目的,说明西周人不仅客观上从事着铸文记功的文学实践活动,而且主观上亦已认识到了文章具备记彰功烈的社会功能。这方面的例文亦很多,前论"对扬"言论的铭文,相当部分都有此类内容。

为避重复,此处仅以唐兰《西周青铜器铭文分代史征》所收铭文为例简论之。唐著是一部未完稿,铭文的选录仅至穆王时,然其中明言对文章记功功能认识的言论就有多处,说明西周前期的人们就已对此问题有了普遍认识。如,昭王时的《麦方盉铭》云:"邢侯光厥吏麦,献于麦宫。侯锡麦金,作盉,用从邢侯征事,用旋走朝夕献御事。"唐兰意译本文云:"邢侯光宠他的官吏麦,到麦的宗庙去祭献。侯赏给麦铜,做了盉,用来刻记跟随邢侯出征的事,用旋走朝晚献给执政们。"①据铭文可知,此文事实上并未具体刻记麦跟随邢侯出征的史实经过,然而却明确表达了铸盉刻文的目的就是为了表彰麦的从征之功,以供执政们阅读。说明当时邢侯和麦都对文章记彰功烈的社会功能有着清醒的认识。同时的《麦方鼎》所表达的意思基本相同,云:"唯十又一月,邢侯延献于麦,麦锡赤金,用作鼎,用从邢侯征事,用飨多诸友。"②此处重复用"用从邢侯征事"一语,同样说明了创作此铭文的目的是用来记彰麦的从征之功。

又如,昭王时的《中方鼎》亦明言了铸文记功的目的,云:"唯王命南宫伐反荆方之年。王命中先省南国贯行,埶王位。在射虖真山,中呼归生凤于王,埶于宝彝。"③参照唐兰的注释和译文,这篇铭文的大意是说,这是昭王命令南宫去伐荆国的一年,昭王命令中先去视察南方的经行的道路,拟建王的行宫。在射虖山的地方,中叫归生把察看

---

① 唐兰著《西周青铜器铭文分代史征》,中华书局1986年12月版,255—256页。
② 同上,256页。
③ 同上,283页。

南方的情况向昭王作了禀报,王命令将此事铸刻在宝器上。不言而喻,这里昭王之所以要求其臣下把中视察南方的情况刻记于宝鼎上,就是因为他对中的视察结果很满意,认为他立了大功,值得表彰。这说明昭王对文章记彰功烈的社会功能亦有清醒的认识。

再如,穆王时的《师旂鼎》亦明言了创作铭文的目的,云:"唯三月丁卯,师旂众仆不从王征于方雷,使厥友弘以告于伯懋父:'在莽,伯懋父乃罚得、系、古三百锊。令弗克厥罚。'懋父命曰:'宜播且厥不从厥右征。令毋播,其有纳于师旂。'孔以告中史书。旂对厥劾于尊彝。"①参照唐兰的注释和译文,这篇铭文的大意是说,这是三月的丁卯日,师旂因为他属下的许多仆官不跟穆王去征方雷,便派他的助手弘把这件事告到伯懋父那里,说:在莽的时候,伯懋父曾罚得、系、古三个仆官三百锊,现在没有能罚。伯懋父命令说:依法应该放逐像这些不跟右军一起出征的人,现在不要放逐了,应该交罚款给师旂。弘把这事告知中史记下来,旂为称扬伯懋父的判决,要求将此事铸刻于宝彝上。"旂对厥劾于尊彝"一语明言师旂铸刻这篇铭文是为了称扬伯懋父公正的判决,其对铭文的社会功能的认识亦很清楚。

综观以上铭文可知,西周人虽没有专门讨论文章记彰功烈的社会功能问题,但他们在从事以铭文记彰功烈文学实践活动的同时,又确实在铭文中明确表达了运用这一文学样式将功烈记彰于彝器上的思想,这就在客观上反映出了西周人对文章记彰功烈功能的清楚认识。这是西周人对文章又一社会功能的体认,同时,从铭文中还不难看出,记彰功烈观在西周前期已经产生,并已成为上至周天子下至公侯甚至将军的普遍共识,其与同时的"赞颂美德"说共同构筑了这一历史时期文艺思想的主要特色,其对后世的纪实文学理论和纪实文学的发展有一定影响。

第三个方面,西周人还认识到了文章宣扬孝道的社会功能,并利用文章宣扬孝道。孔子说诗可以"迩之事父,远之事君",如果上面说的主要是"事君"的话,下面反映出的则是周人对于文章可以"事父"的初步认识。西周人为什么那样重视运用铭文记彰功烈?今人马承

---

① 唐兰著《西周青铜器铭文分代史征》,中华书局 1986 年 12 月版,313 页。

源认为,西周人这一行为有两个功利目的,"一是用以形成奴隶主贵族的权威。西周早期的贵族,都是灭商以前的宗族子弟或者小贵族,辅助文、武,伐商灭纣时有功于王室,随着武王的军事胜利,被分封受爵,成为大的权贵。他们把自己的功劳或父辈对王室的贡献,以及周王的锡命铸在青铜礼器上,就等于获得了地位和职务的证件,具有护身符的作用,以便造成他们的权威。二是加强宗法制度。宗法制度是周礼的重要组成部分,是周人维护其内部、巩固和加强统治的一种手段。其核心就是严格的宗子法承袭关系。西周时代,王臣都是世官,靠祖先的荫庇获得地位和特权。他们在青铜器铭文和祭祀活动中,追述祖先的功烈,告祭自己的荣誉,都是为了加强自己在其宗族体系中的地位"①。马氏的分析很深刻。但值得注意的是,所有西周铜器铭文的作者都并没有在其铭文中公开表露如上真实心迹,他们公开表白的却是另一种冠冕堂皇的目的:即用铭文记彰功烈来表达孝心,宣扬孝道。

表达这一思想的铭文很多,至少在百篇以上。有的铭文借追孝祖先以宣扬孝道。如《集成》3.746 至 3.752 七篇西周中期的《仲枏父鬲》皆有"孝于皇祖考"之语,15.9716、15.9717 两篇西周中期的《汈其壶》和 5.2768 至 5.2770 三篇西周晚期的《汈其鼎》皆称铸文目的是"用享孝于皇祖考",8.4219 至 8.4224 六篇西周中期的《追簋》皆云铸文的目的是"用享孝于前文人",5.2663 至 5.2666 四篇西周晚期的《伯鲜鼎》则云创作铭文的目的是"用享孝于文祖"。所谓"皇祖考"是指伟大的祖先,"前文人"是指道德高超的祖先,"文祖"是指有文德之行的祖先。有的铭文借追孝父母以宣扬孝道。如《集成》1.65 至 1.71 七篇西周晚期的《兮仲钟》和 8.4182《虢姜簋盖》、8.4203 和 8.4204 两《曾仲大父螽簋》等皆称创作铭文的目的是"其用追孝于皇考"。有的铭文借追孝宗室以宣扬孝道。如《集成》5.2727 西周中期的《师器父鼎》、7.4098《癸簋》及 8.4137 西周晚期的《叔狀簋》各铭文分别称铸文目的是"用享孝于宗室"、"用孝于宗室"、"用夙夜享孝于宗室"等。有的借追孝音乐文化之神以宣扬孝道。如《集成》5.2821 至 5.2823

---

① 马承源主编《中国青铜器》,上海古籍出版社 1988 年 7 月版,358—359 页。

三篇西周晚期的《此鼎》和8.4303至8.4310八篇《此簋》皆称铸文的目的是"用享孝于文神","文神"即专司音乐文化之神。另外,还有大量借追孝文王、武王、周天子、诸公、公婆、长辈、兄弟及具体人名以宣扬孝道的铭文,等等。

笔者以为,如上铭文尽管掩饰了铭文作者们维护自身既得利益的深层功利目的,但其借铭文表达孝心、宣扬孝道的言论并非都是言不由衷的套话,亦非纯粹的沽名钓誉,而在很大程度上表达的是他们真实的崇孝思想。这些言论是西周以孝治国思想在文艺思想领域的反映和在文学实践活动中的具体体现。如《尚书·周书·酒诰》篇所载周公命令康叔在卫国宣布戒酒的诰词中就力倡国人孝顺父母,云:"小子惟一……肇牵车牛,远服贾,用孝养厥父母。"《尚书·周书·康诰》中亦载周公曾要求康叔严惩不孝不友者,云:"刑兹无赦。"①《诗经·大雅·下武》亦曾赞美周成王恪尽孝道,云:"成王之孚,下土之式。永言孝思,孝思维则。媚兹一人,应侯顺德。永言孝思,昭哉嗣服。"《大雅·既醉》则大力宣扬孝心世代相传的思想,云:"威仪孔时,君子有孝子。孝子不匮,永锡尔类。"《大雅·卷阿》更从孝和德两方面称扬周王,所谓"有冯有翼,有孝有德,以引以翼"②等即是。可见,孝和德是西周人治国的思想基础,并贯穿于西周的始终,因此,这两种思想反映在西周人的言行及文学实践活动中是再自然不过的事情了。

从文学思想的角度看,铜器铭文中直接表达借文章宣扬孝道的言论,是西周人对文学又一社会功能的体认和揭示。它和赞颂美德、记彰功烈的文学功能观既分别代表了西周人认识文艺社会功能的三个不同方面,又相辅相成地体现了西周文艺思想的基本特色,即"歌颂"特色。

将西周铜器铭文中上述文学思想言论和《诗经》、《尚书》中的西周文艺思想言论加以整合,大体上就是西周文学理论的基本内容,代表了西周人对文学的整体认识水平。言及文学思想的西周《诗经》篇

---

① 李民、王健译注《尚书译注》,上海古籍出版社2000年10月版,270、264页。
② (南宋)朱熹注《诗集传》,上海古籍出版社1980年2月新1版,189、194、198页。

目有《小雅·节南山》《小雅·正月》《小雅·何人斯》《小雅·巷伯》《小雅·四月》《小雅·白华》《大雅·卷阿》《大雅·民劳》《大雅·板》《大雅·桑柔》《大雅·崧高》《大雅·烝民》十二篇①，惜《尚书》言及文学思想的七篇文字中仅《金縢》一篇似有一定可信性②。综观今见如上地下地上全部西周文学思想资料，可对西周人的文学观大致总结如下。

第一，西周人对文学功能有了较全面的认识。

首先，西周人认识到了文学的社会功能。从大的方面讲，文学功能包括其社会功能和独特的娱乐审美功能，以铜器铭文为主的西周文学思想资料，从两大方面集中揭示了文学的社会功能。一方面，揭示了文学歌颂赞美现实的社会功能；另一方面，揭示了文学揭露批判现实的社会功能。前者主要表现为铜器铭文中的"赞颂美德"说、"记彰功烈"说、"宣扬孝道"说和《诗经》中的"美"说。尽管此四种学说对文学的"赞美"功能的揭示还很不全面，主要局限于美德、美行，但这是一种理论观念初步生成时的必然缺陷，也是受西周礼制社会以德孝治国思想束缚的自然结果，对于三千年前的古人来说，其已经非常难能可贵了。后者主要表现为《诗经》中的"刺"说。惜铜器铭文未能表现出西周人对文学这一功能的认识，这一缺憾主要是由铭文自身的性质决定的。审视西周人对文学这两大社会功能的揭示，值得注意以下几个问题。

（一）对"歌颂"与"批判"两大社会功能的揭示，是对中国古代文艺

---

① 《诗经》中言及文学思想的篇目，目前以顾易生、蒋凡著《先秦两汉文学批评史》和张少康编选《先秦两汉文论选》收录最为完备，前者收 17 首，后者收 12 首，删除两书重合，共录 18 首，依《毛诗序》、郑玄《笺》、朱熹《诗集传》等古注及今人程俊英《诗经注析》考辨成果，其中《召南·江有汜》《魏风·葛屦》《魏风·园有桃》《陈风·墓门》《小雅·四牡》《小雅·车辖》六篇为西周以后的作品，其余十二篇为西周作品，即文中所引。

② 张少康编选《先秦两汉文论选》收录《尚书》篇目最全，共七篇，依次为《尧典》、《皋陶谟》、《金縢》，并附录《大禹谟》、《五子之歌》、《旅獒》、《毕命》。其中《大禹谟》、《五子之歌》、《旅獒》、《毕命》四篇仅见东晋梅赜伪《古文尚书》，不见于《今文尚书》，乃伪作无疑。而《尧典》、《皋陶谟》两篇，早在 1923 年就被顾颉刚判为伪作。顾氏在《古史辨》第一册 51 页中云："《尧典》、《皋陶谟》是我向来不信的，但我总以为是春秋时的东西，哪知和《论语》中的古史观念一比较之下，竟觉得还在《论语》之后。"其 201 页又云："第三组（三篇）：《尧典》、《皋陶谟》、《禹贡》。这一组决是战国至秦汉间的伪作，与那时诸子学说有相连的关系。"当今学术界多倾向于认为，《尧典》中的"诗言志"说大致形成于春秋时期。

理论的重要贡献。虽然铜器铭文和《诗经》对文艺两大社会功能的揭示都比较具体,甚至还没有上升到抽象的理论高度,具体涉及的面亦较窄,但西周人这两大认识的首创性、科学性和重要性是毋庸置疑的,之后历代文论家对文艺社会功能的阐发都是在这两大认识的基础上进行的,都只是对此认识的充实、完善和补充,而不是对它的否定。同时,西周人开创的这种"论功颂德,所以将顺其美;刺过讥失,所以匡救其恶"①的精神,"开启了我国诗论中'为时''为事'以至'为人生'而作的传统先河"②。历代文学创作也都在实践着西周人揭示的这两大社会功能。

(二)西周人对文学两大社会功能的揭示有着明显的时代特征。歌颂和批判,是两种相对的社会功能,而西周铜器铭文和《诗经》对文学歌颂赞美功能的揭示多局限于对有德者的歌颂赞美,《诗经》对文学揭露批判功能的揭示,亦重在对无德者的揭露批判,因此,西周人对文学两大社会功能的揭示,看似相反相对,实则又相辅相成,明显打上了这一特定历史时期以德孝思想治国的时代烙印,尤其铜器铭文表现得尤为突出。这在某种程度上视文学为政治道德的附庸,降低或取消了文学的独立地位。

(三)从揭示文学的歌颂功能到揭示文学的批判功能,标志着西周人对文学社会功能认识水平的不断提高的发展轨迹。由前文所引铜器铭文实例可知,西周人对文学歌颂功能的揭示,早在西周初年的铜器铭文中就已大量出现了,而其对文学批判功能的揭示却是在西周晚期的《诗经》篇目中才出现的。如《毛诗序》分别释《诗经》的《大雅·民劳》、《大雅·板》、《大雅·桑柔》云:"召穆公刺厉王也"、"凡伯刺厉王也"、"芮伯刺厉王也";其分别释《诗经》的《小雅·节南山》、《小雅·正月》、《小雅·巷伯》、《小雅·四月》为"刺幽王也"、"大夫刺幽王也"、"刺幽王也"、"大夫刺幽王也";释《陈风·墓门》云:"刺陈佗也。"《左传·桓公五年》载:"文公子佗杀太子免而代之。"注云:"佗,《传》称文公之子,则桓公之弟也。"③可见,《诗经》中揭示文学批判功

---

① (东汉)郑玄《诗谱序》,见清阮元校刻《十二经注疏》之《毛诗正义》,中华书局1980年10月影印版,260页。
② 顾易生、蒋凡著《先秦两汉文学批评史》,上海古籍出版社1990年4月版,29页。
③ 杨伯峻注《春秋左传注》,中华书局1981年3月版,104页。

能的言论最早产生于西周晚期的厉王之时,兴盛则迟在西周末的幽王时,延续却更到东周的春秋时期了。这说明西周人认识文学的社会功能最初是从发现它的歌颂现实的功能开始的,随着时间的推移,才又逐渐认识到了文学批判现实的社会功能。从歌颂功能到批判功能认识的进步,不只是标志了西周人对文学社会功能认识面的扩大,更标志了西周人对文学社会功能认识水平的逐步提高和升华,符合人类认识事物的一般性规律,因为"歌颂"是文艺的表层功能,"批判"才是其深层的功能和真正的价值之所在。从长远的眼光看,文学批判现实的意义和价值要比其歌颂现实的意义和价值大得多,其生命力亦强得多。当然,西周人这种认识的变化,也与西周社会由盛转衰的历史演变进程有密切的关系,所谓"天下不治,请陈佹诗"(《荀子·赋》)是也。

(四)铜器铭文中的"赞颂美德"说和"宣扬孝道"说分别对孔子的重德文学思想和汉儒的教化理论产生了重要影响。前者,如孔子"谓《韶》尽美矣,又尽善也。谓《武》尽美矣,未尽善也"(《八佾》)、"志于道,据于德,依于仁,游于艺"(《述而》)、"有德者必有言,有言者不必有德"(《宪问》)、"礼云礼云,玉帛云乎哉?乐云乐云,钟鼓云乎哉"(《阳货》)①;后者,如《毛诗序》所谓"先王以是经夫妇,成孝敬,厚人伦,美教化,移风俗"②等,都有铜器铭文言论的影子。

其次,西周人对文学的娱乐审美功能亦有了初步认识。西周铜器铭文言及娱乐目的的内容还很少,共有八篇,但从其行文看,其对文学自身独特的娱乐审美功能确亦有了初步认识。现将八篇铭文摘录如下。《集成》1.246 西周中期的《瘋钟》云:"瘋林钟,用邵各、喜侃乐前文人。"1.247 至 1.250 四篇同期的《瘋钟》皆云:"敢作文人大宝协瘋钟,用追孝、敦祀、邵各乐大神。"1.143 西周晚期的《鲜钟》云:"用作朕皇考林钟,用侃喜上下,用乐好宾,用祈多福,孙子永宝。"2.356 至 2.357 两篇西周晚期的《丼叔采钟》皆云:"丼叔采作朕文祖穆公大钟,用喜乐文神、人,用祈福霝、多寿、诲鲁,其子子孙孙永日鼓乐兹钟,其永宝用。"通览八篇铭文的名称和行文不难看出,这些言及娱乐目的的铭文都是铸刻在古乐器"钟"上的,其文中之"乐",主要是指

---

① 杨伯峻译注《论语译注》,中华书局 2009 年 10 月版,33、66、144、183 页。
② 郭绍虞主编《中国历代文论选》第 1 册,上海古籍出版社 2001 年 10 月版,63 页。

"钟"这种乐器的功用问题,用此"钟"演奏乐曲可以获得快乐。与前述各铭文所表述的运用铭文赞颂美德、记彰功烈、宣扬孝道确实有性质之别,所谓"子子孙孙永日鼓乐兹钟"的表述,更能说明这一区别。尽管如此,这些铭文的出现,在表明西周人以乐器取悦于"神"、"人"、"前文人"、"好宾"的同时,毕竟铸刻铭文事件本身亦蕴含了用铭文取悦于神、人、祖先、宾客的意思。

从文艺理论的角度看,这八篇铭文透露出了可喜的信息,说明西周人不仅清楚地认识到了文学具有歌颂现实和批判现实的社会功能,还初步地认识到了文学独特的娱乐审美功能。这一认识产生的意义不可低估,文艺的社会功能与娱乐审美功能是文艺功能的两翼,并且其社会功能的实现是通过娱乐审美功能完成的,认识到文艺的娱乐审美功能就等于在认识到文艺社会功能的同时还朦胧地认识到了发挥这一社会功能的独特方式以及文学的本质特征。

第二,西周人对文学的本质特征有了初步认识。

《尚书·周书·金縢》云:"武王既丧,管叔及其群弟乃流言于国曰:'公将不利于孺子。'周公乃告二公曰:'我之弗辟,我无以告我先王。'周公居东二年,则罪人斯得。于后,公乃为诗以贻王,名之曰《鸱鸮》,王亦未敢诮公。"①关于此文的真伪和《鸱鸮》(见《诗经·豳风》)诗的作者问题,目前尚有争议,但我们在缺乏实证的条件下还是尊从前人之说视其为周初的文献为好②。如此,从文学的接受主体和社会

---

① 李民、王健译注《尚书译注》,上海古籍出版社 2000 年 10 月版,240 页。

② (西汉)司马迁著《史记·鲁周公世家》云:"其后武王既崩,成王少,在强葆之中。周公恐天下闻武王崩而畔,周公乃践阼代成王摄行政当国。管叔及其群弟流言于国曰:'周公将不利于成王。'周公乃告太公望、召公奭曰:'我之所以弗辟而摄行政者,恐天下畔周,无以告我先王太太、王季、文王。三王之忧劳天下久矣,于今而后成。武王蚤终,成王少,将以成周,我所以为之若此。'……东土以集,周公归报成王,乃为诗贻王,命之曰《鸱鸮》,王亦未敢训周公。"(中华书局 1982 年 11 月版,1518—1519 页)《毛诗·豳风·鸱鸮序》云:"《鸱鸮》,周公救乱也。成王未知周公之志,公乃为诗以遗王,名之曰《鸱鸮》焉。(阮元校刻《十三经注疏》之《毛诗正义》,中华书局 1980 年 10 月版,394 页)顾颉刚云:"第二组(十二篇):《甘誓》、《汤誓》、《高宗肜日》、《西伯戡黎》、《微子》、《牧誓》、《金縢》、《无逸》、《君奭》、《立政》、《洪范》。……这或者是后世的伪作,或者是史官的追记,或者是真古文经过的翻译,均说不定。"(顾颉刚等著《古史辨》第一册,上海古籍出版社 1982 年 8 月版,201 页)可见,与张少康编选《先秦两汉文论选》所收录的其他六篇《尚书》文章相比,《金縢》的真实性更大一些。

效果角度看"公乃为诗以贻王,名之曰《鸱鸮》"二语,说明西周初人们已认识到了文学作品讽喻现实的社会功能,其"王亦未敢诮公"的记载说明《鸱鸮》之作亦确实起到了这一作用。如果从创作主体的角度审视上二语,则说明西周初人们已有了以诗明志的意识,正如《毛诗序》对此诗所作的分析那样"成王未知周公之志,公乃为诗以遗王",而以诗明志即借文学表达作者思想、志向、情感正揭示了文学的本质特征。以此类推,前述铜器铭文中的"赞颂美德"说、"记彰功烈"说、"宣扬孝道"说及《诗经》中的"美刺"说,从接受主体和社会效果的角度看揭示了文学的社会功能,而从创作主体角度看则全部是作者借诗文明志,借文学表达其思想、志向和情感。这说明西周人确已初步意识到了文学的明志本质特征,只是还没有升华到理论概括高度。正是西周人这种意识的长期积累和在此意识指配下大量铭文、诗歌等文学创作实绩的积累,才促成了春秋时期重要的文学本质特征理论——"诗言志"说的形成①。应该说,没有西周的文学本质特征意识的深厚积淀,就没有文学本质特征理论"诗言志"说的确立,"诗言志"这一中国历代诗歌理论"开山的纲领"是西周铜器铭文和诗歌作品中蕴含的文艺思想意识发展的必然结果。

---

① "诗言志"一语见《尚书·尧典》,前注已述顾颉刚及学术界对《尧典》的断限,笔者倾向于学术界关于其代表春秋时期人们的文学认识水平的看法。

上博简《诗论》作者复议*

上海博物馆藏《战国楚竹书》的陆续整理分册出版，是21世纪初中国文化学术史上的盛大事件，有学者甚至将它的意义与上世纪初殷墟甲骨文、敦煌藏经洞的发现与整理相提并论。① 其中，第一册中的《孔子诗论》②尤为引人注目，成为学术界的热门话题。综览有关研究成果，讨论主要围绕四个方面的问题进行：一、字形隶定、词义辨释与简文疏解；二、作者考辨；三、简序编排；四、与《毛诗序》的关系。前三个问题属于基础性研究，是任何简牍研究都无法回避的问题，没有这些研究，对文本思想价值、理论意义的探讨就无从谈起；第四个问题则属于基础研究之上的理论研究，关乎到《孔子诗论》在古代文学理论史上的价值定位，故这一研究也很重要。其他方面的理论研究成果也有一些，但与前几个方面的研究相比，则还比较零碎和薄弱，并且主要不是体现在单篇论文中，而是主要体现在两部学术专著中。③ 这是学术研究的正常现象，只有待基础问题解决得比较圆满了，才会把关注重点逐渐提升到理论层面上来。不过，就《孔子诗论》而言，其研究的最终归宿应该是诗学理论，具体讲，应是对孔子评论

---

* 本文原载于《中州学刊》2004年6期，被中国人民大学复印报刊资料《中国古代、近代文学研究》2005年3期全文转载。

① 参见《文艺研究》2002年2期一组讨论《战国楚竹书·孔子诗论》的"热点追踪"文章，作者有李学勤、方铭、傅道彬、廖名春、王小盾、马银琴、胡平生、廖群等。

② 马承源主编《上海博物馆藏战国楚竹书》（一），上海古籍出版社2001年11月版，图版13—41页，释文考释121—128页。

③ 指黄怀信著《上海博物馆藏战国楚竹书〈诗论〉解义》（社会科学文献出版社2004年8月版）、陈桐生著《〈孔子诗论〉研究》（中华书局2004年12月版）两书。另外，刘信芳著《孔子诗论述学》（安徽大学出版社2003年1月版）、于茀著《金石简帛诗经研究》（北京大学出版社2004年10月版），两书也涉及一点理论问题。

《诗经》作品、归纳风雅颂特征、概括文艺本质等诸方面诗学贡献的系统研究。因此,本人的整体研究规划为:授《诗》者考辨,简序编排,简文隶定与释读,孔子对《诗经》具体作品的评论,孔子对风雅颂内容和风格的分类研究,孔子对文艺本质的揭示,《孔子诗论》的独特理论贡献。本文集中讨论授《诗》者问题,因为此问题岐说纷纭且多数结论可能不合实际,故取名"复议"。

一、关于《诗论》授诗者的七种观点

《孔子诗论》的作者问题是学术界争论的焦点之一,归纳起来大致有七种观点。

一种观点认为,简文记载的授《诗》者是孔子,是孔子弟子对孔子授《诗》内容的追记,这一观点以竹简整理者马承源、李零、濮茅左等为代表。其理由有四:理由之一,简文中出现了六次"🈁曰",其中"🈁"的"卜"虽与"乚"差别较大,但先秦字体不规范,仅"孔"字就有四种写法,其写法之一为"子人",而简文中的"卜"正与"人"相近,故"🈁"乃"子人子"合文,即"孔子"合文①。理由之二,"🈁"在《鲁邦大旱》和《子羔》两篇简文中亦各出现数次,而此二简文与《孔子诗论》不仅竹简尺寸型制、字体、行款完全一致,书写出于同一人之手,更为重要的是,《鲁邦大旱》中记载了"🈁"与鲁哀公谈话之后,出门向子贡自称为"丘"的一段言论,"丘"乃孔子之名,是传世文献中孔子自称的惯常用法。这一点为"🈁"隶定"孔子"合文找到了铁证。② 理由之三,从《子羔》篇上下文意、子羔和鲁哀公问学施教人说话的训人口气、年长于子夏十四岁的子羔的谦卑口气看,这个说话人更像孔子而不像子夏。③ 理由之四,传世先秦两汉文献和出土文献中没有以"卜子"称子夏或卜商的实例,即历史上没有"卜子"其人,而孔子的曾孙"子上"

---

① 马承源《〈诗论〉讲授者为孔子之说不可移》,载《中华文史论丛》第六十七辑,上海古籍出版社 2002 年 3 月版。
② 马承源主编《上海博物馆藏战国楚竹书》(一),上海古籍出版社 2001 年 11 月版,124 页。
③ 李零《参加"新出简帛国际学术研讨会"的几点感想》,载国际儒学联合会"简帛研究"中心网站:http://www.bamboosilk.org。

(子思之子)在鲁哀公时还远未出生(鲁哀公在位时发生大旱的时间是公元前 480 年,此时子上之父子思〈前 483—前 402〉才只有三岁),故"⿱⿱"不应隶定为"卜子"合文或"子上"合文①。所以整理者将简文命名为《孔子诗论》。这一观点目前已为不少学者所接受②。

一种观点认为,《孔子诗论》的作者是孔子的弟子子夏,这一观点以李学勤、裘锡圭、范毓周、朱渊清、彭林等为代表。其理由有二:第一,"⿱"为"卜子"合文,"卜子"乃卜商字子夏的尊称,虽楚文字中的"卜"字通常作"凡",但此合文中的"卜"字是取楚"占"字上半所

---

① 濮茅左《关于上海战国竹简中"孔子"的认定——论〈孔子诗论〉中合文是"孔子"而非"卜子"、"子上"》,载《中华文史论丛》第六十七辑,上海古籍出版社 2002 年 3 月版。

② 如邱德修《〈上博简〉(一)"诗亡隱志"考》称:"释⿱为'孔子'的合文,尤为精彩,这是释读者细心用功的地方。"(收入上海大学古代文明研究中心、清华大学思想文化研究所编《上博馆藏战国楚竹书研究》,上海书店出版社 2002 年 3 月版,293 页。以下引自本书者仅标页码)俞志慧《〈孔子诗论〉五题》称:"诗无隐志,隐志必有以喻可以看成孔子对古《志》之语的继承与发扬。"(同上书 308 页)黄人二《"孔子曰诗无离志乐无离情文无离言"句跋》直称"孔子曰"并称"今依《上海博物馆藏战国楚竹书》(一)整理者之说明,举出四种'孔子'二字合文之写法,则读为'孔子'是也。"(同上书 328 页)许全胜《〈孔子诗论〉零拾》称:"《孔子诗论》一篇,因关涉孔子与《诗经》流传及先秦儒学传承等重大学术问题,尤为学者瞩目。此篇经马承源先生考释,马氏据《子羔》、《鲁邦大旱》两篇未刊楚简之相关材料考证篇中'孔子'合文,已成定谳,可不必置辩矣。"(同上书 363 页)朱渊清《读简偶识》称自己最初亦倾向于"卜子"说,后读了马承源和濮茅左的文章则改变了看法,"以为从这两份新资料的上下内容看,'⿱'只能释读为'孔子'。从字形上实际也有可以证明'⿱'即'孔'字的证据,并且来自常见字书。周凤五先生在 2001 年 9 月 29 日赐笔者信件中指出:'《古文四声韵》卷三董韵"孔"字收《籀韵》的"⿱"形,与简文极为接近,堪称确证。简文据此可以径释"孔子"合文'。笔者偶读清人李遇孙《尚书隶古定释文》,其卷三有'⿱(孔)壬'条,以为可附周先生之说,文曰:'《集韵》:"孔,古作⿱。"《隶辨》载《衡立碑》"仅问孙芬"、《张寿碑》"有⿱甫之风"并作"⿱"。'"(同上书 403—404 页)王齐洲《孔子、子夏诗论比较——兼论上海博物馆藏战国楚竹书〈诗论〉之命名》(载《华中师范大学学报》2002 年 5 期)将传世文献与《孔子诗论》对具体作品的评论作了比较,认为竹书《诗论》的立场和方法与孔子比较一致,竹书定名为《孔子诗论》是合适的。晁福林《从王权观念变化看上博简〈诗论〉的作者及年代》(载《中国社会科学》2002 年 6 期)认为,《诗论》具有浓厚的尊王思想,与孔子思想相一致,《诗论》当是孔子授诗内容的记载。刘信芳著《孔子诗论述学》(安徽大学出版社 2003 年 1 月版)一书 4 页至 5 页认为:"如果该合文释为'孔子'确实是正确的,那么《诗论》应该是由孔门弟子述孔子之学说而成篇,其成书年代稍后于孔子。""该合文无论释为'孔子'还是释为'卜子',都不影响我们将《诗论》理解为孔子的思想体系。""《诗论》与《论语》同为孔子学说,但实际编纂者不可能是同一个人。"等等。还有不少考辨字形字义的文章,仅对马承源等整理的《孔子诗论》的其他字词的疏解提出了商榷性意见,而未言及"⿱"的隶定问题,说明对马氏隶定无异议。

从的"卜"字。① 第二,即便"䎒"隶定为"孔子"合文,《孔子诗论》简文的六处"孔子曰"亦并未贯穿全篇,其仅是孔门儒者撰写《孔子诗论》时征引的孔子言论,②而根据传世文献的记载考推,以艺文见称、具备撰写《孔子诗论》素质的孔门弟子只能是子夏。③ 不过,后来李学勤、裘锡圭又都改变了观点,认为《孔子诗论》是孔子授诗内容的纪录。④

一种观点认为,《孔子诗论》的阐述者是孔子弟子子羔,这一观点以廖名春为代表。其主要理由是《孔子诗论》篇承《子羔》篇而来。⑤

一种观点认为,《孔子诗论》的作者是孔子曾孙子上,黄锡金持这一观点。其理由是:第一,简中合文是"上"字借用"子"字的笔画,尤其是上列"子"字作横笔者更为明显,这种借笔在楚简中常见;第二,子上之父子思是承其家学的大学问家,子上论《诗》不

---

① 2000年8月19日,马承源在北京大学"新出简帛国际学术研讨会"上作题为《孔子诗论》报告,会上裘锡圭、李学勤提出"卜子"说。又见李学勤《再说"卜子"合文》,清华大学简帛讲读班第13次研讨会,2000年11月11日;朱渊清《上博诗论简读商兑》,载《世纪书窗》2000年5期;彭林《关于〈战国楚竹书·孔子诗论〉的篇名与作者》,载《孔子研究》2002年2期;范毓周《关于〈文汇报〉公布上海博物馆所藏〈诗论〉第一枚简的释文问题》,载国际儒学联合会"简帛研究"中心网站;裘锡圭《关于孔子诗论》,中国社会科学院历史所楚简《诗论》学术研讨会,载《国际简帛研究通讯》第2卷3期,2002年1月;江林昌《上博竹简〈诗论〉的作者及其与今传本〈毛诗序〉的关系》,载《文学遗产》2002年2期。

② 李学勤《〈诗论〉简的编排与复原》,载《中国哲学史》2002年1期,《〈诗论〉的体裁和作者》,收入《上海博物馆藏战国楚竹书研究》,上海书店出版社2002年3月版,54页;又见廖名春《上海博物馆藏诗论简校释》,载《中国哲学史》2002年1期,《〈战国楚竹书·孔子诗论〉研究浅见》,载《文艺研究》2002年2期;彭林《关于〈战国楚竹书·孔子诗论〉的篇名与作者》,载《孔子研究》2002年2期;郑杰文《上博藏战国楚竹书〈诗论〉作者试测》,载《文学遗产》2002年4期。

③ 李学勤《〈诗论〉简的编排与复原》,载《中国哲学史》2002年1期,《〈诗论〉的体裁和作者》,收入《上海博物馆藏战国楚竹书研究》,上海书店出版社2002年3月版,56页;范毓周《关于〈文汇报〉公布上海博物馆所藏〈诗论〉第一枚简的释文问题》,载国际儒学联合会简帛研究中心网站;江林昌《上博竹简〈诗论〉的作者及其与今传本〈毛诗序〉的关系》,载《文学遗产》2002年2期。

④ 李学勤在刘信芳著《孔子诗论述学·序言》(安徽大学出版社2003年1月版,序1页)中云:"这篇文献记载了孔子对《诗》的系统观点,代表了早期儒家的诗学。"裘锡圭在《关于孔子诗论》(载《中国哲学》第24辑)一文中说:"那个合文确实应释为'孔子'。"

⑤ 廖名春《上博〈诗论〉简的作者和作年》,载"简帛研究"网站,2002年1月17日;高华平《上博简〈孔子诗论〉的论诗特色及其作者问题》,载《华中师范大学学报》2002年5期。

足为奇。①

　　一种观点认为,《孔子诗论》的作者是孔子不知名的再传弟子,陈立、黄怀信持此观点。其理由是简文的称谓,认为简文有六处称"孔子曰"而不称"子曰",说明称述者不可能是孔子弟子而只能是其再传弟子,时代当在战国早期。②

　　一种观点认为,《孔子诗论》的作者是一位主要接受春秋官学《诗》学的人,郑杰文持此观点。其主要理由是,通过简文《孔子诗论》与《论语》、《孟子》、《礼记》、《左传》、《国语》等传世文献所引孔子论《诗》言论的比较,发现简文《孔子诗论》与孔子说《诗》在思想观念与解《诗》方法上存在很大差异,分属于先秦两个不同的《诗》学系统③。

　　一种观点认为,《孔子诗论》的作者是战国时期一位专治《诗三百》的南楚儒学经师,这位南楚儒学经师生活在子思之后、孟子之前,陈桐生持此观点。陈君在其学术专著《〈孔子诗论〉研究》④中,专设《从〈孔子诗论〉看战国南楚〈诗〉学》、《〈孔子诗论〉的作者与时代》、《〈孔子诗论〉学术思想考源》三章,从宏观到微观系统梳理、全面考察了学术界关于《孔子诗论》作者和时代问题的研究成果,并逐一否定了以上六种观点。其否定《孔子诗论》是孔子授《诗》记录的理由为:第一,战国著述活动中存在托名与重言习俗,先秦文献中的"孔子曰"真伪并存;第二,研究孔子思想最可靠的资料是《论语》,而《孔子诗论》说《诗》回归文本本身不同于《论语》的断章取义;第三,《孔子诗论》关注"民性"不同于《论语》中孔子不谈论性情;第四,《孔子诗论》不谈出使应对不同于《论语》中孔子主张出使应对;第五,战国时期同时存在着中原和南楚两个学术中心,而出土于战国楚墓的《孔子诗论》应该是南楚的本土诗学著作,和同墓出土的《性情论》为同一时代。

　　笔者以为,对《孔子诗论》作者的考察当分两步走。第一步,先隶定"𠱼"究竟作什么讲;第二步,这个"𠱼"的言论是否贯穿了《孔子诗

---

①　黄锡金《孔子乎？卜子乎？子上乎？》,载"简帛研究"网站,2001年2月26日。
②　陈立《〈孔子诗论〉的作者与时代》,载"简帛研究"网站,2002年6月2日;黄怀信《上海博物馆藏战国楚竹书〈诗论〉解义》,社会科学文献出版社,2004年8月版,前言5页。
③　郑杰文《上博藏战国楚竹书〈诗论〉作者试测》,载《文学遗产》2002年4期。
④　陈桐生著《〈孔子诗论〉研究》,中华书局2004年12月版,1—154页。

论》全篇,如果没有,其言论与作者的言论之间又是什么关系?是作者对"🈳"的言论有所阐发,还是作者在阐发己说时仅对"🈳"的言论有所征引?即全部简文究竟是以谁的言论为核心。若属于前者,则《孔子诗论》的所有权仍应归属于"🈳",正像《论语》虽为孔子弟子或再传弟子编纂而成,其中亦有弟子与孔子的对话及弟子阐发师说的内容,却仍代表孔子思想一样。若属于后者,《孔子诗论》的著作权则要另当别论,所引征的"🈳"言论只能作为早期珍贵的诗学理论文献单独摘出另作研究。

二、孔子是《孔子诗论》的授诗者

(一)"🈳"隶定为"孔子"无疑

笔者以为,"🈳"乃"孔子"的合文是毋庸置疑的。

从正面讲,除不少学者提供的依据可资参考外,马承源从简文《鲁邦大旱》中找出的证据最为有力,可谓铁证。其《战国楚竹书》(一)124页释读原简简文如下:

> 鲁邦大旱,哀公谓🈳:"子不为我图之?……"
> 🈳答曰:"邦大旱,毋乃……"🈳子曰:"名乎?……"
> 出,遇子贡曰:"赐,尔闻巷路之言,毋乃谓丘之答非欤?"子贡曰:"……"

简文的大意是:鲁国发生了严重旱灾,鲁哀公征询孔子说,先生不为我提供治灾之策?孔子回答说:鲁国发生了如此大的旱灾,是不是社会失去了刑律和道德规范的缘故?孔子出门遇见了子贡,就说:赐啊,你已经听到了小巷和路上(关于回答君上建议治灾)的传言,你是不是以为丘的答言是不对的呢?子贡说,当然不会,老师……很明显,末句肯定是孔子与弟子子贡的对话,传世文献中,孔子凡称其弟子或自称,皆直呼其名而不称其字(子贡,姓端木,名赐,字子贡;孔子,名丘,字仲尼。传世文献中,孔子皆呼子贡为"赐",皆自称为"丘")。传世文献中孔子称子贡为"赐"之例,如《论语》:

> 子贡曰:"《诗》云:'如切如磋,如琢如磨',其斯之谓与?"子曰:"赐也,始可与言《诗》已矣,告诸往而知来者。" ——《学而》

子贡欲去告朔之饩羊。子曰:"赐也!尔爱其羊,我爱其礼。"
　　　　　　　　　　　　　　　　　　　　　　——《八佾》
　　子贡曰:"我不欲人之加诸我也,吾亦欲无加诸人。"子曰:
"赐也,非尔所及也。"　　　　　　　　——《公冶长》
　　子贡方人。子曰:"赐也贤乎哉?夫我则不暇。"
　　　　　　　　　　　　　　　　　　　　　　——《宪问》①

传世文献中孔子自称"丘"之例,如《论语》:

　　子曰:"巧言、令色、足恭,左丘明耻之,丘亦耻之。匿怨而友其人,左丘明耻之,丘亦耻之。"　　　　——《公冶长》
　　子曰:"丘也幸,苟有过,人必知之。"　　——《述而》
　　子疾病,子路请祷。……子曰:"丘之祷久矣。"——《述而》
　　康子馈药,(孔子)拜而受之。曰:"丘未达,不敢尝。"
　　　　　　　　　　　　　　　　　　　　　　——《乡党》
　　孔子曰:"……丘也闻,有国有家者,不患寡而患不均,不患贫而患不安。"　　　　　　　　　　　　——《季氏》
　　夫子怃然曰:"……天下有道,丘不与易也。"——《微子》②

又如《左传》:

　　季孙欲以田赋,使冉有访诸仲尼。仲尼曰:"丘不识也。"
　　　　　　　　　　　　　　　　　　　　——《哀公十一年》③

又如《礼记》:

　　夫子曰:"丘闻之,亲者毋失其为亲也,故者毋失其为故也。"
　　　　　　　　　　　　　　　　　　　　　　——《檀弓下》
　　孔子曰:"大道之行也,与三代之英,丘未之逮也,而有志焉。"
　　　　　　　　　　　　　　　　　　　　　　——《礼运》

―――――――――――

① 上引《论语》之《学而》、《八佾》、《公冶长》、《宪问》各文,依次见杨伯峻译注《论语译注》9、29、46、155 页。
② 上引《论语》之《公冶长》、《述而》(二次)、《乡党》、《季氏》、《微子》各文,依次见杨伯峻译注《论语译注》52、74、76、105、172、194 页。
③ 杨伯峻注《春秋左传注》,中华书局 1981 年 3 月版,1667—1668 页。

（鲁）哀公问于孔子曰："大礼何如？君子之言礼，何其尊也？"孔子曰："丘也小人，不足以知礼。"——《哀公问》

子曰："……君子之道四，丘未能一焉。"——《中庸》

孔子对曰："丘少居鲁，衣逢掖之衣；长居宋，冠章甫之冠。丘闻之也，君子之学也博，其服也乡，丘不知儒服。"——《儒行》①

由以上文献可以印证，简文《鲁邦大旱》中答鲁哀公问之后又与子贡对话而自称为"丘"的这个"🅧"，只能是孔子，而绝不会是其他任何人。所以，《孔子诗论》中六处"🅧"的言论皆当为孔子的言论。

从反面讲，简文中的"🅧"不可能隶定为"卜子"。这一点，除濮茅左等专家提出的理由外，笔者还可补充两条理由。

其一，"🅧"隶定为"卜子"不合战国时期的合文规范。据古文字学家的研究成果可知，合文现象产生很早，甲骨文中已大量存在，西周金文中也有一些，当时合文的特点，一是两字之间尚少有共旁或共笔，只是两字之间靠得较紧，又是专有名词，二是尚没有合文符号，如"🅧（一月）"、"🅧（四月）"、"🅧（七月）"等。但发展到春秋晚期，其简牍帛书中的合文特点则有了明显不同，一是出现了合文符号"="（两短横），二是合文出现了两字不共笔、共旁（省形）、共笔（借笔）三种形式，且不共笔者同时亦无合文符号（因为不需要），有合文符号者则共旁或共笔。不共笔者如"🅧（日月）"、"🅧（太后）"；共旁者如"🅧（司马）"、"🅧（参分）"、"🅧（子孙）"、"🅧（驷马）"分别共享了马、分、子、马旁；共笔者如"🅧（余子）"、"🅧（公子）""🅧（君子）"、"🅧（大夫）"、"🅧（上下）"分别共享"▽"、"大"、"一"等。② 而作为抄写于战国中期的简文《战国楚竹书·孔子诗论》中的合文"🅧"，要隶定出其为哪两

---

① 上引《礼记》之《檀弓下》、《礼运》、《哀公问》、《中庸》、《儒行》各文，依次见杨天宇译注《礼记译注》（上海古籍出版社 2004 年 7 月版）137、265、655、695、791 页。

② 参见曹锦炎《甲骨文合文研究》，载《古文字研究》第十九辑，中华书局 1992 年 8 月版；刘钊《古文字中的合文、借笔、借字》，载《古文字研究》第二十一辑，中华书局 2001 年 10 月版；沈宝春《西周金文重文现象探究》，载《古文字研究》第二十四辑，中华书局 2002 年 7 月版；裘锡圭《甲骨文重文合文重复偏旁的省略》，收入《古文字论集》，中华书局 1992 年 8 月版；裘锡圭《再谈甲骨文中重文的省略》，（同上）；林素清《论先秦文字中"="符号》，载《中央研究院历史语言研究所集刊》第 56 本第 4 分册，801—825 页；林素清《谈中国文字的简化现象》，载《大陆杂志》72 卷 5 期，217—228 页。

个字的合文，必须符合春秋晚期以来简帛合文中的第二个特点。若将其隶定为"孔子"，自然符合共旁形式，两字共享"子"字。若将"𬂩"右上角隶定为"卜"字，那么"𬂩"确可读作"卜子"，然而两字之间却既不共偏旁也不共笔画，却又有合文符号，这样就与同时期简文中的合文模式相悖了。

其二，"𬂩"隶定为"卜子"合文不符合战国时期人们运用合文的意图。据古文字学家的研究，战国时期合文的运用与殷商甲骨文中合文的大量存在性质不同，甲骨合文是文字原始性的表现，是用一个形体记录一个词组这种原始文字写词方法的孑遗，而战国简帛合文的运用，其主要目的是为了追求书写的简便迅速。① 当时流行的文字，形体圆润，笔画弧曲，颇碍书写速度，因而，书写者在书写过程中遇到重字、重旁、重笔的文字时，顺手点出两点或两短横以代重写之劳是自然而然的事情，尽管此时有些合文仍保留了金甲合文中不省形不省笔的传统，但也仅仅是逐步减少地保留传统而已，起码不会再人为地增加笔画。因此，如果《战国楚竹书·孔子诗论》中的"𬂩"隶定为"卜子"，则恰与战国时代人们运用合文的意图相反了，此合文不仅不能节省笔画，反而因添写重文符号而增加了笔画，有悖于时人简便迅速的书写初衷，能找出其存在的理由至多不过是写作"𬂩"比写作"卜子"节省了空间。故"𬂩"不可能隶定为"卜子"。

另外，值得注意的是，不少学者本已判定古代文献中没有关于子夏（姓卜名商字子夏）被尊称为"卜子"的记载，此已间接说明历史上并没有"卜子"其人，但仍有"卜子"论者坚持从传世文献中找到了所谓子夏被称为"卜子"的依据，其实是为证己说而对文献作出的强解和误读。云："尊称子夏为卜子，有文献依据。梁玉绳《古今人表考》卷三：'子夏始见《论语》，姓卜，名商，是为卜商，字子夏，卫人。亦曰子夏氏（《檀弓》），亦曰卜子夏（《吕氏春秋·察贤》），亦曰卜先生（《韩诗外传》六）。魏文侯师之。'按，《吕氏春秋·察贤》篇说：'魏文侯师卜子夏，友田子方，礼段干木。'《韩诗外传》卷三也说魏文侯'东得卜

---

① 同上页注②。

子夏,田子方,段干木'。可见,称子夏为'卜子'是古有的习称。"①很清楚,《吕氏春秋》和《韩诗外传》中的"卜子夏"是姓"卜"与字"子夏"的合称,而不是"卜子"与"夏"的合称,此处的"子夏"是一个整体,不能分读,而"卜"与"子"不能合读,更不能作为"卜子夏"之省称。"卜子"之"子"在春秋战国时期是一种特殊的尊称,与"子夏"之"子"完全不是一个概念。可见,先秦两汉没有子夏为"卜子"之称是无疑的。因此,《孔子诗论》中六处"🈳"言论是孔子的言论而非子夏的言论可以成为最终定论。

(二)"🈳"言论贯穿全篇

为能令人信服地说明《孔子诗论》是孔子的诗学理论,我们进行考察时不妨把眼光放得宽一些,先从宏观情理上做些推测,然后再由外到内具体逐简探讨《孔子诗论》内容的性质和归属。孔子作为一个拥有"弟子盖三千焉,身通六艺者七十有二人"②的伟大思想家,其教授弟子总是要授课的。第一个问题是,孔子为弟子授的什么课。人皆共知,孔子自称"述而不作,信而好古"(《论语·述而》),他授课时只阐述当时存世的文献典籍,并不自撰新作。《论语·述而》还具体介绍说:"子以四教:文,行,忠,信。"其中"文"便指历代文献,这些文献无疑主要指《诗经》、《尚书》等。《论语·先进》在介绍孔子弟子特长时也曾介绍孔子开设的四门课程:"德行:颜渊,闵子骞,冉伯牛,仲弓。言语:宰我,子贡。政事:冉有,季路。文学:子游,子夏。"其中"文学"与《述而》中的"文"同义。并且《述而》还具体说明孔子诵读教授《诗经》、《尚书》时使用的是当时的官话(普通话),云:"子所雅言,《诗》、《书》、执礼,皆雅言也。"孔子自己也说过:"吾自卫反鲁,然后乐正,《雅》、《颂》各得其所。"③(《论语·子罕》)孔子整理《诗经》自当为授《诗》所用。《论语》历来被学术界视为研究孔子最可靠的原始文献,因此,据以推测,《史记·孔子世家》中关于"孔子以《诗》、《书》、

---

① 江林昌《上博竹简〈诗论〉的作者及其与今传本〈毛诗序〉的关系》,载《文学遗产》2002年2期。

② (西汉)司马迁著《史记·孔子世家》,中华书局1982年11月版,1938页。

③ 上引《论语》之《述而》(二次)、《先进》、《述而》、《子罕》各文,依次见杨伯峻译注《论语译注》66、73、110、71、92页。

《礼》《乐》教弟子"的记载是可信的。① 第二个问题是，孔子是以什么方式授课的。孔子曾言"自行束修以上，吾未尝无诲焉"，"学而不厌，诲人不倦"(《论语·述而》)，"循循然善诱人，博我以文，约我以礼，欲罢不能"(《论语·子罕》)，②观《论语》全书中孔子与弟子的对话，也确实让人领略到了孔子循循善诱、自由灵活的授徒方式。但笔者认为，《论语》所记，绝对不是孔子教授弟子情况的全部记录，甚至也不是孔子教授弟子主要内容的纪录。《论语》所记，似乎是正式授课之外的课外讨论、答疑解惑、个别辅导、或是日常生活中的即兴闲聊，充其量只能算作教授弟子中的一种形式，不仅不是唯一形式，甚至也不是主要形式。因为孔子门下那么多弟子(尽管不一定同时入学，学习时间长短也未必一致)，没有集体授课是不可思议的。若要集体授课，就必然有比较系统的授课内容，弟子们也就必然会有比较完整的听课内容记录。但至今我们未能从传世文献中发现孔子讲学内容的正面记载，这是非常遗憾的。正如陈桐生所说："孔子从教的时间逾40年，所教的弟子据说有三千之多，优秀弟子也有七十二人，但目前被人们公认的孔子真言论只有《论语》中的那些孔子语录，而《论语》所记载孔子言论也不过一万多字，难道像孔子这样空前绝后的大师从教四十余年，就只给后人留下一万多字的真经么？况且，《论语》记载大都是孔子对弟子的道德教诲"，"没有正面记载孔子讲学的内容。孔子大量的政治、文化学术活动没有也不可能在《论语》中得到全面反映。孔子其他大量的言论有可能保存在七十二子文章之中，或者是通过口传的方式流传下来，这就意味着先秦古籍中的'孔子曰'的一部分应该是孔子的真言论"。③ 笔者信从陈桐生的如上推断，同时又认为，上博简《孔子诗论》很可能就是我们期待已久的孔子系统授《诗》内容的正面记录或追记，是孔子留给我们的"真经"，关于这一问题，有学者从宏观视角判定此《孔子诗论》不是孔子授《诗》内容，而是战国时代南楚一位专治《诗三百》的儒家经师的论著。其主要理由已见前

---

① (西汉) 司马迁《史记·孔子世家》，中华书局1982年11月版，1938页。
② 上引《论语》之《述而》(二次)、《子罕》各文，依次见杨伯峻译注《论语译注》67、66、90页。
③ 陈桐生著《〈孔子诗论〉研究》，中华书局2004年12月版，51—52页。

述。我们认为,上述认识似乎可能不大符合实际情况。事实是《论语》所载孔子十八则论《诗》言论中,有三则是借题发挥的内容,即《学而》载孔子与子贡论《卫风·淇奥》,《八佾》载孔子与子夏论《卫风·硕人》,《泰伯》载孔子论《诗经》"逸诗"。有七则是孔子就诗论诗和就诗解诗的内容:即总评《诗经》内容的"诗三百,一言以蔽之,曰'思无邪'"(《为政》),单解《周颂·雝》"相维辟公,天子穆穆"本义的"奚取于三家之堂"(《八佾》),单评具体诗篇《关雎》风格的"《关雎》,乐而不淫,哀而不伤"(《八佾》),谈对《关雎》乐曲赞赏的"师挚之始,《关雎》之乱,洋洋乎盈耳哉"(《泰伯》),对《邶风·雄雉》诗句"不忮不求,何用不臧"本义引用的"衣敝缊袍,与衣狐貉者立,而不耻者,其由也与"(《子罕》),对郑声提出批评的"郑声淫"(《卫灵公》),"恶郑声之乱雅乐也"(《阳货》)①,等等。其解皆未偏离《诗经》作品文本本意。并且评《关雎》与《孔子诗论》以"以色喻于礼"、"反纳于礼"评《关雎》的观点一致,都体现了孔子的礼学思想。对《关雎》乐曲的欣赏与《孔子诗论》二十一简、二十二简对《宛丘》、《猗嗟》、《鸤鸠》、《文王》的欣赏情调一致。另外八则主要是从社会、道德、知识、艺术等方面强调学习《诗经》重要性的。如人们所熟悉的"兴于诗,立于礼,成于乐"(《泰伯》),"不学诗,无以言"(《季氏》),"诗,可以兴,可以观,可以群,可以怨"(《阳货》),"人而不为《周南》、《召南》,其犹正墙面而立也与"②(《阳货》)等。再者,如前所述,《论语》所记为孔子平时言论,而《孔子诗论》则是系统的授《诗》内容,两者风格有所差别恰属于正常现象,若无区别反而不正常。还有,《论语·公冶长》中子贡确实说过"夫子之言性与天道,不可得而闻也"的话,有关"性情"的讨论在孔子时代也确实尚未普遍展开,但是,作为时代的先觉者,孔子在春秋时代已经关注到了这一问题,他在《论语·阳货》中已对人性发表了基本看法。云:"性相近也,习相远也。"③认识到了人的本性的一致性和社会

---

① 上引《论语》之《为政》、《八佾》(二次)、《泰伯》、《子罕》、《卫灵公》、《阳货》各文,依次见杨伯峻译注《论语译注》11、23、30、80、95、164、187页。

② 上引《论语》之《泰伯》、《季氏》、《阳货》(二次)各文,依次见杨伯峻译注《论语译注》81、178、185、185页。

③ 上引《论语》之《公冶长》、《阳货》两文,分别见杨伯峻译注《论语译注》46、181页。

影响对人性的改变。更值得注意的是，其《阳货》中著名的"兴观群怨"说，其实就是从人的性情角度提出的诗学理论。无论人们的感发意志，诱发联想，还是宣泄怨情，都是性情的表现。反过来说，研读《孔子诗论》内容可见，《孔子诗论》也并非主要讨论性情，其和《论语》一样都没有过多地涉及性情问题，仅在十六简、二十简、二十四简重复出现了三次"民性固然"之语。另外，以同出一墓文献作为判定同一时代文献的理由也缺乏说服力。只要墓主人喜欢，他完全可以要求将之前各个时代的文献放在同一墓中。据此，笔者从宏观角度推测，《孔子诗论》有可能是孔子授《诗》内容的记录或追记。这一推测是否能够站得住脚，还需要对竹简内容逐一作细致考察。

逐简考察之前，需要说明的是，共二十九简《孔子诗论》中，只有一枚完简，五枚较完整简，八枚三分之二内容简，三者相加尚不足总简一半，其余大半残损严重。所以，依笔者推测，很可能原文每段开头都有一个"孔子曰"，只因残简过多，致使仅存六处，给判定孔子言论的量带来了困难，实际"孔子曰"可能远不止六处。

不少学者认为，《孔子诗论》中的六处孔子言论属于作者阐发自己学说时征引的言论，并未贯穿全篇，因而对马承源等以《孔子诗论》名篇提出了批评。然而，笔者以为，虽然马氏等整理者对《孔子诗论》的认知未必尽当，但他们将《孔子诗论》视为孔子诗学理论的基本判断是难以否定的。为客观判断孔子的言论在全部诗论中所处的地位，我们不妨逐简对其内容归属作一些简单辨析。

现依马承源整理本过录《孔子诗论》全文如下（书名号为过录者新加，释文采用通行字）：

[第一简]行此者其有不王乎▌？孔子曰：诗亡离志，乐亡离情，文亡离言。　[第二简]寺也，文王受命矣▌。《讼》平德也，多言后。其乐安而迟，其歌埙而爂▌，其思深而远，至矣▌！《大夏》盛德也，多言　[第三简]也。多言难而悁怼者也，衰矣少矣。《邦风》其纳物也，溥观人俗焉，大敛材焉。其言文，其声善。孔子曰：唯能夫　[第四简]曰：诗其犹平门▌，与贱民而豫之，其用心也将何如？曰：《邦风》是也▌。民之有罢倦也，上下之不和者，其用心将何如？　[第五简]是也。有成功者何如，曰：《讼》是也▌。

《清庙》王德也■,至矣。敬宗庙之礼,以为其本,秉文之德,以为其业■,肃雍……　[第六简]多士,秉文之德,吾敬之。《烈文》曰:"乍竞唯人,丕显唯德。於呼!"前王不忘,吾悦之。昊天又成命,二后受之,贵且显矣。《讼》　[第七简]怀尔明德曷,诚谓之也。"有命自天,命此文王",诚命之也■,信矣■。孔子曰:此命也夫■。文王唯裕也,得乎? 此命也。　[第八简]《十月》善谞言■。《雨无政》、《节南山》,皆言上之衰也,王公耻之。《小旻》多疑矣,言不中志者也。《小宛》其言不恶,少有悡安■。《小弁》、《巧言》,则言诬人之害也■。《伐木》　[第九简]贵谷于其也■。《天保》其得禄蔑疆矣,馔寡,德故也■。《祈父》之责亦有以也■。《黄鸟》则困而欲反其故也,多耻者其恧之乎?《菁菁者莪》则以人益也。《棠棠者芊》则　[第十简]《关雎》之怡■,《樛木》之时,《汉广》之智■,《鹊巢》之归,《甘棠》之褒,《绿衣》之思,《燕燕》之情■,曷? 曰童而皆贤于其初者也■。《关雎》以色喻于礼。　[第十一简]情爱也。《关雎》之怡,则其思赔矣■。《樛木》之时,则以其禄也■。《汉广》之智,则智不可得也。《鹊巢》之归,则徫者……　[第十二简]好,反纳于礼,不亦能怡乎■?《樛木》福斯在君子,不　[第十三简]可得,不攵不可能,不亦智恒乎■?《鹊巢》出以百两,不亦有徫乎■? 甘　[第十四简]两矣■,其四章则愉矣■。以琴瑟之悦,嬉好色之忨。以钟鼓之乐,　[第十五简]及其人,敬爱其树,其褒厚矣■。《甘棠》之爱,以邵公　[第十六简]邵公也■。《绿衣》之忧,思古人也■。《燕燕》之情,以其笃也■。孔子曰:吾以《蓏𦬸》得氏初之诗,民性固然■。见其美必欲反一本。夫蓏之见歌也,则　[第十七简]《东方未明》有利词■。《将中》之言不可不畏也■。《扬之水》其爱妇悡(烈)■。《采葛》之爱妇　[第十八简]因《木瓜》之报,以愉其捐者也。《折杜》则情喜其至也■。　[第十九简]□志,既曰天也,犹有捐言■。《木瓜》有臧忨而未得达也■。交　[第二十简]币帛之不可去也■,民性固然,其离志必有以逾也■。其言有所载而后纳,或前之而后交,人不可舡也。吾以《折杜》得雀□。　[第二十一简]贵也。《将大车》之嚚也,则以为不可如何也。《湛露》之嗌也,其猷酓与■。孔子曰:《宛丘》吾善之■,《猗嗟》吾喜之■,《鸤鸠》吾信之■,《文王》吾美之,《清》〔第二十二简〕之。《宛丘》曰:"洵有情,而亡望。"吾善之。《猗嗟》曰:"四矢変,以御乱。"吾喜之■。《鸤鸠》曰:"其义一氏,心如结也。"吾信之。《文王》[曰]"文王]在上,於邵于天。"吾美之。〔第二十三简〕《鹿鸣》以乐词而会,以道交,见善而傚,终乎不厌人■。《兔置》其用人则吾取〔第二十四简〕以□藪之故也■。后稷之见贵也■,则以文武之德也■。吾以《甘棠》得宗庙之敬■,民性固然。甚贵其人,必敬其位。悦其人,必好其所为。恶其人者亦然。〔第二十五简〕《荡荡》少人■。《有兔》不逢时■。《大田》之卒章,知言而有礼■。《小明》不……〔第二十六简〕忠■。《邶·柏舟》闷■。《谷风》背■。《蓼莪》有孝志■。《隰有苌楚》得而侮之也。〔第二十七简〕如此。《何斯》雀之矣,俇其所爱,必曰吾奚舍之,宾赠是也。孔子曰:《蟋蟀》智难■。《中氏》君子■。《北风》不绝。人之怨子立不〔第二十八简〕□亚而不麐。《墙有茨》慎密而不知言■。《青蝇》知〔第二十九简〕《卷耳》不知人。《涉溱》其绝。《俟而》士■。《角幡》妇■。《河水》智。

由原文可见,第一简,有"孔子曰",其为孔子言论无疑。李学勤认为其下"诗亡离志"等三句话意思完整,孔子的话可能到此结束。[①] 笔者以为该简上下端皆残,存字不足完简的一半,"志"后缺约二十三字,孔子此段内容的言论未必已说完。

第二简,因不是一章或一组言论的开始,未标明评论人,不能断定不是孔子的言论。

第三简,依马承源的分析,其虽与第二简中有缺简,但内容仍大致衔接,即由《颂》、《小雅》、《邦风》依次论述下来,故从第一简"孔子曰"至第三简为孔子的整段论述。笔者则以为,第三简存疑为妥。因该简最后出现了"孔子曰:唯能夫"六字。若如马氏所说,则此六字当为孔子又一段言论的开始。马氏认为,这篇著述,每一段开始,都应有一个"孔子曰",因缺简,有些段落没有"孔子曰"。另一种可能是,

---

① 李学勤《〈诗论〉的体裁和作者》,收入《上海博物馆藏战国楚竹书研究》,上海书店出版社2002年3月版,52页。李学勤《〈诗论〉简的编排与复原》,载《中国哲学史》2002年1期。以下李氏的论点均见此二文。

前面的内容确出于孔子弟子之手,最后征引孔子的言论以印证之(李学勤等倾向于后一种判断),然而孔子的话仅存三字,无法判断出其印证前半简所论之观点,还是讨论新问题。故该简的作者归属应当存疑。

第四简,马承源认为,该简以自问自答的启发式提出了有关《邦风》的两个问题,此乃孔子惯用的教育方法。李学勤、廖名春等①皆在该简第七字"与"后断句,并作问号,认为问者和答者非同一人。笔者亦认为,从口气判断,孔子自问自答的可能性似不太大,宜为孔子答弟子之问,然而这并不影响孔子论诗的主导作用。

第五简,与第四简性质全同。

第六简,该简以第一人称"吾"论诗篇,和二十一、二十二两简中"孔子曰"后的以"吾"论诗篇句式全同,学术界皆断此三简为孔子言论。甚是。

第七简,李学勤、廖名春等认为,其先引《诗》句,进而解之,后引"孔子曰"证之,故解《诗》之语非出孔子之口。笔者赞同此观点。

第八简和第九简,马承源和李学勤皆以为两简内容相接,乃孔子连续评十三首《诗》。甚是。

第十简,马承源认为是孔子第一次选论《周南》至《邶风》诗篇,极简。之后,十一简至十六简中间反复论述,逐渐详细。云:"这是本简第一次论《关雎》,由此开始至《燕燕》结束,所选篇目皆在今本《周南》和《邶风》之内,但并不像《毛诗》编次那样逐篇讲授。依照上述次序分讲的有七支简,所述诗篇内容一而再、再而三。最初非常简要,每篇只有一个字:怡、时、智、归、保、思、情,而以后则逐渐展开,讲授的方式是诱导和启发,在有关《诗》的著述中[是]前所未见的。"②李学勤、廖名春等则判定,"曷"之前"《关雎》之怡"七句为前人之说,"曷"之后第十简中间至第十六简中间乃为后人对前七句进行的阐释,若前七句出自孔子,则后面的主体部分不属于孔子。笔者以为,从第十简至第十六简行文的内在关系看,前七句与后大段虽有非出自一人

---

① 廖名春《上海博物馆藏诗论简校释》,载《中国哲学史》2002年1期(廖氏以下观点均见此文)。

② 马承源主编《上海博物馆藏战国楚竹书》(一),上海古籍出版社2001年11月版,140—141页。

之口的可能,但马氏的解释也不失为一说,不宜轻易否定,自问自答的确是孔子的惯常用法。如果确非出自一人之口,那么,"曷"前七句似亦当为当时定评,可能是孔子弟子用定评请教老师,"曷"之后则可能是孔子对学生所提问题作出的具体解答。如此,第十至第十六简的主体内容仍是孔子诗论。第十六简后半,有"孔子曰",李学勤以为其下依次与第二十四简、第二十简及第二十七简前半相接,先后以四个"吾以"(孔子自称)相连,皆典型的孔子诗论。李说甚确。

第十七简、第十八简、第十九简,马承源认为是孔子另一组论《诗经》篇目的言论,李学勤认为此几简因缺损太多,不易把握,但从内容和语气判断,看成孔子的话不会有大错。马、李之说可从。

第二十三简,李学勤以中有第一人称"吾取"残文,判为孔子自称。甚确。

第二十五和第二十六两残简,马承源认为是分属两组的孔子诗论,前者详,属重论,后者简,属初论,李学勤将二简分在第五章中,判为孔子言论。归属甚确。此二简残损严重,存字不足一半,其中第二十六简似一组言论的开始,很可能原有"孔子曰"三字。

第二十七简,中间有"孔子曰",马承源认为,其前《何斯》乃孔子对上一组诗讨论的终结,该组其他诗论已无存,其下为孔子对另一组诗讨论的开始。李学勤亦以"孔子曰"为界,将该简分属二章末和三章始,皆判为孔子诗论。马、李之说可从。

第二十八和第二十九两残简,李学勤亦相连排在第五章,判为孔子论诗言论。

通过如上逐简分析,不难看出,在共二十九简一千零六字的《孔子诗论》中,能够怀疑论诗之语非出自孔子之口者仅有第七简中"诚谓之也"、"诚命之也,信矣"数语及第十简中《关雎》之怡"七句。即便后者怀疑有理,其亦并非论述性言论,而仅是以此七个定评性问题向孔子发问,孔子对此一一作了详尽的肯定性解答,内容体现的仍完全是孔子的思想而非问者的思想。第四、五两简的提问与回答所体现出的性质与第十简相同,也应视为孔子的诗论。至于第三简几句论《小雅》和《邦风》的言论是否出于孔子之口,至多亦只是存疑而已。即便将可疑的言论都包括在内,非出于孔子之口的诗论也总共不过十五句七十四字,在全部《孔子诗论》中所占的比重也是很小的,仅占十四分之一强，并不影响孔子论诗的主导地位。退一步说，即便如廖名春所认为的那样，①第十简的"《关雎》之怡"七句可能出自孔子之口，而"曷"字之后至第十六简阐发此七句精义的大段文字可能出自孔子弟子之口，依《论语》之例和余嘉锡所确立的判定古书作者的原则，此数简文字及全部《孔子诗论》也同样可以归为孔子的诗学理论。余嘉锡《古书通例》云："古人著书，多单篇别行；及其编次成书，类出于门弟子或后学之手，因推本其学之所自出，以人名其书。""古人著书，本无专集，往往随作数篇，即以行世。传其学者各以所得，为题书名。""迨及暮年或其身后，乃聚而编次之。其编次也，或出于手定，或出于门弟子及其子孙，甚或迟至数十百年，乃由后人收拾丛残为之定著。"②余氏所称此先秦诸子著作非必本人手著的通例早已为学术界所公认。前已述及，《论语》虽是孔子弟子对孔子言论的记录，并记有弟子的某些言论，甚至可能由其再传弟子编纂成书，但该书仍被公认为代表孔子思想的著作，《墨子》、《庄子》两书不仅乃其后学编纂而成，而且亦收有其后学的篇章在内，然仍代表墨子、庄子学说，并以其名命名。依此类推，弟子追忆孔子授诗言论并有可能掺进弟子一些理解师说言论的《孔子诗论》，仍应视为孔子的诗学理论。更何况，通过前面对诸简的分析看，情况并不像廖名春所判定的那样，而是孔子的言论贯穿全篇。对此，李零的总结很值得重视，他说："我们讨论的这部分简文，都是孔门后学追记的孔子之言，从形式上看，它是由孔子论诗的若干言论杂抄而成。它们和文章的前一部分、后一部分都不一样③，不是对话体，而是语录汇编。其中除个别地方是由编写者议论，而把孔子的话插附其中（如留白简的第二章），其他都是采取孔子自述的形式。这类言论虽然是孔子后学的追记，但在形式上是被看作孔子的思想，不能用晚期的作者概念（《隋志》以来才有的'作者'概念）去理解。"④

---

① 廖名春《〈战国楚竹书·孔子诗论〉研究浅见》，载《文艺研究》2002年2期。
② 余嘉锡著《余嘉锡说文献学》，上海古籍出版社2001年3月版，190、200、238页。
③ "前一部分"指《三王之作》篇，"后一部分"指《鲁邦大旱》篇。
④ 李零《上博楚简校读记（之一）——〈子羔〉篇"孔子诗论"部分》，载《中华文史论丛》总68期，上海古籍出版社出版。后收入《上博楚简三篇校读记》（收入时删除了"都是孔门后学追记的孔子之言"一句），中国人民大学出版社2007年8月版，35页。

三、《孔子诗论》当编定于战国初年

总之,笔者基本赞同李零的结论,又稍有不同,即不认为《孔子诗论》"是由孔子论诗的若干言论杂抄而成","是语录汇编",而认为全文就是孔子向弟子授《诗》的内容,是弟子们的听课记录或追记,马承源等以《孔子诗论》名篇是正确的。笔者这一感受可能会因文中的称谓(即称"孔子曰"而不称"子曰")而遭否定,但我们见到的这批《孔子诗论》竹简已不是孔子弟子的原始记录本或追忆本,而是经过孔门再传弟子或儒家后学辗转传抄并流传到南楚的传抄本。因传抄者已不是孔子的弟子,故抄写时随手将"子曰"写为"孔子曰"则不是没有可能的,这不应该影响我们对《孔子诗论》授诗者的判定。其原始写本当编定于孔子逝世以后不久的战国初期。正像《论语》的编定是在孔子死后,弟子们为怀念他而各自提供的受教内容汇编成册一样,《孔子诗论》的编定成册也应当是在孔子死后不久,弟子们为怀念他而整理的听课笔记。孔子逝世后三年即进入战国时期,因此该书成于战国初期是比较可信的。限于当时的政治特点、交通条件、文化传播渠道等因素,其由北方辗转传播至南楚贵族阶层,尚需十几年乃至几十年的时间。而根据高科技对《孔子诗论》竹简年代的测定,我们目前所见到的这一传抄本的抄写时间则在战国中期偏晚,与《郭店楚墓竹简》的抄写时间大体相同。

上博简《孔子诗论》简序复排与简文释读*

与郭店简等战国楚简的考古发掘出土不同,上博简是因盗掘而流入香港市场(郭店墓也曾被盗掘),之后才被收购起来的,所以,其散乱、缺失、残损严重是不言而喻的,加之《孔子诗论》又不像郭店简的《老子》、《孔子闲居》等有今本可依,所以,要想完全恢复原简的编排顺序,几乎是不可能的。《上海博物馆藏战国楚竹书》(一)出版后,《孔子诗论》重编本蜂拥而出却又没有一篇相近,即已说明了问题。因此,笔者所能做的也仅是在吸收学术界现有成果的基础上,尽可能地将马承源等整理出的《孔子诗论》修订得更为完善合理一些而已。

为了便于直观地讨论简序问题,先将学术界现有的几种排序法过录如下:

(一)李学勤:10、14、12、13、15、11、16、24、20、27、19、18、8、9、17、25、26、23、28、29、21、22、6、7、2、3、4、5、1。[①]

(二)李零:1、19、20、18、11、16、10、12、13、14、15、24、27、29、28、25、26、17、8、9、23、21、22、6、4、5、7、2、3。[②]

(三)廖名春:

甲:1、8、9、10、14、12、13、15、11、16、24、20、19、18、27、29、26、28、17、25、23、21、22。

---

* 本文原载于郑州大学古代文学与文献学研究中心编《中国古典文学与文献学研究》第二辑,2003年12月。

① 李学勤《〈诗论〉简的编联与复原》,载《中国哲学史》2002年1期。

② 李零《上博楚简校读记(之一)——〈子羔〉篇"孔子诗论"部分》,原载简帛研究网站2002年1月4日,后收入《上博楚简三篇校读记》之附录《上博楚简〈子羔〉篇"孔子诗论"释文》,中国人民大学出版社2007年8月版,147—150页。

乙：4、5(21、22)、6、7、2、3。①

（四）姜广辉：4、5、1、10、14、12、13、15、11、16、24、20、27、23、19、18、17、25、26、28、29、8、9、21、22、6、7、2、3。②

（五）濮茅左：1、2、3、4、5、6、7、8、9、10、14、15、11、12、13、16、20、24、19、17、18、21、22、23、25、26、27、28、29。③

（六）范毓周：4、5、6、1、10、11、19、15、16、12、14、13、24、20、18、27、29、28、26、17、25、23、9、8、21、22、7、2、3。④

（七）李锐：10、14、12、13、15、11、16、24、20、19、18、9、21、22、23、27、25、8、28、29、26、17、4、5、6、7、2、3、1。⑤

（八）曹峰：10、14、12、13、15、11、16、24、20、19、18、8、9、21、22、23、27、26、25、28、29、17。⑥

一、六枚"留白简"的位置

在二十九枚竹简中，第二简至第七简上下两端编绳之外的部分似被刀刻削过而无字迹，被学术界称为"留白简"，这六枚"留白简"的位置是需要首先解决的重要问题。

在简序排列问题上，笔者完全赞同廖名春提出的形制第一、文义第二的简序复原原则⑦，这也是每位竹简整理者都应遵循的原则。不过，廖氏颇有批评马承源等《孔子诗论》整理本误将六枚"留白简"混

---

① 廖名春《上海博物馆藏诗论简校释》，载《中国哲学史》2002年1期。

② 姜广辉《古〈诗序〉复原方案》，载《中国哲学》第二十四辑，辽宁教育出版社2002年1月版。

③ 濮茅左《〈孔子诗论〉简序解析》，收入上海大学古代文明研究中心、清华大学思想文化研究所编《上博馆藏战国楚竹书研究》，上海书店出版社2002年3月版，51—61页。

④ 范毓周《上海博物馆藏楚简〈诗论〉的释文、简序与分章》，收入上海大学古代文明研究中心、清华大学思想文化研究所编《上博馆藏战国楚竹书研究》，上海书店出版社2002年3月版，173—186页。

⑤ 李锐《〈孔子诗论〉简序调整刍议》，收入上海大学古代文明研究中心、清华大学思想文化研究所编《上博馆藏战国楚竹书研究》，上海书店出版社2002年3月版，192—198页。

⑥ 曹峰《对〈孔子诗论〉第八简以后简序的再调整——从语言特色的角度入手》，收入上海大学古代文明研究中心、清华大学思想文化研究所编《上博馆藏战国楚竹书研究》，上海书店出版社2002年3月版，199—209页。

⑦ 廖名春《战国楚竹书·孔子诗论》研究浅见》，载《文艺研究》2002年2期。

在不同形制的"满写简"中间的意思，其实，这一批评未必符合实际，《孔子诗论》整理者并非不懂竹简整理原则。马承源等对第二至第七枚"留白简"认识很清楚，云："本篇完、残者共二十九支。较完整的简右侧有浅斜的编线契口，每简共三处……简文内容分为四类，第一类是简的第一道编线之上和第三道编线之下都留白，文字书写在第一道编线之下，第三道编线之上，每简大约三十八至四十三字。这种上下端留白的简相当特别，《诗论》其他的简文完整者上下端都写满，所以这一部分得以与其他部分区分开来。"①整理者李零更云："研究简文排序，形制、字体最重要（早期整理，即剪贴照片的工作，主要就是凭这两点，这是基础工作。李零注：竹简的发表形式，我个人看法是，最好还是参照考古报告的编写形式，尽量反映客观情况，而较少掺杂主观想象。所以，按形制〈简长和简形〉、字体分类，而不是按内容分类是十分必要的。这样做的好处是，它不但便于研究简文的实际分类和内部联系，而且也可以避免把内容不同但合抄在一起的东西身首异处地分在不同地方）。……'孔子诗论'部分，一共有二十九枚简，它们多数是满简抄写（下称'满写简'），但值得注意的是，这里面有六枚简（简2—7），写法比较特殊，看来是把接近简端的两截空出，只在三道编绳之间书写（下称'留白简'）。这几枚简该排在什么地方是大问题。"②正因整理者深知形制第一原则的重要性，所以才将这六枚"留白简"排在了一起。至于马承源将其放在《孔子诗论》的开头，李零主张将其放在全文的最后，则是对文义见仁见智的理解问题了。

笔者不赞成将六枚"留白简"独立于《孔子诗论》之外而自成另篇的主张。理由有三：其一，虽然此六简与其他二十余简有留白与满写之别，但从图版上看得很清楚，两者不仅简宽、简长（完简）、三道编线及契口位置完全相同，而且抄写字形同出一人之手。其二，

---

① 马承源主编《上海博物馆藏战国楚竹书》（一），上海古籍出版社2001年11月版，121—122页。
② 李零《上博楚简校读记（之一）——〈子羔〉篇"孔子诗论"部分》，载简帛研究网站2002年1月4日，又载《中华文史论丛》总68期。后收入其所著《上博楚简三篇校读记》，中国人民大学出版社2007年8月版，9—10页。

虽然"留白简"的留白原因目前尚不完全清楚,但有些学者的探讨为我们认识其与"满写简"的一致性提供了有益启示。周凤五认为,所谓"留白""可能先写后削,是削除文字所造成的",而削除的原因则可能与"上古有将随葬器物破坏后入葬的习俗"有关。① 笔者详观"留白简"图版,两端刀削痕迹确实清晰可见。愚以为,刻削时有可能将并排编连之简集中刻削,若此推测能如周氏所期望的用现代高科技手段(如红外线摄影照出刻削处留下的墨痕)加以印证,则"留白简"与"满写简"形制的一致性就会得到确认。其三,二十九枚竹简所论内容实属一体。因此,在未证明"留白简"与"满写简"确实分属两种形制之前,没有理由将其分作两篇文章,只要不拆散六枚"留白简",将其集体插入全文的任何一处都不能算是违背形制第一原则。

究竟六枚"留白简"放到哪里更为妥帖呢?笔者更倾向于李学勤和李零将其放在文末的作法,而对六枚简序的排列,李学勤和李零又有"六、七、二、三、四、五"与"六、四、五、七、二、三"之别,笔者以为,李学勤的排列更胜一筹,今从之(若单依文意排序,第六枚"留白简"接在第二十二枚"满写简"之后最为合适)。

二、第一简的位置

整理者将一枚写有"行此者其有不王乎▋?孔子曰:诗亡离志,乐亡离情,文亡离言"字样的残简列为第一简,这一排列,可能不够恰当,它使首句文字失去了着落。马承源很清楚这一点,云:"'行此者

---

① 参见周凤五《论上博〈孔子诗论〉竹简留白问题》,收入《上博馆藏战国楚竹书研究》,上海书店出版社 2002 年 3 月版。另外李学勤、姜广辉、范毓周等人也对"留白简"的留白原因发表了看法。有的认为因"简面皱缩而脱字"(李学勤《〈诗论〉简的编联与复原》载《中国哲学史》2002 年 1 期);有的认为"原依底本缺损"(姜广辉《古〈诗序〉留白简的含义》,载简帛研究网站 2001 年 12 月 26 日,范毓周《关于上海博物馆藏楚简〈诗论〉的留白问题》,载简帛研究网站 2002 年 2 月 9 日,范毓周《上海博物馆藏楚简〈诗论〉的释文、简序与分章》,收入《上博馆藏战国楚竹书研究》,上海书店出版社 2002 年 3 月),这些说法笔者都不敢苟同,如果简面皱缩而脱字,则不会仅整齐地脱去上下墨绳两端之字且不留墨迹,何况观照片并无皱缩迹象;若原依底本缺损,则抄录时当在缺损处留空,不可能皆将空白整齐地留于简之两端。

其有不王乎',据辞文,是论述王道的,这语气和《子羔》篇、《鲁邦大旱》篇内容不相谐和,当然也非《诗序》,由此揣测当另有内容。"①就是说竹简中找不到与此简相类的内容。这有两种可能,要么,确实有关论述王道的另一篇文章的竹简全部散失了;要么,就是此简放错了位置。笔者以为,后者的可能性更大。一是该句文字后有一分章标记"■"。此标记在第一、第五、第十八三简中共出现三次,整理者和学术界普遍认为其他两处是同一篇《孔子诗论》中的分章标记。因此这里也应当是同篇《孔子诗论》的分章标记。既是分章标记,其前就必有一章相应内容。二是在二十九枚《孔子诗论》简中并非如整理者所说没有与此简相谐和的内容。只是由于整理者太过于强调分类编排(抽象议论在前、具体评论在后)的编简理念,致使其忽视了在"具体评论简"中为此枚"抽象议论简"寻找衔接对象。笔者以为,第五简和第六简乃为孔子评论《颂》诗中《清庙》、《烈文》、《昊天有成命》等诗篇的言论,称赞其诗的德、礼思想,与第一简首句内容颇为一致,第一简首句似是对其德礼思想的总结。不过,五六两简都是"留白简",第一简虽因两端残损而不清楚是留空还是满写,但多数学者已判其可能是"满写简",所以依据形制第一原则,第一简就不宜插在第六简与第七简之间,而宜放在第五简之后了。这样排列既保持了"留白简"的整体性,又能使文义协调贯通。因此,笔者主张将整理者原放在篇首的一枚竹简调换至篇末。

三、第八第九两简的位置

随着第一简至第七简的后调,第八第九两简所处的位置也相应失去了合理性。因为任何人评论《诗经》篇目都不会从中间的《小雅》开始,而第八第九两简讨论的诗篇《十月》、《雨无正》、《节南山》、《小旻》、《小宛》、《小弁》、《巧言》、《伐木》、《天保》、《祈父》、《黄鸟》、《菁菁者莪》、《裳裳者华》则全部属于《小雅》范围。笔者赞同李学

---

① 马承源主编《上海博物馆藏战国楚竹书》(一),上海古籍出版社2001年11月版,123页。

勤、李锐、曹峰等以第十简为《孔子诗论》开篇的编排方法。① 因为该简对诗篇的评论是从《诗经·国风》中的第一篇《关雎》开始的，其依次所论及的诗篇如《樛木》、《汉广》、《鹊巢》、《甘棠》、《绿衣》、《燕燕》等，都与今本《诗经》篇目的次序相一致。笔者以为，以此类推，第八九两简似应插在第二十一简之前为宜，其前各简集中讨论《国风》诗篇，此处三简则集中讨论《小雅》诗篇，且三简讨论的语言格式亦相近。

笔者尝试将《孔子诗论》简文的顺序重新排列如下，自知所排远未尽当，乞方家赐教：

10、11、12、13、14、15、16、17、18、19、20、8、9、21、22、23、24、25、26、27、28、29、6、7、2、3、4、5、1。

四、释文修正

第十简，"怡"或作"改"。简文隶定当为"攺"，而《说文》"攺"与"改"不同字，原书释作"怡"。李学勤、姜广辉、黄怀信等训作"改"而无内证详由。于茀引商承祚《石刻篆文编》"攺、改古为一字"语，并以郭店简《缁衣》、《尊德义》"己"写法同"巳"证之，②有说服力。故可聊备一说。"褒"可读作"报"。郑笺《甘棠》云："国人被其德，说（悦）其化，思其人，敬其树。"③据此，周凤五以为"褒"可读作"报"，④王志平以为二字并为帮母幽部字，可通假。⑤ 李学勤、

---

① 李学勤《〈诗论〉简的编联与复原》，载《中国哲学史》2002 年 1 期；李锐《〈孔子诗论〉简序调整刍议》，收入《上博馆藏战国楚竹书研究》，上海书店出版社 2002 年 3 月版，192 页（李氏以下观点皆见此文，不再出注）；曹峰《对〈孔子诗论〉第八简以后简序的再调整》，收入《上博馆藏战国楚竹书研究》上海书店出版社 2002 年 3 月版，199 页。曹氏以下观点皆见此文，不再出注。

② 于茀著《金石简帛诗经研究》，北京大学出版社 2004 年 10 月版，190—191 页。

③ （清）阮元校刻《十三经注疏》之《毛诗正义·召南·甘棠》，中华书局 1980 年 10 月版，287 页。

④ 周凤五《〈孔子诗论〉新释文及注解》，收入《上博馆藏战国楚竹书研究》，上海书店出版社 2002 年 3 月版，160 页（周氏以下观点皆见此文，不再出注）。

⑤ 王志平《〈诗论〉笺疏》，收入《上博馆藏战国楚竹书研究》，上海书店出版社 2002 年 3 月版，216 页。王氏以下观点皆见此文，不再出注。

廖名春亦作"报"①。今从作"报"。"童"可读作"终"。原缺释。李学勤读作"诵",何琳仪、姜广辉读作"动",廖名春、黄怀信、于茀等读作"终"。黄怀信、于茀以外证申说"终而皆贤于其初者也"之句云:"一般讲,终,即最终、结尾;初,即开始、开头。贤,胜也,即胜过、超过。今寻原文上文'《关雎》之改、《樛木》之时、《汉广》之智、《鹊巢》之归、《甘棠》之保、《绿衣》之思、《燕燕》之情,曷',下紧答以'童(终)而皆贤于其初者也',其'皆'显然是指七篇而言。就是说他认为七篇都有'终而贤于其初'的特点,其特点具体分别体现在'改'、'时'、'智'、'归'、'保'、'思'、'情'上。那么其'终'就显然应该与七个字有关。从前面的解读我们知道,在作者看来,七个字是七篇最大的特点和最终所要体现的思想。所以,所谓'终',应该是指诗最终所体现的。"②"'童'字应该读为'终',于简文而言,'终而皆贤于其初者也','终'与'初'对言,文义甚明。于《关雎》而言,初者为'越礼而求',终者为'依礼而成男女之礼',初为越礼,终为依礼,自然贤于其初。于《樛木》言,终成福禄,于《汉广》言,终知不求不可能,于《甘棠》言,昔日争讼,今已和睦,共感念邵公,皆有'初''终'对比。"③黄、于二氏所述有理,故从之作"终"。李学勤作"诵"说可存以备考。

第十一简,"賹"当作"益"。"賹"《说文》所无。饶宗颐以为,《关雎》之思合于礼,故其思有所益(增益),④周凤五以为,"賹"经传通作"益",增也,多也,李零以为作"益",解为思之过甚,⑤李学勤、王志平亦作"益"。今从之。"𢹎"当作"离"。"𢹎",《说文》所无。马承源认为可能是匹配之意。李学勤、李零从字形上判为"离",解为离而嫁

---

① 李学勤《〈诗论〉简的编联与复原》,《中国哲学史》2002年1期。李氏以下观点皆见此文,不再出注。廖名春《上海博物馆藏诗论简校释札记》,收入《上博馆藏战国楚竹书研究》,上海书店出版社2002年3月版,263页。廖氏以下观点皆见此文,不再出注。
② 黄怀信著《上海博物馆藏战国楚竹书〈诗论〉解义》,社会科学文献出版社2004年8月版,50页。
③ 于茀著《金石简帛诗经研究》,北京大学出版社2004年10月版,190—191页。
④ 饶宗颐《竹书〈诗序〉小笺》,收入《上博馆藏战国楚竹书研究》,上海书店出版社2002年3月版。饶氏以下观点皆见此文,不再出注。
⑤ 李零《上傅楚简校读记(之一)——〈子羔〉篇"孔子诗论"部分》,载简帛研究网站2002年1月4日,后收入其所著《上博楚简三篇校读记》,中国人民大学出版社2007年8月版,17页。李氏以下观点皆见此文,不再出注。

人,周凤五从读音判为"俪",解作匹也,偶也。笔者以为,似从字形隶定为胜,时嫁人称"归",指归至婆家。本简即有"《鹊巢》之归"语,归婆家亦即离娘家,"离"后所缺之字可能是"父母"。

第十二简,李零、黄怀信以为,下端"不"下所残者,据文例和文义当补"亦有时乎?《汉广》不求"八字。有理,今从之。

第十三简,上端依文例文义当接第十二简末补"不"字。"攴"当隶定为"攻"。原缺释。李学勤、王志平隶定为"攻"。笔者以为,从工从又,依字形当隶定"攻"。"徸"作"离",解同第十一简。"甘"后当补"棠"字,《甘棠》乃《诗经·召南》之篇名,在上句《鹊巢》之后。

第十四简,"忨"当作"愿"。马承源依《说文》、《春秋传》、《玉篇》解"忨"为"贪"、"爱"、"玩",然而用在"嬉好色之忨"句中义似不通。李学勤、李零、周凤五、王志平皆作"愿"。甚确。"忨"竹简字形作"恋",从心,元声,作"愿"则义声皆通。

第十五简,依文例,"及"前应补"思"字。"褒"作"报",解见第十简。

第十六简,依文例,"邵公"前当补"《甘棠》之报,思"。"古"通"故"。"蓍𤕎"当作"《葛覃》"。原缺释,云:"篇名。……由于篇名和今本未能对照确认,所以'得氏初之诗',不易解释。"①周凤五云:"上字从艸,害声,读为葛。关于'害'字,裘锡圭有专文考之,论证详密。下字从寻,读为'覃',考释已见上文'申而寻'条。"周氏之考甚确,今从之。另,李学勤、李零、王志平亦作《葛覃》。下句"蓍之"之"蓍"亦作"葛"。"一"当作"其"。"见其美必欲反一本",义不通,李零为疏通文义而从"反"后断句,作"一本夫葛之见歌也",仍不通。范毓周认为"一"乃因字迹模糊而误释,云:"经细读原书放大图版(原书28页)可以清楚地看到,该字横画下有左右两弯笔,应释为'其'字,这样不仅文意贯通,而且很容易断句。"笔者细审简文图版,横画下部墨迹尚存,与第十七简倒数第九字"其"同,隶定为"其"无疑。

第十七简,"蓍"当作"葛","蓍"与第十六简之"蓍"为同一字。下端残简所缺字,依文例和文义"妇"下似当补"切"字。

---

① 马承源主编《上海博物馆藏战国楚竹书》(一),上海古籍出版社2001年11月版,145页。

第十八简,"捐"当训作"怨",详见另文对《木瓜》诗的讨论。

第十九简,"志"前一字右上残,原缺释,何琳仪《沪简〈诗论〉选释》比照郭店简"溺"字隶定为"溺"①,今从之。"臧恳"依字形字义当隶定为"藏愿"。李学勤、李零、周凤五、王志平皆隶定作"藏愿",作"藏愿"亦与《木瓜》诗意合。诗意三章彼投我"木瓜",我报之以"琼琚"、"琼瑶"、"琼玖",实寄爱慕之意,故简文云:"有藏愿而未得达也。"

第二十简,"离"似当作"隐","逾"当作"喻"。原书释云:"'陜志'已见第一简,'陜'字未从心,从形体看,显然为缺笔。'俞'在此读为'逾'。大意为若废去礼赠的习俗,这个使人们离志的事情太过分了。"②笔者以为,第一简"陜志"读为"离志"不可从,当作"隐志",详见另文。"陜",庞朴、裘锡圭、李学勤均释为"隐"。裘氏将"隐"与"喻"合解云:"作者通过礼物的投报,将'藏愿'表达出来,这就使'隐旨'得'喻'。"③所解甚合情理,故从之。"觲"当读为"干"。简文从角,干声。原缺释。周凤五认为当读作"干"。其考辨云:"《公羊传·定公四年》'以干阖庐',注:'不待礼见曰干。'古者相见必以贽,《周礼·太宰》'币帛之式',郑注:'币帛,所以赠劳宾客者。'简二十七:'离其所爱,必曰:吾奚舍之?宾赠是也。'谓舍其所爱以为宾赠,所论与此有关,可以参看。"周氏所论极确,今从之。"干"指通好不以贽为礼。"人不可干也",就是人通好不可不以贽,也就是说人通好而"币帛之不可去也"。"雀"可为"爵"之谐音,"雀"后所残之字可隶作"服","雀服"即"爵服",与《杕杜》诗主人公期望改变处境之发迹变泰心理相合。

第八简,"怎安"当作"危焉"。原缺释,云:"从心从年,待考。"④李学勤、王志平作"仁焉",如此,则《小宛》"其言不恶,少有仁焉"上下句文义相抵,二氏是否解"少"为"稍",不得知。李零作"佞焉",则上下

---

① 何琳仪《沪简〈诗论〉选释》,收入《上海博物馆藏战国楚竹书研究》,上海古籍出版社2002年3月版,251—252页(何氏以下观点皆见此文,不再出注)。

② 马承源主编《上海博物馆藏战国楚竹书》(一),上海古籍出版社2001年11月版,149页。

③ 裘锡圭《关于〈孔子诗论〉》,见《经学今诠三编》141—142页,载《中国哲学》第二十四辑,辽宁教育出版社2002年4月版。

④ 马承源主编《上海博物馆藏战国楚竹书》(一),上海古籍出版社2001年11月版,136页。

句义稍近，仍不谐。今不从。周凤五所解甚是，云："简文从心、禾声，原缺释，盖误以为从年声而不得其解也。《礼记·缁衣》：'则民言不危行，行不危言矣。'郭店《缁衣》简三十一'危'字从阜、从心、禾声，与此可以互证。'其言不恶，少有危焉'，盖美诗人处衰乱之世而能戒慎恐惧。"周氏从字体构成和文意所解皆有理，今从之。简文将"焉"隶定作"安"，乃误判。"诓"当作"谗"。原释云："'谨'字《说文》所无，从言，以蚰为声符。……从言蚰声，音近字当读如'诓'，以谎言骗人，与'诳'义近。"①不论从字形还是从《小弁》、《巧言》诗意判定，"谨"隶定为"谗"都比作"诓"更近情理。如，《毛传》和《郑笺》数次以"谗言"解《小弁》诗义。云："君子信谗，如或酬之。"笺："王不爱太子，故闻谗言则放之。""舍彼有罪，予之佗矣。"笺："舍褒姒谗言之罪而妄加我太子。""君子无易由言。"笺："王无轻用谗人之言。"②等等。李学勤、周凤五、王志平亦均作"谗"。

第九简，"贵"当作"实"。本简首字原书隶定为"賨"，读作"贵"。于茀对比郭店简《成之闻之》、《缁衣》及《说文》相关字体的写法，隶定其为"实"。甚确，今从之。"馔"当作"巽"，解为"顺"义；"寡"当作"颁"，解为"分赐"、"遍施"。"巽"、"颁"之解，详见另文对《天保》诗的讨论。"忞"似当作"病"。

第二十一简，"猷"当作"犹"。作"猷"文义不通。通假作"犹（猶）"，义乃通。李学勤、周凤五等亦作"犹"。"清"后可补"庙吾敬之"四字。"清"字下简残，约缺八九字，依之前"《宛丘》吾善之，《猗嗟》吾喜之，《鸤鸠》吾信之，《文王》吾美之"四句排比句例，"清"下当为"庙"，组成篇名《清庙》。参第六简对《清庙》诗句作"吾敬之"之评，此处"庙"下亦当作"吾敬之"，以与前四句排比。

第二十二简，"氐"借为"兮"。"夒"可隶作"反"。原缺释，云："夒，《说文》所无。《曾侯乙编钟》铭'变商''变徵'之'变'作韇，从音，

---

① 马承源主编《上海博物馆藏战国楚竹书》（一），上海古籍出版社 2001 年 11 月版，137 页。

② （清）阮元校刻《十三经注疏》之《毛诗正义·小雅·小弁》，中华书局 1980 年 10 月版，453 页。

以叟为声符。"①今本《诗经·齐风·猗嗟》有："四矢反兮"句。今从之。亦有学者隶作"弁"。今不从。"邵"可作"昭"。今本《诗经·大雅·文王》有"文王在上，於昭于天"句。

第二十四简，"□蒇"似当隶定为"叶萋"。该简因上端略残，首三字皆不全，细揣测字形及文义，似作"以叶萋"为胜。

第二十五简，"《荡荡》"似当作"《[君子]阳阳》"。整理者原隶定为"肠肠"，以音同而推测"可能为《诗·大雅·荡之什》的篇名。'肠'、'荡'音可通。……可能本为《荡》的篇名"②。笔者以为，《诗经·王风·君子阳阳》篇写东周统治者歌舞娱乐得意之态，与本简孔子评其为"小人"意正吻合。故作"《[君子]阳阳》"更合适。

第二十六简，"背"似当作"悲"。"原书释《谷风》指《小雅》之《谷风》而非《邶风》之《谷风》，而《小雅·谷风》乃写"忘我大德，思我小怨"，故认为孔子以背弃之意评之。然笔者以为，"恐"从心，故读"悲"胜过读"背"，且本简《谷风》之前所论《邶风·柏舟》，之后所论《桧风·隰有苌楚》皆属《国风》篇目，故疑此简《谷风》指《邶风》中之《谷风》。此《谷风》乃弃妇诉悲之诗，故"恐"读"悲"正合文意。"愍"似可读作"悔"，原书依《集韵》释作"侮"，今从李学勤读作"悔"。详见对《隰有苌楚》的讨论。

第二十七简，"雀"可读作"诮"。整理者原书称《何斯》可能是诗篇《何人斯》，但又觉简文评语与今《何人斯》不符，云："可斯，篇名，或读为'何斯'。今本《诗·小雅·节南山之什》有篇名《何人斯》，但诗意与评语不谐。《诗·国风·召南·殷其雷》有句云：'殷其雷，在南山之阳，何斯违斯，莫敢或遑。'此'何斯'或不在诗篇之句首，诗篇名取字在第二句以下的，也有其例，如《桑中》、《权与》、《大东》、《庭燎》等皆是。但诗义与评语难以衔接，今缺释。"③若读"雀"为"诮"（即讥刺之义），诗意则与评相谐。"诮"是从母宵部字，"雀"是溪母药部字，音近，可转读。"徲"作"离"。见第十一简、第三简之解。"《中氏》"读

---

① 马承源主编《上海博物馆藏战国楚竹书》(一)，上海古籍出版社2001年11月版，145页。

② 同上，155页。

③ 同上，157页。

作"《螽斯》"。整理者原书以为"中氏"乃诗篇名,并云《何人斯》和《燕燕》篇中皆有"仲氏"之语,未能断属哪一首。李零以为可依音近作《螽斯》。其说有理,今从之。"中"为端母冬部字,"螽"为章母冬部字,古音相近;"氏"为禅母支部字,"斯"为心母支部字,古音亦近。《螽斯》为祝福别人多子之诗,故其祝福者被孔子评为君子。"《北风》不绝。人之怨子立不"当断为"《邶风·北风》不绝人之怨,《子立》不"。如此断句,诗评才与《北风》诗意相谐(该诗写民众不堪忍受卫国虐政而怨愤逃亡),最后三字残句亦才可解,且孔子四句诗评皆以篇名开头,"《子立》"唯作篇名才与前三句句式相一致。《子立》不见今本《诗经》。

第二十八简,"䢽"可读为"悯"。李学勤、李零作"悯",周凤五、王志平作"文"。李零之解可信从。云:"此字在郭店楚简中曾屡次出现,多数是读为'文',少数是读为'敏'。现在学者多认为此字是从民得声,其实是'敏'字的古文(《古文四声韵》卷三第十四页背引《义云章》,字同'改'),或借为'闵'(如《汗简》第四十八页背引《石经》)。这里疑读'闵',用法同'悯'(今《诗》'悯'皆作'闵')。《诗经》之中,憎恶之情最深,无出《鄘风·相鼠》。"笔者据以推测,"恶而不悯"句可能是评《相鼠》一诗,惜"恶"字前简残不存。"《蔣有茅》"当作"《墙有茨》"。原书亦称其为《诗》篇名,判为今本所无之佚诗。今隶定为《诗》篇名《墙有茨》,学术界已无异议。李零之解最有说服力。云:"原书把相当于'墙'的字,隶定为从爿从章,其实其右旁并不是'章'字,而是楚'融'字所从,得声乃在左旁;'茨'、'茅'都是古从母脂部字,读音也相同。该篇说'中冓之言,不可道也。所可道也,言之丑也',故曰'慎密而不知言'。"

第二十九简,"《聿而》"似当作"《苤苢》"。对此二字的隶定,聚讼纷纭,整理者原书称其为《诗》篇名,较可信从,惜因隶定不确而未找出今本对应诗篇。"⿱"当隶为"枎",不当隶为"聿","⺡"乃"木"而非"ㄧ","⿺"乃"寸"而非"彐"。笔者以为,在众说中,李零将"枎而"读作"《苤苢》"较合情理。云:"'枎而',今以音近读为'苤苢'('枎'是帮母侯部字,'苤'是并母之部字,古之、侯二部经常通假,如《诗·小雅·常棣》'鄂不韡韡',郑笺:'不,当作跗,古声不、跗同';'而'是日母之部字,'苢'是喻母之部字,古音也相近),原书没有对出,上字隶定为从人从丰。此篇旧说是伤夫有疾之辞,故曰'士'(男子称'士')。"从读音及评语与诗意之谐看,作《芣苢》胜于作《侓而》。

第六简,开头当补"《清庙》曰:肃雍显相,济济"九字。一则与下文"《烈文》曰"等所引诗篇原句形式相同;二则简文开头"多士,秉文之德"乃《清庙》残句,依今本《诗经》补如上九字方完整;三则本简上端残而下端全,下端所留之空正有九字之位。

第七简,开头"留白"简当补"帝谓文王,予"五字,以使简文"怀尔明德"接之。简文乃引《诗经·大雅·皇矣》成句,因简上端残缺脱字,致成残句,补足上五字,方为完句,亦才能与下面所引两句《大明》篇成句对称。"文王隹(唯)谷也"整理者原文考释云:"'谷'或当读为'裕','裕'有宽义。"①庞朴《上博藏简零笺》则纠正"唯"为"虽"、"裕"为"欲"。② 有理,今从之。

第二简,"寺"通假读作"时"。"时也,文王受命矣"化用《文王》诗篇成句。"埙而篪"可训读为"绅而逖"。整理者原书经辗转考辨,将该句训解为"其歌埙而篪",称演奏《颂》之乐曲以陶制"埙"和竹制"篪"两种管乐相和。此解与上下句文意不相谐,问题也不像考辨的那样复杂。"绅",宽展之义,"荻"隶定有误,不是从艸从豸,而是从艸从易,而"易"和"狄"经常通假,故其当隶定为"逖","逖"悠远之义。如此,"其歌绅而逖"指歌声非常悠远,与上句"其乐安而迟",下句"其思深而远",意皆相谐。

第三简,开头"留白"简,依二简《颂》平德也"、"《大雅》盛德也"之例,缺字当补"《小雅》□德也"几字。"悁愁"当作"怨愁。"因该句评《小雅》,故学者如李学勤、李零、周凤五、王志平等皆依《史记》引刘安"小雅怨悱而不乱"之说,认为作"怨"更切文意。笔者以为,"悁"读作"悁"无误,而"悁"一声之转读作"怨"更佳。"溥"整理者原考释属下句,依李学勤、庞朴、周凤五、黄怀信之解,"溥"读作"博"属上句较胜,

---

① 马承源主编《上海博物馆藏战国楚竹书》(一),上海古籍出版社2001年11月版,135页。

② 庞朴《上博馆藏零笺》,收入上海大学古代文明研究中心、清华大学思想文化研究所编《上博馆藏战国楚竹书研究》,上海书店出版社2002年3月版,235页。

今从之。

第四简,开头"留白"简依黄怀信论补"孔子"二字。"谻"当作"怨"。整理者原书缺释,称:"'谻'从谷从兔,《说文》所无,其他字书中也未见。"①周凤五详考此字作"怨"。云:"从谷不确,字乃'沿'字所从,其形则《说文》训'山间陷泥地'之古文省形也。从兔亦非是,实为'肙'字。二者叠加声符,当读为'怨'。字又见郭店《六德》简三十三:'悁其志,求养亲之志。'读为'悁'。又《性自命出》简五十八:'门内之治,欲其揜也。'字从二肙,读为'揜',即《礼记·丧服四制》'门内之治恩揜义'之谓也。"笔者以为,周说可取。"罢悁"当作"戚患"。周凤五考辨甚详。云:"'戚',原释'朴',读为'罢';'患',原释'悁',二字连读'罢悁'。按,上字见郭店《性自命出》简三十四'忧斯戚';下字与楚简'豢'字所从同,当读为'患'。据《性自命出》'戚'甚于'忧',则'戚患'犹言'忧患'而甚之耳。此字又见上博简《性情论》简三十一'凡忧患之事欲任',简三十五'用智之疾者,忧患为甚',原释'悁',与本篇同,但'忧患'成语习见,且释'患'于字形有据,又有郭店简文足资对照,毋庸别出新解也。"周说颇可信从。第四简末"留白"处依文例当补"曰:《小雅》是也"五字。

第五简,开头留白,依文例当补"其用心者将如何?《大雅》"九字。"肃雍"后"留白"当补"显相"二字。该简论《清庙》,先引《清庙》第四句"秉文之德",后引其第二句"肃雍显相",简末仅存"肃雍"二字,其"显相"二字被削去留白。笔者臆测,今第一简即接第五简。惜第一简上下皆残,仅存23字,不足完简二分之一,不知其是否为"留白简",若是,则其接在"留白简"第五简之后的可能性当很大。

第一简,"文亡离言"当作"文亡隐意"。详考见另文,此略。

五、修正后的《孔子诗论》全文

为便于阅读和对文本进行理论探讨,现将简序调整后和简文修正后的《孔子诗论》全文分组抄录如下(据整理者依简长字体间距测

---

① 马承源主编《上海博物馆藏战国楚竹书》(一),上海古籍出版社2001年11月版,131页。

算，满简54字至57字不等，多数为56字，今字放（ ）内，能确切补足的字则补出并用[ ]框住，能确切计算出所缺字数而又不知何字者用□代之，推断不出所缺字数的用……表示）：

第 一 组

　　[第十简]《关雎》之怡（或作改）▄，《樛木》之时，《汉广》之智▄，《鹊巢》之归▄，《甘棠》之褎（报）▄，《绿衣》之思，《燕燕》之情▄，害（曷）？曰：童（终）而皆贤于其初者也▄。《关雎》以色喻于礼□□□□□□□其三章则喻　[第十四简]两矣▄，其四章则愉矣▄。以琴瑟之悦，嬉（拟）好色之愿；以钟鼓之乐，　[第十二简][喻婚姻之]好，反内（纳）于礼，不亦能怡（或作改）乎▄？《樛木》福斯在君子，不[亦有时乎？《汉广》不求]　[第十三简][不]可得，不攻不可能，不亦智恒乎▄？《鹊巢》出以百两，不亦有离乎▄？《甘[棠》》　[第十五简][思]及其人，敬爱其树，其褎（报）厚矣▄。《甘棠》之爱，以邵公[之故也]。□□□□□□□□　[第十一简]□□□□□□□□□□□□□情爱也▄，《关雎》之怡（或作改），则其思益矣▄。《樛木》之时，则以其禄也▄。《汉广》之智，则智（知）不可得也。《鹊巢》之归，则离者（诸）[父母]。　[第十六简][《甘棠》之褎（报），思]邵公也▄。《绿衣》之忧，思古（故）人也▄。《燕燕》之情，以其独也▄。

第 二 组

　　[第十六简]孔子曰：吾以《葛覃》得氏初之诗，民性固然▄。见其美必欲反其本。夫葛之见歌也，则　[第十七简]……《东方未明》有利词▄。《将中》之言不可不畏也▄。《扬之水》其爱妇烮（烈）▄。《采葛》之爱妇[切]……　[第十八简]……因《木瓜》之报，以俞（愉）其惪（怨）者也。《折杜》（今本作《杕杜》）则情喜其至也▄……　[第十九简]……溺志，既曰天也，犹有惪（怨）言▄。《木瓜》有藏愿而未得达也。交……　[第二十简][木瓜得]币帛之不可去也▄，民性固然，其隐志必有以喻也▄。其言有所载而后纳，或前之而后交，人不可干也。吾以《折杜》得雀（爵）[服]□□□□□□□□　[第八简]《十月》善諀言▄。《雨无政》、《节南山》，皆言上之衰也，王公耻之。《小旻》多疑矣，言不中志者

也。《小宛》其言不恶,少有危焉▃。《小弁》、《巧言》,则言逸人之害也。《伐木》□ [第九简]实咎于其也▃。《天保》其得禄蔑疆矣,巽颂德故也▃。《祈父》之责,亦有以也▃。《黄鸟》则困而欲反其故也,多耻者其忿(病)之乎?《菁菁者莪》则以人益也。《棠棠者芌》(今本作《裳裳者华》)则[以为] [第二十一简]贵也。《将大车》之嚚也,则以为不可如何也。《湛露》之嗌也,其犹酡与▃?

第 三 组

[第二十一简]孔子曰:《宛丘》吾善之▃,《猗嗟》吾喜之▃,《鸤鸠》吾信之▃,《文王》吾美之,《清[庙]吾敬之],□□□ [第二十二简]□□□之。《宛丘》曰:"洵有情,而亡望。"吾善之。《猗嗟》曰:"四矢反,以御乱。"吾喜之▃。《鸤鸠》曰:"其义一氏(兮),心如结也。"吾信之。《文王》[曰:"文]王在上,於昭于天。"吾美之。 [第二十三简]□□□□□□□□□□□□□□□□□□□□□□□□□□□□□《鹿鸣》以乐词而会,以道交,见善而傚,终乎不厌人▃。《兔置》其用人,则吾取。 [第二十四简]以叶萋之故也▃。后稷之见贵也▃,则以文武之德也▃。吾以《甘棠》得宗庙之敬▃,民性固然。甚贵其人,必敬其位。悦其人,必好其所为。恶其人者亦然□□□。 [第二十五简]……《[君子]阳阳》少(小)人▃。《有兔(兔爰)》不逢时▃。《大田》之卒章,知言而有礼。《小明》不…… [第二十六简]……忠▃。《邶·柏舟》闷▃。《谷风》悲▃。《蓼莪》有孝志▃。《隰有苌楚》得而悔之也。…… [第二十七简]……如此。《何斯》诮之矣,离其所爱,必曰吾奚舍之,宾赠是也。孔子曰:《蟋蟀》智难▃。《仲斯》君子▃。《北风》不绝人之怨。《子立》不…… [第二十八简]……恶而不悯。《墙有茨》慎密而不知言▃。《青蝇》知…… [第二十九简]……《卷耳》不知人▃。《涉溱(褰裳)》其绝。《茉苢》士▃。《角幡》妇▃。《河水》智。……

第 四 组

[第六简][《清庙》曰:"肃雍显相,济济]多士,秉文之德。"吾敬之。《烈文》曰:"乍竞唯人","丕显维德","於乎!前王不忘。"吾悦之。"昊天有成命,二后受之。"贵且显矣。《颂》…… [第七简]……["帝谓文王,予]怀尔明德",曷?诚谓之也;"有命自

天,命此文王。"诚命之也■,信矣■。孔子曰:此命也夫■! 文王虽欲也,得乎? 此命也。……　[第二简]……时也,文王受命矣■。

第 五 组

[第二简]《颂》平德也,多言后,其乐安而迟,其歌绅而逖■,其思深而远,至矣■!《大雅》盛德也,多言……　[第三简]……[《小雅》□德]也,多言难而怨怼者也,衰(哀)矣少(小)矣。《邦风》其纳物也溥(博),观人俗焉,大敛材焉。其言文,其声善。孔子曰:惟能夫……　[第四简]……[孔子]曰:诗其犹平门。与贱民而怨之,其用心也将何如? 曰:《邦风》是也■。民之有戚患也,上下之不和者,其用心也将何如? [曰《小雅》是也。]……[第五简]……[其用心者将如何? 曰:《大雅》]是也。有成功者何如? 曰:《颂》是也■。《清庙》王德也■,至矣! 敬宗庙之礼,以为其本;"秉文之德",以为其业;"肃雍[显相]"……　[第一简]……行此者其有不王乎■?

第 六 组

[第一简]孔子曰:诗亡隐志,乐亡隐情,文亡隐意。……

上博简《孔子诗论》第九简新论＊

上博简《孔子诗论》第九简评论了《小雅》中的《天保》、《祈父》、《黄鸟》三篇作品，本文试依次作出新的解读。

一、孔子论《小雅·天保》

第九简：

《天保》其德禄蔑疆矣，巽颂德故也。①

学术界对第九简论《天保》这两句话的理解，分歧很大，主要是对其中的关键字"巽"的字体隶定和字义识读差异过大所致。② 笔者遍

＊ 本文原载于《中州学刊》2010 年 6 期。
① 马承源主编《上海博物馆藏战国楚竹书》（一），上海古籍出版社 2001 年 11 月版，137 页。
② 仅举几家代表性意见。整理者马承源隶定为"《天保》其德禄蔑疆矣，馔寡，德故也。"解后句云："馔，《说文》：'具食也。'《玉篇》云：'饮食也。''馔寡'，是说孝享的酒食不多，但守德如旧。"（见《上海博物馆藏战国楚竹书》（一）138 页）笔者按：依马氏之解，"馔寡"似是指人们对神灵的祭祀，是说虽然提供的祭品不多，但神灵仍守德如故。读《天保》一诗，从未写祭祀内容。若理解为国君虽享受的酒食不多，但守德如故，则不合语法，文意不通，酒食少与守德不存在转折关系。庞朴仅将"寡"后逗号"，"移至"寡"前，并存疑，云："此句似读作'巽(?)，寡德故也'为佳。存疑。"与马氏无大别。（见《上博馆藏战国楚竹书研究》237 页）周凤五读"巽"为"赞"，训"助也"，云："'赞寡德'：'赞'，简文作'巽'，原释'馔'，以'馔寡'连续，'是说孝享的酒食不多，但守德如旧。'按，此说不合语法，且有乖诗义。当读为'赞寡德'。'赞'，助也，谓臣下能助成寡君之德也，故君大臣上下'得禄无疆'。小序所谓'君能下下以成其政，臣能归美以极其上'是也。"（见《上博馆藏战国楚竹书研究》159 页）笔者按："寡德"乃国君谦称，而第三者孔子不可能卑称诗中歌颂的国君为"寡君"，故庞、周二氏标点及周氏之解不通。李零、廖名春均读"巽"为"选"，而李氏无说。廖氏将"寡"后逗号"，"取消作"巽寡德故也"，云："'巽'，疑读'选'是。而'选'有善义，《汉书·王莽传上》'君以（转下页）

读名家之论,憾无一家得其正解,甚或没有一家真正将文意疏通。近读青年博士于茀《金石简帛诗经研究》一书,终得茅塞顿开,困惑冰释。其文云:"'巽',《说文》古文作𢁉,此简𢁉字,与《说文》古文基本相合,𢁉,必是'巽'字无疑。《说文》:'巽,具也,'《易》'巽'为'顺',《周易·系传》'巽德之制也',《广雅·释诂》:'巽,顺也。'𡳐:整理者隶定为'㝅',释为'寡'。非是。此字当隶定为'须'。《说文》"寡"下云:'寡,少也。从宀须。须,分也。'段注云:'先郑注《周礼》曰:'须读

(接上页)选故,辞以疾',颜师古注:'选,善也。国家欲襃其善,加号畴邑,及以疾辞。'《广韵·仙韵》:'譔,善言。'义亦近。'寡德'即君德。此是说《天保》'得禄蔑疆',是以君德为善的缘故。《小序》:'《天保》,下报上也。君能下下,以成其政,臣能归美矣,报其上焉。''归美'即'善',即'选'。"(《上博馆藏战国楚竹书研究》262—263页)笔者按:廖氏拐了不少弯,其结论还是没有解决前述称呼的违背情理问题,作为第三者,是不可能卑称国君之德为"寡君之德"的。董莲池训"巽"为伏、为顺,称句意为伏顺于在上的统治者。笔者按:此解若与上句句意相连,其因果关系当为:要得到无穷的俸禄,就要伏顺于在上的统治者。此作为孔子解诗,则全是在离开诗义本身而借题发挥放论生活经验了,而且未解决"寡君"称呼之悖理。姜广辉谓"巽"通"逊","寡德"为谦词,云:"此句是说,人君之所以得禄无疆,由其能逊以寡德的缘故。"(见《关于古〈诗序〉的编联、释读与定位诸问题研究》,简帛研究网站)笔者按:姜氏之解,总算在文意疏通上解决了"寡德"之称有悖情理问题,在众说中属于比较特殊的,可聊备一说,然而"巽"在此处能否通"逊",则是问题,其不免有为疏通文意而疏通文意之嫌,因此,仍未真正解决"寡"字可能隶定有误问题。黄怀信解《诗论》,全部以具体分析诗篇诗义来逆推《诗论》句意并进而再逆推字义,隶定字体。笔者以为,解《诗论》对读诗篇是必要的,然处处以诗义定《诗论》字义,似有本末倒置之嫌。具体到孔子对《天保》篇的评论,黄氏仍用了先解诗后解论的方法,其解释并翻译《天保》一诗后,总结道:"可见这是一首因'天保'已定而唱给周天子的赞歌。全诗每章都体现'得禄(福)蔑(无)疆'之意……细审义,得禄靡疆,根源在于'天保已定'。而定'天保',无疑是天子的功德。诗中明言'神之吊矣,诒尔多福',是说多福的原因是神灵对天子友善,说明神灵赞许天子的功能。又云'群黎百姓,遍为尔德',是说黎民百姓皆蒙天子之德而得福。可见都与天子之德有关,所以'巽寡德故也'。寡德,无疑指天子之德,即君德。《后汉书·仲长统传》:'寡者,为人上者也。'各说'君'者是。然则'巽'字当如字读而训为'顺'。《尚书·尧典》'巽朕位'《孔传》、《广雅·释古一》并云:'巽,顺也。'《汉书·王莽传下》集注:'巽为顺。'所以'巽寡德故也',就是顺应天子之德,即天子定'天保'之举的缘故。"(见《上海博物馆藏战国楚竹书〈诗论〉解义》183—184页)笔者按:黄氏之分析,可谓细致全面,头头是道,释"巽"为"顺"确为正解,甚至将人所共知的"寡德"为"天子之德,君德"也引经据典解释一番,不为不严谨。但是,就是没有就"寡德"之称有悖情理的关键问题作出合理解释。因此,一旦证实"寡"字隶定有误,黄氏如上分析和结论则很可能就失去了存在的前提。所幸,于茀的《金石简帛诗经研究》终于使"巽寡"得到了正确隶定和正确解释。

为班布之班,谓分赐也。'"①于氏完全从文字学角度纯客观地释读《孔子诗论》中的文字,先隶定字体,再依所隶定字体参考最早字书和文献释其字义,所释自然令人信服,不像其他名家,每遇字义之释,未曾隶定字体,已先考虑其所论《诗经》篇章的诗义,不是从字体本身出发,解释字义本来作什么讲,而是从所评论对象出发,推测孔子应该说什么,会说什么,字作何解才合诗义,不是以字体释字义,而是以诗义揣测字义,往往误识。由于氏之解可知,"寡"字是由"宀"和"昇(颁)"组成,而图版很清楚,此简文只有下半部分"粂(昇)",而无上半部分"宀",古代上下结构之"昇"与左右结构之"颁"可以互换,所以"粂(昇)"明明应当隶定为"颁",并且马氏也已经隶定为"昇(颁)"了,又为何要释"昇"为"寡"呢? 所以马氏及其他学者之解无疑均为误释,孔子评《天保》之文后句作"巽颁德故也"可以定谳。附带说一句,马氏隶定"粂"为"昇",下面实漏掉了两笔"八",故不够准确,不过,此可忽略不计。以此解《天保》一诗,简单明白,障碍全无,故于氏之解颇当信从。在解字基础上,于氏概括分析孔子评论《天保》的内容道:"'《天保》其得禄蔑疆矣,巽颁德故也。'意谓《天保》言君得禄无疆,其原因是君王能够恭循遍施德政于天下。从《天保》的内容来看,全诗皆言臣下祝愿上天保佑君王福禄无疆,全诗极言君王的福禄是上天所赐,不无义谄媚,亦弥漫着天命思想。简书《诗论》对此持批判态度,认为君王无疆福禄,非由天赐,而是取决于君王自己是否能遍施德政。可见,简书《诗论》并非都是对诗篇要旨的概括,亦有对诗篇所言之事评以己意者。"②于氏的总结颇为精辟。

  细味诗义,确如程俊英所揭示的:"这是一首臣子祝颂君主的诗。"③全诗六章中,前三章的首句三次重复"天保定尔",即上天保佑庇护你,可见该诗所表达的君王福禄上天所赐思想的强烈程度。诗中不仅祝愿上天保佑君王政权巩固("亦孔之固")、物产丰富("俾尔多益")、安乐幸福("俾尔戬穀")、健康长寿("如南山之寿"、"如松柏之茂"),而且反复祝愿上帝赐给君王一切幸福,即所谓"何福不除",

---

① 于茀著《金石简帛诗经研究》,北京大学出版社2004年10月版,185页。
② 同上。
③ 程俊英、蒋见元著《诗经注析》,中华书局1991年10月版,458页。

"罄无不宜"、"受天百禄"、"降尔遐福";不仅祝愿上天赐福给君王,而且祝愿列祖列宗为君王赐寿("君曰卜尔,万寿无疆")、赐福("神之吊矣,诒尔多福")。虽然国宁则民安,该诗客观上体现了某些"保民"意识,但总体上确实弥漫着君权神授、王福天赐的敬天谀君思想。孔子借解此诗而对其所宣扬的落后思想提出直截了当的否定意见,并正面提出君权德授王福德赐的思想,这在两千五百年前确是难能可贵的,是孔子仁学德政思想在解读文学作品中的具体体现,颇值得肯定。由孔子对《天保》之评,也可发现孔子论诗角度多样化的特点。

二、孔子论《小雅·祈父》

第九简:

《祈父》之责,亦有以也。①

依笔者理解,孔子此言主要是从一个侧面对《祈父》一诗作出的肯定性评论,同时客观上亦揭示了该诗要旨。

《祈父》原诗如下:

祈父,予王之爪牙。胡转予于恤,靡所止居?
祈父,予王之爪士。胡转予于恤,靡可底止?
祈父,亶不聪。胡转予于恤,有母之尸饔!

历代学者对该诗的关键词解释意见如下:"祈父",有解为掌管都城禁卫的长官;有解为掌管田界之事的官。"予",有解为是,有解为我。"爪牙"、"爪士",有解为武将,有解为卫士。"恤",有解为忧患之地,即战场;有解为田间小道。"尸饔",有解为陈列祭品;有解为主持烧饭。按照如上两种解释,全诗的两种大意为:

大司马(田界官),你是国王的禁卫官(我本是国王的卫士),为啥调我到战场(为啥调我到田间),害得我无处居住?
大司马(田界官),你是国王的禁卫官(我本是国王的卫士),为啥

---

① 马承源主编《上海博物馆藏战国楚竹书》(一),上海古籍出版社2001年11月版,137页。

调我到战场(为啥调我到田间),害得我无处居住?

大司马(田界官),你真是不聪明,为啥调我到战场(为啥调我到田间),等我从战场上回来,可能要用陈列祭品见娘了(难道是因为有老娘为我烧饭)?

可见,虽然历代学者对该诗一些关键词的解释不同,据此所译全诗大意也不同,但并不妨碍我们对该诗性质作出基本判断。这是一位卫士责问祈父的诗。不论这位祈父是一位京城禁卫长官,还是一位掌田界之官,不论这位国王卫士是被长期调到战场,还是被长期调到田间,站在他本人的立场看,他认为都是让他做了自己不该做的事,所以,他要责问这位祈父,责问他为何让自己做非本职工作的事情。按常理讲,因战争需要,国王的禁卫士兵被调到战场上去,未必就不应该,而若被调到田间去管理农田水利,则确实是让卫兵干了非卫兵应该干的事情,那么,这位卫兵对祈父的责问就是合理的了。不过,唯有禁卫长官才有权调动士兵,一个管田界的官,怎么可能去调动禁卫士兵呢?然而孔子认为,《祈父》这首诗对祈父的责问是有理由的,很清楚,所谓"《祈父》之责,亦有以也",表明孔子对该诗的责问理由及诗歌本身表示了明确的肯定。孔子去《祈父》诗时间未远,自当对诗中所写禁卫士兵调动的性质和原因有自己的判断和理解。因此,他的评论当是有道理有根据的。评论之外,孔子用一个"责"字比较准确地概括出了《祈父》诗的内容特点,客观上点出了诗旨,这是他的另一个贡献。与其前和其后的解《祈父》言论相比,孔子的如上见解都显得深刻而独到。

孔子之前,《左传·襄公十六年》载:"冬,穆叔如晋聘,且言齐故。……见中行献子,赋《圻父》(《祈父》)。献子曰:'偃知罪矣,敢不从执事以同恤社稷,而使鲁及此!'"①由于齐国侵犯鲁国,鲁国大臣穆叔到晋国求援,遭到晋君拒绝后,见晋臣中行献子时赋了《祈父》这首诗,由中行献子表态同恤社稷,帮助鲁重获安宁,可知,穆叔的赋《祈父》诗确实奏效了。以此推测,穆叔赋《祈父》似是取责问祈父不恤国事之意,正因如此,中行献子听后才称自己知罪,表示要共恤国事,解

---

① 杨伯峻注《春秋左传注》,中华书局1981年3月版,1028页。

鲁之危。如此,二人对《祈父》一诗的"责问"性质已有认识,但理解的"责问"内容乃祈父失职,不恤社稷,则似乎离诗歌本义相去甚远。

孔子之后,汉儒今文经学《鲁诗》评《祈父》云:"班禄颇而《顾甫》(《祈父》)刺。"(王符《潜夫论·班禄》引)可见,其定《祈父》诗的性质为"刺",不符合该诗本义,似比春秋时代穆叔的理解距诗义更远。《祈父》诗只有责问,没有讽刺。古文经学《毛诗序》云:"《祈父》,刺宣王也。"不仅把诗的性质定为"刺",而且坐实为"刺宣王",似更靠不住。也许如朱熹《诗集传》引东莱吕氏之言推测的那样,"责司马者,不敢斥王也",诗人在通过责问司马而间接斥责国君。但坐实"宣王"实无根据,朱熹《诗集传》已对此提出质疑。其题解云:"《序》以为刺宣王之诗。说者又以为宣王三十九年,战于千亩,王师败绩于姜氏之戎,故军士怨而作此诗。……但今考之诗文,未有以见其必为宣王耳。"①相比之下,汉儒今文经学《齐诗》之解与诗义接近不少,云:"爪牙之士,怨毒祈父。转忧与已,伤不及母。"(《易林·谦之归妹》引)其指出了《祈父》诗的卫士之怨,与孔子概括的"责"相表里,然将怨和责的理由仅仅归结为"伤不及母"即不能赡养老母亲,未能涵盖卫士责问祈父的全部理由甚至主要理由,"有母之尸饔"仅是诗歌第三章中的最后一句。

笔者以为,对《祈父》一诗理解较深刻的是朱熹。他在《诗集传》中解该诗要义云:"军士怨于久役,故呼祈父而告之曰,予乃王之爪牙,汝何转我于忧恤之地,使我无所止居乎?"②其中,提出的"军士怨于久役"理由,说不定正是孔子对《祈父》诗概括性评语"亦有以也"(也是有理由的)几字的会心之解和具体诠释。笔者推测,孔子心目中卫士责问祈父的真正理由恐怕就是"怨于久役"。

三、孔子论《小雅·黄鸟》

第九简:

---

① (南宋)朱熹注《诗集传》,上海古籍出版社1980年2月新1版,122页。
② 同上。

《黄鸟》则困而欲反其故也,多耻者其病之乎?①

关于《黄鸟》一诗的题旨问题,从传世文献看,宋儒以来,今人认识无大异议,多认为,是一位流落异国之人遭受歧视后思欲回国的诗。

南宋朱熹《诗集传》云:"民适异国,不得其所,故作此诗。"②此揭示,可谓言简意赅,深得诗义。朱氏首提的"民适异国"说,得到了范处义的呼应。范氏在朱氏的基础上阐释得更为具体,其《诗补传》云:"适异国之民,而所至之邦,人不能与之相善,不能与之相知,不能与之相安,于是思归故国,复依族人与诸兄诸父也。《国风》曰:'岂无他人,不与我同姓。'此之谓也。"③朱熹还在题解中对坐实宣王之末的说法提出质疑,云:"东莱吕氏曰:宣王之末,民有所失者,意它国之可居也,及其至彼,则又不若故乡焉,故思而欲归。使民如此,亦异于还定安集之时矣。今按诗文,未见其为宣王之世。"④朱熹既赞成吕氏关于移民到外国,比较后又后悔的说法,但又否定其坐实为周宣王时事,其解确当。

今人郭沫若《中国古代社会研究》论《黄鸟》诗云:"黄鸟就是瓦雀,这和耗子是一样,也就和坐食阶级是一样,没有一个地方是没有的。痛恨本国的硕鼠逃走了出来,逃到外国来又遇着有一样的黄鸟。天地间哪里有乐土呢?倦于追求的人,他又想逃回他本国去了。"⑤不难看出,郭氏对《黄鸟》诗意的解析明显接受了朱氏题解引文的影响,其分析可谓正确而透彻。余冠英也持大体相同的见解,其《诗经选》云:"离乡背井的人在异国遭受剥削和欺凌,更增加对邦族的怀念。"⑥程俊英《诗经注析》认为"这是一位流亡异国者思归的诗","当时人民言论不自由,故诗人托黄鸟以起兴,其作用和《魏风·硕鼠》同。语言

---

① 马承源主编《上海博物馆藏战国楚竹书》(一),上海古籍出版社2001年11月版,137页。
② (南宋)朱熹注《诗集传》,上海古籍出版社1980年2月新1版,123页。
③ (南宋)范处义注《诗补传》,见中国诗经学会编《诗经要籍集成》,学苑出版社2002年12月版第5册,163页下。
④ (南宋)朱熹注《诗集传》,上海古籍出版社1980年2月新1版,123页。
⑤ 郭沫若著《中国古代社会研究》,人民出版社1964年10月第2版,137页。
⑥ 余冠英选注《诗经选》,人民文学出版社1979年10月第2版,198页。

质朴,感情充沛,可能是一首民歌"。① 该诗是否因为当时言论不自由才用比兴手法托黄鸟起兴,需另当别论(笔者持否定意见),而程氏接受郭氏之说,将该诗和《硕鼠》并提,并推测是一首民歌,可谓卓有见地。

原诗云:

> 黄鸟黄鸟,无集于榖(楮树),无啄我粟。此邦之人,不我肯榖(善)。言旋言归,复我邦族。
>
> 黄鸟黄鸟,无集于桑,无啄我粱。此邦之人,莫可与明。言旋言归,复我诸兄。
>
> 黄鸟黄鸟,无集于栩(橡树),无啄我黍。此邦之人,不可与处。言旋言归,复我诸父。

参考余冠英、程俊英译文,稍作修订后为②:

> 黄雀啊黄雀,我的楮树你别上,不要吃我小米粮。这儿的人啊,待我没有好心肠。回去回去快回去,回到故国我家乡。
>
> 黄雀啊黄雀,别息我的桑树上,别吃我的红高粱。这儿的人啊,没法给他们把理讲。回去回去快回去,回到故土见兄长。
>
> 黄雀啊黄雀,不要落我橡子树,不要偷吃我的黍。这儿的人啊,没法和他们共相处。回去回去快回去,回到故乡见伯叔。

将如上历代学者大同小异表达不同而意思相近的见解,与《黄鸟》全诗对读,可以发现,其颇切诗义。

令人欣喜的是,出土文献中,两千五百年前,孔子已经对《黄鸟》诗旨作出了恰切的揭示,与宋儒以来学者们的解读不谋而合。"《黄鸟》则困而欲反其故也",所谓"困",无疑指背井离乡流落异国的人在那里身处困境,遭到了当地人的歧视、刁难、欺负和盘剥,从"不我肯

---

① 程俊英、蒋见元著《诗经注析》,中华书局1991年10月版,537页。
② 历代学者皆视黄鸟为异国的当地人,作者借黄鸟起兴讽刺他们,全诗均出自作者之口,甚确。唯黄怀信所著《战国楚竹书〈诗论〉解义》一书称黄鸟是指这位身在异国的作者,当地人就像驱赶黄雀一样驱赶他,故每章前三句加引号,是当地人驱赶他的话,每章后四句是作者面对驱赶的话发出的感慨。本文认为,黄解不合诗义,不取,但可放于注中聊备一说。

穀"、"不可与明"、"不可与处"诗句明显可以感受到前三点，从"无啄我粟"、"无啄我梁"、"无啄我黍"的呼告中则又明显可以感受到后一点。作者的种种遭遇和处境，孔子用一个"困"字作了恰如其分的概括，历代学者对《黄鸟》相关诗义的分析，则可视为对孔子"困"字的具体解释。所谓"欲反其故"，自然是指身处困境中的作者渴望返回故国故乡。孔子对《黄鸟》诗旨的概括，大意是说：《黄鸟》一诗抒发了作者困厄异国而渴望返回故乡的思想感情。值得重视的是，孔子对《黄鸟》一诗的解读至此并未结束。其又云："多耻者其病之乎？"因这句言论理解起来比较困难，学术界释"忎"为"病"者多，而分析其句意者少。所以，至今仍是悬而未决的公案。笔者以为，黄怀信《战国楚竹书〈诗论〉解义》思考问题的角度颇有启发意义，云："'多耻者其病之乎'，当是就此事所发的联想。多耻者，谓多蒙耻辱之人。病之，以之为病也，谓忧虑、担忧之。意思是说：多蒙耻辱的人，会担忧此类事情发生吧！"细玩孔子论《黄鸟》全部言论，孔子确实是前句概括诗旨，后句则由诗旨诱发联想，发表了自己对社会现象的看法。由《黄鸟》诗中这位具体的"多耻者"（蒙耻受辱者）抨击异国人，怀念故乡，升华到对"多耻者"（蒙耻受辱者）普遍心态和观世视角的概括。孔子认为，多蒙耻受辱者，往往会诟病、抨击社会。孔子这一归纳，揭示了人们认识问题的规律性。在生活中多蒙屈辱，所感受的社会自然多是黑暗的一面，其观察认识社会的视角也多是负面的，其对社会现实的感情和态度，也自然是排斥甚至仇视的，故发表的言论无疑则多是诟病和抨击。如果笔者对孔子论《黄鸟》后一句话的理解不谬的话，他这句话的意义就在于此。另外，近读于茀《金石简帛诗经研究》，他读"忎"为"仿"，惜未解释"忎"读"仿"的原因，按理，简文是"心"字底，不大可能读作人字旁的"仿"。但于氏将简文作"仿"后，对孔子论《黄鸟》言论的疏通倒是简单明瞭了许多。其云："简文'《黄鸟》则困而欲返其故也，多耻者其仿之乎'的意思是，《黄鸟》言陷困境于他乡而欲返归故里，那些于他乡蒙受诸多耻辱的人会效仿吧？"于氏之解，可聊备一说。

遗憾的是，孔子之后，汉儒解《黄鸟》皆未得要旨。《齐诗》解云："黄鸟来集，既嫁不答。念我父母，思复邦国。"（《易林·乾之坎》引）可见《齐诗》将作者作为女性看待了，主旨也就成了嫁在异国的女子思念父母之邦了。此解似无根据。《毛诗序》解云:"《黄鸟》,刺宣王也。"此解则离诗义更远,完全是附会之论,即便如朱熹题解所引东莱吕氏之说"宣王之末,民有失所者……故思而欲归"一段文字能够坐实,也不能说该诗诗旨是刺宣王,更何况"宣王之末"的提法没有根据,已被朱熹所否定。《毛传》则解为"妇人有归宗之义",也将作者视为女性,并明言主旨是女子归宗,即思娘家。和《齐诗》一样远离诗义。《郑笺》解《毛诗序》云:"刺其以阴礼教亲而不至,联兄弟之不固。"所谓"阴礼"就是男女之礼;所谓"联兄弟"就是夫妇团结如兄弟。依《郑笺》、《毛诗序》的意思是,《黄鸟》之诗是刺宣王时的不良婚姻风气,是弃妇之词。此远离诗本义之解,却得到清儒全力维护,这是很遗憾的。陈启源《毛诗稽古编》说:"《黄鸟》、《我行其野》,此二诗皆弃妇之词也。室家相弃,由王失教而然,所以为刺也。"胡承珙《毛诗后笺》甚至反驳宋儒之说云:"此诗自亦为室家相弃而作,毛、郑之说不可易矣。"①态度颇为坚决。好在,孔子之说出,终使汉儒、清儒与宋儒之间的争讼得以了断。

---

① (清)陈启源著《毛诗稽古编》,见中国诗经学会编《诗经要籍集成》,学苑出版社2002年12月版第22册,446页上、142页下。

上博简《孔子诗论》第十七简新论*

上博简《孔子诗论》第十七简依次评论了《齐风·东方未明》、《郑风·将仲子》、《王风·扬之水》、《王风·采葛》四篇作品,本文依原次序讨论之。

一、孔子论《齐风·东方未明》

第十七简:

《东方未明》有利词。①

笔者以为,孔子对《东方未明》一诗的评论,不是从概括该诗主旨和诗意的角度着眼,而是意在指出该诗的语言特点或语言特点的某个方面。所谓"有利词",就是说《东方未明》这首诗中运用了锋利尖锐的批判性言辞。为便于分析,录《东方未明》原诗于此:

东方未明,颠倒衣裳。颠之倒之,自公召之。
东方未晞,颠倒裳衣。倒之颠之,自公令之。
折柳樊圃,狂夫瞿瞿。不能辰夜,不夙则莫。

对读原诗,笔者以为,孔子的概括和揭示是颇为准确的。
前人对这首诗的主题有多种理解。西汉《毛诗序》认为,该诗是

---

* 本文原载于《中州学刊》2009 年 4 期,由张朵与徐正英合作完成,发表时张朵独立署名,因其为徐正英主持的国家社科基金项目"先秦出土文献及佚文献文艺思想研究"阶段性成果,故征得张朵同意收入本书。

① 马承源主编《上海博物馆藏战国楚竹书》(一),上海古籍出版社 2001 年 11 月版,146 页。

"刺无节也。朝廷兴居无节,号令不时,挈壶氏不能掌其职焉";东汉《郑笺》具体解释为"挈壶氏失漏刻之节,东方未明而以为明,故群臣促遽颠倒衣裳";南宋朱熹《诗集传》综合《毛诗序》和《郑笺》的意见,认为"此诗人刺其君兴居无节,号令不时。言东方未明而颠倒其衣裳,则既早矣,而又已有从君所而来召之者焉,盖犹以为晚也。或曰,所以然者,以有自公所而召之者故也"①。今人闻一多认为,该诗是写"夫之在家,从不能守夜之正时,非出太早,即归太晚。妇人称夫曰狂夫"②;余冠英《诗经选》认为该诗是"写劳苦的人民为了当官差,应徭役,早晚都不得休息。监工的人瞪目而视,一刻都不放松"③;程俊英《诗经注析》认为"是写一位妇女的当小官吏的丈夫忙于公事,早夜不得休息"④。等等。

不论对《东方未明》一诗的主题有多少不同意见,但诗中的语言暗含锋利尖锐的批判当是不难体会到的。如,第一章:"东方未明,颠倒衣裳。颠之倒之,自公召之。"第二章:"东方未晞,颠倒裳衣。倒之颠之,自公令之。"都是在写,之所以深更半夜就匆匆起床,手忙脚乱中穿错衣裳,就是因为"公召之"、"公令之",主子有令在催促,不管这个主子是国君、是官府、是农奴主,字里行间表现了对召人者的怨恨情绪则是毋庸置疑的。若如闻一多所理解的,诗歌是被召者的妻子所唱,她埋怨丈夫的早出晚归,骂丈夫是"狂夫",再进而如程俊英所理解的,妻子不仅埋怨丈夫早出晚归,而且还怨他心胸狭隘,对家中的妻子不放心,"折柳樊圃"折柳编篱笆提防妻子,"狂夫瞿瞿"用怀疑的眼睛瞪妻子,那么,诗中所表现出的怨恨情绪就应是更为强烈了,因为诗中蕴含了作者(被召者的妻子)对召者和被召者的双重怨恨。若此,孔子用"有利词"概括《东方未明》一诗的语言特点是颇为准确的。笔者也借此对该诗主旨谈点个人理解,笔者认为,该诗歧见纷纭的关键是第三章比较突兀,与前两章内容不好统一,那么正确的解读方向也许有二,一是可能有乱简,二是如果没有乱简,作者可能是被

---

① (南宋)朱熹注《诗集传》,上海古籍出版社1980年2月新1版,59页。
② 闻一多著《闻一多全集·风诗类钞》(四),湖北人民出版社1993年12月版,506页。
③ 余冠英选注《诗经选》,人民文学出版社1979年10月第2版,100页。
④ 程俊英、蒋见元著《诗经注析》,中华书局1991年10月版,272页。

召小吏本人。如果这样理解,第三章的狂夫就可能是指监督小吏的人,那么"折柳樊圃,狂夫瞿瞿"两句是否可以理解为小吏下班后在家干点折柳插篱笆的活儿,都会遭到监督者的粗暴干涉?"不能辰夜,不夙则莫"是否可理解为小吏自怨时间无保障,不能在家守夜,即便如此还要遭到监督者的怒斥,不是嫌早了就是嫌晚了?按照这一理解,第三章就可以与前两章统一了。

二、孔子论《郑风·将仲子》

第十七简:

> 《将中》之言不可不畏也。①

笔者以为,孔子如上言论,不是对《将仲子》一诗主旨的揭示,也不是对其艺术特点的概括,更不是对其诗本事的讲解,而是表达孔子对主人公在爱情问题上表现出的"爱"与"畏"的矛盾心理所持的态度。

《将仲子》原诗为:

> 将仲子兮,无逾我里,无折我树杞。岂敢爱之,畏我父母。仲可怀也,父母之言亦可畏也。
>
> 将仲子兮,无逾我墙,无折我树桑。岂敢爱之,畏我诸兄。仲可怀也,诸兄之言亦可畏也。
>
> 将仲子兮,无逾我园,无折我树檀。岂敢爱之,畏人之多言。仲可怀也,人之多言亦可畏也。

很明显,《将仲子》是一首爱情诗。主要写女主人公在爱情问题上的矛盾心理,一方面,她很喜欢对方"仲子";但另一方面,她又害怕私自约会被父母兄弟知道了遭责骂,又害怕别人说闲话,所以一再劝阻对方不要爬墙到她家里来。诗歌每章的后两句依次规劝道:"仲可怀也,父母之言亦可畏也","仲可怀也,诸兄之言亦可畏也","仲可怀

---

① 马承源主编《上海博物馆藏战国楚竹书》(一),上海古籍出版社 2001 年 11 月版,146 页。

也,人之多言亦可畏也"。所谓"《将中》之言不可不畏也",是说《将仲子》中女主人公所说的"父母之言"、"诸兄之言"、"人之多言"是不能不有所顾忌的。这是孔子借论诗表达自己的爱情观,从短短的一句话中,我们不难推测,孔子对诗中女主人公式的爱情是持宽容和理解态度的,他并未对她予以斥责,但是,孔子又主张青年男女相爱应该受到家庭和社会舆论的约束,不宜任情而为,当事人对外来压力应该有所畏惧。所以,他借用诗中的"畏"字,对主人公以对"言"的畏惧为由拒绝男方来会的做法表示了肯定。可见孔子的爱情观在当时是比较适中的,也是比较实际的。这是孔子的一贯中庸思想,其对《关雎》的以礼相求,对《鹊巢》的以礼婚娶都有好结果的肯定,与评此诗的精神相通,在"礼"与"情"中适中把握,看似对青年人有所束缚,实际也是对青年人尤其是女青年的有效保护,越礼偷情的婚姻爱情往往是没有保障的。从孔子这句言论中,我们还可以看出,他虽未正面解诗,仅借此表达了自己的爱情观,但其涉诗处并未偏离诗歌本义,他重视诗歌的教育作用,但不一味将诗歌义理化,这是难能可贵的。正如马承源所说:"孔子在《诗论》中从未出现过像《小序》那样将诗的内容极端政治化,孔子论辞的着重之处在于体认诗句所具有的教化作用。"①

可惜的是,孔子之后,历代儒者对《将仲子》一诗的解释,就比较偏颇了。如西汉《毛诗序》认为:"《将仲子》,刺庄公也。不胜其母以害其弟,弟叔失道而公弗制,祭仲谏而公弗听,小不忍以致大乱焉。"《毛诗序》之解,坐实诗歌本事,实与诗本义不相干,正如黄怀信所说唯因诗中有一"仲"字之故,《毛传》注"仲子"为"祭仲也"。三家《诗》与《毛诗》无异义。东汉《郑笺》更是整合《左传》"郑伯克段于鄢"一节文字而来,离本义更远。唐代孔颖达疏则为阐明《毛诗小序》也不惜曲意附会。至南宋朱熹《诗集传》,则引郑樵说,称:"此淫奔之辞。"其虽以理学家的口吻斥责诗人为"淫奔者",但毕竟明确指出是男女爱情之诗,比《毛诗序》和三家《诗》前进了一大步。清姚际恒《诗经通论》说:"此虽属淫,然女子为此婉转之辞以谢男子,而以父母、诸兄及

---

① 马承源主编《上海博物馆藏战国楚竹书》(一),上海古籍出版社2001年11月版,147页。

人言为可畏,大有廉耻,又岂得为淫者哉!"①正如程俊英所说,姚氏以反朱熹的面目出现,为诗中女主人公去掉"淫奔者"之污的同时,又为她带上了"大有廉耻"的枷锁,歪曲了主人公的真实形象,其精神实质与朱熹是一致的。应该说,历代儒者对《将仲子》的认识,都不如孔子的认识平实、健康、稳妥。

三、孔子论《王风·扬之水》

第十七简:

《扬之水》其爱妇烮(烈)。②

《扬之水》在《诗经》中共有三篇,分别在"王风"、"郑风"、"唐风"之中,此处孔子所论当为"王风",其他两首内容与孔子所论相去甚远。汉代以来,以至于当今学者,对于《王风·扬之水》的诗意理解似乎都有偏差,未能真正切合题旨。为说明这一点,不妨先录原诗如下:

扬之水,不流束薪。彼其之子,不与我戍申。怀哉怀哉!曷月予还归哉?

扬之水,不流束楚。彼其之子,不与我戍甫。怀哉怀哉!曷月予还归哉?

扬之水,不流束蒲。彼其之子,不与我戍许。怀哉怀哉,曷月予还归哉?

用今天的大白话说,第一章意思就是:

河水激扬啊却漂不去一捆柴;我的那个新婚的她呀,却不能到"申"这里来;我好想你呀好想你!不知哪月才能回去见到你?

后二章除让新婚妻子来到的地方"甫"、"许"与第一章中的"申"不一样外,诗意全同。很明显,《扬之水》就是一首戍边战士想念新婚妻子的诗。古代以"束薪"即一捆柴代指新婚,诗以河水激扬却漂不

---

① (清)姚际恒著《诗经通论》,中华书局1958年6月影印版,101页。又见《续修四库全书》总62册《经部·诗类》,上海古籍出版社2002年3月影印版,76页下。

② 马承源主编《上海博物馆藏战国楚竹书》(一),上海古籍出版社2001年11月版,146页。

走一捆柴起兴,"兴"自己思妻心切却又不能马上见到。紧接便反复高喊:想念你呀想念你,不知哪月才能回去见到你?可见,全诗表达的爱妻思妇的感情非常强烈。

但是,汉代以来的学者是怎么解释的呢?西汉《毛诗序》称:"《扬之水》,刺平王也。不抚其民,而远屯戍于母家,周人怨思焉。"此解所言的时代背景倒是与《扬之水》相合,诗中"戍申"、"戍甫(吕)"、"戍许"确合《国语·郑语》韦昭注、《史记·周本记》所载平王东迁后,为防楚国吞并北方小国,曾在申、吕、许三国派兵驻守的历史事实。但诗中只写了戍卫战士的强烈思妻之情,并无怨恨戍守之意,更不能坐实到"刺"当时的戍守决策人国君"平王"。若如此推解诗意,则未免拐弯太多。鲁齐韩三家《诗》与《毛诗》无异议,都是对诗意的曲解。唐孔颖达《疏》云:"政教颇僻,彼子在家,不与我戍申,是怨不平也。"又把作者怨恨的对象指向了不来接替自己戍守的人,这一坐实,更是张冠李戴。诗中的"不与我戍申"等,只是泛指不能来到自己身边,不宜坐实为戍守其地。南宋朱熹《诗集传》承袭《毛诗序》"怨刺"说,而综合史料阐释道:"平王以申国近楚,数被侵伐,故遣畿内之民戍之。而戍者怨思,作此诗也。"朱熹释"彼其之子"为"戍人指其室家而言也",始正前人之误,得为确解。① 可惜朱熹的"彼其之子"又遭后人质疑,蒋悌仍认为是怨别人不来接替戍守,称古代征戍的士兵没有携妻室同行的道理。② 殊不知作者仅泛称妻子不能来到身边而不应坐实。清方玉润仍未跳出"怨恨"思维,坚持"戍守征调不均"说,自然仍将"彼其之子"理解为应来接替的戍卒。云:"其所以致民怨嗟,见诸歌咏而不已者,以征调不均,瓜代又难必耳。"③

直至当代著名《诗经》学家高亨、陈子展,也没能跳出《毛诗序》、孔疏的解诗思路,仍不承认朱熹的"彼其之子"之解。高亨《诗经今注》承《毛诗序》云:"(平王)强迫征发东周境内人民,到这三个国家去

---

① (南宋)朱熹注《诗集传》,上海古籍出版社1980年2月新1版,44页。
② (清)蒋悌著《五经蠡测》云:"《集传》以'之子'指戍者之室家,以《国风》事类考之,'彼其之子'凡五,未有目其室家者。况征戍之人,初无携室同行之理。"
③ (清)方玉润著《诗经原始》,中华书局1986年2月版,195页。

帮助守边,担任这种兵役的劳动人民唱出这个歌,以示反抗。"①陈子展《诗三百解题》弘扬孔疏云:"彼其之子当是指不与我同戍之人,他们偏能逃避了兵役。"②应该说,对《扬之水》题旨的研究,几千年后还在外围打转,确实颇为遗憾。相比之下,程俊英的研究总算向《扬之水》的题旨贴近了一步。其《诗经注析》称:"这是一首戍卒思归的诗。"但可惜她没有把这个士兵"思归"的真正原因作为研究方向,再前进一步,而是在介绍了平王派兵戍守三小国的历史背景后,却又向传统研究方向走去,说:"可是王都地小人稀,派去的兵士到期不能回乡,大家怨恨思归,就作了这首诗。"其解"思归"的落脚点,仍回归到了"怨恨"不能归上。好在,程氏不再把不能归的原因算在平王"征调不均"的账上,并接受朱熹说,将"彼其之子"解为"指作者所怀念的人"。因把"彼其之子"确认为是作者所深深怀念着的新婚妻子,而不是应该来接替守边的士卒,翻译全诗无法找出"怨恨"的诗句,这便与自己所立的"怨恨"主题相抵牾,于是程氏不得不借清人文融的误论把这首充满激情的诗歌的艺术特点误定为"含蓄"。"本怨戍申,却以不戍申为辞,何其婉妙","诗人负羽从军,身处异乡。室家不见,生死相望。对水惊心,折薪断肠,百感交集,岂不悽怆!胸中塞满了独戍异地的怨思,但唱出来的歌词却不怨恨久戍"。③ 其实,这位戍卒作者,抒发的本就不是怨恨戍边的感情,当然也就不可能从诗中看出这种感情。情感热烈是这首诗的风格,恰恰与"含蓄"相反。若使《扬之水》题旨得以确解,唯可就程俊英"戍卒思归"叩问,问:平王派兵守边防楚事关国家兴亡,是正义的事业,也是周民所应尽的义务,你为何思归? 诗中明言:是因为太思念留在家中的深爱着的新婚妻子了。问:你急切盼望回家的目的是什么? 诗中亦已明言:想见到深爱着的新婚妻子。就这么简单,诗意表达得非常直白,没有那么多的曲折。所谓怨不能归,是因征调不均,由征调不均,又怨到周平王戍边决策云云,都是历代研究者在诗歌之外延伸出来的义理之解,并非诗义本身。

---

① 高亨注《诗经今注》,上海古籍出版社2009年5月第2版,99页。
② 陈子展著《诗三百解题》,复旦大学出版社2001年10月版,244页。
③ 程俊英、蒋见元著《诗经注析》,中华书局1991年10月版,201—202页。

至此，我们回头来看孔子最早对《扬之水》诗意的讲解，"《扬之水》，其爱妇悡（烈）"，即《扬之水》表达的是戍卒强烈的爱恋妻子的感情。其对《扬之水》题旨这一概括是颇为准确而深刻。短短四字，可休止千年误论与纷争，功莫大焉。相信高、陈、程几位大师仙逝前若有幸读到孔子此论，亦当会重新修正己说的。另，其他两首《扬之水》内容相去甚远，不会是孔子言论所指之篇。此不赘述。

附：借此文收入本书之际附带介绍一下对该诗主旨的最新研究成果，吴洋教授在《文学遗产》2013年6期上发表了一篇题为《上博（四）〈多薪〉诗旨及其〈诗经〉学意义》一文，认为这是一首还念兄弟之作。"薪"象征非血缘关系，不如兄弟的血缘关系亲，所谓"多薪多薪，莫如萑苇。多人多人，莫如兄弟……多薪多薪，莫如松梓。多人多人，莫如同父母"（上博简《多薪》）是也。认为"苇"、"松"、"梓"是父母种植，自然生成，比喻兄弟血缘，而"薪"乃人工采伐，非出自然。并由此推断，《王风·扬之水》所写非姻亲关系，"不流束薪"是指流动束薪，而流动束薪是指水只能流动非血缘的人工捆柴，而流不动自然之树的松、梓等。以比喻戍守共事者皆非血缘关系，而怀念的是有血缘的兄弟不能同来守边。笔者未必同意该文观点，但其颇有新意，也许对我们深入讨论《王风·扬之水》诗旨会有帮助，故附缀于此。

四、孔子论《王风·采葛》

第十七简：

《采葛》之爱妇[切]。①

《采葛》原诗为：

彼采葛兮，一日不见，如三月兮。
彼采萧兮，一日不见，如三秋兮。
彼采艾兮，一日不见，如三岁兮。

---

① 马承源主编《上海博物馆藏战国楚竹书》（一），上海古籍出版社2001年11月版，146页。

西汉《毛诗序》判其题旨为:"《采葛》,惧谗也。"三家《诗》无异议。对读原诗,很明显是穿凿附会。并且标首句为"兴也",亦误。《毛传》云:"葛,所以为絺绤也。事虽小,一日不见于君,忧惧于谗矣。"东汉《郑笺》云:"桓王之时,政事不明,臣无大小,使出者则为谗人所毁,故惧之。"可见《传》和《笺》皆阐发《毛诗序》谬说,且愈阐释愈具体坐实,愈坐实则愈显其谬。至南宋朱熹《诗集传》,则始反《毛序》而趋向正解,云:"赋也。采葛所以为絺绤,盖淫奔者托以行。故因以指其人,而言思念之深,未久而似久也。"①朱熹改标首句"兴"为"赋"是正确的,其分析该诗"思念之深,未久而似久"的言情特点也是准确的,但其判该诗为爱情诗的同时,却又以卫道者的面孔,斥其女主人公为"淫奔者",则确实过分。所以清姚际恒《诗经通论》斥朱熹之评为"尤可恨"。

今人实多从朱熹说,视《采葛》为一首情诗,无疑已得正解。但具体到被怀念者何人,似都认为是一位姑娘。如余冠英《诗经选》仅笼统判为女性,云:"诗人想象他所怀的人正在采葛采萧,这类的采集通常是女子的事,那被怀者似乎是女性。怀者是男是女虽然不能确知,但不妨假定为男,因为歌谣多半是歌唱两性爱情的。"②程俊英《诗经注析》则明确指出被思念者是一位姑娘,云:"这是一首思念情人的诗。这位情人可能是一位采集植物的姑娘,因为采葛织夏布,采蒿供祭祀,采艾以疗疾,这些在当时都是女子的工作。"③余、程二氏之解,代表了学术界的通常看法,似无异议。

而《孔子诗论》的发现表明,作为最早论《采葛》者的孔子,对该诗的题旨另有高论。所谓"《采葛》之爱妇[切]",是说这是一首写少年夫妻爱情的诗歌,诗中表达了丈夫对新婚妻子的深切爱恋之情。孔子对《采葛》一诗性质的判定,已确证汉儒解诗之谬。同时,虽与今人的"情诗"说大体相同,但毕竟夫妻之爱与情人之爱还是有所区别的。笔者倒更倾向于孔子之解。所谓"彼采葛兮,一日不见,如三月兮",是说新婚妻子到地里采葛去了,回家晚一点,一天不见,丈夫便思念

---

① (南宋)朱熹注《诗集传》,上海古籍出版社1980年2月新1版,46页。
② 余冠英选注《诗经选》,人民文学出版社1979年10月第2版,77页。
③ 程俊英、蒋见元著《诗经注析》,中华书局1991年10月版,221页。

得不得了,就好像分开了三个月。后两章依次类推,诗意当大体如此。可见丈夫的爱妇之切。

笔者以为,孔子对《王风·扬之水》思妻、《王风·采葛》恋妻主旨的揭示,对《郑风·将仲子》女主人公爱而有所畏惧的爱情态度的肯定,对《齐风·东方未明》锐利语言风格的概括,不仅是评论这四篇作品的最早言论,也最切合作品本义。上博简《孔子诗论》第十七简为辨证汉儒以来对这四篇作品的种种误读和曲解提供了重要依据,有重要启发意义。

上博简《孔子诗论》评《小雅》中两篇作品[*]

本文集中讨论上博简《孔子诗论》对《小雅·菁菁者莪》、《小雅·将大车》两篇作品的评论。

一、孔子论《小雅·菁菁者莪》

第九简：

《菁菁者莪》则以人益也。①

《菁菁者莪》一诗,今天虽不为常人所熟悉,而在古代,则是《诗经》中颇为知名的篇章。该诗知名就知名在汉儒对其主旨的揭示上,汉儒以为,这是一首"乐育人材"的诗。今文经学《鲁诗》云:"先王之欲人之为君子也,故立保氏掌教六艺:一曰五礼,二曰六乐,三曰五射,四曰五御,五曰六书,六曰九数。教六仪:一曰祭祀之容,二曰宾客之容,三曰朝廷之容,四曰丧纪之容,五曰军旅之容,六曰车马之容。大胥掌学士之版,春入学,舍采合万舞,秋班学合声,讽诵讲习,不解于时。故《诗》曰:'菁菁者莪,在彼中阿。既见君子,乐且有仪。'美育人材,其犹人之于艺乎?既修其质,且加其文,文质著然后体全,体全然后可登乎清庙,而可羞乎王公。故君子非仁不立,非义不行,

---

* 本文原载于《郑州大学学报》2008 年 2 期,题目为《〈孔子诗论〉评〈小雅〉中两篇作品》,是"出土文献与文学笔谈"中的一篇,被中国人民大学复印报刊资料《中国古代、近代文学研究》2008 年 7 期全文转载。

① 马承源主编《上海博物馆藏战国楚竹书》(一),上海古籍出版社 2001 年 11 月版,137 页。

非艺不治,非容不庄,四者无忒,而圣贤之器就矣。"①清人王先谦《诗三家义集疏》云:"徐用《鲁诗》,所说诗乃鲁训也。古者育材之法备于此矣。《齐》、《韩》无异议。"②《毛传》之解与三家同。《毛诗序》云:"《菁菁者莪》,乐育材也,君子能长育人材,则天下喜乐之矣。"《毛传》云:"乐育材者,歌乐人君,教学国人、秀士、选士、俊士、造士、进士养之,以渐至于官之。"由《毛传》还可知,其培育人材的目的是培育为官者。自汉儒作如上解读后,"乐育人材"便成了历代学者对《菁菁者莪》一诗诗旨的惯常认识,"菁莪"也成了育贤材的典故。即便朱熹作了"此亦燕饮宾客之诗"、"既见君子,则我心喜乐而有礼仪矣"的新解之后,也未能抵消"乐育人材"说的影响(当然,依今天的眼光看,将其视为燕饮宾客之诗,也不合适,对方身份明显比作者身份高贵许多,作者不可能燕饮对方)。甚至当代学者之解,也未能跳出汉儒的认知模式,如,程俊英《诗经译注》就解该诗为"这是写学士乐见君子的诗,说的是关于教育人才的事",并译各章重复出现的"既见君子"为"有幸见到好老师",译"乐且有仪"为"心里快乐有楷模"。③虽然程氏在后来的《诗经注析》中改变了之前的看法,不再明言是关于教育人的事,然仍未全脱固有的解读思路,称"这是一位作者深受贵族的培植与赏赐,写这首诗来表示学有榜样和喜悦的心情"。④

其实,汉代以来对《菁菁者莪》一诗的解读,未必合乎诗义,其诗旨似没有那么庄重神圣。原诗为:

菁菁者莪,在彼中阿。既见君子,乐且有仪。
菁菁者莪,在彼中沚。既见君子,我心则喜。
菁菁者莪,在彼中陵。既见君子,锡我百朋。
汎汎杨舟,载沉载浮。既见君子,我心则休。

细品全诗,"菁莪"为作者自比,"在彼中阿"、"在彼中沚"、"在彼中陵",是指自己所处地位卑微,"载沉载浮"是指自己命运不济,正是在这样的情况下却有幸见到了君子,自己的地位和命运很可能会因此

---

① (东汉)徐幹《中论》,见《建安七子集》,中华书局2005年6月新1版,283—284页。
② (清)王先谦辑疏《诗三家义集疏》,中华书局1987年2月版,605页。
③ 程俊英译注《诗经译注》,上海古籍出版社1982年2月版,323—324页。
④ 程俊英、蒋见元著《诗经注析》,中华书局1991年10月版,495页。

而改变,当然我心"乐且","则喜","则休"。"乐且有仪"中的"乐且"和"有仪",拥有的是一个共同主语"我",正如朱熹所说,是"我心喜乐而有礼仪矣",即对君子有礼貌,而不是指君子"容貌威仪之盛也"。作者遇见君子,不只是命运有可能改变,而且眼前已经得到了实惠,第三章"既见君子,锡我百朋"即是,"百朋"指一千个贝,在当时是很大的数目。正如程俊英所说,"这位君子,能有百朋之赐","可能指国王或保氏之类的贵族","铜器铭文中多记赐贝之事","此诗第三章的锡朋,亦系贵族对下属的赏赐"。① 至此可见,《菁菁者莪》很可能是一位社会地位不高的人写自己乐遇君子而获益的诗。

回头再来看孔子是如何解读《菁菁者莪》的。孔子所谓"《菁菁者莪》则以人益也",学术界理解分歧较大。廖名春说:"《小序》:'《菁菁者莪》,乐育材也。君子能长育人材,则天下喜乐之矣。'简文'人益'即'益人',使人长进,义与'长育人材'同。"②很明显,廖氏仍是以汉儒"育人"说来套释孔子言论的,"人益"改序为"益人"不合语法常规,且改序后前面"以"字无着落,故廖说不可取。邴尚白说:"'以人益也',有两种较可能的解释:一是'以'作介词'因为'讲,全句是说因人(君子)而有所进益;二是'以'训为'使',则全句就是说使人有所进益。"③应该说,邴氏对"以"和"人"所作的第一种解释是正确的,问题出在他也是信从《毛诗序》对《菁菁者莪》一诗的解说,并以此说来解读简文的,称"《菁菁者莪》为育材名篇,全诗用学子的口吻,称颂君子能长育人材,并抒发'既见君子'的喜悦之情。简文的论旨,可能也是这个意思",因而便解"益"为在学识上的进益。显然,邴氏是受《毛诗序》说诗的局限而对"益"字作了与"育人"挂钩的诠释。其实,解"益"没必要拐弯抹角,直接训为"利益"、"好处"即可。因"益"字从水从皿,是水从器中漫出,引申为利益。《尚书·大禹谟》就有"满招损,谦受益"之语,《孟子·公孙丑上》亦有"非徒无益,而又害之"之论,皆为先秦"益"作"利益、好处"之例。因此,笔者赞同黄怀信的结论:"从君子那

---

① 程俊英、蒋见元著《诗经注析》,中华书局1991年10月版,495页。
② 廖名春《上海博物馆藏诗论简校释》,载《中国哲学史》2002年1期。
③ 邴尚白《上博〈孔子诗论〉札记》,载《新出土文献与古代文明研究》,上海大学出版社2004年4月版,66页。

里得到了好处——正所谓'以人益',即因人而益"。① 孔子"《菁菁者莪》则以人益也"的大意可能是:《菁菁者莪》这首诗写的是因人(君子)而获得利益(也就是说作者因乐见君子而得到好处)。此解,使《菁菁者莪》的旨义显得颇为俗气,完全失去了高雅的光环,但很可能在孔子时代的人看来,它就是这样一首诗,而且实际上它可能就是这样一首诗,本来就与培育人才无关,是汉儒人为地将其神圣化了。

从传世文献看,孔子之前的人,似亦是从乐见君子得实惠角度理解该诗的,从未与教育挂钩。相关材料有二见,《左传·文公三年》载:"晋人惧其无礼于公也,请改盟。公如晋,及晋侯盟。晋侯飨公,赋《菁菁者莪》。庄叔以公降拜。曰:'小国受命于大国,敢不慎仪?君贶之以大礼,何乐如之?抑小国之乐,大国之惠也。'晋侯降,辞。登,成拜。"②读文可知晋侯赋《菁菁者莪》是取"既见君子,乐且有仪"二句之义,并将鲁文公比作君子,虽为断章取义,但表明晋侯对该诗的理解主要是乐见君子之意。而主持结盟礼仪的庄叔所说的一段话,依笔者推测,则说明他对该诗的理解,是既有乐见君子("何乐如之","小国之乐")之意,又有得恩惠("敢不慎仪","贶之以大礼","大国之惠也")之意。《左传·昭公十七年》又载:"小邾穆公来朝,公与之燕。季平子赋《采菽》,穆公赋《菁菁者莪》。"③很明显,小邾穆公赋《菁菁者莪》也是取"既见君子,乐且有仪"之意,表达自己的快乐和荣幸之意。《左传》这两条文献说明,孔子之前和孔子时代的人对《菁菁者莪》一诗的理解大体就是乐见君子而得恩惠之类。

二、孔子论《小雅·将大车》

第二十一简:

---

① 黄怀信著《上海博物馆藏战国楚竹书〈诗论〉解义》,社会科学文献出版社 2004 年 8 月版,192 页。
② 杨伯峻注《春秋左传注》,中华书局 1981 年 3 月版,531 页。
③ 同上,1384 页。

《将大车》之嚚也,则以为不可如何也。①

学术界普遍认定,《孔子诗论》所言《将大车》就是《诗经·小雅·无将大车》一诗。关于《小雅·无将大车》的诗旨,历代学者众说纷纭。就传世文献而言,先秦两汉的学者多认为是一首后悔推荐小人的诗,如《荀子·大略》云:"《诗》曰:'无将大车,维尘冥冥。'言无与小人处也。"②汉儒今古文经学皆承其说并发展之。《齐诗》云:"大舆多尘,小人伤贤。皇父司徒,使君失家。"(《易林·井之大有》引)《毛诗序》云:"《无将大车》,大夫悔将小人也。"东汉《郑笺》则具体阐释云:"将,犹扶进也。祇,适也。鄙事者,贱者之所为也。君子为之,不堪其劳,以喻大夫而进举小人,适自作忧累,故悔之。"然而,我们实际从诗歌内容见不到后悔之意。及至南宋,朱熹则一反汉儒之说,首提忧思主题,认为该诗是一首"行役劳苦而忧思者之作。言将大车则尘污之,思百忧则病及之矣"③。其实该诗内容亦看不出与行役有关。清儒调整了宋儒之说后认为,该诗是贤者伤世之作。清姚际恒《诗经通论》云:"此贤者伤乱世,忧思百出,既而欲暂已,虑其甚病,无聊之至也。"④

今人程俊英承前人之说,认为"这是一位没落贵族感时伤乱之作。他很旷达,认为忧能伤人,很不值得,便唱出了这首短歌"⑤。既然是感时伤乱,为何诗中又反复强调不要忧思? 这不是用"旷达"二字就能解释得了的。陈子展则因题目是《无将大车》,更将该诗判定为赶车人的作品,云:"《无将大车》,当是赶大车者所作,这也是劳者歌其事的一例。"⑥此解离诗意确实有点太远。

为便于确解诗旨,过录其原诗如下:

---

① 马承源主编《上海博物馆藏战国楚竹书》(一),上海古籍出版社2001年11月版,150页。
② (战国)荀子著,(清)王先谦集解《荀子集解》,中华书局1988年9月版,514页。
③ (南宋)朱熹注《诗集传》,上海古籍出版社1980年2月新1版,151页。
④ (清)姚际恒著《诗经通论》,见《续修四库全书》总62册《经部·诗类》,上海古籍出版社2002年3月影印版,153页上。
⑤ 程俊英、蒋见元著《诗经注析》,中华书局1991年10月版,646页。
⑥ 陈子展著《诗三百解题》,复旦大学出版社2001年10月版,799页。

无将[扶]大车,衹自尘兮。无思百忧,衹自疧[病]兮。
无将大车,维尘冥冥。无思百忧,不出于颎[光明]。
无将大车,维尘雍[蔽]兮。无思百忧,衹自重[病累]兮。

因该诗字面之解没有歧义,所以各家译文大同小异。笔者将程俊英译文稍作修改后为:

不要去扶那大车,只会惹上一身尘。不要去想忧心事,多想徒然自伤身。

不要去扶那大车,扬起尘土灰濛濛。不要去想忧心事,多想前途没光明。

不要去扶那大车,尘土飞扬落一身。不要去想忧心事,多想只会把病生。

细玩原诗和译文,笔者以为,黄怀信对诗意的理解最能服人。他说:"可见是一首劝人解忧的诗。诗人以扶大车作比喻:扶大车本欲节省气力,结果弄一身尘土,得不偿失。思忧本为消忧,结果也无益处。"①黄氏之解与清儒及程氏之解的本质区别在于,该诗是在自我宽慰,还是在宽慰别人。依笔者体会,其属于后者无疑。

那么,出土文献中,两千五百年前的孔子又是如何理解《无将大车》这首诗的呢?他用一个"嚣"字作解,不是概括该诗"劝人解忧"的诗意,而是概括该诗"劝人解忧"的表现型态。所谓"嚣",《说文》释作"声也"。杜预注《左传·昭公三年》"湫隘嚣尘"之"嚣",亦为"声"。而《左传·成公十六年》"在陈而嚣,合而加嚣"的杜预注,则为"喧哗也"。"喧哗"无疑是对"声"的特征形象化的描述。具体到《孔子诗论》简文之"嚣",是说《无将大车》这首诗,反复"喧哗"、"喧嚣"、喋喋不休地劝解人。诗中反复劝解的内容是什么?孔子认为,是"则以为不可如何也",即不可这样,不可那样。依笔者理解,孔子似乎对《无将大车》这首诗中表现的劝人方式不大满意,不怎么欣赏。对读《无将大车》,全诗三章,竟六次重复劝人"无将大车","无思百忧",可见

---

① 黄怀信著《上海博物馆藏战国楚竹书〈诗论〉解义》,社会科学文献出版社2004年8月版,196页。

该诗确实是够喧嚣和喋喋不休的了。如果我们对孔子的话理解不错的话,应该说,孔子对《无将大车》这首诗表现型态的把握是颇为准确的。他虽然没有像之后历代学者那样详解该诗内容,但不难看出,其对《无将大车》一诗精神实质有自己的独到见解。

上博简《孔子诗论》第二十三简新论*

上博简《孔子诗论》第二十三简评论了《小雅·鹿鸣》、《周南·兔罝》两篇作品,本文试分别讨论之。

一、孔子论《小雅·鹿鸣》

第二十三简:

《鹿鸣》以乐词而会,以道交,见善而俲,终乎不厌人。①

《鹿鸣》是《诗经·小雅》的第一篇,被称为"四始之一",全诗三章,章八句。原诗为:

呦呦鹿鸣,食野之苹。我有嘉宾,鼓瑟吹笙。吹笙鼓簧,承筐是将。人之好我,示我周行。

呦呦鹿鸣,食野之蒿。我有嘉宾,德音孔昭。视民不恌,君子是则是傚。我有旨酒,嘉宾式燕以敖。

呦呦鹿鸣,食野之芩。我有嘉宾,鼓瑟鼓琴。鼓琴鼓琴,和乐且湛。我有旨酒,以燕乐嘉宾之心。

西汉《毛诗序》认为,《鹿鸣》是一首周王宴飨群臣嘉宾的诗。云:"燕群臣嘉宾也。既饮食之,又实币帛筐筐,以将其厚意,然后忠

---

* 本文原载于《中州学刊》2010 年 4 期,题目为《上博简〈孔子诗论〉第二十三简论析》,由张朵与徐正英合作完成,发表时张朵独立署名,因其为徐正英主持的国家社科基金项目"先秦出土文献及佚文献文艺思想研究"阶段性成果,故征得张朵同意收入本书。

① 马承源主编《上海博物馆藏战国楚竹书》(一),上海古籍出版社 2001 年 11 月版,152 页。

臣嘉宾,得尽其心矣。"东汉郑玄、唐孔颖达均从其说而注疏之。《齐诗》和《韩诗》也以为该诗是描写君臣宴饮之诗。《韩诗》云:"《鹿鸣》、《四牡》、《皇皇者华》也,此皆君臣宴乐相劳苦之诗。"(《礼记·学记》郑注引)又云:"《鹿鸣》,君与臣下及四方之宾燕,讲道修政之乐歌也。"(《仪礼·乡饮酒礼》郑注引)《韩诗》云:"远慕《鹿鸣》君臣之宴。"(《三国志·魏志》卷十九载曹植《求存问亲戚疏》引)南宋朱熹亦从《毛诗序》的说法,并对诗义及各章内容作了概括分析,云:"此燕飨宾客之诗也。盖君臣之分以严为主,朝廷之礼,以敬为主。然一于严敬,则情或不通,而无以尽其忠告之益。故先王因其饮食聚会,而制为燕飨之礼,以通上下之情。而其乐歌又以《鹿鸣》起兴,而言其礼意之厚如此,庶乎人之好我,而示我以大道也。"又云:"言嘉宾之德音甚明,足以示民使不偷薄,而君子所当则傚。则亦不待言语之间,而其所以示我者深矣。"又云:"言安乐其心,则非止养其体、娱其外而已。盖所以致其殷勤之厚,而欲其教示之无已也。"①笔者以为,朱熹的阐说,是大体符合《毛诗序》解《鹿鸣》思路和《鹿鸣》诗义的。当代《诗经》学专家也多基本信从《毛诗序》说或对此说有所改造,如,陈子展认为"《鹿鸣》,自是王者宴群臣嘉宾之诗"②;程俊英认为"这是贵族宴会宾客的诗"③。不管"王者宴会群臣",还是"贵族宴宾客",这两种说法都是受了《毛诗序》说的影响。当然,也有学者不从《毛诗序》说而受《鲁诗》影响的,如高亨就认为"这首诗的主旨是劝告王朝最高统治者应该任用在野的贤人"④。高亨此说明显源于《鲁诗》对《鹿鸣》的曲解⑤,不可信从。笔者对读《鹿鸣》全诗,亦认为,

---

① (南宋)朱熹注《诗集传》,上海古籍出版社1980年2月新1版,99—100页。
② 陈子展著《诗三百解题》,复旦大学出版社2001年10月版,600页。
③ 程俊英、蒋见元著《诗经注析》,中华书局1991年10月版,437页。
④ 高亨注《诗经今注》,上海古籍出版社1980年10月版,257页。
⑤《鲁诗》论《鹿鸣》云:"仁义陵迟,《鹿鸣》刺焉。"(《史记·十二诸侯年表》引)又云:"《鹿鸣》者,周大臣之所作也。王道衰,君志倾,留心声色,内顾妃后,设酒食嘉肴,不能厚养贤者,尽礼极欢,形见于色。大臣昭然独见,必知贤士幽隐,小人在位,周道陵迟,自上是始,故弹琴以讽谏,歌以感之,庶风可复。……此言禽兽得美甘之食,尚知相呼,伤时在位之人不能,乃援琴以刺之,故曰《鹿鸣》也。"(《太平御览》卷五百七十八辑蔡邕《琴操》引)又云:"忽养贤而《鹿鸣》思。"(见《潜夫论·班禄》引)

《毛诗序》对其诗义所作的如上解说,除黄怀信所指出的误释①外,其整体认识是基本正确的。

其实,早在《毛诗序》和汉儒之前,孔子已对《鹿鸣》内容有了大致相同的认识。传世文献《孔丛子·记义》中记载孔子的话曰:"于《鹿鸣》见君臣之有礼也。"这虽是孔子从"礼"学角度,对《鹿鸣》一诗内容特点和思想意义作出的揭示,打上了孔子诗学的礼学色彩,但我们从中不难看出,这一解释,实际上已间接说明《鹿鸣》是一首写君王宴饮群臣的诗歌了,指出从该诗中看到君臣皆有礼,是对诗歌内容所反映出的思想作出的深层揭示,忽略了对其表层意思的说明,而忽略并不等于孔子不清楚。笔者推测,孔子所称的诗中君臣有礼,大体是指诗中所表现出的,君主对嘉宾"鼓瑟吹笙","吹笙鼓簧","我有旨酒,嘉宾式燕以敖","我有旨酒,以燕乐嘉宾之心"等盛待之情,宾客对君主"承筐是将","人之好我,示我周行"等报恩之情,君臣"和乐且湛"的融融之情吧。应该说,孔子的认识并未偏离诗义,由于历代对《孔丛子》一书的真实性存在质疑,孔子这句有价值的《鹿鸣》之评,从未引起过人们的注意,这是非常遗憾的。另外,传世文献《左传·昭公七年》记载过孔子引《鹿鸣》诗句印证君子善改过的言论。云:"'能补过者,君子也。《诗》曰:"君子是则是效。"孟僖子可则效已矣。"②其对诗句主语"君子"的理解似与笔者的理解不同,笔者以为是统治者以君子为法则,孔意似君子以法则改正自己。存疑备考。

如果说,《孔丛子》中的孔子言论,是以礼学眼光对《鹿鸣》的诗

---

① 黄怀信著《上海博物馆藏战国楚竹书〈诗论〉解义》云:"言'既饮食之,又实币帛筐筐',似谓主人又送嘉宾礼物,恐不合诗人之意。"笔者以为,黄氏所指《毛诗序》误解有理。《毛诗序》此解,是就《鹿鸣》首章"我有嘉宾,鼓瑟吹笙。吹笙鼓簧,承筐是将"几句而言的,细审诗义,前两句当是说主人宴请嘉宾,欢迎嘉宾的到来,而后一句"承筐是将"确当是嘉宾来到后奉礼品给主人,而不是主人宴请客人后又给客人礼品,道理很简单,主人赠客人礼品,必在宴饮结束话别时,不可能在客人刚入宴席主客见面时;相反,嘉宾前来赴宴,其所奉礼品必在宾主开始见面时,后世俗称"见面礼"。而如上几句诗歌内容在《鹿鸣》首章,描述的恰恰是宴饮活动开始的情景,后面两章才依次描述宴饮过程和结束的情景。150页。

② 杨伯峻注《春秋左传注》,中华书局1981年3月版,1296页。

学意义作出的笼统概括,那么,简文中的如上言论,则是孔子对《鹿鸣》一诗各章内容的简略分析。第二十三简中所谓的"以乐词而会",意思是说,《鹿鸣》诗中有用欢乐的言词欢迎嘉宾聚会的内容。此当是孔子对诗首章前四句"呦呦鹿鸣,食野之苹。我有嘉宾,鼓瑟吹笙"内容的概括。其中前两句是以鹿遇苹蒿便招友共食起兴,表示对嘉宾赴宴的欢迎;后两句是对嘉宾的正面欢迎词。可见,首四句表述的就是主人对赴会宾客的热烈欢迎之情,因此,孔子"以乐词而会"一语概括其内容,颇为准确。第二十三简中所谓的"以道义",是说《鹿鸣》诗中有以道义相交的内容,以道义交友,此当是对首章末二句"人之好我,示我周行"内容的概括。诗义很明白,主人以谦卑的口吻称,前来赴会的群臣们热爱自己,教给自己很多治国的大道理,其深层含义自然是,他们的君臣之交或主宾之交乃道义之交,而非酒食之交。孔子认为,《鹿鸣》首章,不仅表达了对嘉宾的欢迎之情,而且还表现出了君臣之间(或宾主之间)以道义相交的思想。这一概括,深得章旨,可谓精辟之论。第二十三简中所谓的"见善而伆",就是说《鹿鸣》诗中还表达了向善者学习的思想。这当是对《鹿鸣》二章章义的揭示。第二章称赞嘉宾"德音孔昭(好品德很明显)","视民不恌(待人不刻薄)",所以"君子是则是傚(统治者以他为法则,把他效法)"。可见,《鹿鸣》第二章确实表达了崇尚美德、效法美德的思想,即孔子所概括的"见善而伆"的思想。第二十三简中所谓的"终乎不厌人",大意是说,诗最后表达了不厌恶人的思想,也可以转折地理解为与人同乐的思想。也有人认为,"终乎不厌人"可解为"待以美酒,不使嘉宾生厌,于此轻松快乐的时候,结束燕饮"。① "终乎不厌人"之语当是对《鹿鸣》第三章即末章章旨的揭示。该章除前四句大体重复前两章之首四句外,末四句主要表述了主人娱乐嘉宾的思想感情,即"我有旨酒,以燕乐嘉宾之心",并渲染了"和乐且湛(尽兴)"的气氛。可见,孔子对《鹿鸣》末章章旨的概括大体上符合作者本意,但却不够直接和明白。学术界对此段简文某些字体

---

① 于茀著《金石简帛诗经研究》,北京大学出版社2004年10月版,221页。

的隶定及断句分歧较大①,也许会有更符合原义的断句方法,也未可知。

综上可见,孔子对《鹿鸣》一诗的分析是比较准确和透彻的。同时,与孔子对其他各首诗诗旨的揭示相比,此段简文很有特色,它按顺序具体分析到了各章节及具体诗句的内涵,颇为细致。前引朱熹对该诗各章分析的形式与《孔子诗论》第二十三简中的论述相仿,观点也相关联,虽然朱熹不可能读过孔子此言论,但由不同时代学者的会心,更证明该诗诗旨本来就是如此。

二、孔子论《周南·兔罝》

第二十三简:

……《兔罝》其用人,则吾取。②

《兔罝》一诗,是《周南》中的第七首,全诗共三章,章四句。原诗为:

肃肃兔罝,椓之丁丁。赳赳武夫,公侯干城。
肃肃兔罝,施于中逵。赳赳武夫,公侯好仇。
肃肃兔罝,施于中林。赳赳武夫,公侯腹心。

从字面可见,该诗很浅显易懂,是说威武有力的武夫们,先后在地上、

---

① 如李学勤《〈诗论〉简的编联与复原》作:"以乐司而会以道,交见善而学,终乎不厌人。"刘乐贤《读上博简札记》作:"以乐始而会,以道交,见善而效,终乎不厌人。"周凤五《〈孔子诗论〉新释文及注解》作:"以乐始而会,以道交见善而效,终乎不厌人。"范毓周《上海博物馆藏楚简〈诗论〉的释文、简序与分章》作:"以乐始以会以道,交见善而效终乎?不厌人。"等等。本文仍采用整理者马承源释文。此为外交场合叔孙穆子对晋悼公演奏《鹿鸣》用意的分析,有临时断章取义之嫌,其解不足凭。《左传·襄公四年》穆叔之解、《左传·昭公十年》之解,性质大体相同,从略。孔子之后的战国时期,《仪礼·乡饮酒礼》、《仪礼·燕礼》、《仪礼·大射》、《大戴礼记·投壶》所涉及的《鹿鸣》之记载,多是对其乐歌演奏情况的记载,未关其诗歌内容分析。唯《礼记·缁衣》以《鹿鸣》"从之好我,示我周行"诗句印证"私惠不归德"之说,仅为引证,算不上对《鹿鸣》诗的评论。故可以说,汉代之前,孔子之外,尚无人对《鹿鸣》诗作过正面讨论。

② 马承源主编《上海博物馆藏战国楚竹书》(一),上海古籍出版社2001年11月版,152页。

在路口、在林中打桩张兔网捕获猎物,他们都是公侯的守护者。但具体到对该诗诗旨的理解,历代学者的分歧却比较大。笔者以为,汉代以来人们对《兔罝》诗旨的不同理解,可大致归纳为两种:一种认为作者意在歌颂,一种认为作者意在惋惜。两种意见的分歧点在于,诗中的人才是否得到了重用。诗无达诂,这一分歧点的解决,看似容易,实际并不容易。

西汉《毛诗序》认为:"《兔罝》,后妃之化也。《关雎》之化行,则莫不好德,贤人众多也。"《毛诗序》作者从《兔罝》诗中看到"贤人众多",便歌颂之,应该说偏离诗旨尚不算远,将诗中"公侯干城"、"公侯好仇"、"公侯腹心"的"赳赳武夫"们,放在"贤人"之列不算为过。但《毛诗序》的作者,却将这些"贤人"(武夫)的产生,归功为"后妃之化"的结果,这就离诗旨越来越远了,可视为义理化曲解。南宋朱熹承袭了《毛诗序》的说法,而又作了具体阐发,认为:"化行俗美,贤才众多,虽罝兔之野人,而其才之可用犹如此。故诗人因其所事以起兴而美之,而文王德化之盛,因可见矣。"①我们不难看出,朱熹的阐发是符合《毛诗序》说原意的,其言外之意是,连打猎之人都个个是贤才,更何况其他人呢?当然更应是贤才了,文王德化结果是全国皆贤才。朱熹此解完全是违背常理的穿凿附会。如果连最底层的捕兔野人也全是贤才,那么,要么是这些贤才不被任用而沦落或隐居在了山林;要么就是这些身为公侯心腹干将的贤才,是抽暇打猎或陪公侯打猎来了。不论哪一种,均与文王之化无关。清代魏源《诗经集义》,仍袭用《毛诗序》和《诗集传》的说法,显然有误。

与《毛诗序》的"歌颂"说不同,《韩诗》可能持"惋惜"说,并坐实历史事件,此可从唐刘良注《文选》和清王先谦《诗三家义集疏》看出(《韩诗》唐时似尚存,可能为刘良注所本)。《文选》桓温《荐谯元彦表》云:"《兔罝》绝响于中林。"刘良注为:"兔罝,网也。《诗》云'肃肃兔罝',喻殷纣之贤人退于山林,网禽兽而食之。"②《诗三家义集疏》云:"韩说曰:殷纣之贤人退处山林,网禽兽而食之。文王举闳夭、泰

---

① (南宋)朱熹注《诗集传》,上海古籍出版社1980年2月新1版,5页。
② (南朝梁)萧统编,(唐)六臣注《六臣注文选》卷三十八,中华书局1987年8月影印版,708页。

颠于罝网之中。"①文中所坐实之典故,最早见于《墨子·尚贤上》《尚书大传》记载。今人陈子展《诗三百解题》从《韩诗》之说,认为"《兔罝》一篇,当是民间歌手咏叹文王举用闳夭、泰颠这一有名的历史故事而作"②。将历史典故与《兔罝》诗挂钩,最早也只能推到汉代,或者唐代,其挂钩依据,也仅是《墨子》"文王举闳夭、泰颠于罝网之中"一语与诗题《兔罝》二字相合,所以笔者以为,将《兔罝》坐实为叙写这一历史事件,不足凭信。《韩诗》、刘良解《兔罝》"惋惜"之意尚不明,至清崔述《读风偶识》,则惋惜之意甚明,云:"余玩其词,似有惋惜之意,殊不类盛世之音。……太平日久,上下恬熙,始不复以进贤为事,是以世胄常蹑高位而寒畯苦无进身之阶。文士或间一遇时,而武夫尤难以逢世。以故诗人惜之曰:'此林中之施兔罝者,其才智皆公侯之干城、公侯之腹心也。'惋惜之情,显然言外。"③今人程俊英《诗经注析》,虽称《兔罝》"是赞美猎人的诗",而实际信从崔述"惋惜"说。认为,"诗人在路上看见英姿威武的猎人正在打桩张网捕兔,联想这些猎人的才力,希望他们能被拔为保卫国家的武士"。④可见,程氏虽用"联想"、"希望"而未用"惋惜",实际还是"惋惜"。不过,由"打桩张网","联想"到"才力",由"才力"又"希望""被拔为""公侯干城"、"公侯好仇"、"公侯心腹",诗人的想象力也太丰富了。笔者以为,这种联想实际上是不太可能的。

今人黄怀信,则坚持"歌颂"说,称该诗直接歌颂武夫。认为每章开头"肃肃兔罝"布网捕兔的行为,是比喻武夫像兔网一样遍布各个角落,保卫公侯。云:"可见这是一首歌颂武夫的诗。'赳赳武夫'比喻被安排在各个角落,就像已经张开机关的兔网钉在地上,设在大路中央,设在林子中间,使兔子无处可逃一样,严密保卫着公侯的安全,所以说他们像公侯的城墙,是公侯的伴侣,公侯的心腹。可见这位公

---

① (清)王先谦辑疏《诗三家义集疏》,中华书局1987年2月版,43页。
② 陈子展著《诗三百解题》,复旦大学出版社2001年10月版,27页。
③ (清)崔述著《崔东壁先生遗书》下册,北京图书馆出版社2007年8月影印版,113页。
④ 程俊英、蒋见元著《诗经注析》,中华书局1991年10月版,18页。

侯大人善于使用武夫。故《诗论》作者曰：'其用人，则吾取。'"①以上各种说法互相比较，相对而言，黄氏之说最近情理可供参考。不过，武士布岗，保卫公侯，是为严防侵犯，黄氏解各章首二句布兔网乃"使兔子无处可逃一样"，一为防"内犯"，一为防"外逃"，比喻意向相反，仍令人费解，故黄氏之解亦未必全合诗人原意。

笔者以为，《兔罝》作为"国风"中的一首民歌，其内容和性质，似乎没有那么复杂，我们也不必像历代学者那样对其作复杂化的理解。笔者赞成高亨先生对《兔罝》诗旨的简单概括，认为"这首诗咏唱国君的武士在野外打猎"②。至于诗中的"武士"是国君的"武士"还是"公侯"的"武士"，可再斟酌，然而这首诗写武士们的打猎活动当是清楚明白，不容质疑的。作者在描写武士们的打猎活动时，歌颂了他们的飒爽英姿和卫主才华。我们不需要去人为地弥合各章前两句和后两句的内容差异。

那么，我们应该怎样理解孔子对《兔罝》一诗的评论呢？笔者以为，孔子"《兔罝》其用人，则吾取"的言论，不是对《兔罝》一诗内容和诗旨的概括，而是就该诗客观上说明的一种事实所作的评判。他从该诗描写武士打猎活动和歌颂武士英姿才华的内容中看到，诗中的武士们，个个天姿英武，堪当护主卫国大任，人人都是"公侯干城"，"公侯好仇"，"公侯腹心"，由此发现，诗中表现了重用贤才的思想，诗中的"公侯"善用"武夫"，善于招揽和使用人才，这一思想正与孔子的人尽其才观相合③，因此其作出肯定和赞赏性的评价"其用人，则吾取"是很自然的。同时，也不难看出，孔子如上议论明显打上了春秋时期重借题发挥，重视实用的解《诗》特点。

其实，在孔子之前，就有人从用人角度征引《兔罝》成句以说明问

---

① 黄怀信著《上海博物馆藏战国楚竹书〈诗论〉解义》，社会科学文献出版社 2004 年 8 月版，152 页。

② 高亨注《诗经今注》，上海古籍出版社 1980 年 10 月版，9 页。

③ 孔子论人才的言论，如："其人存，则其政举；其人亡，则其政息。……故为政在人。"(《礼记·中庸》)"先有司，赦小过，举贤才。"(《论语·子路》)"女得人焉尔乎？"(《论语·雍也》)"文武之道，未坠于地，在人。"(《论语·子张》)"君子不器。"(《论语·为政》)"犁牛之子骍且角，虽欲勿用，山川其舍诸？"(《论语·雍也》)"先进于礼乐，野人也；后进于礼乐，君子也。如用之，则吾从先进。"(《论语·先进》)

题了。如,《左传·成公十二年》载,晋臣郤至在与楚国会盟时称:"共俭从行礼,而慈惠以布政。政以礼成,民是以息。百官承事,朝而不夕,此公侯之所以扞城其民也。故《诗》曰:'赳赳武夫,公侯干城。'及其乱也,诸侯贪冒,侵欲不忌,争寻常以尽其中民,略其武夫,以为己腹心、股肱、爪牙。故《诗》曰:'赳赳武夫,公侯腹心。'天下有道,则公侯能为民干城,而制其腹心。乱则反之。"①也许前引汉儒们(《毛诗序》、《韩诗》)从"贤人"用废角度评《兔罝》的言论,就受到过孔子及春秋时人相关言论的影响。因为《孔子诗论》很可能在汉代还能见到。

综上所述,笔者以为,上博简《孔子诗论》第二十三简中孔子对《鹿鸣》、《兔罝》的评论,不仅是评论这两首作品的较早言论,也最切合文本本义,其启发意义不可低估。

① 杨伯峻注《春秋左传注》,中华书局1981年3月版,858页。

上博简《孔子诗论》第二十五简新论*

上博简《孔子诗论》第二十五简依次评论了《王风·君子阳阳》、《王风·有兔(兔爰)》、《小雅·大田》、《小雅·少(小)明》四篇作品,本文试逐一讨论之。

一、孔子论《王风·君子阳阳》

第二十五简:

《[君子]阳阳》少(小)人。①

《君子阳阳》,是《王风》中的第三篇,共二章,章四句。原诗为:

君子阳阳,左执簧,右招我由房。其乐只且!
君子陶陶,左执翿,右招我由敖。其乐只且!

《君子阳阳》一诗,虽很简短,字面也不难解。然而对其主旨的判断,意见并不一致。在当代《诗经》学家中,陈子展《诗三百解题》认为"当是乐官遭乱,相招以卑官为隐,全身远害之作"②;高亨《诗经今注》认为"这是写统治阶级奏乐跳舞的诗"③;程俊英《诗经注析》认为"这是描写舞师和乐工共同歌舞的诗"④;黄怀信《上海博物馆藏战国楚竹

---

* 本文原载于《河北师范大学学报》2011年1期。
① 马承源主编《上海博物馆藏战国楚竹书》(一),上海古籍出版社2001年11月版,155页。
② 陈子展著《诗三百解题》,复旦大学出版社2001年10月版,239页。
③ 高亨注《诗经今注》,上海古籍出版社1980年10月版,98页。
④ 程俊英、蒋见元著《诗经注析》,中华书局1991年10月版,199页。

书〈诗论〉解义》认为"是描写一个'君子'的歌舞喜乐之态"①。细研诗歌文本,我们认为,虽各家之说皆有其道理,相比之下,高亨的观点似更贴近原诗。我们虽不赞成程俊英的观点,但她的分析,对我们深入认识《君子阳阳》的诗旨和孔子言论的价值颇有启发意义。现照录如下:

> 关于诗的主题,说各不一。《毛序》:"闵周也。君子遭乱,相招为禄仕,全身远害而已。"朱熹《诗集传》:"此诗疑亦前篇妇人所作。盖其夫既归,不以行役为劳,而安于贫贱以自乐,其家人又识其意而深叹美之。"以上二说,都被姚际恒所驳。他说:"《大序》谓'君子遭乱,相招为禄仕',此据'招'之一字为说,臆测也。《集传》谓'疑亦前篇妇人所作',此据'房'之一字为说,更鄙而稚。大抵乐必用诗,故作乐者亦作诗以摹写之,然其人其事不可考矣。"我们在诗里看不出什么"相招为禄仕"和夫妇"安于贫贱以自乐"的影子,而且簧、翿的歌舞工具,也不是当时贫贱者所能有。姚的评语,可谓恰当。据陈奂和马瑞辰考证,认为周代国王在庙朝设有专职的乐工和舞师,在寝室休息时,同样有专职演奏,以供娱乐。不过东周王国衰微,苟安在洛阳周围五六百里的地方,外患频仍,内政不修,百官废弛,还有什么余力去管理这些乐工们。……同《王风》其他各诗苍凉悲郁的气氛迥然不同,恐怕是一种"人生得意须尽欢"心理的反映。②

程氏如上文字,对《君子阳阳》的产生背景,作了客观、准确、全面、深刻的分析,在东周王朝走向末路的背景下产生的《君子阳阳》,不论写的是舞师和乐工们的歌舞,还是写的统治者们的歌舞,抑或写的是"君子"(贵族青年)的歌舞,在孔子这样一位谦谦君子的儒者看来,其"右招我由房"、"右招我由敖"、"其乐只且"的狂态之举,不论是出于绝望、苦闷还是自乐,都未免有失体统,有伤大雅。所以,他以"《[君子]阳阳》少(小)人"评之,认为诗中写的是小人似的轻狂之态。应该

---

① 黄怀信著《上海博物馆藏战国楚竹书〈诗论〉解义》,社会科学文献出版社 2004 年 8 月版,104 页。

② 程俊英、蒋见元著《诗经注析》,中华书局 1991 年 10 月版,199—200 页。

说,孔子此评和对《兔罝》的评论一样,也不是对诗旨作出的概括和揭示,而是从自己的立场上发表的对作品某一方面深切感受的看法,这种感受也许是保守的,但孔子的评论对我们更准确的认识《君子阳阳》的诗歌本义无疑是有帮助的,另外。于茀《金石简帛诗经研究》也对孔子此论发表了自己的看法,颇有新意,可聊备一说。现录于此:

> 简书诗论评之为"小人"。初以为与"君子阳阳"之"君子"二字不合,可是细品全诗辞气,始觉简书诗论评之以"小人"极为准确。……诗虽短,但是却极为传神。时逢乱世,投机小人纷纷出动,左摇右摆,小人得志,乐不可支。更有意味的是,诗虽写"小人",但是,偏偏称之"君子"。简书诗论,反之而行,一语道破,云:"《君子阳阳》,小人。"此论与此诗可谓相得益彰。①

二、孔子论《王风·有兔(兔爰)》

第二十五简:

……《有兔(兔爰)》不逢时。②

《兔爰》是《王风》的第六篇,全诗三章,章七句。其简文作《有兔》,诗各章开头为"有兔爰爰",故原诗篇名很可能作《有兔》。

虽然关于《兔爰》这首诗的作者和创作时代问题,历来存在着不同看法,但就对诗中所表达出的思想倾向的认识而言,则历代学者分歧不大。简文《孔子诗论》是传世文献和出土文献中论及《兔爰》最早的言论。可喜的是,孔子对《兔爰》诗旨作出的概括,简洁而准确,深得其本义,云:"《有兔(兔爰)》不逢时。"即《兔爰》一诗表达了作者生不逢时的思想感情。孔子归纳的正确性,仅从每章重复出现的核心诗句"我生之初,尚无为。我生之后,逢此百罹","我生之初,尚无造。我生之后,逢此百忧","我生之初,尚无庸。我生之后,逢此百凶"等,即可得到印证,不需要作烦琐的考证与辨析。

---

① 于茀著《金石简帛诗经研究》,北京大学出版社 2004 年 10 月版,225 页。
② 马承源主编《上海博物馆藏战国楚竹书》(一),上海古籍出版社 2001 年 11 月版,155 页。

孔子之后,汉儒对《兔爰》诗作了更为具体的说明。西汉《毛诗序》云:"《兔爰》,闵周也。桓王失信,诸侯背叛,构怨连祸,王师败伤,君子不乐其生焉。"东汉《郑笺》云:"不乐其生者,寐不欲觉之谓也。"今文学派《鲁诗》、《齐诗》、《韩诗》均无异议。其一,《毛诗序》以"君子不乐其生"一语揭示《兔爰》诗旨,虽不如孔子的"不逢时"准确、直白,但也未偏离其本义,隐约指出了生不逢时之意和作者的厌世情绪。《郑笺》似不合《毛诗序》原义。其二,《毛诗序》还指出了该诗的创作时代,认为该诗创作于东周早期的桓王时期。这一判断缺乏实证,可能是错误的,但指出创作时代,则标志着比孔子的评论又前进了一步。其三,指出了《兔爰》的创作背景即创作原因,虽因时间界定有误,致使原因揭示未必确当,但仍有参考意义。

至南宋,朱熹承袭《毛诗序》说而又有所修正。其《诗集传》云:"周室衰微,诸侯背叛,君子不乐其生,而作此诗。"其价值在于:第一,虽仍以"君子不乐其生"揭示诗旨,然"旨"后补以"而作此诗"一语,则既点明诗旨,又点明诗歌创作原因;第二,以"周室衰微"代"桓王失信",并进而指出:"为此诗者,盖犹及见西周之盛。故曰:方我生之初,天下尚无事。及我生之后,而逢时之多难如此。"①朱熹将诗歌作者定为西周与东周跨时代人物,将《兔爰》创作时间提至桓王之前。其结论可信。

至清代,崔述《读风偶识》在朱熹研究基础上,对《兔爰》的创作时代作了更具体合理的推测,认为作者当生于西周宣王末,而诗歌创作于平王东迁初期。云:"其人当生于宣王之末年,王室未骚,是以谓之'无为'。既而幽王昏暴,戎狄侵陵,平王播迁,家室飘荡,是以谓之'逢此百罹'。"②其结论比朱熹确定得更为具体可信,多为学术界所采纳。

现当代学者对《兔爰》诗旨的揭示,有的具体些,有的笼统些,有的清晰些,有的模糊些,除个别情况外,基本都与孔子的评论相吻合。如,郭沫若《中国古代社会研究》称:"这首诗是表现一个阶级动摇的

---

① (南宋)朱熹注《诗集传》,上海古籍出版社1980年2月新1版,45页。
② (清)崔述著《崔东壁先生遗书》下册,北京图书馆出版社2007年8月影印版,159页。

时候,在下位的兔子悠遊得乐,在上位的野鸡反投了罗网。这投了罗网的野鸡便反反覆覆地浩叹起来。""我觉得这也是一首破产贵族的诗。"①郭氏既模糊指出诗作者抒发生不逢时的厌世情绪,又清楚指出诗作者的身份乃破产贵族。前者与孔子、汉儒、宋儒观点相近,后者则为郭氏新创。陈子展《诗三百解题》云:"《兔爰》,自是一篇伤时感事、悲观厌世之作。"陈氏揭示诗旨,比孔子更突出"厌世"一面。陈氏亦确定该诗创作于平王东迁洛阳以后,又云:"《兔爰》一诗,当是作者生及宣王承平,经过幽王平丧乱,平王播迁,从镐京到洛邑以后所作。"②高亨《诗经今注》亦认为该诗作于东迁以后,作者乃没落贵族,诗旨乃抒发生不逢时的哀吟,云:"周王朝东迁以后,社会进入战争变乱的时代,统治阶级与被统治阶级的矛盾斗争,统治阶级内部的矛盾斗争,都异常尖锐。在斗争中,有的统治者失去爵位土地而没落。这首诗就是一个没落贵族的哀吟。"③程俊英《诗经注析》亦认为"这是一个没落贵族因厌世而作的诗"④。并肯定了崔述依朱熹之说推测的创作时间的合理性。余冠英则认为,"这诗是小民在徭役重压之下的痛苦呻吟"⑤,与其他各家见解明显不同。

综上可见,汉代以后的学者,尤其现当代的诗经专家,对《兔爰》一诗主旨的认识,除余冠英外,都与孔子所判定的"不逢时"观点不谋而合,精神实质基本一致。这正说明,孔子对《诗经》具体作品研究的贡献不可低估。

三、孔子论《小雅·大田》

第二十五简:

……《大田》之卒章,知言而有礼。⑥

---

① 郭沫若著《中国古代社会研究》,人民出版社1964年10月第2版,127、141页。
② 陈子展著《诗三百解题》,复旦大学出版社2001年10月版,252、253页。
③ 高亨注《诗经今注》,上海古籍出版社1980年10月版,101页。
④ 程俊英、蒋见元著《诗经注析》,中华书局1991年10月版,206页。
⑤ 余冠英选注《诗经选》,人民文学出版社1979年10月第2版,75页。
⑥ 马承源主编《上海博物馆藏战国楚竹书》(一),上海古籍出版社2001年11月版,155页。

《大田》是《小雅·甫田之什》中的第二篇,全诗四章,前二章章八句,后二章章九句。其卒章即第四章为:

> 曾孙来止,以其妇子,馌彼南亩,田畯至喜。来方禋祀,以其骍黑,与其黍稷。以享以祀,以介景福。

关于《大田》一诗的性质,学术界至今没有统一看法。细研全诗内容,笔者以为,该诗就是一首农事诗。今人陈子展①、程俊英皆认为是祭祀诗,恐未妥。但程氏的分析却颇为全面精到,对理解诗旨有启发作用。现转录如下:

> 这是周王祭祀田祖而祈年的诗,是研究古代土地制度、农业生产、生产关系等的重要史料。如公田与私田的关系,曾孙与农夫的关系,生产果实分配问题等。《小雅》中《楚茨》、《信南山》、《甫田》、《大田》虽为祭祀乐歌,但内容多写农业生产,后人将这几首和《颂》中之《载芟》、《良耜》等称为农事诗。《毛序》:"刺幽王也。言矜寡不能自存焉。"朱熹驳得好:"此序专以'寡妇之利'一句生说。"甚当。此诗虽为祭祀乐歌,但其内容主要是描写农业生产中的选种、修械、播种、除草、去虫,描摹云雨景致,渲染丰收景象,纯用白描手法,生动地刻画了公田生产场面。其中人物有农人、妇子、寡妇,有曾孙、田畯,他们的动作,跃跃纸上。②

程氏虽定《大田》为祭祀作品,而具体分析中又认为全诗主要内容是写农业生产,这就比较符合诗歌内容的实际。与程俊英的分析相比,高亨对《大田》一诗内容的归纳,简明而又妥帖,云:"此篇也是西周农奴主作品,主要内容是描写农奴为农奴主种田,消除害虫,雨泽及时,庄稼长得茂盛及农奴主巡视田间,祭祀神灵的情况。"③不难看出,高亨对该诗内容的归纳,是依《大田》各章所写内容的顺序进行的,虽未标出章义,其眉目已颇为清晰。而余冠英对该诗的定性和内容的归纳,则最为精当,可视为当代学者研究《大田》的依据,云:"这是西周

---

① 陈子展著《诗三百解题》云:"《大田》,当是王者祈年报赛而祭祀田祖之乐歌。"复旦大学出版社2001年10月版,823页。
② 程俊英、蒋见元著《诗经注析》,中华书局1991年10月版,672—673页。
③ 高亨注《诗经今注》,上海古籍出版社1980年10月版,330页。

农事诗之一。第一章写农夫耕作播种,嘉谷生长。第二章写消除虫害,谷粒坚好。第三章写雨水调和,收获丰盛。第四章写周王犒劳农夫,祭神求福。"①综上可见,除对末章首二字"曾孙"理解有所不同(陈、程、余解为"周王"或"王者",高解为"农奴主")外,学者们对该章内容的归纳是一致的:一、周王(或农奴主)巡视田间,犒劳农夫;二、祭祀神灵,祈求幸福。对读该章原诗,学者们对章义的概括无疑是正确的。

　　孔子则称:"《大田》之卒章,知言而有礼。"《孔子诗论》评诗之卒章,仅此一见。笔者以为,孔子此语,不是对《大田》末章内容的概括或归纳,而是对该章内容特点作出的评价。孔子以"知言"评价该章,或有所专指,笔者尚理解不透,不便妄下断语,学术界个别人有解②,但言不及义,解决不了本章疑问。笔者谬测,抑或诗末二句"以享以祀,以介景福"乃周王("曾孙")祭祀时的祷告语?该祷告语乃为民求福,表达出了农夫的真实愿望,诉说出了他们的真心话,是农夫们的知心之言?若然,此处之"知言",则当解作"知心之言",那么,孔子此"知言"之评,则确实抓住了《大田》末章的思想要害。此存疑备考。

　　孔子以"有礼"评价《大田》末章,则颇易理解。细玩诗意,前四句

----

　　① 余冠英选注《诗经选》,人民文学出版社 1979 年 10 月第 2 版,241 页。
　　② 廖明春云:"简文之'知言'与'有礼'并称,显然是动宾结构,不能像《左传》那样解为明智之言。但与《论语》、《孟子》'知言'也有区别。《论语》、《孟子》之'知言'是善于分析别人的言语,辨其是非善恶。简文之'知言'则指以祭报德,善辨'是非善恶'。"(《上博〈诗论〉简"以礼说〈诗〉"初探》,载《中国诗歌研究》2004 年)刘信芳云:"关于《大田》之'知言',廖名春援例);然秦伯所以谓士鞅'知言'者,因士鞅说话得当也。《荀子·非十二子》:'言而当,知也。默而当,亦知也。故知默犹知言也。故多言而类,圣人也。少言而法,君子也。多少无法,而流湎然,虽辩,小人也。''言'乃今所谓表达,'言而当'就其表达效果言,'知言'则就其表达主体言。《大田》之卒章云:'曾孙来止,以其妇子。馌彼南亩,田畯至喜。来方禋祀,以其骍黑,与其黍稷。以享以祀,以介景福。'曾孙赛祷,其言有当,是'知言'也。'以其骍黑',用牲合于方色,以黍稷极神,是'有礼'也。简 28 又有'不知言',与此'知言'正相反而成辞,请参读。心中有话,有的人能准确表达出来,是所谓'知言';有的人不知如何表达,或者因为某种原因说不出口,是所谓'不知言'。"(见《孔子诗论述学》,安徽大学出版社 2003 年 1 月版,238 页)综观廖、刘二氏之解,不论是"简文之'知言'则指以祭报德,善辨'是非善恶'",还是"曾孙赛祷,其言有当,是'知言'也",都让人不大理解其义,看不出所解与《大田》卒章诗意之间有什么必然联系。以祭报德怎么就成了"知言"?"曾孙"祭祀时其祷告语有分寸就是"知言"?似没有说服力。

不论是如有学者所理解的周王或奴隶主巡视到田间,带着妻子儿女犒劳农夫,为农夫送来饭食,还是如有的学者所理解的,周王或奴隶主巡视,农夫忙让妻子儿女为自己送饭食到田间,都着重渲染了上下有礼、其乐融融的场面和气氛。而后五句,不论如有的学者所理解的周王或奴隶主祭祀为民祈福,还是如有的学者所理解的祭祀时民为周王或奴隶主祈福,抑或如有的学者所理解的大家共同祭祀祈福,其都是以祭祀的形式祈求福祉,就都是遵从礼仪,都是"有礼"之举。更何况"以其骍黑,与其黍稷"诗句,还说明其祭祀是"用牲合于方色,以黍稷报神",完全符合当时祭祀礼仪的要求。不言而喻,孔子以"有礼"二字对《大田》卒章所写内容给予的评价,是完全肯定性、赞许性的评价,这一评价,无疑透出孔子说《诗》的礼学色彩。众所周知,在孔子的思想体系中,"礼"是仅次于"仁"的重要观念,他要求人们以周礼为行为准则,孔子这方面的言论及行为很多①,因此,他评论《诗经》具体作品时,往往对其礼的内容尤为关注,或不自觉地从礼学立场、以礼学的眼光和礼学的标准评判其内容的优劣是非,这从某种程度上影响了对文学作品评价的公正性。

四、孔子论《小雅·少(小)明》

第二十五简:

……《少(小)明》不②

依整理者濮茅佐统计,该简上下端皆残,上端"阳阳"上约缺二十六字,下端"不"下约缺八字。

---

① 孔子论礼的言论。如,《礼记·哀公问》云:"丘闻之,民之所由生,礼为大。非礼,无以节事天地之神也;非礼,无以辨君臣上下长幼之位也;非礼,无以别男女父子兄弟之亲,婚姻疏数之交也。"《论语·八佾》云:"人而不仁,如礼何?人而不仁,如乐何?"《论语·阳货》云:"礼云礼云,玉帛云乎哉?乐云乐云,钟鼓云乎哉?"《论语·为政》云:"道之以德,齐之以礼,有耻且格。"《论语·颜渊》云:"克己复礼为仁。一日克己复礼,天下归仁焉。"《论语·子路》云:"礼乐不兴则刑罚不中,刑罚不中则民无所措手足。"孔子尊礼的行为(略)。

② 马承源主编《上海博物馆藏战国楚竹书》(一),上海古籍出版社 2001 年 11 月版,155 页。

《小明》是《小雅·谷风之什》的第七篇。全诗五章，章十二句。学术界普遍认为，《小明》是一个官吏自述久役思归及怀念友人的诗。黄怀信认为，该诗"是一个在外服役而不得回家之人所唱的歌"。他据此诗义在简文"不"下补出"得归"二字，云："所以，《诗论》'不'下所阙当为'得归'二字。"①黄氏之补，可聊备一说，录以备考。

　　若依黄氏之补，简文当作：《少（小）明》不［得归］。

---

① 黄怀信著《上海博物馆藏战国楚竹书〈诗论〉解义》，社会科学文献出版社 2004 年 8 月版，108 页。

上博简《孔子诗论》第二十六简新论*

上博简《孔子诗论》第二十六简评论了《小雅·蓼莪》、《桧风·隰有苌楚》两篇作品,对准确解读这两篇作品,把握孔子文艺思想颇有助益。

一、孔子论《小雅·蓼莪》

第二十六简:

……《蓼莪》有孝志。①

《蓼莪》是《小雅·谷风之什》的第二篇。全诗共六章,第一、二、五、六章章四句,第三、四章章八句。当今学者普遍认为,这是一首孝子悼念父母的诗。孝子因苦于征役,在父母生前未能尽赡养之责,故写此诗抒发哀痛之情。如陈子展云:"这诗是孝子在服役中哀伤父母死亡之作,确然无疑。"②高亨云:"诗人在统治者的剥削压迫下(或在徭役中)不得奉养父母,父母不幸死去,因而写出这首诗来抒发内心的哀痛。"③程俊英云:"这是一首人民苦于兵役,悼念父母的诗。作者深痛自己久役贫困,不能在父母生前尽孝养之责。"④黄怀信云:"这是

---

* 本文原载于《郑州大学学报》2010 年 6 期,被中国人民大学复印报刊资料《中国古代、近代文学研究》2011 年 2 期全文转载。

① 马承源主编《上海博物馆藏战国楚竹书》(一),上海古籍出版社 2001 年 11 月版,156 页。

② 陈子展著《诗三百解题》,复旦大学出版社 2001 年 10 月版,785 页。

③ 高亨注《诗经今注》,上海古籍出版社 1980 年 10 月版,307 页。

④ 程俊英、蒋见元著《诗经注析》,中华书局 1991 年 10 月版,625 页。

一首怀念父母的诗,诗人感念二老生前为自己受尽劳苦,积劳成疾,现在去了,剩下自己无依无靠,没着没落。又想起二老对自己的生养关爱之恩,现在欲报之而不能,所以伤感自己不能终养父母。"①尽管如上学者对《蓼莪》是诗旨的概括具体用语不尽一致,对个别章节内容的表述也未必准确,但可以看得出,他们对该诗的基本认识是一致的。笔者以为,他们的认识大体符合《蓼莪》文本实际,同时,这些结论也是接受汉儒观点影响的结果。

西汉《毛诗序》概括《蓼莪》诗旨为:"《蓼莪》,刺幽王也。民人劳苦,孝子不得终养尔。"东汉《郑笺》具体解释云:"二亲病亡之时,时在役所,不得见也。"清王先谦《诗三家义集疏》辑录《鲁诗》之解并疏之云:"《(尔雅)·释训》:'哀哀、悽悽,怀抱德也。'郭(璞)注:'悲苦征役,思所生也'《尔雅》正释此诗之旨。是《鲁》说以《蓼莪》为困于征役,不得终养而作。"《齐诗》亦云:"周室陵迟,礼制不序,《蓼莪》之人作诗自伤,曰:'瓶之罄矣,维罍之耻。'言己不得终竟子道者,亦上之耻也。"②《韩诗》无异议。综上可见,除《毛诗序》坐实《蓼莪》"刺幽王"缺乏实据而不足凭信外,鲁、齐、韩、毛四家解《蓼莪》诗旨均包含两点:一、孝子为不能终养父母以报养育之恩而自伤;二、孝子不能终养父母的原因是困于征役(徭役或兵役)。南宋朱熹《诗集传》亦完全赞成汉儒说,云:"人民劳苦,孝子不得终养,而作此诗。"③细读《蓼莪》文本,该诗确实表现了这两方面的思想内容。

诗歌第一章和第二章,以蓼莪起兴,哀叹父母生育自己的辛劳,为自责不能尽孝作铺垫。两章反复云:"哀哀父母,生我劬劳(辛劳)。""哀哀父母,生我劳瘁(劳累憔悴)。"第三章则直言自己不能终养父母的原因是统治者的征役。前二句"瓶之罄(空)矣,维罍(酒罇)之耻",以酒瓶空是酒罇的耻辱,比喻民穷不能养父母是统治者的耻辱,直斥统治者,末二句"出(出家服役)则衔恤(含忧),入(回家)则靡至(无亲人)",直言服役误了为父母送终。第四章追忆父母养育之

---

① 黄怀信著《上海博物馆藏战国楚竹书〈诗论〉解义》,社会科学文献出版社 2004 年 8 月版,125 页。
② (清)王先谦辑疏《诗三家义集疏》,中华书局 1987 年 2 月版,723、724 页。
③ (南宋)朱熹注《诗集传》,上海古籍出版社 1980 年 2 月新 1 版,146 页。

恩,抱怨老天不给报恩机会。前六句"父兮生我,母兮鞠(养)我。拊(抚)我畜(爱)我,长我育我,顾我(在家时对我照顾)腹我(外出时对我挂念)",追忆父母养子之恩和爱子之情,末二句"欲报之德,昊天罔极(无定准)",怨恨上天降灾让自己服役,父母死去,欲报养育之恩而不得。前忆父母之恩欲详,后怨征役之祸欲深。第五章、第六章,以别人幸福对比自己不能送养父母之不幸,凸显哀痛抱怨之情,从反复咏唱的"民莫不穀,我独何(蒙受)害","民莫不穀,我独不卒"诗句足可证之。总之,《蓼莪》全诗贯穿了作者的孝子之心,同时也贯穿了对统治者的怨恨之情,并且,后者是全诗的落脚点和目的所在。

那么,如何认识汉儒之前孔子对《蓼莪》诗旨的解读呢？简文中孔子称:"《蓼莪》有孝志。"《孔丛子·记义》(旧题孔鲋撰)载孔子之言云:"于《蓼莪》见孝子之思养也。"① 一是说《蓼莪》这首诗表达有孝的思想,一是说从《蓼莪》这首诗发现了孝子思终养父母的思想,两说完全一致。笔者以为,孔子的两处言论,是从《蓼莪》这首诗中发现它表达了孝的思想或是孔子感到孝的思想在《蓼莪》中表现得颇为突出,所以他客观地指出了这一点。这是孔子对该诗的肯定性评论,而不是他对《蓼莪》一诗思想内容作出的全面概括和揭示。因此,两处言论,从广度讲,只能算是揭示了《蓼莪》诗旨的一部分,或称作只是部分地把握了诗旨;从深度讲,则只是揭示了《蓼莪》浅层次的思想,而未揭示出该诗的深层内涵。相比之下,孔子确不如汉儒对《蓼莪》一诗把握得全面准确。不过,依笔者理解,孔子不可能看不出《蓼莪》有控诉统治者的思想,他也不应该是有意回避、讳言诗中表现出的这一思想,而是他以自己的价值观和关注重点略去了这一方面。因为"孝"是孔子思想体系的一部分,是他一直倡导和最为关注的思想观念之一。如,《论语》载孔子之言云:"弟子入则孝,出则弟(悌)。"(《学而》)"出则事公卿,入则事父兄。"(《子罕》)孔子认为,事父孝,则事君必忠,云:"其为人也孝弟,而好犯上者,鲜矣。"(《学而》)因此,他把孝作为君子的立身之本,云:"孝弟也者,其为仁之本与!"(《学而》)孔子认为孝的具体表现,就是终养父母,称孝为:"生,事之以礼;死,葬之

---

① 王钧林、周海生译注《孔丛子》,中华书局2009年10月版,45页。

以礼,祭之以礼。"(《为政》)而《蓼莪》作者在诗中所表达的,正是欲对父母事之以礼、葬之以礼而不能的哀痛之情。孔子还进一步认为,终养父母要怀着敬重的心情,云:"今之孝者,是谓能养。至于犬马,皆能有养。不敬,何以别乎?"(《为政》)孔子"很重视亲子之间的情感因素,认为孝是由父母对子女的爱引起的子女对父母的爱。在这种爱的基础上产生的尊敬的心情,愉悦的颜色,乃至奉养的行动,必然是纯真无伪的情感的流露"①。而《蓼莪》中作者对父母养育之恩的真情回忆,自己对父母的报恩之心和敬爱之意的真情流露,也正与孔子"孝"的观念完全相合。所以,孔子只称赞《蓼莪》"有孝志",而未及其他,是可以理解的。也正因如此,简文又为我们提供了一例孔子以礼学解诗的实证。

事实上,后世的人们读《蓼莪》,受到感染和影响的,也确实主要是诗中所表现的"孝"的思想,而不是对统治者征役的批判。南宋朱熹《诗集传》载:"晋王裒以父死非罪(王裒之父王仪被司马昭所杀),每读《诗》至'哀哀父母,生我劬劳',未尝不三复流涕。受业者为废此篇。诗之感人如此。"②清胡承珙《毛诗后笺》载:"晋王裒,齐顾欢并以孤露读《诗》至《蓼莪》哀痛流涕。唐太宗生日亦以生日承欢膝下永不可得,因引'哀哀父母,生我劬劳'之诗。"③南宋人严粲《诗辑》甚至称:"读此诗而不感动者,非人子也。"④

另外,简文《孔子诗论》和传世文献《孔丛子》孔子论《蓼莪》观点的不谋而合,表述口吻一致,还反证了《孔丛子》之真,此书很可能并非三国魏王肃之作伪。因为简文出土前,传世文献中没有此类言论可供王肃借鉴,其作伪似不太可能与孔子之评如此巧合。

二、孔子论《桧风·隰有苌楚》

第二十六简:

---

① 匡亚明著《孔子评传》,齐鲁书社1985年3月版,232页。
② (南宋)朱熹注《诗集传》,上海古籍出版社1980年2月新1版,147页。
③ (清)胡承珙笺《毛诗后笺》,见中国诗经学会编《诗经要籍集成》第30册,学苑出版社2002年12月版,192页。
④ (南宋)严粲著《诗辑》,见中国诗经学会编《诗经要籍集成》第9册,同上,302页。

……《隰有苌楚》得而悔之也。①

《隰有苌楚》是四首《桧风》中的第三首。其诗旨历来众说纷纭,迄今仍无定论。原诗为:

隰有苌楚,猗傩其枝。夭之沃沃,乐子之无知。
隰有苌楚,猗傩其华。夭之沃沃,乐子之无家。
隰有苌楚,猗傩其实。夭之沃沃,乐子之无室。

西汉《毛诗序》解其主旨为:"《隰有苌楚》,疾恣也。国人疾其君之淫恣,而思无情欲者也。"《鲁诗》、《齐诗》、《韩诗》皆无异议。因从原诗中看不出半点刺国君"淫恣"的影子,该说纯属穿凿附会,离诗歌本义实在太远,所以已为历代学者所否定。南宋朱熹《诗集传》否定《毛诗序》而解云:"政烦赋重,人不堪其苦,叹其不如草木之无知而无忧也。"②依朱熹之解,该诗当是一首民歌,作者是一位平民,因其不堪忍受烦政和重赋,故羡慕苌楚的"无知"、"无家"、"无室",不像自己拖家带口之艰难。其依此理解,则释"子"为"苌楚","知"为"知觉,认知能力","无知"为"无知觉,无认知能力",将全诗视为"赋"体而非"兴"体。今人黄怀信、于茀部分地继承了朱熹的"政烦赋重,人不堪其苦"说,而又创新解。黄怀信云:"乐或羡慕别人没媳妇、没成家、没妻室,无疑是后悔自己有媳妇、已成家、有妻室。"③于茀云:"《隰有苌楚》凡三章,分别于每章尾句言'乐子之无知'、'乐子之无家'、'乐子之无室',《郑笺》云:'知,匹也。'可见,此三句为同义复咏,此是诗的主旨,以子之无室家为乐,实即羡慕别人没有室家,犹今言羡慕单身汉。可见,此人已经有了室家无疑,如此羡慕别人没有室家,必然悔不当初。"④可见,黄氏、于氏也和朱熹一样视该诗为民歌,也认为诗之主旨是羡慕对方无忧而悔自己有家室之累,但黄、于二氏认为,对方"子"不是苌楚而是"少年",不是植物而是人。依

---

① 马承源主编《上海博物馆藏战国楚竹书》(一),上海古籍出版社2001年11月版,156页。
② (南宋)朱熹注《诗集传》,上海古籍出版社1980年2月新1版,86页。
③ 黄怀信著《上海博物馆藏战国楚竹书〈诗论〉解义》,社会科学文献出版社2004年8月版,127页。
④ 于茀著《金石简帛诗经研究》,北京大学出版社2004年10月版,228页。

此之解,诗歌每章前二句就不是"赋"而是"兴"了,是以苌楚的婀娜"兴"少年的水灵。其第一章末的"无知"也不再解作"无知觉",而是依《尔雅·释诂》、《郑笺》解作"无匹"即"无配偶"了。对整首诗感情格调的理解,也不像朱熹那样沉重,认为作者不是因不堪忍受生活的艰难而羡慕对方,而是一般意义上的羡慕未婚青年的无忧无虑,追悔自己已有家室的拖累。黄氏还依自己的理解,将原诗作了翻译,其第一章译为:"湿地长羊桃,枝叶真婀娜。少年水灵灵,乐你没媳妇!"①如此,一章末句"乐你没媳妇"与二章、三章末句"乐你没成家"、"乐你没妻室,"便成为同义复咏句。笔者以为,黄氏、于氏所持"羡慕青年无忧,追悔自己成家"的新说,似乎比较切合诗歌本义,也比较符合生活实际。笔者更倾向于此说。不过,此说还有两点疑问需要解决。一是每章第三句首字"夭"怎么解?"夭"本义为草木之初生者,或草木未长成者,在这里能否转化为"少年"或"青年"讲?笔者甚至认为,"夭"字之解是旧说或新说被接受的关键。抑或苌楚初生可比喻人之少年?二是第一章末字"知"能否解作"匹"?因《郑笺》解其为"匹",是为附和阐释《毛诗序》之义而作其解,有无主观因素在内?

  清方玉润又对《隰有苌楚》诗旨作了另一种解说,其《诗经原始》云:"此必桧破民逃,自公族子姓以及小民之有室有家者,莫不扶老携幼,挈妻抱子,相与号泣路歧,故有家不如无家之好,有知不如无知之安也。而公族子姓之为室家累者则尤甚。"②可见,方氏将该诗视为比朱熹更为沉重甚至沉痛得多的话题。其将诗作者定为桧国破落贵族,将诗歌创作背景定为桧国灭亡举城外逃之时。郭沫若从诗歌表达出的情绪入手呼应方说,解其为破落贵族的厌世之作,其《中国古代社会研究》云:"这种极端的厌世思想在当时非贵族不能有,所以这诗也是破落贵族的大作。""自己这样有知识罣虑,倒不如无知的草木!自己这样有妻儿牵连,倒不如无家无室的草木!作人的羡慕起草木的自由来,这怀疑厌世的程度真有点

---

  ① 黄怀信著《上海博物馆藏战国楚竹书〈诗论〉解义》,社会科学文献出版社 2004 年 8 月版,127 页。

  ② (清)方玉润著《诗经原始》,中华书局 1986 年 2 月版,295 页。

样子了。"①方、郭二氏之后,今人多从其说。余冠英《诗经选》认为:"这是乱离之世的忧苦之音。诗人因为不能从忧患解脱出来,便觉得草木的无知无觉,无家无室是值得羡慕的。"②这里余氏虽未明确称其为破落贵族之作,但所谓"乱离之世的忧苦之音",实是对方氏有关社会背景描述的概括性表述。程俊英《诗经注析》不仅明言"这是一首设落贵族悲观厌世的诗。桧国在东周初年被郑国所灭,此诗大约是桧将亡时的作品",而且还在征引方玉润、郭沫若的观点后,直称两人之说"均合诗旨"③。陈子展《诗三百解题》亦称:"《隰有苌楚》,疑是破落贵族悲观厌世之作。""诗意说喜爱苌楚的无知,因为人有情欲,有痛苦,就在于有知。诗人见物起兴,自恨不如苌楚,话极沉痛。"④总之,他们都以为《隰有苌楚》是乱离之世破落贵族的厌世之作,抒发了极度的厌世情绪,其厌世对比的对象不是人而是草木。这后一点又与朱熹的认识相一致。笔者以为,这一影响最大、信从者最多的观点,虽有一定道理,可聊备一说,但可质疑处也最多。一是,该诗收在《国风》的《桧风》之中,而《国风》则多民歌,贵族之作则多收在《雅》、《颂》之中,虽不排除个别作品有跨类情况,但其大体归类还是遵循以上标准的,因此,该诗民歌的可能性比贵族之作的可能性要大得多;二是,方玉润对该诗创作背景的描述与渲染,似主要凭主观想象而来,问题是他凭什么就认定该诗必是"桧破民逃"时的作品呢?不以实证确定创作时间,作品本身又反映不出创作背景的影子,故主观所定创作时间和背景就不足凭信;三是,反复吟诵全诗,其感情基调并不像众多学者所说的那样悲观,笔者感受该诗反有几分轻松的格调。决定该诗感情基调的关键句子是"乐子之无知"、"乐子之无家"、"乐子之无室",试读"厌世"说坚定主张者程俊英的译诗,以感受之。云:

   低湿地上长羊桃,枝儿婀娜又娇娆。细细嫩嫩光泽好,羡你无知无烦恼!

---

① 郭沫若著《中国古代社会研究》,人民出版社 1964 年 10 月第 2 版,142、127—128 页。
② 余冠英选注《诗经选》,人民文学出版社 1979 年 10 月第 2 版,145 页。
③ 程俊英、蒋见元著《诗经注析》,中华书局 1991 年 10 月版,389 页。
④ 陈子展著《诗三百解题》,复旦大学出版社 2001 年 10 月版,537、539 页。

　　　　低湿地上长羊桃,繁花一片多俊俏。柔嫩浓密光泽好,羡你无家真逍遥!
　　　　低湿地上长羊桃,果儿累累挂枝条。又肥又大光泽好,羡你无妻无家小!

四是,《孔子诗论》对该诗所作"得而悔之也"的评语,为"厌世"说提供了反证。由此前我们对简文孔子评《诗经》作品的研究情况看,孔子不论是概括作品主旨的言论,还是从某一视角评论作品的言论,多准确而深刻,从中可见,孔子对每篇《诗经》作品的内容都烂熟于心,把握得很好。因此,按常理推测,孔子对《隰有苌楚》一诗性质的认识不可能有大错。既然孔子评该诗为"得而悔之也",若此评语不错的话,就说明该诗表达了作者得到了应得的东西后又追悔的思想感情。按"厌世"说的解释,作者认为人不如草木,其追悔的当然就只能是不应当为人,不应当来到这个世界上。而事实是,为人不为人,来不来到这个世界上,恰恰是由父母决定而不是本人所能选择的,因此,后悔这一点不合情理。人追悔的,只能是自己主观上参与过的事情。就《隰有苌楚》一诗而言,作者所追悔的只能是自己结婚成家之事。而追悔这一点,似不能理解为极度的厌世情绪。

　　对《隰有苌楚》的主旨还有另一种解释。高亨《诗经今注》称:"这是女子对男子表示爱情的短歌。"①此解可谓语出惊人,令人耳目一新。笔者估计,可能高氏感受到该诗所用语汇及所描写苌楚比较优美,感情基调较欢畅,便将"乐子之无知"、"乐子之无家"、"乐子之无室"诗句理解为少女对少男的示爱口吻了。高氏之解,似离诗意较远,不宜信从。且高氏仍注"夭"为"草木之初生者",而未释作"青年",亦未作修辞或表现手法方面的说明,致使字面之解与主旨概括之间不统一。

　　那么,孔子所云"《隰有苌楚》得而悔之也"的言论价值何在呢?笔者以为,除上文所述其反证"厌世"说不能成立的作用外,该言论的主要价值,仍是正面揭示了《隰有苌楚》一诗的主旨和要义。孔子认为,该诗表达了作者得到应得到的东西后又追悔的思想感情。很明

————————
① 高亨注《诗经今注》,上海古籍出版社 1980 年 10 月版,190 页。

显，作者所追悔的就是诗中所言的结婚成家之事。这种追悔之意，在诗中没有正面表达，而是通过写对未婚者的羡慕侧面流露出来的。为人所熟知的"乐子之无知（匹）"、"乐子之无家"、"乐子之无室"诗句即是。至于诗中这种追悔，仅仅是一般性的调侃和自嘲，还是有感于结婚成家生活的不易，不如未婚者活得轻松无忧？还是"政烦赋重"，生活艰辛"不堪其苦"，真心羡慕单身汉不负家庭责任的生活？抑或是经政治变故，历家庭磨难而羡慕无家者甚至无知者？孔子没有讲，作品本身也未明言。作者表达追悔之意时的情感痛楚程度，只能靠读者吟诵作品去感受。而几千年来，历代读者对该诗感情基调的感受又千差万别，人人各异，难于统一。其真心抒发的何种情感，恐怕只有作者本人知道了。依笔者的感受，这首诗的感情格调还是比较轻松的，大体为一般性的追悔和对未婚青年的羡慕。不知此看法，合孔子评论之意否？

还有另一种情况。简文"《隰有苌楚》得而悔之也"的"悔"字原竹简隶作"愗"。《集韵·十九侯部》"愗"同"谋"。《玉篇·心部》："愗，莫胡切，受也。"整理者马承源依《集韵》"侮"古作"悔"，读简文为"《隰有苌楚》得而侮之也"。笔者依"愗"同"谋"，尝试将简文读作"《隰有苌楚》得而谋之也"，但对读原诗，不谐。又尝试依马氏整理之文作"《隰有苌楚》得而侮之也"，但马氏是将"悔"当作"愗"，又进而将"愗"读作"侮"了。而实际上，古代"悔"与"愗"不是同一字，古书中未见两字互用现象。因此，笔者从李学勤《〈诗论〉简的编联与复原》一文改整理者原"侮"为"悔"了，惜李氏读"愗"为"悔"没有说明任何理由。如果有朝一日有实证证明"愗"确可作"悔"，则笔者对孔子评语及《隰有苌楚》一诗诗旨的分析则可能颇有意义。若找不到"愗"作"悔"的实证，反而找到了"悔"作"愗"进而作"侮"的实证，则对《隰有苌楚》一诗诗义的解读，说不定要大变思路，真要信从方玉润、郭沫若之说，即孔子认为，《隰有苌楚》一诗表达了作者获得家庭、权力、财富终将受侮的思想。亡国时的贵族怀有位高受辱的思想情绪是正常的，也是普遍的。各说皆存疑备考，以俟方家。

总之，《孔子诗论》的面世，为我们全面把握《诗经》作品主旨，合理解读诗歌内涵，辨证汉儒以来学者对《蓼莪》、《隰有苌楚》等作品的误读提供了最早依据。

《孝经》的成书时代、作者及版本考论[*]
——以出土文献"郭店简"、"上博简"、"定县汉简"等为参照

《孝经》是论述宗法思想及孝道、孝治的儒家经典,为十三经之一。今本《孝经》全篇十八章,一千七百九十八字,在十三经中,文字最短而争论最多,内容浅易而影响深远。两千多年来,上至王侯将相,下至庶民百姓,均对《孝经》倍加尊崇,广为习诵。孝是儒家学说的基石,亲情一直处于儒家人伦思想演化的中心,《孝经》对每一个人都具有极大意义。[①]

本文立足传世文献,以出土文献"郭店简"、"上博简"、"定县汉简"等为参照,重点讨论《孝经》的成书时代、作者、版本流传问题,并简要梳理国家图书馆所藏《孝经》版本,以就教于专家学者。

一、《孝经》的成书时代

关于《孝经》的成书时代,大概有春秋末期说、战国早期说、战国中期说、战国晚期说、汉代说、折中说(成书时代自春秋末至汉代)等数种。[②] 通过全面考察《孝经》的文本传播、书名、思想源流、文体衍生

---

[*] 本文原载于北京大学国学研究院中国传统文化研究中心编《国学研究》第三十三卷(2014年6月版),由常佩雨与徐正英合作完成,征得常佩雨同意收入本书。

[①] 美罗思文、安乐哲著,何金俐译《生民之本:〈孝经〉的哲学诠释及英译》,北京大学出版社2010年6月版,1、6、11页。

[②] 关于《孝经》成书时代的六种主要说法为:1. 春秋末期说。汉司马迁、班固、郑玄、部分东汉纬书、西晋陈寿、唐陆德明、宋邢昺、孙奭、清代俞樾等人持春秋末期说。参见(西汉)司马迁著《史记》,中华书局1982年11月版,2205页;(东汉)班固著《汉书》,(转下页)

形态等要素,我们推测,《孝经》当成书于战国早期。

（一）从文本的传播即古文本《孝经》来源看,其确当成书于秦代之前。

《孝经》流传有所谓"今文"、"古文"之分。《孔子世家谱》云:"秦

（接上页）中华书局 1962 年 6 月版,1719 页;（西晋）陈寿撰,（南朝宋）裴松之注《三国志》,中华书局 1959 年 12 月版,974 页;唐玄宗注,（宋）邢昺疏《孝经注疏》,（清）阮元校刻《十三经注疏》,上海古籍出版社 1997 年 7 月版,2545 页中;（唐）陆德明《孝经正义》;（宋）孙奭《孝经注·序》;李启谦、骆承烈、王式伦《孔子资料汇编》,《孔子文化大全》本,山东友谊书社 1991 年 4 月版,525—526 页。2. 战国早期说。汉孔安国、晋陶渊明、宋王应麟、宋胡寅、宋晁公武、宋朱熹、清倪上述、清龚自珍、清崔述、近人徐复观、近人马宗霍、今人伏俊连等持此论。参见（西汉）孔安国《古文孝经训传序》,（清）严可均辑《全上古三代秦汉三国六朝文·全晋文》,中华书局 1958 年 12 月影印版,2100 页下;（南宋）王应麟《困学纪闻》,上海古籍出版社 2008 年 12 月版;（南宋）晁公武著,孙猛校证《郡斋读书志校证》,上海古籍出版社 1990 年 10 月版,125 页;（南宋）朱熹《孝经刊误》,《丛书集成初编·古文孝经（及其他三种）》,第 728 册,中华书局 1991 年版,1 页;（清）纪昀等总纂《钦定四库全书总目》,中华书局 1965 年 6 月版,413 页;清毛奇龄《孝经问》,《续经解四书类汇编（一）》,艺文印书馆 1986 年版,577 页;顾颉刚《顾颉刚全集·顾颉刚古史论文集卷七·经学通论讲义·第一讲参考数据之五龚自珍六经正名》,中华书局 2011 年 1 月版,493 页;顾颉刚主编,王煦华整理《古籍考辨丛刊（第二集）·崔述考辨古籍语》,社会科学文献出版社 2009 年 1 月版,192 页;徐复观《徐复观论经学史两种》,上海书店出版社 2005 年 1 月版,133 页;马宗霍、马巨《经学通论》,中华书局 2011 年 5 月版,193 页;伏俊连《〈孝经〉的作者及其成书时代》,载《孔子研究》1994 年 3 期,48—53 页。3. 战国中期说。参见清朱彝尊撰,林庆彰、蒋秋华、杨晋龙、冯晓庭主编《经义考新校》,上海古籍出版社 2010 年 12 月版,4022—4023 页。4. 战国晚期说。清代陈澧、近人王正己、今人杨伯峻、胡平生、肖群忠等先生等均战国晚期说。如杨伯峻先生认为,《孝经》的成书年代当在《吕氏春秋》之前,在《孟子》、《荀子》二书流行之后;胡平生先生依据《儒家者言》、《公羊传·昭公十九年》、《礼记·祭义》、《礼记·檀弓下》、《吕氏春秋·孝行览》等材料,画出了一张学术师承"对照表",认为《孝经》是"战国晚期乐正子春的弟子（或者是再传弟子）记录、阐述师说的著作";肖群忠认为,"这部书应当是战国晚期儒家依据其所习行的孝道理论篡集而成";康学伟指出,"《〈孝经〉》成书当在战国晚期,要晚于《荀子》,可能在《吕氏春秋》前后";王长坤赞同康学伟的看法,认为《孝经》大约成书在荀子卒年（前 238）到前 241 年之间;美国罗思文、安乐哲认为,"《孝经》正产生于这样一个社会骚动、政治冒险、野蛮战争、哲学喧辩之时","它不可能成书于公元前 436 年之前。……《孝经》成书于秦王朝诞生在即战国最动荡的时期"。参见（清）陈澧《东塾读书记》,生活·读书·新知三联书店 1998 年 6 月版;王正己《孝经今考》,载《古史辨》第四册,海南出版社 2005 年 5 月版,109—111 页;中华书局编辑部《经书浅谈·孝经》,中华书局 2005 年 6 月版,12—29 页;胡平生《孝经译注·〈孝经〉是怎样的一本书》,中华书局 1996 年 8 月版,4—11 页;肖群忠《孝与中国文化》,人民出版社 2001 年 1 月版,54 页;康学伟《先秦孝道研究》,吉林人民出版社 2000 年 12 月版,184—185 页;王长坤《先秦儒家孝道研究》,四川（转下页）

始皇并天下,李斯议焚书……(孔子八代孙孔鲋)乃与弟子襄藏《论语》和《尚书》、《孝经》于祖堂旧壁中,自隐于嵩山,教弟子百余人。"①黄怀信先生推测,孔鲋将《尚书》、《论语》、《孝经》、《礼》等儒家典籍藏于祖堂夹壁之中以待后世之求。孔鲋藏书"基本事实当属可信",为孔家后人和汉代学术研究提供了文献依据。②《隋书·经籍志》云:"(《孝经》)遭秦焚书,为河间人颜芝所藏。汉初,芝子贞出之,凡十八章,而长孙氏、博士江翁、少府后仓、谏议大夫翼奉、安昌侯张禹皆名其学。"此即今文《孝经》。关于古文《孝经》,据《汉书·艺文志》和《说文解字·叙》记载,武帝时,鲁恭王得之于孔子故居的墙壁中,同时发现的还有《尚书》、《论语》、《礼记》等古文典籍。今按,钱穆先生认为,孔鲋的生卒年为约前264—前208年。③《孝经》出于孔壁,且有古文本流传。可以推论,该书当非成书于汉代后,而应为先秦古书。

(二)从文本的体裁看,《孝经》当成书于《论语》、《孟子》之间,即在战国早期至战国中期之间。

在从《论语》"夫子风采,溢于格言"④的简明语录体,发展到《孟子》的借问答形式论述问题,再到《荀子》融汇百家、博大精深、"理懿

(接上页)出版集团巴蜀书社2007年11月版,292—293页;美罗思文、安乐哲著,何金俐译《生民之本:〈孝经〉的哲学诠释与英译》,北京大学出版社2010年6月版,23—24页。5.汉代说。张践持"《孝经》成书于汉代"说。参见:张践《〈孝经〉的形成及其历史意义》,载中国哲学编辑部编《经学今诠续编》,辽宁教育出版社2001年10月版,175—203页;姜广辉主编《中国经学思想史·第二卷》,中国社会科学出版社2003年9月版,115—121页。6.折中说,成书时代自春秋末至汉代。此说论者颇多,仅举其要者,如胡平生先生认为,"……讲述就是一种创作……从这个意义上说,孔子、曾子和他的学生(或学生的学生)都是《孝经》的作者"。这一看法显然扩大了《孝经》的成书时代界限,具有折中色彩。参见(唐)陆德明撰,黄焯汇校,黄延祖重辑《经典释文汇校》,中华书局2006年7月版,24页;胡平生《孝经译注·〈孝经〉是怎样的一本书》,中华书局1996年8月版,4页。

① 孔德成总裁,孔广彬等编次《孔子世家谱》,《孔子文化大全》本,山东友谊出版社1990年9月版,73页。

② 参见黄怀信等《汉晋孔氏家学与"伪书"公案》,厦门大学出版社2011年4月版,16—17页。

③ 钱穆《先秦诸子系年》,商务印书馆2005年1月版,698页。本文先秦诸子生卒年,多从钱穆先生说,不再出注。

④ (南朝梁)刘勰著,徐正英、罗家湘注译《文心雕龙》,中州古籍出版社2008年3月版,34页。

而辞雅"①的专题论文的文体发展流程中,《孝经》的问答体形式,和《孟子》有一定相似之处,但又未能像《孟子》那样滔滔雄辩、"析义至精"、"用法至密"。② 所以,仅仅从文章的体裁形式推测,《孝经》当成书于《论语》、《孟子》成书时代之间的时段,即约在战国早期(前476—前391)至战国中期(前390—前306)之间。③

(三)从书名看,《孝经》应符合早期古书的命名通例,故其当成书于战国早期。

对于《孝经》以"经"命名,学者众说纷纭,大体可归纳为两类理解:④

第一类理解,以为"经"为"天经地义"、"常道"、"常理"等意思。有人以为"孝"乃"天经地义"之事,著书者因崇敬自然法则故命名为《孝经》。如《汉书·艺文志》云:"夫孝,天之经,地之义,民之行也。举大者言,故曰《孝经》。"⑤今按,《孝经》得名虽与"天之经"有关,但并非因为"天"德大于地义和民行,所以独取"天经"为名。有人以为"孝"乃"常道"、"常理",故名《孝经》。如皇侃云:"经者,常也,法也。此经为教,任重道远,虽复时移代革,金石可消,而孝为事亲常行,存世不灭,是其常也;为百代规模,人生所资,是其法也。言孝之为教,使可常而法之。"⑥《孝经·三才章》"夫孝,天之经"唐玄宗注:"经,常也。利物为义。孝为百行之首,人之常德,若三辰运天而有常,五土分地而为义也。天有常明、地有长利,言人法则天地,亦以孝为常行也。"

第二类理解,以为"经"是"经典"。如有人认为《孝经》乃谈论孝

---

① (南朝梁)刘勰著,徐正英、罗家湘注译《文心雕龙》,中州古籍出版社2008年3月版,176页。

② 刘熙载评价说:"《孟子》之文,百变而不离其宗,然此亦诸子所同。其度越诸子处,乃在析义至精,不惟用法至密也。"参见(清)刘熙载撰、袁津琥校注《艺概注稿》,中华书局2009年5月版,33页。

③ 战国时期共255年(前475—前221),早、中、晚分期按绝对年代分,可为前475—前391年、前390—前306年、前305年—前221年。

④ 参见舒大刚《〈孝经〉名义考——兼及〈孝经〉的成书时代》,载《西华大学学报(哲学社会科学版)》2004年1期。

⑤ (东汉)班固撰,(唐)颜师古注《汉书》,中华书局1962年6月版,1719页。

⑥ 唐玄宗注,(宋)邢昺疏《孝经正义》,(清)阮元校刻《十三经注疏》,上海古籍出版社1997年7月版,2549页。下文《孝经》文字皆见此书,不再注页码,仅列章名。

道之经典,《孝经》应成书于庄子之后。近人王正己《孝经今考》云:"《孝经》成书》我以为是在战国末年,其年限早不过庄子的时代。""称'经'之始起于《庄子·天运篇》说'丘治《诗》、《书》、《礼》、《乐》、《易》、《春秋》六经。'"①或认为以"经"名书起于汉人,故《孝经》成书于汉代。如蒋伯潜(1892—1956)先生云:"《五经》初但以《易》、《书》、《诗》、《礼》、《春秋》为书名,其称为'经',乃后人名之……《孝经》则直以'经'为名矣……《太史公自序》引其父谈临卒之言曰:'且夫孝,始于事亲,中于事君,终于立身,扬名于后世,以显父母,此孝之大者。'此与《孝经》首章之言完全相同。但司马谈未尝明言其为引《孝经》或孔子之言也。……则《孝经》之作,当在汉武帝之后矣。"蒋氏又据朱熹(1130—1200)云《孝经》与《左传》有雷同语句,姚际恒(1647—1715)认为"《左传》自张禹传之之后,始渐行于世。则《孝经》者,盖其时之人所为也……同为汉儒之作",而推断"则《孝经》之作,直在西汉末世矣"。②

以上两类对"经"的理解当皆不确,应偏离了周秦古书成书及命名通例。《孝经》(可以看作一篇文章)命名当与早期古书(《诗》、《书》、《礼》、《乐》、《易》等)各篇的命名状况相类,并无深意,仅是节取原文部分文字名篇而已。

首先,《孝经》文字既已见引于先秦杂著《吕氏春秋》③,蔡邕(132—192)《明堂月令论》且引及魏文侯《孝经传》④,考魏文侯于公元前446年至前397年在位,其作《孝经传》当为其在位期间,作传前《孝经》当已成书,则《孝经》成书应甚早,当在战国早期(前476—前391),而不可能晚至汉代。梁启超(1873—1929)先生论《孝经》云:"'经'之

---

① 王正己《孝经今考》,《古史辨》第四册,海南出版社2005年5月版,112页。
② 蒋伯潜《诸子通考》,岳麓书社2010年12月版,272—275页。
③ 如《吕氏春秋·察微》云:"《孝经》曰:'高而不危,所以长守贵也;满而不溢,所以长守富也。富贵不离其身,然后能保其社稷,而和其民人。'"参见:许维遹撰,梁运华整理《吕氏春秋集释》,中华书局2009年9月版,420页。下文《吕氏春秋》文字皆见此书,仅列篇名。
④ 刘昭注《后汉书》"是年初营北郊,明堂、辟雍,灵台未用事"时,引蔡邕《明堂论》曰:"明堂者,天子太庙,所以崇礼其祖,以配上帝者也。……魏文侯《孝经传》曰:'太学者,中学明堂之位也。'"参见:宋范晔撰,唐李贤等注《后汉书·志第八·祭祀中》,中华书局1965年5月版,3178页。

名,孔子时并未曾有,专就命名论,已足征其妄。"①当恰恰是未能准确理解《孝经》的命名依据。上揭两类说法因过分追究"经"字的抽象含义,而脱离了《孝经》产生的时代背景及古书成书的阶段特点,忽视了上古书籍名篇的习惯,故皆不可成立。

其次,《孝经》命名当是摘引开篇两字作篇名,如此方符合早期古书命名通例。

古书最初多单篇流传。春秋战国之际孔子弟子、再传弟子编辑《论语》前后,文献撰着习惯多为取篇首数字名篇。清焦循(1703—1760)云:"乃《论语》名篇,但举篇首以为之目,其称《卫灵公》,以篇首有卫灵公问陈……与《学而》、《述而》等篇同。《孟子》以《梁惠王》、《滕文公》名篇,亦如是耳。"②杨伯峻(1909—1992)先生《孟子译注·梁惠王》云:"《孟子》的篇名和《论语》一样,不过是摘取每篇开头的几个重要字眼来命名,并没有别的意义。"③《毛诗正义·关雎》曾总结上古命篇之例说:"名篇之例,义无定准,多不过五,少才取一。或偏举两字,或全取一句。偏举则或上或下,全取则或尽或余。亦有舍其篇首,撮章中之一言;或复都遗见文,假外理以定称。"④春秋时期,单篇文章多取篇首文字题篇;战国后期,才多"以事"、"以义"命篇。

《孝经》之"经"同"五经"之"经"的概念显然相异。古书的命名,多为后人所追题。如宋人叶梦得(1077—1148)《避暑录话》云:"古书名篇,多出后人,故无甚理。"《大戴礼记》存曾子书十篇,论者或以为即《汉书·艺文志》"《曾子》十八篇"。除去"曾子"两字表明十篇原或来源于《曾子》之外,各篇当皆为取首章首句(或前数句中)关键词命名,而并无"取义"、"取事"名篇者,如《立孝》首章首句"曾子曰:君子立孝",即取关键词"立孝"命名。《孝经》虽当非曾子亲手所定,而其成书应与《曾子》成书时代相距不远,故《孝经》命名规律可与《曾子》比观。《孝经》当为儒家经典中以"经"命名最早的,但其涵义不同于

---

① 参见梁启超《要籍解题及其读法》,《饮冰室合集》第9册《饮冰室专集》之七十二,中华书局1989年3月版,11页。
② (清)焦循撰,沈文倬点校《孟子正义》,中华书局1987年10月版,35页。
③ 杨伯峻《孟子译注·梁惠王》,中华书局1960年1月版,1页。
④ (东汉)郑玄笺,(唐)孔颖达等正义《毛诗正义》卷一,(清)阮元校刻《十三经注疏》,上海古籍出版社1997年7月版,269页上。

后代所谓"六经"(或"五经")之"经"。《诗》、《书》、《礼》、《易》、《春秋》等要到汉代时才最后正式确立为经。且《孝经》同"六经"地位不同,其虽以"经"命名,仍被汉人视为"辅经之传"。

班固在《汉书·艺文志》中所云"夫孝,天之经,地之义,民之行也。举大者言,故曰《孝经》",或许亦可解释为古书多摘引开篇二字为篇名,早期版本的《孝经》开头或可能是"夫孝,天之经,地之义……"用"夫孝"、"孝天"、"孝之"命名皆显得不伦,故取"孝经"命名。或谓今本《孝经》"夫孝"句在《三才章》,当是后代篇次窜乱的结果,早期《孝经》文本中,这几句当在全书开头或位置比较靠前。后人不察,遂至异说纷纭。

舒大刚先生则从另一角度论证了《孝经》名篇的问题。他认为《孝经》各章顺序倒无太大变化,首章位置没有变化,但取第二章《三才章》首句"子曰夫孝天之经地之义"中的关键词"孝"、"经"二字名篇。他从今存南宋刻大足北山石刻本《古文孝经·三才章》以"夫孝天之经地之义"为章首的情况出发,并结合定县汉简《儒家者言》第二十四章有关《孝经》残文进行了考察。他认为,《孝经》之"经"当为文中一字,并无"经典"、"常道"等深意,其命名符合周秦古书取首章首句(或前数句)关键词为名的命名通例。① 大足石刻本《古文孝经》当保留了秦汉以来《古文孝经》的旧貌。② 石刻本第七章《三才章》以"子曰夫孝天之经地之义"为首句。而《儒家者言》作"□□教之所由□曰孝□经□□"。"□□教之所由"显然是《开宗明义章》"子曰夫孝德之本也,教之所由生也"残文。下句"□曰孝□经□□"则是"子曰夫孝天之经地之义"的省略语,这或是下章首句。则竹简分章起讫当与"石刻本"完全相同。依《儒家者言》顺序,《开宗明义章》为开卷第一,《三才章》当为次章第二。依春秋末、战国初取首句为篇名的命篇习惯,《开宗明义章》首句"仲尼居"(今文)或"仲尼闲居"(古文)不便作篇名(因与《礼记》篇名《孔子闲居》、《仲尼燕居》相近易混),故取第二

---

① 参见舒大刚《〈孝经〉名义考——兼及〈孝经〉的成书时代》,载《西华大学学报(哲学社会科学版)》2004 年 1 期。

② 舒大刚《今传司马光〈古文孝经〉非原本考》,载《中华文化论坛》2003 年 1 期;舒大刚《大足石刻〈古文孝经〉重要价值刍议》,载《四川大学学报》2003 年 1 期。

章首句"夫孝天之经地之义"关键词"孝"、"经"二字命篇。

要之,《孝经》命名取当初文本首章(或如舒大刚先生所言,取第二章首句)关键词构成,显然符合周秦古书命名的通例。故从命名考察,《孝经》当成书于先秦时期,甚或战国早期。

(四)从文本的思想源流看,与传世文献比观,《孝经》思想应来源于孔子、曾子,而编成于曾子弟子之手,即成书于战国早期。

孔子和曾子虽不是《孝经》一书的作者,但《孝经》在思想上渊源于孔、曾论孝言论。虽然依照当代的"作者"观念,我们主张《孝经》成书于曾子弟子之手,但《孝经》思想来源于孔子这一点是明确的。无论曾子还是其弟子如乐正子春等,都属于孔子所开创儒家学派的传人。封建时代许多学者(包括汉代司马迁、班固、郑玄等)皆认为《孝经》为孔子所作,其实也是认可此点。

1.《孝经》与《论语》思想承续性明显,故其当成书于《论语》成书之后。

首先,在强调"孝"是"仁之本""德之本"方面,《孝经》与《论语》这一最具可信度的孔子数据基本一致。如《论语·学而》中有子说:"君子务本,本立而道生。孝弟也者,其为仁之本与!"①汉代刘向《说苑·建本》云:"孔子曰:'君子务本,本立而道生。'"又引孔子曰:"立体有义矣,而孝为本。"清代阮元由此推测说:"观此,益可知《论语》此二句为孔子语也……其为两汉人旧说皆以为孔子之言矣。"②即使此句不是孔子的原话,至少这一思想也应该是有子亲闻于孔子所得。《孝经》云:"夫孝,德之本也,教之所由生也。"与《论语》中的相关言论合若符节。③郭店1号墓简册也有"孝"为"仁之本""德之本"的论述,如

---

① (魏)何晏等注,(宋)邢昺疏《论语注疏》,(清)阮元校刻《十三经注疏》,上海古籍出版社1997年7月版,2457页。下文《论语》文字皆见此书,仅注篇名。

② 参见高尚榘主编《论语岐解辑录》,中华书局2011年6月版,8页。

③ 或说在谏诤问题上二者明显对立,此点可以看做是后世弟子对孔子孝道思想的发展变化,或弟子本身早年、晚年思想发生了变化。如论者所指出的:"先秦诸子从早年到晚年,思想不可能不变化,先秦时期同一学派的作品,由于成书时间较长或成书于不同的弟子之手,不同篇章之间存在抵牾是难免的。"比如《庄子》中《盗跖》篇与《人间世》篇对孔子的评价差异很大,但"不能因为内外篇对孔子态度的不同,来否认它们不属于庄子学派。"参见:李均明、刘国忠、刘光胜、邬文玲著《当代中国简帛学研究(1949—2009)》,中国社会科学出版社2011年12月版,126—127页。

"孝,仁之冕也"(《唐虞之道》),"孝,本也"(《六德》)。① 以"孝"为"本",可以说是早期儒家的一个基本观念。

其次,《孝经》中论述"孝"、"悌"、"敬"及如何孝养父母,其基本思想同《论语》相关言论一致。《论语》中孔子特别强调"孝"是"敬亲"。其答子游问孝曰:"今之孝者,是谓能养。至于犬马,皆能有养。不敬,何以别乎?"(《为政》)即谓对待老人当做到"敬"②;答子夏问孝曰:"色难。有事弟子服其劳,有酒食先生馔,曾是以为孝乎?"(《为政》)汉代包咸释为"承顺父母颜色乃为难";清代武亿(1744—1799)释为"盖指对众人,亦爱亲者,不敢恶于人;敬亲者,不敢慢于人之谓矣";今人裴传永认为"难"是"戁"的假借,敬也,取容色恭敬之意,③皆谓真正的孝要求子女侍奉父母时和颜悦色。而《孝经》中"敬"出现22次,如"敬亲者,不敢慢于人"、"爱敬尽于事亲"(《天子章》)、"资于事父以事君,而敬同"、"故母取其爱,君取其敬,兼之者父也"(《士章》)、"敬其亲"(《圣治章》)、"孝子之事亲也,居则致其敬"(《纪孝行章》)、"礼者,敬而已矣"(《广要道章》)、"教以孝,所以敬天下之为人父者也"(《广至德章》)、"宗庙致敬,不忘亲也"(《感应章》)、"生事爱敬"(《丧亲章》)等,"敬"是孝子孝行的主要表现之一,也是明王教化的主要内容,在推行孝道、实施孝治过程中有举足轻重的作用。④

《论语》中作为儒家道德规范的"敬爱兄长之情"的"悌"出现1次,"弟"(同"悌")出现4次⑤,如"弟子入则孝,出则悌,谨而信,泛爱众而亲仁"(《学而》);"其为人也孝弟"(《学而》)、"孝弟也者,其为仁之本与"(《学而》)、"宗族称孝焉,乡党称弟焉"(《子路》)。而《孝经》中作为"敬爱兄长之情"的"悌"也出现4次⑥,如"教民礼顺,莫善于悌"

---

① 陈伟等《楚地出土战国简册[十四种]·郭店1号墓简册·(十二)六德》,经济科学出版社2009年9月版,193、238页。

② 清代李光地释为"人养亲而不敬,何以自别于禽兽乎?"参见:高尚榘主编《论语岐解辑录》,中华书局2011年6月版,49—50页。

③ 参见高尚榘主编《论语岐解辑录》,中华书局2011年6月版,50—51页。

④ 《十三经辞典》编纂委员会《十三经辞典·孝经卷》,陕西人民出版社2002年12月版,24、68页。

⑤ 同上,30、233页。

⑥ 同上,31、75页。

(《广要道章》)、"教以悌,所以敬天下之为人兄者"(《广至德章》)、"孝悌之至,通于神明"(《感应章》)、"事兄悌,故顺可移于长"(《广扬名章》)。可见《孝经》与《论语》论述"孝"、"悌"、"敬"等取向一致。《论语》中孔子答孟武伯问孝时说"父母唯其疾之忧"(《为政》),汉代王充("武伯善忧父母")、汉代高诱("忧之者子")、严灵峰(1903—1999)("当以子对父母之关切而言")等认为是"子忧父母",①即对于父母唯有其疾病最令子女担忧。而《孝经》从诸多方面详论了事亲内容:"孝子之事亲也,居则致其敬,养则致其乐,病则致其忧,丧则致其哀,祭则致其严"(《纪孝行章》),并以《丧亲章》专章论述父母身后如何行孝。《论语》与《孝经》论孝内容虽有差别(后者有所扩充与发展),而基本思想一致,可谓《孝经》传述孔子思想的有力证据。

此外,在"孝亲"与"忠君"结合、由"孝"致"忠"方面,《孝经》与《论语》前后具有承续性。《论语》中孔子多处论述"孝"、"忠"关系。如"临之以庄,则敬;孝慈,则忠"(《为政》);引《尚书》"孝乎惟孝,友于兄弟,施于有政"论述孝与为政的关系,认为"是亦为政"(《为政》)②;又指出"出则事公卿,入则事父兄"(《子罕》)。③ 而孝道影响政治,在《孝经》中体现最充分,其反复讨论的即是以孝治国、"以孝事君"、孝为治国之本,如"夫孝,始于事亲,中于事君"(《开宗明义章》);"爱敬尽于事亲,而德教加于百姓,刑于四海"(《天子章》);"故以孝事君则忠,以敬事长则顺"(《士章》);"昔者明王之以孝治天下也"(《孝治章》);"父子之道,天性也,君臣之义也"(《圣治章》),意谓父子关系含有君臣关系的义理;"君子之事亲孝,故忠可移于君"(《广扬名章》),认为应移孝作忠,等等。可见,《孝经》对《论语》中孔子"出则事公卿,入则事父

---

① 汉代马融("言孝子不妄为非,唯有疾病然后使父母之忧耳")、梁代皇侃("言人子欲常敬慎自居,不为非法横使父母忧也")、宋代朱熹("言父母爱子之心,无所不至,惟恐其有疾病,常以为忧也")等以为是"父母忧子",语义较为婉曲,今不取。参见高尚榘主编《论语岐解辑录》,中华书局 2011 年 6 月版,48、49 页。
② 朱熹释为《书》言君陈能孝于亲,友于兄弟,又能推广此心,以为一家之政"。参见高尚榘主编《论语岐解辑录》,中华书局 2011 年 6 月版,72 页。
③ 梁代皇侃释为"人子之礼,移事父孝以事于君则忠,移事兄悌以事于长则从也,故出仕朝廷必事公卿也"。参见高尚榘主编《论语岐解辑录》,中华书局 2011 年 6 月版,486 页。

兄"的由"孝"致"忠"思想有所发展,表述更为明确,《论语》、《孝经》思想前后相承。

要之,《孝经》的思想出自孔子,《论语》、《孝经》思想承续性明显。

2.《孝经》思想与曾子相关文献有承续关系。

陈寅恪(1898—1968)先生指出,《孝经》"是一部好书,但篇幅太小,至多只抵得过《礼记》中的一篇而已",①其实是看出了《孝经》具有早期儒家文献的特征。黄中业先生则明确提出,"《孝经》原是先秦礼书的一部分"②。张践先生指出,《孝经》中部分思想与战国中期以前儒者的观点有较大差异。③ 但亦没有有力证据来否定其成书年代为战国早期。梁涛先生则从《孝经》文本语句、《孝经》阐发曾子论孝思想、《孝经》与曾子类文献内容多相合之处、《孝经》作者熟悉《左传》并常引用后者文句等方面,论述了《孝经》与曾子学派渊源深厚,其说颇有理致。④

章学诚云:"古人之言,所以为公也,未尝矜于文辞,而私据为己有也。"⑤先秦典籍存在"同文并收"现象,即先秦时期,相同的语句见于不同的篇章之间,或者相同的篇并见于不同的古书之间。⑥ "同文并收"现象为我们考察古书成书过程与思想发展流程,提供了大量有益的材料。传世文献之间、传世文献与出土文献之间,都可能存在"同文并收"现象。《孝经》与《礼记》、《大戴礼记》中的曾子文献亦然,其思想确实有着明显的承继关系,此点可从《孝经》与《礼记》、《大戴礼记》、《吕氏春秋》部分论"孝"言论列表比较中看出:

---

① 俞大维《怀念陈寅恪先生》,参见陈流求、陈小彭、陈美延著《也同欢乐也同愁:忆父亲陈寅恪母亲唐筼·附录》,生活·读书·新知三联书店 2010 年 4 月版,279 页。

② 黄中业《〈孝经〉的作者、成书时代及其流传》,《史学集刊》1992 年 3 期,7—12 页。

③ 如关于"谏诤"问题。《论语·子路》云"父为子隐、子为父隐,直在其中矣";子思学派认为"为父绝君,不为君绝父",强调"孝"重于"忠",亲情重于社会道德,反映了宗法宗族社会血缘至上的倾向。而《孝经》强调"谏诤","父有争子"。参见:张践《〈孝经〉的形成及其历史意义》,载中国哲学编辑部编《经学今诠续编》,辽宁教育出版社 2001 年 10 月版,194—198 页。

④ 梁涛《郭店竹简与思孟学派》,中国人民大学出版社 2008 年 5 月版,478—480 页。

⑤ (清)章学诚著,叶瑛校注《文史通义校注》,中华书局 1994 年 3 月版,169 页。

⑥ 参见李锐《"重文"分析法评析》,载《清华大学学报》(哲学社会科学版)2008 年 1 期,127—133 页;李均明、刘国忠、刘光胜、邬文玲著《当代中国简帛学研究(1949—2009)》,中国社会科学出版社 2011 年 12 月版,129—133 页。

表一　《孝经》与《礼记》①、《大戴礼记》②、
　　　《吕氏春秋》论"孝"言论对比表

	A.《孝经》	B.《礼记》	C.《大戴礼记》	D.《吕氏春秋》	说　明
1	仲尼居，曾子侍。子曰："先王有至德要道……"（《开宗明义章》）	仲尼燕居，子张、子贡、言游侍，纵言至于礼。子曰："……"（《仲尼燕居》）			王锷称《仲尼燕居》成篇"在春秋末期至战国前期"；两者写作形式一致，成书时代当亦接近。
2	子曰："夫孝，德之本也，教之所由生也。……"（《开宗明义章》）	（曾子曰：）众之本教曰孝，其行曰养。（《祭义》）	（曾子曰：）民之本教曰孝，其行之曰养。（《曾子大孝》）	民之本教曰孝，其行孝曰养。（《孝行览》）	《孝经》与后三者义同，文字略异；后三书文字极相近。
3	（子曰：）身体发肤，受之父母，不敢毁伤，孝之始也。（《开宗明义章》）	曾子曰："身也者，父母之遗体也。行父母之遗体，敢不敬乎？……父母全而生之，子全而归之，可谓孝矣；不亏其体，不辱其身，可谓全矣。故君子顷步而弗敢忘孝也。"（《祭义》）	（曾子曰：）身者，亲之遗体也。行亲之遗体，敢不敬乎？……父母全而生之，子全而归之，可谓孝矣；不亏其体，可谓全矣。（《曾子大孝》）	曾子曰："身者，父母之遗体也。行父母之遗体，敢不敬乎？……"曾子曰："父母生之，子弗敢杀。父母置之，子弗敢废。父母全之，子弗敢阙。故舟而不游，道而不径，能全支体，以守宗庙，可谓孝矣。"（《孝行览》）	四者文义一致，《孝经》更简洁精粹；后三者雷同，且不称孔子而称曾子语，或许为曾子接闻于夫子之语，或为后出增饰。

---

①（东汉）郑玄注，（唐）孔颖达等正义《礼记正义》，（清）阮元校刻《十三经注疏》，上海古籍出版社 1997 年 7 月版。下文《礼记》文字皆见此书，仅列篇名。

② 方向东撰《大戴礼记汇校集解》，中华书局 2008 年 7 月版。下文《大戴礼记》文字皆见此书，仅列篇名。

（续表）

	A.《孝经》	B.《礼记》	C.《大戴礼记》	D.《吕氏春秋》	说　明
4	子曰："爱亲者，不敢恶于人；敬亲者，不敢慢于人。爱敬尽于事亲，而德教加于百姓，刑于四海。盖天子之孝也。"(《天子章》)	子曰："立爱自亲始，教民睦也；立教自长始，教民顺也。教以慈睦，而民贵有亲；教以敬长，而民贵用命。孝以事亲，顺以听命，错诸天下，无所不行。"(《祭义》)孔子对曰："古之为政，爱人为大，所以治爱人，礼为大。所以治礼，敬为大。……"(《哀公问》)		故爱其亲不敢恶人，敬其亲不敢慢人。爱敬尽于事亲，光耀加于百姓，究于四海，此天子之孝也。(《孝行览》)	《孝经》与《吕氏春秋》文义相同，用词大体相同。
5	高而不危，所以长守贵也；满而不溢，所以长守富也。富贵不离其身，然后能保其社稷，而和其民人，盖诸侯之孝也。(《诸侯章》)			《孝经》曰：高而不危，所以长守贵也；满而不溢，所以长守富也。富贵不离其身，然后能保其社稷，而和其民人。(《察微》)	《孝经》与《吕氏春秋》文字全同，后者并注明引自《孝经》。
6	资于事父以事母，而爱同；资于事父以事君，而敬同。(《士章》)	资于事父以事君，而敬同。贵贵尊尊，义之大者也。……资于事父以事母，而爱同。(《丧服四制》)	资于事父以事君，而敬同。贵贵尊尊，义之大者也。……资于事父以事母，而爱同。(《本命》)		《孝经》与大、小戴《礼记》（王锷称《丧服四制》成篇于战国中期）文同序异，后二者较详细，当晚出。

（续表）

	A.《孝经》	B.《礼记》	C.《大戴礼记》	D.《吕氏春秋》	说　明
7	"子曰：天地之性，人为贵。"（《圣治章》）	天命之谓性。（《中庸》）（孔子曰：）故人者，其天地之德，阴阳之交，鬼神之会，五行之秀气也。（《礼运》）（孔子曰：）故人者，天地之心也，五行之端也……（《祭义》）（曾子闻诸夫子曰：）天之所生，地之所养，无人为大。（《祭义》）	（曾子闻诸夫子曰：）"天之所生，地之所养，人为大矣。"（《曾子大孝》）		三者内容相近。《孝经》中称为孔子之言；而二戴《礼记》或称孔子之言，或称辗转来自孔子之言，具有后出特征。
8	昔者明王之以孝治天下也。（《孝治章》）故明王之以孝治天下也如此。（《孝治章》）昔者明王事父孝，故事天明。……修身慎行，恐辱先也。（《感应章》）	先王之所以治天下者五：贵有德，贵贵，贵老，敬长，慈幼。此五者，先王之所以定天下也。……是故至孝近乎王，至弟近乎霸。（《祭义》）		凡为天下，治国家，必务本而后末。……务本莫贵于孝。人主孝则名章荣，下服听，天下誉。人臣孝则事君忠，处官廉，临难死。（《孝行览》）	《孝经》文字精粹集中，当早出；而王锷以为成篇于战国中期"孔子三传弟子乐正子春门人之后、《荀子》《孟子》前"的《祭义》则条分缕析，显见后出。
9	君子之教以孝也，非家至而日见之也。（《广至德章》）	君子之所谓孝者，非家至而日见之也。合诸乡射，教之乡饮酒之礼，而孝弟之行立矣。（《乡饮酒义》）			二者文义相近，部分语句相同，而王锷以为"成书于战国中晚期"的后者则有增饰。

（续表）

	A.《孝经》	B.《礼记》	C.《大戴礼记》	D.《吕氏春秋》	说　明
10	子曰：君子之事亲孝，故忠可移于君；事兄悌，故顺可移于长；居家理，故治可移于官。是以行成于内，而名立于后世矣。(《广扬名章》)	忠臣以事其君，孝子以事其亲，其本一也。上则顺于鬼神，外则顺于君长，内则以孝于亲，如此之谓备。(《祭统》)			两段文义一致，讨论移孝于忠。

由上表比对可知，从文字形式、思想内容等方面看，《孝经》与汉人汇集春秋末期以来儒家礼学文献而编定的今本《礼记》、《大戴礼记》所保存的曾子文献思想上具有高度的一致性，甚至文章写作形式也有相近之处。《吕氏春秋》亦部分保存了《孝经》、《礼记》论孝文献的原文或相似文献。学者指出，《礼记》各篇成篇时间并不相同。[①] 上表中内容与《孝经》相关的《礼记》各篇，其成篇时间多在春秋末期、战国初期或战国中期，这就从一个侧面证明：《孝经》成书时间应当较早。

[①] 就上表所列《礼记》各篇的成书(篇)时代而言，《哀公问》"约为春秋末期至战国初期"；《仲尼燕居》整理成篇"可能在春秋末期至战国前期"；《中庸》应该是战国前期子思的著作；《丧服四制》成篇于战国中期；《祭义》成篇在"孔子三传弟子乐正子春门人之后、《荀子》、《孟子》前"，应在战国中期；《祭统》"年代与《祭义》相近"，"作此文时，鲁国尚未灭亡，即在前256年以前"，成篇于战国中期；《乡饮酒义》"前半部分大概成书于战国中晚期；《礼运》"主体部分大概写成于战国初期"，流传过程中有战国晚期人掺入了阴阳五行家之言，并经后人整理，最后成书"可能在战国晚期"。参见王锷《〈礼记〉成书考》，中华书局2007年3月版，25—26、29—31、75—78、153—160、165—169、169—170、219—221、239—245页。

宋人胡寅①、晁公武②、元何异孙③等学者认为，《孝经》是由曾参的学生所编定。其直接理由是《孝经》对曾参称"子"。笔者以为有理（详下文）。曾参以孝道著称。如《庄子·外物篇》云："人亲莫不欲其子之孝，而孝未必爱，故孝己忧而曾参悲。"庄子所举孝己与曾参是古代最孝之人，曾参平生传述的是孔子学说中的"孝道"。文献比对表明，《孝经》与《礼记》、《大戴礼记》中的曾子论孝文字之间当有较为接近的承继关系，《孝经》当来源于曾子类文献，或与其有共同的思想来源。《孝经》更可能是对曾子思想的进一步阐释，而成书时代更早。

3. 从《孝经》与《左传》、《孟子》、《荀子》的关系看，先秦文献已多引《孝经》。

文献的形成与传播受各种因素影响。不同文献在传播过程中，彼此也可能相互影响、发生变化。李零先生指出："思想性较强的古书，则往往舍事而言理，重在议论。突出的是'语'而不是'事'。"④前人或说《孝经》袭用《左传》、《孟子》、《荀子》语句。笔者以为不然。今按，《左传》虽非左丘明所手着，但当传自左氏而成书于战国初年。左氏门人述左氏之学，曾子门人完全有可能受其影响而袭用其中的论孝语句。现将《左传》、《孝经》相关内容列表如下：

---

① 胡寅曰："《孝经》非曾子所自为也。曾子问孝于仲尼，退而与门弟子言之，门弟子类而成书。"参见：（清）朱彝尊撰，林庆彰、蒋秋华、杨晋龙、冯晓庭主编《经义考新校》，上海古籍出版社2010年12月版，4023页。

② 宋晁公武曰："何休称：'子曰：吾志在《春秋》，行在《孝经》。''信斯言也，则《孝经》乃孔子自著者也。今其首章云：'仲尼居，曾子侍。'则非孔子所著明矣。详其文义，当是曾子弟子所为书也。柳宗元谓：'《论语》载弟子必以字，独曾参不然，盖曾氏之徒乐正子春、子思与为之耳。'余于《孝经》亦云。"朱彝尊《经义考》亦转引，文字略异，而意思相同。参见：（南宋）晁公武撰，孙猛校证《郡斋读书志校证》，上海古籍出版社1990年10月版，125页；（清）朱彝尊撰，林庆彰、蒋秋华、杨晋龙、冯晓庭主编《经义考新校》，上海古籍出版社2010年12月版，4023页。

③ 何异孙曰："《论语》是七十子门人所记；《孝经》止是曾子门人所记。"参见：清朱彝尊撰，林庆彰、蒋秋华、杨晋龙、冯晓庭主编《经义考新校》，上海古籍出版社2010年12月版，4023页。

④ 李零《简帛古书与学术源流》，生活·读书·新知三联书店2004年4月版，50页。

表二 《左传》①《孝经》相关内容对比表

序号	《左传》	《孝经》	说明
1	"夫礼,天之经也,地之义也,民之行也。"(《左传·昭公二十五年》)	"夫孝,天之经也,地之义也,民之行也。"(《三才章》)	《左传》中"礼"字《孝经》改作"孝"字,朱熹以为是抄袭后者。②
2	"进思尽忠,退思补过。"(《左传·宣公十三年》)	"进思尽忠,退思补过。"(《事君章》)	二者文字全同。
3	"进退可度,周旋可则,容止可观。"(《左传·襄公三十一年》)	"作事可法,容止可观,进退可度。"(《圣治章》)	《孝经》略有改动。
4	"不度于善,而皆在于凶德。"(《左传·文公十八年》)	"不在于善,而皆在于凶德。"(《圣治章》)	《圣治章》仅改"度"为"在"。

从上表看,《孝经》某些文字确实与《左传》相近。据刘向《别录》记叙《左传》的传授,是左丘明授曾子之子曾申,曾申授吴起。③ 梁涛先生认为,曾子一派曾参与了《左传》的传授,在创作《孝经》时很可能引用《左传》文字。故《孝经》确当完成于曾子弟子之手,即成书于战国早期。④

《孝经》和《孟子》部分思想相近而非语句袭用。作为儒家著作,思想相近亦势所必然,难以据此断定《孝经》抄袭《孟子》。陈澧《东塾读书记》云:"《孟子》七篇中与《孝经》相发明者甚多。"然陈氏并未直言《孝经》抄袭《孟子》,仅仅是指出二者部分内容有相互发明、解释之处。从文献传播途径与整体思想特征看,或许更可能是《孟子》受了

---

① (西晋)杜预注,(唐)孔颖达等正义《春秋左传正义》,(清)阮元校刻《十三经注疏》,上海古籍出版社1997年7月版。下文《左传》文字皆见此书。
② 朱熹云:"《三才章》用《左传》,易'礼'为'孝',文势反不若彼之完备,明是此袭彼,非彼袭此也。"汪受宽先生认为,《孝经》与《左传》的撰述年代大体相近。参见:汪受宽《刘歆作〈左传〉说质疑》,载《河南古籍整理》1986年2期;汪受宽译注《孝经译注》,上海古籍出版社2007年4月版,27页。
③ (西晋)杜预注,(唐)孔颖达等正义《春秋左传正义》卷一《春秋左传序·疏》,(清)阮元校刻《十三经注疏》,上海古籍出版社1997年7月版,1703页。
④ 梁涛《郭店竹简与思孟学派》,中国人民大学出版社2008年5月版,478—480页。

《孝经》影响。荀子(约公元前325—前238)①长寿,对前代文献多有研习,故倒更可能是《荀子》袭用《孝经》语句。《孝经》成书时代应早于《孟子》、《荀子》。

4. 作为各家思想资料汇编性质的子书,《吕氏春秋》常摘引其前诸子资料以申己说,而其中有两段文字直接引自《孝经》。

据《史记·吕不韦列传》载,大概秦统一前,吕不韦聚集门客作《吕氏春秋》,历时很短,成书于公元前240年,当时早已流行的儒家论孝专著《孝经》自亦应在取材对象之列。《吕氏春秋·察微》:"凡持国,太上知始,其次知终,其次知中。三者不能,国必危,身必穷。《孝经》曰:'高而不危,所以长守贵也;满而不溢,所以长守富也。富贵不离其身,然后能保其社稷,而和其民人。'楚不能之也。"此处所引《孝经》文与《孝经·诸侯章》文字全同,仅少了一句"在上不骄"和一句"制节谨度"。毕沅云:"黄东发(按即黄震)曰:'观此所引,然则《孝经》固古书也。'"清梁玉绳则提出怀疑:"周秦古书中引《孝经》处甚少。"陈昌齐云:"吕氏时《孝经》未出,无从引用。'孝经曰'四十六字当是注语。"今按,陈氏说不确,其说是主观预定《孝经》晚出而得出此论,可不予理会。且王念孙早据他篇引《孝经》者予以反驳:"《孝行篇》'故爱其亲不欲恶于人'以下八句,亦与《孝经》同,则此似非注文。"汪中云:"《孝行》、《察微》二篇并引《孝经》,则《孝经》为先秦之书,明。"②王、汪二氏所言极是,近人许维遹先生亦赞同之。《吕氏春秋·孝行》云:"故爱其亲,不敢恶人;敬其亲,不敢慢人。爱敬尽于事亲,光耀加于百姓,究于四海,此天子之孝也。"此段文字与《孝经·天子章》极为相近,仅"光耀"变为"德教","究于四海"变为"刑于四海",故极可能亦是引自《孝经》。可见,《孝经》到战国末已传播到西陲之地秦国,并被学者采入著作中,此是《孝经》为先秦古籍的有力实证。

要之,从文本的思想源流看,通过与传世文献比观,《孝经》应成书于《论语》之后,《孟子》之前,且远早于《荀子》、《吕氏春秋》诸书的成书时代,即大体成书于战国早期。

---

① 赵逵夫主编《先秦文学编年史》(下),商务印书馆2010年3月版,1055页。
② 许维遹撰《吕氏春秋集释》,中华书局2009年9月版,307—309页。

（五）从文本的思想源流看，以出土文献为旁证，可推测《孝经》当成书于战国早期。

我们讨论语言形式相近的传世文献（甲）与出土文献（乙）之间的关系，至少有四种情况：a. 甲早于乙，影响乙；b. 乙早于甲，影响甲；c. 甲、乙均受同一文献或类似文献的影响；d. 甲、乙各自独立发展，"异地同心"、"异曲同工"，无关联性。但实际上不同时期文本之间的关系远比假定的类型要复杂。如郑良树先生谈及《晏子春秋》的编写及成书过程时曾指出，"所谓新造篇章，以目前所能看到的，很可能就是根据旧有的篇章，以加添、删节、拼凑、浅化及改写等衍生的手法，不断孳乳繁生"。① 古书关系异常复杂。相近的一组文献材料，可能某些部分是甲繁乙简，而另外部分则可能完全相反。故探讨文献之间的影响关系时，也不可拘于一隅，而应综合考察。叶国良先生也指出，②研究文献时使用"二重证据法"，比较地下材料与纸上材料（即传世文献）的异同，"可视状况处理，或以纸上材料为底本，或以地下材料为底本。既得出异同，应解释其矛盾处或不合处，以定两者孰是孰非"。叶氏主要强调地下、纸上材料的差异性处理方法，亦可为我们探讨地下、纸上材料的趋同性或统一性提供借鉴。具体到《孝经》与战国中期的郭店简、上博简等出土文献的关系，亦是如此。这些出土文献也可作为我们探讨《孝经》成书时代的旁证。现将部分战国汉代竹简论"孝"言论与《孝经》文字列表讨论。

1.《孝经》与郭店简等论"孝"言论有相近之处。

1993年湖北荆门郭店一号楚墓出土了一批战国竹简（简称郭店简），学界一般认为，郭店一号墓的年代为战国中期偏晚（公元前4世纪中期至公元前3世纪初）。③ 现将《孝经》与郭店简等论"孝"言论列

---

① 参见郑良树《诸子著作年代考》，北京图书馆出版社2001年9月版，36、45页。
② 叶国良、郑吉雄、徐富昌编《出土文献研究方法论文集·初集·二重证据法的省思》，台湾大学出版中心2005年9月版，1—18页。
③ 关于郭店一号墓的年代，学界有三种说法：一是战国中期偏晚说，郭店楚简的发掘整理者持此说，认为其下葬年代当在公元前4世纪至前3世纪初。李学勤、李伯谦、彭浩、刘祖信、徐少华等学者赞同此说。参见：荆门市博物馆：《荆门郭店一号墓》，《文物》1997年7期；李学勤《先秦儒家著作的重大发现》，《中国哲学》第二十辑，辽宁教育出版社1999年1月版，13—18页；彭浩《郭店一号墓的年代与简本〈老子〉的结构》，《道家文化（转下页）

表对比如下。

表三 《孝经》与郭店简①论"孝"言论对比表

	《孝　经》	郭　店　简	说　　明
1	子曰：夫孝，德之本也，教之所由生也。子曰：夫孝，天之经也，地之义也，民之行也。天地之经，而民是则之。（《三才章》）子曰：教民亲爱，莫善于孝；教民礼顺，莫善于悌。（《广要道章》）	尧舜之行，爱亲尊贤。爱亲故孝，尊贤故禅。孝之杀，爱天下之民；禅之流，世无隐直（德）。孝，仁之冕也。（《唐虞之道》）是故先王之教民也，不使此民也忧其身，失其（传）。孝，本也。下修其本，可以断诪。生民斯必有夫妇、父子、君臣。君子明乎此六者，然后可以断诪……男女不辨，父子不亲。父子不亲，君臣亡宜（义）。是故先王之教民也，始于孝弟。君子于此弋（一）（偏）者亡所法（废）。（《十二》六德》）友，君臣之道也。长弟，孝之纺（方）也。（《十五》语丛三》）	论孝为德之本，《孝经》相关文字较繁复。基本符合郑良树先生所说古书演变"增饰难，删省易"即"由繁至简易，由简至繁难"原则；同时，后者又有阐释色彩。②
2	子曰：君子之教以孝也，非家至而日见之也。教以孝，所以敬天下之为人父者也。教以悌，所以敬天下之为人兄者也。教以臣，所以敬天下之为人君者也。	夫圣人上事天，教民又（有）尊也；下事地，教民又（有）新（亲）也；时事山川，教民又（有）敬也；新（亲）事且（祖）庙，教民孝也；大（太）学之中，天子亲齿，教民弟也；先圣牙（与）后圣，考后而归先，教民大川（顺）之道也。（《（七）唐虞之道》）古者尧之举舜也，昏（闻）舜孝，智（知）其能养天下之老也……故其为簪冕子也，甚孝；及其为尧臣也，甚忠；尧麕（禅）天下而受（授）之，南面而王天下而甚君。（《唐虞之道》）爱父，其继爱人，仁也。（《（六）五行》）	论孝子推衍孝心至天下之人。《孝经》较质朴直白；郭店简举尧舜之例，又列天地山川祖庙，内容丰赡、理性色彩有所增强。

（接上页）研究》第十七辑，生活·读书·新知三联书店1999年8月版；刘祖信《郭店一号墓概述》，载艾兰、魏克彬主编、邢文编译《郭店老子——东西方学者的对话》，学苑出版社2002年9月版；徐少华《郭店一号楚墓年代析论》，载《江汉考古》2005年1期。二是"白起拔郢"（前278）之后说，王葆玹、日本池田知久持此说。参见：王葆玹《试论郭店楚简各篇的撰写时代及其背景——兼论郭店及包山楚简的时代问题》，载《中国哲学》第二十辑，辽宁教育出版社1999年1月版，366—390页；日池田知久《池田知久简帛研究论集》，中华书局2006年4月版，150—151页。三是"公元前299年至前278年间"说。参见李裕民《郭店楚墓的年代与墓主新探》，载《陕西师范大学学报》（哲学社会科学版）2000年3期。

① 参见陈伟等著《楚地出土战国简册[十四种]》，经济科学出版社2009年9月版，193、238、257、193、194、183、237、246、238、246、258、246页。

② 参见郑良树《诸子著作年代考》，北京图书馆出版社2001年9月版，34、193页。

（续表）

	《孝经》	郭店简	说明
3	子曰：君子之事上也，进思尽忠，退思补过，将顺其美，匡救其恶，故上下能相亲也。（《事君章第十七》）	既生畜之，或（又）从而教诲之，胃（谓）之圣。圣也者，父德也。子也者，会埻长才以事上，胃（谓）之宜（义），上共下之宜（义），以奉社稷，胃（谓）之孝，古（故）人则为□□□□仁。仁者，子德也。（《（十二）六德》）父子，至上下也。兄弟，至先后也。（《（十三）语丛一》）	讨论事上。《孝经》归结为上下相亲。而郭店简扩衍为上共下以奉社稷，谓之孝。
4	子曰：孝子之事亲也，居则致其敬，养则致其乐，病则致其忧，丧则致其哀，祭则致其严。五者备矣，然后能事其亲。（《纪孝行章》）人之行，莫大于孝，孝莫大于严父……以养父母日严。（《圣治章》）谨身节用，以养父母。（《庶人章》）	逸其志，求养新（亲）之志，害亡不以（已）也。男女卞（辨）生言，父子新（亲）生言，君臣宜（义）生言。父圣，子仁，夫智，妇信，君宜（义），臣宜〈忠〉。圣生仁，智率信，宜（义）史（使）忠。（《（十二）六德》）为孝，此非孝也。为弟，此非弟也。不可为也，而不可不为也。为之，此非义也。弗为，此非义也。（《（十三）语丛一》）夫孝子爱，非又（有）为也。（《（十五）语丛三》）	讨论孝须敬、应发自内心，诚心无伪。《孝经》全面讨论其事；而郭店简仅论述孝须诚心、养志，显然保存了曾子"养志"之说。
5	资于事父以事母，而爱同；资于事父以事君，而敬同。故母取其爱，而君取其敬，兼之者父也。（《士章》）生事爱敬。（《丧亲章》）	仁，人也。义，[道也。][厚于仁，薄]于义，亲而不尊。厚于义，尃（薄）于仁，尊而不亲。□□：父，又（有）亲又（有）尊。长弟，亲道也。友君臣，母（无）亲也。人亡能为。（《（十三）语丛一》）	待父须兼有对母、君的爱敬之情。郭店简保存了《孝经》对父亲爱敬两种感情，而论述更为婉曲，当为子思学派言论。

从附表三出土文献与《孝经》文献的比较看，a.种情况比较多，而d.种情况也存在。就思想演变看，例如《孝经》"夫孝，德之本也""夫孝，天之经也"集中强调"孝"为"德本"的本源性，具有原始儒家早期的思想面貌；而与之对照的《郭店简》"舜之行，爱亲尊贤。爱亲故孝，尊贤故禅。孝之杀，爱天下之民；禅之流，世无隐直（德）。孝，仁之冕也（《唐虞之道》）"一段，意在阐释尧舜之行最根本的"爱亲尊贤"，是论述"爱

亲"与"尊贤"二者的统一。认为孝是仁的冠冕,禅是义道之至。由爱之情到仁之德的转变,是儒家的命脉所在。爱亲行孝,推爱及于天下人则为仁道。①　其理性色彩浓厚,展示了儒家孔孟之间的思想(尤其是心性论)面貌。则后者或应是在前者基础上的发展演变。郭店简极有可能是墓主人生前教授楚怀王时期太子衡(后登基为楚顷襄王)的教科书②,竹简成书的年代下限当略早于墓葬年代③,其应为"孟子之前的学术典籍"④。故大体可以推测:《孝经》成书当早于郭店简论"孝"言论的文本形成时代,应成书于战国早期,且对后者有一定影响。

2.《孝经》与上海博物馆藏战国楚简内容有相合之处。

1994年,上海博物馆从香港文物市场购回一批战国竹简(简称上博简),大多是先秦古佚书。论者认为,其是"楚国迁陈郢以前贵族墓中的随葬品",很可能是"盗墓者获知郭店一号楚墓出土竹简之后,在邻近地区的一个楚墓中盗掘出来的"。⑤　其入土时代与郭店简(战国中期偏晚)大体相同,其文本成书时代(比入土时代应早些,大致为战国中期或战国早、中期)也大致相当。现将《孝经》与上博简⑥中部分论"孝"言论列表如下。

---

① 参见丁四新《郭店楚墓竹简思想研究》,东方出版社2000年10版,362—362页。
② 参见刘祖信、龙永芳编著《郭店楚简综览》,万卷楼图书股份有限公司2005年3月版,9页。
③ 参见杨泽生《战国竹书研究》,中山大学出版社2009年12月版,22页。
④ 参见李均明、刘国忠、刘光胜、邬文玲著《当代中国简帛学研究(1949—2009)》,中国社会科学出版社2011年12月版,8页。
⑤ 参见马承源《前言:战国楚竹书的发现保护和整理》,载马承源主编《上海博物馆藏战国楚竹书》(一),上海古籍出版社2001年11月版,1—4页;朱渊清《马承源先生谈上博简》,上海大学古代文明研究中心、清华大学思想文化研究所编《上博馆藏战国楚竹书研究》,上海古籍出版社2002年3月版,1—8页;裘锡圭《新出土先秦古籍与故事传说》,北京大学古文献研究中心编《北京大学古文献研究中心集刊》第4辑,北京大学出版社2004年10月版,36—57页。
⑥ 参见马承源主编《上海博物馆藏战国楚竹书(一)·孔子诗论》,上海古籍出版社2001年11月版,156页;马承源主编《上海博物馆藏战国楚竹书(四)·内豊(礼)》,上海古籍出版社2004年12月版,221、226、225、224、225、222页;马承源主编《上海博物馆藏战国楚竹书(五)》,《季庚(康)子问于孔子》,《弟子问》,《三德》,上海古籍出版社2005年12月版,272、290、220页。

表四　《孝经》与上博简论"孝"言论对比表

	《孝经》	上博简	说　明
A	爱敬尽于事亲。(《天子章》)因亲以教爱。(《圣治章》)子曰：教民亲爱，莫善于孝；教民礼顺，莫善于悌。移风易俗，莫善于乐。安上治民，莫善于礼。(《广要道章》)生事爱敬。(《丧亲章》)	"《翏(蓼)莪》有孝志。"(《孔子诗论》)"君子之立孝，爱是用，礼是贵。"(《内豊(礼)》)	谈论"孝"与"爱"、"礼"的关系，《孝经》文字较为繁复；《内豊(礼)》年代或与《礼记·内则》(王锷称成于战国中期①)相近，其可能是对《孝经》的删减、阐释。
B	谨身节用，以养父母。(《庶人章》)人之行，莫大于孝，孝莫大于严父。……以养父母日严。(《圣治章》)子曰：孝子之事亲也……病则致其忧……五者备矣，然后能事其亲。(《纪孝行章》)	君子曰：孝子，父母又(有)疾，冠不力，行不颂，不依立，不庶语。……君子以城(成)其孝。(《内豊(礼)》)	论述孝养父母，二者或有共同文字来源；《内豊(礼)》条分缕析，论述丰赡，当为思想更成熟阶段的阐释之作，应是对《孝经》的发展。
C	故生则亲安之。(《孝治章》)若夫慈爱恭敬安亲扬名，则闻命矣。(《谏诤章》)孝子之事亲也。(《纪孝行章》)孝子之丧亲也。……孝子之事亲终矣。(《丧亲章》)五刑之属三千，而罪莫大于不孝(《五刑章》)	君子安子，不食若才(灾)，腹中巧变，古(故)父母安……孝子事父母，以食，恶媺(美)？下之(《内豊(礼)》)"莫新(亲)乎父母，死不顾生，可言乎其信也。"(《弟子问》)"残其新(亲)，是胃(谓)罪。"(《三德》)	讨论孝子侍奉父母双亲使安定舒适安享晚年，上博简论述更精致深入，当后出；讨论不孝为罪，"上博简"更直截简洁，或为对《孝经》语句的删减，即运用了郑良树所称"删节"、"浅化等改写手法"。②
D	资于事父以事母，而爱同。(《士章》)孝子之事亲也，居则致其敬，养则致其乐，病则致其忧……(《纪孝行章》)孝子之丧亲也……闻乐不乐(《丧亲章》)	君子事父母，亡(无)私乐，亡(无)私忧。父母所乐乐之，父母所忧忧之。③(《内豊(礼)》)"先人之所善，亦善之。"(《季庚(康)子问于孔子》)	讨论孝子侍奉父母，与之同忧乐，《孝经》文字更显繁复。《内豊(礼)》语言比《孝经》更丰赡精致。则上博简论"孝"应比《孝经》成书晚，或当为其基础上的诠释发展。

---

① 王锷《〈礼记〉成书考》，中华书局 2007 年 3 月版，194—198 页。

② 郑先生讨论《晏子春秋》的成书过程时指出，古籍发展常使用"加添、删节、拼凑、浅化等的改写手法"。参见郑良树《诸子著作年代考·论〈晏子春秋〉的编写及成书过程》，北京图书馆出版社 2001 年 9 月版，21—57 页。

③ 马承源主编《上海博物馆藏战国楚竹书》(四)《内豊(礼)》，上海古籍出版社 2004 年 12 月版，221—226 页。

（续表）

	《孝经》	上博简	说明
E	父有争子，则身不陷于不义……故当不义则争之。从父之令，又焉得为孝乎。（《谏诤章》）	孝而不谏，不成［孝；谏而不从，亦］不城（成）孝。（《内豊（礼）》）	探讨孝子当对父谏诤，两段文字何其相似，而《孝经》论述更周详。
F	（多处论及，从略）	"言人之父之不能蓄子者，不与言人之子之不孝者；古（故）为人子者，言人之子之不孝者，不与言人之父不能蓄子者。"（《内豊（礼）》）	《内豊（礼）》讨论子孝，议论更深入。

今按，上博简（四）《内豊（礼）》论"孝"言论较为集中，整理者李朝远先生以为此篇或与《礼记·内则》有关，存有曾子论"孝"言论，与《孝经》有一致性。王锷先生以为《内则》当成书于战国中期。① 结合碳14对竹简的测定结果，马承源先生等整理者推断，上博简出土于战国中期偏晚（大约楚国迁都郢都之前）楚国贵族墓葬中，其文献成书年代下限当早于墓葬年代。② 故《内豊（礼）》等当成书于战国中期或早期。上列附表4材料B中，《孝经》讲"病致其忧"，《内豊（礼）》则讲多方面依礼而行以致其忧、成其孝。《内豊（礼）》当是思想更成熟阶段的阐释之作，对《孝经》言论踵事增华、有所发展。材料C中，《孝经》论孝子以己行使双亲安居其所，语言简洁、论旨宏远；《内豊（礼）》具体讲孝子当灵活应对衣食之变，③使双亲安居；《弟子问》、《三德》论述父母最亲、残亲为罪；《孝经》论五刑罪莫大于不孝，不如《三德》直接。则上博简言论论述更精致深入，当为后出文献。材料D中，《内豊（礼）》

---

① 王锷《〈礼记〉成书考》，中华书局2007年3月版，194—198页。
② 参见马承源主编《上海博物馆藏战国楚竹书》（一）前言，上海古籍出版社2001年11月版，2页；杨泽生《战国竹书研究》，中山大学出版社2009年12月版，23页。
③ 如"孝子事父母，以食，恶媵（美）？下之（《内豊（礼）》）"，陈思婷先生以为可与《论语·为政篇》"今之孝者是谓能养，至于犬马，皆能有养；不敬，何以别乎"、"色难。有是弟子服其劳，有酒食先生馔，曾是以为孝乎"比观，并译为"孝子若只是能做到奉养父母，有什么值得称美的呢？这只是孝父母的最低表现罢了"。参见季旭升主编、袁国华协编、陈思婷等合撰《〈上海博物馆藏战国楚竹书（四）〉读本》，万卷楼图书股份有限公司2007年3月版，107—122页。

此段语言比《孝经》更丰赡精致。从某种意义上讲,可视为对后者"乐"、"忧"的具体阐释,《季庚(康)子问与孔子》则可视为对"乐"的变化阐释。《内豊(礼)》"孝而不谏,不成[孝;谏而不从,亦]不城(成)孝。君子孝子,不食若才(灾),腹中考(巧)变,古(故)父母安"一段文字,与《孝经》中"父有争子,则身不陷于不义……故当不义则争之。从父之令,又焉得为孝乎"文字较为接近,而论述更精致深入。则上博简论"孝"文字,应比《孝经》成书晚,其或是在后者基础上的诠释发展。

要之,《孝经》与上博简《内豊(礼)》等篇文字多有相合之处,上博简《内豊(礼)》等篇,或应是《孝经》成书、流传到楚地后,当地学者学习推衍的创作。这也从一个侧面证明:《孝经》的成书时代,当为战国早期。

3. 河北定县八角廊汉墓竹简《儒家者言》亦可作为旁证,帮助我们推测《孝经》成书当早于战国中期(上文已揭与《孝行》相印证者略去)。

1973年,河北定县八角廊40号汉墓出土大批汉代简牍,内容包括《论语》、《儒家者言》、《哀公问五义》、《文子》等。其写本年代当在墓主西汉中山怀王刘修卒年五凤三年(前55)之前。现将《儒家者言》中部分论"孝"言论与《孝经》文字列表如下:

表五 《孝经》、《儒家者言》论"孝"言论对比表

	《孝经》	定县汉简《儒家者言》	说 明
1	身体髮肤,受之父母,不敢毁伤,孝之始也。(《开宗明义章》)	866号简:[身体髮]肤,受之父母。曾子(下阙)	文字重见
2	身体髮肤,受之父母,不敢毁伤,孝之始也。(《开宗明义章》)	1831号简:何谓"身体髮肤,弗敢毁伤?"曰:"乐正子[阙]	显见汉简或为《孝经》注本;尤其值得注意者,汉简出现"乐正子(春)"之名,提示我们《孝经》与乐正子春的渊源关系。
3	身体髮肤,受之父母,不敢毁伤,孝之始也。(《开宗明义章》) 士有诤友,则身不离于令名。父有诤子,则身不陷于不义。(《谏诤章》)	313号简:毁伤。父不子也,士不友也。□□	语义相近,文字重见。

(续表)

	《孝　经》	定县汉简《儒家者言》	说　　明
4	立身行道,扬名于后世,以显父母,孝之终也。(《开宗明义章》)	1199号简:尊荣无忧,子道如此,可胃(谓)孝(乎)?	二者语义相关,汉简仅是变换说法
5	夫孝,德之本也,教之所由生也(《开宗明义章》) 夫孝,天之经也,地之义也(《三才章》)	1845号简:□□[德之本],教之所由。曰:"孝,□[天]经□□[地义](下阙)	汉简当为对《开宗明义章》"夫孝德之本也教之所由生也"的删节;"□经□□"或是"天经地义"(《三才章》"夫孝天之经也地之义也")的删节。
6	生事爱敬,死事哀戚,生民之本尽矣,死生之义备矣,孝子之事亲终矣。(《丧亲章》)	769号简:之且夫[为人子,亲死然后事](下阙)	讨论双亲身后之孝。

论者指出:"866号简的'……肤受诸父母'、1831号简的'身体髪肤弗敢毁伤'即引自《孝经·开宗明义章》的'身体髪肤受之父母弗敢毁伤'一段;1845号简的'教之所由。曰孝'正是《孝经·开宗明义章》'夫孝德之本也教之所由生也'一语的简略。同简的'□经□□'四字,很可能就是'天经地义',即《孝经·三才章》'夫孝天之经也地之义也'的简略,'天经地义'这一成语的使用,或以此为滥觞。所以,从文字结构上看,此章当为《孝经》的传注或解说。"①关于该简的时代和作者,郭沂先生推断:"从思想上看,它与《孝行篇》完全一致,它们都借《孝经》阐释孝道,都特别强调对'受之父母'的'身体髪肤'的爱护。不仅如此,它还直接提到了乐正子春其人。所以可以肯定地说,它是又一篇乐正子春学派的文献。与《吕氏春秋》的《孝行篇》一样,它的成篇时代也很早,非常接近于乐正子春生活的时代,故它也很可能作于乐正子春的弟子或再传弟子。"②我们信从郭先生的结论。前文已

---

① 郭沂《郭店竹简与先秦学术思想》,上海教育出版社2001年2月版,400、387—388页。
② 同上。

述,从1845号简可见,《孝经》的早期面貌,可能《三才章》是与《开宗明义章》相连或相邻近的,后世有所窜乱。

如郭沂先生所言,"从《儒家者言》为《吕氏春秋》收录,而《孝行篇》佚闻又为《儒家者言》所收录的情况看,《孝行篇》其实在《吕氏春秋》成书(即前241)前很久就已存在了,当与乐正子春生活的时代接近。"既然《孝行篇》是对《孝经》的阐释,则《孝经》的产生肯定在《孝行篇》形成之前。乐正子春为曾子弟子,曾子(前505—前432)小孔子55岁。乐正子春即以13岁从曾子问学(《学记》"古者十有三岁使入小学"),也应生于前420年。其授徒称师之年约40岁左右,即前380年;假如他活了70岁而卒,即当前350年,都在战国早期。庄子约生于前369年,卒于前286年。《庄子》成书应在《孝经》成书若干年后。故《孝经》之称"经"当非受《庄子》以"六经"称儒书的影响,而如前所揭仅为截取关键词"孝"、"经"命名。

要之,《孝经》成书应当早于"郭店简"、"上博简"及定县汉简《儒家者言》的文本形成时代,后三者与《孝经》思想有相通之处,虽或带有《孝经》传播过程中因受时代思想及地域影响而带来的部分差异或变化,可能是对《孝经》进行了郑良树先生所讲的"加添、删节、拼凑、浅化等"改写加工,但皆可作旁证,证明《孝经》当成书于战国早期。

(六)从文本的衍生形态即《孝经》早期注本的出现状况看,《孝经》当成书于战国早期。

《四库全书总目提要》云:"蔡邕《明堂论》引魏文侯《孝经传》,《吕览·审微篇》亦引《孝经·诸侯章》,则其来久矣。"① 则魏文侯时《孝经》已经流传。论者因此推论此书当是曾子弟子作于战国初年。② 魏文侯大约于公元前446至前397年在位,即孔子卒后33年即位,其为孔子弟子子夏的弟子,礼贤下士,曾师事卜子夏、田子方、段干木。《吕氏春秋·当染篇》载田子方是孔子弟子子贡的学生,《尊贤篇》载段干木是孔子弟子子夏的学生。《史记·魏世家》云魏文侯曾"受子夏经艺"。田子方曾云,"夫诸侯而骄人则失其家",而今本《孝经》的《天子》、《诸侯》、《卿大夫》、《孝治》、《圣治》等章主旨即为"在上不

---

① 参见(清)纪昀等总纂《钦定四库全书总目》,中华书局1965年6月版,412页。
② 参见张涛《〈孝经〉作者与成书年代考》,载《中国史研究》1996年1期。

骄"。东汉史学家蔡邕(133—192)重实录,其引用魏文侯《孝经传》,应有所据。故蔡邕所引文献应当可信,蔡氏应该了解或学习过魏文侯《孝经传》。

学者或谓子夏不传《孝经》,而其弟子魏文侯"忽然著作《孝经传》,在古代学术传授习惯上是不可能的事"。① 今按,子夏与曾子关系密切,受到曾子影响,亦为情理中事。或谓《汉书·艺文志》不著录《孝经传》,疑其为后人伪托。今按,历代出土简帛古书多有《汉志》不著录者②,不能因《汉志》不载而断其为伪作。故作为孔子再传弟子的魏文侯,完全有可能作《孝经传》。魏文侯作《孝经传》,是《孝经》成书于战国早期的最直接证据。

今存魏文侯《孝经传》佚文,清人王谟、马国翰分别辑得一卷,文字略异。马国翰撰作者小传云:

> 《孝经传》一卷,周魏文侯撰。《史记·魏世家》云:桓子之孙曰文侯都。司马贞《索隐》曰:《系本》桓子生文候斯。两书系代不同,而同称文侯,然则文侯名都,又名斯也。《竹书纪年》:周考王元年,魏文侯立。事迹具《魏世家》。文侯著《孝经传》,汉、隋、唐《志》均不载。惟《汉志》有《杂传》四篇,《文侯传》当在其内。今佚。《后汉书·祭祀志》刘昭补注引之。又《通典》、《旧唐书》颜师古议,亦引《孝经传》,皆说"明堂",是一节文。又《齐民要术》引魏文侯语,亦见《淮南子》。朱氏《经义考》、余氏《古经解钩沈》,并取属《庶人章》"分天之道"句下,兹并据辑。文侯受业于子夏,其得圣门之说必真,而其书亦最古。虞淳熙《孝经通言》谓《孝经》自魏文侯而下至唐宋,传之者百家九十九部二百二卷。虞以文侯《传》为《孝经》之首,盖视颜芝、长孙氏、江翁、后仓,犹

---

① 参见周予同《〈孝经〉新论》,收入朱维铮编《周予同经学史论著选集》,上海人民出版社1983年11月版,487页。

② 即以近期出土、发表简牍文献而论,《上海博物馆藏战国楚竹书》、《清华大学藏战国竹简》所收多有《汉志》未著录者,如《孔子诗论》、《耆夜》等。参见马承源主编《上海博物馆藏战国楚竹书》(一、二、三、四、五、六、七、八、九),上海古籍出版社2001、2002、2003、2004、2005、2007、2008、2011、2012年版;清华大学出土文献研究与保护中心编,李学勤主编《清华大学藏战国竹简》(壹、贰、叁、肆),中西书局2010、2011、2012、2013年版。

为后起。断珪残璧,少而弥珍。①

马氏辑得两条,"子曰:因天之道分地之利"下:

"民春以力耕,夏以镃耘,秋以收敛。"(原注:贾思勰《齐②民要术》之言。)

"宗祀文王于明堂"下:

"大学(今按,王谟《汉魏遗书钞》本后有"者"③)中学明堂之位也","大学(今按,王谟《汉魏遗书钞》本后有"者")中学也,庠言养也。所以养儁德也。舜命夔曰,汝典乐,以教胄子。胄子,国子也。""明堂在国之阳。(《旧唐书》卷二十二颜师古议引《孝经传》)"

孙启治、陈建华《古佚书辑本目录》疑"托名为之"④,然并未举出力证,盖亦揣测之辞。要之,魏文侯《孝经传》佚文的存世,为我们推断《孝经》成书时代,提供了弥足珍贵的文献依据。虽未可谓《孝经传》之必有,然亦无从否定其为必无。则《孝经》应成书于魏文侯时期或稍早的战国早期。

总之,《孝经》当成书于战国早期,该书反映了曾子一派对孔子、曾子论孝思想的继承与发展。

那么,《孝经》的作者,具体应该是谁呢?

二、《孝经》的作者

《孝经》作者是谁?历代学者众说纷纭。我们认为应是曾子弟子乐正子春。

关于《孝经》作者问题,代表性的观点有以下九说:

(一)孔子自撰说

这是最有影响的传统说法。此说始见于司马迁(约前145或前

---

① (清)马国翰《玉函山房辑佚书》卷四十,《续修四库全书·子部·杂家类》,第1202册,上海古籍出版社2002年3月版,579页。

② 今按,清光绪九年娜嬛馆校补本原作"齐"字脱,今补。

③ (清)王谟《汉魏遗书钞·孝经传》,《续修四库全书·子部·杂家类》,第1200册,上海古籍出版社2002年3月版,250页。

④ 孙启治、陈建华《古佚书辑本目录》,中华书局1997年8月版,74页。

135—？)的《史记·仲尼弟子列传》:"曾参,南武城人,字子舆,少孔子四十六岁。孔子以为能通孝道,故授之业,作《孝经》。"①一般认为,司马迁是说,孔子认为曾参能通孝道,故传授其业,并为之作《孝经》。此后,刘歆(？—23)《七略》,班固(32—92)《汉书》都同意司马迁的说法。班固《汉书·艺文志》更明确说:"《孝经》者,孔子为曾子陈孝道也。"②其后郑玄(127—200)《六艺论》也说:"孔子以六艺题目不同,指意殊别,恐道离散,后世莫知根源,故作《孝经》以总会之(引自宋邢昺《孝经正义》)。"另外,《孝经纬·孝经钩命诀》等东汉纬书③、《白虎通德论·五经》、《三国志·蜀书·秦宓传》④、唐代陆德明(约550—630)⑤、宋代邢昺(932—1010)⑥、宋代孙奭(962—1033)⑦、徐彦⑧、清代俞樾(1821—1907)《古书疑义举例》等亦持此说。

宋代已有学者对孔子作《孝经》说提出怀疑。⑨ 朱熹(1130—1200)以为,《孝经》除开头部分属于本经外,后面根本就不是《孝经》

---

① (西汉)司马迁著《史记》,中华书局1982年11月版,2205页。
② (东汉)班固著《汉书》,中华书局1962年6月版,1719页。
③ 如《孝经纬·孝经钩命诀》云:"孔子在庶,德无所施,功无所就,志在春秋,行在孝经。又曰,某以匹夫徒步以治正法,以《春秋》属商,以《孝经》属参。"甚至引孔子的话说"吾志在《春秋》,行在《孝经》。""子曰:吾《孝经》,以素王无爵禄之赏,斧钺之诛,故称明王之道。"《孝经纬·孝经援神契》云:"孔子作《春秋》,制《孝经》,既成,使七十二弟子向北辰磐折而立。"《孝经纬·孝经中契》云:"孔丘作《孝经》,文成而天道立。"参见:李启谦,骆承烈,王式伦编《孔子资料汇编》,《孔子文化大全》本,山东友谊书社1991年4月版,525—526页。
④ "故孔子发愤作春秋,大乎居正,复制《孝经》,广陈德行。"参见(晋)陈寿撰,(南朝宋)裴松之注《三国志》,中华书局1959年12月版,974页。
⑤ "孝经者,孔子为弟子曾参说孝道,因明天子庶人五等之孝、事亲之法。"
⑥ 唐玄宗注,(宋)邢昺疏《孝经注疏》,(清)阮元校刻《十三经注疏》,上海古籍出版社1997年7月版。
⑦ 孙奭云:"夫孝经者,孔子之所述作也。"
⑧ 徐彦云:"孝经者,尊祖爱亲,劝子事父,劝臣事君,理关贵贱,臣子所宜行。故孔子云'行在孝经'也。"参见清朱彝尊撰,林庆彰、蒋秋华、杨晋龙、冯晓庭主编:《经义考新校》,上海古籍出版社2010年12月版,4021—4022页。
⑨ 如司马光云:"孔子与曾参论孝而门人书之,谓之《孝经》。"唐仲友《孝经解自序》云:"孔子为曾参言孝道,门人录之为书,谓之《孝经》。"他们都认为《孝经》为孔子门人而非孔子所作。南宋以后,许多学者倾向于《孝经》是曾参门人所作。如胡宣云:"《孝经》非曾子所自为也,曾子问孝于仲尼,退而与门弟子言之,门弟子类而成书。"晁公武云:"今首章之仲尼居,则非孔子所言矣,当是曾子弟子所为书。"而《朱子语类》云:"《孝经》独篇首六七章为本经。其后皆传文,然皆齐鲁间陋儒纂取《左氏》诸书之语为之。"

内容，而是注释文字，今本《孝经》非但不是孔子所作，且其本身篇章次第亦经后人窜改。

孔子作《孝经》说不妥显见，可略作分析如下：

第一，《孝经》称谓用法与《论语》中孔子对学生直称其名的体例不同。如《孝经》开篇"仲尼居，曾子侍"①，又屡见"子曰"，完全是第三者描述孔子授课的语录体。《论语》中孔子对自己和学生皆称名不称字，即自称"丘"而不会自称"仲尼"，直呼学生"曾参"或"参"而不尊称其"曾子"。这里却不仅称"仲尼"，而且称"曾子"。退一步说，即使"子曰"是孔子言论，也不能断定是孔子所作。如《论语》"子曰"极多，却是出于孔子弟子或再传弟子之手，而非孔子自著。

第二，或说《孝经》称"经"，与文献发展阶段不合。"经"之称始于庄子称《诗》、《书》等为"六经"，庄子（约前369—前286）为战国中期人，"经"之名，孔子时未曾有，故孔子不为《孝经》作者。前文已辨，《孝经》称"经"与后代"经典"义无关，但《孝经》当确非孔子所作。

第三，从思想内容看，《孝经》与孔子思想有不相合之处，而当是对孔子思想的发展。《论语》是可信的孔子资料，论孝19处，②而《孝经》与《论语》中孔子论孝不同或有矛盾处。③ 如王正己《孝经今考》已

---

① 唐玄宗注，(宋) 邢昺疏《孝经注疏》，(清) 阮元校刻《十三经注疏》本，上海古籍出版社1997年7月版，2545页中。

② 《论语》论孝约有19处。孔子认为，"孝"产生于子女对父母之爱的回报。他提倡孝，并认为孝不仅是赡养父母，最重要的是"敬"，"今之孝者，是谓能养。至于犬马，皆能有养。不敬，何以别乎"(《为政》)，只有顺承父母的颜色，才是真正的孝；孝的根本在于行为须合于"礼"，即"生，事之以礼；死，葬之以礼，祭之以礼。""丧事不敢不勉"(《子罕》)，"三年无改于父之道"(《里仁》)；孝在社会生活中作用很大：孔子肯定孝是个人(士)的行为准则，"宗族称孝焉"(《子路》)；"孝"具有维护社会秩序、防止犯上作乱的政治作用；"孝"还能改变民风，劝民尽忠，有教化作用，为治国之本，"君子务本，本立而道生，孝弟也者，其为仁之本与"(《学而》)。参见：《十三经辞典》编纂委员会编《十三经辞典：论语卷》，陕西人民出版社2002年12月版，75、292页。

③ 如《学而》云："三年无改于父之道，可谓孝矣。"《里仁》云："事父母几谏。见志不从，又敬不违，劳而不怨。"即对父母有过要委婉劝止。《子路》云："子为父隐。"而《孝经·谏诤章》以为，儿女应直言规劝君父之过，"故当不义，则不可以不争于父"。

指出的,《孝经》与《论语》在鬼神思想方面也有矛盾之处。①《孝经》九处引诗立论的形式,与孔子《论语》中讨论诗多不引原文的形式不同。故孔子作《孝经》说不足信。

(二) 曾子所录说

由于对文献断句位置的不同理解,有人认为,司马迁《史记·仲尼弟子列传》当断句为"曾参,南武城人……孔子以为能通孝道,故授之业。作《孝经》。死于鲁",应当是讲曾参"作《孝经》"。孔安国(约公元前156至前74年间在世)《古文孝经训传序》云:"曾子躬行匹夫之孝,而未达天子诸侯以下扬名显亲之事,因侍坐而咨问焉。故夫子告其谊,于是曾子喟然知孝之为大也,遂集而录之,名曰《孝经》。"此说两晋后和者渐多,如陶渊明(365—427)、②近人马宗霍等皆持此论。③

此说认为《孝经》是曾子对孔子"孝道"思想的记录和发挥,大概仅依《孝经》字面意义而发,而未顾及古书成书体例及思想差异。仅就用词而言,曾参不可能自称为"曾子"。故曾子所录说亦不可信。

(三) 子思所作说

宋王应麟(1223—1296)、清倪上述等人认为,《孝经》作于子思。如王应麟《困学纪闻》引南宋冯椅语云:"子思作《中庸》,追述其祖之语,乃称字。是书当成于子思之手。"倪氏《孝经勘误辨说》云:"《孝经》,……考之本文,揆诸情事,确为曾氏门人所记,且断与《大学》、《中庸》同出于子思。此三书之中,于仲尼则称字,祖也;于曾子则称子,师也。"

---

① 《孝经》承认鬼神(《感应章》云"孝弟之至,通于神明"),而《论语》不信("子不语怪、力、乱、神")。参见王正己《孝经今考》,载《古史辨》第四册,海南出版社 2005 年 5 月版,105—107 页。

② (晋)陶渊明《卿大夫孝传赞(孔子、孟庄子、颍考叔)》云:"至德要道,莫大于孝,是以曾参受而书之。游、夏之徒,常咨禀焉。"参见(清)严可均辑《全上古三代秦汉三国六朝文·全晋文》,中华书局 1958 年 12 月影印版,2100 页下。

③ 马宗霍云:"综合两书(按指《史记·仲尼弟子列传》、《汉书·艺文志》),当以曾参为先秦《孝经》之编辑者为妥。"参见马宗霍、马巨《经学通论》,中华书局 2011 年 5 月版,193 页。

此说仅从称谓角度讨论，理由单薄。且子思是孔子之孙，生活年代大概为前491年至前409年①，距孔、曾时代较近，思想一致处应较多。而《孝经》实与子思《中庸》②及郭店楚简中子思作品有一定差距。虽近年有学者继续论述此说③，各是其是，然证据亦不够充分，故子思所作说仍存疑。

（四）七十子之徒遗书说

宋代司马光（1019—1086）《古文孝经指解·序》云："故孔子与曾参论孝，而门人书之，谓之《孝经》。"唐仲友《孝经解·自序》："孔子为曾参言孝道，门人录之为书，谓之《孝经》。"清毛奇龄《孝经问》："旧谓《孝经》夫子所作，以授曾子，又谓夫子口授曾子，俱无此事。此仍是春秋、战国间七十子之徒所作，稍后于《论语》，而与《大学》、《中庸》、《孔子闲居》、《仲尼燕居》、《坊记》、《表记》诸篇同时，如出一手。故每说一章，必又引经数语以为证，此篇例也。"④《钦定四库全书总目·孝经提要》云："今观其文，去二戴所录为近，要为七十子之徒之遗书。使河间献王采入一百三十一篇中，则亦《礼记》之一篇。"⑤阮元《石刻〈孝经〉〈论语〉记》云："《孝经》、《论语》，皆孔门弟子所撰。"

此说大概是根据内容作出的揣测，未言立论依据，且所言宽泛，无所定指，亦不可信从。

（五）齐鲁间儒者附会说

清朱彝尊《经义考》引朱熹语，"《孝经》与《尚书》同出孔壁，是后

---

① 考察子思的年龄，孔鲤五十岁而先孔子三年卒，此时子思当不小于十岁，据《史记·鲁周公世家》载，鲁哀公十六年（公元前479）孔子卒，此时子思当十二岁。哀公在位二十七年，其后是悼公三十七年（前466—前429）、元公立二十一年（前428—前408）。《史记·孔子世家》载子思年六十二，前人或谓"六"为"八"字之误，或可信。《孔丛子》记载孔子、子思、子高的内容君有原始数据，当属采辑旧材料加工而成，故其书可采用。参见：黄怀信等《汉晋孔氏家学与"伪书"公案》，厦门大学出版社2011年4月版，5—6页。

② 子思作《中庸》说，详见王锷《〈礼记〉成书考》，中华书局2007年3月版，65—70页。

③ 参见彭林《子思作〈孝经〉说新论》，载《中国哲学史》2000年第3期。

④ （清）毛奇龄《孝经问》，《续经解四书类汇编（一）》，艺文印书馆1986年版，577页。

⑤ （清）纪昀等总纂《钦定四库全书总目》，中华书局1965年6月版，413页。

人缀辑。程沙随说：'向时汪端明亦疑此书是后人伪为者'。""《孝经》独篇首六七章为本经，其后乃传文，然皆齐鲁间陋儒纂取《左氏》诸书之语为之。至有全然不成文理处，传者又颇失其次第。"①此处将朱熹"为之"所指对象理解为《孝经》"本经、传文"，则《孝经》为齐鲁间儒者附会。明代朱鸿云："《古文孝经》二十二章，《今文孝经》十八章，齐鲁间记者亦各以其意而记之。"②

此说扩大了作者范围，时代不定，实据难寻，很难取信。

（六）孟子门人所著说

清人陈澧说："《孟子》七篇中，与《孝经》相发明者甚多。"③近人王正己亦认为《孝经》是孟子门人所作。④

从《孝经》思想内容考察，此说缺乏足够证据。即使孟子与《孝经》思想具有某些相同之处，原因颇多，很可能是孟子受到《孝经》思想的影响。断《孝经》作者为孟子门人，难以服人。

（七）汉儒所作说

宋代学者疑经风气盛行，学者亦曾怀疑《孝经》为汉儒所著。清代姚际恒（1647—约1715）《古今伪书考》云："是书来历出于汉儒。不惟非孔子作，并非周、秦之言也。……勘其文义，绝类戴《记》中诸篇，如《曾子问》、《哀公问》、《仲尼燕居》、《仲尼闲居》之类，同为汉儒之作。"⑤此说

---

① （清）朱彝尊撰，林庆彰、蒋秋华、杨晋龙、冯晓庭主编：《经义考新校》，上海古籍出版社2010年12月版，4022—4023页。朱熹《孝经刊误自记》云，"熹旧见衡山胡侍郎《论语说》，疑《孝经》引《诗》，非经本文。初甚骇焉，徐而察之，始悟胡公之言为信，而《孝经》之可疑者不但此也。""程答书曰：顷见玉山汪端明，亦以此书多出后人附会。"

② 参见（清）朱彝尊撰，林庆彰、蒋秋华、杨晋龙、冯晓庭主编《经义考新校》，上海古籍出版社2010年12月版，4024页。

③ （清）陈澧《东塾读书记》卷一，生活·读书·新知三联书店1998年6月版。

④ 王正己云："这派人（今按，指朱鸿、朱熹等人）的说法，确实比较前人精明，不过朱子说是齐鲁间陋儒所为，我以为这话太暧昧，不如说是孟子门人所著。""《孝经》的内容，很接近孟子的思想，所以《孝经》大概可以断定是孟子门弟子所著的。"参见：王著《孝经今考》，载于《古史辨》，第四册，海南出版社2005年5月版，109—111页。

⑤ （清）姚际恒著，顾颉刚校点《古今伪书考》，顾颉刚主编《古籍考辨丛刊》第一集，社会科学文献出版社2009年1月版，217—218页。蔡汝堃对此说作了详细论证，参见蔡著《孝经通考》，商务印书馆1967年4月版。

近代以来广为人们所接受，梁启超①、胡适(1891—1962)、蒋伯潜(1892—1956)、顾颉刚(1893—1980)②、杨伯峻(1909—1992)③、任继愈(1916—2009)④、沈善洪、王凤贤⑤、许道勋、徐洪兴⑥等先生，均持此说。

《孝经》原文已被《吕氏春秋》的《孝行》、《察微》等篇引用，蔡邕《明堂论》、贾思勰《齐民要术》亦引魏文侯《孝经传》文字，⑦可见《孝经》绝非汉代儒者伪造，《孝经》成书于汉儒之手的说法不合史实，不能成立。此外，如前所论，1993年出土的郭店简、⑧1994年入藏上海

---

① 梁启超云："如《孝经》一书，不惟不是孔门著作，而且不是先秦遗书。乃汉儒抄袭《左传》，益以己见，哈希而成。"参见：梁著《饮冰室合集·饮冰室专集之一百四·古书真伪及其年代》，第12册，中华书局1989年版，第25页；又云："《孝经》自汉以来，已与《论语》平视，今且列为十三经之一，共传'孔子志在《春秋》，行在《孝经》。'以为孔子手著书即此两种。其实此二语出自纬书，纯属汉人附会。……其书发端云'仲尼居，曾子侍'，安有孔子著书而自称谓耶。"参见梁著《要籍解题及其读法》，《饮冰室合集》第9册《饮冰室专集》之七十二，中华书局1989年3月版，11页。

② 顾颉刚先生云："《论语》、《孝经》在《汉书·艺文志》中附列于六经之后，《论语》系孔子再传弟子所作，而《孝经》则为秦、汉间人所作。"参见：顾著《顾颉刚全集·顾颉刚古史论文集卷七·上古史研究》，中华书局2011年1月版，299页；又云："儒家最重孝道，而孔子弟子中以曾参的孝最为有名，所以不知何时何人作了一部《孝经》，说是孔子教给曾参的。……惟独这《孝经》的'经'字是离不开'孝'字的，分明出在经的名词已得了崇高的地位之后。因为这是一个小本子，容易念，而且受了君主的提倡，风向天下，所以汉人对这部书非常信仰。"可见顾先生的意思是《孝经》或当作于汉代。参见顾著《秦汉的方士与儒生》，《顾颉刚全集·顾颉刚古史论文集卷二》，中华书局2011年1月版，511页。

③ 文史知识编辑部编《经书浅谈·孝经》，中华书局2005年6月版，113页。

④ 任继愈先生云："秦汉之际思想战线上的斗争，主要表现在建立什么样的封建专制国家的问题。《大学》、《中庸》、《孝经》等著作表现了地主阶级对封建统一政权的各种理论上的探索。""《孝经》把地主阶级规定的封建宗法社会关系，说成天地的秩序，说成天经地义，把家庭的孝与对地主阶级统治者的忠联系起来；把孝说成可感动天地神明的最高道德，等等。这些思想，在不同程度上，也为后来董仲舒的哲学体系，神学目的论提供了思想前提。"参见任继愈主编《中国哲学史》，人民出版社1996年4月版，10、25—28页。

⑤ 沈善洪、王凤贤《中国伦理思想史》，人民出版社2005年12月版。

⑥ "马王堆帛书出土后，当代学者通过考古资料与文献相印证，认为《孝经》是曾子一系儒家的作品，成书于战国时期。"参见许道勋、徐洪兴《中国经学史》，上海人民出版社2006年10月版，368页。

⑦ （清）马国翰《玉函山房辑佚书》四十卷，《续修四库全书·子部·杂家类》，第1202册，上海古籍出版社2002年3月版，579页。

⑧ 参本文表三《〈孝经〉与郭店简论"孝"言论对比表》。

博物馆的上博简,亦有与《孝经》文字接近者,①可作旁证证明此说不确。

(八) 折中说

亦有学者提出折中的说法,如《孝经》"非出于一人一时"说;"逐渐成书"说;古文《孝经》出自先秦,今文《孝经》成于西汉说;《孝经》"为七十子后学者之遗书。其出稍后于《论语》,而制作本意自孔子,则谓孔子作亦可"说②;《孝经》是孔子讲述、曾子及其门徒整理,"师弟相传","孔子、曾子和他的学生(或学生的学生)都是《孝经》的作者"说③,等等。这类说法均从某一角度反映了探讨《孝经》作者的理论成果,惟过于宽泛,所指不定,有难以圆通处。故折中说笔者亦不从。

(九) 曾子弟子编录说

宋人胡寅(1098—1156)以为《孝经》是曾子门人编录。清朱彝尊(1629—1709)《经义考》引胡寅说云:"《孝经》非曾子所自为也。曾子问孝于仲尼,退而与门弟子言之,门弟子类而成书。"④宋人晁公武云:"详其文义,当是曾子弟子所为书也。"⑤朱熹云:"(《孝经》)夫子、曾子问答之言,而曾子门人之所记也。"⑥清人龚自珍云:"《孝经》者,曾子以后支流苗裔之书,平易泛滥,无大疵,无闳意眇指,如置之二戴所录中,与《坊记》、《缁衣》、《孔子闲居》、《曾子天圆》比,非《中庸》、《祭义》、《礼运》之伦也。"⑦崔述云:"《孝经》十八篇中多孔子与曾子问答之语,然则是曾子之门人笔之于书耳,非孔子所自为书也。"⑧

---

① 参本文表四《〈孝经〉与上博简论孝言论对比表》。
② 吴承仕《经典释文叙录疏证》,中华书局1984年3月版,133页。
③ 胡平生《孝经译注·〈孝经〉是怎样的一本书》,中华书局1996年8月版,4页。
④ 参见(清)朱彝尊撰,林庆彰、蒋秋华、杨晋龙、冯晓庭主编《经义考新校》,上海古籍出版社2010年12月版,4023页。
⑤ (南宋)晁公武著,孙猛校证《郡斋读书志校证》,上海古籍出版社1990年10月版,125页。
⑥ (南宋)朱熹《孝经刊误》,《丛书集成初编·古文孝经(及其他三种)》,第0728册,中华书局1991年版,1页。
⑦ 参见顾颉刚著《经学通论讲义·第一讲参考数据之五龚自珍六经正名》,《顾颉刚全集·顾颉刚古史论文集》卷七,中华书局2011年1月版,493页。
⑧ 《崔述考辨古籍语》,顾颉刚主编,王煦华整理《古籍考辨丛刊》(第二集),社会科学文献出版社2009年1月版,192页。

值得注意的是,徐复观先生早年曾认为"《孝经》系出于武帝末昭帝时代的伪造",后来"深以为非"而改变其观点:"《孝经》可能由曾子的再传或三传弟子所造出来,以应战国时代,平民开始由有姓氏而有宗族,有宗族而需要有精神纽带的要求所发展出来。"①以上诸家皆认为《孝经》当为曾子弟子所作。

此说较允当,笔者颇为认同。沈玉成先生在讨论《史记》记载《左传》作者为左丘明时云:"在没有强有力的反证之前,怀疑始终只能是怀疑,对于成说还需要尊重。这应该是处理文献数据中的一条基本原则。"②笔者亦认同沈先生所指出的这一原则,并具体确认《孝经》的作者当为曾子的弟子乐正子春。理由如下:

首先,从先秦古书成书体例看,《孝经》作者当为曾子弟子。

余嘉锡先生指出"(周秦)古书多不题撰人"③。如司马迁云"西伯拘而演周易",而《易·系辞传》曰"作《易》者,其有忧患乎",并未明指作者。盖古书不题撰人,后世读者揣测某书作者为某人而妄增作者,实则未必可坐实。而古书不题作者者史书多有。如《史记·老庄申韩列传》载:"秦王见《孤愤》、《五蠹》之书,曰:'嗟乎!寡人得见此人与游,死不恨矣。'"则始皇所见韩非之书未题作者姓名。《史记·司马相如列传》载汉武帝读同时代人司马相如的《子虚赋》而感慨"独不得与此人同时",可见甚至汉代亦有著作不题作者的。

先秦汉初许多著作的成书过程时间很长,多讲究"家"、"家法",其实是学派集体创作的产物。余嘉锡先生云:"盖古人著书,不自署姓名,惟师师相传,知其学出于某氏,遂书以题之……即其称为某氏者,或出自其人手著,或门弟子始著竹帛,或后师有所附益,但能不失家法,即为某氏之学。"④其《四库提要辨证·管子》云:"向、歆、班固条别诸子,分为九流十家。而其间一人之书又自为一家,合若干家之书而为某家者流。明乎其所谓家者,不必是一人之著述也(家者合父子

---

① 徐复观《徐复观论经学史两种》,上海书店出版社 2005 年 1 月版,133 页。
② 沈玉成、刘宁《春秋左传学史稿》,江苏古籍出版社 1992 年 6 月版,81—82 页。
③ 余嘉锡《余嘉锡说文献学·古书通例》,上海古籍出版社 2001 年 3 月版,178—187 页。
④ 同上,182 页。

师弟言之)。父传之子,师传之弟,则谓之家法。"则古人著书,皆不自题姓名,只依照家法师弟相传。推断其学出于某人,即署其名。汉代称某书为某氏所作,其实作者不定:或者某氏即某书之著者,或者是门人弟子编纂而成,或者再传弟子有所增益甚至批判而成。诚如章学诚(1738—1801)云:"古初无著述,而战国始以竹帛代口耳。""皆是后人缀辑。""古人先有口耳之授,而后著之竹帛焉。"①严可均(1762—1843)云:"先秦诸子,皆门弟子或宾客或子孙撰定,不必手著。"先秦汉初古书多为弟子门人最后编定成书,而仍可谓属于某家,或题学派开创者姓名为作者。

古书成书是一个累积过程,某书成书可谓成于众手,不出一时;今传先秦汉初著作作者姓名多为后人增加,书亦多非本人自著。余嘉锡先生批评后人不明成书体例而妄疑古书伪作时说,若以东汉以后人必欲自显姓名的著书体例来考察先秦汉初古书,"必求其人以实之,又从而辨其某书非某人所撰。此乃执曹公之律令以案肃慎氏之不贡楛矢,先零之盗苏武牛羊也"②。《隋志》以后,古书题名某人撰者,多将传其学之人当作著书之人,其实是将思想原创者(学派开创者)与文本整理编定者(门人弟子"著之竹帛"者)等同了起来,而这一观念越来越为大众所接受。

要之,古人并无今人这般明确的著作权意识。今天我们所讨论的《孝经》作者,应是指其文本的整理编定者,而非学派开创者或中间传承者。《孝经》论孝与《论语》、《曾子》论孝的抵牾之处,也可从古人著述体例中得到解释。门人弟子尊其师说,传述家法,必有所增益、发展、变革。《孝经》文中称曾参为曾子,如果是假托而非实录,假托者也当为曾子弟子。由此看来,《孝经》作者(整理编定者)当为战国初期的曾子弟子。

其次,从思想内容考察,曾子以重孝著名,而《孝经》集中阐发了儒家孝的思想,应是弟子在学习曾子相关文献基础上发展而来的论孝专著。

---

① (清)章学诚著,叶瑛校注《文史通义校注》,中华书局1994年3月版,62—63、172页。
② 余嘉锡《余嘉锡说文献学·古书通例》,上海古籍出版社2001年3月版,187页。

梁涛先生指出，①《孝经》与《礼记》中以"曾子"名篇的曾子文献在文句、思想上多有契合之处。《孝经》应是弟子对曾子孝道思想的阐述与发展。②《公羊传·昭公十九年》何休注："乐正子春，曾子弟子，以名孝闻。"③《韩非子》所论"儒分为八"有"乐正氏之儒"，应是指曾独立创派、影响巨大的乐正子春，该派应有其著作。据《大戴礼记·曾子大孝》及《礼记·祭义》、《吕氏春秋·孝行篇》载，乐正子春下堂伤足自责之事，云"吾闻之曾子，曾子闻之仲尼：'父母全而生之，子全而归之，不亏其身，不损其形，可谓孝矣。'君子无行咫尺而忘之。余忘孝道，是以忧。"④认为损伤身体是对父母的不孝。这与《孝经》首章《开宗明义章》"身体发肤，受之父母，不敢毁伤，孝之始也"的思想相一致，可为我们的推论提供有力佐证。曾子学派参与过《左传》传授⑤，《孝经》与《左传》有内容重合处⑥，作者应熟悉《左传》⑦，故创作《孝经》时或引用《左传》文字，或与《左传》一起受到过某类文献的影响。可见，《孝经》作为论孝专著，确应成于曾子门人之手，如论者明

---

① 参见梁涛《郭店竹简与思孟学派》，中国人民大学出版社 2008 年 5 月版，478—480 页。

② 如《孝经·开宗明义章》说："夫孝，德之本也，教之所由生。"而《曾子大孝》说："民之本教曰孝"，二者极其相似。《孝经·开宗明义章》说："身体发肤，受之父母，不敢毁伤。"《曾子大孝》则说："身者，亲之遗体也。行亲之遗体，敢不敬乎？"《孝经·三才章》说："夫孝，天之经也，地之义也，民之行也。"而《曾子大孝》说："夫孝者，天下之大经也。"《孝经·圣治章》说："子曰：天地之性，惟人为贵。"《曾子大孝》说："天之所生，地之所养，人为大矣。"

③ (东汉)何休注，(唐)徐彦疏《春秋公羊传注疏》，(清)阮元校刻《十三经注疏》，上海古籍出版社 1997 年 7 月版，2324 页。

④ 参见方向东《大戴礼记汇校集解》，中华书局 2008 年 7 月版，511—512 页；(清)阮元校刻《十三经注疏》，上海古籍出版社 1997 年 7 月版，1599 页；许维遹撰《吕氏春秋集释》，中华书局 2009 年 9 月版，309 页。

⑤ 参见(唐)孔颖达《春秋左传注疏》卷一《春秋左传序·疏》引，(清)阮元校刻《十三经注疏》，上海古籍出版社 1997 年 7 月版。

⑥《孝经》与《左传》内容相合之处多见，如《左传·昭公二十五年》："夫礼，天之经也，地之义也，民之行也。"《孝经·三才章》引用此段，仅将"礼"字改为"孝"字。又《左传·宣公十三年》"进思尽忠，退思补过"，《孝经·事君章》照抄。又《左传·襄公三十一年》"进退可度，周旋可则，容止可观"等语，《孝经·圣治章》改为："作事可法，容止可观，进退可度"。《左传·文公十八年》"不度于善，而皆在于凶德"，《孝经·圣治章》仅改"度"为"在"，等等。

⑦ 据刘向《别录》记述《左传》的传授，左丘明授曾子之子曾申，曾申授予吴起。参见梁涛《郭店竹简与思孟学派》，中国人民大学出版社 2008 年 5 月版，479 页。

确指出的,《孝经》应成书于曾子弟子乐正子春一派之手①。

第三,多种早期文献可以证明,曾子弟子乐正子春继承、传播了曾子论孝思想,具有编撰《孝经》的充分条件。

黄开国先生曾列举了五方面的史料,证明乐正子春是曾子弟子所形成的孝道派的代表人物。② 一是,《礼记·檀弓》载曾子病重时乐正子春侍疾在侧,其在曾门中地位居于首席,云:③"曾子寝疾,病。乐正子春坐于床下,曾元、曾申坐于足,童子隅坐而执烛。"乐正子春是弟子中唯一守护曾子者,且排名在曾子之子曾元、曾申之前,可见其在曾门地位特殊,异常重要。二是,乐正子春行孝与其师曾子类似,具有孝道的典型实践活动。如,曾子有父死之后"执亲之丧,水浆不入口者七日"(《礼记·学统》)的孝行,而乐正子春亦有"母死,五日而不食"(《礼记·檀弓》)之孝行;《论语·泰伯》载,曾子临终时小心翼翼地检查身体是否毁伤:

> 曾子有疾,召门弟子曰:"启予足!启予手!《诗》云:'战战兢兢,如临深渊,如履薄冰。'而今而后,吾知免夫!小子!"

"行父母之遗体,敢不敬乎"(《礼记·祭义》),而《礼记·祭义》则记述了乐正子春伤足后数月不出、自责忘孝之事:④

> 乐正子春下堂而伤其足,数月不出,犹有忧色。门弟子曰:"夫子之足瘳矣,数月不出,犹有忧色,何也?"乐正子春曰:"善如尔之问也!善如尔之问也!吾闻诸曾子,曾子闻诸夫子曰:'天之所生,地之所养,无人为大。父母全而生之,子全而归之,可谓孝矣。不亏其体,不辱其身,可谓全矣。故君子顷步而弗敢忘孝

---

① 如孙筱《孝经小考》,见孙著《心斋问学集》,团结出版社1993年1月版,95页;郭沂《〈孝经〉新辨》,见郭著《郭店竹简与先秦学术思想》,上海教育出版社2001年2月版,380—389页;胡平生《孝经译注》,中华书局1996年8月版,8页。
② 黄开国《论儒家孝道派与孝治派的区别》,载《哲学研究》2003年第3期,46—52页。
③ (东汉)郑玄注,(唐)孔颖达等正义《礼记正义》,(清)阮元校刻《十三经注疏》,上海古籍出版社1997年7月版,1277页下。
④ (东汉)郑玄注,(唐)孔颖达等正义《礼记正义》,(清)阮元校刻《十三经注疏》,上海古籍出版社1997年7月版,1599页上、中;杨天宇《礼记译注》,上海古籍出版社1997年4月版,818页。标点参考杨天宇先生书,略有改动。

> 也。'今予忘孝之道,予是以有忧色也。壹举足而不敢忘父母,是故道而不径,舟而不游,不敢以先父母之遗体行殆。壹出言而不敢忘父母,是故恶言不出于口,忿言不反于身。不辱其身,不羞其亲,可谓孝矣。"

这里乐正子春的孝行与其师孝行极其相似,如出一辙。而乐正子春并且结合自身行事,对乃师曾子闻自儒家宗师孔子的论孝言论进行了阐释与发展,论孝的维度更为全面、细致,也更为具体化了。显然,乐正子春有编撰《孝经》的行为基础。三是,《礼记》①、《大戴礼记》等书中载乐正子春常以曾子嫡传自居,讨论孝道时常云"吾闻诸曾子,曾子闻诸夫子",以此突出自己论孝思想的权威性与渊源有自,这一点,与《孝经》通篇记录孔子为曾子论孝的言论颇为相近。乐正子春伤足不出自我反省之事,亦见载于《大戴礼记·曾子大孝》及《吕氏春秋》。② 一段史事而见载于三种典籍,这是典型的先秦文献"同文并收"现象。可见此事当时广为传布,其事当有事实依据,而非虚饰。四是,《大戴礼记·曾子大孝》本应只记载曾子之事,却记载了乐正子

---

① 即前引《礼记祭义》载"乐正子春下堂而伤其足,数月不出,独有忧色"章。

② 后两书文字略有变化,如《大戴礼记》其文为:"乐正子春下堂而伤其足,伤瘳,数月不出,独有忧色。门弟子问曰:'夫子伤足瘳矣,数月不出,犹有忧色,何也?'乐正子春曰:'善!如尔之问也!吾闻之曾子,曾子闻诸夫子曰:"天之所生,地之所养,人为大矣。父母全而生之,子全而归之,可谓孝矣。不亏其体,可谓全矣。故君子顷步之不敢忘也。"今予忘夫孝之道矣,予是以有忧色。故君子一举足不敢忘父母,一出言不敢忘父母。一举足不敢忘父母,故道而不径,舟而不游,不敢以先父母之遗体行殆也。一出言不敢忘父母,是故恶言不出于口,忿言不及于己。然后不辱其身,不忧其亲,则可谓孝矣。"按,引文加点部分,为《大戴礼记》在《礼记·祭义》相应章节基础上增加或替换的字句。参见方向东《大戴礼记汇校集解》,中华书局 2008 年 7 月版,511—512 页。《吕氏春秋》其文为:"乐正子春下堂而伤足,瘳而数月不出,犹有忧色。门人问之曰:'夫子下堂而伤足,瘳而数月不出,犹有忧色,敢问故?'乐正子春曰:'善乎而问之!吾闻之曾子,曾子闻之仲尼:父母全而生之,子全而归之,不亏其身,不损其形,可谓孝矣。君子无行咫步而忘之。余忘孝道,是以忧。'故曰,身者非其私有也,严亲之遗躬也。民之本教曰孝,其行孝曰养。养可能也,敬为难;敬可能也,安为难;安可能也,卒为难。父母既没,敬行其身,无遗父母恶名,可谓能终矣。仁者,仁此者也;礼者,履此者也;义者,宜此者也;信者,信此者也;强者,强此者也。乐自顺此生也,刑自逆此作也。"按,引文加点部分,为《吕氏春秋》在《礼记·祭义》相应章节基础上增加或替换的字句。显然,《吕氏春秋》节录《礼记》原文,并补充了阐释内容。参见许维遹撰,梁运华整理《吕氏春秋集释》,中华书局 2009 年 9 月版,309 页。

春伤足不乐之事，且将其置于曾子论孝言论之后，《曾子大孝》或《大戴礼记》的作者或编者，显然是以这种著录方式，来突出曾子与乐正子春之间的师徒承继关联，以及乐正子春在孝行、孝论方面的典型意义。五是，《春秋公羊传·昭公十九年》"冬，葬许悼公"条讥讽许世子止未尽子道，以乐正子春的孝行作为标准来进行评判：

> 贼未讨，何以书葬？不成于弑也。何为不成于弑？止进药而药杀也。止进药而药杀，则曷为加弑焉尔？讥子道之不尽也。其讥子道之不尽奈何？曰："乐正子春之视疾也，复加一饭，则脱然愈；复损一饭，则脱然愈；复加一衣，则脱然愈；复损一衣，则脱然愈。"止进药而药杀，是以君子加弑焉尔。曰"许世子止弑其君买"，是君子之听止也；"葬许悼公"，是君子之赦止也。赦止者，免止之罪辞也。

说明战国时人们已经将乐正子春视为大孝的楷模，甚至作为孝行的尺度来衡量历史人物或进行史书撰着。可见，作为孝道派代表人物的乐正子春，在曾门具有正宗嫡传的特殊地位。

《韩非子·显学篇》提到孔子以后儒分为八，其一是乐正氏之儒。陈奇猷先生《韩非子集释》认为是指曾子弟子乐正子春。其说可从，乐正氏之儒当为儒家孝道派的代表人物乐正子春。《大戴礼记》中有8篇托名曾子的著作，其中《曾子本孝》、《曾子立孝》、《曾子大孝》、《曾子事父母》连续4篇皆有论孝言论。《曾子事父母》当为单居离的弟子所记，可能并非乐正子春一派的著作。其余三篇均托名曾子论孝，应出自同一学派之手。此三文可分两部分：前面绝大部分为曾子论孝言论，末段记乐正子春伤足之事。此三篇文章可看作乐正子春的孝道理论，亦可见出乐正子春在传播孝道过程中的重要地位。

要之，作为曾门大弟子，乐正子春既有典型可寻的孝行，又有明文记载的孝论；既被时人作为曾子论孝思想的当然继承者，又被后人（包括史官）视为大孝的楷模与道德评判的尺度，因而具有集中撰着孔门孝道思想的思想基础与实践依据。可以推断，乐正子春应当是总结孔门孝道理论、进行总结式著述（即编撰《孝经》）的最佳人选。

此外，战国儒家简帛文献（如前揭定县汉简、郭店简、上博简等）的出土，也为《孝经》作者当为曾子弟子提供了旁证。

定县汉简《儒家者言》①、郭店简、上博简等儒家文献的先后出土发表,为我们重新认识《孝经》作者及成书时代提供了坚实的旁证。简牍整理者认为,《儒家者言》是一部早于《吕氏春秋》的先秦古书,因其论孝文字见引于《吕氏春秋·孝行篇》。立足于出土文献与传世文献的对比研究,有学者确认《孝经》为战国初期曾子一系儒家的作品。②

现将《儒家者言》与《孝行篇》相关内容列表如下:

表六 定县汉简《儒家者言》与《吕氏春秋·孝行》论"孝"文字对比表

	定县汉简《儒家者言》	《吕氏春秋·孝行》	说　明
1	999号简:故人主孝,则名[章荣,下服听]	人主孝,则名章荣,下服听,	文字全同
2	1840号简:天下[誉矣。人臣孝],则事君忠,处[官廉]	天下誉。人臣孝,则事君忠,处官廉,临难死。曾子曰:父母生之,子不敢杀,	文字全同
3	1842号简:[父母]置之,子不敢撅也。父母[全]之,子不敢[阙]。	父母置之,子不敢废;父母全之,子弗敢阙。乐正子春曰:吾闻之曾子,曾子闻之仲尼:	文字大体相同,后者仅变换动词、副词
4	1848号简:父母全而生之	父母全而生之,子全而归之,不亏其身。	文字全同

前文已论及《孝经》当成书于《儒家者言》之前。现由上表可见,定县汉简《儒家者言》999号简、1840号简、1848号简内容文字完全被《吕氏春秋·孝行》所继承,而后者文字更为繁复;1842号简的内容到《孝行》时,文字略有变化而内容大体相同。故汉简《儒家者言》当产生较早,而为后者之原型。而《孝行》"笃谨孝道,先王之所以治天下也。故爱其亲,不敢恶人;敬其亲不敢慢于人。爱敬尽于事亲,光耀加于百姓,究于四海,此天子之孝也",与《孝经·天子章》"子曰:爱亲者,不敢恶于人;敬亲者,不敢慢于人。爱敬尽于事亲,而德教加于百

---

① 定县汉墓竹简整理组《儒家者言释文》,载《文物》1981年8期。
② 参见李学勤《帛书五行与尚书洪范》,载《学术月刊》1986年11期;郭沂《郭店竹简与先秦学术思想》,上海教育出版社2001年2月版,370—407页;梁涛《郭店竹简与思孟学派》,中国人民大学出版社2008年5月版,468—508页。

姓，刑于四海。盖天子之孝也"大体相同。《孝行》"曾子曰：身者，父母之遗体也。行父母之遗体，敢不敬乎"、"《商书》曰：刑三百，罪莫重于不孝"、"能全支体，以守宗庙，可谓孝矣"、"父母全而生之，子全而归之，不亏其身，不损其形，可谓孝矣"，①与《孝经》"身体发肤，受之父母，不敢毁伤，孝之始也"、"五刑之属三千，罪莫大于不孝"等内容相近。陈奇猷《吕氏春秋集释》云："然则乐正子春传曾子之学而自成一派。考《韩非子·显学》谓'自孔子死后，儒分为八，有乐正氏之儒'，尤为先秦确有乐正子春学派存在之明证。据此，则此篇实系儒家乐正子春学派之言也。"则《孝行》应是对《孝经》的阐述或是其早期传注②，而汉简《儒家者言》保存了《孝经》的传注文字。三者的时代早晚关系应为：《孝经》→《儒家者言》→《孝行》。郭沂先生所言应当可信③：汉简《儒家者言》二十二章应是《孝行》的文献来源，而二者的共同来源，当是成书于战国早期曾子弟子乐正子春之手的《孝经》。

要之，《孝经》的作者即整理编定者④，应当为战国早期的曾子弟子乐正子春。

三、《孝经》的版本流传

《孝经》版本有今、古文两个系统，《汉书·艺文志》皆有著录。

今文《孝经》十八章，传说秦焚书时由河间人颜芝所藏，其子颜贞将此书献给河间献王。后由长孙氏等五家传授，各有名家。《隋书·经籍志》载："至刘向典校经籍，以颜本比古本，除其繁惑，以十八为定。郑众、马融并为之注，又有郑氏注相传。"刘向整理《孝经》，定其为十八篇，基本以今文为依据，亦参校了古文内容。东汉郑玄（一说郑小同）曾为刘向整理的通行本作注。古文《孝经》二十二章，传说

---

① 许维遹撰，梁运华整理《吕氏春秋集释》，中华书局2009年8月版，307—309页。
② 何直刚《儒家者言略说》，载《文物》1981年8期。
③ 郭沂《郭店竹简与先秦学术思想》，上海教育出版社2001年2月版，384—388页；
④ 虽然有些文献编纂成书后可能托名为本学派的创立者，如郑良树先生所指出的，"有些子书恐怕是多次、多人、多时及多地才结集而成。换句话说，有些子书恐怕不是一人之作，而是一个学派的集体作品"，但本文认同文献的作者为文献的整理编定成书者。参见郑良树《诸子著作年代考》，北京图书馆出版社2001年9月版，276页。

为汉武帝时鲁恭王拆孔子故宅时所得，用战国科斗文写成，孔安国尝为之作《传》。古文《孝经》流传略微复杂一些。汉代今、古文《孝经》一并流行。魏晋南北朝时期，两个版本的《孝经》及郑《注》、孔《传》同时流行。唐代玄宗以今文为主两注《孝经》并颁行天下，孔《传》、郑《注》渐渐消亡。宋真宗咸平三年(1000)，诏命邢昺为唐玄宗《孝经注》作疏，此注、疏后均被收入《十三经注疏》，成为儒家经学的正统。

具体而言，《孝经》版本可分为以下七种系统：

（一）今文本《孝经》

汉代《孝经》是从颜芝开始流传的。颜芝所藏之本用何种字体书写(小篆、隶书、还是古文书写?)今已不详。《汉书·艺文志》著录"《孝经》一篇十八章"，此即汉代今文本，用汉代通用文字书写。唐陆德明《经典释文·序录》①及《隋书·经籍志》说，秦时焚书，《孝经》为河间颜芝所藏。汉初，其子颜贞献出，凡十八章。《汉书·艺文志》云："《孝经》一篇，十八章。长孙氏、江氏、后氏、翼氏四家。"其小叙又云："汉兴，长孙氏、博士江翁、少府后仓、谏大夫翼奉、安昌侯张禹传之，各自名家，经文皆同，唯孔氏壁中古文为异。'父母生之，续莫大焉'，'故亲生之膝下'，诸家说皆不安处，古文字读皆异。"②今文四家同出颜氏，故经文皆同，同为十八章。自发现孔氏壁中所藏战国文字(古文字)《孝经》后，汉初流传的此本遂被称为《今文孝经》。

《隋书·经籍志》载，西汉刘向奉命校定《孝经》，"以颜本比古本"，以《今文孝经》为底本并参照《古文孝经》，进行了改动。刘向校勘后作为定本上呈汉成帝的《孝经》，可称作今本《孝经》，③它是今古文《孝经》的合编本，基本保存了《今文孝经》的原貌，故其问世后，《今文孝经》渐渐不复流传。

---

① 云："河间人颜芝为秦禁，藏之。汉氏尊学，芝之子贞出之，是为今文。长孙氏、博士江翁、少府后仓、谏大夫翼奉、安昌侯张禹传之，各自名家。凡十八章。"（唐）陆德明撰，黄焯汇校，黄延祖重辑《经典释文汇校》，中华书局2006年7月版，24页。

② （东汉）班固著《汉书·艺文志》，中华书局1962年6月版，1719页。

③ 周予同先生称为今文《孝经》的第一次改订本。参见周予同著，朱维铮编《周予同经学史论著选集》，上海人民出版社1983年11月版，276页。

东汉末,相传郑玄(或谓郑小同)注今文《孝经》十八章出现。① 郑氏注本流行于魏晋南北朝、隋朝及唐初(今存敦煌本郑玄《孝经注》)。② 开元七年(719),唐玄宗下令诸儒讨论《孝经》今文郑氏注本与隋代后得古文孔安国注本优劣。刘知幾主张古文孔注本,司马贞主张今文郑氏注本。玄宗下诏采用司马贞说,仍采用今文郑氏注本。③ 唐开元十年(722),唐玄宗注《孝经》完成,并颁行天下。天宝二年(743),唐玄宗第二次注本颁行,两年后以御注刻石于太学,即后世所谓"石台孝经"(该本今存于西安碑林)。④ 此今文本流行甚广,即今天"十三经注疏"本《孝经》的来源。今文本《孝经》版本流传情况如下:

颜芝藏今文《孝经》→刘向校订今本《孝经》→今文郑氏注本《孝经》→玄宗初次注《孝经》→玄宗再次注《孝经》→"石台孝经"→"十三经注疏"本《孝经》。

(二) 古文本《孝经》

古文《孝经》出自孔壁,与今文本比较,字读有别,文字至少多出《闺门》一章,篇章亦不同。《汉书·艺文志》云:"武帝末,鲁共王坏孔子宅,欲以广其宫,而得古文《尚书》及《礼记》、《论语》、《孝经》等凡数十篇,皆古字也。"⑤《汉志》颜师古注引桓谭《新论》云:"古孝经千八百七十二字,今异者四百余字。"它是用战国文字(所谓科斗文字)写成,故同当时已流传的汉代文字写成的《孝经》相对,称为古文《孝经》。古文《孝经》应是秦始皇焚书之前的本子,可能即是战国早期问世的《孝经》,其较早著录于《吕氏春秋·察微》。

《隋书·经籍志》说古文《孝经》与古文《尚书》同出于孔壁。但东汉许冲《上说文解字表》云:"慎又学《孝经》孔氏古文说。《古文孝经》者,孝昭帝时鲁国三老所献。建武时,给事中议郎卫宏所校,皆

---

① 周予同先生称为今文《孝经》的第二次注释本。参见周予同著,朱维铮编《周予同经学史论著选集》,上海人民出版社 1983 年 11 月版,276 页。

② 参见王素《敦煌儒典与隋唐主流文化——兼谈隋唐主流文化的"南北朝"问题》,载《故宫博物院院刊》2005 年 1 期,131—140 页。

③ 周予同先生称之为今文《孝经》的第三次改订本。参见周予同著,朱维铮编《周予同经学史论著选集》,上海人民出版社 1983 年 11 月版,276 页。

④ 周先生称为今文《孝经》的第四次注释本。同上,276—277 页。

⑤ (东汉)班固著《汉书》,中华书局 1962 年 6 月版,1706 页。

口传，官无其说。谨撰具一篇并上。"①与《汉书·艺文志》、《隋书·经籍志》所说不同。古文本《孝经》比今文本多出四章。据颜师古《汉书注》引刘向说，谓《庶人章》分为二章，《曾子敢问章》分为三章，又多一章；《隋书·经籍志》则云："长孙（长孙氏《今文孝经》本）有《闺门》一章……又衍出三章，并前合为二十二章，孔安国为之传。……梁代，安国及郑氏二家，并立国学，而安国之本，亡于梁乱。陈及周齐，唯传郑氏。至隋，秘书监王劭于京师访得孔传，送至河间刘炫。炫因序其得丧，述其议疏，讲于人间，渐闻朝廷，后遂著令，与郑氏并立。儒者喧喧，皆云炫自作之，非孔旧本，而秘府又先无其书。"《隋志》作者在"《古文孝经》一卷，孔安国传"下注云："梁末亡逸，今疑非古本。"②怀疑后出的孔传为伪书。自从再立学官后，孔传就一直与郑注并行。开元十年（722），唐玄宗作御注《孝经》，颁于天下，天宝二年重注，亦颁行天下。③ 此后孔传、郑注皆逐渐亡佚。

《汉书·艺文志》云："《孝经古孔氏》一篇。凡二十二章。"④颜师古注："刘向云古文字也。《庶人》章分为二，《曾子敢问》章为三，又多一章，凡二十二章。"多出的一章据《经典释文·序录》知是《闺门》一章："又有古文，出于孔氏壁中，别有《闺门》一章，自余分析十八章，总为二十二章，孔安国作传。"⑤《经典释文·序录》和《隋志》都提到孔安国传，但《汉志》载《孝经古孔氏》而未提及孔安国曾作过传。孔安国传古文《孝经》，有"孔氏古文说"，则古文《孝经》必有说解，只是其传

---

① （清）段玉裁《说文解字注》，上海古籍出版社1988年2月版，787页。（南宋）王应麟《汉书艺文志考证》："案《志》云孔氏壁中古文，则与《尚书》同出也。盖始出于武帝时，至昭帝时乃献之。"参见《二十五史补编》，中华书局1955年2月版，1404页。
② （唐）魏徵等著《隋书》，中华书局1973年8月版，935、933页。
③ （北宋）王溥《唐会要》卷三十六，中华书局1955年6月版，658页。
④ （东汉）班固著《汉书》，中华书局1962年6月版，1718—1719页。
⑤ 《隋书·经籍志》却说："又有古文《孝经》，与古文《尚书》同出，而长孙有《闺门》一章，其余经文，大较相似，篇简缺解，又有衍出三章，并前合为二十二章，孔安国为之传。"这是误以为《闺门》一章出自长孙氏本，《汉志》明云今文各家经文皆同，《经典释文·序录》也明说古文别有《闺门》一章，故《隋志》说不可信。参见（唐）魏徵等著《隋书》，中华书局1973年8月版，935页；（唐）陆德明撰，黄焯汇校，黄延祖重辑《经典释文汇校》，中华书局2006年7月版，24页。

授或是口传而未笔录。《孔子家语》记载孔安国为《孝经》传二篇。①二篇本古文《孝经》孔氏传,应是经魏晋孔氏后学整理形成的本子。据当时的学术通例,其虽或非安国一人所作,但其传授既自安国始,则可称此本为孔安国传。孔传本古文《孝经》梁代曾立于学官,梁末失传。陆德明已见不到古文本。

孔传之后,《经典释文·序录》云:"汉马融亦作《古文孝经传》,而世不传。"又载郑玄注本,云"古文《孝经》世既不行,今随俗用郑注十八章本"②,既与古文《孝经》对称,则郑注本并非古文本。

汉代之后流行的古文《孝经》,其文字应当也是当时通行的隶书和楷书,而用古文字写定的《孝经》是否存在,则已不详。

(三) 隋代所得古文本《孝经》(附孔安国《传》)

《隋书·经籍志》云:"陈及周、齐,唯传郑氏。至隋,秘书监王劭于京师访得《孔传》,送至河间刘炫。炫因序其得丧,述其议疏,讲于人间,渐闻朝廷,后遂著令,与郑氏并立。儒者喧喧,皆云炫自作之,非孔旧本,而秘府又先无其书。"可知隋代所得古文本《孝经》(附孔安国《传》)也遭时人怀疑。邢昺《孝经正义》亦记载,隋开皇十四年,秘书学生王逸于京师陈人处得书,送于著作郎王邵,以示河间刘炫,炫遂以《庶人章》分为二,《曾子敢问章》分为三,又多《闺门》一章,以合于《古文孝经》的二十二章之数。《孝经》今古文之争,因此再度兴起。今文学派认为刘炫本是伪书,不是孔安国所注原本。

唐开元间,下诏令诸儒讨论今古文《孝经》定本。刘知幾主古文孔注本,认为隋代所得《古文孝经》系真本即汉代孔壁《古文孝经》,但经刘炫刊改。司马贞则主郑注本,云:"近儒欲崇古学,妄作此《传》,

---

① 孔安国云:"天汉后,鲁恭王坏夫子故宅,得壁中《诗》、《书》,悉以归子国。子国乃考论古今文字,撰众师之义,为《古文论语训》十一篇、《孝经传》二篇、《尚书传》五十八篇,皆所得壁中科斗本也。"杨朝明、宋立林主编《孔子家语通解·〈孔子家语〉后孔安国序》,齐鲁书社 2009 年 12 月版,580 页。前人多认为《孔子家语》是王肃为攻击郑玄而伪造此书作为证据。但 1973 年河北定县八角廊出土的竹简《儒家者言》可证明,《孔子家语》虽经后人改编整理,但绝非王肃伪造。

② (唐) 陆德明撰,黄焯汇校,黄延祖重辑《经典释文汇校》,中华书局 2006 年 7 月版,24 页。

假称孔氏,辄穿凿改更。又伪作《闺门》一章。刘炫诡随,妄称其善。"[①]认为此乃伪本,但非刘炫作伪。清代盛大士为丁晏《孝经征文》作序,提出只有王肃《孔子家语》提及孔安国作《传》,所谓孔安国《古文孝经传》是王肃伪造。

要之,如《中兴艺文志》所云:"自唐明皇时,议者排毁古文,以《闺门》一章为鄙俗,而古文遂废。"自以《今文孝经》十八章为正的唐玄宗御注《孝经》行世后,《古文孝经》几于废绝。隋代所得古文本《孝经》亦渐渐亡佚。

(四)唐代所得古文本《孝经》

宋代郭忠恕《汗简·略叙》引唐李士训《记异》曰:"大历初,予带经锄瓜于灞水之上,得石函,中有绢素《古文孝经》一部,二十二章,壹仟捌伯枩拾弍言。初传与李太白,白授当涂令李阳冰。阳冰尽通其法,上皇太子焉。"[②]此为唐代所得古文本《孝经》,用古文字书写,字数与桓谭《新论》所载相同。此本是古代流传下来的古文抄本,还是后人据今文转写回去的本子,难以确知。它是此后所谓古文《孝经》的祖本。此本由李士训传李白,李白又传李阳冰,李阳冰传其子李服之,李服之传韩愈。韩愈《科斗书后记》云:"贞元中,愈事董丞相幕府于汴州,识开封令服之者,阳冰子,授余以其家科斗《孝经》,汉卫宏《官书》,两部合一卷。"[③]李阳冰又有上皇太子之本,其必曾抄写《孝经》。

唐代所得古文本《孝经》后来应有两种版本系统流传:民间流传的系统当是韩愈所得之本,此本后送归公,且又由贺拔恕抄写,[④]后来其流传脉络不详;另一种系统则为上皇太子后秘阁所藏本(此本或至宋代才为人们发现)。

---

① (北宋)王溥撰《唐会要》卷七《论经义》,中华书局 1955 年 6 月版。

② (北宋)郭忠恕、夏竦编,李零、刘新光整理,《汗简　古文四声韵》,中华书局 2010 年 7 月版,45 页下。

③ (唐)韩愈《科斗书后记》,马其昶《韩昌黎文集校注》,上海古籍出版社 1986 年 12 月版,94—95 页。

④《科斗书后记》云:"后来京师,为四门博士,识归公。归公好古书,能通之,愈曰:古书得其据依,盖可讲。因进其所有书属归氏。元和来,愈亟不获让,嗣为铭文,荐道功德。思凡为文词,宜略识字,因从归公乞观二部书,得之留月馀。张籍令进士贺拔恕写以留愈,盖得其十四五,而归其书。"

（五）北宋司马光"指解本"《古文孝经》

两《唐志》均未载古文本《孝经》，但宋代司马光曾在秘阁找到一种古文字《孝经》写本，于是抄出并据之作《古文孝经指解》进呈，主张由秘府收藏《古文孝经》。① 由于与王安石有隙，其意见未被采纳。此后，今本《孝经》大行于世，"指解本"《古文孝经》尘封不传（其本今存）。《孝经指解序》云："今秘阁所藏，止有郑氏、明皇及古文三家而已。古文有经无传。案孔安国以古文时无通者，故以隶体写《尚书》而传之。然则《论语》、《孝经》，不得独用古文，此盖后世好事者用孔氏传本，更以古文写之。其文则非，其语则是也。"② 则此古文本只有经文没有注文。学者或推测，③其可能是唐李阳冰上皇太子而藏于秘府的本子或其抄本。司马光认为这些古文是后人从隶书转写回去的，故改为隶书，于皇祐中（1049—1053）奏上，且又于元丰八年（1085）二次缮写奏上。④ 其后多本都以此本经文为底本。⑤

宋代秘府所藏古文《孝经》写本，句中正也见到过。其《三字孝经序》云："得旧传古文《孝经》，以诸家所传古文，比类会同。"并自注云："李士训《记异》曰：'大历初，霸上耕得石函绢素古文《孝经》，初传李白，受李阳冰，尽通其法，皆二十二章。'今本亦如之，与今文小异，旨

---

① （北宋）司马光《进古文孝经指解表》云："臣愚幸得补文馆之缺，以经史为职，窃睹秘阁所藏古文《孝经》。先秦旧书，传注遗逸，孤学埋微，不绝如线，是以不自揆量，妄以所闻，为之指解。"参见（北宋）司马光《传家集》卷十七，《文渊阁四库全书》第 1094 册，商务印书馆 1986 年 3 月影印版，175—176 页。

② （北宋）司马光《孝经指解》，《文渊阁四库全书》第 182 册，商务印书馆 1986 年 3 月影印版，88—89 页。

③ 徐刚《古文源流考·古文〈孝经〉考》，北京大学出版社 2008 年 3 月版，109 页。

④ 司马光于元丰八年十二月二日奏上《进孝经指解札子》，云："臣向不自揆，尝撰《古文孝经指解》，皇祐中献于仁宗皇帝。窃虑岁久遗失不存，今则缮写为一册，上进。"见《传家集》卷四十九，《文渊阁四库全书》第 1094 册，商务印书馆 1986 年 3 月影印版，457—458 页。

⑤ 如范祖禹作《古文孝经说》，且以隶书写古文《孝经》，洪兴祖《古文孝经序赞》、季信州《古文孝经指解详说》、杨简《古文孝经解》、钱时《古文孝经管见》、冯椅《古文孝经集注》、明蔡毅中《古文孝经注》、清吴隆元《古孝经三本管窥》、曹庭栋《孝经通释》、曹元锡《笺注古文孝经》等诸本，某郑居士因父丧手书古文《孝经》、杨简手书古文《孝经》等，皆以司马光本为根据。参见真德秀《西山文集》卷三十五《郑居士手写古文孝经》、《杨慈湖手书孔壁孝经跋》，《文渊阁四库全书》第 1174 册，商务印书馆 1986 年 3 月影印版，547、561 页；舒大刚《今传司马光〈古文孝经指解〉"合编本"之时代与编者考》，《中国文哲研究通讯》第十二卷第 3 期，中国文哲研究所 2002 年 9 月版，75—89 页。

意无别。"①似乎句氏也认为此本与李士训本有关系。夏竦《古文四声韵序》云:"(宋)文馆学士句中正刻《孝经》,字体精博。"②则句中正所得旧本,恐亦是秘府本。句氏据之仿三体石经之体例书写《三字孝经》,又刻古文《孝经》。

其后朱熹作《孝经刊误》,经文即依司马光之本。而朱氏改窜经文,以为旧本唯前七章,至"故自天子至于庶人,孝无终始,而患不及者,未之有也"止,是经文,定为一章,其余皆传记,重分为十四章。其后诸儒,多依朱氏之本。③ 元吴澄《孝经定本》(又称《草庐孝经》)亦依此定经文一章,传十二章,且更定章次。

夏竦《古文四声韵序》云:"又有自项羽妾墓中得古文《孝经》,亦云渭上耕者所获。"④此部古文《孝经》,徐刚先生以为或即李士训所得之本,夏竦所见《孝经》亦当为宋代秘府流出的本子。⑤

(六) 南宋大足石刻本《古文孝经》

舒大刚先生指出,北宋范祖禹所书、南宋所刻大足石刻《古文孝经》,保存了宋代《古文孝经》的原貌,当系唐大历年间李士训所得古文本。⑥ 郭忠恕《汗简》引李士训《记异》:"大历初,予带经锄瓜于灞水

---

① (北宋)朱长文《墨池编》卷一《宋句中正三字孝经序》,《文渊阁四库全书》第812册,商务印书馆1986年3月版,612页。
② (北宋)郭忠恕、夏竦编,李零、刘新光整理,《汗简 古文四声韵》,中华书局2010年7月版,67页下。
③ 如(元)董鼎《孝经大义》、朱申《孝经句解》,(明)孙本《古文孝经解意》,(清)任启运《孝经章句》、熊兆《古文孝经朱子刊误集讲》等各本,都以朱氏之本为底本。参见:马衡《宋范祖禹书古文孝经石刻校释》,《凡将斋金石丛稿》,中华书局1977年10月版,251—252页;舒大刚《今传司马光〈古文孝经指解〉"合编本"之时代与编者考》,《中国文哲研究通讯》第十二卷第3期,中国文哲研究所2002年9月版,75—89页。
④ (北宋)郭忠恕、夏竦编,李零、刘新光整理,《汗简 古文四声韵》,中华书局2010年7月版,61页下。
⑤ 徐先生指出,所谓"渭上耕者",与《记异》"予带经锄瓜于灞水之上"相合,所谓项羽妾墓者,大概是误与北齐武平年间彭城人发项羽冢得古文《老子》混同。郭忠恕《汗简》仅录"古孝经"十一字,其中"处、庶、擗、辟、孝、淑、悌、恺"八字注明出"古孝经","经、髟"二字脱注,可据《古文四声韵》确定出自古文《孝经》。夏竦《古文四声韵》载"古孝经"共361字,另有重文59字,实有420个字形。《孝经》共1872字,此书记单字361字,故夏氏当见过古文《孝经》全本。参见徐刚《古文源流考·古文〈孝经〉考》,北京大学出版社2008年3月版,105—111页。
⑥ 舒大刚《司马光〈古文孝经指解〉的渊源与演变》,载《烟台师院学报》2003年1期。

之上，得石函，中有绢素《古文孝经》一部，二十二章，壹仟捌伯柒拾贰言。初传与李太白，白授当涂令李阳冰。阳冰尽通其法，上皇太子焉。"①韩愈《科斗书后记》称："贞元中……（李）阳冰子授予以其家《科斗孝经》，予宝蓄之而不暇学。后来京师为四门博士，识归公（登），归公好古书，能通之……因进其所有书属归氏。"②宋夏竦《古文四声韵序》说："唐正（今按，当为贞）元中，李阳冰子开封令服之有家传《古孝经》及汉卫宏《官书》，两部合一卷，授之韩愈，愈识归公，归公好古，能解之，因遗归公。又有自项羽妾墓中得《古文孝经》，亦云渭上（按，当为"灞上"）耕者所获。"③以上三条所指当为同一件事。李士训大历初所得22章、1872字的《古文孝经》，韩愈受之于贞元中，皆同一书。该本《古文孝经》字形五代、北宋时被郭忠恕、夏竦录入《汗简》和《古文四声韵》中。范祖禹又手书其文，后刻入大足北山石刻中，至今犹存。

大足石刻本《古文孝经》保留了秦汉以来《古文孝经》旧貌，其经文分22章，有《闺门章》24字，分章与今传司马光《指解》本"、日本传"《古文孔传》本"均不尽相同，而较传世本"古文"近古。

（七）清代所得日本孔传本《古文孝经》

清雍正十年（1732年，日本享保十七年），日人太宰纯刊刻一部《古文孝经》及孔传。此书清汪翼沧从日本长崎访得，携回国内，后于乾隆四年（1776）刻入鲍廷博《知不足斋丛书》第一辑。此本传回中国之后，后来学者大多指斥其为是伪作，④但皆承认其书为编者搜集孔

---

① （北宋）郭忠恕、夏竦编，李零、刘新光整理《汗简　古文四声韵》，中华书局2010年7月版，45页下。

② （唐）韩愈《科斗书后记》，《别本韩文考异》卷十三，《文渊阁四库全书》，商务印书馆1986年3月版。

③ （北宋）郭忠恕、夏竦编，李零、刘新光整理《汗简　古文四声韵》，中华书局2010年7月版，61页下。

④ 如《四库全书总目提要》云："浅陋冗漫，不类汉儒释经之作，并不类唐宋元以前人语。殆市舶流通，颇得中国书籍，有黠黠知文义者，撼诸家所引孔《传》，掇附为之，以自夸图籍之富。"阮元云："孔《注》今不传。近出于日本国者，诞妄不可据。要之，孔注即存，不过如《尚书》之伪传，决非真也。"如郑珍《辨日本国古文孝经孔传之伪》列举十条证据进行批驳，认为："作是书者，彼穷岛僻丘一空腐之人，见前籍称所引孔传，中土久无其书，漫事粗掇，自诩绝学。"参见《四库全书总目》，中华书局1965年6月版，263页；（清）阮元《孝经注疏校勘记序》，（清）阮元校刻《十三经注疏》，上海古籍出版社1997年7月版，2541页中；郑珍《巢经巢集》，《续修四库全书》第176册，上海古籍出版社2002年3月影印版，515页。

传佚文重编而成。胡平生先生指出，太宰纯刊行孔传本《古文孝经》，是据日本足利学校藏古抄本，并以数本校雠整理而成，其本绝非伪作。其说可从。①

1942年，日本发现了刘炫的《古文孝经述议》(《隋志》作《古文孝经述义》)，其中缺二、三、五卷。后来日本学者林秀一综合各种古抄本，撰成《关于〈孝经述议〉复原的研究》，补足了其残缺部分。刘炫此书卷一篇末"孔氏传"下云：

> 吴郁林太守陆绩作《周易述》，引《孝经》曰"闺门之内具礼矣乎"，则陆绩作《周易述》尝见之矣。江左晋穆帝永和十一年及孝武泰元元年，再聚朝臣讲《孝经》之义，有荀茂祖者，撰集其说，载安国序于篇首，篇内引孔传者凡五十余处，悉与今传符同，是荀昶得孔本矣。及梁至萧衍作《孝经讲义》，每引古文。"非先王之法服"，云古文作"圣王"；"此圣人之孝"，云古文亦作□□；"事其先君"，云古文作"圣先公"；"虽得之君子不贵也"，云古文作"虽得君子不道也"。此数者所云古文，皆与今经不同，则梁王所见别有伪文，非真古文也。后魏以来，无闻见者。开皇十四年，书学博士王孝逸于京市买得，以示著作郎王邵(劭)，邵遣送见示，幸而不灭，得至于今。②

可见，刘炫所得之孔传，与前人所见之本并不完全相同。梁代萧衍所见之古文本，由于异于刘炫之本，被刘氏断为伪古文本。则刘本可能在流传过程中经过讹传或改动，故与前代所见有字词差别，但可认为是同一版本系统内的差异，而非伪造。据考察1983年日本胆泽城遗址出土的漆纸文书《古文孝经》③及我国近期新出文献数据，基本可以

---

① 徐刚先生亦赞同胡氏说。参见胡平生《日本古文孝经孔传的真伪问题——经学史上一件积案的清理》，《文史》第23辑，287—299页；徐刚《古文源流考·古文〈孝经〉考》，北京大学出版社2008年3月版，105—111页。

② 林秀一《关于孝经述议复原的研究》，文求堂，1953年。参见胡平生《孝经译注·〈孝经〉是怎样的一本书》，中华书局1996年8月版，14—17页。

③ 李先生指出："日本胆泽城遗址漆纸文书《古文孝经》的发现，确证了日本传流的《古文孝经》不伪，否定了清代不少学者的考据。"参见李学勤《日本胆泽城遗址出土的〈古文孝经〉论介》，载《孔子研究》1988年第4期，后收入李学勤《走出疑古时代》，长春出版社2007年1月版，186—190页。

确定：日本孔传本《古文孝经》并非伪作，而是隋唐时期从我国传去的"刘炫本"《古文孝经》孔传。

现可将《孝经》今文、古文版本绘图如下：

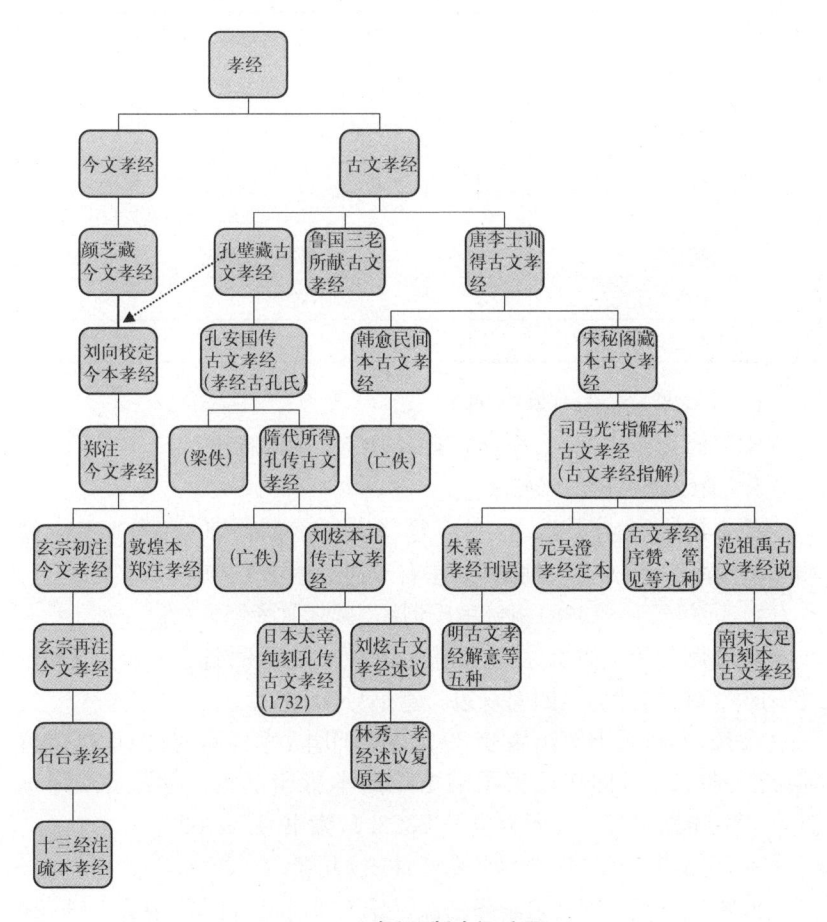

```
                              孝经
                    ┌──────────┴──────────┐
                今文孝经                古文孝经
                    │          ┌──────┬──────┼──────────┐
                颜芝藏      孔壁藏古  鲁国三老    唐李士训
                今文孝经    文孝经    所献古文    得古文孝经
                    ↓          │     孝经        │
                刘向校定    孔安国传             ┌─┴────────┐
                今本孝经    古文孝经         韩愈民间     宋秘阁藏
                    │      (孝经古孔氏)      本古文孝      本古文孝
                    │       ┌───┴───┐        经          经
                  郑注    (梁佚)  隋代所得  (亡佚)         │
                  今文孝经         孔传传古文                司马光"指解本"
                    │              孝经                     古文孝经
                    │           ┌───┴───┐                  (古文孝经指解)
                ┌───┴───┐    (亡佚)  刘炫本孔          ┌────┬─────┬────┐
            玄宗初注  敦煌本            传古文孝       朱熹   元吴澄  古文孝经  范祖禹古
            今文孝经  郑注孝经          经            孝经刊误 孝经定本 序赞、管  文孝经说
                │                       │                              见等九种    │
            玄宗再注                 ┌──┴──┐                              │      南宋大足
            今文孝经              日本太宰  刘炫古                     明古文孝            石刻本
                │                 纯刻孔传 文孝经                     经解意等            古文孝经
              石台孝经             古文孝经 述议                       五种
                │                 (1732)    │
              十三经注                     林秀一孝
              疏本孝经                     经述议复
                                           原本
```

图一 《孝经》版本源流图

四、国家图书馆藏《孝经》版本举要

国家图书馆作为中国国家总书库，藏有较为丰富的《孝经》版本，现依朝代为序，举其大要。相关版本情况，亦略作说明。

(一) 宋前《孝经》版本。

今仅存敦煌写卷约七种 34 件。① 列表附录于下。

表七　敦煌卷子《孝经》简况表

经名	书　　名	作者	件数	备　　注
孝经	《孝经白文》	无题名	18	S.707、728、P.2715、3369 等有题记
	《孝经注》	郑玄	4	不详
	《孝经注》	佚名②	4	不详
	《孝经疏》	佚名	1	又有《孝经解》1 件，吐鲁番出土
	《御注孝经疏》	元行冲	3	P.3274 有题记
	《御注孝经赞》	佚名	3	不详
	《御注孝经集义并注》	佚名	1	S.3824 有题记

(二) 宋代、元代刻本(3 种)

宋元时代距今久远，今存宋元本《孝经》版本稀少。

1. 宋(960—1279)刻《孝经》一卷

此本属[八经]十卷之一种，题"(唐) 李善音训　(宋) 王应麟辑"。半页 20 行 27 字，细黑口，左右双边。索书号/08633。

2. 元(1271—1368)相台岳氏荆溪家塾刻《孝经》一卷

此本题"(唐) 唐玄宗李隆基注，(唐) 陆德明音"，1 册，8 行 17 字，小字双行同，黑口，四周双边。索书号/07942。

今按，北京图书馆出版社 2003.5 影印本《孝经》，属《中华再造善本》之一种，1 册，即据国家图书馆藏此本影印，(唐) 唐玄宗李隆基注，(唐) 陆德明音。中图分类号 B823.1，索书号/zz0020。

3. 元泰定三年(1326)刻《孝经注疏》九卷

此本题"(唐) 唐玄宗李隆基注，(宋) 邢昺疏"，1 册，半页 10 行 16 字，小字双行 23 字，黑口，左右双边。索书号/05499。

今按，北京图书馆出版社 2004 年 12 月出版《中华再造善本·孝经

---

① 王素《敦煌儒典与隋唐主流文化——兼谈隋唐主流文化的"南北朝"问题》，载《故宫博物院院刊》2005 年 1 期，131—140 页。

② 按，疑为孔安国传。参见王素《敦煌儒典与隋唐主流文化——兼谈隋唐主流文化的"南北朝"问题》，载于《故宫博物院院刊》2005 年 1 期，138 页。

注疏》,即据中国国家图书馆藏元泰定三年(1326)刻本影印。中图分类号 B823.1,索书号/zz0323。据《唐会要》,开元十年六月上注《孝经》,颁天下及国子学。天宝二年二月上重注,亦颁天下。《旧唐书·艺文志》:"《孝经》一卷,玄宗注。"《唐书·艺文志》《今上孝经制旨》一卷",注曰玄宗,即此本。天宝四载御注刻石于太学,谓之"石台《孝经》",今存西安碑林。此本以今文郑玄注为底本,今文之立,自玄宗此注始。①

(三) 明代刻本(21 种)

1. 明(1368—1644)雨花斋刻《孝经忠经等书合刊四种》十卷

此本 5 册,半页 10 行 17 字,白口,四周单边,包括《孝经集注指南大全》《忠经集注指南大全》《小学集注指南大全》《太祖圣谕演训》等。索书号/12783。

附:明(1368—1644)雨花斋刻《孝经集注指南大全》一卷

此本题"(宋)邢昺,(元)董鼎撰",属《孝经忠经等书合刊四种》十卷之一种。索书号/12783。

今按,此本因朱熹改本古文《孝经》为之诠解,增注今文异同,注参以方言,发挥明畅,颇便初学。②

2. 明(1368—1644)吴勉学刻《孝经》一卷

此本属《十三经》九十卷之一种。索书号/17513。

今按,吴勉学,明刻书家,安徽歙县人。博学多识,万历间(1573—1620)刻印书《十三经》《古今医统正脉全书》《资治通鉴》等百余种。此本当属万历刻本。

3. 明(1368—1644)藜光堂刘钦恩刻《忠经孝经合刊》四卷

此本 1 册,半页 10 行 27 字,小字双行同,白口,四周单边。与《忠经疏义集注》《遵镌孝经疏义集注》《孝经首》合刻。索书号/12782。

今按,藜光堂,明天启崇祯间(1621—1644)福建潭阳人刘钦恩的书坊名。③ 此本当属天启崇祯间刻本。

---

① 参见(清)纪昀等总纂《钦定四库全书总目》,中华书局 1965 年 6 月版,414—415 页。
② 同上,416—417 页。
③ 参见《美国哈佛大学哈佛燕京图书馆藏中文善本丛刊·总目》著录"明崇祯藜光堂刻本《篆林肆考》"条,《美国哈佛大学哈佛燕京图书馆藏中文善本汇刊》,广西师范大学出版社 2003 年 2 月版。

4. 明(1368—1644)刻《孝经本义》一卷《列传》七卷

此本5册,(明)胡时化撰,半页7行15字,小字双行同,白口,左右双边。索书号/10505。

今按,此本《续修四库全书》收入。①

5. 明(1368—1644)亦政堂镌《孝经》一卷

此本属(明)陈继儒编《亦政堂镌陈眉公普秘籍》一集五十种八十八卷之一种,半页8行(18—19)字,9行(18—20)字不等,白口,四周单边。索书号/00531。

6. 明嘉靖(1522—1566)李元阳刻《孝经注疏》九卷

此本(唐)唐玄宗李隆基注,(宋)邢昺撰,属《十三经注疏》本之一种,2册,半页9行21字,小字双行同,白口,四周单边。存两部,索书号/09738;/09737。

明嘉靖(1522—1566)李元阳刻《孝经注疏》九卷

此本(唐)唐玄宗李隆基,(宋)邢昺撰,属《十三经注疏》本之一种,1册,半页9行21字,小字双行同,白口,四周单边。索书号/10029。

7. 明万历(1573—1620)刻《孝经丛书》十四卷

此本(明)朱鸿编,8册,半页9行18字,白口,四周单边。索书号/14853。

今按,朱鸿将古今文《孝经》汇为一编,又搜辑孝道相关文献,共编著述十四种,颇便学者。

8. 明万历(1573—1620)刻《孝经今文直解》一卷

此本属《孝经丛书》十四卷之一种,(明)朱鸿编。索书号/14853。

9. 明万历(1573—1620)刻《文公刊误古文孝经注》一卷

此本属于《孝经丛书》十四卷之一种,(元)董鼎撰,(明)朱鸿编。索书号/14853。

今按,此本依朱熹刊误古文《孝经》为底本,属古文本。

10. 明万历(1573—1620)刻《曾子孝实》一卷

此本属《孝经丛书》十四卷之一种,(明)朱鸿辑,(明)朱鸿编。

---

① (明)胡时化撰《孝经本义》,《续修四库全书》151册,上海古籍出版社2002年3月影印版,315—336页。

索书号/14853。

今按,此本综辑曾子行孝事迹,可视为《孝经》"外传"。

明万历(1573—1620)刻《文公所定古文孝经注》一卷

此本属《孝经丛书》十四卷之一种,(元)朱申撰,(明)朱鸿编。索书号/14853。

明万历(1573—1620)刻《孝经注》一卷

此本属《孝经丛书》十四卷之一种,(唐)唐玄宗李隆基撰,(明)朱鸿编。索书号/14853。

明万历(1573—1620)刻《草庐校定古今文孝经》一卷

此本属《孝经丛书》十四卷之一种,(元)吴澄撰,(明)朱鸿编。索书号/14853。

今按,此本以今文《孝经》为本,仍从朱熹《孝经刊误》之例,分裂经传。并附录朱熹所删一百七十二字与古文《闺门》二十四字。整齐诸说,附入己见,诠解简明,秩然成理。①

11. 明崇祯四年(1631)程一础闲拙斋刻《孝经古注》五卷

此本1册,包括《孝经宗旨》、《孝经大义刊误》、《孝经集灵节略》、《孝经刊误》、《孝经引证》五种,半页8行17字,小字双行同,白口,四周单边。索书号/16909。

明崇祯四年(1631)程一础闲拙斋刻《孝经大义刊误》一卷

此本属《孝经古注》五卷之一种,(宋)朱熹撰,(元)董鼎注。索书号/16909。

明崇祯四年(1631)程一础闲拙斋刻《孝经刊误》一卷

此本属《孝经古注》五卷之一种,(宋)朱熹撰,(元)董鼎注。索书号/16909。

明崇祯四年(1631)程一础闲拙斋刻《孝经引证》一卷

此本属《孝经古注》五卷之一种,(明)杨起元辑。索书号/16909。

12. 明崇祯四年(1631)程一础闲拙斋刻(宋)朱熹撰,(元)董鼎注《孝经刊误》一卷,(明)杨起元辑《引证》一卷,(明)罗汝芳撰《宗旨》一卷

---

① 参见:(清)纪昀等总纂《钦定四库全书总目》,中华书局1965年6月版,418页。

此本1册,半页8行18字,白口,四周单边,索书号/01949。

今按,此本系节略"4.2.16.1明崇祯四年(1631)程一础闲拙斋刻《孝经古注》五卷"内容而成,为较简单的文献再生形式。

(四)清代刻(抄、影抄)本(18种)

1. 清(1644—1911)抄本《古文孝经朱子订定刊误集讲》一卷

此本1册,半页7行11字,小字双行20字,无格,(清)熊兆撰。索书号/06312。

2. 清顺治(1644—1661)内府刻本《御注孝经》一卷

此本1册,半页6行12字,小字双行同,黑口,四周双边,(清)清世祖福临撰。索书号/A02010。

今按,此本顺治十三年清世祖福临撰。注文约一万言,用唐代石台《孝经》本,不用孔安国本,亦不用朱子《刊误》本。"义必精粹","词无深隐",便于家喻户晓①。

3. 清(1644—1911)刻《孝经》一卷

此本1册,半页8行17字,小字双行同,白口,四周双边,(唐)唐玄宗李隆基注,(唐)陆德明音。索书号/10028。

4. 清(1644—1911)刻《孝经》一卷

此本属(清)郑杰编《郑氏注韩居七种》十四卷之一种,(宋)朱熹集注,(宋)童伯羽衍义。存两部,索书号/A02840;/A02839。

5. 清(1644—1911)抄本《孝经衍义》二十二卷,附《今文孝经》一卷

此本4册,半页10行24字,红格,白口,四周单边,(清)张能鳞撰。索书号/19136。

6. 清(1644—1911)抄本《孝经注》一卷

此书属《郑学十八种》七十一卷之一种,(清)孔广林辑证。索书号/17032。

7. 清初(1644—1722)影元抄本《孝经》一卷

此本1册,半页8行17字,小字双行同,白口,四周双边,(唐)唐玄宗李隆基注,(唐)陆德明音。索书号/07943。

---

① 参见(清)纪昀等总纂《钦定四库全书总目》,中华书局1965年6月版,418页。

清(1644—1911)影元抄本《孝经注》一卷

此本1册,半页8行17字,小字双行同,白口,左右双边,(唐)唐玄宗李隆基注,(唐)陆德明音。索书号/03644。

8. 附:日本享保十六年(1731)刻本《孝经》一卷

此本属《七经孟子考文》一百九十九卷之一种,(日本)山井鼎撰,(日本)物观补遗。索书号/A02039。

9. 清乾隆四十七年(1782)陈氏裕德堂刻《孝经》一卷

此本1册,半页9行19字,小字双行同,白口,左右双边,(汉)郑玄注,(清)陈鱣辑。索书号/01638。

今按,此本《续修四库全书》收入。

10. 清嘉庆(1796—1820)张海鹏刻《孝经述注》一卷

此本属(清)陈璜编《泽古斋重钞一百十种》二百三十八卷第一集一种,借月山房汇钞道光4年陈璜重编补刻本,(明)项霦撰。索书号/A02865。

11. 清嘉庆(1796—1820)刻《孝经注疏校勘记》三卷,《释文校勘记》一卷

此书属《十三经注疏校勘记》二百四十五卷之一种,(清)阮元撰。索书号/14872。

12. 附:日本宽政文化间(清嘉庆,1796—1820)活字印本《古文孝经》一卷

此本属(日本)天瀑山人编《佚存丛书十五种》七十八卷第一帙之一种,(汉)孔安国传。索书号/A02851。

13. 清嘉庆十八年(1813)黄氏士礼居刻本《孝经今文音义》一卷

此本属士礼居丛书本《三经音义》四卷之一种,(唐)陆德明撰。索书号/A02069。

14. 清道光咸丰间(1821—1861)蒋氏宜年堂刻《孝经郑氏注》一卷

此本属(清)蒋光煦编《涉闻梓旧》二十五种一百十九卷之一种,(汉)郑玄撰,(清)陈鱣辑。索书号/A02863。

15. 清咸丰七年(1857)刻《孝经集注》一卷

此本1册,半页12行20字,白口,左右双边,(清)丁晏辑。索书号/A02014。

16. 清光绪十年(1884)黎庶昌日本东京使署刻《御注孝经》一卷

此本系美浓纸印本,属(清)黎庶昌编《古逸丛书二十六种》二百二卷之一种,(唐)唐玄宗李隆基撰。存两部,索书号/13544;/11581。

通过梳理国家图书馆馆藏善本《孝经》版本,可以了解《孝经》传播过程中的一些规律,更好地考察儒家思想传播的轨迹。从"国图"藏《孝经》善本看,该书的传播显示了儒家经典流传经历"元典定型→广泛诠释→文献衍生"的一般过程。

佚文献编

先秦文论佚文考辑[*]

由于种种原因,很多先秦文论文献在后代亡佚了,所幸有些文论文献的只言片语或较长的段落因被后代典籍征引而得以保存,我们称其为先秦文论佚文。本文在前代学者辑录的基础上,对有关先秦文论佚文作些考辨和辑录工作,目的是为先秦文学思想研究提供一些新的文本资料。现共辑录先秦文论佚文20篇(则),按考辨出的大致创作时间为序排列如下。

一、先秦佚文《金人铭》

清人严可均《全上古三代文》卷一依刘向《说苑·敬慎》辑录了一篇先秦佚文《金人铭》,全文如下:

> 我(据《孙卿子》补),古之慎言人也。戒之哉!戒之哉!无多言,多言多败;无多事,多事多患。安乐必戒,无行所悔。勿谓何伤,其祸将长;勿谓何害,其祸将大;勿谓无残,其祸将然;勿谓莫闻,天妖伺人。荧荧不灭,炎炎奈何;涓涓不壅,将成江河;绵绵不绝,将成网罗;青青不伐,将寻斧柯。诚不能慎之,祸之根也;曰(《孔子家语》作"口")是何伤,祸之门也。强梁者不得其死,好胜者必遇其敌。盗怨主人,民害其贵。君子知天下之不可

---

[*] 本文当时是分期摘发的,一篇以《先秦佚文佚书三题》之名刊发于《郑州大学学报》2003年4期,一篇以《先秦文论佚文考辑》之名刊发于《郑州大学学报》2006年6期,分别被中国人民大学复印报刊资料《中国古代、近代文学研究》2003年10期、2007年3期全文转载。全文考辨辑录了20则佚文,发表的两篇论文仅摘发了其中12则佚文,这次收录本书时恢复全文原貌。

盖也,故后之下之,使人慕之,执雌持下,莫能与之争者。人皆趋彼,我独守此;众人惑惑,我独不从。内藏我知,不与人论技。我虽尊富,人莫害我。夫江河长百谷者,以其卑下也。天道无亲,常与善人。戒之哉!戒之哉!①

这篇佚文,有两个问题需要讨论:一是其最早著录于何处,二是其大致创作于何时。

按严可均辑录的依据和学术界的一般看法,《金人铭》首见于《说苑·敬慎》②,但笔者以为,此文当最早著录于《荀子》。《太平御览》卷三百九十引《孙卿子·金人铭》云:"周太庙右阶之前,有金人焉,三缄其口,而铭其背曰:我,古之慎言人也。戒之哉,无多言,无多事!多言多败,多事多害。"小注云:"《皇览》云:'出《太公金匮》,《家语》、《说苑》又载。'"③据小注可知,严可均从《说苑·敬慎》所辑《金人铭》实本于《荀子》。后人或是未能留意《太平御览》此则记载,或以为此处《荀子》未存《金人铭》全文,而将首录权归在了《说苑》名下。其实,认为《荀子》未存《金人铭》全文是一种误解,《荀子》中的《金人铭》原文和《说苑·敬慎》及《孔子家语·观周》④中所存之文一样,应当是完整无缺的,之所以《荀子》仅存《金人铭》开头数语,是因为《太平御览》的编者在征引时根据需要作了删节。笔者这一判断可从《太平御览》卷五百九十得到印证。该卷在引录《孔子家语》所载《金人铭》全文后又加小注云:"《荀卿子》、《说苑》又载。"如果当时注者所见《荀卿子》中的《金人铭》仅开头数句而非全文,便不可能针对《孔子家语》中所存《金人铭》全文而称《荀子》"又载"。据此,《金人铭》首录于先秦的《荀子》

---

① (清)严可均辑《全上古三代秦汉三国六朝文》,中华书局1958年12月影印版,10页下。

② 海内外学术界言及《金人铭》者,多称其首见于《说苑·敬慎》,如武内义雄《老子原始》、黄方刚《老子年代之考证》、郑良树《〈金人铭〉与〈老子〉》等文皆持此说。

③ (北宋)李昉编《太平御览》卷三百九十,中华书局1960年2月影印版,1804页上。

④ 《汉书·艺文志》著录《孔子家语》二十七卷,列在《论语》类,可见其早于《说苑》。但今本《孔子家语》是在晋人王肃作注后流行起来的,其卷次与《汉志》不同,内容又多见《说苑》等数种汉代典籍,故长期被视为王肃伪作。随着河北定县、安徽阜阳汉墓中与今本《孔子家语》内容相似的竹简的出土,传统观点有所改变,已有人认为今本《孔子家语》的原型汉初就已存在。不论怎样,《孔子家语》和《说苑》皆晚于《荀子》则是肯定的。

无疑。需要说明的是,今本《荀子》无《金人铭》,《太平御览》所引乃《荀子》佚文。

关于《金人铭》的创作时间,历代学者的看法相去甚远。严可均将该文的著作权归在黄帝名下。其《金人铭》按语云:"此铭旧无撰人名,据《太公阴谋》、《太公金匮》知即黄帝六铭之一。"①严氏所说的《太公阴谋》具体指下面一段文字:"武王问尚父曰:'五帝之戒,可得闻乎?'尚父曰:'黄帝之时,戒曰:"吾之居民上也,摇摇恐夕不至朝。"故为金人,三封其口曰:"古之慎言人也。"……'武王曰:'吾今新并殷,居民上也,翼翼惧不敢息。'尚父曰:'德盛者守之以谦,守之以恭。'"②据此可知,严氏所谓"黄帝六铭之一"说不足凭信。即便《太公阴谋》所记周武王与师尚父的对话有文献依据,其师尚父向周武王所介绍的黄帝铸金人之事也属于古代传说性质,意在借助传说中的古圣王告诫周武王谨慎施政,以德治国。师尚父仅称黄帝铸造金人并"三封其口",并未言及在其背上刻铸铭文,所谓"古之慎言人也"之语虽与今见《金人铭》首句相同,但那是师尚父复述黄帝的话,并非指铭文内容。且不说黄帝乃远古传说人物,即便实有其人,当时文字尚未产生,何来《金人铭》这样成熟的长篇铭文?可见后来孔子在周之太庙所见金人背上所刻《金人铭》当为后人依此古传说之例,新铸金人并始刻之《金人铭》。历代学者关于《金人铭》产生时代的看法与严氏相反,认为《金人铭》不仅不是出自古黄帝之手,甚至亦非先秦时代的作品,乃为汉人刘向的伪作。这一结论是由人们对《说苑》一书性质的确认得出的。如刘知幾《史通·杂说》称《说苑》"广陈虚事,多构伪辞",苏时学《爻山笔话》卷五称其"未尽精醇,亦嗜奇爱博者之病",朱一新《无邪堂答问》称其"不复计事实之舛误",余嘉锡《四库提要辨证》卷十称其"有所增益于其间",屈守元《说苑校证序》称"《说苑》之倒近乎'兼儒、墨,合名、法','街谈巷语,道听途说'(并《汉书·艺文志》语)的杂家和小说家"等。以上观点皆有道理,但已如前文所证,《金人铭》并非首见于《说苑》而是最早著录于《荀子》,所以,不论《说

---

① (清)严可均辑《全上古三代秦汉三国六朝文》,中华书局1958年12月影印版,10页下。

② (唐)魏徵编《群书治要》卷三十一引《太公阴谋》,四部丛刊本。

苑》性质如何,刘向伪撰《金人铭》的问题都不存在。

那么《金人铭》究竟创作于先秦的哪一时期呢？笔者以为,当在春秋时期,最晚亦在孔子之前。理由有三：

其一,学术界认为《金人铭》与《席铭》(《大戴礼》卷六《武王践阼》引)、《楹铭》(同上)、《周书》(《战国策·魏策一》载苏子引)、《黄帝语》(《太公兵法》引)四文同源①,若真如此,与四文相比,《金人铭》所依据的古源头最为完整,其对古源头保存得也最多。如,有五组句子保存在《金人铭》中,一为"安乐必戒,无行所悔";二为"勿谓何伤,其祸将长";三为"勿谓何害,其祸将大";四为"勿谓何残,其祸将然";五为"勿谓莫闻,天妖伺人"。而《席铭》仅保存了第一组,《楹铭》保存了中间三组。又如,《金人铭》还保存了四组句子,一为"荧荧不灭,炎炎奈何";二为"涓涓不壅,将成江河";三为"绵绵不绝,将成网罗";四为"青青不伐,将寻斧柯"。而《黄帝语》缺第三组,《周书》则仅保存了第四组,另加第一组和第三组的各一句。依古籍由繁删简易由简增繁难的通例,《金人铭》自然早于其他四文。笔者甚至认为,《金人铭》与四文不只是同源关系,很可能《金人铭》本身即是四文的源头,四文乃分别节录、拼凑《金人铭》而成。若然,作为战国中期之前的四文②,其源头《金人铭》自当早于战国。

其二,《老子》承袭了《金人铭》。这一点郑良树《〈金人铭〉与〈老子〉》一文有精辟考证。《老子》第四十二章、七十九章分别与《金人铭》"强梁者不得其死"、"天道无亲,常与善人"句全同；其第五章及六十六章分别与《金人铭》"无多言,多言多败；无多事,多事多患"及"夫江河长百谷者,以其卑下也"句意相近；其第七章及六十六章与《金人铭》"君子知天下之不可盖也,故后之下之,使人慕之"句意相合；其二十六章与《金人铭》"执雌持之,莫能与之争者"句意亦相合。这些相合之处说明《老子》承袭了《金人铭》而不是相反,因郑氏找到了强有

---

① 黄方刚《老子年代之考证》,收入罗根泽编《古史辨》第四册,上海古籍出版社 1982 年 8 月版,368 页。

② 郑良树著《诸子著作年代考》对四文的年代作了如下判定,云："我们当然不会相信《语》是黄帝时代的作品,也很难相信《席》及《楹》是西周早年的文献,然而,我们也不相信它们是战国晚期的文字。《周》为苏子所见引,此苏子为苏秦,大概符合实情。"北京图书馆出版社2001 年 9 月版,16 页。笔者以为,郑氏将四文视为战国中期以前的作品比较合乎实际,今从之。

力的证据。云:"《老子》第四十二章'强梁者不得其死',自谓是'人'教他的,他将此'人'认作'教父',而即以此教导他人;可见《老子》此处是有所依据,并非自我编造的。然则,这个'人'是谁呢?除了《金人铭》之外,其他先秦古籍再也没有'强梁者不得其死'的句子;然则,这个'人'应该是很清楚了。就此条来说,《老子》用《金人铭》文字是很容易的;如果说是《金人铭》拼凑《老子》而成,就很难想像了。"① 郑氏此论甚确。老子其人和《老子》其书的时代,尽管存在着诸多争议,然其与孔子同时的通常说法是不可能被轻易否定的,因此影响其书的《金人铭》定在孔子之前。据此,《荀子》、《说苑》、《孔子家语》所称此《金人铭》即乃"孔子之周,观于太庙"时所见"右阶之前"金人背上铸刻之铭文,是可信的。

其三,《金人铭》与春秋时期铭文文体的形式特征相吻合。春秋之前的西周铭文格式、布局、行文是程式化的,战国中期以后铭文则走向衰落,唯春秋时期的铭文风格比较自由灵活。正如马承源在《中国青铜器》一书中所说:"春秋时期,周室东迁,五霸兴起。周王朝的中央集权逐渐分散到列国诸侯之手,他们各霸一方,各自为政,冶铜铸器各得其便。因此,这个时期的青铜器铭文也表现出了较强的随意性","格式比较单调,记述也较自由"。② 《金人铭》不拘程式,行文灵活,富有文采,与春秋时期铭文特征正相吻合。因此,它既不大可能是战国时期的铭文,也不大可能是西周时期的铭文(《文心雕龙·铭箴》所说"周公慎言于金人",将《金人铭》视为西周早期周公的作品的说法不足凭信),而应当是春秋时期的铭文,至晚亦在孔子之前。

二、《由余书》佚文

本文最早见于《史记·秦本纪》,是由余任职于西戎时出使秦国与秦穆公(前659—前620在位)的一段对话。全文如下:

戎王使由余于秦。由余,其先晋人也,亡入戎,能晋言。闻

---

① 郑良树著《诸子著作年代考》,北京图书馆出版社2001年9月版,18页。
② 马承源主编《中国青铜器》,上海古籍出版社1988年7月版,359—360页。

缪公贤，故使由余观秦。秦缪公示以宫室、积聚。由余曰："使鬼为之，则劳神矣。使人为之，亦苦民矣。"缪公怪之，问曰："中国以诗书礼乐法度为政，然尚时乱。今戎夷无此，何以为治，不亦难乎？"由余笑曰："此乃中国所以乱也。夫自上圣黄帝作为礼乐法度，身以先之，仅以小治。及其后世，日以骄淫。阻法度之威，以责督于下，下罢极则以仁义怨望于上，上下交争怨而相篡弑，至于灭宗，皆以此类也。夫戎夷不然，上含淳德以遇其下，下怀忠信以事其上，一国之政犹一身之治，不知所以治，此真圣人之治也。"①

《汉书·艺文志》列《由余》三篇于杂家，颜师古注"入兵法"。《隋书·经籍志》、《旧唐书·经籍志》、《新唐书·艺文志》皆不载，知亡佚已久。清人马国翰将《史记》中此节由余对穆公问的文字和《韩非子·十过》、贾谊《新书》中两节文字皆作为《由余书》的佚文收入其《玉函山房辑佚书》中。笔者认为，本节文字可能是司马迁综合由余对穆公问的文献记载写进了《史记》中；但也有另一种可能，由余使秦之前对如何回答穆公的提问已有腹稿，返戎后确将对穆公问的情况撰成了文字，同《孟子》一书的编纂情形相类，司马迁乃是节引。若属后者，此节文字确当视作《由余书》中的内容。

三、晋文公《合诸侯盟》

此盟文首见于《说苑·反质》，全文如下：

> 吾闻国之昏，不由声色，必由奸利。好乐声色者，淫也。贪奸者，惑也。夫淫惑之国，不亡必残。自今以来，无以美妾疑妻，无以声乐妨正，无以奸情害公，无以货利示下。其有之者，是谓伐其根素，流于华叶。若此者，有患无忧，有寇勿弭。不如言者，盟示之。②

《说苑》虽是刘向据皇家所藏和民间流行的书册资料整理而成，

---

① （西汉）司马迁著《史记》卷五，中华书局1982年11月版，192—193页。
② （西汉）刘向著，向宗鲁校证《说苑校证》，中华书局1987年7月版，526页。

然如前所述，其"意在发明儒者之纪纲教化，以戒天子"（余嘉锡《四库提要辨证》），对书册资料的取舍便"不复计事实之舛误"（朱一新《无邪堂答问》），甚至将一些"街谈巷语，道听途说"的传闻亦拿来作为阐发己说的文献依据，并"更以造新事"（《说苑叙》），"有所增益于其间"（余嘉锡同上），致使该书确有"广陈虚事，多构伪辞"（刘知幾《史通·杂说》）之弊，降低了其文献价值。具体到这篇盟文，详载晋文公事迹的《左传》、《史记》等均未涉及，其真实性颇值得怀疑，只是我们尚找不出刘向作伪的实证，其行文风格又颇符合晋文公的性格特征，故从严可均《全上古三代文》题目辑之。

四、《宓子》佚文

《汉书·艺文志》儒家类载《宓子》十六篇，注云："名不齐，字子贱，孔子弟子。"《论语·公冶长》、《史记·仲尼弟子列传》、《孔子家语·七十二弟子解》均言及此人。《史记集解》引孔安国语云鲁国人。又，文献中"宓"或作"密"、"虙"，颜之推《颜氏家训·书证》谓"宓"乃"虙"之误字，清人梁玉绳《古今人表考》、刘宝楠《论语正义》、段玉裁《说文解字注》皆不以为然，今人孙启治、陈建华《古佚书辑本目录》以为："六朝及唐人俗字，凡字从'虍'者或写作'宀'。"其说可从。"宓"、"密"、"虙"当通用，读作"伏"。《宓子》一书《隋志》、两《唐志》已无著录，知亡佚已久。《韩非子》、《吕氏春秋》、《淮南子》、《说苑》、《孔子家语》等时引其佚文，互有异同，马国翰《玉函山房辑佚书》即据此几种文献辑得佚文七节。其中首见于《说苑·政理》的一节佚文为：

（孔子）而复往见子贱曰："自子之仕，何得何亡（《家语》二句作"问如孔篾"）？"子贱曰（《家语》作"对曰"）："自吾之仕，未有所亡（《家语》作"无所亡"），而所得者三：始诵之文（《家语》无"文"字），今履（《家语》作"得"）而行之，是学日（《家语》无"日"字）益明也，所得者一也（《家语》无此句）；俸禄虽少，饘饘得及亲戚（《家语》二句作"俸所供，被及亲戚"），是以亲戚（《家语》作"骨肉"）益亲也，所得者二也（《家语》无此句）；公事虽急，夜勤吊死视病（《家语》作"而兼以吊死问疾"），是以朋友益亲也（《家语》作

"是朋友笃也")。"孔子谓(《家语》作"孔子喟然谓")子贱曰:"君子哉若人!君子哉若人(《家语》无叠句)!鲁无君子者,斯焉取斯(《家语》作"则子贱焉取此")。"①

五、《漆雕子》佚文

笔者以为《漆雕子》的作者可能是孔子弟子鲁人漆雕开。其理由有三:其一,《论语·公冶长》云:"子使漆雕开仕。对曰:'吾斯之未能信。'子说。"漆雕开对做官缺乏信心,孔子也赞赏他的这一自我评价,说明其是一位学者型的人(《孔子家语》称其习《尚书》),确有著书立说的可能。《史记·仲尼弟子列传》中有漆雕开其人,称其字子开,《索隐》引郑玄注其为鲁人,《孔子家语》则云蔡人。其二,王充《论衡·本性篇》云:"宓子贱、漆雕开、公孙尼子之徒,亦论情性,与世子相出入,皆言性有善有恶。"②而我们从马国翰《玉函山房辑佚书》所辑《漆雕子》中选录的下节佚文,正是论性有善恶的,与《论衡》所述完全吻合。其三,《汉书·艺文志》著录《漆雕子》十三篇,注其作者云:"孔子弟子漆雕启后。"而《史记》依孔子"受业身通者七十有七人"之语所列孔子的七十七名弟子中没有漆雕启,王应麟《汉书艺文志考证》以为其人盖名启字子开,《史记》作漆雕开者,乃避景帝讳。笔者以为,王说不足据,因《论语》中早有漆雕开之名,并非史迁避讳才改"启"为"开"。此人宜为漆雕开,名启字子开(屈原,名平字灵均例同)。又,杨树达《汉书窥管》和郭沫若《十批判书》认为《汉志》注"漆雕启后"的"后"字为衍文,意在说明《漆雕子》为漆雕开(启)所亲撰。其实,即便"后"字不是衍文,依余嘉锡《古书通例》所立判定古书作者的原则(参第三章第一节),将《漆雕子》归在漆雕开(启)名下也是合适的。据此,不论《漆雕子》为漆雕开所亲撰,还是其后人掇其言行而成书,著作权都应归属漆雕开。另,《说苑》和《孔子家语》分别载有孔子与漆雕憑、孔子与漆雕马人同一段对话,知两名同指一人,可能是名憑字马人。孔子极赞对方谈话水平高,并称其能秉父德云:"君子哉,漆雕

---

① (西汉)刘向著,向宗鲁校证《说苑校证》,中华书局1987年7月版,161—162页。
② (东汉)王充著,黄晖校释《论衡校释》,中华书局1990年2月版,133页。

氏之子。"由此推测，漆雕凭有可能是漆雕开之子，即便其整理其父言论而成《漆雕子》，该书同样可视为漆雕开的著作。

《隋志》、两《唐志》均不载《漆雕子》，知亡佚已久，唯清人马国翰据《韩非子》、《孔子家语》、《说苑》等辑得佚文四节。今据马国翰《玉函山房辑佚书》选录一节如下：

> 人性有善有恶，犹人情有高有下也，高不可下，下不可高。谓性无善恶，是谓人才无高下也。禀性受命同一实也。命有贵贱，性有善恶，谓性无善恶，是谓人命无贵贱也。九州田土之性，善恶不均，故有黄赤黑之别，上中下之差。水潦不同，故有清浊之流，东西南北之趋。人禀天地之性，怀五常之气，或仁或义，性术乖也；动作趋翔，或重或轻，性识诡也；面色或白或黑，身形或长或短，至老极死，不可变易，天性然也。①

六、《墨子》佚文

关于《墨子》佚文的辑录情况，孙启治、陈建华在《古佚书辑本目录附考证》中的考辨颇为精审，今转录于此，括号中的内容为笔者所加。文云："(清)毕沉《《墨子》佚文，见《四部备要·子部周秦诸子》、《子书百家·杂家类》、《百子全书·杂家类》、《二十二子》、《经训堂丛书》等书中《墨子》卷十五附录》从《史记》、《文选》李善注及唐、宋类书等采得佚文二十一节。又《意林》载佚文三节，毕氏于《墨子篇目考》中引之，而未录入此辑。(清)吴汝纶《《桐城吴先生点勘诸子七种·墨子卷十六》）、(清)王仁俊《《玉函山房辑佚书续编·经籍佚文·墨子佚文》）、(清)曹耀湘《《墨子笺》卷十五附佚文）、(清)尹桐阳《《墨子新释》附佚文)皆转录毕辑，并将《意林》所载三节补入，王仁俊更从《文选》李注采得一节附末。按毕辑所采《太平御览》引各节多不可信，诸家转录未校核。(清)孙诒让《《墨子闲诂·墨子附录》)重校毕辑颇审，并从《水经注》、《稽瑞》等续采得佚文六节附末，唯《意林》所载仍毕辑之旧未收入。(清)张纯一《《墨子集解·附录》）就孙辑增

---

① (清)马国翰辑《玉函山房辑佚书》，广陵书社2005年11月影印版，2486页。

补,悉录毕、孙、曹三家案语,并从《开元占经》等续采得佚文九节附末,又《意林》所载三节亦补入,故较诸家为备。"①现摘录《墨子》佚文两节。佚文之一首见《意林》引,云:

> 古之学者,得一善言,附于其身;今之学者,得一善言,务以说人,言过而行不及。②

佚文之二首见于《太平御览》引,云:

> 子禽问曰:"多言有益乎?"墨子曰:"虾蟆蛙蝇日夜而鸣,口干擗然而不听;今鹤鸡时夜而鸣,天下振动,多言何益?唯其言之时也。"③

七、《李克书》佚文

《汉书·艺文志》著录《李克》七篇,列儒家类。其注云:"子夏弟子,为魏文侯相。"然陆德明《经典释文·诗叙录》云:"子夏传曾申,申传魏人李克。"陆玑《毛诗疏》亦云:"卜商(子夏)为之序,以授鲁人申公(当为曾子之子曾申),申公授魏人李克。"据此,李克似为子夏再传弟子。史载,魏文侯封其太子击为中山君,即后之魏武侯,派李克相之。可见,班固注"文"似当"武"字之误,或"李克"与"李悝"相混。刘渊林注《魏都赋》(见《文选》)曾标引《李克书》一节,而《隋志》则不见著录,知《李克书》大致亡佚于六朝后。马国翰《玉函山房辑佚书》从《吕氏春秋》、《淮南子》、《史记》、《韩诗外传》、《说苑》等书中辑出《李克书》一卷,凡七篇。这里摘引两节。佚文之一,首见于《说苑·反质》,云:

> 魏文侯问李克曰:"刑罚之源安生?"李克曰:"生于奸邪淫佚之行。凡奸邪之心,饥寒而起。淫佚者,久饥之诡也。雕文刻镂,害农事者也。锦绣纂组,伤女工者也,农事害,则饥之本也;女工伤,则寒之原也。饥寒并至,而能不为奸邪者,未之有也。

---

① 孙启治、陈建华著《古佚书辑本目附考证》,中华书局1997年8月版,215页。
② (唐)马总编《意林》卷一,广雅书局光绪二十五年(1899)重刊版,26页。
③ (北宋)李昉编《太平御览》卷三百九十,中华书局1960年2月影印版,1804页上。

男女饰美以相矜,而能无淫佚者,未尝有也,故上不禁技巧则国贫民侈。国贫民侈则贫穷者为奸邪,而富足者为淫佚。则驱民而为邪也。民以为邪,因以法随诛之,不赦其罪,则是民设陷也。刑罚之起有原,人主不塞其本而替其末,伤国之道乎?"①

佚文之二,首见于《文选·左太冲魏都赋·刘渊林注》引,云:

《李克书》曰:言语辨聪之说而不度于义者,谓之胶言。②

八、《缠子》佚文

缠子,生平不详。王充《论衡·福虚篇》载有缠子与董子的互相辩难,云:"儒家之徒董无心,墨家之役(徒)缠子,相见讲道。缠子称墨家佑鬼神,是引秦穆公有明德,上帝赐之九十〔九〕年。缠(董)子难以尧、舜不赐年,桀、纣不夭死。……"③可知,缠子乃墨家后学。又,各学派互相辩难始于战国,墨子生当春秋战国之际,作为与儒家后学辩难的墨家后学的缠子,似当为战国初期人。《缠子》不见《汉志》、《隋志》及《唐志》著录,唯《论衡》、《文选》李善注、《意林》各存二节,《风俗通·神怪》引用一节。前六节辑入马国翰《玉函山房辑佚书》中,清人顾观光《武陵山人遗稿·古书逸文·缠子》亦辑六节,其有《风俗通》一节而缺《论衡》一节。

下节佚文辑录于唐代马总《意林》卷一。该文表达了缠子对浮华言辞的排斥态度。文云:

缠子修墨氏之业以教于世儒,有董无心者,其言修而谬,其行笃而庸,言谬则难通,行庸则无主。欲事缠子,缠子曰:"文言华世,不中利民。倾危缴绕之辞者,并不为墨子所修;劝善、兼爱,墨子重之。"④

---

① (西汉)刘向著,向宗鲁校证《说苑校证》,中华书局1987年7月版,518—519页。
② (南朝梁)萧统编,(唐)六臣注《六臣注文选》卷三十八,中华书局1987年8月影印版,120页。
③ (东汉)王充著,黄晖校释《论衡校释》,中华书局1990年2月版,268—269页。
④ (唐)马总编《意林》,广雅书局光绪二十五年(1899)重刊版,卷一26页。

九、《慎子》佚文

慎到(约前395—前315),战国时代赵国人。《汉书·艺文志》著录其《慎子》四十二篇,列法家类。《慎子》至宋代部分失传,《崇文总目》存三十七篇。今本《慎子》七篇收入《守山阁丛书》、《诸子集成》、《丛书集成初编》、《四部备要》等书中,当为后人辑录重编而成,非《汉志》四十二篇之旧(参《四库全书总目》)。清人钱熙祚《慎子逸文》从《意林》、《文选》李善注、唐宋类书中辑录佚文四十余节,作为附录亦收入上述几书中。

下节佚文辑录于《意林》卷二。该文揭示了文艺本质问题,并对几部早期文学作品的性质特点做了准确概括。认为《诗经》记录的是过去的人们的思想感情,这是对"诗言志"说的具体运用,重申文艺的本质特征是表达思想感情。文云:

> 《诗》,往志也;《书》,往诰也;《春秋》,往事也。①

十、《黔娄子》佚文

《汉书·艺文志》著录《黔娄子》四篇,列于道家类。注云:"齐隐士,守道不诎,威王下之。"皇甫谧《高士传》云:"黔娄先生者,齐人也。修身清节,不求进诸侯。鲁恭公(前375—前353年在位)闻其贤,遣使致礼赐粟三十钟,欲以为相,辞不受。齐(威)王(前356—前321年在位)又礼之,以黄金百斤聘以为卿,又不就。著书四篇,言道家之务,号《黔娄子》,终身不屈,以寿终。"②今人孙启治、陈建华《古佚书辑本目录》之《黔娄子》按语云:"《广韵·十九侯》娄字下注云:'《汉书·艺文志》有齐隐士赣娄子,著书。'赣、黔并牙音字,一声之转,古音得通。"③此言甚确。《黔娄子》不见《隋志》及两《唐志》著录,然皇甫谧似尚见过此书,知其大致亡佚于六朝时期。曹庭栋《孔子逸语》引《黔娄

---

① (唐)马总编《意林》,广雅书局光绪二十五年(1899)重刊版,卷二 14 页。
② (西晋)皇甫谧著《高士传》卷中,商务印书馆民国二十六(1937)年 6 月版,57 页。
③ 孙启治、陈建华著《古佚书辑本目录附考证》,中华书局 1997 年 8 月版,211 页。

子》二节，未详出处，马国翰据以辑入《玉函山房辑佚书》中。下面一节即据马书转录，云：

> 子曰：言之善者，在所日闻；行之善者，在所能为。①

十一、《申子》佚文

申不害（约前385—前337），战国时郑国人，《史记》卷六十三有传。《申子》一书，《史记》本传著录二篇，《汉书·艺文志》著录六篇，列于法家类，《七略》（阮孝绪著）、《隋志》、两《唐志》皆以三卷着目，可知其亡佚于五代以后。

关于《申子》一书著录和佚文辑录情况，孙启治、陈建华在《古佚书辑本目录》中考述颇详，兹照录于此，括号中内容为笔者所加。文云："申不害，京人，故郑之贱臣，学术以干韩昭候，昭候用为相。学本黄老而主刑名，著书二篇，号曰《申子》（《史记》本传语）。《汉志》法家载《申子》六篇，多于本传所载。按《集解》引刘向《别录》云'今民间所有上下二篇，中书六篇'，是当时民间仅传二篇之本，其六篇者为宫秘书。《隋志》云：'梁有《申子》三卷，韩相申不害撰，亡。'两《唐志》复载之。书今佚，唯《群书治要》载《大体》一篇，又《意林》、《韩非子》、《吕氏春秋》及唐、宋类书等亦引之。《说郛》（卷六《读子随识》）所载（《申子》）仅一节，不注出处，实为《太平御览》所引。马国翰（《玉函山房辑佚书·申子》）采得二十四节，未及采《治要》所载《大体》一篇。严可均（《全上古三代文》卷四《申子》）采《治要》一篇，又从诸书采得佚文十三节，则未出马辑之外。王仁俊（《玉函山房辑佚书续编·申子》）据《治要》补马氏所缺《大体》一篇，又从《绎史》采得一节。按此节与马氏采自薛璩《孔子集语》者文同，王氏误重也。顾观光（《武陵山人遗稿·古书逸文·申子》）所辑除《大体》一篇外，其余大致不出马外，唯采《史记·李斯传》引一节为马所无。又顾所采《意林》所载'刘向云申子名不害'云云一节，非本文，故诸家皆不录。王时润（《商君书校诠·附录申子逸文》）全录马辑（仅'子曰丘少好学'、'子张见鲁哀

---

① （清）马国翰辑《玉函山房辑佚书》，广陵书社2005年11月影印版，2694页。

公'、'岂不知镜'三节未录),又采《大体》篇弁诸首。李峻之(《古史辨》第六册《吕氏春秋中古书辑佚》)仅从《吕氏春秋》采得一节,已见马辑。"①

今录《申子》佚文三节。

佚文之一,辑录于《意林》卷一。该文揭示了音乐规律问题。文云:

鼓不预五音,而为五音主。②

佚文之二,辑录于《太平御览》卷六二四。该文揭示了语言的社会功能问题。文云:

明君治国而晦晦,而行行,而止止。故一言正而天下定,一言倚而天下靡。③

佚文之三,辑录于《艺文类聚》卷五四。该文表达了申不害对言辞辩说的否定性评价。文云:

尧之治也,善明法察令而已。圣君任法而不任智,任数而不任说。黄帝之治天下,置法而不变,使民安乐其法也。④

十二、《惠子》佚文

惠施(约前370—约前310),《吕氏春秋·淫辞》高诱注称其为战国时代宋国人。名家代表人物,仕于魏,为魏惠王相。其事迹散见于《战国策·魏策》、《庄子》、《吕氏春秋》诸书。《汉书·艺文志》著录《惠子》一篇,列入名家类,注云:"名施,与庄子并时。"《隋志》、两《唐志》均不见著录,知其书亡佚已久。马国翰《玉函山房辑佚书》从《庄子》、《韩非子》、《吕氏春秋》、《说苑》中辑其言论凡四十节,编为一卷,列入子编名家类。钱基博《名家五种校读记·惠子征文记》(见《无锡国学专修学校丛书》)辑佚四节,唯《荀子·不苟》所引一节为马氏所

---

① 孙启治、陈建华著《古佚书辑本目录附考证》,中华书局1997年8月版,213页。
② (唐)马总编《意林》,广雅书局光绪二十五年(1899)重刊版,卷二14页。
③ (北宋)李昉编《太平御览》卷六二四,中华书局1960年2月影印版,2798页上。
④ (唐)欧阳询编《艺文类聚》卷五十四,上海古籍出版社1999年5月版,967页。

无。李峻之《吕氏春秋中古书辑佚》（见《古史辨》第六册）所采七节均已见马辑。另外，明代归有光《诸子汇函》卷十三载《惠子》二节，题曰《杨喻》、《弹喻》，实分别见于《说苑》、《战国策》。

下面所录《惠子》一节，辑录于《说苑·善说》。该文记录了惠施对譬（比）喻修辞手法的详尽阐说。他认为，譬（比）喻就是用人们理解的东西说明人们不理解的东西，这一概括揭示了譬喻修辞手法的形象思维特征。文云：

> 客谓梁王曰："惠子之言事也善譬，王使无譬，则不能言矣。"王曰："诺"。明日见，谓惠子曰："愿先生言事则直言耳，无譬也。"惠子曰："今有人于此而不知弹者，曰：'弹之状若何？'应曰：'弹之状如弹。'则谕乎？"王曰："未谕也"。"于是更应曰：'弹之状如弓，而以竹为弦。'则知乎？"王曰："可知矣。"惠子曰："夫说者，固以其所知论谕其所不知，而使人知之。今王曰'无譬'，则不可矣。"王曰："善。"①

十三、《鬼谷子》佚文

鬼谷子，纵横家之祖，战国时代楚国人，因隐于鬼谷（疑在河南淇县云梦山），故自号鬼谷子。唐朝以来，关于鬼谷子其人其书的真伪及所隐之地争论颇多。

关于其人，《史记·苏秦列传》云："苏秦者，东周雒阳人也。东事师于齐，而习之于鬼谷先生。"②《史记·张仪列传》亦云："张仪者，魏人也。始尝与苏秦俱事鬼谷先生学术。"③《风俗通义》云："鬼谷先生，六国时纵横家。"④扬雄《法言·渊骞》云："仪、秦学乎鬼谷术，而习乎纵横言，安中国者各十余年。"⑤说明鬼谷子乃苏秦、张仪之师，苏、张从之学纵横之术，历史上当真有其人无疑。

---

① （西汉）刘向著，向宗鲁校证《说苑校证》，中华书局1987年7月版，272页。
② （西汉）司马迁著《史记》卷六十九，中华书局1982年11月版，2241页。
③ （西汉）司马迁著《史记》卷七十，中华书局1982年11月版，2279页。
④ （东汉）应劭著，王利器校注《风俗通义校注》，中华书局1981年1月版，531页。
⑤ （西汉）扬雄著，汪荣宝疏《法言义疏》，中华书局1987年3月版，442页。

关于其书，《汉书·艺文志》著录《苏子》三十一篇，《张子》十篇，均列纵横家类，而无《鬼谷子》之名。《史记索隐》称："乐壹注鬼谷子书。"①《史记正义》佚文称："《七录》有《苏秦书》，乐壹注云：'秦欲神秘其道，故假名鬼谷也。'"（王应麟《玉海》卷五十三引）《隋书·经籍志》始著录《鬼谷子》三卷，列纵横家类，乐壹注，《旧唐书·经籍志》、《新唐书·艺文志》均记《鬼谷子》苏秦撰，乐壹注。因此，《七录》的《苏秦书》似即隋唐以来的《鬼谷子》，说明世传于今的《鬼谷子》一书是渊源有自的先秦古书。依余嘉锡《古书通例》所称先秦诸子非必皆本人手着的通例，经苏秦之手阐发其师鬼谷子思想的《鬼谷子》不能视为伪托。黄云眉《古今伪书考补证》、孙启治、陈建华《古佚书辑本目录》所谓《鬼谷子》为伪托的说法不足据。

《鬼谷子》是现存唯一的一部纵横家理论著作，一卷十二篇，有《四部备要》及《四部丛刊》等本，南朝梁代陶弘景注。关于《鬼谷子》佚文的辑录情况，孙启治、陈建华《古佚书辑本目录》考辨精详，可资参阅。现转录于此，括号中内容为笔者所加。文云："（清）秦复恩（《鬼谷子附录》）从《说苑》、《史记索隐》、《意林》、《太平御览》采得七节，又从《文选》李善注、《太平御览》等采得《鬼谷子序》佚文四节附焉。王仁俊（《玉函山房辑佚书续编》）所辑缺《史记田敬仲完世家索隐》所引一节，多曹耀湘《正扬》引一节。按《御览·治道部》引'君得名'云云一节，未有'其言并未尝隐螯峭薄'一句"，乃引者之按语也，故秦氏未录，王氏并录入，非是。（近人）尹桐杨（《鬼谷子新释·附鬼谷子佚文》）所辑八节，殊不可据。按白云观《道藏》本《揣篇》偶脱'古之善用天者'云云一节，诸本皆不脱。尹氏不察，乃自《百子全书》本录出，以为佚文。又《捭阖》篇注'阴阳之理尽'云云、《符言》篇注'因求而与'云云，《百子全书》本误羨入正文，尹氏竟亦录出以为佚文，其疏略有如此。又'崖密'一节，明知为《冷斋夜话》引《金楼子》文，乃强为之说而采入，殊不可解。其余所采，皆不出秦、王之外，且只据《四库全书提要》、《百子全书序》转引，未据原引之书也。严可均（《全上古三代文·鬼谷先生》）从《艺文类聚》三十六采得鬼谷先生遗苏秦、

---

① （西汉）司马迁著《史记》卷六十九，中华书局1982年11月版，2241页。

张仪书一节,又杜光庭《录异记》亦载此节而文略异,严氏亦采入。"①

下节《鬼谷子》佚文乃从《说苑·善说》引文中摘出。文云:

> 人之不善而能矫之者,难矣。说之不行,言之不从者,其辨之不明也;既明而不行者,持之不固也;既固而不行者,未中其心之所善也。辩之,明之,持之,固之,又中其人之所善,其言神而珍,白而分,能入于人之心,如此而说不行者,天下未尝闻也。②

十四、《尹文子》佚文

尹文和宋钘之名首次并出于《庄子·天下》篇,《吕氏春秋》、《说苑》载尹文与齐宣王(前320—前302年在位)、齐愍王(前301—前285年在位)问答事。颜师古注《汉书·艺文志》称:"刘向云:与宋钘俱游稷下。"可知尹文为战国齐宣王、齐愍王时人,曾游学于稷下,与宋钘、彭蒙齐名。《汉志》著录《尹文子》一篇,列名家类。魏黄初末山阳仲长氏析为上下两篇,故《隋志》作两卷。清人钱熙祚从《意林》、《后汉书》注、《艺文类聚》、《太平御览》、《北堂书钞》中辑得佚文十四节(见《诸子集成·尹文子·附逸文》等)。王仁俊《玉函山房辑佚书续编》所辑《尹文子佚文》一卷全录钱辑,又据《意林》、《北堂书钞》等补辑九节,编为《尹文子佚文补遗》一卷。钱基博从《意林》采得四节,不出钱、王之外,唯从《群书治要》辑得《大道下》佚文一节,为钱、王所无(见《无锡国学专修学校丛书·名家五种校读记·尹文子校读记附》)。

下节佚文辑录于《北堂书钞》卷一〇八。该文对创作主体、文艺作品形式媒介、接受主体之间"以类相动"关系作了系统揭示。这一揭示勾勒了文艺作品从产生到其社会功能发挥的全过程,并指出这一过程是靠"以类相动"原理完成的。该命题有较高理论价值。文曰:

> 钟鼓之声,怒而击之则武,忧而击之则悲,喜而击之则乐。

---

① 孙启治、陈建华著《古佚书辑本目录附考证》,中华书局1997年8月版,215—216页。

② (西汉)刘向著,向宗鲁校证《说苑校证》,中华书局1987年7月版,266页。

其意变,其声亦变。意诚感之达于金石,而况于人乎!①

十五、佚名(托名帝喾)言论

其语云:

> 缘道者之辞而与为道已,缘巧者之事而与为巧已,行仁者之操而与为仁也。②

此数语选自贾谊《新书·修政语上》。《新书》是贾谊平时著述的杂记稿,其《修政语》上下两篇主要内容是借古代帝王的言论,申述作者自己的美政主张。至于其所引用古代帝王尤其古传说中的帝王的言论有何依据,则不得而知,大概多为春秋战国间人所假托。此处托名帝喾的言论明显是儒家学派的言论,大致当在孔子创立儒家学派之后至汉初倡黄老之学以前。严可均《全上古三代文》题作《政语》,最后误将贾谊"故节仁之器以修其躬"等五句阐发性文字羼入正文之后。今删之。

十六、《阙子》佚文

阙氏,生平无考。《后汉书·孝献帝纪》李贤注引《风俗通》云:"阙,姓也,承阙党童子之后也。纵横家有阙子著书。"③"阙",《文选》李善注、《太平御览》或引作"阚",误。《汉书·艺文志》纵横家类著录《阙子》一篇,列在战国燕将庞煖与秦零陵令信之书中间,知阙氏为战国后期人,纵横家人物。《隋书·经籍志》云:"梁有补《阙子》十卷,《湘东鸿烈》十卷,并元帝撰,亡。"④两《唐志》著录梁元帝补《阙子》十卷。知《阙子》南朝梁时已佚。今梁元帝所辑补《阙子》亦佚。马国翰《玉函山房辑佚书》从《水经注》、《艺文类聚》、《太平御览》等书中辑录佚文六节。孙启治、陈建华《古佚书辑本目录》按语称:"原书不过一

---

① (唐)虞世南编《北堂书钞》,天津古籍出版社1988年12月影印版,450页下。
② (西汉)贾谊著,阎振益、钟夏校注《新书校注》,中华书局2000年7月版,360页。
③ (南朝宋)范晔著《后汉书》卷九,中华书局1965年5月版,374页。
④ (唐)魏徵等著《隋书》卷三十四《经籍》三,中华书局1973年8月版,1005页。

篇,元帝乃补成十卷,未详所以","《阙子》自《隋志》已不载,诸书所引者疑是元帝之补作"。① 此按语可备一说。现从《太平御览》卷八三四中转录一节。文云:

> 鲁人有好钓者,以桂为饵,黄金之钩,错以银碧,垂翡翠之纶,其持竿处位即是,然其得鱼不几矣。故曰:钓之务不在芳饰,事之急不在辩言。②

---

① 孙启治、陈建华著《古佚书辑本目录附考证》,中华书局1997年8月版,216页。
② (北宋)李昉编《太平御览》卷六二四,中华书局1960年2月影印版,3722页上。

先秦佚文中的文艺思想*

随着全编式先秦文论资料和集大成式先秦文学批评史著作①的面世，先秦文艺思想研究的拓展空间越来越小，若要其有大的超越和突破，研究方法的创新或新材料的发现，便显得异常重要。近几年，不少学者在研究方法创新方面，做了有益探索，笔者则主要致力于对新材料的搜寻。经过阅读大量文献，陆续甄别辑录了22则先秦文论佚文，尽管其数量和价值都无法与传世主流文论文献相比，然而却是传世文论文献的必要补充，或许对我们更全面地认识先秦文艺思想的整体风貌，会有所帮助。

一、从先秦佚文看诸子对文艺外部规律的探讨

在我们辑录的部分先秦佚文中，有几篇佚文探讨了文学的外部规律。和先秦典籍一样，这几篇佚文的内容主要集中在对文艺的基本态度上。众所周知，儒家重视文艺的社会作用，墨法两家彻底否定文艺，道家主观上否定文艺而客观上深入探讨了文艺的发展规律，而从辑录的几节佚文看，则主要表现为肯定或否定两种态度，且因佚文零碎简短，未能像先秦典籍那样把肯定或否定文艺价值的理由阐发得较为充分，所以总体上不宜将这部分佚文的理论贡献估计过高，但其毕竟是先秦文论典籍的有益补充。

---

* 本文原载于《文学评论》2007年1期，被中国人民大学复印报刊资料《中国古代、近代文学研究》2007年7期全文转载。

① 资料汇编如张少康、卢永璘编《先秦两汉文论选》，人民文学出版社1996年5月版；郭丹主编《先秦两汉文论全编》，江苏教育出版社2001年3月版。著作如顾易生、蒋凡著《先秦两汉文学批评史》，上海古籍出版社1990年4月版等。

在对文艺持否定态度的人物中,春秋时期的政治家由余属于比较早的,他代表了杂家对文艺的看法。其《由余书》佚文(《史记·秦本纪》引)云:"此(指诗书礼乐法度)乃中国所以乱也。夫自上圣黄帝作为礼乐法度,身以先之,仅以小治。及其后世,日以骄淫。阻法度之威,以责督天下,下罢极则以仁义怨望于上,上下交争怨而相篡弑,至于灭宗,皆以此类也。夫戎夷不然,上含淳德以遇其下,下怀忠信以事其上,一国之政犹一身之治,不知所以治,此真圣人之治。"①很明显,由余是反对诗书礼乐文明和文化建设的,他甚至将其视为"中国所以乱"的根源,而崇尚西戎"上含淳德以遇其下,下怀忠信以事其上"的原始文明。这一点为后来的道家所借鉴,但其否定礼乐文明的理由与后之道家并不相同。道家的理由主要是认为文明造就了人的虚伪,所谓"大道废,有仁义;智慧出,有大伪"(《老子·十八章》),"绝仁弃义,民复孝慈;绝圣弃智,民利百倍;绝巧弃利,盗贼无有。此三者以为文不足,故令有所属。见素抱朴,少私寡欲"(《老子·十六章》)。而由余之文虽也蕴含此类意思,然其反对诗书礼乐的主要理由则是统治者仅以诗书礼乐法度"责督于下",而却不以诗书礼乐法度约束自身,导致"日以骄淫,阻法度之威"。与道家相比,由余的认识更为深刻且富有批判精神。他骨子里并不一味排斥诗书礼乐文明,而是希望树立礼乐法度的权威,主张统治者先其自治而以其治民,其关于"自上圣黄帝作为礼乐法度,身以先之,仅以小治"的论述即是对这一主张的表白。另外,笔者拟测,由余也不大可能真心向往原始文明,其之所以以中国礼乐文明对比称美西戎原始文明,与他代表西戎出使秦国的特殊身份和使命有关。

同为著名政治家的晋文公,更是站在国家兴亡的高度来否定文艺的。其《合诸侯盟》(《说苑·反质》引)云:"吾闻国之昏,不由声色,必由奸利。好乐声色者,淫也。贪奸者,惑也。夫淫惑之国,不亡必残。自今以来,无以美妾疑妻,无以声乐妨正,无以奸情害公,无以货利示下。其有之者,是谓伐其根素,流于华叶。若此者,有患无忧,有寇勿弭。不如言者,盟示之。"②笔者以为,晋文公这里之所以将"声

---

① (西汉)司马迁著《史记》卷五,中华书局1982年11月版,192—193页。
② (西汉)刘向著,向宗鲁校证《说苑校证》,中华书局1987年7月版,526页。

色"和"奸利"作为国家动乱的根源,可能"声色"之"声"不是泛指音乐艺术,而是特指消磨意志的靡靡之音。他厌恶并以盟约的形式要求各诸侯国禁止此类文艺作品,说明了一位英主政治头脑的清醒和责任感的强烈,同时也揭示了当时文艺为当权贵族霸占并成为纵情享乐工具的客观事实。但站在文艺思想发展和文化建设的高度看,晋文公对文艺价值的认识确实不足。其一,音乐歌舞等艺术形式既可成为诱人堕落的腐蚀剂,更可成为塑造高尚灵魂的净化剂,关键不在艺术形式本身,而在其承载的内容是否健康向上。作为统治者,应该充分利用艺术的娱乐感染特征,在扼制消磨意志的靡靡之音的同时,大力发展健康向上的文艺去育人,而不是用行政手段和盟约形式强行禁绝之。这一点,晋文公远不如后之儒家学派高明。其二,晋文公认为"声乐妨正"即文艺妨碍政事,也是缺乏对文艺作用的真正理解。沉溺于艺术之乐固然会妨碍政事,然适当的娱乐则能调节性情,消除疲劳,会使人有更充沛的精力和良好的精神状态投入政事,关键在于如何把握对艺术的享用。晋文公将"声乐妨正"与"奸情害公"、"货利示下"的危害相提并论且置之首位,足见其对文艺的误解和偏见之深,此"妨正"说直接影响了墨子"非乐"理论的产生。墨子在其《非乐篇》中从实用主义出发,将晋文公否定反对音乐艺术的理由由"妨正"扩展为劳民伤财、荒废正事、无助于解决国家巨患三个方面。

有趣的是,至战国时期,晋文公和墨子的"妨正"说竟被儒家后学子夏弟子李克所接受,并作了进一步的阐发。李克不仅将文艺作为劳民伤财、伤女工、害农事之举,还进而将其视为诱发犯罪的主要动因。其《李克书》佚文(《说苑·反质》引)云:"雕文刻镂,害农事者也。锦绣纂组,伤女工者也,农事害,则饥之本也;女工伤,则寒之原也。饥寒并至,而能不为奸邪者,未之有也。男女饰美以相矜,而能无淫佚者,未尝有也,故上不禁技巧则国贫民侈。国贫民侈则贫穷者为奸邪,而富足者为淫佚。则驱民而为邪也。民以为邪,因以法随诛之,不赦其罪,则是民设陷也。"①很明显,李克虽意在批评以法治国的法制主张,揭示民众犯法之因,然其最终却把犯罪的根源记在了文化建

---

① 同上,519页。

设和尚文之风的账上,则是不正确的。文化建设不是"害农事"、"伤女工"的"饥之本"、"寒之源",更没有"驱民而为邪"。当然,李克痛惜"淫佚"之风的盛行,还是有一定意义的。李克在对待文化建设的态度上一反先儒传统,只是儒家学派内部的个别现象,其文艺理念对之后韩非的"乱法"说有直接影响,对文学艺术事业发展的影响是消极的。李克之后,法家重要人物申不害也曾借古圣贤笼统地表明了对文学的否定态度。其《申子》佚文(《艺文类聚》卷五十四引)云:"圣君任法而不任智,任数而不任说。"①其将创立各种学说或善于辩说之人置于法治的对立面,认为文人和文学于国计民生无补。申不害的观点虽没有之后韩非"儒以文乱法,侠以武犯禁"的观点激烈,然却与商鞅共同开了法家否定文艺的先声。

综观如上几节对文艺持否定态度的先秦佚文,其观点虽有某些可取之处,但总体而言,对文学事业的发展产生的影响是消极的;同时,单从纯理论的标准审视之,其理论性亦相对较弱,所以这部分佚文对古代文学思想和文学理论发展的贡献不大。可喜的是,下面几节对文化建设、文学艺术事业持肯定态度的佚文,对文艺的认识颇为深刻,与先秦相关典籍相比,有不少发前人所未发的新见。

首先,春秋末期孔子弟子宓不齐,以自己的切身体会阐述了文化知识的社会作用及与社会实践的辩证关系。其《宓子》佚文(《说苑·理政》引)云:"自吾之士,未有所亡,而所得者三。始诵之文,今履而行之,是学日益明也,所得者一也;俸禄所供,被及亲戚,是以骨肉益亲,所得者二也;公事虽急,而兼以吊死问疾,是以朋友益笃。"②其中"始诵之文,今履而行之,是学日益明也"数语,客观上揭示出这样一个道理:诵读文章能够提高人的文化素质,提高素质之后的人,若能运用所学文化知识去服务于社会,不仅文化知识的重要作用在实践中日益显现出来,同时文化知识持有者也会在服务社会过程中逐步加深对所学文化知识的理解和体会,使其对这些知识日益明白起来。可见,此节文字虽非宓不齐专门讨论文学理论问题,然其将如上结论作为自己的一大收获告知孔子,说明他对文化知识社会功能及其与

---

① (唐)欧阳询编《艺文类聚》卷五十四,上海古籍出版社1999年5月版,967页。
② (西汉)刘向著,向宗鲁校证《说苑校证》,中华书局1987年7月版,161—162页。

社会实践关系的认识,不仅是清楚的,而且是深刻和辩证的。

其次,战国时代道家人物黔娄先生,对语言与闻见知识的关系亦有所揭示。其《黔娄子》佚文(《逸语》引)云:"言之善者,在所日闻;行之善者,在所能为。"①所谓"言之善者,在所日闻",至少有两层含义:一是人们语言表达能力的提高,在于对日常生活中闻见知识的不断积累;二是善于用语言表达"善"的内容的人,在于其善于从日常生活闻见知识中辨别提取"善"的内容。表面看来,这是黔娄先生对语言与闻见知识关系的揭示,实质上则触及了语言与社会生活关系的命题。应该说,黔娄先生对语言与社会生活关系的认识,不仅是可取的,而且是颇具唯物因素的,同时我们还可以从中窥测出,道家学派也和儒家学派一样对文有向"善"的追求。

再次,战国时期无名氏论及了文学创作对作者本人的作用和意义。有一句《战国策》佚文,云:"芊千者著书显名。"(《广韵》引)大意为苍翠的山色环境适于著书,著书则能显名当时及后世。据文意推测,这句话可能出自战国时代一位隐士之口。此语虽才七个字,然其文论价值不可低估,因其阐发的不是文学对社会的作用的通常话题,而是文学对作者个人的作用问题。关于"立言"对个人的作用的认识,春秋时"太上有立德,其次有立功,其次有立言"(《左传·襄公二十四年》)的"三不朽"说已开其端,其"立言不朽"主要揭示出"立言"可以超越时代对立言者身后留名发挥重要作用。这一揭示确实指出了"立言"对个人作用的主要方面,但"立言不朽"在"三不朽"中屈居末位,是立德立功无望的不得已之举,同时,"立言"不一定专指著书创作,述而不作亦是立言。而《战国策》这句佚文则直称"著书显名",既专论著书创作的作用,又突出强调了著书对作者当时的现实意义和作用,它不仅能使作者身后留名,还能使作者"显名"当世以至显贵于当时,同时亦不再含有"立言"乃不得已之举的意思。因此,"著书显名"说是对"三不朽"说的重要补充和发展,绝非简单重复。它是战国诸子蜂起后著书之风大炽、著书者地位提高的时代特征在理论上的反映。这里的"著书"虽主要指成一家之言的子书而不是近代意义

---

① (清)马国翰辑《玉函山房辑佚书》,广陵书社 2005 年 11 月影印版,2694 页。

上的纯文学创作,但仍标志着战国时代人们广义的文学意识的进一步觉醒,它和"三不朽"说共同影响了司马迁《太史公自序》中"著史书扬名"说和曹丕《典论·论文》中著名的"文章,经国之大业,不朽之盛事"理论的产生。

最后,战国末期,李斯对文化艺术的外部规律和内部规律都有述及,表现出了一种全新的文艺观。这一文艺观见于《史记》本传所引录的《谏逐客书》一文。文云:

> 今陛下致昆山之玉,有随、和之宝,垂明月之珠,服太阿之剑,乘纤离之马,建翠凤之旗,树灵鼍之鼓。此数宝者,秦不生一焉,而陛下说之,何也? 必秦国之所生然后可,则是夜光之璧不饰朝廷;犀象之器不为玩好;郑卫之女不充后宫;而骏良駃騠不实外厩;江南金锡不为用,西蜀丹青不为采。所以饰后宫、充下陈、娱心意、说耳目者,必出于秦然后可,则是宛珠之簪、傅玑之珥、阿缟之衣、锦绣之饰不进于前;而随俗雅化、佳冶窈窕赵女不立于侧也。夫击瓮叩缶,弹筝博髀,而歌呼呜呜快耳者,真秦之声也。《郑》、《卫》、《桑间》、《韶》、《虞》、《武》、《象》者,异国之乐也。今弃击瓮叩缶而就《郑》、《卫》,退弹筝而取《韶》、《虞》,若是者何也? 快意当前,适观而已矣。今取人则不然,不问可否,不论曲直,非秦者去,为客者逐。然则是所重者,在乎色、乐、珠、玉,而所轻者,在乎民人也。此非所以跨海内、制诸侯之术也。①

由此段节录文字可知,李斯文学思想的新颖之处,不在于他对文化艺术的重要意义作出了完全肯定,而在于其肯定文化艺术重要价值的基础上,进一步提出了本土文化与外来文化兼收并蓄的主张。文中大量乐、舞、色、玉的铺排陈述,虽意在批评秦王生活中广纳外物与政治上"非秦者去"自相矛盾,但客观上确是以肯定秦王广泛吸纳外来文化的合理性、必要性为前提的。认为,正是秦王坚持内外文化的兼收并蓄,才极大满足了其物质生活和精神生活的全部欲望,也只有以文化上大器的兼收并蓄精神去广揽海内治世之才,才能真正了却海内归一的政治宏愿。为了贯彻兼收并蓄的文艺主张,李斯进一步确

---

① (西汉)司马迁著《史记》卷八十七,中华书局 1982 年 11 月版,2543—2544 页。

立了不同于先秦各派的全新的文艺作品取舍标准,即"快意当前,适观而已矣"的文艺作品取舍新标准。这是李斯前期对中国文艺思想史的重要贡献。

桑间濮上、郑卫之声,历来被诬为淫靡的亡国之音,不要说偏狭保守的汉儒和宋儒对其笔伐不止,较为宽容的先儒孔子早就对郑声力斥不贷,即便以杂家知名并与李斯同佐秦王的吕不韦,亦对这类作品难以包容。云:"世浊则礼烦而乐淫,郑卫之声,桑间之音,此乱国之所存,衰德之所悦。"(《吕氏春秋·音初》)而李斯却将《郑》、《卫》、《桑间》与儒家推崇备至的"雅乐"代表《韶》、《虞》、《武》、《象》并列同观,共赞为外来佳作。可谓骇俗之论。之所以如此,关键在于李斯抛开了儒家以"德"为核心的文艺评判标准,确立了"快意当前,适观而已矣"即以令人愉悦,适于观赏为上的取舍标准,能引起人的美感愉悦者则取之,不能给人以美的享受的则去之,这是一个惊世骇俗的以"审美"为核心的全新的文艺批评标准。它既符合文艺的生成、发展规律,亦反映了人类对文艺需求主要目的的客观事实,其表现在文艺实践活动中,则无疑是文艺风格的多样化和文艺作品内容及形式的丰富多彩。这一文艺标准的确立,虽不能排除李斯有迎合秦王享乐心理的因素,但确实说明,他对文艺的内在审美规律和文艺作品娱乐性特征,有了较深刻的认识。

笔者以为,我国在经历了春秋战国数百年的群雄并峙之后,政治上逐步走上大一统,各种思想流派亦随之步入了一个相互包容、汇合总结的历史阶段,所以,处于这一历史转型期的李斯的文艺观,明显地呈现出了兼容、总结、创新的时代特征,对文学思想的发展有重要贡献。可惜,秦统一全国后,李斯并未能将自己的这一文艺主张坚持下去。

通览如上蕴含广义文学思想的先秦佚文,从大的方面划分,其内容可为两部分,大部分佚文主要涉及到对文学的内部规律的看法,少量佚文涉及到对文学外部规律的看法,而李斯《谏逐客书》是个例外。在言及文学内部规律的佚文中,有些段落提出了之前或同时先秦典籍中未曾涉及过的文学思想命题。如儒家漆雕开关于"才情"论的命题,名家尹文关于创作主体、作品形式媒介、接受主体之间互动关系的命题,纵横家鬼谷先生关于"论"和"说"文体特征的命题等,都是先秦具有创新意义的文学理论命题，拓宽了先秦文学思想研究的领域。在讨论文学内部规律的佚文中，相当的段落都集中在了追求什么语言风格反对什么语言风格的讨论上，先秦诸子都有各自独立的思想体系和个性化的学术追求，其对立性强而互容性、趋同性弱是人所共知的，然而反常的是，他们的言辞观却表现出了惊人的趋同性，不论是墨子及后学缠子，还是兵家的《六韬》佚文，抑或儒家后学李克、纵横家阙子等，都表现出了对质朴、淳正、真诚、规范的语言风格的肯定与崇尚，对华靡、巧辩、危言耸听的语言风格的否定与贬抑，对我们全面认识先秦诸子乃至整个先秦时代们的言辞理念有很大帮助。另外，法家慎到对诗歌本质特征的认识，名家惠施对比喻修辞手法的阐说也都对先秦文学思想的发展有所贡献。探讨文学外部规律的先秦佚文，主要是围绕着对文艺的作用和意义的认识展开的。佚文中对文艺的基本态度分肯定和否定两种。在否定性的言论中，除由余将政治动乱的根源归结为诗书礼乐法度文明的理由有一定深度和说服力外，其他人如晋文公将"声色"视为国家混乱和妨碍政务的根源，李克将"雕文刻镂"、"锦绣纂组"视为"饥之本"和"寒之原"以至"驱民而为邪"的动因，都只是从上层统治者如何保持清正、廉明、爱民的政治层面上而言的。因不是专门谈文艺，缺乏对文艺特征、文艺作用的深刻了解，客观上对文化艺术事业的发展所起的作用是消极的。与此相反，对文艺持肯定态度的佚文多有自己的一得之见，有的甚至颇具开创意义，不论是儒家人物宓不齐对文化知识与社会实践辩证关系的揭示，还是道家人物黔娄先生对语言与闻见知识关系的阐说，都既辩证又唯物，既有富理性思辩色彩又有对生活真谛的感悟，对先秦文论文献有重要补充作用。《战国策》佚文中关于文学对作者个人的作用的概括，曾对魏晋重要文学理论学说产生过直接影响。李斯作为跨时代人物，以继往开来的精神，对各种文化兼收并蓄的气度，对文化艺术社会意义的阐发和对文艺作品风格多样化的倡导，都颇具先秦文艺思想的集大成性质，具有重要的理论价值和创新意义。其贡献绝不亚于先秦原典中任何一节讨论文艺问题的专论，与先秦时期几大著名的文学理论学说相比亦并不逊色。

二、从先秦佚文看诸子对文艺内部规律的探讨

以上所辑远非先秦文论佚文的全部,系统的辑佚还在进行中,不过,仅此少量辑佚,就已对我们更为全面地认识先秦文学思想风貌提供了不小的帮助。譬如,学术界普遍认为,先秦两汉文学理论以探讨文学外部规律为主,到魏晋南北朝才发展为探讨文学外部规律和探讨文学内部规律并重,至唐代诗、文理论分家后,诗歌理论才完成了以探讨文学内部规律为核心的转变。然通过对所辑先秦文论佚文的综合考察,我们发现,其探讨文学内部规律的内容比探讨文学外部规律的内容还多,学术界依据先秦原典对这一时期文学理论基本特征所作出的整体估价未必完全符合该时代文学思想发展的客观实际。应该说,先秦人在关注文学与社会关系的同时,对文学自身的发展规律也是颇为重视的。还需要说明的一个问题是,在我们辑佚的探讨文学内部规律的先秦佚文中,虽有个别片断发同时及之前原典所未发,开辟了新的文学理论命题,很值得珍视。但是更多的段落所探讨的问题则是之前或同时的典籍中已经触及过的话题,这些佚文对原典的阐述或有所印证,或有所补充,或有所深化,其对先秦文学思想发展的贡献自然不能与独辟文论命题的佚文相比,然对我们全面还原这一时期的文学思想风貌还是大有帮助的。下面依论题大小分述之。

对文学本质的见解。《意林》转引的战国著名法家人物慎到《慎子》佚文涉及了这一本已存在的理论命题。文云:"《诗》,往志也;《书》,往诰也;《春秋》,往事也。"① 此则佚文虽才十余字,然其对先秦文学思想的贡献却不容忽视。首先,其简明准确地概括了《诗经》、《尚书》、《春秋》三书内容的特征。从广义的大文学观念审视,《诗经》、《尚书》、《春秋》皆属于文学范畴,故此文对专书的评介属于我国较早的文学批评资料。其直接影响了庄子对所谓六经内容特征的概括。《庄子·天下篇》云:"《诗》以道志,《书》以道事……《春秋》

---
① (唐)马总编《意林》卷二,广雅书局光绪二十五年(1899)重刊版,14页。

以道名分。"①"道"即"导",可见庄子是从经(《庄子》一书已出现"五经"字眼)的作用角度评价三部作品的,似打上了儒道合流教化理论的色彩,反不如慎子对三书的评介客观。其次,所谓"《诗》,往志也",意为《诗经》记录的是过去的人们的思想感情。这一概括是对我国"历代诗论的开山纲领"(朱自清语)"诗言志"说(《尚书·尧典》)的具体运用,既重申了文学的本质特征是表达思想感情,又首次指出了我国第一部纯文学作品的诗歌总集主要是抒情诗而不是叙事诗,还揭示出我国早期的纯文学体裁诗歌是重在表现内在情感的"表观文学"传统,而不同于西方早期诗歌的"再现文学"传统。

学术界常常为我国上古时代没能产生西方荷马史诗一类的长篇叙事诗而遗憾,并在不断地探索其之所以如此的原因,其实"表现文学"传统才真正代表着诗歌这一文学形式的本质特征,叙事诗不发达恰说明我国诗歌艺术的优势所在,《尚书》的"言志"说和本文的"往志"说正从理论上揭示了这一点。还有不可忽视的一点,尽管《尚书》的"诗言志",《左传》的"赋诗"言志,上博简《孔子诗论》的"诗亡离志",《国语》的听诗"观志",都说明对文学"言志"特征的体认在春秋时期已成为不少人的共识,但要知道,这些人物主要是重视利用文学的当政者和儒家学派人物,而对文艺持彻底否定态度的法家学派是不会关心这些问题的。因此,慎到作为法家的一位重要成员,能对文学发表如上看法,可谓法家学派中的慧眼独具者。

关于"才情"论的命题。众所周知,包括人类在内的宇宙万物生成理论是先秦时代一个重要的哲学命题,以"气"阐释宇宙万物的构成是《周易》及《老子》、《管子》、《孟子》、《庄子》等文献中的共识,这一哲学命题还被作为理论基石用以阐释其他哲学命题,关于性善性恶的人性论便是在此基石上派生的著名哲学命题之一。孟子的"性善"论和荀子的"性恶"论虽为人所熟知,惜并不大了解早于孟子的孔子弟子世硕、宓不齐、漆雕开、再传弟子公孙尼子等已开始了这一命题的大讨论。其中漆雕开在辩论中最早触及到了一个重要的文学理论命题——"才情论"。《漆雕子》佚文云:"人性有善有恶,犹人情有高

---

① (战国)庄子著,(清)郭庆藩集释,王孝鱼点校《庄子集释》,中华书局1961年7月版,1067页。

有下也,高不可下,下不可高。谓性无善恶,是谓人才无高下也。禀性受命,同实一也。"①这段议论,将"人情"(资质才能和性情)高下与人性善恶并而论之。"才情"是一个宽泛的概念,人的才情包容颇丰,其中无疑包含人的"文才"即创作才能在内。漆雕开认为,包括创作才能在内的人的才情之高下及特点如同田土有异色("九州田土之性……有黄赤墨之别,上中下之差")、水流有清浊("水潦……有清浊之流,东西南北之趋")一样,都是"禀性受命"先天赋予的,并且是后天不可改变的,即所谓"至老极死,不可变易"者也。依漆雕开之论进而类推,既然人的创作才能和性格特点是先天赋予、人人各异、后天难以改变的,那么体现作者性格特征的文学创作风格,人人各异、互不相同也是必然的了。漆雕氏这一理论不仅开启了汉魏"才性"论的大讨论,还是曹丕著名的"文气"说、"风格"论的源头,其《典论·论文》"文以气为主,气之清浊有体,不可力强而致","虽在父兄,不能以移子弟","徐幹时有齐气","孔融体气高妙"的论断,也许从本文获取了理论基础。它虽有忽视后天学习、环境影响重要性的缺憾,但确实揭示出了不同文学创作风格形成的最根本原因。其弥补了先秦传世典籍的不足,拓宽了讨论文学内部规律的领域,是儒家学派对先秦文学思想的重要贡献。

还应当注意的是,比《漆雕子》佚文稍晚或同时的另一儒家学派人物,在"才情"论问题上提出了比《漆雕子》作者更为辩证的观点。其言论见于《郭店楚墓竹简》的《性自命出》篇和《上海博物馆藏战国楚竹书》的《性情论》篇。此两文实为同一篇先秦佚文,只是当今学者命名有异而已。郭店楚墓早被学术界确定为战国中期墓葬②,上博简所用竹片亦被高科技测试为战国中期偏晚的毛竹③。依常理推测,一部著作被不同的墓主人喜欢而成为随葬品,说明其已在社会上流行了较长时间,并产生了广泛影响。因此,笔者判断,在战国中期被抄

---

① (清)马国翰辑《玉函山房辑佚书》,广陵书社 2005 年 11 月影印版,2486 页。
② 可参看《荆门郭店一号楚墓》,载《文物》1997 年 7 期;荆门市博物馆编《郭店楚墓竹简》前言,文物出版社 1998 年 5 月版,1 页。
③ 参见朱渊清采访记《马承源先生谈上博简》,朱渊清、廖名春编《上博馆藏战国楚竹书研究》,上海书店出版社 2002 年 3 月版,3 页。

录随葬的《性自命出》或《性情论》,至迟下限亦当在战国中期之前,不会比《漆雕子》晚多少。又,全文内容主要讲礼乐教化,故作者为儒家学派人物无疑。

其第二简云:"性自命出,命自天降。道始于情,情生于性。"《性情论》的作者认为,包括人的天资才能在内的人的本性,是随人的生命与生俱来的,而生命又是"天"即大自然的派生物。可见,他首先承认人的禀性是先天赋予的。这一基本认识与《漆雕子》的作者完全一致。然其第一简则云:"凡人虽有性,心亡正志。待物而后作,待悦而后行,待习而后奠。"其第四简又云:"其性一也。其用心各异,教使然也。"第六简亦云:"养性者,习也。"这些言论却反复阐述了环境、外物、教育、学习、习惯等后天因素对人的个性形成和改变的重要作用。这一点与《漆雕子》佚文的观点正好相反。总之,《性情论》的作者认为,包括才情在内的人的个性是先天和后天共同塑造而成的,并且是会随着外部因素的变化而改变的。

笔者以为,《性情论》的这一人性观,对文学理论的贡献不可低估。如果说《漆雕子》佚文为曹丕《典论·论文》的产生奠定了哲学基础的话,《性情论》则为刘勰《体性篇》的产生奠定了哲学基础。《文心雕龙·体性篇》是刘勰著名的"文学风格"理论的标志,其基本观点即是:作品的风格由作家的个性来决定,而作家的个性则由先天的才气和后天的陶染相结合而成。从《体性篇》下面一段文字,即不难发现其与《性情论》的渊源关系。云:"夫情动而言形,理发而文见,盖沿隐以至显,因内而符外者也。然才有庸儁,气有刚柔,学有浅深,习有雅郑,并情性所铄,陶染所凝,是以笔区云谲,文苑波诡有矣。……若夫八体屡迁,功以学成;才力居中,肇自血气,气以实志,志以定言,吐纳英华,莫非情性。"对读《性情论》第一简和第四简,可谓如出一辙。

关于创作主体、文艺作品形式媒介、接受主体之间"以类相功"关系的揭示。这一文艺理论命题见于《北堂书钞》所引录的战国中期名家代表人物尹文的《尹文子》佚文。需要说明的是,传世典籍《礼记·乐记》对这一命题有更为详尽的阐发。其《乐本》篇阐发了创作主体与文艺作品之间的"以类相动"关系,还同时阐明了外物与创作主体之间的这种关系,云:"感于物而动,故形于声……是故其哀心感者,其声噍以杀;其乐心感者,其声啴以缓;其喜心感者,其声发以散;其怒心感者，其声粗以厉；其敬心感者，其声直以廉；其爱心感者，其声和以柔。"其《魏文侯》篇托子夏对魏文侯问阐发了文艺作品与接受主体之间"以类相动"的关系，云："君子听钟声则思武臣。……君子听磬声则思死封疆之臣。……君子听琴瑟之声则思志义之臣。……君子听竽笙箫管之声，则思畜聚之臣。……君子听鼓鼙之声，则思将帅之臣。君子之听音，非听其铿锵而已也，彼亦有所合之也。"①为便于更客观地认识《尹文子》佚文的理论贡献，不妨先就《乐记》的形成情况谈点个人看法。

关于《乐记》的作者及时代问题，学术界一直争讼不息，迄无定论，其论争情况可详参人民音乐出版社1983年出版的论文集《乐记论辩》。大致说来有三种意见：第一，认为出于春秋战国之际孔子弟子或再传弟子公孙尼子之手。此说以郭沫若等为代表。其主要文献依据是《隋书·音乐志》所引沈约《奏答》和张守节《史记正义》。两书分别称："《乐记》取《公孙尼子》"，"《乐记》者，公孙尼子次撰也。"第二，认为战国末期儒家后学汇集《公孙尼子》、《周礼》、《管子》、《吕氏春秋》、《易传》尤其荀子《乐论》等前人成果基础上阐发而成。此说以余嘉锡、宗白华、朱光潜、李泽厚等著名学者为代表。第三，认为汉武帝时河间献王刘德和一批儒生所作。此说以吉联抗、蔡仲德、孙尧年、张少康、蒋凡等为代表。其主要文献依据是《汉书·艺文志》"武帝时河间献王好儒，与毛生等共采《周官》及诸子言乐事者以作《乐记》"之语及《直斋书录题解》、《辽史·乐志》、《汉书艺文志拾补》等。笔者更倾向于"战国末期"说。其理由有二：其一，一种理论的形成有一个从简单零散到系统完善的过程，与散见的先秦"乐"论文献相比，《乐记》要完善系统得多，形成了探讨艺术起源、艺术本质、创作心理、艺术批评等完整的理论体系，当为晚出的集大成之作，不大可能早于荀子的《乐论》。既然是集大成之作，其中不少内容应该是渊源有自的，因此，《公孙尼子》、《性情论》及包括此处所论的《尹文子》佚文的论乐内容，都有可能成为被吸收的对象。其二，《乐记》的《乐施》、《乐象》、《乐情》、《乐化》等篇中的某些段落与《荀子·乐论》行文相近，《乐论》

---

① （西汉）戴圣编，（清）孙希旦集解《礼记集解》，中华书局1989年2月版，976—977、1018—1020页。

自成完篇，一气贯注，且与《荀子》其他篇目中的有关论点相吻合，不大可能是严肃的荀子整段摘抄《乐记》以为己有，而很有可能是《乐记》吸收扩充了《乐论》，抑或是当时流行的观点多书并出。

　　具体到所选《尹文子》的一节佚文，有两点内容值得关注。其一，《尹文子》佚文认为，创作主体的思想情感与文艺作品的形式媒介之间存在着"以类相动"关系。文艺作品是作者情感宣泄的产物和载体，作者有什么样的情感思绪就会创作出什么情调的文艺作品，作者的喜怒哀乐之情都会在文艺作品中作出相应的反映，这是文艺上"以类相动"的重要原理。尹文虽未对此作过多的理论阐发，仅称"其意变，其音亦变"，然却以钟鼓之声为例对这一现象作了具体描述，称"钟鼓之声，怒而击之则武，忧而击之则恐，喜而击之则乐"。说明尹氏对此问题的认识已颇为清楚和深刻。值得注意的是，与其他乐器可以演奏出或激越慷慨或欢快流畅的乐曲不同，鼓并不能够演奏出具体乐曲，所谓"鼓不预五音而为五音主"(《意林》引《申子》佚文)①，而本文却以鼓为例说明文艺现象，其不仅揭示出作者情感与文艺作品之间存在着"以类相动"关系，还揭示出创作主体的情感与文艺作品的形式媒介本身(如乐器)也存在着"以类相动"关系。其二、在第一个问题基础上，《尹文子》佚文还进一步认为，文艺作品的形式媒介与接受主体的情感之间也存在着"以类相动"关系。所谓"意诚或达于金石，而况于人乎"即指出了这一点。其意为：既然创作主体的情感变化能反映到乐器上，同样，乐器情调的相应变化更应该能够反映给接受主体，使接受主体的情感也发生相应变化。这一揭示恰恰说明文艺的社会作用最终得到了发挥的情况。综观本文揭示的两个文艺问题，其实是勾勒了文艺从作者到作品，从作品到形式媒介，从形式媒介再到接受主体即文艺作品从产生到其社会功能发挥的全过程，并指出这一过程是靠"以类相动"原理完成的。这一命题有普遍的理论意义和较高的理论价值，是尹氏及其名家学派对先秦文艺思想尤其音乐思想的一个不小的贡献。

　　依笔者推测，战国时期，认识到文艺创作中"以类相动"关系的思

---

① (唐)马总编《意林》卷二，广雅书局光绪二十五年(1899)重刊版，14页。

想家,可能并非个别,其似乎已成为一些人的共识。如,上博竹简《性情论》第十四简至第十六简,就具体描述了不同情调的声音和不同情调的文艺作品与接受主体情感变化之间"以类相动"的关系,可与《尹文子》佚文相互补充。云:"闻笑声,则鲜如也斯喜。闻歌谣,则陶如也斯奋,听琴瑟之声,则悸如也斯戁。观《赉》、《武》,则齐如也斯作。观《韶》、《夏》,则勉如也斯俭。"不仅如此,其第二十简还对简文和《尹文子》佚文分别描述的两种现象,作了整体概括,云:"其声变,则心从之矣;其心变,则其声亦然。"①笔者以为,战国中期之前的思想家对文艺的内部规律的认识能达到这一水平,确实已颇为可贵了。前引《乐本》和《魏文侯》两段文字,很有可能就是分别吸收了这两篇佚文的内容而加以阐发的。退一步说,即便郭沫若关于《乐记》源于更早的《公孙尼子》的推测是可靠的,这两篇佚文的理论价值和印证作用也是值得珍视的。

关于说服人的方法和对"论""说"文体特征的揭示。战国时代纵横家之祖鬼谷先生的《鬼谷子》佚文(《说苑·善说》引)最早触及了这一问题。云:"人之不善而能矫之者,难矣。说之不行,言之不从者,其辨之不明也;既明而不行者,持之不固也;既固而不行者,未中其心之所善也。辨之,明之,持之,固之,又中其人之所善,其言神而珍,白而分,能入于人之心,如此而说不行者,天下未尝闻也。"②这节佚文阐发了两个道理。

其一,鬼谷先生认为,说服人的最基本要求是能把道理辩解清楚、说得明白,即"辨之,明之","白而分",好的意见之所以不能被人听从,浅层的原因就是因为没把其中的道理辨说明白,即"说之不行,言之不从者,其辨之不明也"。鬼谷子这一认识很符合生活实际。如果再进一步从文体理论的角度去审视,鬼谷先生这段议论其实就是对"论"这一文体基本特征的较早揭示。之后历代文论家解说"论"体特征时客观上无不以鬼谷先生此说为蓝本,如曹丕《典论·论文》"书论宜理",陆机《文赋》"论精微而朗畅",刘勰《文心雕龙·论说》篇"原

---

① 马承源主编《上海博物馆藏战国楚竹书》(一),上海古籍出版社 2001 年 11 月版,239—243、249—250 页。

② (西汉)刘向著,向宗鲁校证《说苑校证》,中华书局 1987 年 7 月版,266 页。

夫论之为体,所以辨正然否","是以论如析薪,贵能破理"等皆是。

其二,鬼谷先生又认为,说服人的根本要求是能将道理"入于人之心"、"中其人之所善",如果坚持好的意见并把道理讲明白了还不能使人听从,则是因为所讲道理不符合人心中所认为的好道理,即"既固而不行者,未中其心之所善也"。这里虽含有纵横家善于揣摩人心以投其所好,并以"神而珍"即神秘之言取悦于人的用意,然其以诚心、善心入于人心、换取人心的意思是很明显的。若亦进一步从文体理论的角度去探究,这段文字其实又是鬼谷先生对"说"这一文体特征的最早揭示。韩非子的《难言》、《说难》两文就揣摩对方心理这一问题而言,明显受到过鬼谷先生的影响,而之后陆机的"说炜晔而谲诳"(《文赋》)和刘勰"说者悦也,兑为口舌,故言资悦怿","凡说之枢要,必使时利而义贞","自非谲敌,则唯忠与信"(《文心雕龙·论说》)等言论,就是继承鬼谷先生的观点分别从"言神"和"入心"两方面概括"说"体特征的。刘勰甚至认为,"论"体除辨明道理的特征外,也同样应当具备"说"体"心与理合"的特征。由此可见,鬼谷先生对古代文体理论是有所贡献的。

对比喻修辞手法的阐说。《说苑·善说》引录战国中期名家人物惠施论譬(比)喻修辞手法的一则《惠子》佚文,亦很值得重视。比喻修辞手法的运用由来已久,殷商甲骨刻辞和西周铜器铭文中已初见使用,至《诗经》和春秋诸子,比喻手法的运用已颇为普遍,到战国诸子和楚辞,该手法的运用则登峰造极。然从理论上对这一手法进行总结概括则相对较晚,大至已在春秋之后了。其最早见于《周礼·春官·大师》针对《诗经》一种体裁表现手法的归纳,而未涉及其他文体对比喻手法的运用,文云:"大师……教六诗:曰风,曰赋,曰比,曰兴,曰雅,曰颂。"这里只交待"比"是"六诗"之一,并未对其具体含义作出解释。也许当时《周礼》可能把赋比兴作为"诗三百篇"的乐歌名称来对待了,因"诗三百篇"最早是合乐演唱并以乐为用的。又因"诗三百篇"结集于秋春时期,所以,归纳其表现手法或乐歌名称的《周礼》自当晚在春秋之末或之后。与《周礼》同时或稍晚的墨子,则首次对譬(比)喻修辞手法的含义和特征作了阐释。《墨子·小取》云:"辟(譬喻)也者,举也(他)物而以明之也。侔也者,比辞而俱行也。援也者,曰:子然,我奚独不可以然也。推也者,以其所不取之,同于其所取者,予之也。是犹谓也者同也,吾岂谓也者异也。"①应该说墨子对譬(比)喻修辞手法所作的诠释是比较科学的。不过,墨子此处并非专门讨论譬(比)喻一种修辞手法,还同时讨论了"侔"(排比)、"援"(引用)、"推"(推求)等多种修辞表现手法,所以对各种手法的解释未免简略。

随着战国论辩之风的兴盛,譬喻在辩论中已成为常用和必用之法,所以战国中期的惠施根据时代的需要对譬(比)喻修辞手法作出了更为详尽新阐说。其《惠子》佚文云:

> 客谓梁王曰:"惠子之言事也善譬,王使无譬,则不能言矣。"王曰:"诺。"明日见,谓惠子曰:"愿先生言事则直言耳,无譬也。"惠子曰:"今有人于此而不知弹者,曰:'弹之状若何?'应曰:'弹之状如弹。'则谕乎?"王曰:"未谕也。""于是更应曰:'弹之状如弓,而以竹为弦。'则知乎?"王曰:"可知矣。"惠子曰:"夫说者,固以其所知谕其所不知,而使人知之。今王曰'无譬',则不可矣。"王曰:"善。"②

很明显,惠施用"以其所知谕其所不知"即用人们理解的东西说明白人们不理解的东西为譬(比)喻下定义,从另一个角度上概括了譬喻的性质。墨子的"辟也者,举也(他)物而以明之也"并未能说明"举他物"中的这个"他物"是不是可知之物,若用一个不知之物去说明另一个不知之物,最终仍是什么也说不明白,譬(比)喻也就失去了意义。而惠施的"以其所知谕其所不知"正突出强调了这个"他物"是已知之物。这一解说可谓简洁而准确,抓住了比喻的要害。同时,惠施的如上结论本身就是在具体运用形象比喻的基础上归纳出来的,所以它实质上告诉我们,比喻手法就是形象思维的方法,而形象思维的方法正体现了文学创作的基本思维特征。另外,其"使人知"则在阐明运用譬(比)喻手法目的的同时主要强调了该手法的价值和意义,这是墨子所未顾及到的。

按照正常情况,后代由"比喻"修辞理论发展起来的著名的"风雅

---

① (战国)墨子著,(清)孙诒让间诂《墨子间诂》,中华书局2001年4月版,416页。
② (西汉)刘向著,向宗鲁校证《说苑校证》,中华书局1987年7月版,272页。

比兴"文学主张,自当主要受到墨子、惠施如上阐说的影响,可惜的是,汉代以后随着《诗经》和《周礼》同时被尊奉为儒家经典,经学家和文学理论家在"依经立论"思想制约下,对比(譬)喻手法的阐说都直接继承《周礼》,围绕《诗经》的表现手法展开,而将颇有价值的墨子和惠子的见解晾在了一边。西汉《毛诗序》依《周礼》重提"风赋比兴雅颂",仅改称"六诗"为"六义",东汉经学家郑众《周礼注》,首注《周礼》上段文字,称"比者,比方于物也。"汉末经学大师郑玄释"比"则进一步与政治挂钩,称:"比,见今之失,不敢斥言,取比类以言之。"西晋文论家挚虞《文章流别论》信从郑众说,云:"比者,喻类之言也。"南朝刘勰更在其《文心雕龙》中专列《比兴》篇,在承袭汉儒对比喻修辞手法作出传统阐释("比者,附也")的同时,又进而指出"比则蓄愤以斥言,兴则环譬以记讽",即用"比"的原因是作者内心有愤懑蓄积,其作用是更好地对社会进行抨击。刘氏已明显将比喻修辞理论转变为文学理论了。至钟嵘《诗品序》则径将"比"释为"因物喻志",并主张赋比兴交错运用,进一步强调了"比"的文学理论意义。到唐代,陈子昂、李白、杜甫、柳宗元、白居易等著名作家更完全抛开了对"比兴"原始意义的诠释,共同将其升华成了一种文学主张和文学口号,甚至借此在唐代开展了一场诗歌革新运动。

综上可见,不论汉儒诠释"比"之原义,还是六朝文论家偏离原义之解完成向文学理论的过渡,抑或唐代作家将其演变成一种著名文学主张,都是由《周礼·春官·大师》针对《诗经》提出的命题生发开来的,似与墨子、惠施的譬(比)喻之解无关,也即惠子的相关精审之论并没能对后代的文学理论发生应有的影响,这是颇为遗憾的。不过,以汉儒至刘勰对"比"原义之解对照惠施的"譬"(比)喻之解,不难发现,他们都未能超越惠施对"比"之要义的体悟。这也从反面印证了惠施见解的科学与深刻。更能证实这一点的是朱熹对"比"本义的诠释,历代学术界皆以南宋朱熹《诗集传》对《诗经》赋比兴表现手法本义的阐释为圭臬,然朱熹释"比"也无非是说"比,以彼物比此物也",其对譬喻内含及特征的概括同样没有超出惠施之解,且尚不如惠施之解全面。因此,就对譬喻本义阐释的科学性而言,《惠子》佚文在修辞理论上的贡献绝不亚于历代经学家和文学理论家。

关于言辞问题。由上一节对先秦文论佚文的辑录可知,言辞问题是先秦佚文讨论最集中的一个问题，所辑22则佚文中有10则谈这一问题，言辞属于文学内部规律问题的范畴，本应放在此处研究，然由于佚文多，涉及面广，问题复杂，非列为一个段落所能说得清楚，故变通处理，下面辟出专节，单独讨论。

三、从先秦佚文看诸子的言辞观及其趋同倾向

先秦诸子既是先秦不同的学术流派和思想流派，从文章写作的角度讲，它们同时也是不同的文章流派。不言而喻，各流派的文学理念(主要指儒道墨法)和文章风格都表现出了强烈的趋异特征，但是，细审诸子原典发现，其中各派的言辞观却表现出了明显的趋同倾向，都趋向于慎言和对言辞质朴风格的追求，这是一种为学术界所长期忽略了的特殊现象，很值得探讨。更值得注意的是，在笔者所辑录的讨论言辞问题的先秦佚文中，这种言辞理念比诸子原典表现得有过之而无不及。所以，我们有必要将所辑佚文与诸子原典及其他先秦文献相互印证，对先秦诸子的言辞观及其特征作一简略梳理，以期能对先秦文艺思想风貌有一个更为全面的认识。

文学是语言的艺术，但是，先秦的人们对语言的运用大都持谨慎态度，先秦的"慎言"传统源远流长。《文心雕龙·铭箴篇》云："昔帝轩刻舆几以弼违；大禹勒笋簴而招谏；成汤盘盂，著'日新'之规；武王户席，题'必戒'之训；周公慎言于金人；仲尼革容于欹器；则先圣鉴戒，其来久矣。"①刘勰所列孔子之前历代圣王慎言慎行的典故，未必能够坐实，然确实反映出古代"慎言"传统之不虚。

先秦文献中不乏这方面的记载：

如第一章所论，《甲骨文合集》440有"疾言，唯害"的刻辞，表达商朝人厌恶流言的同时，已含有教人说话谨慎之意。

又如，《逸周书·小开解》云："食无时，汝夜何修非身，何慎非言，何择非德？呜呼，敬之哉！"②据李学勤考证，这段文字是发生日食后，周

---

① (南朝)梁刘勰著，范文澜注《文心雕龙注》，人民文学出版社1958年9月版，193页。
② 黄怀信等集注，李学勤审订《逸周书汇校集注》，上海古籍出版社1995年12月版，233页。

文王训诫臣子慎言修德的诰语。

再如,《诗经·大雅·抑》云:"慎尔出话,敬尔威仪,无不柔嘉。……无易由言,无曰苟矣,莫扪朕舌,言不可逝矣。"按传统说法,这是西周中晚期一首周人劝谏周王慎言的诗。

复如,《国语·周语下》卷三云:"言无远,慎也。……慎,德守也。……非国何取!"①这是春秋时期单襄公对孙周慎言慎行而可获取晋国的赞语。

如上文献说明,从商朝至春秋,人们的"慎言"意识一脉相承。尽管这些主张"慎言"的言论,多未能上升到理论高度,但足以说明古人的"慎言"意识颇为强烈。这种"慎言"意识发展到春秋时期诸子百家创立之前,则已形成了一种言辞理念和人生理念。其集大成的代表性言论,就是先秦佚文《金人铭》。关于《金人铭》的创作时间,第一节已作了详细考辨,此不赘述。逵夫师亦认为该文"当与老聃同时或稍前。反映思想与《老子》一致,语言风格也颇相类"(本文初稿眉批)。《金人铭》首次从哲学和人生高度系统阐述了"慎言"思想,是先秦唯一一篇"慎言"理论专论,并对先秦诸子的言辞观产生了重要影响。

兹将《金人铭》全文及先秦诸子有关言论引录于此。《金人铭》云:"古之慎言人也。戒之哉!戒之哉!无多言,多言多败;无事多,多事多患。安乐必戒,无行所悔。勿谓何伤,其祸将长;勿谓何害,其祸将大;勿谓何残,其祸将然;勿谓莫闻,天妖伺人。荧荧不灭,炎炎奈何;涓涓不壅,将成江河;绵绵不绝,将成网罗;青青不伐,将寻斧柯。诚不能慎之,祸之根也;曰是何伤,祸之门也。强梁者不得其死,好胜者必遇其敌,盗怨主人,民害其贵。君子知天下之不可盖也,故后之、下之,使人慕之,执雌持下,莫能与之争者。人皆趋彼,我独守此;众人惑惑,我独不徙;内藏我知,不与人论技;我虽尊高,人莫我害。夫江河长百谷者,以其卑下也。天道无亲,常与善人。戒之哉!戒之哉!"②儒家。如孔子在《论语》中云:"敏于事而慎于言,就有道而正焉,可谓好学也已。"(《学而》)又云:"多闻阙疑,慎言其余,则寡

---

① 上海师范大学古籍整理组校点《国语》,上海古籍出版社1998年3月版,98页。
② (清)严可均辑《全上古三代秦汉三国六朝文》,中华书局1958年12月影印版,10页下。

尤。"(《为政》)又云:"君子欲讷于言而敏于行。"(《里仁》)又云:"有言者不必(未必)有德。"(《子路》)又云:"言不可不慎也。"(《子张》)又云:"予欲无言。……天何言哉? 四时行焉,百物生焉,天何言哉?"(《阳货》)道家。如老子在《老子》中云:"圣人处无为之事,行不言之教。"(《二章》)又云:"多言数穷,不如守中。"(《五章》)又云:"不言之教,无为之益,天下希及之。"(《四十三章》)又云:"大巧若拙,大辩若讷。"(《四十五章》)又云:"知者不言,言者不知。"(《五十三章》)庄子则云:"大辩不言。……孰知不言之辩,不道之道? 若有能知,此之谓天府。"(《庄子·齐物论》)又云:"夫知者不言,言者不知,故圣人行不言之教。"(《庄子·知北游》)墨家。如墨子云:"慧者心辩而不繁说。……言无务多而务为智。"(《墨子·修身》)法家。如商鞅云:"国去言则民朴,民朴则不淫……不淫于言……则官爵不可巧而取也。"(《商君书·农战》)杂家。如《管子·戒》云:"多言而不当,不如其寡也。"

综观如上阐发"慎言"理念的各节言论,不难看出,先秦诸子之间及诸子与《金人铭》作者之间,其"慎言"的言辞观有着明显的趋同性和一致性。不仅如此。笔者所辑录的两则《墨子》佚文也充分印证了这一点。存于唐代马总《意林》的《墨子》佚文云:"古之学者,得一善言,附于其身;今之学者,得一善言,务以说(悦)人,言过而行不及。"①存于《太平御览》的《墨子》佚文云:"子禽问曰:'多言有益乎?'墨子曰:'暇蟆蛙蝇日夜而鸣,口干而人不听之;今鹤鸡时夜而鸣,天下振动,多言何益? 唯其言之时也。"②

笔者以为,形成先秦人共同的"慎言"理念的原因是多方面的,有三点尤其不可忽视。其一,社会责任意识。就最高当权者而言,其系国家安危于一身,一句不经意的话,就有可能变为驱使民众的政策法令。所谓"王言如丝,其传如纶"是也。《周易·系辞上》所称"君子居其室……言出乎身,加乎民;行发乎尔,见乎远"③,《论语·子路》中孔子关于国君"一言兴邦","一言亡邦"原因的深刻分析,《申子》佚文中

---

① (唐) 马总编《意林》,广雅书局光绪二十五年(1899)重刊版,卷一 26 页。
② (北宋) 李昉编《太平御览》卷三百九十,中华书局 1960 年 2 月影印版,1804 页上。
③ (清) 阮元校刻《十三经注疏·周易正义》,中华书局 1980 年版,79 页中、下。

申不害对国君"一言正而天下治,一言倚而天下靡"的高度概括,都指出了当政者语言的责任问题,加之"君言必书",留作历史,使最高统治者不能不对自己的言辞产生一种强烈的社会责任意识和自律意识。这种社会责任意识自能促进"慎言"理念的发展。刘勰所列古圣贤之例就说明了这一点。作为"士"的古代文人阶层,亦多以天下为己任,其强烈的社会责任感,也促使他们形成了对自己语言的自律意识和责任意识,所以"慎言"理念也就逐渐成了他们的共同追求。其二,明哲保身意识。先秦文人阶层,多以干政为人生目标,故常以国是为谈话内容,以当政者为献言对象,所以,因言致祸在所难免,加之世道险恶,人心叵测,这就促使他们为全身远祸而慎言。这种心理,诸子皆有,唯《金人铭》作者和道家表现得尤为突出。其三,出于对语言表达思维内容功能的否定性认识。人所共知,这是道家"慎言"甚至"不言"的主要原因。老庄认为,言辞本就不具备表达思维内容、揭示生活真谛的能力,所以多言不如少言,少言不如不言。尤其庄子,其在《齐物论》、《天道篇》、《秋水篇》中反复阐发"言不尽意"之论就是为倡导"慎言"和"不言"寻找理论根据的。

从文学思想的角度去审视,《金人铭》和两则《墨子》佚文的文论价值是不可低估的。《金人铭》反复告诫人们"慎言",虽有远祸全身、以柔克刚的用意,然它却从文学思想的角度启发人们珍视语言,不要滥用言辞,亦即不宜轻易地著书立说,进行广义的文学创作,而进行创作时亦应字斟句酌,谨慎下笔。这一言辞观其实对著书立言、文学创作及创作中的语言运用提出了很高要求。笔者很赞同有人关于《老子》"慎言"、"不言"之论乃脱胎于《金人铭》成句的说法[1],铭文文体本就具有"用以劝勉和自警"[2]的性质,而《金人铭》乃将铭文铸刻于金人之背并立于周朝的庙门之侧用以警人,足见创作者对"慎言"的重视程度,而作为对周代文化顶礼膜拜的孔子,观此铭文而受其影响则是自然而然的事情。很明显,两则《墨子》佚文虽未直接用"慎言"一词,然其所阐发的观点的精神实质却是与《金人铭》及诸子原典中

---

[1] 郑良树《〈金人铭〉与〈老子〉》,收入《诸子著作年代考》,北京图书馆出版社 2001 版 9 月,17—18 页。
[2] 褚斌杰著《中国古代文体概论》,北京大学出版社 1990 年 10 月版,421 页。

的"慎言"观相近的。佚文之一称赞古代学者能用"善言"(揭示生活真谛的有益之言)提高自身修养,批评当时学者的言过其行,其目的实际就是为了倡导慎用言语,强调言行一致。佚文之二更是明确反对"多言",并进而提出"唯其言之时也"的精辟之论。从反面反对"多言"即是从正面主张"慎言"和"少言",反映到文学理论上,与《金人铭》一样是反对轻易著述创作,创作中反对滥用言辞;"鹤鸡时夜而鸣"之喻则比《金人铭》"慎言"之论又深入一层,其不认为语言越少越好,而主张应在最重要的时刻发表言论,认为如此才能出言制胜,产生强烈的社会效果,反映到文论上则是强调在社会急需著述创作的关键时刻才创作出少而精的富有社会震撼力的作品,作品的言辞亦应掷地有声而富于振动性。

不仅在运用言辞的态度上先秦诸子表现出了趋同倾向,而且在对具体语言风格的追求上,各家也同样表现出了共同的重质轻文理念。

因孔子提出过著名的"文质彬彬"说,所以学术界多认为孔子提倡朴实与文采配合恰到好处的语言风格,其实这是一种误解。所谓"质胜文则野,文胜质则史,文质彬彬,然后君子"(《论语·雍也》),本来是孔子论人的气质的,形容人既文雅又朴实,并非谈文学问题,更不是孔子的言辞风格理论,其之所以成为孔子重要的文学理论学说,实在是当今学者人为借用和阐发的结果。孔子真正的言辞风格理论是"辞,达而已矣"(《卫灵公》)一语,其意为"言辞"能表达意思便罢了。很明显,孔子崇尚的语言风格是朴实无华,他不喜欢对言辞作过多的修饰。尽管后来苏轼曾将此"辞达"句解释为孔子对言辞提出的极高要求,称"辞至于能达,则文不可胜用矣"(《答谢民师书》),"辞至于达,足矣,不可以有加矣"(《答王庠书》),但这只是苏轼对"辞达"作出的符合自己需要和言辞观的阐发,并不合孔子本意。孔子所一贯倡导的"言必信,行必果"(《子路》),"言忠信,行笃敬"(《卫灵公》)和他屡屡批评的"巧言令色,鲜矣仁"(《学而》),"巧言令色,足恭,左丘明耻之,丘亦耻之"(《公冶长》),"君子耻其言而过其行"(《宪问》),"巧言乱德"(《卫灵公》),"恶利口之覆邦家者"(《阳货》)等等,也都可以从正反两方面证实其尚质、崇信、轻文的言辞风格观。

至于常被学术界作为孔子重视言辞文采有力证据而加以征引的

"言以足志,文以足言。不言,谁知其志?言之无文,行而不远"一段文字,笔者则怀疑其并非孔子的言论,同时也不代表孔子的观点。原文如下:

> 郑子产献捷于晋,戎服将事。晋人问陈之罪。对曰:……士庄伯不能诘。复于赵文子。文子曰:"其辞顺,犯顺不祥。"乃受之。……仲尼曰:"《志》有之:'言以足志,文以足言。不言,谁知其志? 言之无文,行而不远。'晋为伯,郑入陈,非文辞不为功,慎辞哉!"①

——《左传·襄公二十五年》

这段文字中所载孔子的言论并未见于记录孔子言论的《论语》一书,我们虽不能因此就怀疑其真实性,但"郑子产献捷于晋"事件发生时孔子才三岁,他当时不可能对事件发表此段评论,《左传》编著者之所以将相隔多年的历史事件与孔子的评论合载在一起,不能排除其有意假托名人名言以评述历史事件的可能性。退一步说,即便"仲尼曰"一段文字不是有意假托,其"言以足志"六句所谓孔子名言亦非出自孔子之口。因"仲尼曰"下清楚地写有"《志》有之"三字,杜预注云:"《志》,古书也。"说明此处的言论是孔子引自古书《志》而非己说。因古书无标点,《左传》所引《志》的原文到哪一句为止确是一个问题,笔者以为,自"言以足志"至"行而不远"六句,语意一气贯通,皆当为《志》之原文,今人杨伯峻《春秋左传注》仅将前两句视作《志》的原文而加了单引号,似不妥,而各种版本的文学批评史将"仲尼曰"以下文字皆视作孔子言论而不加单引号则更是误断,正确的标点见上笔者所标。逯夫师亦认为,"此段话是讲述人瞽史所加,颇同于《三国演义》等引名家之说以代评论。上段文字出现在孔子以前某书中,可以肯定"(本文初稿眉批)。那么,能否因孔子引用了这六句提倡言辞文采的古文就说明他赞同言辞的文采修饰呢? 不能。因下面孔子得出的结论是"慎辞哉",即慎重运用辞令。运用什么样的辞令才算慎重? 就是本文中赵文子所说的"其辞顺",即言辞合乎情理。孔子所说"晋为伯,郑入陈,非文辞不为功",即指郑国子产以合乎情理的辞令回答

---

① 杨伯峻注《春秋左传注》,中华书局1981年3月版,1105—1106页。

晋国关于其攻打陈国理由的质问并得到晋赵文子肯定其"辞顺"之事。"辞顺"与"辞达"意近而与强调文采修饰却相去甚远。

另外,还有人以《礼记·表记》"子曰"所言"情欲信,辞欲巧"为据,称孔子重言辞文采,其实也是误解。《礼记》中不少地方以"子曰"开头,其实是假托孔子以增言论的权威性,退而言之,即便此二语真为孔子言论,郑玄亦注得很清楚,"巧,谓顺而说也"。仍是"辞顺"即"辞达"之义。由此可见,孔子在言辞问题上是重质轻文的。

《易传》的"言有物"、"言有序"(《象辞》)和"修辞立其诚"(《文言》)也都是儒家崇尚言辞朴实、规范、真诚风格的实例。

道家的老子将言辞的真和善放在突出位置,反对用文采和巧辩破坏语言的自然美,称"信言不美,美言不信;善者不辩,辩者不善"(《老子·八十一章》)。庄子则把包括语言在内的朴素美视为天下最美之物,云:"朴素而天下莫能与之争美。"(《庄子·天道》)

墨家同样把言辞的真诚和明白看得最重要,云:"言不信者行不果","言……无务为文而务为察"。(《墨子·修身》)

法家的商鞅则对巧辩之辞提出了严厉批评,不仅称"巧言虚道,此谓劳民"(《商君书·农战》),甚至斥责"辩慧,乱之赞也"(《商君书·说民》)。韩非则一方面强调真正的语言美在其质而不在其文,"夫物之待饰而后行者,其质不美也"(《韩非子·解老》);一方面又批评滥用辩辞、文采的严重危害,"好辩说而不求其用,滥于丽而不顾其功者,可亡也"(《亡征》)。

被视为杂家的《管子》和《吕氏春秋》,其在言辞理念上的重质轻文倾向亦颇明显。晚出的《吕氏春秋》重在正面强调言辞的质,主张"各反其质"(《知度》),"有辩不若无辩"(《离谓》);早出的《管子》则重在反面反对言辞的文,要求"毋听淫辞,毋作淫巧"(《五辅》),其理由是"美其质者伤其文"(《侈靡》)。

先秦诸子如上共同的重质轻文言辞观,可在先秦佚文中得到充分的印证。如果说先秦原典的言论重在正面阐发重质理念,而所辑佚文则多从反面批评浮华巧辩之辞,同时,原典中阐发重质言辞理念的言论主要出于先秦主流学派的核心人物之口,而佚文中的同类言论则主要出于边缘人物之口。因此,原典与佚文有明显的互补性,将二者有关言论合而观之,可见出重质轻文言辞理念在先秦诸子中的普遍性。如战国初期儒家后学李克，就对不遵循语言规范的"辩聪之说"提出了严厉的批评。《文选·左太冲魏都赋·刘渊林注》引《李克书》佚文云：

> 言语辩聪之说而不度于义者，谓之胶言。①

所谓"度于义"，就是强调运用言辞辩论问题、阐发己说要合乎道理和规范；所谓"胶言"，就是诡辩之言。李克将不符合规范的言辞和辩说斥为诡辩之言，其崇尚规范淳正言辞风格的理念是显而易见的。与李克同时的墨家后学缠子亦发表了大体相近的看法。《意林》卷一引《缠子》佚文云：

> 缠子修墨氏之业以教于世儒，有董无心者，其言修而谬，其行笃而庸，言谬则难通，行庸则无主。欲事缠子，缠子曰："文言华世，不中利民，倾危缴绕之辞者，并不为墨子所修；劝善，兼爱，墨子重之。"②

缠子这里虽在复述墨子的言辞观，其意图无疑是在表明自己的言辞观，他认为，华美的言辞、耸人听闻的学说、纠缠不清的言论只能华世取宠，却不切合民众实际利益，所以自己和墨子一样予以排斥。战国中期的法家人物申不害则对辩说流露出了轻蔑态度。《艺文类聚》卷五十四引《申子》佚文云：

> 尧之治也，善明法察令而已。圣君任法而不任智，任数而不任说。黄帝之治天下，置法而不变，使民安乐其法也。③

申氏将"不任说"即不任用善长辩说之人作为圣君施政的标准之一加以缅怀，足见其对善长辩说者及辩说本身的否弃。辩说之辞往往华而不实，由此可见出申氏重实轻华的言辞理念。兵家最关心战争胜负，具体到对言辞风格的追求，则比其他学派更比择辞的准确与语言反映事物的真实。《意林》引《六韬》佚文云：

---

① （南朝梁）萧统编，（唐）六臣注《六臣注文选》卷三十八，中华书局1987年8月影印版，120页。

② （唐）马总编《意林》，广雅书局光绪二十五年(1899)重刊版，卷一26页。

③ （唐）欧阳询编《艺文类聚》卷五十四，上海古籍出版社1999年5月版，967页。

> 辩言巧辞,善毁善誉者,名曰间谍飞言之士。①

该文既反对"辩言"和"巧辞",更反对"善毁善誉"之辞,即既反对言辞之华,更反对言辞之伪,可见,言辞中重质尚真理念也是兵家对文学思想的贡献。在笔者所辑先秦佚文中,战国后期纵横家人物阙子的言辞观最值得重视。《太平御览》卷八百三十四引《阙子》佚文云:

> 鲁人有好钓者,以桂为饵,黄金之钩,错以银碧,垂翡翠之纶,其持竿处位即是,然其得鱼不几矣。故曰:钓之务不在芳饵,事之急不在辩言。②

该文以钓鱼为喻讨论了两个层次的问题。在第一个层次上,阙子认为,从大的方面讲,"钓之务不在芳饵,事之急,不在辩言",从事各种学说的创立和广义的文学创作与从事社会实务相比,后者才是最急需的,人们不宜把过多精力倾注到文学创作中去。用今天的科学眼光和科学理论去审视阙子对学术和文学这种远离经济基础的事业的定位,应该说是比较恰当客观的。在第二个层次上,阙子认为,从言辞本身讲,要借助言辞解决实务问题、阐明道理,不在于要不要言辞修饰,关键在于言辞修饰是否合乎修饰规范。正如钓鱼多少不在于渔具装饰如何,鱼饵芳香与否,关键在于鱼饵是否合乎鱼的口味及是否适于鱼类食用一样,如果言辞修饰不合修饰规范,修饰得再华美,对文章思想内容的表达也是无所帮助的。阙子这一关于言辞修饰规范化的阐说,不仅生动细致,而且深刻辩证,是对儒家李克"度义"言辞观的直接呼应和发展。尤为可贵的是,纵横家本是以纵横捭阖之论、耸人听闻之言立身的先秦思想流派和文学流派,其学派人物却提出了与该流派立身准则相悖而与其他流派相同的言辞理念,其代表性和典型意义是不可低估的。它说明,在百家争鸣大潮的涌动中,华而不实之辞所带来的弊端已为包括纵横家在内的越来越多的战国有识之士所认知,因而激发出了他们在言辞问题上的自省意识和纠偏意识。

综观先秦诸子原典和佚文,慎用语言,重质轻文,尚实崇信,修饰

---

① (唐)马总编《意林》,广雅书局光绪二十五年(1899)重刊版,卷一1页。
② (北宋)李昉编《太平御览》卷六二四,中华书局1960年2月影印版,3722页上。

规范化，是先秦诸子在言辞问题上大致相同的理性化追求，与思想领域的百家争鸣和创作领域的百花齐放局面形成了强烈反差。那么，为什么先秦诸子会在言辞理念上表现出如此明显的趋同倾向呢？原因是多方面的，然笔者臆测，以下四种因素不可忽略。

其一，先秦诸子对语言文辞发展规律及发展阶段的理性反思。从不成熟到成熟，从质朴无华到富于文采，是语言文辞发展的自然规律，古代文论家对此早有认识，晋代挚虞《文章流别论》已指出，"文辞之异，古今之变也"，"质文时异"，至刘勰，更明确提出了质文代变理论，"时运交移，质文代变"（《文心雕龙·时序》），他还在《文心雕龙·通变》中勾勒了古代文学从黄帝时《弹歌》"质之至"到南朝宋代作品"讹而新"的质文代变历程。同时，文学语言从质到文的发展，又是一个缓慢的循序渐进历程，任何超越历史发展阶段的语言现象都是不正常的。就我国上古的文学语言发展实际而言，殷商甲骨刻辞的质朴简洁，西周铜器铭文的浑厚凝重，传世文献《尚书》、《诗经》中西周作品的古奥朴素（先秦传世文献虽经后人窜改，但仍保留了时代语言的特征），都充分印证了语言质文代变而又循序渐进的规律。照此正常发展下去，东周的文学语言将会在文采方面逐渐有所增饰，但不会有太大的进展，然由于东周政局的变动，打破了文学语言的正常发展进程。诸侯争雄，致使诸子蜂起；诸子竞开治国药方导致百家争鸣，相互辩难；辩难则刺激了文学语言的突飞猛进，使言辞超越自身的历史发展阶段而提前进入到了以文胜质的阶段，这是一种不太正常的历史现象。因而，先秦诸子普遍陷入了创作上的两难境地：一方面，他们不适应文采大炽的新形势，主观上也不想违背言辞发展规律创作以文胜质的作品；而另一方面，客观上又不能不随波逐流，适应时代的变化，竞相创作以文胜质的作品。孟子所发出的"予岂好辩哉？予不得已也"（《孟子·滕文公》）的慨叹，颇具代表性。所以，他们在创作实践中各展文采修饰技能的同时，又无一例外地公开宣称重质轻文的言辞理念，谁也不愿甚至不敢给巧辞辩说、浮华之言一个合法的名份。要求文胜质的言语文辞退回到正常的质胜文的历史发展阶段，便自然成了先秦诸子在理性指配下的共同呼声。

其二，先秦诸子从接受心理角度对论辩之风的理性自省。从春秋的各抒己见，到战国的相互辩难，先秦诸子文章的文采修饰愈演愈烈，以致于发展到鲁迅所说的"不是以危言耸听，就是以美词动听，于是夸大，装腔，撒谎，层出不穷"①的地步，使其学说失去了应有的可信性，文采修饰本为提高言辞的表达能力和效果而设，其结果却过犹不及，适得其反，这种局面的出现不可能不引起先秦诸子的普遍反思。从接受心理角度讲，信任是接受的前提条件，没有信任就没有接受，先秦诸子反思的结果是，言辞越朴实、越自然，可信度越高，老子所谓"信言不美，美言不信"便是最早从接受心理角度反思的结果，极为深刻，很符合今天的接受学原理。因此，为了遏制日益漫延的浮华巧辩之风，提高言辞表达的诚信度，扩大自己学说的接受面和影响力，先秦诸子便陆续打起了重质轻文、尚实崇信的言辞牌，以至于曾以巧舌簧口立身的纵横家，到战国后期也不得不提出重要的言辞修饰规范化理论。

其三，宗《诗》、《书》思想的形成。陈来在《古代思想文化的世界》一书中称："春秋时代虽然还没有'经典'的概念，但从当时人们对诗书的称引来看，诗书无疑在春秋已经获得了经典的地位。"②"把《诗》、《书》作为某种终极性的权威文献，在春秋已经开始，而且成为后来儒家文献的特征，早期儒家文献如《孝经》、《缁衣》、《大学》、《中庸》等，都是以大量频繁地引征'诗曰'为其文献特色。"③据刘起釪《尚书学史》统计，"先秦各文献中引用书篇共达三百三十多次，所出篇目共达五十多篇，见于汉代者二十六篇，不见于汉代可知篇名者三十二篇，而以其他称法（如'《书》曰'或'《某书》曰'或'先王之教'或人名或其他专名等）称引者逾百数十次"④。据陈梦家《尚书通论》统计，仅《左传》就征引《尚书》46条，据曾勤良统计（陈来著作166页转引），《左传》引《诗》及赋《诗》256条。由以上材料可见，《诗经》、《尚书》在春秋时期的经典化地位确已奠定。当时的人们已有了明确的宗《诗》《书》意识，不仅阐发思想时常常以《诗》《书》为准则，而且在行文的语言风

---

① 鲁迅著《伪自由书·文学上的折扣》，见《鲁迅全集》第5卷，人民文学出版社1989年版，第57页。
② 陈来著《古代思想文化的世界》，三联书店2002年12月版，172页。
③ 同上，158页。
④ 刘起釪著《尚书学史》，中华书局1989年6月版，62页。

格上也往往以其为标准,而《诗》、《书》的基本语言特色即是质朴无文,所以,受宗经思想的影响,先秦诸子也都表现出尚质轻文的言辞理念。

其四,先秦诸子对共同民族心理的认同。从地下的甲骨刻辞、铜器铭文,到传世的早期文献如《尚书》、《诗经》等,都可看出殷周以来以德化和礼乐文明治国的文化传统,这种传统至迟在春秋以前便铸造了以君子品格审视个人言行的共同民族心理,温文尔雅被视为君子的标准,尽管春秋以后随着礼崩乐坏,人们的价值观起了变化,君子审视标准被冲淡,然其在士人心灵中的积淀却仍然是深厚的(《论语》、《孟子》、《墨子》、《管子》等屡见"君子"之论,即是明证),为现实驱使而兴起的诸子言辞风格,尤其战国诸子铺张扬厉、夸夸其谈的言辞风格,大大偏离了温文尔雅的君子言辞标准,不符合早已形成的共同民族心理,因此,为救弊补偏而打出矫枉过正的重质轻文言辞旗帜,自然成了先秦诸子的共同选择。

传世文献编

"诗言志"复议*

被朱自清称为我国诗歌理论"开山纲领"的"诗言志"说,在中国文学理论史上有着深远的影响,为它作注或阐发其观点者代不乏人。囿于笔者所见,先秦《庄子·天下》、《荀子·儒教》;秦汉《礼记·乐记》、《毛诗序》,班固《汉书·艺文志》,冯衍《显志赋》,郑玄注《尚书》和《毛诗》;晋陆机《文赋》;南朝谢灵运《山居赋》、范晔《后汉书·文学传论》、沈约《宋书·谢灵运传论》、刘勰《文心雕龙·明诗》、钟嵘《诗品序》、裴子野《雕虫论》;唐孔颖达《毛诗正义》,李白《春日醉起言志》,白居易《初除户曹喜而言志》、《与元九书》,独孤及《赵郡李公中集序》;南宋王应麟《困学纪闻》;明谢榛《四溟诗话》、钟惺《俞园赋诗序》、谭友夏《王先生诗序》;清沈德潜《说诗晬语》,袁枚《与邵厚庵太守论杜茶村文书》、《随园诗话》、《再答李少鹤书》,纪昀《云林诗钞序》等,都围绕该学说发表过各自的高见。

但因"诗言志"本身表述笼统,语焉不详,致使后代论及者各取所需,言人人殊。20世纪30年代末至40年代,闻一多、朱自清先后著《歌与诗》、《诗言志辨》,对这一学说作了系统研究与阐发,启迪了不

---

* 本文原载于《中州学刊》1999年6期,2001年出土文献上博简《孔子诗论》公布后,笔者对"诗言志"问题有了新的看法,认为本文的观点应予修正:《尚书·尧典》所载"诗言志"一语产生的时间,应该晚于《左传·襄公二十七年》(孔子六岁)所载"(赋)诗以言志"一语时间,而又应该早于《孔子诗论》"诗亡隐志,乐亡隐情,文亡隐意"一段文字的时间,由"诗亡隐志,乐亡隐情,文亡隐意"即诗言志、乐抒情、文表意可知,"诗言志"之"志"的含义应该以理性的思想为主,但也包含非理性的情感,如果"志"不包含情,就与"文亡隐意"即文章表意的含义相重合了,如果"志"等于情,就与"乐亡隐情"即音乐抒情的含义相重合了。参见笔者刊于《文艺研究》2014年6期《上博简〈孔子诗论〉"文亡隐意"说的文体学意义》和《北京大学学报》2014年4期《二重证据法与先秦诗乐学研究举隅》两文。为了客观记录笔者不同阶段的研究心得和学术观点,故本文收入时仍保持原貌。

少后人。现在学术界的看法正在逐步趋向一致。如,郭绍虞、王文生认为:"'诗言志'概括地说明了诗歌表现作家思想感情的特点……'志',既然是诗人的思想感情,言志的诗必须具有从思想感情上影响人和对人进行道德规范的力量。"① 敏泽认为:"'情'、'志'就其本来意义说,只是一回事情,'缘情'与'言志',也无实质上的差异。"② 霍松林认为:"'诗言志'概括了诗歌抒情达意的基本特点……'志',其本义指志向,但笼统地说,它指人们的主观方面,包括我们所说的思想感情在内。"③ 总之,他们都认为"诗言志"说揭示了诗歌表达作者思想感情的基本特征,"诗言志"的"志"同时包含了作者的"思想"和"感情"双重因素。笔者以前也这样认为,但随着对有关文献研读的深入,愈来愈感到这样解说似乎并不符合"诗言志"提出者的原意。

依笔者的体会,学术界对"志"含义的理解主要是受了闻一多观点的启发;而对"诗言志"学说理论价值的判断,似乎又是依据了《礼记》、《毛诗序》、班固、孔颖达等对诗歌特征的论述。

闻一多在《歌与诗》中说:

  志字从㞢,卜辞㞢作㞢,从止下一,像人足停止在地上,所以"㞢"本训停止。……志从㞢从心,本义是停止在心上。停在心上亦可说藏在心里。④

他由"藏在心里"演绎出"志"字三个义向:记忆,记录,怀抱。闻先生对"志"字的训释完全是从该字的原始造型入手的,未受任何文学观念的干扰,所以很具客观性和说服力。并且这一训释还印证了汉人对"志"的阐释,《说文》释"志,意也";训"意,志也。"赵歧《孟子·公孙丑注》释"志"为"心所念虑。"司马迁《史记·五帝本纪》将《尧典》"诗言志"写作"诗言意"。郑玄则径注"诗言志"为"诗所以言人之志意也。"所谓"意"、"志意"、"念虑"都和"怀抱"无甚区别。朱自清在深入探讨"诗言志"学说时完全接受了闻一多的"怀抱"之解,当今学术界接受的似乎也是这一点,我们更无理由提出异议。"怀抱"的含义确

---

① 郭绍虞主编《中国历代文论选》第一册,上海古籍出版社1979年11月版,2—3页。
② 敏泽著《中国文学理论批评史》,人民文学出版社1981年5月版,12页。
③ 霍松林主编《古代文论名篇详注》,上海古籍出版社1986年8月版,3页。
④ 闻一多著《闻一多全集》第10册,湖北人民出版社1993年12月版,8页。

实比较宽泛,它不仅包括理性的思想,也包括非理性的情感心理状态。但是,将这个被释作"怀抱"的"志"纳入到最初的"诗言志"学说当中,它还包括不包括那些非理性的情感心理状态呢? 这就是本文所要提出的异议了。

《礼记》等文献对诗歌特征的论述,同样存在类似的疑问。《礼记·乐记》云:

> 凡音者,生人心者也。情动于中,故形于声,声成文,谓之音。①

此处认为音乐的产生原于作者内心情感的激动,先秦诗乐不分,故同样适于解释诗歌的产生及特点。《毛诗序》云:

> 诗者,志之所之也,在心为志,发言为诗。情动于中而形于言,言之不足故嗟叹之,嗟叹之不足故永歌之。②

此处首次"志""情"并举,以"情"释"志",认为诗既是言"志"的,又是抒"情"的,二者密不可分。班固《汉书·艺文志》云:

> 《书》曰:"诗言志,歌咏言。"故哀乐之心感,而歌咏之声发。诵其言谓之诗,咏其声谓之歌。③

此处正式以"哀乐之心"阐释"诗言志",而"哀乐之心"又无疑指作者喜怒哀乐的"感情"。孔颖达《诗大序正义》云:

> 诗者,人志意之所之适也。……感物而动,乃呼为志。志之所适,外物感焉。言悦豫之志则和乐兴而颂声作,忧愁之志则哀伤起而怨刺生。④

此处的疏解更为详尽,所谓"悦豫之志"和"忧愁之志"其实就是班固所说的"哀乐之心"。这里的"志"字完全可用"情"字替换。所以孔颖

---

① (西汉)戴圣编,(清)孙希旦集解《礼记集解》,中华书局1989年2月版,978页。
② (清)阮元校刻《十三经注疏》本《毛诗正义》卷一,中华书局1980年10月影印版,269—270页。
③ (东汉)班固著《汉书》卷三十《艺文志》,中华书局1962年6月版,1708页。
④ (清)阮元校刻《十三经注疏》本《毛诗正义》卷一,中华书局1980年10月影印版,270页。

达又在《左传·昭公二十五年正义》中直言："在己为情，情动为志，情、志一也。"无庸讳言，这些文献确实揭示了诗歌表情达意的基本特征。但是，它们最早的仅出在战国末至秦汉之间①，晚的则至唐代，代表的主要是汉唐人对诗歌特征的认识水平。先秦时代"诗言志"学说的提出者对文学特征的认识水平是否达到了这一高度，这又是本文所要提出的异议了。

为便于探讨以上两个疑问，首先需要判定一下"诗言志"说产生的大体时代。按说，这个问题本不该再成问题，该学说首见于《尚书·尧典》，次见于《左传·襄公二十七年》。《尚书》是我国最早的一部历史文献，保存了夏商周尤其西周初期的一些诰语、誓词、谈话记录和部分追述古代事迹的资料，学术界普遍认为，其汇集者当为周代史官。《左传》则是战国初年人据各国史料编纂而成的史学著作。但由于《尚书》各篇流传过程曲折复杂，致使一些疑古派对它的早出提出了种种怀疑（如顾颉刚的《尚书研究讲义》），最近张少康又直言其《尧典》出于战国末期，并由此认为，"诗言志"说不是最早见于《尚书》的作"诗言志"，而是见于《左传》的"（赋）诗以言志"②。我们认为，《尚书》及其《尧典》篇不宜轻易否定。这无需作烦琐考证，仅从战国前的文献征引《尚书》的情况略作统计即可说明问题。据陈梦家的《尚书

---

① "最早的"文献指《礼记·乐记》。《礼记》一书由西汉宣帝时礼学家戴圣编选而成，而关于其中《乐记》的产生时间，学术界分歧较大，迄无定论，笔者本文取比较通行的说法。大致有三种意见：一，认为出自春秋战国之际孔子弟子或再传弟子公孙尼子之手，此说以郭沫若为代表，其文献依据是《隋书·音乐志》所引沈约《奏答》和张守节《史记正义》；二，认为战国末至秦汉间的儒家后学汇集荀子《乐论》等前人成果阐发而成，此说以余嘉锡、宗白华、朱光潜、李泽厚等为代表；三，认为汉武帝时河间献王刘德和一批儒生所作，此说以吉联抗、蔡仲德、孙尧年、张少康、蒋凡等为代表，其文献依据主要是《汉书·艺文志》、《直斋书录题解》、《汉书艺文志拾补》等。我们认为"战国末至秦汉之间"说较合情理，《乐记》最早不会早于荀子《乐论》。理由有三：一，一种理论的形成有一个从简单零散到系统完善的过程，与散见的先秦"乐"论文献相比，《乐记》要完善系统得多，形成了探讨艺术起源、艺术本质、创作心理、艺术批评等完整的理论体系，当为晚出的集大成之作；二，若出自春秋战国之际的公孙尼子之手，则公孙尼子之名宜显于当时，然先秦典籍中既无公孙尼子之名，更无说明其与"乐"论有关的文献线索；三，《乐记》的《乐施》《乐象》《乐情》《乐化》等篇某些段落与《荀子·乐论》行文一致或相近，《乐论》自成完篇，一气贯注，且与《荀子》其他篇目中的有关论点相吻合，故不大可能是严谨的荀子摘选了《乐论》，而很有可能是《乐记》吸收扩充了《乐论》。

② 张少康著《中国文学理论批评发展史》上册，北京大学出版社 1996 年 4 月版，22 页。

通论》和刘起釪的《尚书学史》统计,《论语》的《为政》、《宪问》篇引"《书》云"二次;《国语》的《周语》、《楚语》引"《书》曰"、"《书》有之曰"二次;《左传》引"《书》曰"七次;《墨子》引"先王之书"某某篇多为《尚书》中的篇名,次数多达三十二次。再进而核对各文献所引《尚书》文句,虽有些为佚文,然多数与我们今天见到的《尚书》内容一致。即便《尧典》也在《左传·文公十八年》被征引过一次,以《夏书》为名引尧舜时事迹的则更有庄公八年、僖公二十四年和二十七年、襄公二十六年、昭公十四年等五次。所以,我们虽不敢说《尧典》中那段话真的出自舜之口,但说其最迟出于春秋时期、《左传》成书之前大抵是不会错的。

现将两书"诗言志"原文引录如下。《尚书·尧典》云:

帝曰:夔!命汝典乐,教胄子。直而温,宽而栗,刚而无虐,简而无傲。诗言志,歌永言,声依永,律和声,八音克谐,无相夺伦,神人以和。夔曰:於!予击石拊石,百兽率舞。①

《左传·襄公二十七年》云:

郑伯享赵孟于垂陇,子展、伯有、子西、子产、子大叔、二子石从。赵孟曰:七子从君,以宠武也,请皆赋,以卒君贶。武亦以观七子之志。

子展赋《草虫》。赵孟曰:"善哉!民之主也!抑武也,不足以当之。"

伯有赋《鹑之贲贲》。赵孟曰:"床第之言不踰阈,况在野乎!非使人之所得闻也。"

子西赋《黍苗》之四章。赵孟曰:"寡君在,武何能焉?"

子产赋《隰桑》。赵孟曰:"武请受其卒章。"

子大叔赋《野有蔓草》。赵孟曰:"吾子之惠也。"

印段(子石)赋《蟋蟀》。赵孟曰:"善哉,保家之主也!吾有望矣。"

公孙段(子石)赋《桑扈》。赵孟曰:"'匪交匪敖',福将焉往?

---

① (清)阮元校刻《十三经注疏》本《尚书正义》卷三,中华书局1980年10月影印版,131页。

若保是言也,欲辞福禄,得乎?"

卒享,文子告叔向曰:"伯有将为戮矣。诗以言志,志诬其上而公怨之,以为宾荣,其能久乎? 幸而后亡。"①

既然"诗言志"说最迟产生于春秋时期,我们就应主要以那个时代的言论作参照来探讨问题。先看孔子及弟子们"言志"的含义。"志"字在《论语》中共 16 见,依杨伯峻的注释,作名词"志向"讲的 12 次,作动词"有志于"讲的 4 次,皆与情感无关。试举三例:

子曰:父在,观其志;父没,观其行;三年无改于父之道,可谓孝矣。②

——《学而》

这里所观之"志",很明显是指志向,因父在,作儿子的无权独立行动,所以观察的只能是他的"志向"。再看"三年无改于父之道"两句,则知这个"志向"就是父亲人格修养中好的东西(道)。

颜渊、季路侍。子曰:"盍(何不)各言尔志?"
子路曰:"愿车马衣裘与朋友共敝之而无憾。"
颜渊曰:"愿无伐善,无施劳。"
子路曰:"愿闻子之志。"
子曰:"老者安之,朋友信之,少者怀之。"③

——《公冶长》

这里师徒三人所言之"志",释作"志向"无疑。归纳他们各自对志向的表述,两弟子全是讲修身;孔子的"老者安之"是讲治国的政治抱负,后两句则也是讲修身。

子路、曾皙、冉有、公西华侍坐。
子曰:"……如或知尔,则何以哉?"
子路率尔而对曰:"千乘之国,摄乎大国之间,加之以师旅,因之以饥馑;由也为之,比及三年,可使有勇,且知方也。"

---

① 杨伯峻注《春秋左传注》,中华书局 1981 年 3 月版,1134—1135 页。
② 杨伯峻译注《论语译注》,中华书局 2009 年 10 月第 3 版,7 页。
③ 同上,51 页。

夫子哂之。

"求！尔何如？"

对曰："方六七十，如五六十，求也为之，比及三年，可使足民。如其礼乐，以俟君子。"

"赤！尔何如？"

对曰："非曰能之，愿学焉。宗庙之事，如会同，端章甫，愿为小相焉。"

"点！尔何如？"

鼓瑟希，铿尔，舍瑟而作，对曰："异乎三子者之撰。"

子曰："何伤乎？亦各言其志也。"

曰："莫春者，春服既成，冠者五六人，童子六七人，浴乎沂，风乎舞雩，咏而归。"

夫子喟然叹曰："吾与点也！"

三子者出，曾皙后。曾皙曰："夫三子者之言何如？"

子曰："亦各言其志也已矣。"①

——《先进》

此处孔子两言"亦各言其志"的"志"，也无疑作"志向"解。四个弟子的志向虽不尽相同，但都是讲治国的政治抱负的。曾皙的"莫春三月"一段表述，以修身的面目出现，然仍含有无为而治的治国方略在内。可见孔子师徒心目中的"志"，非关治国，即关修身，主要是指政治抱负，皆不包含情感因素。

次看《左传》中"志"的含义。据笔者粗略统计，"志"在《左传》中约60余见，杨伯峻按词义分为6类，其中有两类属于书名，有两类动词分别释作"表明，记住"；"修明，表识"，皆与我们探讨的问题无关，可以忽略不计。另有一类名词，释作"斗志，勇气"，其是否含情可以讨论，而大量的意思仍是名词"志向，抱负"，如僖公十五年、二十二年、二十八年，襄公四年，昭公十五年等近40见。此仅以僖公十五年一段不典型的记载为例看这个释作"志向"的"志"在当时人的心目中主要指什么：

---

① 杨伯峻译注《论语译注》，中华书局2009年10月第3版，118页。

> 三败及韩。晋侯谓庆郑曰:"寇深矣,若之何?"对曰:"君实深之,可若何!"公曰:"不孙!"卜右,庆郑吉。弗使。步扬御戎,家仆徒为右。乘小驷,郑入也。庆郑曰:"古者大事,必乘其产。生其水土,而知其人心;安其教训,而服习其道;唯所纳之,无不如志。……"①

此记秦晋之战。晋军三败,晋侯则另选从郑国进口的小驷马驾战车,庆郑就以古代重大战争为例,劝说晋侯用国产的战马。其"无不如志"的"志",看似具体指国产战马善解主人心意、听从主人使唤,实质上还是指能满足国君取得战争胜利的政治抱负。

再看《礼记·檀弓篇》中"志"的内涵。该篇记载了晋世子申生遭骊姬谗害时重耳对他说的一句话:"子盖(盍)言子之志于公乎?"郑玄注曰:"重耳欲使言见谗之意。"②朱自清认为,这是重耳让申生陈述怀抱,这种陈述,一方面关系自己的穷通,一方面关系国家的治乱,所以还是有关政教的政治抱负。朱先生的分析无疑是符合本文原意的。虽然《礼记》晚出,但这里是依春秋史料记载的重耳原话,自然应视作春秋时期对"志"字的运用和那时人对"志"字含义的理解。

总之,通过对与《尚书》同时代或稍晚时代的文献"言志"情况的勾勒,笔者以为,战国之前人们对"志"的理解是比较狭隘的,主要是指政治抱负和人格修养目标,确未包括非理性的情感因素。

回过头来,我们再剖析《尚书·尧典》原文本身。这里先权且假定这段话真的出自舜之口。那么舜让夔掌管音乐教育贵族子弟也就是让其用诗歌教育贵族子弟,因那时诗乐不分。这些言志的诗当然就不是后出的《诗三百》篇了。那么,它们是些什么样的诗呢? 笔者完全赞成刘师培"文学出于巫祝之官"的说法,他说:"盖古代文词,恒施祈祀,故巫祝之职,文词特工。今即《周礼》祝官职掌考之,若六祝六词之属,文章各体,多出于斯。又颂以成功告神明,铭以功烈扬先祖,亦与祠祀相联。是则韵语之文,虽匪一体,综其大要,恒由祀礼而生。"③正如李

---

① 杨伯峻注《春秋左传注》,中华书局1981年3月版,354—355页。
② (清)阮元校刻《十三经注疏》本《礼记正义》卷六,中华书局1980年10月影印版,1276页。
③ 刘师培著《刘申叔遗书》,江苏古籍出版社1997年3月版,1238页。

泽厚、刘纲纪所阐发的那样:"历史地考察起来,我们认为在远古的氏族社会中,还不可能产生后世那种抒发个人情感、被作为文艺作品看待的'诗'。当时所谓的'诗',是在宗教性、政治性的祭祀和庆功的仪式中祷告上天、颂扬祖先,记叙重大历史事件和功绩的唱词。它的作者是巫祝之官,而不是后世所谓的'诗人'。这些唱词,虽已含有文艺的因素(如注意节奏,押韵和词句的力量),但并非后世所谓的文艺作品,而是一种宗教性、政治性的历史文献。"①笔者以为,这种巫祝之官所作的用来祷告上天、记叙历史事件、语言呆板的诗歌,所言之"志"完全是一种政治性、宗教性的任务,不可能包含什么个人情感因素。作诗者如此,举行祭祀活动时照"本"宣科者更是如此,以此教育贵族子弟者同样如此。

我们再按通常说法,将《尧典》中的话视为春秋时期的言论。那么用来教育贵族子弟的言"志"之诗,就应当是指《诗三百》了。这样一来,情况确实有些复杂。其中"颂"的部分,主要仍是远古祭祀遗风的保留,是统治者"美盛德之形容,以其成功告于神明者也"(《毛诗序》)的祭祀之辞。不言而喻,其所言之"志"是不含作者个人情感的政治、宗教之志。"大雅"部分,如《文王》、《大明》、《绵》、《皇矣》、《生民》、《公刘》等,都是周代史诗,很清楚,其所言之"志"也是不含个人情感的政治之志。孟子之所以在《离娄下》说:"王者之迹熄而《诗》亡,《诗》亡然后《春秋》作。"就是因为在孟子心目中《诗三百》篇也是一种《春秋》,即也是一种历史文献。唯此,《春秋》才能代《诗三百》而兴。"国风"及"小雅"的内容就不是这么简单了。尽管这些诗是由采诗官从民间采集整理并由乐师配乐后献给统治者为考察政治得失所用的,②但其作品确出于"歌其食"的"饥者"和"歌其事"的"劳者"。无疑,这些作者所言之"志"主要是个人情感。但问题的症结在于《尧典》中"诗言志"的提出者从理论高度认识到了这部分诗歌的抒情特

---

① 李泽厚、刘纲纪著《中国美学史》第一卷,中国社会科学出版社1990年1月版,111—112页。

② 关于古代的献诗、采诗制度,学术界认为是可信的,原始文献可参考《国语·周语》邵公谏厉王弭谤,《国语·晋语》范文子说赵文子,《国语·楚语》左史倚相言论,《左传·襄公十四年》师旷说晋平公,《左传·昭公十二年》子革说楚灵王及隐公三年、闵公二年、文公六年等言论,《晏子春秋·内篇谏下》第五晏子言论。晚出文献可参考《礼记·王制》、《汉书·艺文志》、《汉书·食货志》等对古代采诗制度的具体追叙描述。

点没有。依笔者推测,那个时代他们还没有认识到这一点。理论往往滞后于创作,当时的作诗者与观诗者、创作与理论是脱钩的。《尚书·尧典》把《诗三百》当作了贵族子弟政治、历史、道德修养的教科书,并没有意识到它是文学创作。该文虽没交待用《诗》教育子弟的方法,但从其塑造子弟"直而温,宽而栗,刚而无虐,简而无傲"的中庸人格目标就可看出与"国风"、"小雅"中大量作品的情感激荡风格格格不入,怎么能培养出子弟们的中庸人格呢?《左传·襄公二十九年》那段有名的关于吴公子季札观乐的记载,给我们透露了一些消息,那就是季札并没有按照诗篇的原意去解诗,而是逐一与政治挂上了钩。后来孔子更明白地表述了这种培养子弟的具体方法。孔子和《尧典》一样重视《诗三百》的教育作用,并将其作为教授学生的教材之一。不少学者认为,孔子之所以用"思无邪"总评《诗三百》,说明当时孔子的思想比较解放和宽容,能够容纳异端,不像后来的汉儒和宋儒那样偏狭;还有人认为,这里的"思无邪"是孔子要求读者要抱着纯正无邪的思想去读《诗三百》。其实这些解释似都未必符合当时的实际情况,真正的原因似是孔子将"淫诗"诗义作了伦理化的曲解。请看孔子是怎样给弟子讲《诗三百》的:

子贡曰:"贫而无谄,富而无骄,何如?"子曰:"可也;未若贫而乐,富而好礼者也。"

子贡曰:"《诗》云:'如切如磋,如琢如磨。'其斯之谓与?"子曰:"赐也,始可与言《诗》已矣,告诸往而知来者。"

——《学而》

子夏问曰:"'巧笑倩兮,美目盼兮,素以为绚兮'。何谓也?"子曰:"绘事后素。"

曰:"礼后乎?"子曰:"起予者商也!始可与言《诗》已矣。"

——《八佾》

"唐棣之华,偏其反而。岂不尔思?室是远而。"子曰:"未之思也,夫何远之有?"

——《子罕》①

---

① 杨伯峻译注《论语译注》,中华书局 2009 年 10 月第 3 版,9、25、94 页。

第一例孔子与子贡谈及的是《卫风·淇奥》中的句子，原诗是赞美一风流倜傥的美男子的。师徒二人却将该诗的主题归结为品德修养要精益求精。这样一来，该诗的思想当然就纯正无邪了。第二例对《卫风·硕人》的讲解更与诗的原意风马牛不相及。据《左传·隐公三年》载，《硕人》是卫人赞美卫庄公夫人庄姜美貌的。用后儒的正统眼光看，诗中对她的描写富有挑逗性，近似南朝描写女人体态的宫体诗，无论如何与"思无邪"和中庸思想搭不上界。可孔子解这首诗时却以"绘事后素"（先有洁白的底子，然后画花）去启发他的学生，进而又得出"礼"后于"仁"的政治教化结论。如此一解，《硕人》的思想当然就再纯正不过了。第三例中的四句诗是佚诗，前两句写唐棣之花翩翩摇动之状，为起兴，后两句写思念远人而不得见。孔子的解说则引申为求仁，如他曾说过："仁远乎哉？我欲仁，斯仁至矣。"（《述而》）"未之思也，夫何远之有？"正与这话相互印证。孔子这样一解，四句佚诗当然也就极为纯正了。值得注意的是，前二例孔子两次提到"始可与言《诗》已矣"，言外之意，只有对每首诗的主题作出政治化、道德化的理解才能配得上谈《诗三百》，否则根本不配言及。用这种启发式的方式去解《诗三百》，自然篇篇纯正；用其教育子弟，当然能塑造出符合《尧典》标准的中庸人格，也就可以"迩之事父，远之事君"了。

孔子师徒是有意曲解《诗三百》的原意呢，还是他们本来就是这样认识《诗三百》的呢？只有他们自己心里最清楚。不过，依笔者推测，那时的人也许认识水平就这么高。因为纯文学观念在先秦还远远没有形成，"文"或"文学"泛指广义的一切文化学术，它主要包括政治礼仪、典章制度、伦理教化，其文学艺术在"文"中的含量微乎其微。不论孔子主张的"修文德"（《论语·季氏》），还是子罕主张的"昭文德"（《左传·襄公二十七年》），都主要是指伦常教化。孔子说的"郁郁乎文哉，吾从周"（《论语·八佾》）中的"文"，是指西周的文献典籍。其"文学：子游、子夏"（《论语·先进》）中的"文学"，也是指对西周文献的学习和研究。即便更晚的《墨子·非命》中说的"凡出言谈，由文学之为道也"的"文学"，也是指学术。似乎当时的孔子还没有意识到《诗三百》是纯文学作品。学术界多批评汉人解《诗经》常作伦理化的穿凿附会，笔者曾认为这种附会在孔子时已露苗头，现在看来似应倒过来。是因孔子尚无纯文学观念而对《诗三百》作了政治化、伦理化、非文学化的解释。早于孔子的"诗言志"说的提出者,其文学观念只能比孔子更模糊,而不会更清晰,不可能超越孔子这样的智者而认识到诗歌的抒情特征。所以"诗言志"的"志",只能是政治抱负和道德修养目标等狭隘的含义,不大可能包含非理性的情感因素。

讨论了《尧典》的"诗言志"说之后,我们再来讨论《左传·襄公二十七年》中所提出的赋"诗以言志"。与"诗言志"不同,赋"诗以言志"中赋诗者所赋之诗,并非自己所作的诗,而都是业已流行的《诗三百》的成篇、成句。是借原作而言赋诗者之志。笔者以为,赋"诗以言志"比作"诗言志"更便于说明问题。这是由当时赋诗言志的具体情况决定的。据有关文献考察,赋诗现象均在战国之前。除上文已言祭祀宗庙时赋诗外,还有两种情况。一是诸侯朝会宴飨、诸侯饮燕其臣子及宾客、乡大夫行乡饮酒礼时,所谓"用之乡人焉,用之邦国焉"(《毛诗序》)。具体情况详见《仪礼·燕礼》和《仪礼·乡饮酒礼》。这种场合赋《诗》的目的,用《毛诗序》的解释是:"上以风化下,下以风刺上,主文而谲谏,言之者无罪,闻之者足以戒。"①二是各诸侯国之间在政治外交场合。班固《汉书·艺文志》云:"古者诸侯卿大夫交接邻国,以微言相感,当揖让之时,必称诗以谕其志,善以别贤不肖而观盛衰焉。"②《左传·襄公二十七年》所载之事本身就是典型例证。《左传》另外还有几处记载,如襄公十六年晋侯与诸侯宴于温,让各赋诗言志,发现齐高厚有异志,晋、宋、卫、郑等国代表遂结盟拟"同讨不庭";文公十三年郑伯背晋降楚后又欲归晋,欲让鲁文公代为向晋说情而互相赋诗;昭公十六年郑六卿饯宣子于郊,宣子让六卿各赋诗以观郑国之志;定公四年秦哀公答应申包胥的请求,赋诗而决定出师救楚。

由以上两类赋诗言志情况的记载,不难发现两个问题:一、不论内部宴飨赋诗,还是外交场合赋诗,所言之"志"都是事关政治教化、国家利益的"公志",而非赋诗者个人的"私志";二、两类赋诗言志的方法都是采用了为学术界早已定论了的断章取义法。《左传·襄公二十八年》载卢蒲癸回答庆舍之士的话说:"赋诗断章,余取所求焉。"

---

① 郭绍虞主编《中国历代文论选》第一册,上海古籍出版社 2001 年 10 月新 1 版,63 页。
② (东汉)班固《汉书》卷三十《艺文志》,中华书局 1962 年 6 月版,1755—1756 页。

清楚地表明了当时人们的这种观念。孔子的话中似也透露过这种消息,他说:"诵《诗三百》,授之以政,不达;使于四方,不能专对;虽多,亦奚以为?"(《论语·子路》)人多认为,这是孔子认识到了学习诗歌有提高人们从事实际工作能力的作用。然笔者以为,"专对"云云正是指对《诗三百》篇断章取义以为外交辞令。借内部宴飨向统治者进谏,之所以能收到"言之者无罪,闻之者足以戒"的双重效果,最关键的就是赋诗言志时用了断章取义法。如行乡礼时,人们多赋《关雎》这首婚姻爱情诗,但赋诗者所要表达的绝非婚姻爱情主题。从后来《毛诗序》所归纳的"后妃之德"、"忧在进贤"主题中推测,说不定当时赋该诗的目的真是为了求贤、进贤。外交场合的赋诗言志则更是临场发挥、各取所需,不像内部宴飨时所赋诗篇及所言之志那样相对固定。笔者以为,赋诗人在赋诗时考虑最多的是在成诗成句中找到和自己意图相切合的切合点,将自己的意图准确地表达出来并能使对方悟出。所以,赋诗者赋诗时用的完全是理性思考,根本不可能顾及原诗是否包含抒情成分,同时也不可能融入自己的情感因素。具体到《左传·襄公二十七年》郑国七子所赋之诗和所言之志,完全可以印证我们的看法。子展所赋的《召南·草虫》,是一首思妇诗。原诗抒情主人公通过物候的变易和内心变化的描写,衬托出了别离之苦。而此处据赵孟"抑武也,不足以当之"的答语推测,子展所言之志是借"未见君子,忧心忡忡"句,以示郑国对晋国使者的赞赏和对晋国的友好。伯有赋的《鄘风·鹑之贲贲》,是一首写卫宣公与其后母夷姜乱伦的诗。伯有志在用"人之无良,我以为君"两句表示对郑伯政治的不满。所以赵孟说伯有可能要大祸临头了。子西赋的《小雅·黍苗》,是一首随从召伯建设申国国都的人在完成任务归途中追忆建都过程的诗。据赵孟"寡君在,武何能焉"的答语推测,子西是借"肃肃谢功,召伯营之"之句,称赏赵孟建立晋郑联盟之功。子产赋的《小雅·隰桑》,是一首思妇诗,全诗倾诉对丈夫的思念之情。子产借此诗所言之"志"则是思见君子而尽心侍奉。子大叔赋的《野有蔓草》,是"郑风"中的一首恋歌。春秋时战争频繁,人口稀少,统治者为了蕃育人口,规定超龄男女而未婚者,可在仲春时自由相会野合。子大叔却用其中"邂逅相遇,适我愿兮"之句,表示了对赵孟这位晋国使节的欢迎。印段和公孙段的赋诗也有类似的意思。七子所言之"志",虽有应酬之嫌,但都是关于国家政治生活的,所以赵孟"亦以观七子之志"即是要看他们的政治态度、理想抱负。再看曾为雷海宗、朱自清所引用过的《左传·文公十三年》中郑伯求鲁文公的一段记载。郑大夫子家赋《小雅·鸿雁》篇,义取侯伯哀恤鳏寡,暗示郑国孤弱,需鲁国哀恤,代为说情。鲁季文子答赋《小雅·四月》篇,义取行役逾时,思归祭祀,表示拒绝帮忙。郑子家再赋《鄘风·载驰》篇,义取小国有急,求大国救助。鲁季文子又答赋《小雅·采薇》篇,取其"岂敢定居,一月三捷"之句,表示勉为其难,不敢安居。郑鲁二子的对赋,完全是以诗作为外交谈判的辞令了,与诗歌原意相去甚远,带有极强的功利性,并不包含个人情感的抒发。

总之,通过以上讨论,我们认为,战国以前人们既没有纯文学的观念,也没有从理论上认识到诗歌的抒情特征,人们只是把《诗三百》篇作为政治、历史、道德修养的文献来看待的。因此,不论提出作"诗言志",还是赋"诗以言志"的学说,其"志"都主要是指作诗人或赋诗人的政治抱负、道德修养,或政治生活中的具体愿望,还没有包含抒情诗中的喜怒哀乐的情感,尤其是个人的私情。如果说春秋时期或之前的"诗言志"学说就已揭示了诗歌表达作者思想感情的特点的话,是人为地拔高了它的理论价值,不符合这一学说的实际情况。

那么,"诗言志"中"志"的情感因素什么时候才受到了重视呢?我们认为是到了战国中后期。屈原在《离骚》中说"屈心而抑志","抑志而弭节",这个"志"的内容仍以屈原的政治理想、政治抱负为主,但显然也包括了这种政治抱负不能实现而产生的愤激之情。《惜诵》中说"发愤以抒情",第一次明白提出了诗歌可以抒发愤怒之情。《怀沙》中"抚情效志兮,冤屈而自抑"的诗句则又首次"志"、"情"并提,将这篇作品作为表现自己全部思想、意愿、情感的工具。稍后的荀子在《乐论》中说:"夫乐者,乐也,人情之所必不免也。"①此虽论乐,实亦论诗;虽仅言乐,实哀乐兼论。如果说屈原是从个人感受的角度,认识到借助某篇具体作品可以抒发自己的某种思想感情的话,荀子和《乐记》则已从普遍性的高度认识到了诗歌和音乐可以宣泄人类的情感。

---

① (战国)荀子著,(清)王先谦集解《荀子集解》,中华书局1988年9月版,379页。

真正从理论上"志"、"情"并举,以"志"为主,系统地讨论诗歌的基本特征,则是从《毛诗序》为代表的汉人开始的。所以用汉人对诗歌认识的水平去套用春秋时期的学说,是不合适的。

当然,我们还同时认为,不少封建文人出于政治的需要,将晋代陆机《文赋》中提出的"诗缘情"理论与春秋时期的"诗言志"理论视作对立的两大文学理论派系,也是不合实际的。"诗缘情"理论既是汉代以后五言抒情诗高度发展的必然性理论总结,同时也是汉代"志"、"情"并举理论自身发展的必然结果,不能片面理解为"缘情"就是否定"言志"。"缘情"说只是进一步强调诗歌以抒情为主罢了。《文赋》中并不乏情志并举处,如"伫中区以玄览,颐情志于典坟"。所以,我们的结论是:从春秋及以前时期的志不含情,到战国末秦汉时期的以志为主,志情并举,再到魏晋时代的以情为主,情志并举,是我国古代诗歌理论对诗歌基本特征认识过程中逐步深入的三个阶段。

先秦至唐代比兴说述论*

诗言志、比兴、温柔敦厚的诗教，被朱自清称为我国古代诗歌理论的三个基本学说，其中比兴说最难分解清楚，"你说你的，我说我的，越说越糊涂"①。笔者拟将先秦至唐代讨论比兴的资料作一初步清理，以期窥视出比兴说大体的流变轨迹，以俟智者作更深入的研究。

一

赋比兴的概念是从对《诗经》表现手法的归纳中总结出来的。最早见于《周礼·春官·大师》，云："大师……教六诗：曰风，曰赋，曰比，曰兴，曰雅，曰颂。"②这里只交待它们各是"六诗"之一，并未对其具体含义作出解释。据判断，当时《周礼》可能把赋比兴作为"诗三百篇"的乐歌名称来对待了，因"诗三百篇"最早是合乐演唱并以乐为用的。

到了汉代，"诗三百篇"被尊称为《诗经》，对其表现手法的探讨便从此展开。汉初的儒生毛亨在《毛诗诂训传》中虽无意下定义，但客观上对兴的含义作了分析。他一方面将《诗经》305篇作品中的116篇注为"兴也"，同时注《大雅·大明》中"维予侯兴"的"兴"为"起也"，起就是发端的意思；另一方面又用"若"、"如"、"喻"等词解释116篇兴

---

* 本文是参考王运熙先生《中国古代文论中的比兴说》一文并在王先生鼓励下完成的，原载于《西北师大学报》2003年1期，被中国人民大学复印报刊资料《中国古代、近代文学研究》2003年8期全文转载。

① 朱自清著《诗言志辨》，华东师范大学出版社1996年11月版，49、82页。

② （东汉）郑玄注，（唐）贾公彦疏，彭林整理《周礼注疏》，上海古籍出版社2010年10月版，880页。

诗中的诗句。如释《关雎》，"兴也。……后妃说乐君子之德……若雎鸠之有别焉"。释《南山》，"兴也。……国君尊严，如南山崔崔然"。释《葛生》，"兴也。葛生延而蒙楚，莶生蔓于野，喻妇人外成于他家"。不难看出，这里毛亨已将兴视作了《诗经》的主要表现手法，并认为兴具有发端和譬喻双重含义。笔者以为，这样界定兴的含义是大体符合它的原义和《诗经》的实际情况的，只是毛亨尚未关注到赋和比，当然也就更未区分比兴之间的差别。

稍后的经师为《毛诗》作了一篇《诗大序》，文云："诗有六义焉：一曰风，二曰赋，三曰比，四曰兴，五曰雅，六曰颂。"①与《周礼·春官·大师》相比，《诗大序》将"六诗"改称"六义"，标志着汉儒对《诗经》的重视已由《周礼》的侧重其音乐转向了重在关注其诗歌内容。此文详细剖析了风雅颂三义，认为风雅颂是《诗经》的内容分类，这就暗示人们赋比兴是表达三类内容的表现手法，比毛亨独标兴体更全面了。唐代孔颖达解释这几句话说："风雅颂者，诗篇之异体，赋比兴者，诗文之异辞耳。大小不同而得并为六义者，赋比兴是诗之所用，风雅颂是诗之成形，用彼三事，成此三事，是故同称为'义'，非别有篇卷也。"②孔氏的疏解无疑是符合《诗大序》原意的。只是《诗大序》仍未对赋比兴的具体含义作出解释，这一点似乎反不如毛亨了。

第一个为比兴表现手法下定义的是东汉经师郑众。他说："比者，比方于物也；兴者，托事于物也。"③按郑众的解说，比，就是用物打比方，也就是比喻；兴，就是把事理寄托在事物中，其实就是一种隐喻。用这一定义回头观照一下毛亨所举的例句，是颇为吻合的。郑众的解说虽很简要，却解决了两个问题：一是将比和兴的含义区分开了，前者是明喻，后者为隐喻寄托，这就不会再象毛亨那样因泛释兴为"譬喻"而与比的含义发生混淆。二是指出了比兴为明喻和隐喻，就说明两种表现手法都离不开具体的物，都是形象思维的方法，这就

---

① 郭绍虞主编《中国历代文论选》第一册，上海古籍出版社 2001 年 10 月新 1 版，63 页。

② （清）阮元校刻《十三经注疏》本《毛诗正义》卷一，中华书局 1980 年 10 月影印版，271 页。

③ （清）阮元校刻《十三经注疏》本《周礼注疏》卷二十三《太师》注，中华书局 1980 年 10 月影印版，796 页。

揭示了诗歌创作的基本特点。郑众未言及兴的"发端"一义,这是他的严重不足,不过他谈比兴的话是郑玄转引的,我们并未见到他的全部言论,也许郑众本已涉及"发端"问题,被郑玄割舍了。郑众的观点对六朝文论尤其对刘勰影响很大,黄侃就特称刘勰"妙得先郑(郑众)之意"①。

之后,王逸作为作家和楚辞学家,也言及了兴。其《离骚经序》云:"《离骚》之文,依诗取兴,引类譬喻。故善鸟香草,以配忠贞;恶禽臭物,以比谗佞;灵修美人,以媲于君;宓妃佚女,以譬贤臣;虬龙鸾凤,以托君子;飘风云霓,以为小人。"②因为王逸不是专释比兴概念的,所以上文未涉及比。笔者以为,他对兴的理解存在严重缺陷。第一,虽口称《离骚》是学习了《诗经》中兴的表现手法"依诗取兴",但他只留意了兴的"引类譬喻"一义,却和郑众一样忽视了其"发端"一义;第二,仅就对兴的隐喻寄托一义而言,理解也有偏差,误比为兴。文中所举善鸟香草等众多"引类譬喻"的实例,全都是类型化的比喻,并非隐喻寄托什么思想道理,不能算作兴。事实上,《离骚》的主要表现手法就是比喻,朱熹曾对此作过总结,云:"《诗》之兴多而比、赋少,《骚》则兴少而比、赋多。"③我们很少能在《离骚》中找到兴的例句。看来王逸用兴来概括《离骚》的主要表现手法,是在汉儒依经立论思想影响下的一厢情愿,要么,就是他根本不懂兴的要义。比较而言,孔安国以"引譬连类"释兴,似比王逸的"引类譬喻"要好一些。这是孔安国对《诗经》的社会作用兴观群怨之"兴"所作的解释,依笔者理解,"引譬",即引发譬喻;"连类",即对同类事物的联想。如果把这一解释用作对《诗经》表现手法之兴的解释,也同样适合。尽管孔安国未言譬喻是明喻还是隐喻寄托,但他毕竟同时注意到了兴的"发端"和"譬喻"双重含义,还不至像王逸那样比先儒又倒退一步。

东汉末年,古文经学和今文经学的集大成者郑玄,对赋比兴三种表现手法,作出了自己的独特解释,云:"赋之言铺,直铺陈今之政教

---

① 黄侃著《文心雕龙札记》,华东师范大学出版社 1996 年 12 月版,221 页。
② (东汉)王逸注,(宋)洪兴祖补注《楚辞补注》卷一,中华书局 1983 年 3 月版,2—3 页。
③ (南宋)朱熹集注《楚辞集注》卷一,上海古籍出版社 2001 年 12 月版,6 页。

善恶；比，见今之失，不敢斥言，取比类以言之；兴，见今之美，嫌于媚谀，取善事以喻劝之。"①郑玄此注遭到了历代学者的批评。笔者以为宜作具体分析。郑玄以"铺陈政教善恶"释赋，深深打上了汉儒依经立论的时代烙印，然若去掉政教善恶的教化内容，释赋为铺陈直叙的表现手法，则无疑是对的，以后历代经学家、文论家也都沿用了铺陈直叙说。学术界认为，郑玄对比兴的解释是为了强调《诗经》的美刺教化作用而强加上去的，不符合《诗经》的实际。孔颖达早已批评说："其实美刺具有比兴者也。""作文之体，理自当然，非有所'嫌'、'惧'也。"②黄侃批评说："以善恶分比兴，不如先郑注谊之确。"③朱自清也说："郑玄以美刺分释兴比，但他笺兴诗，仍多是刺意。他自己先不能一致，自难教人相信。"④王运熙先生更深刻地批评说："实际上郑玄说之谬误，不但在于以美刺释比兴，而且把作为表现手法的比兴牵强地同诗的政治内容联系起来。事实上，比兴手法可以同美刺内容相结合，也可以不相结合，二者之间并没有必然的联系。"⑤人们的批评都很有道理，就《诗经》的实际情况而言，比兴确与美刺内容没有必然联系。然笔者以为，郑玄在这里并不是为比兴下定义，而是在讲《诗经》为什么用比兴手法，他既然转引郑众对比兴的解说，就说明他未必不懂得比兴是表现手法问题，之所以硬与政治内容挂钩，实是有意演述《诗大序》"主文而谲谏"的文学主张，竭力倡导中国诗歌委婉表达思想情感的风尚，从这个角度讲，郑玄对比兴的阐发又是符合我国古代诗歌基本特征的。再者，笔者还怀疑，郑玄以美刺分释比兴是否互文见义？若这一臆测可以成立的话，所谓分释即不存在，对郑玄的批评也就只能局限于表现手法与政治结合一项了，而这一项恰恰是郑玄对中国古代文论的一个不小的贡献。笔者以为，一种具体的修辞手法或表现手法在文论史上是没有多大研究价值的，只有当它升华为

---

① （清）阮元校刻《十三经注疏》本《周礼注疏》卷二十三《太师》注，中华书局1980年10月影印版，796页。

② （清）阮元校刻《十三经注疏》本《毛诗正义》卷一，中华书局1980年10月影印版，271、270页。

③ 黄侃著《文心雕龙札记》，华东师范大学出版社1996年12月版，221页。

④ 朱自清著《诗言志辨》，华东师范大学出版社1996年11月版，9、82页。

⑤ 王运熙著《中国古代文论管窥》，齐鲁书社1987年3月版，68—69页。

一种创作理论或文学主张,才有被长期讨论的必要,郑玄的贡献正在于他为本属修辞手法或表现手法的比兴向中国古代文论中的重要理论"风雅比兴"说的演变提供了可能。

二

魏晋南北朝是我国文学理论取得辉煌成就的时期,对比兴的讨论,完成了由经学家对其原始意义的诠释向文学家、文学理论家对其理论学说创立的过渡。

西晋挚虞在他的《文章流别论》中释赋比兴道:"赋者,敷陈之称也。比者,喻类之言也。兴者,有感之辞也。"① 很明显,挚虞释赋从郑玄说,释比从郑众说,而释兴则是自己的新创。他认为,人心受到外界事物(主要指自然景物、物候变化)的触发而感动,由此创作出了表达这种被感动了的思想感情的文学作品,这个物感和创作的过程就是兴。这种解释是远离兴的原义的,但正是这种有意识的远离,表明了挚虞对某些创作规律的潜心探讨和深层认识,是一种不可轻视的新现象。

到了南朝齐代,刘勰在《文心雕龙》中专列《比兴》篇,对比兴作了全面深入的分析探讨。就其把《比兴》置于《声律》、《章句》、《丽辞》诸篇之后和《夸饰》、《事类》诸篇之前的用意看,刘勰仍是将比兴视作艺术表现手法的,但从该篇首段对比兴的论述看,问题并不那么简单。文云:"诗文弘奥,包韫六义;毛公述传,独标兴体。岂不以风通而赋同,比显而兴隐哉? 故比者,附也;兴者,起也。附理者切类以指事;起情者依微以拟议。起情故兴体以立,附理故比例以生。比则畜愤以斥言,兴则环譬以记讽。盖随时之义不一,故诗人之志有二也。"② 文中"赋同",指赋的表现手法是直陈其事;"比显而兴隐",指比为明喻兴为隐喻,讲二者的不同特点;"比者,附也",指比是比附事理;"兴

---

① 郭绍虞主编《中国历代文论选》第一册,上海古籍出版社 2001 年 10 月新 1 版,190 页。

② (南朝梁)刘勰著,范文澜注《文心雕龙注》,人民文学出版社 1998 年 2 月版,601 页。

者,起也",指兴是发端,引起情感。若仅观这些,刘勰对赋比兴的讨论确无新意,充其量也不过是对汉儒观点的承袭与总结。但刘勰绝没仅仅停留在对前人意见的归纳上,他还为比兴充实了不少新内容。一、刘勰交待了怎样具体实施比兴。他认为比应"切类以指事",即要按照喻体被喻体双方相同处来说明事物;兴要"依微以拟议",即要依据事物微妙处来寄托意义。二、揭示了运用比兴手法的动因和社会作用,"比则畜愤以斥言",即运用比的方法,是因作者内心有愤懑蓄积,运用比能宣泄情感,批判现实。"兴则环譬以记讽",即运用兴的方法更便于作者委婉曲折地寄托对社会的批判。这种对比兴社会作用的精辟概括,已经不是简单的表现手法问题了。三、刘勰还对比兴的运用提出了"拟容取心",比拟事物要摄取其精神实质的重要要求,对后世影响很大。四、就比兴来说,刘勰更重视兴。他认为"兴之托喻,婉而成章,称名也小,取类也大"①,即兴体委婉含蓄,以小见大,更富感染力。因此,刘勰对汉代以来辞赋"日用乎比,月忘乎兴"即比多兴少现象大为不满,认为是"习小而弃大。"王运熙先生认为刘勰这一认识有一定道理,但不够客观。汉魏六朝文学作品比多兴少自有其客观原因,一是兴的含义本来就较隐约,不易为读者理会,读者没有发现并不等于它不存在;二是民歌多爱用兴体,六朝诗歌远离民歌,讲究辞藻声律,较少用兴是客观存在,但是刘勰轻视民歌,致使他对大量运用兴体写作的六朝民歌视而不见也是事实。所以他发出的"六义销亡"的慨叹不太合乎实际情况。② 王说甚是。

稍晚于《文心雕龙》的钟嵘《诗品序》,对比兴问题作了比《文心雕龙》更趋文学化的阐发。文云:"故诗有三义焉:一曰兴,二曰比,三曰赋。文已尽而意有余,兴也;因物喻志,比也;直书其事,寓言写物,赋也。宏斯三义,酌而用之,干之以风力,润之以丹彩,使味之者无极,闻之者动心,是诗之至也。若专用比兴,患在意深,意深则词踬。若但用赋体,患在意浮,意浮则文散。嬉成流移,文无止泊,有芜漫之累矣。"③笔者以为,钟嵘这段话至少有三点值得注意。一是

---

① (南朝梁)刘勰著,范文澜注《文心雕龙注》,人民文学出版社1998年2月版,601页。
② 王运熙著《中国古代文论管窥》,齐鲁书社1987年3月版,72—73页。
③ (清)何文焕辑《历代诗话》上册,中华书局1981年4月版,3页。

赋予了兴全新的含义。钟嵘对赋比的解说均承袭旧说，无甚新见，但以"文已尽而意有余"释兴，虽与兴的原始意义几无相干，却是他的大胆创见。它既是对诗人写作上的要求，又是读者欣赏作品后得到的体会。这一新含义的开掘，其实是从艺术特色、艺术风格、艺术审美的角度对我国诗歌基本特征作出的重要概括，与郑玄从政治教化、作品思想内容角度概括中国诗歌"主义而谲谏"的特征相比，更为符合中国诗歌的实际，也更具美学价值。之后唐殷璠兴象说、释皎然的天工自然合一说、司空图的味在咸酸之外说、南宋严羽的兴趣说、明清时期的神韵说等，无不受到钟嵘这一理论的深刻影响。①二是提出了赋比兴交错运用的重要主张。钟嵘认为，在诗歌创作过程中，若只用比兴，作品就会隐晦，若只用赋，作品就会于浅薄直露，只有三者交错运用，才能使文意不过深过浮，恰到好处，使读者既不感到难于理解，又不感到一览无余。这三种手法的结合，其实就是形象思维的方法，颇为合乎艺术创作规律。三是提出了三结合的基础上又"干之以风力，润之以丹采"的诗歌创作和诗歌评判标准。钟嵘认为，只有这种结合，创作的诗歌才具备艺术性，使"味之者无极，闻之者动心"，产生强烈的感染力量。这三个方面，无疑是钟嵘为比兴说注入的新内容，也是他对中国古代文论的重要贡献。

三

隋唐跨时代经学大师孔颖达，在《毛诗正义》中依次对毛亨、《诗大序》、郑众、郑玄等汉儒的赋比兴之释作了疏解和总结，后来居上，把前人之说讲解得更清晰了。如明确指出风雅颂和赋比兴分别为《诗经》的内容分类和表现手法，指出郑玄以美刺分释兴比不符合《诗经》实际，进一步明确比兴之别及兴的双重含义等。然就笔者之见，孔颖达的言论中最值得注意的是他借释兴对文学创作过程的较好揭示。孔颖达在疏解郑众"兴者，托事于物"一语时说："兴者起也，取譬

---

① 此观点可参考周勋初《中国文学批评小史》，辽宁古籍出版社1996年10月版，84—85页。

引类,起发己心,诗文诸举草木鸟兽以见意者,皆兴辞也。"①其大意是说,兴就是先由客观事物的形象激发了诗人的创作欲望和激情,引起了对现实生活中相类似的事物的联想,并进而更激起了诗人的思想感情,然后又寓情于草木鸟兽之类的物象中以表现自己的思想感情。由此可见,孔颖达虽然是从经学家解经的角度来释兴,实际却是受了文学家挚虞的启发对创作规律进行了有益的探讨,且比挚虞的结论更趋完善。

与孔颖达疏解、阐发汉儒的旧说不同,陈子昂、李白、杜甫、柳宗元、白居易等唐代著名作家则完全抛开了比兴的原始意义,将延续千余年侧重于诠释的比兴讨论活动,升华成了一种文学主张和文学口号,从此,风雅比兴说才真正建立了起来。

综观唐代文学家的比兴理论,至少发生了如下四大变化。第一,他们首次将比兴两种表现手法甚至风雅比兴浑言为了一个概念。陈子昂在其《与东方左史虬修竹篇序》中叹息齐梁间诗"兴寄都绝",所谓"兴寄",就是比兴寄托的省称,比兴寄托就是指通过对目前事物的歌咏来寄寓诗人对国事民生的关怀和理想。《本事诗·高逸》所载李白"寄兴深微"的一段言论,亦是以"寄兴"指比兴寄托。陈、李二人都以兴代指比兴。他们主张在诗歌的形象中寄托思想,而这种寄托常常是用比喻来实现的,所以他们逐步认识到兴和比是不可分割的。至杜甫,则在其《同元使君春陵行诗序》中干脆以"不意复见比兴体制"概括元结《春陵行》、《贼退示官吏》两首作品的风格。柳宗元则更在《杨平事文集后序》中有意将"比兴者流"浑合解释为"丽则清越,言畅而意美"。到白居易著名的《与元九书》一文,则已将"风雅比兴"视作诗歌的最高创作原则了,云:"诗之豪者,世称李杜。李之作,才矣奇矣,人不逮矣,索其风雅比兴,十无一焉。杜诗最多……然撮其《新安吏》、《石壕吏》、《潼关吏》、《塞芦子》、《留花门》之章,'朱门酒肉臭,路有冻死骨'之句,亦不过三四十首。"②可以说,"风雅比兴"至白居易

---

① (清)阮元校刻《十三经注疏》本《毛诗正义》卷一,中华书局1980年10月影印版,271页。

② 郭绍虞主编《中国历代文论选》第二册,上海古籍出版社1979年11月版,97—98页。又见白居易著,谢思炜校注《白居易文集校注》,中华书局2011年1月版,321页。

已经被作为一个固定的文学理论术语确立了下来。第二,比兴由表现手法演变成了诗歌的政治内容。陈子昂的《感遇诗》三十八首和李白的《古风》诗五十九首,分别是实践他们各自的"兴寄"和"寄兴"创作主张的范例,但这些诗篇都以具有关怀国事民生的充实内容著称于世,具体到表现手法,则多为赋体写成,很少运用比兴。《舂陵行》《贼退示官吏》两诗,是元结反映道州局势混乱和人民遭受苦难的代表作,被杜甫称赞为"不意复见"的"比兴体制",然它们也是用赋体写成的,并没有采用比兴手法。白居易特别推崇的比兴代表作是杜甫的"三吏"诗、"朱门酒肉臭"名句,而这些诗恰恰也没有采用比兴表现手法,是平铺直叙而成的。这一切都说明,在唐代这些著名作家心目中,所谓比兴已不再是通常意义上的表现手法,而是特指诗歌作品的美刺内容了,他们认为有美刺尤其是刺政治内容的作品才是风雅比兴之作,否则即使用比兴表现手法写出的作品也不是风雅比兴之作。第三,由于唐代作家所讲的比兴是指诗歌的政治内容和思想寄寓,所以一般是从通篇上考虑,而不再顾及个别语句上的比兴。本来不论从修辞角度还是从思想内容角度来讨论比兴,都既肯定通篇的比兴,也承认个别语句的比兴。而在唐代作家这里则仅指通篇的比兴了。第四,唐代作家视美刺的政治内容为比兴,无疑是受了郑玄等汉儒以美刺分释比兴思维模式的启发,同时他们口头上也声称要"思古人"、"复古道",但实际上其倡导的比兴说的本质,却又是与汉儒完全相反的。汉儒是站在落后的上以风化下的立场上,穿凿比附《诗经》"经夫妇,成孝敬,厚人伦,美教化,移风俗"的主题,而唐代作家则是出于强烈的社会责任感,用进步的社会眼光倡导文学干预社会、干预生活。也正因如此,"风雅比兴"说才在中国文学史和中国文学理论史上产生了广泛而深远的影响,为我国批判现实主义的进步文学传统的建立提供了理论依据。当然,唐代也有例外,如李颀、皎然、贾岛等仍站在旧有的立场上分释比兴,因他们的观点影响甚微,故可略而不论。

通览先秦至唐代比兴说的演变轨迹,笔者将其归纳为两条线索、三个阶段。所谓两条线索,一条是儒学经师释比兴的线索。他们力图从解经角度对比兴的原始含义作出诠释,从汉初到唐代,诠释由简略、片面逐步达到了详细、全面,但由于其探讨问题的目的、视角和体例的局限,其结论只能是基础性和浅层次的,从文学创作和文学理论的角度看,意义不大。不过,这些成果为作家、文论家的风雅比兴学说的创立提供了有益的启示。第二条线索是作家、文论家对比兴的阐发。他们一开始就没把注意力放在对比兴原始含义的诠释上,而是着意开掘它的文学理论价值,并逐步建构起了我国比较重要的诗论学说"风雅比兴"说。这条线索无疑应该成为今天的学者研究的重点,因其错综复杂,所以也是今天研究的难点。所谓三个阶段,大体是:两汉为比兴概念的诠释阶段,魏晋南北朝为原始含义的阐释向文论性阐发过渡阶段,唐代为"风雅比兴"说正式建构和这一文学主张发生重大影响的阶段。

"郑风淫"是朱熹对孔子"郑声淫"的故意误读*

孔子在《论语·卫灵公》中曾说道"郑声淫",此处之"郑声",主要指郑国的音乐格调,当不含《诗经·郑风》作品文本本身。孔子对包括《郑风》在内的305篇诗歌文本都持肯定态度,所谓"诗三百,一言以蔽之,曰:思无邪"(《论语·为政》)、上博简《孔子诗论》"《将中(仲)》之言不可不畏"、"《涉溱(褰裳)》其绝"即是。① 而朱熹则在《诗集传》中提出"郑风淫"一说,与孔子"郑声淫"仅一字之差,其对《诗经》中郑国诗歌作品的态度就完全不一样了。由于朱熹的崇高学术地位,这一观点对后世的《诗经》研究产生了很大影响,故而,很有澄清的必要。

一、"郑风淫"的提出及影响

《郑风》共21篇,被朱熹《诗集传》认定为"淫诗"的就有15篇之多。朱熹讥讽郑人"几于荡然无复羞愧悔悟之萌",这在理学盛行的南宋可谓是较为严厉的斥责,似乎《郑风》成了诲淫乱民的洪水猛兽。

---

* 本文原载于《中州学刊》2012年4期,被《中国社会科学文摘》2012年11期转摘,由徐正英与陈昭颖合作完成,征得陈昭颖同意收入本书。

① 孔子所说的"郑声淫"包不包括《诗经》中的郑国诗歌,是"诗经学"史上一桩争论已久的学术公案。出土文献上博简《孔子诗论》的公布,为"郑声"不包括郑国诗歌的观点提供了实证。第十七简:"(孔子曰):《将中(仲)》之言不可不畏也。"第二十九简:"孔子曰:《涉溱(褰裳)》其绝。"说明孔子对被宋儒斥为"淫诗"代表的两首《郑风》作品内容完全持肯定态度,并没有视其为"淫诗"。结合传世文献《论语·为政》篇孔子对包括《郑风》在内的《诗经》全部内容所作"诗三百,一言以蔽之,曰:思无邪"的概括,"郑声淫"不包括郑国诗歌之论应该定谳。

其对15首郑诗的具体评价为：

《将仲子》："莆田郑氏曰,此淫奔者之辞。"

《叔于田》："或疑此亦民间男女相悦之辞也。"

《遵大路》："淫妇为人所弃,故於其去也,揽其袪而留之曰：'子无恶我而不留,故旧不可以遽绝也。'"

《有女同车》："此疑亦淫奔之诗。"

《山有扶苏》："淫女戏其所私者。"

《萚兮》："此淫女之辞。"

《狡童》："此亦淫女见绝而戏其人之词。"

《褰裳》："淫女语其所私者。"

《东门之墠》："门之旁有墠、墠之外有阪、阪之上有草、识其所与淫者之居也。室迩人远者,思之而未得见之词也。"

《风雨》："淫奔之女,言当此之时,见其所期之人而心悦也。"

《子衿》："此亦淫奔之诗。"

《扬之水》："淫者相谓。"

《出其东门》："人见淫奔之女而作此诗。"

《野有蔓草》："男女相遇于野田草露之间,故赋其所在以起兴。"

《溱洧》："此淫奔者自叙之辞。"

由上可见,被朱熹明确以"淫"字定性的有13首,其余2首《叔于田》之"亦""男女相悦",《野有蔓草》之"男女相遇于野田草露之间",皆暗含其所谓"淫"义。另外,需要注意的是,朱熹还在《郑风》后序中称："郑卫之乐,皆为淫声。然以《诗》考之,卫诗三十有九,而淫奔之诗才四之一,郑诗二十有一,而淫奔之诗已不翅七之五。卫犹为男悦女之词,而郑皆为女惑男之语。卫人犹多刺讥惩创之意,而郑人几于荡然无复羞愧悔悟之萌。是则郑声之淫。有甚于卫矣。"① 可见,朱熹不仅将"郑声"和《郑风》皆定性为"淫",而且将"淫"之含义解读为男女之间的不正当关系,称其诗歌内容淫邪、放纵、狎昵;同时还认为,《郑风》之淫远甚于卫风,是淫风之最和淫风标志。

"郑风淫"的观点由朱熹提出后,在一向唯诗序是从的研究传统

---

① （南宋）朱熹注《诗集传》,上海古籍出版社1980年2月新1版,48—56页。

中产生了深远影响。朱熹将《郑风》的大部分诗歌认定为男欢女爱内容，否定了诗序以"美刺"为主的研究理念，这在一定程度上冲破了诗序对《诗经》研究的束缚，整体上前进了一步。但是，"淫诗"说在否定诗序错误导向的同时又将《郑风》的研究引向了另一个极端，对后世正确认识和评价这部分诗歌的文本性质起了误导作用。一是引发了古代学者对《郑风》的贬斥，如朱熹三传弟子王柏《诗疑》竟主张将这些"淫诗"全部删除，崔述《读风偶识》斥责郑诗"尤不知人间有羞耻事矣"等；二是开启了现代以来的"情诗"说，如闻一多《风诗类钞》、《古诗神韵》，余冠英《诗经选》，高亨《诗经今注》，程俊英《诗经注析》等对郑诗"情歌"性质的判定。实质上，"情诗"说只不过是在疑古思潮和观念解放的双重夹裹下，今人对"淫诗"说的别称而已。

二、"郑风淫"仅是以"郑声淫"为借口

目前学界多认定朱熹"郑风淫"之说为袭承孔子"郑声淫"而来，其实不确。

孔子在《论语·卫灵公》篇中说："放郑声，远佞人。郑声淫，佞人殆。"在《阳货》篇中又说："恶紫之夺朱也，恶郑声之乱雅乐也，恶利口之覆邦家也。"可见，孔子认为"郑声"是"乱雅乐"的"淫"声，要求禁绝之，这里郑声与雅乐对举，并非指郑诗。随后，《孟子·尽心下》说："恶郑声，恐其乱乐也。"《荀子·乐论》说："姚冶之容，郑卫之音，使人之心淫，绅端章甫，舞《韶》歌《武》，使人之心庄。"①两者都是对孔子"郑声淫"的阐发。显而易见，诸子认为"郑声"或"郑音"是"淫""乱"的，而具有"淫""乱"色彩的"郑声""郑音"对修身、治国都有极为不好的影响。但是，此时诸子之"郑声"还没有显示出即是《诗经》中十五国风之一的《郑风》，也没有将"淫"、"乱"之字涉及到男女之情，当然，更未出现"郑风淫"的说法。

两汉时期，典籍中出现的有关"郑声淫"的语句主要有两处：一是班固《白虎通义·礼乐》："郑国土地民人，山居谷浴，男女错杂，为郑

---

① （战国）荀子著，（清）王先谦集解《荀子集解》，中华书局1988年9月版，381页。

声以相诱悦怿,故邪僻,声皆淫色之声也。"①二是许慎《五经异议》:"郑国之为俗,有溱、洧之水,男女聚会,讴歌相感,故云郑声淫。"还说:"郑诗二十一篇,说妇人者十九,故郑声淫也。"②此处值得注意的有两点:一、"郑声淫"与"色"字和"男女"联系了起来;二、在许慎的解说中,明确提出了前人所并未明确提及的"二十一首""郑诗","说妇人者十九矣"更明确指向《郑风》的文本内容。至此,"郑风淫"方显端倪。

此后历经魏晋南北朝、隋唐,对《诗经》的解说,最主要的是《毛诗正义》这一官方整理的文本,而《毛诗正义》中的《郑风》,并没有脱离毛传郑笺历史佐证式的研究,捆绑在"美刺"之说中,沿袭下来,"郑风淫"这一说法也鲜有提及。

紧承东汉班、许观点,进一步将"郑风淫"明朗化的是宋代郑樵。在《诗辨妄》中,郑樵虽然并未明言"郑风淫",但其辨《将仲子》篇时则指出,其主旨"无与于庄公、叔段之事"而是"淫奔之诗"(朱熹《诗序辨》引),朱熹的诗学观受郑樵影响较深,因此,其对具体篇目的"淫诗"定性或即始于郑樵《辨将仲子序》。朱熹的诗学著作《诗集传》明确地将"郑声淫"之"郑声"指向《郑风》21篇,并结合具体篇目的辨析,正式确立了"郑风淫"这一学说。

表面看来,从"郑声淫"到"郑风淫",是儒家观点的一种自然传承。但是,深究下去,却并非如此。我们认为,二者并无直接定义上的关联,承袭之说也不能成立。朱熹将孔子"郑声淫"一说转变为"郑风淫",完全是一种主观误读、故意曲解,只是以孔子的"郑声淫"为借口,宣扬己说而已。理由有以下三点:

第一,两者定义差别甚大,"郑声淫"与"郑风淫"是涵义完全不同的两个概念。这一点,古代学者已多有论述,本文在前人研究的基础之上,再做进一步地整理和分析,力求明确二者之间的不同之处。

---

① (东汉)班固著,(清)陈立疏证,吴则虞点校《白虎通疏证》,中华书局1994年8月版,97页。

② (东汉)许慎著,(清)陈寿祺疏证,曹建墩校点《五经异义疏证》,上海古籍出版社2012年9月版,162—163页。

1."郑声"《郑风》之分

"郑声"是否包含《郑风》,历有争议。如果包含,那么内容决定形式,形式表现内容,淫靡的音乐声调承载、演奏淫靡的诗歌内容就是正常的了。我们考察的结果则是,两者界限分明。

《说文》对"声"的释义为:"声,音也。从耳,殸声。"对"音"的释义为:"音,声也。生于心,有节于外,谓之音。宫、商、角、徵、羽,声;丝、竹、金、石、匏、土、革、木,音也。从言含一。""声"、"音"互释,且以音节及乐器为例,说明"声"是音乐之声。先秦典籍中,"声"字也多与音乐有关。如与"郑声淫"同属《论语·阳货》的"子之武城,闻弦歌之声,夫子莞尔笑曰:'割鸡焉用牛刀?'""声"谓弦歌之音乐。《尚书·尧典》:"夔!命女典乐,教胄子。直而温,宽而栗,刚而无虐,简而无傲。诗言志,歌永言,声依永,律和声。八音克谐,无相夺伦,神人以和。"王肃注曰:"声谓五声,宫商角徵羽。律谓六律六吕。十二月之音气,言当依声律以和乐。"①可见,先秦"声"字,多与音乐有关,是指音乐的声音,音乐的调子,不同的音乐有不同的"声",从而给人以不同的感觉,或庄重,或优雅,或细腻,或婉转。而"声"字前加上地方的名字,则是表示这个地区所独有的音乐风格,如《史记·廉颇蔺相如列传》:"赵王窃闻秦王善为秦声。""秦声"便是指秦地音乐所独有的音色(所谓"哀莫大于秦筝",秦声于此或可见一斑)。同理,孔子所说的"郑声",当是指郑地所特有的与其他国家不甚相同的音乐之调,而并非21篇《郑风》。我们认为,《诗经》作品虽皆配乐演唱,但音乐演奏未必就配《诗经》作品。

2."淫"字含义的转变

"郑声"和《郑风》的区分之外,"淫"字含义的转变也是两者辨析的重点。《说文》:"淫,侵淫随理也。一曰:久雨为淫。"徐锴注:"随其脉理而浸渍也。"段玉裁注:"浸淫者,由渐而入也。""淫"字有过分、过度、滥等原始意义。先秦典籍中也多使用"淫"字的这些含义。如《论语·八佾》中的"关雎,乐而不淫,哀而不伤",孔安国注曰:"乐不至淫,哀不至伤,言其和也。"《尚书·大禹谟》:"罔淫于乐。"孔安国传:

---

① (清)阮元校刻《十三经注疏》本《尚书正义》卷三,中华书局1980年10月影印版,131页。

"淫,过也。"《诗·关雎序》:"不淫其色。"孔颖达疏:"淫者,过也,过其度量谓之为淫。"《礼记·王制》:"齐八政以防淫。"孔颖达疏:"淫,谓过奢侈。"这些解释都将"淫"字指向"过度"、"过分"、"泛滥"等不合传统礼仪制约之义。那么,"郑声淫"也是指"郑声"超出了孔子理想中雅乐所具备的庄严肃穆等礼乐应有的声调,而非淫于女色之"淫"。淫于女色之"淫",古写作"婬",《说文》与段注等都有解释,与此处"郑声淫"之"淫"无关。

那么,郑声的乐调是怎样的,何以超出孔子所能接受的范围,被直斥为"淫",如今似乎已不可考。但是如若《郑风》果有用"郑声"演奏的痕迹,或许从中可以探知一二。"《郑风》二十一首,只有九首是整齐的四言,其他都在句式上有变化。此诗(指《遵大路》)'掺执子之手兮',以四言例之,若作'执子之手',即如《邶风·击鼓》,似无不可,但它却不。如果说这只是多了一重文字的顿挫,那么从音调推想,其音节也必增一分转折,其音韵必也曾一分阐缓。"①观郑风,此种顿挫转折之处颇多,想必音韵流转也婉转许多。另外,郑风中大量"兮"字的运用,似乎更接近于南方楚辞音节的转换形式,这在其他国风中是不多见的。郑国与楚国接邻,受到楚国音乐影响也不足为奇。由此推测,"郑声"有可能是一种音调细腻、音韵潺缓的音乐,与质直古朴、庄重严肃的雅乐截然不同。变简单为复杂,变质直为细腻,相对于严肃的、与政治紧密相关的雅乐而言,"郑声"多了一份娱乐性。也正因为如此,魏文侯才谓子夏说:"吾端冕而听古乐则唯恐卧,听郑卫之音则不知倦。"(《乐记·魏文侯》)孔子一向认为礼乐有着维护社会秩序的重大作用,他所推崇的是"尽善尽美"的古乐,当面对与礼乐不合的新兴乐曲——"郑声",难免会斥之为"淫"和"乱雅乐",要"远佞人,放郑声"了。

由此可见,孔子所斥责的"郑声淫",其含义当指郑地新兴音乐的音调细腻,音韵萎靡潺缓,不够质朴和庄重,有失古乐的中和之美。相对于庄严肃穆的雅乐而言,其靡靡之音容易诱发人们的享受之情。而朱熹的"郑风淫"则指《诗经·国风》中的 21 篇郑国诗歌的内容多写

---

① 扬之水著《诗经别裁》,中华书局 2007 年 3 月版,96 页。

男女之情,纵欲放荡,淫佚不羁,扰乱礼教。二者字面上一字之差,内涵则几无关系。

第二,朱熹对孔子不存在误读。有观点认为朱熹可能对孔子存在误读,即将孔子"郑声淫"误读为"郑风淫"了,将孔子对郑国音乐的评价混同于《诗经·国风·郑风》的评价,如台湾学者文幸福先生的《孔子放郑声及朱熹淫诗说辩微》一文中就持此种观点。但是是否存在这种误读的可能? 答案是否定的。

《四书章句集注》是朱熹对儒家经典《大学》、《中庸》、《论语》、《孟子》的注释,比较准确地反映了他的儒学观点以及治学造诣。其中,在"乐而不淫,哀而不伤"一条中,朱熹释"淫"为"淫者,乐之过而失其正者也",即释"淫"为"乐之过",与上述"淫"字在先秦的普遍释义吻合。在"放郑声,远佞人,郑声淫,佞人殆"一条中,朱熹注释道:"放,谓禁绝之。郑声,郑国之音。佞人,卑谄辩给之人。殆,危也。"①并紧随其后引用了三段话来阐发孔子之说。② 可见,朱熹释"郑声"为"郑国之音",全然未提及《郑风》,而引用的三段话很明显是用来说明孔子为何要"放郑声,远佞人",其原因就是因为孔子认为"郑声"的问题涉及到礼乐,而礼乐又涉及到治国,萎靡的"郑声"对治国全无好处。两条注释都表明了朱熹对于孔子口中的"郑声"、"淫"、"郑声淫"皆有着准确的文字理解能力和清醒的文意认知,并不存在因误解而导致自己做出"郑风淫"的判断的可能。

第三,朱熹有将"郑风"定位为"淫"的主观需要。这就涉及朱熹自身的诗学阐释背景。

宋学是我国学术发展史上的一个重要时期。这一时期,与哲学思想的发展变化同步,学术上的思辨之风渐起,并不断扩大,涉及到经学研究上,便是疑经改经蔚然成风。《诗经》研究也是如此,如欧阳

---

① (南宋)朱熹集注《四书章句集注》,中华书局1983年10月版,164页。
② 程子曰:"问政多矣,惟颜渊告之以此。盖三代之制,皆因时损益,及其久也,不能无弊。周衰,圣人不作,故孔子斟酌先王之礼,立万世常行之道,发此以为之兆尔。由是求之,则余皆可考也。"张子曰:"礼乐,治之法也。放郑声,远佞人,法外意也。一日不谨,则法坏矣。虞夏君臣更相伤戒,意盖如此。"又曰"法立而能守,则德可久,业可大。郑声佞人,能使人丧其所守,故放远之。"尹氏曰:"此所谓百王不易之大法。孔子之作《春秋》,盖此意也。孔颜虽不得行之于时,然其为治之法,可得而见矣。"

修、苏辙、郑樵等人对毛序的颠覆和指斥。朱熹的《诗集传》，就是在这一环境下著成的。《四库全书总目》之《诗集传》条云："（朱熹）注诗亦两易稿。凡吕祖谦读诗记所称'朱氏曰'者皆其初稿，其说全宗小序。后乃改从郑樵之说，是为今本。"①《朱子语类》亦自言："向见郑渔仲有《诗辨妄》力抵诗序，其间言语太甚，以为皆村野妄人所作。始亦疑之，后来仔细看一两篇，因质之《史记》、《国语》，然后知《诗序》之果不足信。"②可见朱熹接受了非序的观点，并在此基础上建立了他的诗学思想。而《郑风》，则是朱熹的一个发轫点和突破口。这主要是因为孔子说过"郑声淫"的话，以圣人之言为借口容易服人，并且《郑风》中确实存在有关男女之情的情歌，如《狡童》、《子衿》、《野有蔓草》等。其次，"诗序之缪，郑风为甚"（崔述《读风偶识·郑风》）。③ 朱熹便在驳斥诗序的基础上建立他的疑序之说："'郑声淫'，所以郑诗多是淫佚之辞。《狡童》、《将仲子》之类是也。今唤作忽与祭仲，与诗辞全不相似。"④这也是朱熹为何在面对《召南·野有死麕》中的"有女怀春"等如此裸露的情感，解释为贞洁女子不为强暴所污，但面对"畏父母之言"，"室迩人远"的女子，他却直斥为"淫奔"的原因。总之，否定诗序，是朱熹最根本的出发点。当他在否定诗序的前提下体会到《郑风》中多有男女之情，核之以其一贯倡导的理学观念，在当时封建社会的价值观中，"郑风淫"便成为顺理成章的结论。为了给自己的结论找到可靠的依据，孔子自然被其搬到前台。一方面，他明知孔子所谓"郑声淫"是指郑地音乐的萎靡潺缓，与《郑风》无关；但是另一方面，他又在《郑风·后序》中宣称："故夫子论为邦，独以郑声为戒而不及卫，盖举重而言，固自有次第也。《诗》可以观，岂不信哉？"⑤即将自己所确立的"郑风淫"等同于孔子所说的"郑声淫"。在没有可能存在字义误解的前提下，朱熹依然让两者对等，在我们看来，这是一种主观的故意误读，是在以孔子之说为借口，借助孔子以达到自己诗学阐

---

① （清）纪昀等总纂《钦定四库全书总目》，中华书局1965年6月版，123页。
② （南宋）黎靖德编《朱子语类》第六册卷第八十，中华书局1986年3月版，2076页。
③ （清）崔述著《崔东壁先生遗书》下册，北京图书馆出版社2007年8月版，171页。
④ （南宋）黎靖德编《朱子语类》第六册卷第八十，中华书局1986年3月版，2072页。
⑤ （南宋）朱熹注《诗集传》，上海古籍出版社1980年2月新1版，56—57页。

释的目的。

三、"郑风淫"不符合《诗经·郑风》文本实际

朱熹所指斥的 15 首"淫诗"是否符合《诗经·郑风》文本实际呢？下面逐一试解之。

《将仲子》 此篇朱熹引用莆田郑樵的话说"此淫奔者之辞"是毫无道理的。读此篇诗歌，确实有关男女之情。但是，女子三章连呼"无逾我里"、"无逾我墙"、"无逾我园"，显而易见，是在拒绝男子。姚际恒《诗经通论》所谓"女子为此婉转之辞以谢男子，而以父母诸兄及人言为可畏，大有廉耻，又岂得为淫哉"①，虽以"大有廉耻"评判女子行为显得迂腐，但对"淫奔说"的反驳还是很有道理的。崔述《读风偶识》曰："细玩此诗，其言婉而不迫，其志确而不渝。此必有恃势以相强者，故托为此言以拒绝之，既不干彼之怒，又不失我之正。"②其认为诗中女子本无情，只是因为慑于强权而借取父母兄弟诸人为由婉拒之，此解虽有求之过深之嫌，但是否定"淫奔说"的理由同样可取。出土文献《上博简·孔子诗论》中孔子对该诗的评价是今见最早的解诗言论，更近诗义，云："《将仲》之言，不可不畏也。"其借诗中"畏"字，认为该诗揭示了女子对爱情的矛盾心理，她既喜欢仲子，又恐惧家人和社会舆论，所以拒绝了仲子的约会请求。孔子对诗中女子的这一行为表示了肯定。很明显，这是一首拒爱诗，何来"淫奔"之说？

《叔于田》《大叔于田》 两篇诗毋庸置疑，是在赞美一位"叔"，前篇虚写，后篇实赋。毛传、郑笺都认为"叔"即《左传》"郑伯克段于鄢"中之共叔段，三家诗无异议。但此旧说并不可信，崔述曾予以驳斥，此不赘述。朱熹则一面注"叔"为"庄公弟共叔段也"，一面又称"或疑此亦民间男女相悦之辞也"。又在《诗序辩说》中怀疑该诗或与共叔段无关。朱注明显自相矛盾。我们认为，该诗应是一首赞美青年猎

---

① （清）姚际恒著《诗经通论》，见《续修四库全书》总 62 册《经部·诗类》，上海古籍出版社 2002 年 3 月影印版，76 页。

② （清）崔述著《崔东壁先生遗书》下册，北京图书馆出版社 2007 年 8 月影印版，163 页。

手的诗。观诗中之语句,得知"叔"善于饮酒、服马,中正仁义,喜欢狩猎,英勇无比,技艺超群,而且狩猎后要"献于公所",可知"叔"虽非"共叔段",也当是一位接近权力中枢的贵族男子。至于诗之作者,观《大叔于田》一篇,于田猎之事描写得详尽备至,将叔之随从、驾乘、狩猎地点一一点明,更为难得的是,对狩猎现场气势的描写细腻生动,能有如此笔墨,非亲临现场则难以再现。因此,不能排除诗歌的作者有可能是一位男子,或是"叔"的文士随从,也或是"叔"的狩猎同伴。关键是,我们从两诗中并看不出男女之情。正如陈子展所说:"不知道朱老夫子为什么对于民间男女相悦最感兴趣,本来看不出涉及男女关系的诗,他偏嗅觉灵敏,认出它是男女相悦之词。"[1]

《遵大路》 此诗是一首情爱诗。历来对此诗性质的判定大概有三种意见。《毛序》认为是"思君子也",并解释为"庄公失道,君子去之,国人思望焉"。三家诗无异议。朱熹《诗集传》则认为是弃妇诗。清人黄中松、姚际恒则对前人之说予以否定,认为该诗是朋友相留之词,"此朋友有故而去,思有以留之,不关庄公事,亦不为淫妇之词。"[2]"此只是故旧于道左言情,相和好之辞。"[3]细品《遵大路》诗歌文本,撇开朱熹站在卫道士立场上对抒情主人公的污称,其对该诗性质的判定应该是符合实际的。所谓"掺执子之袪兮,无我恶兮,不寁故也"!大意是说沿着大路走,拉着你的衣袖口,不要讨厌我,不要这样快地抛弃旧情。因此,这当是一首描写男女情爱的弃妇诗。

《有女同车》 毛序认为此诗是"刺忽",三家诗无异议。旧说郑国太子忽曾有功于齐,齐侯便以女妻之,忽却两次拒婚,最终导致失去齐国这一强大后盾而遭放逐的结局,于是郑人作此诗以讽之。品读此诗,实全无此意,不可信从。而朱熹"淫奔"之说,也不符合该诗实际。该诗确实是写一位贵族男子与一位姜姓贵族的女子同车而行,问题在于二章诗歌的赞美之词都明确无误地表达了三层意思:一

---

[1] 陈子展著《诗三百解题》,复旦大学出版社2001年10月版,第291页。
[2] (清)黄中松著《诗疑辨证》,见中国诗经学会编《诗经要籍集成》,学苑出版社2002年12月版第26册,130页下。
[3] (清)姚际恒著《诗经通论》,见《续修四库全书》总62册《经部·诗类》,上海古籍出版社2002年3月影印版,78页下。

是女子貌美如花,"颜如舜华"、"颜如舜英";二是女子衣着华贵端庄,"佩玉琼琚"、"佩玉将将";三是女子气质文雅,品德美好,"洵美且都"、"德音不忘"。男子崇尚女子的美貌,更是将这种崇尚落脚到女子的美德上。德貌双全,本就是自古以来对女子的最高审美要求,以此来看,该诗对于这位女子赞美之词多于批评之语,"淫奔"之说并不能成立。朱熹自身也对此非常清楚,他在文本的注释中写道:"彼美色之孟姜,信美矣而又都也。""德音不忘,言其贤也。"既然承认这位女子既美且贤,又何来"淫奔"之说?还有人将此诗视为一首赞美新嫁娘之诗,也可备一说。

《山有扶苏》 毛诗序曰:"刺忽也。所美非美然。"三家诗无异议。郑笺申述毛说称:"扶胥之木生于山,喻忽置不正之人于上位也。荷华生于隰,喻忽置有美德者于下位。此言其用臣颠倒,失其所也。"①这种以美刺理念所做的附会,后人多不信从。该诗的字面意思还是比较清楚的,每章前两句是比兴,后两句则是女子见到了令她大失所望的男子。所以黄中松、陈子展先后推测此诗"或疑斯女有才美,而所适非偶之所作","当是一个好女子悔嫁一个劣汉而作",②当更合诗旨。由于父母之命媒妁之言的安排,使得女子所嫁非人,于是作此诗以表达自己的失望和无奈,实在是无关淫乱和轻薄。

《萚兮》 有关此诗,毛序依然附会为"刺忽"之意,三家诗无异议,不可取。后世多有忧国之说,似更合诗意。严粲《诗辑》曰:"此小臣有忧国之心,呼诸大夫而告之,言槁叶在柯风将吹不能久矣,天大风则槁叶无不落,喻国有难则大夫皆不安祸将及矣,岂可坐视,以为无于己而不与相扶持之乎?叔伯诸大夫其亟图之。汝倡我,则我和汝矣,谓患无其倡,不患无和之者也。"③方玉润《诗经原始》曰:"盖小臣有忧国之心,而无救君之力,大臣有扶危之力,而无急难之心。当此国是日非,主忧臣辱之秋,而徒为袖手旁观者盈廷皆是。以故义奋

---

① (清)阮元校刻《十三经注疏》之《毛诗正义》卷四,中华书局1980年10月版,341页。
② 陈子展著《诗三百解题》,复旦大学出版社2001年10月版,307页。
③ (南宋)严粲著《诗辑》,见中国诗经学会编《诗经要籍集成》,学苑出版社2002年12月版第9册,125页。

忠贞不见诸大臣而激于下位也。"①观本诗以"萚"起兴,"萚兮萚兮,盖将落未落之辞"(《毛诗传笺通释》),暗含国运不济,与郑国中后期夹缝于楚晋秦三国而不得不朝秦暮楚之国势相合,因此,忧国应最合本诗主旨。对于朱熹的"淫女"之论,陈子展辨析得极为中肯:"朱子《辩说》以为这是'男女戏谑之词',《集传》径以为此'淫女之词',实不可解。怎见得叔伯必是男女相呼,倡和必是男女相悦?此诗但有感伤的意味,并无戏谑的风趣。"②

《狡童》《褰裳》　除毛诗序、三家诗和郑玄附会政治讽刺之外,自朱熹以来,尤其是近代学者,都认为这两首诗是有关男女情爱的情诗。除去朱熹的卫道士立场,其对诗歌性质的判定大体不差。

《东门之墠》　以"咫尺天涯"四字解此诗诗旨最为恰当。此诗为男女对唱之歌,上章为男词,言女子所居之东门的景象,随后发出"其室则迩,其人甚远"咫尺天涯的感叹;下章为女词,言自己知道此男子是可以托付终身的好人,但无奈"子不我即",你不来找我,我又怎能自己前往,勾勒了一个情意款款而又矜持自重的女子形象。朱熹所谓"淫奔"之说,并不成立。

《风雨》　此诗以"风雨如晦"、"鸡鸣不已"等景象起兴,渲染了一幅寒凉阴暗鸡鸣四起的背景,读来一片阴霾满天、动荡不安之感,若以此来反衬男女相见的喜悦之情很不太合适,反倒是以此来表现国家的危乱处境比较恰当。当此之际,如若见到可以挽救国家覆亡之贤人君子,于绝望中看到希望,难免会发出"云胡不喜"的感叹。后人也多取"风雨如晦,鸡鸣不已"之句表现士人或国家处境的艰难,如《广弘明集》:"梁简文于幽絷中,援笔自序云,'有梁正士,兰陵萧纲,立身行己,终始若一,风雨如晦,鸡鸣不已,非欺暗室,岂况三光。数至于此,命也如何'"③即其例。

《子衿》　此诗主旨,朱熹以来多无异议,写女子思念一位少年学子。

---

①（清）方玉润著《诗经原始》,中华书局1986年2月版,215页。
②陈子展著《诗三百解题》,复旦大学出版社2001年10月版,313页。
③（唐）释道宣著《广弘明集》卷三十上,见王云五主编《四部丛刊正编》24册,台湾商务印书馆1979年11月版,438页上。

《扬之水》 此诗主旨，毛传以有"兄弟"之辞便以为刺忽，不妥。而朱熹将"兄弟"释为夫妇，为本诗也加上"淫奔"之名，更是大谬。今应从方玉润之言："此诗不过兄弟相疑，始因谗间，继而悔悟，不觉愈加亲爱，遂相劝勉。"①

《出其东门》 此诗写男子表达自己对妻子的忠贞之情。东门美女如云，而男子独眷恋家中的荆钗布裙。朱熹所谓"人见淫奔之女而作此诗"，毫无来由。姚际恒《诗经通论》曰："郑国春月，士女出游，士人见之，自言无所繫思，而室家聊足与娱乐也。"②颇为确切。

《野有蔓草》 毛序等旧说称此诗为"思遇诗"或思贤诗，古亦多作为思贤之意被反复吟唱，如《左传》襄公二十七年，郑伯享赵孟子于垂陇，子太叔赋《野有蔓草》；《左传》昭公十六年，郑六卿饯韩宣子于郊，子齹赋《野有蔓草》，《说苑·尊贤》载有孔子之郑，遭程子于途，为之赋《野有蔓草》一事。三处皆断章取义，取诗中"邂逅相遇，适我愿兮"之意，以表达自己对贤人的尊重和仰慕。但是据诗中"有美一人，清扬婉兮"之句，还是应从朱熹情爱之说较为符合诗旨。

《溱洧》 这是一首表现郑国三月三日上巳节男女相约游玩的诗。有关上巳节，文献中多有记载。《后汉书·礼仪志》注曰："是（三）月上巳，官民皆絜于东流水上，曰洗濯祓除去宿垢疢为大絜。"③《太平御览》卷三十引《韩诗章句》云："当此盛流之时，众士与众女方执兰拂除邪恶，郑国之俗，三月上巳之辰，此两水之上招魂续魄，除拂不祥。"④可见，上巳节是一个驱除不祥的节日，同时，因三月三日正是春意萌动之时，外出游玩者甚众。此诗记载的便是上巳节之际男女相约游玩的情形。当然，据两章末尾重复出现的"伊其相谑，赠之以勺药"之句看，当是写青年男女相赠定情之物，甚至有学者认为"勺"谐音"媒妁"之"妁"。故此游乐诗也可划归爱情诗。

综上可见，《郑风》21篇，包含了郑人的各种情感，好贤（《缁衣》、

---

① （清）方玉润著《诗经原始》，中华书局1986年2月版，223页。
② （清）姚际恒著《诗经通论》，见《续修四库全书》总62册《经部·诗类》，上海古籍出版社2002年3月影印版，83页。
③ （南朝宋）范晔著《后汉书》志第四《礼仪》上，中华书局1965年5月版，3110—3111页。
④ （北宋）李昉编《太平御览》卷三〇，中华书局1960年2月影印版，143页。

《风雨》),讽刺将军高克(《清人》),爱游乐(《溱洧》),恪守礼俗(《将仲子》),担忧国事(《萚兮》),赞美官吏(《羔裘》),兄弟友爱(《扬之水》),夫妻和睦(《女曰鸡鸣》、《出其东门》),赞美猎手(《叔于田》、《大叔于田》),婚姻不幸(《山有扶苏》、《丰》),男女相爱(《遵大路》、《有女同车》、《狡童》、《褰裳》、《东门之墠》、《子衿》、《溱洧》)等等。不可否认,《郑风》中多有与男女或男女之情相关的诗歌,但是细分之,涉及爱情的诗歌也就只有七八首,在数量上,约占据《郑风》21篇的三分之一,与卫诗的"三十有九"以及其他国风的爱情诗比例相当,在内容上,也还并没有出现像《召南·野有死麕》那样热烈的表达方式。甚至,涉及到男女情感的几篇,如《将仲子》中女子对男子以礼拒之,《有女同车》中对德貌双全贵族女子的赞美,《出其东门》中男子对妻子的坚贞,即使是在古代社会,也都是一种值得赞赏和肯定的情感。因此,朱熹以偏概全地将整个《郑风》直斥为"淫诗",忽视其他内容,是不妥的。姚际恒于《诗经通论·溱洧》篇曰:"历观郑风诸诗,其类淫诗者惟《将仲子》及此篇而已。《将仲子》为女谢男之诗,此篇则刺淫者也,皆非淫诗。若以其迹论,召南之《野有死麕》,邶风之《静女》,鄘风之《桑中》,齐风之《东方之日》,亦孰非邻于淫者,何独咎郑也?盖贞淫间杂,采诗者皆所不废第以出诸讽刺之口,其要旨归于'思无邪'而已。且郑诗之善者亦未尝少于他国也,《缁衣》之好贤,《羔裘》之美德尚矣,《女曰鸡鸣》大有脱簪之风,《出其东门》亦类《汉广》之义,率皆严气正性,奚淫之有?"①这段话虽然在具体篇目内容的判定上不一定完全准确,但是,对郑风的整体评价还是较为客观的,其核心意思是,《郑风》和《诗经》中的其他国风一样,并无特别之处。因此,朱熹单独指斥"郑风淫"不合文本实际。姚际恒的观点可以作为我们这篇文章的结论。

---

① (清)姚际恒著《诗经通论》,见《续修四库全书》总62册《经部·诗类》,上海古籍出版社2002年3月影印版,84页。

古代司马迁文学思想研究的学术透视*

对司马迁（主要是《史记》）的研究源远流长，西汉刘向、扬雄即已肇其端，至今已有两千多年的历史，研究成果汗牛充栋，"自汉至清，《史记》的研究专著达101部，单篇论文1435篇"①。然而，具体到对司马迁文学思想的研究，则并非已无拓展空间，相反，留下的学术空间还很大、学术盲点还较多。所谓文学思想，依笔者的理解，应该包括理论原则的阐述、作家作品的评介、审美取向及艺术趣味的探讨等几大方面，而现有的司马迁文学思想研究，则基本上是围绕着"发愤著书"说、"春秋笔法"理论、"实录"精神、"爱奇"审美趣味等几个"点"进行的，较少关注各"点"之间的内在联系，对其他问题也及而不深，将司马迁的文学思想作为一种体系去观照，做得还很不够。实际上，司马迁的文学思想颇为丰富，且已初步形成了自己的体系，那个时代的人们所能认识到的文学问题司马迁都思索、论及了。所以，本文在对司马迁现存文本客观细读的同时，拟对晚清以前的司马迁文学思想研究资料作一系统全面梳理与学术透视，以期找准未来研究的努力方向和着力点。

司马迁现存的文本，除《史记》外，尚有《报任少卿书》《悲士不遇赋》《与挚伯陵书》残文及《素王妙论》片段。众所周知，他在如上文本中提出了著名的"发愤著书"说、"春秋笔法"理论、"立言扬名"思想等。之后，一代代学者就这些文学思想以及新归纳出的其他文学思想，展开了反复评说。

---

* 本文原载于《中州学刊》2015年1期，由徐正英与路雪莉合作完成于2007年5月，2014年11月修订补充。

① 曹晋《〈史记〉百年文学研究述评》，《文学评论》2000年2期。

一、关于"发愤著书"说

司马迁这一著名学说分别见于《史记·太史公自序》和《报任少卿书》,两段文字大同小异。《太史公自序》云:

> 夫《诗》《书》隐约者,欲遂其志之思也。昔西伯拘羑里,演《周易》;孔子厄陈蔡,作《春秋》;屈原放逐,著《离骚》;左丘失明,厥有《国语》;孙子膑脚,而论兵法;不韦迁蜀,世传《吕览》;韩非囚秦,《说难》、《孤愤》;《诗》三百篇,大抵贤圣发愤之所为作也。此人皆意有所郁结,不得通其道也,故述往事,思来者。①

《报任少卿书》云:

> 盖西伯拘而演《周易》;仲尼厄而作《春秋》;屈原放逐,乃赋《离骚》;左丘失明,厥有《国语》;孙子膑脚,《兵法》修列;不韦迁蜀,世传《吕览》;韩非囚秦,《说难》、《孤愤》。《诗》三百篇,大氐(抵)贤圣发愤之所为作也。此人皆意有所郁结,不得通其道,故述往事,思来者。②

可见,所谓"发愤著书"说,其基本的意思是忍辱发奋,从沉痛中奋起,用更加坚忍的毅力来完成传世之作,并且把因经历磨难而加深的对社会的认识与批评,融入到对历史人物的褒贬当中去。这一理论实质上揭示了文学创作的原动力问题,即文学生成论。司马迁这一著名文学理论学说,在文学思想史上产生了重要影响。评论阐发者代代有继,且褒贬不一。其中贬损言论更早。

东汉班固最早简略评及"发愤著书"问题,称这一思想体现在了《史记》中,"幽而发愤,书亦信矣",并对体现于其中的褒贬之情持批评态度:"迹其所以自伤悼,《小雅》巷伯之伦。"③认为书中不应该充满感伤情调。其实班氏对《史记》情感风格的把握并不太准确,"悲"、

---

① (西汉)司马迁著《史记》卷一百三十《太史公自序》,中华书局 1982 年 11 月版,3300 页。

② (东汉)班固著《汉书》卷六十二《司马迁传》,中华书局 1983 年 6 月版,2735 页。

③ 同上,2738 页。

"慨"似更合《史记》实际。

南宋王若虚虽同情理解司马迁"发愤"之原因,但又以史学家的高度责任感批评司马迁不宜借修史宣泄私愤,云:"信史将为法于万世,非一己之书也,岂所以发其私愤者哉?"①王氏的责任感虽可理解,但他一则错将司马迁个人的"发愤著书"行为和其提出的"发愤著书"理论混同为一了,实际上以"愤"为创作动力未必就是在作品中泄私愤;二则王氏是针对班固、秦观关于《史记》的《游侠》、《货殖》两列传的不同评论而谈的,并未从《史记》文本出发。其实,从北宋秦观到清人梁玉绳,均详辨两传,并不存在班固所说的"序游侠则退处士而进奸雄,述货殖则崇势利而羞贫贱"问题,即没有泄私愤之嫌,所以王氏批评的"发其私愤"并不存在,可能是秦少游的辩护("以为迁被腐刑,家贫不能自赎,而交游莫救,故发愤而云")不当误导所致。明末清初王夫之亦称司马迁"发愤著书"之"愤"是挟私愤,进而否定《史记》的信史价值,云:"司马迁挟私以成史,班固讥其不忠,亦允矣。迁之书为背公死党之言,而恶足信哉!"②很明显,在明清易代之际,作为杰出的思想家和爱国者,王夫之是有为而发。其文中详细阐发的唯一理由是,李陵乃彻头彻尾的卖国贼,司马迁为其文过获罪本乃罪有应得,其更不应该借修史称道李广而褒奖李陵之"世业"。王夫之的爱国情怀令人崇敬,然而其论却未必符合实际,司马迁为李陵辩护时李陵尚未叛变,司马迁修史称道李广更未必是为李陵"昭雪"造舆论,是他认为李广的传奇经历值得入史歌颂,王夫之言过矣。

与王若虚的脱离文本品评司马迁不同,也与王夫之有为而发不同,清人李晚芳对《报任少卿书》、《史记》传记及赞文作了较为细致的研究之后,予以全面否定。其认为,司马迁的愤懑不平主要是他心胸褊狭造成的:"由其立心褊蔽,未闻圣人之大道也","其褊蔽也甚矣";又认为,司马迁之愤在于他的不懂得自我反省:"全无一言反己内咎,所谓自是而不知其过者。"还认为,司马迁的不平之气集中体现在《报任少卿书》、《平准书》、《封禅书》和诸传记的赞中。李氏的最终结论

---

① (金)王若虚著《滹南遗老集》卷一九《史记辨惑》,丛书集成初编本,中华书局1985年10月版,第二册,117页。

② (清)王夫之著《读通鉴论》卷三,中华书局1975年7月版,83页。

是:"操是(褊蔽)心而修国史,大本已失","尽属谤书","未敢轻信也"。①很明显,李晚芳对司马迁的"发愤著书"说及其实践偏见极深,无一认可,足见其传统保守意识之浓厚。他犯了与王若虚同样的概念混乱错误。人格尊严遭受到极大伤害的司马迁,在书信中向友人倾诉真情并不是心胸褊狭;书信中的不平更不能与修史实践中宣泄私愤划等号;也不能把"发愤著书"理论与修史实践中的"实录"精神对立起来;传赞中有不平之论并不等于传记文字失真。其所谓"大本已失"不配修史之论更是不公。另外,李晚芳还在评《屈原列传》时批评了司马迁借屈原"自抒其一肚皮愤懑牢骚之气",并指出,屈原是为国为"宗社有累卵之危"而怨,"宜怨",司马迁是为私为"庇一李陵"而怨,"不宜怨"。此论亦属于对司马迁的误解与偏见。陶必铨亦体认,《屈原贾生列传》是"史公亦借以自写牢骚耳"②,只是对司马迁的做法未予以明确褒贬,算是笔下留情了。

当然,历代学者中对司马迁"发愤著书"理论及其实践持肯定态度的也不乏其人。

晋代葛洪虽未论及"发愤著书"说的理论意义,然其在推崇司马迁创作活动时,已意识到了该理论的指导作用,认为司马迁正是在"愤"的思想指导下写《史记》,才"以伯夷居列传之首,以为善而无报也;为《项羽本纪》,以踞高位者非关有德也"③。葛氏的分析未必全合司马迁的原意,然而其发现了"发愤著书"理论的指导作用,颇值得注意。

明人李贽则明确指出,《史记》就是司马迁"发愤"的结晶,书中的深意非班固等诋毁者所能窥知,云:"《史记》者,迁发愤之所为作也,其不为后世是非而作也,明矣。其为一人之独见也,信非班氏之所能窥也欤。"④李贽认识到了司马迁见解的深刻性和独到性,当颇得司马迁的会心。如果说,李贽只是笼统指出《史记》是司马迁"发愤著书"

---

① (清)李晚芳著《读史管见·读史摘微》,日本陶所池内先生校订本。
② (清)陶必铨著《萸江古文存》卷三,上海古籍出版社2010年11月版,516页。
③ (晋)葛洪辑,王根林点校《西京杂记》卷四,上海古籍出版社2012年12月版,32页。
④ (明)李贽著《藏书》卷四〇《司马迁传》,见《李贽文集》卷三,社会科学文献出版社2000年5月版,795页。

理论的产物，清人储欣则进而揭示"发愤著书"理论提出的直接原因是"李陵之祸"，"草创未就，横被腐刑"，在对其表示同情的同时，又指出其直接影响了《史记》的风格，云："故其文章多愤怼无聊不平之辞，后之读者，未尝不掩卷太息。"①储氏虽与司马迁发生强烈共鸣，但客观上仍未脱去"发愤著书"理论及实践宣泄私愤之嫌。

之后，袁文典则对储氏的说法作了具体分析和论证。他通过分析李广、伍子胥、陆贾、屈原、贾谊、伯夷、颜渊、廉颇、淮阴侯、项羽、荆轲等二十多人的传记，认为皆是司马迁"借他人之酒杯，浇胸中之块垒"，进而总结《史记》的性质为"实发愤之所为作"，并对此推崇备至："诚不禁其击碎唾壶拔剑斫地慷慨而悲歌也！"②笔者以为，袁氏尽管对司马迁的"发愤著书"实践活动推崇备至，但与前述各家一样，也并未真正理解"发愤著书"说的理论意义和司马迁的内心世界，有欲扬而实抑之憾。

值得庆幸的是，清代著名文史评论家章学诚终得超越前人，对"发愤著书"理论及实践发表了精辟见解。首先，章氏认为，司马迁宣扬的"发愤著书"说只是其著书所借助之手段而已，"所云'发愤著书'，不过叙述穷愁而假以为辞耳"。后世不论攻击者还是倾慕者，实际上都是对其学说的误读。章氏所谓"假以为辞"云云，虽有面对诋毁而为司马迁开脱之意，但认识问题确实比较合乎实际。进而章氏又认为，所谓"究天人之际，通古今之变，成一家之言"才是司马迁著书理论和实践的要义所在，是"其本旨也"。综观司马迁言论及《史记》，章氏之论可谓中的。司马迁确实是怀着一种强烈历史使命感和高度社会责任感而著书立说的。章氏又认为，司马迁在具体写作实践中，做到了"皆抗怀于三代之英，而经纬乎天人之际"，确实实践了他的理论。最后，章氏又对《封禅》、《平准》、《游侠》、《货殖》等遭攻击最多的篇子作了客观具体分析，认为司马迁绝未借其泄私愤，之中表现出的"好善恶恶之心"，既符合传统表现形式，又符合传统道义，即所谓"言婉多风，皆不背于名教"。章氏之论可谓信而有征，颇具说服

---

① （清）储欣编选《史记选》，受祉堂原本、蔚文堂藏版，1页。
② （清）袁文典著《读〈史记〉》，见《永昌府文征·文录》卷十二，云南美术出版社 2001 年 12 月版，2434 页。

力。章氏指出：《史记》中精英遭困，作者"不能无所感慨"，司马迁有所感慨是正常的；同时，还有些篇子未必是作者在抒发不平，而是传主的遭遇令人读后产生感慨，这是"读者之心自不平耳"，涉及到作品的感染效果问题，不能由此指责司马迁"泄私愤"①。章氏之见可谓独到新颖，高屋建瓴，深得笔者会心。

之后，清人李景星在论及屈原贾谊两人合传的原因时，也言及了《史记》之"愤"问题，其论近于储欣和袁文典，而又局限于《屈原贾生列传》一文，云："通篇多用虚笔，以抑郁难遏之气，写怀才不遇之感，岂独屈、贾两人合传，直作屈、贾、司马三人合传读可也。"②所谓"抑郁难遏之气"、"怀才不遇之感"云云，在为司马迁叫屈的同时，也和储欣、袁文典一样，使其"愤"蒙上了"私愤"之嫌。

综观古人对司马迁"发愤著书"理论的探讨，大多存在明显的缺陷，即往往把"发愤著书"学说与发愤著书行为混为一谈，评判的对象似乎不是"发愤著书"理论，而更多的是司马迁本人"发愤"著述《史记》的行为。而且评判时除个别学者如章学诚外，表述的多是对《史记》具体篇子的具体看法，很少有人能上升到理论高度。因而，"发愤著书"说的普遍意义和普适理论价值在古代并没能得到应有的发掘，给后人留下了很大的探讨空间；具体到对"发愤"结晶《史记》的评判，出现了否定者和肯定者貌异而实同的奇特现象，都认为司马迁是在借修史宣泄"私愤"，说明其对学说的理论内核和《史记》的精神实质都未真正理解。依学术界现有认识水平，司马迁的"发愤著书"说，是在感悟自己人生屈辱遭际和归纳历代进步作家创作实践及已有文学理论"诗言志"说、"美刺"说、"兴观群怨"说、"发愤以抒情"说基础上总结出来的，该学说至少有五个方面的意蕴：其一，司马迁所说的"愤"当与"怨"并称，所谓"怨愤"，是理想与抱负受到黑暗现实的压迫无法实现，因而加以抗争的一种强烈情感表现，不是师心自任的随意爆发，因而在这种巨大创作原动力的驱动下创作出来的作品，不是无

---

① （清）章学诚著，叶瑛校注《文史通义校注》卷三《史德》，中华书局1994年3月版，221—222页。

② （清）李景星著《史记评议·屈原贾生列传第二十四》引，见《史记论文·史记评议》，上海古籍出版社2008年11月版，173页。

病呻吟,而是真情实感的结晶。其二,司马迁所说的"愤"即创作的原动力,并非只是一己私怨,更不是违背国家与民族利益的私愤。所以他在《伯夷列传》中正面提出"非公正不发愤"之论,所谓"非公正不发愤"就是服从真理、服从国家和民族利益的公愤。若以狭隘的个人私愤为创作原动力,其创作出的作品绝不会有高境界,也不会有代表性和生命力。其三,司马迁所说的"发愤之所为作"的作品,多为批判现实之作,而少歌功颂德之作。仅其所举之例即可印证这一点。其四,司马迁所说的"发愤"虽出于公心,但公心并不抹杀创作个性,其学说本身就包含了充分抒展个性、倡导思想解放的积极因素,唯其如此,其创作才具有独特艺术风格,《史记》的独特性即可证之。片面强调共性或个性都不符合司马迁的原意。其五,司马迁的"发愤著书"说,一方面是对孔子的"诗可以怨"等思想传统的继承,另一方面又是道家愤世嫉俗、批判现实精神的体现,故表现出了西汉前期道儒转折与合流的思想倾向。司马迁所总结和继承的"发愤著书"说,概括了先秦以来中国文学创作的一种普遍现象,揭示出了进步文学发展的某种规律性,具有普适意义,曾启示和鼓舞过不少古代进步作家,在中国文学史和文学思想史上产生了深远影响。同时还必须清楚,司马迁"发愤著书"说的内在意蕴和理论价值,与他本人的《史记》写作实践不能完全划等号,因为《史记》的写作主要局限于"史",而"发愤著书"说的理论价值则主要体现在"文"上。而《史记》也并非历代学者所误读的所谓"私愤"产物,其确实是一部"究天人之际,通古今之变,成一家之言"的典范杰作。①

二、关于"春秋笔法"与"实录"精神

"春秋笔法"是司马迁在《太史公自序》中阐述《史记》写作指导思想和原则时归纳出来的,其《孔子世家》、《儒林列传》中也有补充性言

---

① 部分观点可参阅陈子谦《司马迁的发愤著书说及其历史发展》(《厦门大学学报》1981 年 1 期)、王英志《发愤著书说述评》(《古代文学理论研究》第十一辑)、袁伯诚《司马迁发愤著书说的理论意义》(《固原师专学报》1985 年 1 期)等文。另外,笔者曾在张新科教授指点下系统检索过相关研究成果,不够理想。

论,他概括《春秋》以史的形式"上明三王之道,下辨人事之纪,别嫌疑,明是非,定犹豫,善善恶恶,贤贤贱不肖,存亡国,继绝世,补敝起废,王道之大者也",并立志效法孔子著《春秋》思想来著《史记》。所谓"春秋笔法"就是著史书时既客观记录史实而又微言大义,寓褒贬于记事当中。依笔者理解,其实质就是坚持秉笔直书精神,而秉笔直书精神实际就是"不隐恶"精神。用今天的眼光看,司马迁的这一理论和思想属于史学思想范畴,并不能算作文学理论和文学思想,但因他的《史记》首创了纪传体,加之,汉代仍未全脱先秦"大文学"的观念,因此"春秋笔法"也就自然地被后人视为司马迁的文学理论和文学思想了。

从现存史料看,最早对这一理论和思想作出反应和归纳的是刘向和扬雄,惜刘向言论已佚,仅能从后人转述中窥知一二,此略。扬雄未直接对"春秋笔法"作出褒贬,而是对《史记》特点作出了与这一理论相关的概括,云:"《太史迁》,曰实录。"[①]所谓"实录",表面看指客观记事,与褒贬无涉,实则是称《史记》有一种秉笔直书精神,而此精神实际就是司马迁所称颂的《春秋》"善善恶恶"的精神。"实录"精神的实质就是"不隐恶"精神。扬雄不仅将"实录"与《周官》的"立事"、《左传》的"品藻"并列,以示嘉许,而且还以《太史迁》代称《史记》,表明他对司马迁本人直书精神的推崇。从此,"春秋笔法"与"实录"精神便作为司马迁的史学思想和文学思想固定了下来。精神作用于笔法,笔法体现出精神,两者相辅相成,相得益彰,接受着后人的评说。

扬雄之后,学者之中对司马迁这种秉笔直书和褒善贬恶的精神褒贬不一,大体上毁者三成,誉者七成。

班彪、班固父子,站在儒家正统立场上,在承认刘向、扬雄所称赞的《史记》具有"实录"特征的同时,对司马迁褒善贬恶的标准进行了全盘否定。相比之下,班彪的言论还稍显温和[②],班固的言论虽本于班彪,而其批评的尖锐程度则比乃父有过之而无不及,云:"其是非颇谬于圣人,论大道则先黄老而后六经,序游侠则退处士而进奸雄,述

[①] (西汉)扬雄著,汪荣宝疏《法言义疏》,中华书局1987年3月版,413页。
[②] (南朝宋)范晔著《后汉书》卷四〇上《班彪列传》,中华书局1965年5月版,1325—1327页。

货殖则崇势利而羞贱贫，此其所蔽也。然自刘向、扬雄博及群书，皆称迁良史之材，服其善序事理，辨而不华，质而不俚，其文直，其事核，不虚美，不隐恶，故谓之实录。"①依笔者理解，自开头至"此其所蔽也"一段文字是对司马迁"笔法"说的总体定性；"然自"以下文字则是对刘向、扬雄称赞和描述《史记》"实录"精神的转述。很明显，班氏对"笔法"的整体评价有失客观和公允。实际上司马迁对六经的重视程度是远超过黄老的，并非"先黄老而后六经"，其将孔子列在《世家》而将老庄申韩合列在《列传》就是明证；他既未"退处士"也没有"羞贫贱"，所以也就无所谓"蔽"；所谓"是非颇谬于圣人"更是不理解司马迁的独创精神。班氏对司马迁"春秋笔法"理论的评论，成为历代评论者广泛征引和依据的经典言论，对后世产生了长久影响。汉末王允，甚至连司马迁的"实录"精神也不予承认，干脆诬其为"谤书"②，是典型的褊狭之论。南齐刘勰亦完全赞同班固对司马迁的不公之论，并以班氏之评代替己评，③此乃刘勰以儒家思想为《文心雕龙》指导思想的又一实证。

　　隋代王通则从修撰信史的角度否定了司马迁，认为其过于强调"善善恶恶"，借修史表达匡世思想，而导致了"论繁而志寡"，④议论多而录事少，留下了历史缺憾。这一评论，视角新颖，从理论上启发人们认识到，在人物传记写作中"春秋笔法"与"实录"精神要做到完美统一并不容易，褒贬会影响"实录"。不过，王通以前，学者们不论诟病还是肯定《史记》记事特点，一般都称司马迁记事"广"而"杂"，如扬雄、桓谭、班彪、班固、袁宏、裴松之等，而王通却以记事"寡"批评《史记》，似乎并不太符合该书实际情况。

　　至唐代，史学理论家刘知幾在《史通》中进一步阐发了王通的观点，云："夫史之称美者，以叙事为先。至若书功过，记善恶，文而不丽，质而非野，使人味其滋旨，怀其德音，三复忘疲，百遍无斁，自非作

---

①（东汉）班固著《汉书》卷六二《司马迁传》，中华书局1962年6月版，2737—2738页。
②（南朝宋）范晔著《后汉书》卷六〇下《蔡邕传》，中华书局1965年5月版，2006页。
③（南朝梁）刘勰著，范文澜注《文心雕龙注》卷四《史传》，人民文学出版社1958年9月版，284页。
④（隋）王通著《中说》卷二，四部丛刊本，台湾商务印书馆1975年6月版，第18册，9页。

者曰圣,其孰能与于此乎?"①如果说只是因为司马迁《太史公自序》中的"春秋笔法"说诱发王通对《史记》一书的价值产生了误解的话,刘知幾则是从史学理论高度,直接对司马迁的"春秋笔法"论本身提出了尖锐批评,他认为司马迁的理论既不符合史学本质,也没有可操作性,史书主要就是记录史实,而不是借以褒贬善恶和阐发作者思想。因此,他认为司马迁根本没资格以《史记》比《春秋》:"安得比于《春秋》哉!"其实,刘知幾对司马迁理论的指责是没有道理的,史书以叙事为主司马迁做得很出色,其借人物传记阐发自己的是非善恶观也运用得非常成功,《史记》就是践行其理论的成功典范,也是最有说服力的实证。

宋代苏轼虽受班固父子影响,认为司马迁"善善恶恶"的标准失当,但又认为其大失不在于班氏所说的"先黄老后六经"等,而在于"论商鞅、桑弘羊之功也"。② 很显然,苏轼乃有为而发,借反商鞅变法而反对王安石变法,其谅解司马迁"先黄老后六经"亦乃因他本人信奉黄老之学。可见,以个人政治需要评论古人思想学说则很难客观公允,也不足为训。

至清代,邵晋涵则干脆不承认司马迁效法"春秋笔法"思想的存在,云:"史迁著书,自命《春秋》经世,实本董氏天人性命之学,渊源其深。"③认为司马迁虽自称效法《春秋》褒贬善恶的精神,但他在学术上师承的实则是董仲舒的"天人感应"之说,所谓效法"春秋笔法"乃言不由衷。笔者以为,邵氏从学术渊源的高度评说司马迁的文学和史学思想不失为探讨问题的视角之一,但其结论并不可取:一是,司马迁虽确实受业于董仲舒学公羊学,但不论是今文经学的《公羊春秋》,还是古文经学的《左氏春秋》,其讲授的都是《春秋》,司马迁为何就不能受业董氏而效法《春秋》呢? 二是,"春秋笔法"主要是指《春秋》在表达"善善恶恶"思想时的微言大义表现方法,其与董仲舒以"天人感

---

① (唐)刘知幾著,(清)浦起龙通释,王煦华整理《史通通释》,上海古籍出版社 2009年12月版,153页。
② (北宋)苏轼著,王松龄点校《东坡志林》卷五,中华书局 1981年9月版,107页。
③ (清)章学诚著《章氏遗书》第十八卷《邵与桐别传》,文物出版社 1982年7月版,177页。

应"思想解《春秋》是两码事;三是,即便从单纯的学术思想看,司马迁写《史记》也并未盲从董仲舒的"天人感应"思想,他对今古文经学采取的是整合融会态度。

扬雄之后,对司马迁"春秋笔法"与"实录"精神表示肯定和赞赏的,也不乏其人。

东汉王充在称赞司马迁之作气魄宏大之后,又肯定了他的"实录"精神,云:"汉作书者多,司马子长、扬子云,河、汉也,其余,泾、渭也。然而子长少臆中之说,子云无世俗之论。"①从"子长少臆中之说"可知,王充所理解并推崇的司马迁"实录"精神,倒不是班固转述刘向、扬雄所理解的"不虚美,不隐恶"的秉笔直书精神,而是认为司马迁"实录"精神的实质是言必有据。这一理解明显打上了王充"疾虚妄"思想的烙印,不太符合司马迁"实录"精神的原意。

晋代以后不少学者对班固否定司马迁的言论开始了反驳。葛洪认为,司马迁对历史人物的评论褒贬都是极为科学确当的,班固"以迁为谬"的言论"未可据",云:"其(司马迁)评论也,实原本于自然;其褒贬也,皆准乎至理;不虚美,不隐恶,不雷同以偶俗。刘向命世通人,谓为实录;而班固之所论,未可据也。"②他虽未上升到理论高度褒扬司马迁的"春秋笔法"理论,但对司马迁在《史记》中表现出的"不虚美,不隐恶"精神作了较为全面的分析评价,颇为客观,同时又首次称誉这种精神"不雷同以偶俗",颇为中的,亦具说服力。南朝宋裴松之则结合《史记》实录汉武帝功过的实例,直言反驳王允的"谤书"说,以此为司马迁"春秋笔法"理论正名,云:"迁为不隐孝武之失,直书其事耳,何谤之有乎?"③对司马迁倡导的秉笔直书精神给予了充分肯定和褒扬。

与裴松之同时稍晚的范晔反驳班氏父子的方法颇为独特,他以班氏之矛攻班氏之盾,认为班氏父子讥刺司马迁的"春秋笔法""是非

---

① (东汉)王充著,黄晖校释《论衡校释》卷二十九《案书篇》,中华书局1990年2月版,1170页。

② (晋)葛洪著,王明校释《抱朴子内篇校释》卷十,中华书局1985年3月版,184页。

③ (西晋)陈寿著,(南朝宋)裴松之注《三国志》卷六,中华书局1959年12月版,108页。

颇谬于圣人",而其著《汉书》的是非标准却比司马迁更谬于圣人,云:"论议常排死节,否正直,而不叙杀身成仁之美,则轻仁义、贱守节愈矣。"①值得注意的是,范晔所列班固《汉书》当为而不为之例如"杀身成仁"等,恰恰是司马迁在《史记》中最重视、最突显的价值理念,也是儒家所谓"圣人"宣扬的价值标准,这就不仅充分肯定了司马迁"善善恶恶"的"春秋笔法"本身,而且还间接肯定了他所宣扬的"善""恶"标准。同时的裴骃《史记集解·序》、唐代司马贞的《史记正义·序》也都首肯司马迁的直书精神和《史记》的"实录"特征。

北宋欧阳修亦肯定其"实录"精神,称"迁书不诬"②。李廌《师友读书记》也认为"班固之论不得其实",不懂司马迁"春秋笔法"的真正意义。宋神宗则径改班固之评原文,给予"春秋笔法"及是非标准极高评价,称:"唯其是非不谬于圣人,褒贬出于至当。"③秦观则辨析班固所列司马迁"是非颇谬于圣人"之例,认为有些纯属无中生有,根本不合司马迁及其《史记》的实际。④ 稍晚的沈括在其《补笔谈》中也称班固对司马迁之讥"甚不慊",不合适。南宋晁公武在《郡斋读书志》中详辨班固言论后称,司马迁的理论事出有因,班固不理解司马迁的内心世界,"固不察其心而骤讥之,过矣"!晁氏还结合司马迁的遭遇对其思想形成原因作了深入细致的分析,认为"先黄老后六经"乃是从文景尚黄老到武帝尊儒术时代特征转折的必然体现,晁论颇有启发意义。宋末黄震以司马迁将孔子列入《世家》,将老子列于《列传》为例,具体否定了班氏对司马迁"论大道则先黄老而后六经"之讥。⑤

与如上唐宋学者重在否定班固对司马迁理论之讥不同,同时代的吕祖谦则重在正面揭示司马迁理论的特征和实质,因此对班氏之

---

① (南朝宋)范晔著《后汉书》卷四〇下《班彪列传》,中华书局1965年5月版,1386页。
② (北宋)欧阳修著,李逸安点校《欧阳修全集·桑怿传》,中华书局2001年3月版,972页。
③ (北宋)司马光著《资治通鉴·序》,中华书局1956年6月版,29页。
④ (北宋)秦观著,徐培均笺注《淮海集笺注》卷二〇《司马迁论》,上海古籍出版社1994年10月版,700—701页。
⑤ (南宋)黄震著《黄氏日抄》卷四六《史记》,四库全书本,台湾商务印书馆1986年3月影印版,第708册,271页。

论的否定更具说服力。他认为,司马迁"春秋笔法"理论及其实践产物《史记》的精神本质是:"高气绝识,包举广而兴寄深。"①其具体体现为:"其义指之深远,寄兴之悠长,微而显,绝而续,正而变,文见于此而义起于彼,有若鱼龙之变化,不可得而纵迹者矣。"②不难看出,吕氏的概括全面而准确,符合司马迁思想及《史记》的实际,具有定义性意义,值得珍视。据此,吕氏对班固所作"岂拘儒曲士所能通其说乎"的质疑,也就更令人信服。

  元人王祎也认为,司马迁的是非评判标准"皆合乎圣人之旨意"③。明人何乔新则逐一举例印证《史记》"其文直,其事核,不虚美,不隐恶"的"实录"精神乃名副其实④,其推崇之意不言自明。柯维骐亦认为,讥"先黄老而后六经"不合实际⑤。何良俊也认为,司马迁"指陈得失,有若案断,历百世而不能易"⑥。郝敬也认为,司马迁没有"先黄老而后六经"⑦。大思想家李贽以其一贯的叛逆性思维指出,班固对司马迁是非标准之讥"适足以彰迁之不朽",恰恰说明了司马迁思想的伟大,"不是非谬于圣人,何足以为迁乎"?他站在哲学和理论创新的高度揭示司马迁新立善恶标准的崇高价值道:"若必其是非尽合于圣人,则圣人既已有是非矣,尚何待于吾也?"李氏之论可谓惊世骇俗,振聋发聩。不过,需要说明的是,李氏这里只是从纯思辨角度阐发自己的观点以反驳班氏言论,并没有顾及《史记》的客观实际。实际上前人如秦观、黄震等早已做过实证性分析,证明司马迁并没有彻底抛弃传统而另起炉灶重新确立一套自己的价值标准体系,班氏父子批评他是因为班氏父子自身思想过于正统保守所致。我们今天的

---

  ①(南宋)吕祖谦著《大事记解题》卷一二,丛书集成初编本,中华书局1985年10月版,725页。
  ②转录自王玉璋《中国史学史概论》,商务印书馆1943年9月版,30页。
  ③(元)王祎著《文训》,见《皇明文衡》卷二十二,四部丛刊本,台湾商务印书馆1979年11月影印版,216页。
  ④(明)何景明著《何文肃公文集》卷二《诸史》,台湾伟文出版社1976年9月版,67页。
  ⑤柯维骐语见明代凌稚隆辑《史记评林》,四库未收书辑刊第一辑,北京出版社2000年1月影印版,第十二册,529页。
  ⑥(明)何良骏著《四友斋丛说》,上海古籍出版社2012年12月版,33页。
  ⑦(明)郝敬著《史汉愚按》,明崇祯间郝氏刻山草堂集本。

基本认识是,司马迁价值标准的创新是在尊重儒家传统价值标准前提下的创新,所以李氏的辩解其理论意义大于实际意义,他对司马迁的理论及实践把握得也不尽准确。进而,李贽又从文学创作的生命在于抒发真性情的理论高度斥班固之讥是扼杀文学性,云:"夫按圣人以为是非,则其所言者乃圣人之言也,非吾心之言也。言不出于吾心,词非由于不可遏,则无味矣。"①阐说至此,虽离司马迁原论题已嫌稍远,然亦足见李贽对于文学真谛的谙熟。

李贽之后,明末思想领袖陈子龙则对司马迁的"春秋笔法"理论及其实践作了较为细致的探讨和一分为二的评论,在两类评论者中独树一帜。他首先从理论高度提出了与王通、刘知幾不同的史学本质观,认为史书"非独以纪其事,将以善善而恶恶也",强调"善善恶恶"是史书编纂的要义之一;又进而指出,以微言大义的方式"善善恶恶"乃史书之最高境界,"非君子不能知之",《春秋》之褒贬则树立了微言大义的典范,其"或言近而指远,或文与而实非,或彼此异辞,或前后异旨,所谓别嫌疑、明是非、定犹豫也"。在此基础上,他最后落脚到司马迁深得《春秋》微言大义之精神:"太史公之书,每不立正辞,往往见于抑扬之中,疑似之说,自非博学,不能深知其意。"并委婉批评班固看问题过于表面化:"徒信其诡激宏肆之辩,溺其旨矣。"同时,陈子龙也对司马迁作了委婉批评,认为其《自序》中以《史记》比《春秋》有些言过其实,因不得志而褒贬善恶"太过"。② 在古代评论中,像陈子龙这样以辩证观来系统探研司马迁"春秋笔法"的言论还不多见,值得关注。不过,陈氏有关司马迁以《史记》自比《春秋》并褒贬"太过"的结论,似不太符合实际,司马迁本就自谦不敢以《史记》比《春秋》的。认为司马迁不能拿《史记》的价值与《春秋》比,则显得过于正统尊经,以今人的眼光看,实际上《史记》的价值当远大于《春秋》。

清人钱大昕在《潜研堂文集》中不仅充分肯定了司马迁"美恶不掩,各从其实"的"实录"精神,还首次以"尊汉"说驳王允"谤书"说不

---

① (明)李贽著《藏书》卷四〇《司马迁传》,见《李贽文集》第三卷,社会科学文献出版社2000年5月版,795页。

② (明)陈子龙著《史记测议·序》,见(清)程馀庆撰《史记集说》第一册,三秦出版社2011年4月版,16页。

知太史公深意。梁玉绳则发挥秦观、沈括、晁公武、黄震等人观点,对班固"谬于圣人"说作了详尽辩驳,逐一辨证班氏所列司马迁"谬于圣人"之例不合实际,其辩解多信而有征,近似一篇现代意义上的完备论文。但有些地方不免欲扬实抑,降低了司马迁的创新精神。① 另外,林伯桐、吴汝纶、李晚芳等人也都曾言及并肯定了司马迁的"春秋笔法"说。

综观历代学者对司马迁"春秋笔法"理论与"实录"精神的评论,发现了不少启人心智的中的之论,为我们深入探讨司马迁的文学思想奠定了较好基础。但是,就整体而言,古人的研究还比较肤浅,并存在不少欠缺。其一,对学说本身的内涵、外延、特点、本质等讨论较少。"春秋笔法"和"实录"精神,各自指的是什么,其精神实质是什么?二者之间又是什么关系?除班固转述刘向"其文直"一段文字解释"实录"精神外,后人多照录此语,并没能作出科学分析。对"春秋笔法"则更少有人涉及定义问题。似乎只有宋人吕祖谦、明人陈子龙对其表现特征、精神实质发表过粗浅看法。因此,研读历代评论总不免有一种空泛无根之感。其二,对学说评判多而分析少,并且以对班固评判的评判代替对司马迁学说的评判。按说,人们应在阐释司马迁"春秋笔法"学说精神本质的基础上,结合《史记》创作,对其学说进行理论分析及价值探讨。而历代研究者,则仅仅停留在对其否定和肯定两种态度的层面上。有意思的是,这两种态度,除了隋人王通、唐人刘知幾、明人陈子龙对"春秋笔法"本身符不符合史学本质展开

---

① (清)梁玉绳著《史记志疑》云:"夫史公考信必于六艺,造次必衷仲尼,是以孔子侪之《世家》,老子置之《列传》。尊孔子曰至圣,评老子曰隐君子。《六家指要》之论归重黄、老,乃司马谈所作,非子长之言,不然胡以次李耳在管、晏下,而穷其弊于申、韩乎?固非先黄、老而后六经矣。《游侠传》首云'以武犯禁',又云'行不轨于正义',而称季次、原宪为独行君子。盖见汉初公卿以武力致贵,儒术未重,举世任侠干禁,叹时政之缺失,使若辈无所取材也,岂退处士而进奸雄者哉?《货殖》与《平准》相表里,叙海内土俗物产,孟坚《地理志》所本。且掘冢博戏,卖浆乎脯并列其中,鄙薄之甚。三代贫富不甚相远,自井田废而稼穑轻,贫富悬绝,汉不能挽移,故以讽焉。其感慨处乃有激言之,识者读其书因悲其遇,安得斥为崇势利而羞贫贱耶!况孟坚于史公旧文未尝有所增易,不退处士、不羞贫贱,何以不立逸民传,又何以仍作《游侠》、《货殖》? 此文人之习气,各自弹射,递相疮痍,蹈袭抵牾,目睫不见,所谓笑他人之未工,忘己事之有拙。晋张辅论《汉书》三不如《史记》,有以也。"中华书局1981年4月版,1478—1488页。

理论之争外，其他学者似乎都在引用并围绕着班固那段"是非颇谬于圣人"的评论文字各抒己见，否定《史记》者以班固言论作依据，肯定《史记》者则以班固言论作靶子，一代代重复着两种完全相反和相互对立的态度及意见，似乎都在舍本逐末评班固，评班固又停留在对或错的层面上，而像清人梁玉绳深入到为何对为何错层面中的探讨性意见实乃凤毛麟角。将"春秋笔法"与"实录"精神放在一起讨论二者关系者则更少。其三，讨论没有明晰的发展、深化轨迹。与前一缺陷相联系，一代代的评论多在同一层面上重复，不少言论重复前人而又不及前人阐述得详尽，所以理论创新轨迹不明显。其四，各家之论感悟性多，理论性、系统性弱，这是中国古代文学理论的基本特点和共同缺点，对司马迁学说的讨论也不例外。从积极方面讲，如上情况说明古人给我们的深入研究还留存有比较大的空间。笔者以为，司马迁《太史公自序》、《孔子世家》、《儒林列传》等将《春秋》的典范价值概括为"春秋笔法"，并将"春秋笔法"的基本内涵归纳为三点：一为秉笔直书，二为褒善贬恶，三为"辞微指博"，也就是人们通常所说的"微言大义"，一字褒贬。仔细体会，"秉笔直书"是指著史应有"实录"精神，唯此才能写出信史；"褒善贬恶"则是著史应有的批判精神，唯此，史书才有镜古鉴今的价值和现实意义。而"微言大义"则又是实现"秉笔直书"、"褒善贬恶"目的的基本方法。所谓"春秋笔法"其核心应该就在这个"微言大义"的基本方法上。司马迁这一概括虽因受时代宗经思想影响而有所拔高，但还是符合《春秋》基本行文特征的。而司马迁《史记》所继承的、理论上所倡导的"春秋笔法"精神，则主要是"秉笔直书"一项，他创立的实际是一种"实录"精神。这种"实录"精神，具体表现就是"不虚美，不隐恶"，而"不虚美，不隐恶"的主要指向就是历代帝王将相和当朝权贵，敢于揭露他们的罪恶，其体现了司马迁的过人勇气，这才是它的最可贵之处，也正是《史记》超越《春秋》之处。司马迁将"春秋笔法"的核心由"微言大义"转向"实录"精神，正是他的理论创新之所在。尽管司马迁提出的是史学理论，但因为他创立的《史记》体系是纪传体，属于传记文学的前身，所以"实录"精神也就成了司马迁的重要文学思想和文学批评原则。进而，这种精神也就自然化为了现实主义文学思想的精髓。

三、关于"立言扬名"思想

司马迁的"立言扬名"思想先后见于他的《悲士不遇赋》《与挚伯陵书》和《报任少卿书》。前者云:"没世无闻,古人惟耻。朝闻夕死,孰云其否? 逆顺还周,乍没乍起。无造福先,无触祸始。委之自然,终归一矣。(理不可据,智不可恃。)"①中者云:"迁闻君子所贵乎道者三:太上立德,其次立言,其次立功。伏惟伯陵材能绝人,高尚其志,以善厥身,冰清玉洁,不以细行荷累其名,固已贵矣。然未尽太上所由也,愿先生少致意焉。"②后者云:"仆闻之:'修身者,智之府也,……立名者,行之极也。'士有此五者,然后可以托于世,列于君子之林矣。""所以隐忍苟活,函粪土之中而不辞者,恨私心有所不尽,鄙没世而文采不表于后也。""草创未就,适会此祸,惜其不成,是以就极刑而无愠色。仆诚已著此书,臧(藏)之名山,传之其人,通邑大都,则仆偿前辱之责(债),虽万被戮,岂有悔哉?"③因《悲士不遇赋》与《与挚伯陵书》未被班固收入《汉书》司马迁本传中,故流布不广。《悲士不遇赋》后被严可均从《艺文类聚》中辑出,《与挚伯陵书》残文被其从《高士传》中辑出,一并收入《全上古三代秦汉三国六朝文》中。而《报任少卿书》中的相关文字则往往被人与重要的"发愤著书"说一段文字放在一起去理解了。所以,古代基本没有人对司马迁这一文学思想发表评论。据现有史料看,唯班固时汉章帝在诏书中似乎言及了司马迁的立言扬名思想,云:"司马迁著书,成一家之言,扬名后世,至以身陷刑之故,反微文刺讥,贬损当世,非谊士也。"④据诏书文意,章帝认为,司马迁本有靠著书而"扬名后世"的思想,但当他遭李陵之祸后,便利用著书来讽刺贬损当世,其人品大成问题。这里一则未论及司马迁两篇作品明白表述的"没世无闻,古人惟耻"和"君子所贵乎道者

---

① (唐)欧阳询编《艺文类聚》卷三十,上海古籍出版社 1999 年 5 月版,541 页。
② (西晋)皇甫谧著《高士传》卷中,商务印书馆民国二十六(1937)年 6 月版,71 页。
③ (东汉)班固著《汉书》卷六十二《司马迁传》,中华书局 1962 年 6 月版,2727、2733、2735 页。
④ 见班固《典引》,转录于《文选》卷四八,中华书局 1977 年 11 月影印版,682 页。

三：太上立德,其次立功,其次立言"的"立言扬名"思想,很可能是从《太史公自序》的主论中发现司马迁的"立言扬名"思想的;二则,仅指出了司马迁有着靠著书而"扬名后世"的思想,而未表达对该思想的毁誉态度;三则,认为司马迁遭李陵之祸后,借著书宣泄私愤、抨击社会现实,并对此做法大为不满。这种不满无疑是对司马迁及《史记》的误解,不过,站在最高统治者的角度发表此类看法,是可以理解的。诏书似乎还有司马迁想借著书扬名后世而结果反诬其名的言外之意。

其实,司马迁的"立言扬名"思想意蕴还是颇为丰富并很值得探讨的。比如就他给挚伯陵的书信中所说的"君子所贵乎道者三：太上立德,其次立言,其次立功"几句话,看似仅是对春秋时期鲁国大夫穆叔"太上有立德,其次有立功,其次有立言,虽久不废,此之谓不朽"(《左传·襄公二十四年》)话语的简单复述,其实是对著名的"三不朽"说的一个不小发展。尽管近来有学者认为春秋时期的立德、立功、立言"三不朽"学说,可能不是指当时的"君子"对三个不同层次的人生价值标准的追求,而是指周天子、诸侯、士人三个阶层各自对人生最高价值标准的追求①,但这毕竟只是一家之言,仍未能撼动人们已有的传统定见,"立言不朽"就是指"君子"在"立德""立功"两个层次的价值追求皆无望的情况下才不得不再求其次的价值目标,且述而不作亦算立言,说明当时人们虽有了初步的"文学"意识,但毕竟屈居德功之后。而到了战国时代,随着诸子蜂起和著述之风大炽,"著书"可以超越时代对立言者身后之名发挥重要作用的意识明显清晰了,同时还有了著书对作者有现实作用的意识,从《广韵》中辑出的《战国策》佚文"芊千者著书显名"就包括这两重意识。而到了司马迁时代,这种"文学"独立意识进一步明晰,表面看他把"君子"所贵乎的"道"分为三个层次,其实,这仅是借用传统说法而已,司马迁的落脚点却是最后的"其次立言",这是他向友人所作立志靠著述《史记》扬名不朽的坚强表白,以"三不朽"理念说服朋友的同时,实是以立言不朽自励。虽然他说的"立言"局限于著史,但却启迪了后来曹丕《典论·论文》将"文章"作为士人唯一"不朽之盛事"理论的提出,助推了

---

① 过常宝、高建文《"立言不朽"和春秋大夫阶层的文化自觉》,载《北京师范大学学报》2014年4期。

文学意识的真正觉醒,因为曹丕的"文章"概念中就包括了史书在内。

四、关于"爱奇"审美取向

与前三种学说不同,"爱奇"不是司马迁本人提出的文学理论观点,而是后人根据《史记》的特征及司马迁其他言论归纳出来的。所谓"奇",依笔者理解,当为"奇特"之义,"爱奇"则为好尚奇特。具体到司马迁的审美取向,当指他撰写《史记》时比较关注特立独行的伟烈之士;注意选取惊世性的历史事件及相关文献资料;同时,在尊重历史真实的前提下,尽力使精心剪裁后的记载,跌宕起伏,撼人心魄;对历史人物和历史事件的评论立意高远,语言警策,振聋发聩,等等。

最早指出司马迁"爱奇"审美取向的是扬雄,云:"多爱不忍,子长也。仲尼多爱,爱义也;子长多爱,爱奇也。"①可见,一则扬雄首次笼统提出"爱奇"概念,而未就其内涵作出阐释。二则他对司马迁这一审美取向颇为不满,不仅称之为"不忍",且将其与孔子"爱义"对立起来,予以道德评判并否定之。其实,"爱奇"接受的应该主要是审美价值的审视,而不应该是单一的道德标准的评判,扬雄之评反映出汉代思想界依经立论的时代烙印。

刘勰对司马迁"爱奇"审美取向的偏颇评论似乎比扬雄更有过之而无不及,称:"尔其实录无隐之旨,博雅弘辩之才,爱奇反经之尤,条例踳落之失,叔皮论之详矣。"②如果说扬雄将司马迁"爱奇"与孔子"爱义"并提,意在通过对比暗示其不合儒家道义,而刘勰则径斥其为"反经之尤",是儒家的罪人,刘勰之评实在没有道理。同时,其将此评推至班彪身上也不合实际,班彪似并未言及司马迁"爱奇"问题,只是称其"分散百家之事,甚多疏略,不如其本,务欲以多闻广载为功"等③,似嫌司马迁记事过"杂",班氏其他言论离"奇"字之义更远。刘

---

① (西汉)扬雄著,汪荣宝疏《法言义疏》,中华书局1987年3月版,507页。
② (南朝梁)刘勰著,范文澜注《文心雕龙注》卷四《史传》,人民文学出版社1998年2月版,284页。
③ (南朝宋)范晔著《后汉书》卷四十上《班彪列传》,中华书局1965年5月版,1325页。

飚假借班彪言论,意在强化己说而已,不足为据。

秦观的批评口气虽缓和了许多,但仍把"爱奇"与"爱义"对立起来。他认为司马迁"主于奇"是有过错的,称:"所爱不主于义,而主于奇,则迁不为无过。"①殊不知"爱义"与"爱奇"分属于道德和审美两大范畴,即便将"奇"纳入道德范畴,其与"义"也并不矛盾。相比之下,同时人张耒的具体分析态度倒值得重视。首先,他认为司马迁"爱奇"审美取向源自他自己的"尚气好侠"性格,"司马迁尚气好侠,有战国豪士之余风";进而,他又认为,此性格导致司马迁著《史记》时特别关注留用有关"气节"之史料,记其事特详,"故为书,叙用兵、气节、豪侠之事特详"②。张氏揭示出了司马迁审美取向形成的原因之一,难能可贵,它标志着宋代人在某些文学理论问题上的认识已具一定深度,用今天的文学理论水准去审视,也符合作家性格决定作品风格的原理。故值得注意。同时,他就《游侠》、《刺客》各传人物逐一分析考证后认为,司马迁对这些奇人有褒扬太过之嫌。笔者以为,张氏对司马迁的批评恰当与否可另当别论,但他这种建立在具体文本分析基础上的一分为二的批评方法,确是一种可取的好方法,比空口否定和抨击容易为人所接受。南宋王观国在《学林》中认为,司马迁的"爱奇"表现为行文"好异而恶与人同",其所举皆《史记》采用古书资料而改词之例,称其"多改其文"。殊不知,司马迁在整合历史文献基础上改用汉代通行的白话语言予以表述,正是他著史方式的创造性贡献之一,既非"好异",也非"恶与人同",更不是擅改古书正文。王氏似不懂"爱奇"涵义。

同为儒家传承人的曾国藩,则思想开明不少,他只说明司马迁"好奇"的事实,而不予以评论,似有默许之意,而无反感之情,云:"太史公好奇,凡战国策士诡谋雄辩多著之篇,此载子贡之事特详,亦近战国策士之风。"③曾氏所云司马迁在《史记》中详载战国策士言行及

---

① (北宋)秦观著,徐培均笺注《淮海集笺注》卷二〇《司马迁论》,上海古籍出版社1994年10月版,701页。

② (北宋)张耒著《张右史文集》卷五六《司马迁论》,四部丛刊本,台湾商务印书馆1979年版,第49册,442页。

③ (清)曾国藩著《读书录·仲尼弟子列传》,《曾国藩全集》,岳麓书社1989年5月版,76页。

子贡事迹符合实际情况,《仲尼弟子列传》中记载孔子弟子七十七人,其中记"利口巧辞"的子贡事迹最详,记其事亦又主记其游说各国时的游说之辞,其辞确"近战国策士之风"。曾氏指陈,符合实际。

曾国藩之前,清人冯班还提出了新的一家之言,他认为司马迁不"爱奇",扬雄的概括不合司马迁实际。冯氏摘引司马迁自己的言论以否"爱奇"说,云:"太史公曰:'学者载籍极博,必取信于六艺。'又曰:'诸家言黄帝,文多不雅驯,荐绅先生难言之。'其不爱奇也明矣,之或未尽耳,扬雄以为多爱不忍,非也。"①可见,冯氏也把"爱奇"理解成了贬义词,有为司马迁回护之意,其精神可嘉。但是他的认识似乎有两个误区:其一,认识司马迁的审美取向,当主要从他的作品《史记》着眼,综合考察,而不能仅凭摘引一两句言论就下断语。应该说,历代学者关于司马迁有"爱奇"审美取向的判断,大体是不错的,至于评价如何则是另外一个问题。其二,冯氏可能对"奇"的理解有误,按他的理解,司马迁"取信于六艺(六经)"、反对"不雅驯"就说明他"不爱奇也明矣",反过来说,所谓"奇"就是反对六经、语言不雅驯。这其实是对"奇"的误解,比如崇尚侠肝义胆高风奇节之士,是司马迁"爱奇"的主要表现,若将其纳入到道德的评判中,这一标准也恰恰正是儒家所倡导的最高道德标准中"仁义信"的内容,"取信于六艺"与"爱奇"并不矛盾。同时,"不雅驯"是指语言粗俗浅陋,而"奇"体现在语言上则指警策、犀利,反对"不雅驯"与反对"奇"完全是两码事。因此,冯氏所作司马迁"不爱奇"的判断可能不符合实际。

更多古代学者对司马迁的"爱奇"审美取向是赞赏的。

北宋欧阳修对《史记》善记"伟烈奇节士"非常推崇,并欲效法之,云:"余固喜传人事,尤爱司马迁善传,而其所书皆伟烈奇节士。喜读之,欲学其作。"《史记》中"所书皆伟烈奇节士",主要是这些历史人物符合司马迁的道德标准和审美标准,所以选取和剪裁历史材料时自然成为司马迁关注的重点,这与他的"实录"精神并不矛盾。作为撰写过两部正史的杰出历史学家的欧阳修,对此加以推崇自有其真切体验在内,故比一般学者的评论更具说服力。值得注意的是,欧阳修

---

① (清)冯班著《钝吟杂录》卷八,中华书局 2013 年 10 月版,121 页。

还就司马迁的"爱奇"与他的"实录"精神关系发表了看法,认为二者在司马迁身上和《史记》中实现了完美统一,这种认识是很难得的。面对《史记》所记那么多奇节之士,欧阳修也曾怀疑过可能是司马迁"善善"太过所致,"乃疑迁特雄文,善壮其说,而古人未必然也",后来,"及得桑怿事,乃知古之人有然焉,迁书不诬也"。① 欧阳氏此评,对以"爱奇"为理由批评《史记》失真者也是一种间接反驳。

同时的文学理论家宋祁则从为人与为文关系的纯文学理论视角,对司马迁"颇有奇气"的作品风格表示了极大赞赏,称:"文者气之形,太史公周览四海名山大川,与燕赵间豪杰游,故其文章疏荡,颇有奇气。"他不但赞赏司马迁作品的"奇气"源于司马迁的豪情,还进而断言,司马迁并非主观上刻意要写出如此有"奇气"的文字,而是其"气"充溢胸中的结果,即所谓"然未尝役意学为如此之文也,气充乎其中而动乎其言也"②。宋祁之论可谓深谙文章写作三昧。依笔者体会,其所言之"气",既非孟子、韩愈所言人们后天道德修养的"浩然之气",也非曹丕所称人们先天禀赋的天然"清气",而是司马迁先天"清气"与其后天"浩然之气"之完美结合。应该说,宋祁的探讨,比张耒的揭示,又深入了一层,其理论水准亦更高一层。稍晚的苏辙在其《上枢密韩太尉书》③中重复了宋祁的如上观点,仅文字略有差异,足见推崇司马迁"爱奇"审美取向大致成为北宋史学家、文学家的共识。南宋楼昉称赞司马迁的"爱奇"审美取向,体现在《史记》的《苏秦》、《张仪》、《范雎》、《荆轲》等传叙事中,表现出"许多侠气";体现在各篇的"赞"中,则表现为行文的"笔力豪放,而语激壮顿挫"。其效果是:"读之使人鼓舞痛快而继之以泫然泣下也。"④楼昉之识虽不及宋祁之论有理论价值,但其归纳毕竟符合《史记》"奇"的某些特征,有可取之处。

明人茅坤那段被鲁迅全文征引的著名评论"读《游侠》,即欲轻

---

① (北宋)欧阳修著,李逸安点校《欧阳修全集·桑怿传》,中华书局2001年3月版,第三册,971页。

② (宋)王正德著《余师录》卷一,中华书局1985年1月版,10页。

③ (北宋)苏辙著《栾城集》卷二二,四库全书本,台湾商务印书馆1986年3月影印版,第1112册,236页。

④ (南宋)楼昉著《过庭录》,见《说郛》,涵芬楼本。

生;读《屈原贾谊传》,即欲流涕;读《庄周》、《鲁仲连传》,即欲遗世;读《李广传》,即欲立斗;读《石建传》,即欲俯躬;读信陵、平原《传》,即欲养士",从《史记》的感染力和接受效果角度,高度称赞了司马迁的超人表现艺术,他揭示这一表现手法为"各得其物之情,而肆于心故也"①。所谓"得其物之情",就是抓住叙写对象的本质特征;所谓"肆于心",就是倾注作者自己的真情实感。观茅氏评读各传的效果可知,传主本质无一不"奇",故笔者以为,茅坤这段著名言论实质上意在委婉表达对司马迁"爱奇"审美取向的推崇。明人陈文烛、清人蒋中和都先后从文章写作角度对《史记》的"奇"表示了由衷赞叹②,蒋中和还举例反驳了扬雄对司马迁"贪奇不忍割"的批评,并宣称:"谓子长奇于文则可,谓子长贪于奇而溺于爱则不可。"③蒋中和对《史记》作"奇于文"即行文奇特的定位是比较准确的,对扬雄的反驳也抓住了要害。

笔者以为,真正从文章写作理论高度,全面探讨并推崇《史记》行文之奇的古代文学理论家,当首推清人刘大櫆。刘氏是桐城派的代表人物,散文理论素养深厚,其尤崇《史记》,深得其精髓,故他的评论有代表性意义。刘大櫆首先提出了"文贵奇"的审美标准,认为文章的最高境界就是"奇"。进而,他分析了"奇"文的种种类别:"有奇在字句者,有奇在意者,有奇在笔者,有奇在丘壑者,有奇在气者,有奇在神者"等,从其分类不难看出,刘氏认为从字句"奇"到神"奇",是文章步步提升的六个不同层次,"神奇"标志了文章的最高境界。惜该文除对最难理解的"气奇"作了详细描述与阐释外,对其他五种"奇"文的特征未作具体描述。再进而,他以《伯夷传》为例,判定《史记》的境界"可谓神奇",也就是说,刘大櫆认为,有史以来最好的文章是《史记》,《史记》最好的原因是达到了最高的"神奇"境界。笔者以为,刘氏对《史记》美学特征的这一基本把握是符合实际情况的,也就是说,

---

① (明)茅坤著《茅鹿门先生文集》卷一《与蔡白石太守论文书》,续修四库全书本,上海古籍出版社 2002 年 3 月影印版,464—465 页。

② (明)陈文烛言论参见《二酉园文集》卷二《古文短篇序》,四库全书存目丛书,齐鲁书社 1997 年 10 月影印版,第 139 册,33 页。

③ (清)蒋中和著《眉三子半农斋集》卷二《读文选》,同上,第 224 册,57 页。

司马迁的最高审美取向和审美标准是"神奇"。此外,刘氏还提出了"文贵高"、"文贵大"、"文贵远"、"文贵疏"、"文贵变"、"文贵雄逸"①等次于"文贵奇"一级的多重审美标准。值得珍视的是,他在逐一分析这些审美标准的具体特征时,所举全部达到标准的实例唯有司马迁的《史记》,并以汉代至唐宋其他名家的散文作了反衬。尽管在具体问题上,刘氏对司马迁及其作品美学成就的评价可能有拔高之嫌,但总体而言是比较客观全面的。

总体上看,古人对司马迁"爱奇"审美取向的评论与探讨虽还不够全面和深入,亦存在评多探少之憾,但与古人对司马迁前几种文学思想的研究情况相比,似乎讨论更深入一些,同时,就肯定者与否定者相比,肯定者的探讨更深入一些。这就为我们今人的司马迁美学思想研究奠定了一定基础。

五、小结

通过梳理分析如上西汉至清代 1800 余年间司马迁文学思想研究资料,笔者得出的基本结论是,古代为司马迁的文学思想研究奠定了一定基础,提供了有益启示,但真正意义上的系统研究还算不上正式开启,只是为后人的系统研究作了必要准备。具体体现在以下几个方面:首先,就意识言,古代尚少有研究者意识到司马迁的文学思想已初具体系,应从宏观视角予以整体观照。研读《史记》及现存司马迁其他文本,笔者的基本体认是司马迁已有了文学自觉意识,其文学思想明显呈现出体系性,且代表了西汉时期文学思想的历史高度。如前所说,文学思想包括理论原则阐释、作家作品评介、审美意识、艺术趣味等,这些在司马迁的文本中都已有所思考和表述。仅以理论原则为例,如文学概念,文学本质论,文学生成论,文学功能论,传记文学创作论,写作技巧论,文学风格论,文学史观论等,司马迁都有所论及,并且都是他文学思想体系的有机组成部分。惜除清人章学诚从

---

① (清)刘大魁著《论文偶记》,见《论文偶记 初月楼古文叙论 春觉斋论文》,人民文学出版社 1959 年 11 月版,6—13 页。

"究天人之际,通古今之变,成一家之言"之语中对司马迁文学思想体系和指导思想有所领悟和阐发外,我们未能发现古代其他学者对如上问题作过整体观照和宏观讨论。有关司马迁文学思想的通变性特征等问题,同样没有人认识和言及。这是颇为遗憾的。

其次,与上一问题相联系,就广度言,古人的讨论多触及到司马迁文学思想某些"点"而未能及"面"。由梳理可见,历代学者对司马迁文学思想的讨论,仅局限于"发愤著书"、"春秋笔法"、"实录"、"立言扬名"几个具体的"点",尽管这些"点"在司马迁的文学思想体系中居核心地位,颇为重要,但毕竟不是"点"的全部,如"文学概念"、"作家评介"、"作品征引与点评"等不少"点"均未被言及。更为遗憾的是,讨论者未能确认每个"点"在司马迁文学思想体系中所处位置,也未能揭示出各"点"之间的内在联系,以实现连"点"成"片",连"片"成"面"的研究风貌。因而,近两千年的司马迁文学思想研究呈现出的始终是一种孤立、零散的状态。

再次,就深度言,整体认识水平肤浅,评多析少,重复多发展少,有个案解读,几无理论提升。古人对司马迁文学思想各个"点"的讨论颇不均衡,有的问题如"立言扬名"思想仅为汉章帝诏书言及,未能纳入历代学者视线,有的问题如"春秋笔法"则讨论者之多、争论之烈、延续时间之长、文献资料之丰,都是中国文学思想史上少有的,但是系统梳理这些资料却发现,并没有对该学说的内涵、外延、本质特征作理论探讨和科学分析,除了宋人秦观、张耒、黄震、吕祖谦,明人陈子龙,清人袁文典、梁玉绳等具体分析文本、以实证阐明其观点外,多数学者则都是以肯定或否定的空口评论代替具体分析,而评论又往往以褒贬司马迁的写作实践行为代替褒贬其创作理论,甚至以评判班固的评说言论代替对"春秋笔法"学说本身的评判。同时,综览近两千年的研究情况,除偶然发现某些思想闪光点外,不少言论低层次重复,代代重复,很难看到对同一问题研究的逐代深化、发展进程,甚至一些后人的评论重复前人而又不如前人详尽。对司马迁文本解读进而上升至理论高度的则更是寥寥无几,像欧阳修从个人创作经验论"爱奇"思想与"实录"精神的统一,宋祁从人与文、先天秉赋与后天学习关系角度论"爱奇"成因,陈子龙从史书要义和境界视角论"微言大义"精神实质,章学诚论"发愤著书"说的本质特征,刘大櫆从文学标准高度论"奇"的境界,实属凤毛麟角。

复次,就形式言,古人的讨论多感悟性"闲谈"片断言论,几无学理性专论。除李贽《藏书》、章学诚《文史通义》、梁玉绳《史记质疑》、刘大櫆《论文偶记》外,其他成体系的论著几无发现,这在客观上也影响了司马迁文学思想研究理论化、体系化的形成。

综上可见,古代对司马迁文学思想的研究,仅仅是初步的,基础性的,而近现代研究的范围基本是对古代研究对象的延续,且又呈现出狭窄趋势,这是颇为令人遗憾的。但从另一个角度审视,又说明其为当代司马迁文学思想研究留下了较大空间,前景广阔,大有可为。

近代以来司马迁文学思想研究
的学术观照*

笔者对古代司马迁文学思想研究所作的学术透视已刊于《中州学刊》2015年1期。本文拟在前文基础上,对近代以来司马迁文学思想研究状况做一梳理和学术观照,以期把握研究前沿,找准未来努力方向和着力点。笔者以为,总体而言,近现代的研究比较零散,不成系统,梁启超、鲁迅有开创之功,李长之有独特贡献;建国后的研究逐步走向系统化,新时期以来则全面进入研究繁盛期,无论是研究的广度和深度,还是新方法的运用,都有较大超越,已为全面系统深化研究奠定了良好基础。

一、近现代研究的学术观照

近现代学者对司马迁文学思想的研究,是古代研究的继续,研究领域没有太明显拓展,仍围绕着"春秋笔法"理论、"实录"精神、"发愤著书"说几个老问题进行。所不同的是,已将几个问题合并论之,从单一走向综合,并作了深度开掘,标志着研究的新发展;同时,"爱奇"审美取向淡出讨论视线。就基本态度而言,与古人相比发生了较大变化,对司马迁的几种文学观,基本都持肯定态度。就成果表现形式而言,虽仍以杂著中述及为主,但现代意义上的专门论著业已产生,其中设有司马迁文学批评专节;几部《中国文学批评史》著作中亦有

---

* 本文原载于《中州学刊》2015年8期,由徐正英与路雪莉合作完成于2007年5月,发表前于2015年3月作了重大修改和补充完善,其中2007年至2014年的新材料由毛振华搜集补充并完成初稿。

专节或专段论及司马迁的文学批评；现代还产生了少量单篇论文。

梁启超以思想家的深邃，从方法论高度，对司马迁"春秋笔法"言论作了言简意赅的分析，认为他有建立一门历史哲学之意："迁之自言曰：'余所谓述故事，整齐其世传，非所谓作也。'然而又曰：'考之行事，稽其成败兴坏之理……欲以究天人之际，通古今之变，成一家之言。'盖迁实欲建设一历史哲学，而借事实以为发明，故又引孔子之言以自况，谓'载之空言，不如见之行事之深切著明。'"梁氏此"历史哲学"论，将"春秋笔法"理论的价值又提升一个层次，可视为司马迁理论新解。其又认为，司马迁的"春秋笔法"理论与他的"实录"精神做到了完美统一，同时避免了旧史官和《春秋》双重缺陷："旧史官纪事实而无目的，孔子作《春秋》，时或为目的而牺牲事实。其怀抱深远之目的，而又勤于事实者，惟迁为兼之。"①梁氏此论确为的评。既褒贬鲜明又合历史实际、倾向性与真实性高度统一，确为《史记》基本特征。从《古代司马迁文学思想研究的学术透视》②一文回顾可知，古代凡反对司马迁"春秋笔法"理论或"爱奇"审美取向者，一般都不会承认二者与"实录"精神统一，在他们心目中，《史记》褒贬失当或褒贬太过，与"实录"精神是相互矛盾的，这当然主要是误解；欧阳修能首次提出并肯定"笔法"与"爱奇"统一问题，已是凤毛麟角难能可贵了。然而他仅是通过实例谈个人感受，并没有从理论上概括两者的关系，梁启超的贡献则在于把问题上升到了理论高度，肯定司马迁"春秋笔法"与"实录"精神的完美统一，标志了近代认识对古代的超越。此后常乃德服膺梁氏"历史哲学"说，然仅言及孔子编《春秋》是写哲学，司马迁仿《春秋》写《史记》也是在写哲学③。其泛泛而谈，远不如梁氏之论深刻。

鲁迅对《史记》之评已早为经典之论，其核心内容，恰恰包含了"春秋笔法"理论、"发愤著书"说、"爱奇"审美取向、"实录"精神四个问题，云："(司马迁)恨为弄臣，寄心楮墨，感身世之戮辱，传畸人于千

---

① 梁启超著《中国历史研究法》，东方出版社2012年5月版，17页。
② 徐正英、路雪莉《中州学刊》2015年1期。
③ 常乃德著《历史哲学论丛》，上海书店出版社1992年10月版，2页。

秋,虽背《春秋》之义,固不失为史家之绝唱,无韵之《离骚》矣。"①依笔者理解,鲁迅首先揭示了司马迁借修撰《史记》而褒贬现实的动因,认为其动因主要是"感身世之戮辱"的"李陵之祸",这一揭示沿袭了古代反司马迁者的成说,似嫌过于局限,降低了司马迁的历史责任感,"李陵之祸"是司马迁"发愤著书"主因之一而并非唯一。鲁迅进而认为,"李陵之祸"还是司马迁"爱奇"审美取向产生的诱因,他将司马迁"爱奇"的具体表现概括为"传畸人于千秋",即为"畸人立传",也是沿袭古代反司马迁者的成说,"畸人"明显带有贬义,这一概括似亦窄化了"爱奇"内涵,不合司马迁实际,司马迁的"爱奇"是较宽泛的审美理念,绝非仅仅表现为对《游侠》等几篇传记的设置。再进而,鲁迅也和古代否定司马迁者一样,将"爱奇"与"春秋之义"对立起来。依鲁迅的理解,司马迁"爱奇",一是不符合传统儒家道德和是非标准;二是不符合《春秋》"微言大义"表现特点,《春秋》是暗含褒贬,《史记》则直抒胸臆,"发于情,肆于心而文"。笔者以为,鲁迅对《史记》表现特点的把握准确,而对其是非标准的判定未必符合实际,《游侠》等篇亦合儒家道德标准中的"义"和"信"。但是,鲁迅的伟大之处即在于,其借助成说表述抑意正是为了转而推崇其理论及实践,他高屋建瓴地为《史记》价值下了千古定论:所谓"史家之绝唱",首先意味着鲁迅肯定了《史记》是一部信史,坚守了"其文直,其事核,不虚美,不隐恶"的"实录"精神,前面所评"寄心楮墨"、"感身世之戮辱"、"传畸人"、"发于情"、"肆于心"等等,都是在理性的"实录"精神指导和制约下进行的,是以历史真实为前提的;其次是文采和识见,又是所有正史中把握最好最优秀的。所谓"无韵之离骚",一则是从文学角度揭示《史记》表现艺术达到了巅峰;二则认识到《史记》的主要风格特点是"悲怨"。"绝唱"、"离骚"是近代以来对《史记》杰出史学价值和文学价值最为经典的评论。鲁迅前后,我国产生的几部《中国文学史》,如林传甲《中国文学史》②(1910)、曾毅《中国文学史》③(1915)、顾实《中国文

---

① 鲁迅著《汉文学史纲要》,人民文学出版社 1973 年 9 月版,59 页。
② 武林谋新室 1910 年 5 月版。
③ 上海泰东图书局 1915 年 8 月版。

学史大纲》①(1926)、谭正璧《中国文学史大纲》②(1927)、胡适《白话文学史》③(1928)、郑振铎《插图本中国文学史》④(1932)、康必诚《中国文学史大纲》⑤(1933)、刘大杰《中国文学发展史》⑥(1941)、杨荫深《中国文学史大纲》⑦(1947)都对《史记》的文学成就给予了很高评价。不少评价曾受到鲁迅言论影响。

这一时期,个别学者对"发愤著书"说仍有涉及,只是研究没有明显深入。容肇祖在考辨韩非著述时曾言及"发愤著书"问题,称:"'迁发愤著书,未暇详于考证,秦王见《孤愤》之说,当是无稽的话',而迁借以抒其不平之气的。"⑧容氏认为,司马迁为了借韩非子《说难》、《孤愤》之例阐发自己的"发愤著书"理论,竟不惜在《史记》之《老庄申韩列传》中作伪,称秦王因读此二作而思见其人,此伪被《报任少卿书》自行揭穿。容氏的批评视角不无启发性,但《报任少卿书》中所谓"韩非囚秦,《说难》、《孤愤》"的意思是,因韩非被囚秦国,所以他原有的两文被迅速传颂。其与《史记》所载并不矛盾,张少康对此有专门辨析。之后,范文澜则对"发愤著书"理论及实践予以肯定,云:"史迁为纪传之祖,发愤著书,辞多寄托。景、武之世,尤著微旨,彼本自成一家之言,体史而义《诗》,贵能言志云耳。"⑨范氏关注的仍主要是司马迁的"发愤著书"活动而非其理论,其论总体并未超越前人。所可取者为:一指出《史记》写当朝的汉景帝、汉武帝"春秋笔法"微言大义运用得最为典型,这一揭示符合《史记》实际;二用"体史而义《诗》"概括《史记》性质,与梁启超"怀抱深远之目的,而又勤于事实者"之评相近,揭示了"春秋笔法"理论与"实录"精神在《史记》中完美统一问题。

---

① 上海商务印书馆1926年11月版。
② 上海光明书局1927年3月版。
③ 上海新月书店1928年8月版。
④ 北平朴社1932年5月版。
⑤ 上海康益书局1933年7月版。
⑥ 上海中华书局1941年6月版。
⑦ 上海商务印书馆1947年9月版。
⑧ 容肇祖著《韩非的著作考》,见罗根泽编《古史辨》第四册,上海书店出版社1982年11月版,669页。
⑨ (南朝梁)刘勰著,范文澜注《文心雕龙注》,人民文学出版社1998年2月版,523页。

值得重视的是,自 1927 年标志着中国文学批评史学科正式建立的第一部《中国文学批评史》产生起,就对司马迁的文学理论批评、文学观念表示了关注。陈钟凡《中国文学批评史》①(1927)专列"司马迁文评"一节,集中对"发愤著书"理论作了简要分析,认为司马迁"《诗》《书》隐约者,欲遂其志之思也"、"《诗》《书》义微言约,欲遂其深思"等语,充分表达了其"排除一切,独以发愤抒情为文"的文学观,进而肯定这一文学观为"史公之独见也"。陈氏引文重点异于前人,观察问题视角独特,不过,所谓"独见"之评,似有拔高之嫌。司马迁之前,《诗经》"美刺"说、孔子诗"可以怨"、屈原"发愤以抒情"等,实已具"发愤著书"含义,司马迁的功劳在于将其作为一个成熟理论正式提出。陈氏又指出《屈原列传》意在"揭示屈原发愤之原因及《离骚》之价值"。陈氏对司马迁之论,可谓言简意赅,数语中的。郭绍虞《中国文学批评史》上卷②(1934)重点探讨了司马迁对文学的认识,认为他已有了较为清晰的文学意识,将文学与学术分离了开来,以"文学"、"学"称学术、经学;以"文章"、"文辞"、"文"称有辞章意义的文学,标志了文学的初步自觉,为南朝的"文""笔"说奠定了基础。郭氏对司马迁如上文学思想贡献的发掘是开创性的,发人所未发,并为今人质疑"魏晋文学自觉"说提供了证据,因而显得非常重要。罗根泽《中国文学批评史》③(1934)对司马迁关于文学的认识也有论及,其胜过郭著之处,在于对先秦《论语》至南朝《后汉书》认识文学的过程作了大致勾勒;其不足之处,是对司马迁言及太少,淡化了《史记》在文学认识过程中的重要地位。朱东润《中国文学批评史大纲》④(1944)因是大纲性质,对司马迁"发愤著书"说及屈骚内容的论及,比陈钟凡还简略,颇为遗憾。

至 20 世纪 40 年代,以司马迁文学批评为题的单篇论文产生,是一个值得注意的新现象。1943 年《苦雾集》第 2 辑刊出了李长之《司马迁在文学批评上的贡献》一文(基本观点后收入其《司马迁之人格

---

① 上海中华书局 1927 年 10 月版。
② 上海商务印书馆 1934 年 5 月版。
③ 北京人文书店 1934 年 4 月版。
④ 上海开明书店 1944 年 8 月版。

与风格》①书中),这是首篇系统讨论司马迁文学批评理论和实践的论文。就理论而言,该文依次讨论了司马迁"发愤著书"说、"文学功能"论、"创作原理"论、"艺术节制作用"论、"幽默价值"论。李氏讨论如上问题,均借用西方文艺心理学原理并结合创作实际予以观照,故所得结论多令人耳目一新而又令人信服。如其分析"发愤著书"说则意在揭示文学创作的原动力,认为司马迁作为一位有切身创作体验的作家兼理论家,该学说既合于心理学家弗洛伊德和文艺理论家厨川白村的"压抑"说,合于心理学家阿德勒的"补偿"说,又远胜并远广于两说;同时还认为,司马迁在该学说中揭示了文学家的"才华表现自觉"和"创作由于寂寞"等原理。这些分析与评论对我们今天的研究仍有启发意义。就实践而言,李文依次分析了司马迁对孔子的礼赞、对老庄申韩的批评、对屈原及作品价值的评论等,认为其对各家之评皆充分表现出了作为文学批评家的慧眼与睿智。此论对今天的研究也有启发意义。惜此文当时一枝独秀,相类者寡。另外,李长之《司马迁之人格与风格》一书对司马迁"春秋笔法"与"实录"精神的统一在《史记》中的体现问题,也作了较为精辟的论述,全面解答和反驳了历代反司马迁者关于其借《史记》泄私愤、背《春秋》传统、失真等质疑和抨击言论,深得笔者会心。

二、当代研究的学术观照

建国以后,司马迁文学思想研究进入了一个全盛期,表现出诸多新特点。其最显著的变化是成果形式的变化:一是,由杂著涉及相关评论为主转变为以单篇论文为主。就笔者搜集的情况看,解放以来,相关单篇论文已一百三十八篇,而解放前才找到一篇。二是,从文学角度研究司马迁的专著形式亦得到长足发展。囿于所见,先后有陆永品《司马迁研究》②(1983)、郭双成《史记人物传纪论稿》③(1985)、韩兆琦《史记评议赏析》④(1985)、宋嗣廉《史

---

① 上海开明书店1948年9月版。
② 陆永品著《司马迁研究》,江苏人民出版社1983年5月版。
③ 郭双成著《史记人物传纪论稿》,中州古籍出版社1986年4月版。
④ 韩兆琦著《史记评议赏析》,内蒙古人民出版社1985年6月版。

记艺术美研究》①(1986)、吴汝煜《史记论稿》②(1986)、聂石樵《司马迁论稿》③(1987)、李少雍《司马迁传纪文学论稿》④(1987)、何世华《史记美学论》⑤(1989)、可永雪《史记文学成就论稿》⑥(1991)、张大可《司马迁评传》⑦(1994)、曹晋《屈原与司马迁的人格悲剧》⑧(2008)、刘宁《史记叙事学研究》⑨(2008)、张新科《史记与中国文学》⑩(2010)、张大可《史记研究》⑪(2011)、可永雪《史记文学成就论衡》⑫(2012)、程世和《司马迁精神人格论》⑬(2013)等论著面世,而解放前仅有李长之一部。三是,以文学批评史或美学史章节形式出现的相关内容大量增加,而作为古代、近代主要表现形式的杂著中论及式则逐渐淡出视线。列司马迁为专节或专章的文学批评史、美学史,仅比较著名的就有黄海章《中国文学批评简史》⑭(1962)、刘大杰主编《中国文学批评史》⑮(1964)、王运熙、顾易生主编《中国文学批评史》⑯(1979)、敏泽《中国文学理论批评史》⑰(1981)、李泽厚、刘纲纪《中国美学史》⑱(1984)、蔡钟翔等《中国文学理论史》⑲(1987)、敏泽《中国美学思想史》⑳(1987)、顾易生、蒋凡《先秦两汉文

---

① 宋嗣廉著《史记艺术美研究》,东北师范大学出版社1985年9月版。
② 吴汝煜著《史记论稿》,江苏教育出版社1986年10月版。
③ 聂石樵著《司马迁论稿》,北京师范大学出版社1987年1月版。
④ 李少雍著《司马迁传纪文学论稿》,重庆出版社1987年1月版。
⑤ 何世华著《史记美学论》,陕西师范大学出版社1989年7月版。
⑥ 可永雪著《史记文学成就论稿》,内蒙古教育出版社1991年9月版。
⑦ 张大可著《司马迁评传》,南京大学出版社1994年6月版。
⑧ 曹晋著《屈原与司马迁的人格悲剧》,上海古籍出版社2008年4月版。
⑨ 刘宁著《史记叙事学研究》,中国社会科学出版社2008年11月版。
⑩ 张新科著《史记与中国文学》,商务印书馆2010年8月版。
⑪ 张大可著《史记研究》,商务印书馆2011年2月版。
⑫ 可永雪著《史记文学成就论衡》,中央民族大学出版社2012年6月版。
⑬ 程世和著《司马迁精神人格论》,商务印书馆2013年12月版。
⑭ 黄海章著《中国文学批评简史》,广东人民出版社1962年9月版。
⑮ 刘大杰主编《中国文学批评史》,上海古籍出版社1964年8月版。
⑯ 王运熙、顾易生主编《中国文学批评史》,上海古籍出版社1979年10月版。
⑰ 敏泽著《中国文学理论批评史》,人民文学出版社1981年5月版。
⑱ 李泽厚、刘纲纪主编《中国美学史》,中国社会科学出版社1984年7月版。
⑲ 蔡钟翔、成复旺、黄保真著《中国文学理论史》,北京出版社1987年6月版。
⑳ 敏泽著《中国美学思想史》,齐鲁书社1987年7月版。

学批评史》①(1990),张少康《中国文学理论批评发展史》②(1995),赖力行《中国古代文论史》③(2000),王运熙、顾易生主编《中国文学批评史新编》④(2001),李壮鹰、李青春主编《中国古代文论教程》⑤(2013)等。

就研究内容而言,传统的研究课题"发愤著书"说仍是关注的重心,并且重在深入探讨其精神实质和理论价值,不再像古人那样停留在或肯定或否定的表层态度上;"立言扬名"说开始受到重视;传记文学理论首次进入研究视野;"春秋笔法"理论、"爱奇"审美取向仍未被忽略;郭绍虞原已开始关注的司马迁文学意识,成为新的热点之一,并且成为确定文学自觉于哪个朝代的重要依据;综合性的司马迁文学思想研究和美学思想研究业已开始。整体审视,司马迁文学思想研究的深度和广度都超越了前代,深度主要体现在对传统课题探讨的突破上,广度则主要体现在对过去没有涉及或较少涉及问题的开辟和强化上。

就研究阶段而言,大致从1949年至1966年"文革"前夕为新式研究的转型期。这一时期,人们试图以马克思主义观点为指导,对《史记》文学成就及文学思想做出科学评价。20世纪50年代末和60年代初,《解放日报》和《光明日报》还分别进行过"应该怎样来评价《史记》的文学成就"与"《史记》艺术力量的根源"两个专题讨论,这种讨论虽打上了那个时代"左"的烙印,并且前一个专题主要讨论的是文学而不是文学思想,多数文章停留在介绍性、赏析性层面,但毕竟涉及到了司马迁文学思想问题;尤其后一个专题,为人们尝试运用马克思主义观点研究司马迁的文学思想及古代文学理论起到了锻炼和促进作用。同时,在当时中央倡导研究中国古代文学理论,建立有中国特色的马列主义文艺思想体系的形势感召下,名牌高校组织编写《中国文学批评史》教材时也呼应了两大报纸的讨论。中山大学黄海章

---

① 顾易生、蒋凡著《先秦两汉文学批评史》,上海古籍出版社1990年4月版。
② 张少康著《中国文学理论批评发展史》,北京大学出版社1995年6月版。
③ 赖力行著《中国古代文论史》,岳麓书社2000年11月版。
④ 王运熙、顾易生主编《中国文学批评史新编》,复旦大学出版社2001年11月版。
⑤ 李壮鹰、李青春主编《中国古代文论教程》,高等教育出版社2013年2月版。

《中国文学批评简史》列专节讨论司马迁对《离骚》的批评,开辟了新的研究视点;刘大杰主编《中国文学批评史》对此前学术界所涉有关司马迁文学思想问题,都用马列标准作了简要梳理与总结;郭绍虞主编配套教材《中国历代文论选》也对司马迁《太始公自序》、《报任少卿书》、《屈原贾生列传》作了重点选录与分析"说明"。1966年至1976年的十年"文革"为研究停滞期。这一时期,司马迁文学思想研究同整个司马迁和《史记》研究一样,几乎一片空白。1978年以来的新时期为研究逐渐恢复和全面兴盛期。仅笔者搜集到的较有价值的一百三十八篇司马迁文学思想研究论文中,就有一百三十五篇刊发于新时期,前列从文学视角研究司马迁的主要专著及开设专节、专章的重要文学批评史、美学史,也基本都是新时期的研究成果。因此,梳理当代司马迁文学思想研究状况,大体上就是总结最近三十几年的相关研究成果。

(一)关于"发愤著书"说

与前人相比,王运熙执笔1964年出版的刘大杰主编《中国文学批评史》对"发愤著书"说价值的探讨颇有新意,指出该学说富有批判现实精神;客观上说明古代优秀作品总是体现着作者的进步思想;对封建社会进步作家是一个重要启示和鼓舞。① 这三点揭示,标志了当时对"发愤著书"说的认识水平。同年,郭绍虞则指出,"发愤著书"说的认识意义在于,指出了作者对黑暗现实的义愤愈强烈,作品的思想性就愈深刻。② 此论似超出了司马迁的文本原意。

顾易生《司马迁的李陵之祸与"发愤著书"说》③(1980)是新时期较早探讨旧课题的长文,认为"发愤著书"说主要揭示了社会环境、作者生活实践与著述的关系,其价值在于借创作控诉个人不幸遭遇中反映出公众的义愤。顾文触及到了"发愤著书"说的精神实质。吴汝煜《司马迁所遭"李陵之祸"探讨》④(1982)一文与顾氏见解略同。陈

---

① 见刘大杰主编《中国文学批评史》上册,上海古籍出版社1964年8月版。
② 见郭绍虞主编《中国历代文论选》第一册,上海古籍出版社1979年11月版。
③ 《复旦学报》1980年2期。
④ 《徐州师院学报》1982年4期。

子谦《司马迁的"发愤著书"说及其历史发展》①(1981)一文,首次专门对"发愤著书"说的内涵作了全面分析与归纳,其概括出的五个方面内容,基本涵盖了王运熙、郭绍虞、顾易生的观点,即:忠介之士遭遇迫害,故寄理想于著述;遭迫害、入下层,更加深对社会认识;针砭时弊而非泄私愤;义愤愈强烈,作品思想性愈强;"发愤"需要决心。他还重复顾氏之语指出司马迁阐明了文艺与政治、文艺与生活、文艺与个人遭遇的关系。这说明顾氏的揭示正逐渐成为学界共识。袁伯诚连续刊发了《试论司马迁"发愤著书"的因素和条件》②(1984)、《试论司马迁"发愤著书"说对讽谕文学理论的影响》③(1984)、《试论司马迁"发愤著书"说对叛逆文学理论的影响》④(1984)、《司马迁"发愤著书"说的理论意义》⑤(1985)四篇系列论文,惜未能对"发愤著书"说本身的内涵和精神实质做突破性研究,然而对学说之外的问题提出了一些新见。如,认为形成司马迁"发愤著书"说的条件是多方面的,有学识、个性等主观条件,又有家学、师承、时代等客观条件,"李陵之祸"主要影响的是他的生死观,而不能将文学观的形成全归于此;又认为,这一理论是对从《诗经》到《楚辞》先秦文学创作的理论概括,又是对自己著书实践的痛苦总结;还认为,"愤"是文学真实性的感情要素等。都有启发意义。周国伟《司马迁"发愤著书"辨》⑥(1988)对"发愤著书"说的形成也表述了与袁氏大致相同的见解。赵志成《论司马迁的"发愤著书"说》⑦(1988)以西方心理学理论观照"发愤著书"说的内涵,认为司马迁的这一学说依次揭示了文学创作的三个层次:创作出于作家的心理需求;创作出于作家个体人格自我实现的需求;创作出于作家对真理的追求。这一分析颇有令人耳目一新之感。

顾植、王晓枫《司马迁"发愤著书"说浅论》⑧(1992)认为,"发愤著

---

① 《厦门大学学报》1981年1期。
② 《陕西师大学报》1984年2期。
③ 《固原师专学报》1984年2期。
④ 《固原师专学报》1984年3期。
⑤ 《固原师专学报》1985年1期。
⑥ 《徐州师院学报》1988年1期。
⑦ 《锦州师院学报》1988年1期。
⑧ 《山西大学学报》1992年1期。

书"中的批判性来自道家的批判传统、向往自由的精神。此论有新贡献,值得留意。冯义邦《试论司马迁的"舒其愤"说》①(1995)认为,司马迁的"舒其愤"说是发展楚骚美学传统,最早与儒家"中和"美学思想相抗衡的理论。此论仅看到了司马迁学说的表层特征,而未认识到"舒其愤"与儒家"诗可以怨"精神实质的相通相融之处。刘振东《〈史记〉与司马迁之"愤"》②(1995)重点强调了司马迁之"愤"是时代之"愤"和历史之"愤"。这一强调符合司马迁本意。党大恩等《关于司马迁"发愤说"的重新思考》③(1997)重新思考的结果是,"发愤说"是司马迁所建构的宏观历史动力论,并非单纯的文学创作动力论。这是对"发愤著书"说价值和意义的新探索,应引起界重视,作为史学家的司马迁创立"发愤著书"说的真正意图似乎确实不只局限于文学,甚至主要不是为了文学。

俞绵超《司马迁的"发愤著书"说及其影响》④(2000)认为,"发愤著书"的目的是"言道",而"言道"是对荀子文学思想的扩大与丰富。其将司马迁的文学思想与荀子相联系,不失为认识"发愤著书"说的一个新视角。何涛《怨与愤:司马迁对文学抒情的认识》⑤(2002)将"发愤著书"说的实质归结为"怨"与"愤"两个字,认为"愤"是创作动力,"怨"是在创作上的表现。这一认识,尽管早已为古人所言及,但何氏归纳得如此简洁明晰仍值得肯定。王长顺《司马迁"发愤著书"说的心理美学内涵探析》⑥(2006)借鉴李长之研究思路,以西方心理学为参照,对"发愤著书"说的心理美学内涵作了较为深入的探讨。认为,"发愤著书"说蕴含着强烈的心理内驱力,是司马迁完成《史记》的心理动力;隐含着内心巨大的自我表现欲,是司马迁实现人生超越的心理基础;饱含着深切的感情体验,是司马迁在《史记》上取得巨大成就的心理根源。将其与李长之、赵志诚文对读,可以相互发明,启

---

① 《湛江师范学院学报》1995 年 2 期。
② 《人文杂志》1995 年 5 期。
③ 《渭南师专学报》1997 年 1 期。
④ 《六安师专学报》2000 年 3 期。
⑤ 《南都学坛》2002 年 4 期。
⑥ 《渭南师范学院学报》2006 年 6 期。

迪心智。李泽儒《司马迁"发愤著书说"的生命意识》①(2008)认为,司马迁的"发愤著书"是一种强烈的生命意识的体现,不仅包含了对个体生命价值的客观评判标准,而且看到了作为个体生命的真正价值之所在。王艳《司马迁"发愤著书说"的当代美学诠释》②(2009)从身体美学角度入手,分析由"愤"而"著"是如何完成生理与情感转换的,揭示了因"愤"而"著"形成的情感美学观和"愤"的心理美学机制。此文是阐释"发愤著书"说中比较有代表性的美学理论学位论文。

陈莹《从接受视域梳理和考辨唐前"发愤著书"说的嬗变轨迹》③(2012)认为,司马迁"发愤著书"以情为中心,揭示了儒家"入世有为"创作精神和"有为而作"创作原则。秦玮鸿、谭泽明《试论司马迁"发愤著书"说的成因及其影响》④(2014),则从社会责任感和历史使命感分析司马迁"发愤著书"说的成因与影响。两文各有侧重,但具体阐述时都主要从儒家创作精神入手,创获不大。陈文还运用接受美学理论,对发"愤著书"说在唐前的嬗变轨迹作了较细梳理。党艺峰《关于"发愤著书"说的神圣诗学内涵之考释——〈史记〉阅读札记之四》⑤(2013)通过历史语言学的追踪,提出所谓"发愤著书"只能是在特殊历史情境中由圣人完成的活动,似不认同该学说的普适性理论价值。仅聊备一说。

另外,程度《司马迁发愤作〈史记〉》⑥(1978)、可永雪《关于司马迁'发愤著书'说》⑦(1981)、韩兆琦《司马迁受宫刑及忍辱著书》⑧(1981)、傅昭生《试论司马迁的发愤著书说》⑨(1983)、王耀明《论发愤著书说》⑩(2010)等文章,也为新时期重起司马迁文学思想讨论作了应有贡献。

---

① 《名作欣赏》2008年14期。
② 四川师范大学2009年硕士学位论文。
③ 《天津社会科学》2012年1期。
④ 《名作欣赏》2014年8期。
⑤ 《渭南师范学院学报》2013年1期。
⑥ 《北京日报》1978年7月25日。
⑦ 《语文学刊》1981年1期。
⑧ 《北方论丛》1981年4期。
⑨ 《汉中师院学报》1983年1期。
⑩ 《商丘师范学院学报》2010年10期。

需要指出的是,多种文学批评史、美学史及从文学角度研究司马迁的论著,由于体例限制,其论及"发愤著书"说者,不像单篇论文充分展开论述,力图提出一得之见,而是多流于整合成说,泛泛而谈,重复者多,创新者少,留下诸多遗憾。值得称道者,如蔡钟翔、成复旺、黄保真《中国文学理论史》注意发现该学说的不足,认为司马迁企图揭示一条"发愤著书"的普遍规律,把写作动因归之于"怨愤",而实际上许多作家未必因为有"怨愤"才去写作,司马迁所举实例中有的就并非因愤而作,是司马迁为迁就结论而故意窜改。这一提醒颇有警示意义。张少康《中国文学理论批评发展史》则对此质疑进行了考辨,认为司马迁的言论与史实没有矛盾,理由是:凡认为与史实不符者,其依据皆是《史记》本传的记载,而本传正是司马迁自己所写,不可能自相矛盾,是历代学者误读了"愤"之含义,"愤"当为"奋发"之"奋"。此辨颇具启发性。张氏还认为,司马迁的"发愤著书"思想渊源于儒道两家思想的统一。此见立意颇高。笔者《古代司马迁文学思想研究的学术透视》一文,已对"发愤著书"说的内涵、实质、特征及理论价值作过提炼概括,可供参阅,此处不再重复总结。

(二)关于"春秋笔法"理论

作为古代评论较集中的"春秋笔法"理论,近代以后被逐渐淡化,但仍没有完全淡出学术界的视线,可喜的是,新时期以来又有被重新重视和深度发掘的趋势。除几部新出文学批评史各稍有涉及外,主要是陆续产生了一批单篇论文,尤其是还产生了几部代表前沿水平的专题性论著。如,田林《略论"太始公笔法"》[1](1986)一文,将其精神实质概括为"寓褒贬,别善恶"、"寓论断于序事"、"寓抒情于叙事"等"三寓";"突出人物在历史中的作用"、"突出人物思想性格的重要特征"等"两突",标志了今人对这一问题的认识水平。赵彩花连载长文《〈史记〉对〈春秋〉笔法"的渊承与创新》[2](2004),压缩《左传·成公十四年》君子对《春秋》笔法"内涵所作"微而显"、"志而晦"、"直书其事"的概括,进而逐一比对《春秋》与《史记》,揭示《史记》对《春秋》书写义例的继承与发展价值。所论信而有征,扎实厚重,值得称道。

---

[1]《大连师专学报》1986年1期。
[2]《湘南学院学报》2004年3期。

董耀华《〈史记〉中"春秋笔法"与"史笔精神"的矛盾统一与超越》①(2007)从叙事方式角度辨析"春秋笔法"与"史笔精神"的不同,认为它们分别属于史官之职、史官之志,前者为太史公从《春秋》中借鉴的方法,后者为司马迁作为史官所坚持的记录原则,两种相对的叙事方法被大胆地统一于同一文本之中。李波、赵丽《论司马迁对孔子撰史方法的继承和发展——以"春秋笔法"与"书法不隐"为中心》②(2014)认为,司马迁《史记》在撰写上效仿孔子作《春秋》的方法,借助历史表达褒贬好恶,宣扬政治理想,同时又摆脱了《春秋》"虚美隐恶"的限制,贯彻了史家秉笔直书的实录精神。边家珍《论司马迁〈史记〉创作与〈春秋〉学之关系》③(2014)则认为,《史记》的"破例"正是司马迁对《春秋》笔法的继承与发扬。综观此几文,其揭示都符合《史记》创作实际,值得称道,惜又都没把"春秋笔法"理论本身作为司马迁的文学思想去讨论,重实学而忽视了理论价值提升,稍留遗憾。这一实证性研究模式,代表了近年古代文学和文学思想研究领域的基本取向。

另外,杨润英《〈史记〉的"春秋笔法"》④(1985)、张大可《论〈史记〉的实录精神》⑤(1994)、郭院林《试论司马迁以道统抗衡政统的精英意识——以〈史记〉项羽形象为中心》⑥(2014)等皆对"春秋笔法"问题有不同程度的论及,也都有启发意义。

进入 21 世纪,几部讨论《史记》"春秋笔法"的专著颇为引人瞩目。分别是:张高平《春秋书法与左传学史》⑦(2005)、李洲良《春秋笔法论》⑧、张金梅《春秋笔法与中国文论》⑨(2012)。张高平认为,《史记》笔法是对《春秋》笔法的具体拓展与深化,研究《史记》之笔法应"因枝以振叶,沿波而讨源",以考察史家笔法、探索《春秋》书法为根本。张

---

① 《西华师范大学学报》2007 年 4 期。
② 《渭南师范学院学报》2014 年 6 期。
③ 《浙江学刊》2014 年 1 期。
④ 《宜春师专学报》1985 年 2 期。
⑤ 《天人古今》1994 年 1 期。
⑥ 《北京大学学报》2014 年 3 期。
⑦ 张高平著《春秋书法与左传学史》,上海古籍出版社 2005 年 6 月版。
⑧ 李洲良著《春秋笔法论》,中国社会科学出版社 2012 年 12 月版。
⑨ 张金梅著《春秋笔法与中国文论》,中国社会科学出版社 2012 年 6 月版。

书考析详赡,并有方法论意义。李洲良认为,史迁笔法将"春秋笔法""一字定褒贬"的修辞层面扩大为篇章的叙事结构、人物形象描写乃至《史记》全书的整体布局上。李书分析细致,结论可从。张金梅在申述传统观点的同时,又认为司马迁《史记》写作所运用的"寓主于客"、"寓论断于序事"等曲笔、侧笔,才是对"实录"精神的发展和深化。这一见解,视角独特。

综上所见,"春秋笔法"理论作为一个传统研究课题,近年研究的深化和系统化态势明显,其实证性辨析、比较性研究的特色也颇为鲜明,理论提升的空间仍较大。

(三)关于"立言扬名"思想

囿于笔者所见,古代至现代论及司马迁"立言扬名"思想的言论较少,进入当代,这一问题逐渐引起研究者的注意,探讨不断深入。

20世纪60年代,王运熙在《中国文学批评史》中讨论"发愤著书"说时曾首次言及此思想,其征引《与挚伯陵书》中的"三不朽"言论,指出司马迁对"立言扬名"有深刻认识和"严肃态度"。王说言简意赅,一语中的。直到80年代初,李泽厚、刘纲纪才在《中国美学史》中接续王说,然仍未做具体分析与探讨。

此后,吕锡生《略论司马迁的荣辱观》[①](1985)、黎雪《试论司马迁以"三不朽"说为中心的价值观》[②](1986)、洁芒《司马迁高扬垂名思想的历史价值》[③](1987)三文的先后刊发,标志着新时期对司马迁"立言扬名"文学思想专门研究的开始。他们认为立名是司马迁荣辱观、价值观的核心,包括立德、立功、立言三个方面,是对传统观念的弘扬,而隐忍立名是其荣辱观、价值观的精华。此体认符合司马迁的心理实际,意义不可忽视,惜理论观照有待提升。同时,当时一些讨论"发愤著书"说的论文亦往往连带论及"立言扬名"思想问题,也各有创获。

20世纪90年代后,陆续产生了一大批讨论此问题的专文,其中比较重要的有:徐兴海《司马迁的个性理论和他的个性》[④](1994),李

---

① 《人文杂志》1985年2期。
② 《固原师专学报》1986年1期。
③ 《语文学刊》1987年6期。
④ 《陕西师大学报》1994年1期。

彤《司马迁"三不朽"的价值观》①(1997),王绍东《论"三不朽"说对司马迁及〈史记〉创作的影响》②(1998),韦海云《论司马迁〈史记〉的"扬名"思想》③(2002),阮忠《司马迁"立名"及其〈史记〉的史性与诗性》④(2003),陈恒新、张玲《司马迁"成一家之言"新探》⑤(2012)等。徐兴海从现代心理学角度分析认为,司马迁把"立名"放在最高心理需求层次,用以激发人产生高层次的精神需求,而著书立说又是他认为的最好心理补偿形式,司马迁是补偿理论的最早提出者。笔者以为,司马迁是否一开始就把"立言扬名"放在最高心理需求层次,还有待商榷(因其服膺的上古"三不朽"说是把"立言不朽"放在最低层次的),但是徐氏将"扬名"与著书立说放在一起讨论司马迁的心理需求说,本身就是对古代文学功能理论的探索,颇值得重视。"三不朽"价值观念是企图超越有限生命的价值欲望,在春秋之前的《尚书·泰誓》时代就存在了,《左传·襄公二十四年》中的叔孙豹只是将其概括转述了一下而已,李彤认为,司马迁深受这一传统价值观念影响。他结合司马迁言论和《史记》写作,首次正面对"三不朽"具体内涵作了详尽阐发。认为,司马迁价值观中的"立德"是最高层次,是帝王的价值追求目标,包含事功和道德评判双重因素。具体到司马迁心目中则指舜、禹、周文武王、周公旦等一个时代的开创者。"立功"是第二层次,"功"即事功,是将相策士的价值追求目标,其体现了司马迁的"尚兵"思想。"立言"乃最低层次,是留下于政有补的言论或著述,是哲人贤士做的工作,尤其是他们理想破灭后追求的价值目标,司马迁所列"立言"之例多属于后者。李彤对司马迁"三不朽"价值观具体内涵的阐释是难能可贵的,大体符合司马迁的思想实际,也有较高理论内涵。王绍东则在阐释"三不朽"内涵时指出,"立德"往往要通过"立功"、"立言"得以实现,这一阐释拓展丰富了"三不朽"的内涵;他认为司马迁通过自己的著述行为丰富了"三不朽"的内涵,扩大了其影响。

---

① 《长沙电力学院社会科学学报》1997年2期。
② 《内蒙古社会科学》1998年5期。
③ 《皖西学院学报》2002年5期。
④ 《高等函授学报》2003年2期。
⑤ 《河北科技师范学院学报》2012年6期。

此轮符合历史实际。韦海云认为,古代的"三不朽"归根到底是追求名声不朽,"扬名"思想促使司马迁超越了世俗的生死荣辱,成为撰写《史记》的重要动因之一,正因为此,其为历史人物立传时倾心关注的是其建功垂名的人生历程,而不是等级地位。韦氏之论亦切合司马迁心理实际。人们通常对"三不朽"和"扬名"思想的认识,多指身后扬名,而阮忠则认为,司马迁所追求的"是时名与史名的统一",并认为这是发生在文人身上的普遍现象,以"立言"形式"立名"是文人的共性,司马迁只是顺应了社会普遍要求。阮氏这一反常规结论,似弱化了司马迁扬名思想的创新价值,但又不无道理。陈恒新认为,司马迁著《史记》以"成一家之言"是在史书的不朽价值基础上建立不朽之名。

由上可见,对司马迁"扬名"思想的讨论,近代以来经历了一个从无到有、逐渐深化的过程,20世纪90年代之后各文,篇篇都有一得新见,合并综观,已彰显了司马迁"扬名"思想内涵的一定丰富性;同时,对其文学思想意义的发掘和提升还留有较大空间,正期待有志者努力。

(四) 关于传记文学创作理论

因《史记》开创了纪传体,所以,探讨传记文学创作理论成为新时期司马迁文学思想研究中出现的一种新现象,其标志了司马迁文学思想研究领域的新拓展。李世萼《司马迁的传记理论与传记创作的关系》①(1988)一文,将司马迁的传记理论归纳为"立名"、"发愤"、"网罗放佚"、"原始察终"等七项。可以看出,李氏力图将司马迁撰述《史记》的一些体会全部归结为其传记文学理论,此举似有不妥,传记理论包括在《史记》体验中,然而写作体验并非都是传记理论。此文表现出对传记理论初探时期在概念界定上还存在着一定盲目性。俞樟华《论司马迁的传记文学理论》②(2000)一文对司马迁传记文学理论的归纳,则与李文多有不同,认为"究天人之际,通古今之变,成一家之言"是司马迁传记文学理论的核心,为建立功名者立传、考信于六艺、以雅为主、互见法等是司马迁传记文学理论重要内容。俞氏之

---

① 《杭州师范学院学报》1988年5期。
② 《学术论坛》2000年2期。

论,不免有将"史学观"与"传记文学理论"以及理论与具体方法混淆之嫌。李、俞对同一问题缺乏基本共识,本身即说明他们对司马迁传记文学理论的基本内涵尚缺乏准确理解。李贤民《司马迁创作主张刍议》①(2000),虽以探讨司马迁传记创作理论面目出现,而揭示出的创作主张却是"抒愤","抒愤"的形式又是"隐约"。实乃对"发愤著书"说和"春秋笔法"的讨论,与传记文学理论相去较远。如上情况的出现,是对新课题探讨初期不可避免的正常现象。可喜的是,周旻的同题研究则取得了较大突破,其《司马迁的传记文学观》②(2001)一文,作了如下揭示:"司马迁有一贯而明确的创作指导思想,即传记文学观,其主要表现为:第一,'人'是传记文学的根本审美对象;第二,真实是传记作家的良心和责任;第三,追求生动而深刻的艺术性;第四,传记文学必须有哲学深度。"应该说,这一揭示虽然还不够全面,但大体把握住了司马迁传记文学观的精神实质,符合司马迁思想的原意和《史记》的实际,之后的探讨当主要是对这一揭示的充实、完善和补充问题了。如倾向性也是传记作家的良心,洞察力和识别力是传记作家应有的素质等。傅刚《〈史记〉与传记文学传统的确立》③(2009)一文上升到了文学传统确立层面来观照这一话题,立意自然高远。认为,司马迁是在史家实录传统基础上开创了传记文学传统。他从人物活动、人物在事件中表露的性格及心理,揭示出历史变化的内在因素,并由此表现他对历史的评判,这本身便开创了传记文学传统。傅文是对周文中"'人'是传记文学的根本审美对象"观点的进一步延伸。

另外,新时期对司马迁文学思想探讨还开辟了其"诗学观"、"乐学观"等研究的新领域,虽尚处在起步阶段,但已预示了较好的研究前景,如陈桐生《论司马迁的诗学批评观》④(1999)、刘宁《论司马迁的诗学观》⑤(2005)、张强《论司马迁的乐学思想》⑥(1999)等文,见解新

---

① 《湘潭师范学院学报》2000年5期。
② 《西安交通大学学报》2001年3期。
③ 《上海大学学报》2011年5期。
④ 《淮阴师范学院学报》1999年3期。
⑤ 《唐都学刊》2005年2期。
⑥ 《东南大学学报》1999年4期。

颖,已受到学界关注。

同时,关于司马迁文学意识自觉问题的讨论也取得了新进展。自 20 世纪 30 年代郭绍虞曾提出汉人对文学的认识问题并以《史记》为例说明司马迁已初步将辞章、文学与学术、经学区分开后,60 年代王运熙在《中国文学批评史》中承续郭氏话题,作了进一步分析和确认;至 90 年代初,蒋凡执笔两汉部分的《先秦两汉文学批评史》则对《史记》区别称呼辞章、文学和学术、经学的资料,作了较为系统的梳理与分析,把司马迁文学自觉意识问题的研究又向前推进了一步。同时,学术界关于"文学自觉时代"时间界定的讨论也在部分学者中展开,在这场小范围的争论中,凡坚持"汉代文学自觉"说者,在申述其理由时一般都会提及司马迁关于文学与学术的概念区分问题。关于文学自觉问题,自 1920 年日本学者铃木虎雄首提"魏晋文学自觉"说,①1927 年被鲁迅引用后,②便逐渐为中国学者所接受并成为定见,进入新时期被李泽厚《美的历程》③大力宣传后,则广为人知。但进入 80 年代中期,龚克昌在其《汉赋研究》④一书中首次对"魏晋文学自觉"说提出质疑,他主要以汉赋这种纯文学样式在汉代成熟为理由,提出"汉代文学自觉"说的新观点,但其在申述辅助理由时也言及到了司马迁对纯文学与学术概念的区分,说明其已有文学自觉意识问题。之后,张少康对龚克昌的观点作出呼应,其在《论文学的独立和自觉非魏晋始》⑤一文中较全面地申述了"汉代文学自觉"说的理由,其中也论及到了司马迁对纯文学和学术的区别认识问题。张说影响渐显,虽质疑声不断,甚至有提"南朝宋齐文学自觉"或"先秦文学自觉"说法者,但近年呼应龚、张新说的学者愈来愈多,如詹福瑞《从汉代人对屈原的批评看汉代文学的自觉》(2000)⑥、刘毓庆《论汉赋对文

---

① 〔日〕铃木虎雄著,许总译《中国诗论史》,广西人民出版社 1989 年 9 月版。
② 鲁迅《魏晋风度及文章与药及酒之关系》,1927 年 9 月在广州夏期学术演讲会上的演讲。
③ 李泽厚著《美的历程》,文物出版社 1981 年 3 月版。
④ 龚克昌著《汉赋研究》,山东文艺出版社 1984 年 9 月版。
⑤ 《北京大学学报》1996 年 2 期。
⑥ 《文艺理论研究》2000 年 5 期。

学自觉进程的意义》(2002)①、徐国荣《中国文学自觉的契机及其代价》(2002)②、何涛《从文与人看司马迁的文学意识》(2003)③、赵敏俐《"魏晋文学自觉说"反思》(2005)④、刘欢《汉代是一个文学自觉的时代》(2005)⑤、谢琰《"文学自觉说"与汉代文学风貌》(2012)⑥等文及一些硕士论文,都在开掘、申述"汉代文学自觉"说的理由时,更加深入地探讨了司马迁对文学自觉的认识问题,为我们对这一问题的继续深入研究,提供了有益启示。

(五)关于司马迁文学思想的整体把握

随着对司马迁文学思想中各种具体学说探讨的不断深入和成果积累,全方位探讨司马迁文学思想的成果也在新时期不断涌现出来,标志着司马迁文学思想研究实现了由"点"的探讨到"面"的开拓的过渡与转型。

姚凤林《论司马迁的文学观》⑦(1980)认为,司马迁的文学思想已自成体系。该文对司马迁文学思想体系框架的基本勾勒是:司马迁已认识到文学与其他学术的区别,力图将文学从传统庞杂的学术概念中分离出来,并给文学事业和文学家以崇高评价;司马迁还总结了丰富的文学发展历史经验,参酌个人体会,提出了以"发愤著书"为中心的文学创作理论;探索和实践了以典型化为主要内容的现实主义创作原则;设立了重要的文学批评标准,在文学批评中重视作品的思想内容和社会意义,重视作家的政治态度,重视作家人格和作品风格的统一,提倡"隐约"文风,反对形式主义等。尽管姚文打上了新时期之初的时代烙印,其深度尚有待继续开掘,然而其在前人研究成果基础上,对司马迁文学思想框架作如此系统全面的勾画,已属不易,为后人提供了一个最早蓝本。陆永品《司马迁的文艺观》⑧(1983)一文,

---

① 《中州学刊》2002年3期。
② 《学术研究》2002年4期。
③ 《新疆师范大学学报》2003年3期。
④ 《中国社会科学》2005年2期。
⑤ 《西北大学学报》2005年1期。
⑥ 《云南大学学报》2012年1期。
⑦ 《北方论丛》1980年5期。
⑧ 陆永品著《司马迁研究》,江苏人民出版社1983年5月版。

虽以"司马迁的文艺观"命名，其实只谈了司马迁的"文艺功能观"一个方面，聊可作为姚文内容的必要补充。之后，韩兆琦《司马迁的文学观》①(1987)，对司马迁的文学观作了与姚文大体相近而又更加条理清晰的全面总结，同时在一些具体问题的探讨上又有不同侧重和新的突破，标志司马迁文学思想整体研究又向前推进了一步。此后，司马迁文学思想研究，大体就在姚、韩所开辟的框架内进行。

后出转精，探讨更为深入缜密的当属20世纪90年代初蒋凡执笔《先秦两汉文学批评史》②中"司马迁"一节，其将司马迁的文学思想分为：展现"实录"精神、创立"春秋笔法"、"发愤著书"说、对屈原等作家的批评、从《史记》的用语看汉人对于文学的认识、司马迁文学批评的意义影响及其历史地位等五个方面。从字面看，似尚无姚、韩归纳得全面系统，带有"点"式研究特征，但是其对每个问题探讨的厚重度与细密度，还是明显超过了前人，称其有集成性质亦不算太过。

此外，李伯敬《司马迁的文学观》③(1983)、李培坤《司马迁的文学思想》④(1985)、何旭光《谈司马迁的创作观和文学观》⑤(1985)、肖黎《司马迁的文学思想》⑥(1986)、聂石樵《司马迁论稿》中的《文学观点》专节⑦(1987)、李星《司马迁文学观初探》⑧(1987)、谌东飙《司马迁对孔子文学观的继承与发展》⑨(1990)、王景山《司马迁文学观概述》⑩(1991)、可永雪《史记文学成就论稿》中《司马迁的文学观》专节⑪(1991)、张大可《司马迁评传》中《司马迁的文学观和美学观》⑫

---

① 刘乃和主编《司马迁和史记》，北京出版社1987年5月版。
② 顾易生、蒋凡著《先秦两汉文学批评史》，上海古籍出版社1990年4月版。
③ 《教学的进修》1983年1期。
④ 《唐都学刊》1985年1期。
⑤ 《吉安师专学报》1985年4期。
⑥ 肖黎著《司马迁评传》，吉林文史出版社1986年5月版。
⑦ 聂石樵《司马迁论稿》，北京师范大学出版社，1987年1月版。
⑧ 《南京大学研究生院学报》1987年2期。
⑨ 《长沙水电师院学报》1990年4期。
⑩ 《承德师专学报》1991年1期。
⑪ 可永雪著《史记文学成就论稿》，内蒙古教育出版社1991年9月版。
⑫ 张大可著《司马迁评传》，南京大学出版社1994年6月版。

(1994)、任群英《司马迁文学思想对汉儒文学观的传承与超越》①(2004)、闫红翔《司马迁文学思想概观》②(2004)、巨虹《司马迁文学观小考》③(2006)、汪耀明《论司马迁的文学思想》④(2012)等成果,虽整体看低层次重复较多,对司马迁文学思想的整体研究没能有太大突破,但仅从数量即可表明,新时期对司马迁文学思想的研究,已进入到了宏观审视、整体把握的转型研究阶段。再者,这些成果之间观点重复,也从另一方面说明,学术界对司马迁文学思想的基本看法正在逐渐趋向一致。同时,这些概观性研究中,也偶有发出一得新见者,如,任群英认为司马迁文学思想整体上以儒家进取精神作支撑,而厄运又促使他的创作思想冲破了汉儒"怨而不怒"的教条束缚。此论对我们正确把握司马迁文学思想特征不无启发意义。

本世纪探索的一些新收获也值得注意,杨光熙《司马迁文学批评思想新探》⑤(2009)一文,虽仅局限于对司马迁部分文学思想的讨论,但有些见解颇显识力,如认为司马迁"鄙没世而文采不表于后"、崇孔子折中于六艺为"至圣"等言论,是对传统"三不朽"说的颠覆,首次单将著书立说视为不朽,启发了曹丕"文章不朽"论。又认为其评屈原人格与《离骚》风格关系的言论,开了"文如其人"理论的先声。确乃"新探"所得,见解独到,发人所未发而又符合历史实际。

(六) 关于司马迁审美观念的集中阐释

文学思想与美学思想尤其审美观念是很难严格区分开来的,新时期以来,随着社会科学的不断发展及美学学科的建立,人们将司马迁文学思想的研究逐渐延伸拓展到了美学思想领域,并一度形成热潮,产生了可观的研究成果。

韩兆琦《司马迁的审美观》⑥(1982)一文是这方面较早的代表性成果,认为司马迁的审美观既有其时代共性,又有其突出的个性,主要表现为分外喜爱悲剧英雄和敢于抗争恶劣环境的特立独行人物。

---

① 《红河学院学报》2004年1期。
② 《职大学报》2004年3期。
③ 《和山师范专科学校学报》2006年6期。
④ 《太原师范学院学报》2012年2期。
⑤ 《复旦学报》2009年4期。
⑥ 《北京师范大学学报》1982年2期。

这一观点在其稍后所著《史记评议赏析》①(1985)一书和《论〈史记〉的悲剧精神》②(1994)一文中得以详尽阐发和深化。认为《史记》不是一个普通的各色人物画廊,而主要是一个豪迈的英雄人物画廊;由于《史记》中的主要人物大都是悲剧性的,因此,《史记》又不仅是一个普通的英雄人物画廊,而主要是一个悲剧英雄人物画廊,构建这一悲剧画廊的,就是充满悲剧审美观的司马迁;一部《史记》充分体现了殉道精神、怀疑精神、反中庸精神、忍辱负重精神和超越精神等,这种精神归根结底就是司马迁的悲剧精神,就是司马迁的悲剧审美观。因韩氏归纳全面,论证系统,识见深邃,符合实际,故其观点很快得到学界普遍认可。同时,如上结论多依《史记》实例而得,自然期待更多后继者对其进行学理化阐发与理论提升。马强《司马迁历史美学观初探》③(1993)、李建中《自卑情结与悲剧意识》④(1995)、曹庆鸿《论司马迁悲剧思想》⑤(1997)、解明《浅谈〈史记〉人物的悲剧美与司马迁审美理想的形成》⑥(1999)、李国慧《从"豫让"形象和司马迁的悲剧人生看〈史记〉的悲剧美》⑦(2008)几文,客观上正是从不同侧面对韩文观点的呼应与印证,其中对司马迁悲剧美学观生成原因的探讨,又是对韩说的深化与丰富。

自从西汉扬雄批评司马迁有"爱奇"倾向后,评论者代不乏人,褒贬不一。虽然近代中断了,现代鲁迅偶有言及,至当代,在司马迁美学思想研究中,其又成了一个绕不开的话题。新时期以来,一些司马迁美学思想研究成果又续上了这一古老课题。普遍认为,"爱奇"是司马迁的主要审美取向之一。韩兆琦把殊爱特立独行人物作为司马迁悲剧精神中的核心精神之一,实际上就是把"爱奇"视作了司马迁美学精神的核心之一。同时期韩林德《试论司马迁的审美观》⑧

---

① 韩兆琦著《史记评议赏析》,内蒙古人民出版社 1985 年 6 月版。
② 《语文知识》1994 年 1 期。
③ 《陕西省司马迁研究会通讯》1993 年 3 期、4 期。
④ 《唐都学刊》1995 年 4 期。
⑤ 《广西师范大学学报》1997 年 4 期。
⑥ 《甘肃社会科学》1999 年 4 期。
⑦ 《学术交流》2008 年 7 期。
⑧ 《思想战线》1983 年 6 期。

(1983)一文,将司马迁的审美观概括为三个方面,其中第一方面也把"爱奇士"视作他追求人格美的核心,两韩之文精神相通,影响颇著。肖黎《谈司马迁的美学思想》①(1984)、刘振东《论司马迁之"爱奇"》②(1984)、叶幼明《试论司马迁的美学思想》③(1986)三文即可视为对两韩论司马迁"爱奇"审美观的积极阐发与深化。

进入 21 世纪后,有不少人刊发专文单独讨论司马迁"爱奇"审美取向问题,惜雷同者多,新见者少,大体没有超出二韩和刘振东的见解。其中比较重要的有,李向引《司马迁的审美观浅析》④(2002)、王双《论司马迁的爱奇心态》⑤(2002)、曹晋《司马迁爱奇别解》⑥(2003)、付以琼《司马迁〈史记〉塑造人物爱奇的审美取向》⑦(2003)、栾春磊《"奇":司马迁的艺术追求》⑧(2011)等文,细研这组文章,除栾春磊从人物选择之奇、事件选择之奇、文学风格之奇三个方面论述司马迁的美学追求外,其他各文都将探讨的着力点集中在司马迁对奇特人物的喜爱上,其发掘渐趋细化。笔者认为,栾文体现了目前对司马迁"爱奇"审美观研究的广度,其他几文则代表了对这一问题研究的现有深度。都对前人的研究成果有所丰富。

与上述观点体认的侧重点不同,李泽厚、刘纲纪主编《中国美学史》专章《司马迁的美学思想》⑨(1984)、宋嗣廉论著《史记艺术美研究》⑩(1985)、周曙光《浅谈司马迁的美学观及表现》⑪(2000)、邱蔚华《从〈史记〉悲剧形象看司马迁的审美观》⑫(2003)两文更认同和看重司马迁的"舒愤"取向,都认为,"舒其愤"、"发愤著书"、非"中和",才

---

① 《松辽学刊》1984 年 4 期。
② 《文学评论》1984 年 4 期。
③ 《求索》1986 年 1 期。
④ 《理论导刊》2002 年 12 期。
⑤ 《唐山师范学院学报》2002 年 4 期。
⑥ 《清华大学学报》2003 年 1 期。
⑦ 《江西科技师范学院学报》2003 年 3 期。
⑧ 辽宁师范大学 2011 年硕士学位论文。
⑨ 李泽厚、刘纲纪主编《中国美学史》,中国社会科学出版社 1984 年 7 月版。
⑩ 宋嗣廉著《史记艺术美研究》,东北师范大学出版社 1985 年 9 月版。
⑪ 《河南机电高等专科学校学报》2000 年 1 期。
⑫ 《龙岩师专学报》2003 年 1 期。

是司马迁美学思想的核心和实质所在,也是形成《史记》雄浑悲壮美学风格极其重要的因素。其实"爱奇"与"舒愤"精神实质体现在司马迁身上是相通的,也是统一的,"爱奇"的目的不可能与借之"舒愤"无关。张啸虎《论司马迁的美学思想与文艺批评》①(1988)一文就兼论了司马迁如上两种相通的美学观和文艺批评标准。

另外,孙纪文《论司马迁的审美观》②(2000)认为尚崇高美才是司马迁审美观的主要内容;王长顺《论司马迁〈史记〉文史张力的审美价值》③(2009)则运用西方文艺学的"张力"理论对《史记》文学性和历史性作了深入分析;崔康柱《司马迁美学思想的时间解读》④(2013)认为司马迁以历史时间、人生时间和叙事时间为中介创造了叙事美学层面的一家言。此三文是对现有司马迁美学思想研究内容和方法的有益拓展和补充,亦不可轻易忽略。

纵上可见,对司马迁美学思想的探讨,虽然时间不长,成果却较为丰硕,探讨亦较深刻,几近形成热点,不少著名专家参与了讨论,在不少问题上形成了共识,如司马迁的悲剧审美观、爱奇审美观、舒愤美学观等,一经提出,都得到了广泛呼应,致使这一课题的研究后来居上,成熟较快,为今后的系统深入研究奠定了丰厚基础。

三、小结

通过系统梳理分析近代以来司马迁文学思想研究资料,笔者得出的基本结论是,虽各个问题研究进度不一,但与古代相比,研究的深度、广度、系统性、多元性都有了突破性进展,已为进一步全面系统深入研究奠定了良好基础;同时,还有较大提升空间。具体为:

首先,就深度而言,主要体现在对传统课题的探讨上,积淀已相当深厚,对个别"点"的探索已颇为精深。如"发愤著书"说,自东汉班固提出批评后,近两千年一直停留在褒与贬争论层面,新时期以来仅

---

① 《中州学刊》1988 年 5 期。
② 《龙岩师专学报》2000 年 1 期。
③ 《西北大学学报》2009 年 3 期。
④ 《渭南师范学院学报》2013 年 7 期。

专题论文就四十八篇,对其内涵,精神实质,生成原因,与政治、社会、人生的关系,历史价值,文学史、文学理论史影响,以及缺陷与不足等,都做了不同程度的探索与阐发,有些讨论已颇精细。再如"春秋笔法"理论,虽不如"发愤著书"说讨论得深入,但亦出版了几部专著,对其"三寓""二突"内涵的揭示,《史记》笔法与《春秋》书法异同的辨析,因枝振叶、沿波讨源研究方法论的提出,也都颇有深度。又如"立言扬名"思想,古代研究较少,仅汉章帝诏书正式论及,新时期研究成果虽不太多,但突破性也较大,不仅确认"扬名"为司马迁价值观的核心、文人普遍最高心理需求,还深入发掘了其与传统"三不朽"说的关系,揭示立德靠立功和立言实现,"不朽"的核心是"立言","扬名"是时名与史名的统一等,都标志了探讨的前沿性。"爱奇"审美取向研究,呈现后来居上之势。可见,传统课题的研究,由各"点"连成"片"的条件已经具备,向集大成研究阶段过渡的时机亦渐趋成熟。

其次,就广度而言,主要体现在对古代未曾涉及或涉及较少研究领域的拓展开辟上。在几个传统课题"点"的研究不断深入的同时,原来古代研究中未曾涉及或较少涉及的问题,新时期得到了大力开辟或拓展,这是司马迁文学思想研究取得重大进展的亮点和标志,司马迁文学意识研究,司马迁传记文学创作理论研究,司马迁诗学观研究,司马迁乐学观研究等,就多是新时期新开辟或刚开辟的研究领域,创获颇多,并且后二者正引领着司马迁研究的学术前沿,后劲十足。而司马迁文学思想和美学思想整体综合研究,既是研究阶段实现转型的标志,同时本身也是对新领域的拓展,触及到了不少传统课题未曾发现的问题,大大扩大了研究面。

再次,就系统性而言,主要体现在对司马迁文学思想体系的整体把握上。如上所说对司马迁文学思想和美学思想所作综合研究,实际上就是从宏观角度把司马迁文学思想和美学思想作为一个完整体系去研究的。笔者早就认为,司马迁是有文学思想体系的,只是后人没有系统发掘发现而已。从一个个零碎具体问题的讨论解决,到连点成片,再到系统整合总体开掘,是学术研究的必然发展进程。近年产生的一批整体把握宏观研究的相关成果,尽管相互之间意见还不一致,但不仅大体勾勒出了司马迁文学思想体系、美学思想体系的基本框架,揭示了其基本特质,还初步发掘出了各方面内容之间的内在有机联系。更可喜的是像李泽厚、刘纲纪、韩兆琦、张大可、可永雪、蒋凡、陆永品等一批著名专家都参与到这一体系的发现与建构中来了,标志着司马迁文学思想研究进入到了一个新的转型阶段。

复次,多元性主要体现在多种研究方法的运用上。近代以来尤其新时期的司马迁文学思想研究,除了秉承传统的实证辨析法、以史论文法,扬弃简单臧否法,不少学者也惯用着历史哲学法,沿波讨源法,宏观微观结合法,相互比较法等,如上较常规研究方法的运用,使得不少成果显得扎实厚重,可信度高。然而更值得注意的是,不少学者在研究中借助了一些新方法,取得了可喜收获,对研究推进大有助益。如一些学者运用西方文艺心理学"压抑"说、"补偿"说原理讨论"发愤著书"说,使问题阐发得比较细腻深刻;用现代心理学,心理层次学,生命意识讨论"立言扬名"思想,分析得比较具体可感;用"张力"理论,历史语言学,身体美学,心理美学,叙事美学,接受美学研究《史记》文学思想和美学思想体系,结论比较周全。

总之,近代以来司马迁文学思想研究取得了比较大的成就,正处于向集大成阶段过渡时期。但是未来的研究还有不少事情要做,提升空间主要体现在理论上。具体而言,学术盲点急需补充研究,如司马迁对诗歌、歌谣、谚语等文学作品样式的征引和借用;司马迁文学史观研究等。基础研究需再强化,如各学说基本概念需进行更加科学严谨的界定;内涵实质需更加精准阐发。有些研究需向纵深发展,如"爱奇"与"实录"关系统一问题;传记文学理论问题;司马迁文学自觉意识问题。而未来研究最重要的努力方向则是:一,各学说的理论层次需要大力提升,缺乏理论思辨和理论观照是已有成果的通病,这是研究文学"思想"之忌;二,司马迁文学思想体系的系统化、有机化、立体化研究与建构,这是该课题研究的终极目标。

《公莫舞》古辞研究的历史回顾与前瞻*

《公莫舞》古辞最早见于《宋书》卷二十二《乐志》四,称《巾舞歌诗》,或称《公莫巾舞歌行》,共308字。《南齐书》卷十一《乐志》载其歌辞开头15字,结尾25字,与《宋书》略异。《乐府诗集》卷五十四亦载其全文,比《宋书》少"海何来婴"一叠句,共304字。因《公莫舞》声辞杂写,东晋后已不可句读,遂成千古之谜。本不得其解"似不必强作解人",①但又因它与《铎舞歌·圣人制礼乐篇》是迄今仅存的两篇诗、乐、舞并录的作品,乃是研究汉代诗歌、音乐、舞蹈、戏剧的宝贵文献,所以,一千多年来,研究者不绝如缕。大致说来,20世纪前主要是讨论外围问题,20世纪后则重在解读原文本身。

为便于回顾,依《宋书》照录原辞如下:

吾不见公莫时吾何婴公来婴姥时吾哺声何为茂时为来婴当思吾明月之上转起吾何婴土来婴转去吾哺声何为土转南婴当去吾城上羊下食草吾何婴下来吾食草吾哺声汝何三年针缩何来婴吾亦老吾平平门淫涕下吾何婴何来婴涕下吾哺声昔结吾马客来婴吾当行吾度四州洛四海吾何婴海何来婴海何来婴四海吾哺声火高 西马头香来婴吾洛道吾治五丈度汲水吾噫邪哺谁当求儿母何意零邪钱健步哺谁当吾求儿母何吾哺声三针一发交时还弩心意何零意弩心遥来婴弩心哺声复相头巾意何零何邪相哺头巾相吾来婴头巾母何何吾复来推排意何零相哺推相来婴推非母何吾复车轮意何零子以邪相哺转轮吾来婴转母何吾使君去时意

---

* 原载于《郑州大学学报》2002年6期,被中国人民大学复印报刊资料《中国古代、近代文学研究》2003年3期全文转载。

① 逯钦立著《汉魏六朝文学论集》,陕西人民出版社1984年11月版,105页。

何零子以邪使群去时使来婴去时母何吾思君去时意何零子以邪思君去时思来婴吾去时母何何吾吾。①

20世纪前的《公莫舞》研究主要围绕两个方面进行。

第一,关于名称来源及歌辞内容。沈约在《宋书》卷十九《乐志》一中称:"《公莫舞》,今之巾舞也。相传云项庄剑舞,项伯以袖隔之,使不得害汉高祖。且语庄云:'公莫'。古人相呼曰'公',云莫害汉王也。今之用巾,盖像项伯衣袖之遗式。按《琴操》有《公莫渡河曲》,然则其声所从来已久。俗云项伯,非也。"②这段记载说明沈约对《公莫舞》有三点认识:其一,它是以"巾"为道具的巾舞,晋宋时仍在演出;其二,名字来源于所谓"鸿门故事"的传说不可信;其三,《公莫舞》其声腔就是《公莫渡河曲》。今天看来,沈约关于《公莫舞》以巾为道具的说法无疑是正确的,但将其等同于"今之巾舞"似表述不够严密,它只是"巾舞"中的一个剧目;他对附会"鸿门故事"的否定很有见地,该作确与"鸿门故事"无涉;"传唱已久"的判断为今人研究该作的产生时间提供了有益的启示,但将《公莫舞》与《公莫渡河曲》混而为一却是一种误会。《南齐书》卷十一《乐志》将《公莫舞》视作晋代作品,更是误解,云:"晋《公莫舞歌》二十章,无定句,前是第一解,后是十九二十解。杂有三句,并不可晓解。建武初,明帝奏乐至此曲,言是似《永明乐》,流涕忆世祖云。"③从两正史记载说明,《公莫舞》的来源及内容东晋后已发生误会和不可复解;不过,《南齐书》从音乐角度分二十解并称为致明帝"流涕"的悲调,却启迪了今人。之后,传为陈智匠著的《古今乐录》否定了沈约《公莫舞》即《公莫渡河曲》的看法,云:"今三调中自有《公无渡河》,其声哀切,故入瑟调,不容以瑟调离(杂)于舞曲。惟《公无渡河》,古有歌有弦,无舞也。"④其理由是《公莫舞》有歌有舞,而《公无渡河曲》乃入瑟调,而瑟调不是舞曲,故有歌又有音乐伴奏而无舞,只唱而不舞的《公无渡河曲》与有唱有舞的《公莫舞》不可能是同一篇作品。《古今乐录》的看法颇具说服力。

---

① (南朝梁) 沈约著《宋书》卷二十二《乐》四,中华书局1974年10月版,636页。
② (南朝梁) 沈约著《宋书》卷十九《乐》一,中华书局1974年10月版,551页。
③ (南朝梁) 萧子显著《南齐书》卷十一《乐志》,中华书局1972年1月版,194页。
④ (北宋) 郭茂倩编《乐府诗集》,中华书局1979年11月版,787页。

至唐宋时期，人们对《公莫舞》名称来源和内容的认识更模糊了。房玄龄等《晋书》卷二十三《乐志》下，综合《宋书》所载及沈约按语而述之，自当视为沈约观点的照录。此前魏徵等《隋书》卷十五《音乐志》下，之后后晋刘昫等《旧唐书》卷二十九《音乐志》二却皆信从《宋书》载"鸿门故事"传说，而删除沈约"俗云项伯，非也"的否定性按语，肯定此舞与项伯有关。中唐李贺也是这样认为的，其《公莫舞歌序》云："《公莫舞歌》者，咏项伯翼蔽刘沛公也。会中壮士，灼灼于人，故无复书，且南北乐府，率有歌引。贺陋诸家，今重作《公莫舞》云。"①不仅认为《公莫舞》的舞名源于"鸿门故事"，且演唱内容就是"鸿门故事"，他自己的重作表现的同样是此内容。《乐府诗集》晚出，卷五十四不仅收录了《公莫舞》歌辞，还征引了《宋书》、《南齐书》、《古今乐录》、《旧唐书》等书中的相关文献，为今人研究提供了很大方便。但郭茂倩征引而不按断，说明其在《公莫舞》来源问题上无所适从。综上可见，沈约《公莫舞》与"鸿门故事"无关之说并未被唐宋人普遍接受，这一时期对《公莫舞》名称来源的认识从总体上反比沈约倒退了。不过，《隋书》与《旧唐书》指出《公莫舞》用巾像项伯衣袖之遗式，也对后人研究"巾"之形状有所启示。《隋志》所引齐人王僧虔"请并在宴会，与杂伎同设"②之语也为今人确定《公莫舞》乃汉时民间俗舞提供了佐证。

第二，关于《公莫舞》歌辞难解的原因。对这一问题的揭示，当推沈约贡献最大。他在《宋书》卷二十二《乐志》四《今鼓吹铙歌词》题下加注云："乐人以音声相传，训诂不可复解。"③依笔者理解，其意为，乐人演唱歌辞，只凭口耳相传，所以只重声音而不重辞意，这便指出《公莫舞》歌辞原本就存在两个问题：其一，因是文字只记其音，难免出现用同音而不同义的别字；其二，因记音不确，有些地方可能误用了读音相近的错字。《古今乐录》征引沈约的另一段话更切中问题要害："凡《古乐录》，皆大字是辞，细字是声，声辞合写，故致然尔。"④古代记

---

① （清）彭定求等编《全唐诗》，中华书局1960年4月版，4409页。
② （唐）魏徵等著《隋书》，中华书局1973年8月版，377页。
③ （南朝梁）沈约著《宋书》，中华书局1974年10月版，660页。
④ （北宋）郭茂倩编《乐府诗集》，中华书局1979年11月版，285页。

录乐府的书籍,都将歌辞和声字一起记录,原本歌辞用大字书写,声字用小字书写,传抄中大小字逐渐相混,遂致歌辞与声字难以区别,歌辞的意思也就自难明白了。相比之下,晚出的智匠所谓"《巾舞》古有歌辞,讹异不可解"①之说反逊色不少。称不可解的原因是歌辞"讹异",却未言明"讹异"之因,更未及关键的"声辞合写"。细审"讹异",当为记音误用错别字和传抄讹误两端。至北宋,《景祐广乐记》综合沈约和智匠之说而从之。云:"《巾舞歌辞》一篇,字讹谬,声辞杂书,不复可分。"②惜也未能对"字讹谬"原因作具体解释。到南宋严羽《沧浪诗话·考证》,则将"讹异"、"字讹谬"之因的一端说明白了,云:"古词之不可读者,莫如《巾舞歌》,文义漫不可解也。……岂非岁久文字舛讹而然耶?"③即《公莫舞》之所以难解,盖因时代久远传抄讹误所致。严羽此说虽亦忽视了最根本的两因,却是沈约之说的重要补充。至此,古人将《公莫舞》难解之因归结为三点:声辞杂写、用错别字记音、传抄讹误。笔者以为,此三解可谓准确而全面,为后人恢复《公莫舞》本辞真貌并解读其文意提供了一把钥匙。唐宋以后,随《公莫舞》音乐的失传,论述《公莫舞》歌辞者亦渐趋衰微。

　　进入20世纪,《公莫舞》重又引起人们的关注,经过几代学者的努力,终获突破性进展。首发其端者是陆侃如、冯沅君两先生。他们撰写于1925年至1930年、修订于1937年的《中国诗史》,在《公莫舞》研究上取得两点成果。一、依据对自认为可解的"城上羊,下食草"数句原文的断句,将作品主题推测为"或者是写游牧生活的"④。惜两先生未将声字与歌辞分开,故断句不确,仅依错断之句推测主题,自然亦很难准确。但"游牧生活"之说不仅摆脱了旧说的束缚,客观上还将《公莫舞》确定为产生于北方并反映北方生活的作品,对杨公骥先生确定该作品产生地提供了启示。二、校正了古文献中"莫"、"离"、"舞"三字之误。两先生认为,《公莫舞》"与《公无渡河》(《宋书》误"无"为"莫")却显然无涉"。此处校《宋书》"莫"为"无",为否定沈约

---

① (北宋) 郭茂倩编《乐府诗集》,中华书局1979年11月版,787页。
② (南朝梁) 沈约著《宋书》,中华书局1974年10月版,666页。
③ (清) 何文焕辑《历代诗话》,中华书局1981年4月版,701页。
④ 陆侃如、冯沅君著《中国诗史》,作家出版社1956年9月版,187页。

误说提供了旁证,因沈说的主要依据即两题目都有"公莫"二字。又,引录《古今乐录》云:"不容以瑟调離(雜)于舞曲"。校"离"为"杂",则为否定沈约上说提供了确证。作"杂",则指出入于瑟调的《公莫(无)渡河曲》有歌而不可能有舞,故与有歌有舞的《公莫舞》绝非同作,若作"离",则结论正相反。再有,引录《古今乐录》云:"(《巾舞》)江左以来,有歌舞(無)辞。"①校"舞"为"无",遂释《公莫舞》歌辞六朝时既已不可解何以还能演出之疑。其时演奏的仅是《公莫舞》音乐舞曲而已不含歌辞。确切地说,陆、冯两先生的成果还算不上对《公莫舞》歌辞有实质性研究。

真正意义上的研究是从逯钦立先生开始的。逯先生的贡献集中体现在其1945年撰写的《汉诗别录》中。一、在系统研究相关文献基础上,对"声辞杂写"致难解读的过程作了较科学的揭示,云:"考汉乐旧谱,名曰《声曲折》,与歌诗分立,本不相混。惟降至魏、晋,旧谱不存。乐人以音声相传,无形中曲歌合流,而声辞以杂,然本身之分辞分声以及曲折,彼此限界,固未尝泯也。更以大字、细字,混而不分,歌诗之辞义,亦濒于不解。此其升沈离合之大凡也。"②其说甚详确。二、依"声辞杂写"之例,首次将《公莫舞》歌辞和声字试作分离。从研究现存与魏晋乐谱旧式相类的六朝道曲乐谱入手,分道曲声字为甲、乙两类,甲类为乐谱用字,乙类为指示该字演唱时拖腔之用字。进而类推析出《公莫舞》中的声字"吾何婴"、"意何零"、"子以邪"等。在此基础上,对《公莫舞》歌辞作了点校。因声字判定不精,更因逯先生尚未发现原辞中有舞蹈术语等,致标点后的歌辞仍难通读。尽管如此,其研究方法确为后人昭示了解决问题的门径,功不可没。三、对部分字句作了训释。如,释"公莫"为"公姥","汉人舅姑之谓",揭示出《公莫舞》本名当作《公姥舞》;释"城上羊下食草"与鲍照诗"蹢躅城上羊,攀隅食玄草"义同;释"行度四州洛四海"之"洛"为"略"之借字。皆为确解,并成定论。四、把主题解为"弃妇之辞",后又在《先秦汉魏晋南北朝诗》中发展为"西汉人形容寡妇之舞诗"③其说虽不确当,然亦启

---

① 陆侃如、冯沅君著《中国诗史》,作家出版社1956年9月版,186—187页。
② 逯钦立著《汉魏六朝文学论集》,陕西人民出版社1984年11月版,97页。
③ 逯钦立辑校《先秦汉魏晋南北朝诗》,中华书局1983年9月版,278页。

迪了部分学者。此外,将《公莫舞》断为西汉作品,虽立论依据不可取,其结论却至确。

在逯先生基础上,杨公骥先生的研究获得重要突破。杨先生最突出的贡献是确认《公莫舞》中除声字外尚杂有舞蹈动作术语等。他先于 1950 年发表了《汉巾舞歌辞句读及研究》(《光明日报》1950 年 7 月 19 日),35 年后又作了较大修改和增订,题为《西汉歌舞剧巾舞〈公莫舞〉的句读和研究》,刊于《中华文史论丛》1986 年第 1 辑。第二文文末注:"一九五零年四月四日草毕于长春,一九八五年四月四日增订。"作者自视后文为前文的定稿,故我们总结杨先生的成果亦以后文为代表。其成果可概括为四个方面。第一,全面区分并解释了原文中的歌辞、和声、语助词、舞蹈动作、角色名称等。(1)歌辞(略)。(2)和声有:"哺声",就是"辅声"即"一人倡,三人和"的和声;"相哺",即"相和";"哺"即"辅"之假借字。(3)语助词有:"吾",读如"乌、啊、吁";"何",音同"荷"即悲叹声;"邪",同"牙",犹如今日"呀"字。(4)舞蹈动作有:"转起"、"转"、"转南"、"健步"、"三针一发"、"弩心"、"相头巾""头巾"、"推排"、"转轮"等。(5)角色名称为"母"与"子"。可见杨先生对原文的研究比逯先生细致系统许多,向前推进了一大步。不过,他将"和声"和"语助词"相混皆视作"声字",仍值得商榷;对各具体词语的归类亦有不确之处,已被后来学者陆续指出。第二,从歌舞剧角度对原文作了句读校点。依"大字写辞,小字写声"先例,用不同字体标出歌辞、和声、动作、角色;校改原文错讹;指出歌辞韵脚和反复句章法。尽管杨先生完成的校本存在不少问题,有待后人逐步完善,然毕竟首次使《公莫舞》成了一篇大体可以通读的文学作品,实乃功泽后学。第三,在点校原文基础上,对歌辞内容、表演情况进行了研究,并指出了作品的性质和意义。(1)将内容主题归结为"一场表现母子分离的'小舞剧'",儿子离家的原因是外出经商谋生。共分五节,依次为:儿子离家谋生,安慰爹妈多保重;儿子述说外出谋生理由,母亲哭诉不忍儿子离去;儿子将要去遥远的西方;儿子离家后母亲的凄苦之情;标出人物角色"母"与"子"重复表现第四节情景。杨先生的"经商"说,今已被多数学者所否定,但其对作品内容的描述还是很有启示意义的。(2)分节描述了两位扮演母子的演员从跪坐演唱到起身而舞的表演过程。

(3)确认《公莫舞》的性质和意义是"我们今天所能见到的我国最早的一出有角色、有情节、有科白的歌舞剧。尽管剧情比较简单,但它却是我国戏剧的祖型。"第四,大体考证了《公莫舞》产生的时限与最初流行地区。认为其产生的时间下限不会晚于公元25年;其最初流行的地区是冀州(今河北省)中山、常山、邯郸一带。杨公骥先生对《公莫舞》研究的贡献颇大,以至于被有的学者视为《公莫舞》研究的草创者。

杨先生之后,白平先生也对《公莫舞》研究作出了贡献,惜未引起学术界的注意。白先生在刊发其《汉〈公莫舞〉歌词试断》(《山西大学学报》1987年1期)一文时似未见过杨文,故称"这篇古诗词虽载录至今,却未能断句和得到解释"。他的主要贡献是:一、提供了新的断句思路和依据。认为《公莫舞》难以解读的原因之一是后之好事者在正文之外插入了"标注文字",即"哺声"(7见)和"哺"(5见)二词,只是未标注到底。由此判定,其歌辞由主句(即辞句)和辅句(即声句)两部分组成,凡辅句都是主句的部分(或全部)的复唱,并在末尾用"哺声"或"哺"字标注之。"吾"(33见)多是煞尾字。白先生的思路可使复杂问题简明化。二、受《南齐书》启发,将歌辞分为二十个段落。此种划分虽将音乐之解误作歌辞之章,但仍是补前人之阙。三、概括出更切文意的主题。称"表现的是一个出外征戍服役的男子与老母在悲痛诀别之后的互相思念之情"。显然,"征"说胜于"经商"说,其已为赵逵先生的严密论证所证实。四、对部分词语的训释颇有价值。如释"城上羊,下食草"句源于《诗经·王风·君子于役》"日之夕矣,羊牛下来"句,笔者愚见,此解似比类比鲍照诗句更合取证规范,因鲍诗晚于《公莫舞》。释"针缩"当作"征戍","平门"当作"凭门","五丈"为"五丈河","汲水"当作"淇水","交时还"当作"几时还","思君"当作"思吾"等,亦似比前人之校解为胜。不过,白先生的结论多直断所得,失引文献依据,缺少严密论证,乃大遗憾。同时从汉乐府角度而非戏剧角度体认《公莫舞》,亦憾不如杨先生得其正解。

之后,赵逵夫先生将此项研究推向了全面深入。其成果见《我国最早的歌舞剧〈公莫舞〉演出脚本研究》(《中华文史论丛》1989年1辑)和《三场歌舞剧〈公莫舞〉与汉武帝时代的社会现实》(该文为前文的姊妹篇。前文因篇幅过长删除了考述背景的部分文字,此文即删除部分的扩充)(《西北师大学报》1992年5期)两文。赵先生的重要贡献有六个方面。第一,从理论高度探讨了歌辞、复唱、声词、语助词、表演术语、辅声提示词的特征及相互关系,字词分类更趋精细。(1)认为语意连贯者乃是歌辞。(2)重复部分乃为复唱,复唱也是歌辞。(3)声词由演员自唱而不是杨、白所说由场外人"相和";声词是固定词组而不会是单字,杨先生以单字作声词有不确处;声词独立于歌辞之外而不像语助词粘着于歌辞之上,杨先生将二者相混乃为分类不精。(4)与歌辞不相连的动词或动词性词组是舞蹈术语。(5)"辅声"、"辅"为辅声提示之辞,提示场外演员据曲调和声。在此基础上,对各字词归类:"来嬰"、"何嬰"、"何来嬰"、"吾噫邪"、"何邪"是声词;"头巾"、"相"、"复相"、"遥(摇)"、"转"、"转轮"、"弩心"、"推排"是舞蹈术语;句末"吾"、"邪"、"以邪"、"何"、"何吾"是语助词。赵先生如上区分未必尽当,然与前贤相比则完善许多。第二,确认《公莫舞》通篇为代言体。代言体乃戏剧的标志,是否通篇代言体乃判定作品体制性质的关键。杨先生未论代言体问题,其校本仅从最后第五节歌辞中析出"母"、"子"作为角色标识以示代言,还不能作为确认该作品为歌舞剧的充分依据。赵先生则设专节讨论代言体问题,确认《公莫舞》通篇为公、姥、儿三角色对话体制,并取武威磨嘴子48号汉墓出土的漆樽画印证之。又对该作原无角色标识的问题提出自己的解释,同时更正了杨先生析歌辞呼唤语"母"、"子"为角色标识字的误会。从理论上支持补证了"戏剧"说。第三,通过考证《公莫舞》的历史背景,阐释歌辞,重新解说脚本内容和主题。释"茂"为"屯戍"形讹,"三年针缩"为"三年征戍"之记音,并取证歌辞,经商之别不当有死别之悲,亦不当有"三年"期限,"三年"之期当为无法抗拒之外力决定。校"三针一发"为"三正一发",依《汉书》、《汉仪注》细论西汉兵制,施政常规,释为每次在三个够征遣年龄的人中抽调一人应征。释"马头香"为"马头杳"即码头茫远,"治五丈"指瓠子口,以考出歌辞写武帝时马邑设伏与黄河塞瓠子口前后事。由此归纳歌辞主题为:儿子因外出服役屯戍所造成的家庭离合悲欢。"大体内容是说儿要到远方去戍守三年,公(父)、姥(母)悲伤不忍分离。数年后儿子回来,母子相见,悲痛万分"。第四,根据《南齐书·乐志》残篇与王僧虔《古今乐录》"伧歌以一句为一解",①从音乐上将其分为二十解,对其音乐结构进行了划分。同时指出,本篇一解一章相合,但划分角度不同,澄清了白先生与解相混的误会。第五,对《公莫舞》进行了校勘与更为科学的复原。根据剧情所表现的时间段和人物上下场情况确定为"三场歌舞剧"。第六,通过文物资料,论定了《公莫舞》产生的时间下限。考证了武威磨嘴子出土的汉代漆樽画为《公莫舞》剧的写真画,又据考古界对 48 号墓的研究结果断定该画"至迟是西汉末期的作品",使《公莫舞》产生年代有了可靠实证。并据汉代画像砖画像石等实物说明《公莫舞》只是巾舞的一个剧目,而不是古人误解的巾舞就是《公莫舞》。赵先生的研究成果引起较大反响及争论。

最近几年,参与《公莫舞》研究的还有姚小鸥先生。他在 1998 年和 1999 年集中刊发了 4 篇相关文章,依发表时间和注解看,其撰写顺序当为:《〈巾舞歌辞〉校释》(《文献》1998 年 4 期)、《公莫巾舞歌行考》(《历史研究》1998 年 6 期)、《〈公莫舞〉与王国维中国戏剧成因外来说》(《文艺研究》1998 年 6 期)、《〈巾舞歌辞〉与中国早期戏剧的剧本形态研究》(收入胡忌主编《戏史辨》,中国戏剧出版社 1999 年 11 月)。其第一篇文章主要是对杨公骥先生观点的申述与修补。其一,为杨说增补新证。如,杨承逯说释"公莫"为"公姥",姚释"公"(父亲)时举《广雅·释亲》、《战国策·魏策》、《风俗通义》文献为证;释"姥"(母亲)时举郭璞《山海经图赞》为证。杨释三个"时"字"指示歌者在'这时'加和声",姚举元杂剧示意"开场"的"开"、《张协状元》指示"接着唱"的"接"为旁证。杨释"转"为舞蹈术语"转身",姚举《左传·昭公三十一年》沈钦韩《补注》、《三国志·魏书·陶谦传·裴注》引《吴书》为证等。其二,修正杨说。如,杨校改"马头香"为"马蹄香",说明母子分离的季节,姚从赵逵夫说改为"马头杳",并从赵释"马头"为"码头",增《资治通鉴·唐穆宗长庆二年》之《胡注》为证。杨释"相头巾"为"使用头巾",姚从叶桂桐说释"相"为乐器名,征引文献亦从叶。杨释"头巾"为"今之包头巾",赵、叶释为舞者手中所持丈余长之舞巾,姚释系于带上之佩巾等。另其校本亦对杨校本有几处修正。其三,

---

① (北宋)郭茂倩编《乐府诗集》,中华书局 1979 年 11 月版,376 页。

补充杨说。如,"针缩",杨未解,姚补释为"用力以脚顿地","针"乃"振"之借字。"三针一发",杨称"详不可解",姚释为重复三次的"针缩"动作,"针"乃"针缩"之省。姚先生后三篇文章对其第一篇文章内容有所延伸。

但是,在对《公莫舞》文体性质的判定上一直存在着另一种观点:认为它不是代言体的戏剧,而是乐府歌辞、单人舞。持这种观点的除白平先生外,主要是叶桂桐先生。叶先生为此专门刊发了两篇商榷性文章,一篇是交稿于1985年迟刊于1994年《文史》第三十九辑的《汉〈巾舞歌诗〉试解》,一篇是刊于《文艺研究》1999年6期的《论〈公莫舞〉非歌舞剧演出脚本——兼与赵逵夫先生商榷》。前文是针对杨先生进行商榷,后文则主要是针对赵先生进行商榷。叶先生研究《公莫舞》走的是逯钦立先生的路子,即从考察汉魏六朝的记谱方法"声曲折"入手,并将《公莫舞》的研究与《铎舞歌诗·圣人制礼乐篇》、汉铙歌《石留曲》以及刘宋鼓吹铙歌三首等"声辞杂写"歌辞的研究同时进行。在声词分类上,将其分作记谱方法用字、行腔时用字、语气用词三大类,比逯先生的甲、乙两分法更细。在声词的具体辨析过程中,将杨先生作为角色标识的"母"与"子"二字解作声词,即语气词。认为母与子两个人物并不存在。继而,又以赵先生未从作品原文中析出角色标识字为由,否定了其公、姥、儿"三个人物"说。亦即否定了《公莫舞》的代言体性质。很显然,叶先生判定是否代言体主要是以能否从原辞中析出角色标识字为唯一根据的,未从"一问一答,显然非一人所说"的歌辞内容本身去体认。他第一文从"巾舞"与"白紵舞"的关系类比中,推定出《公莫舞》的体制当为单人舞剧。其主题"为一女子持巾舞蹈,表演夫妇离别之状,抒写妻子思念丈夫之情"。第二文通过排比大量汉代画像砖石资料,发现单人舞、三人舞、多人舞画面并存,遂对自己的观点有所修正,承认《公莫舞》可能演出过故事,但仍认为不是代言体的歌舞剧。对主题的修正也是如此,虽很称赞赵先生将《公莫舞》研究与西汉武帝时代大背景的考察联系起来的做法,称"确能发人深省","是对我的理解的一种补充",肯定了"征戍"说,但仅将主题发展为"妻子思念远戍的丈夫"。而仍未认可多角色的表演。

随着《公莫舞》研究成果的不断积累,总结其成绩、回顾其研究历程的文章也应运而生。《文学遗产》1990年4期所刊张宏洪先生《〈公莫舞〉研究述评》一文,对逯钦立、杨公骥、赵逵夫三位先生的贡献作了评述。叶桂桐先生《论〈公莫舞〉非歌舞剧演出脚本》、马世年先生《对〈我国最早的歌舞剧公莫舞演出脚本研究〉商榷〉的再商榷》(《山西师大学报》2000年4期)两文中亦有简略回顾文字。《古典文学知识》2000年6期所刊马先生《20世纪〈公莫舞〉研究回顾》短文,系统简明,颇具参考价值。

毋庸讳言,在《公莫舞》研究过程中,近年也出现了某些偏差。有学者曾在其研究成果中对杨公骥先生的观点提出过商榷性意见,[①]十多年后则另有学者借题刊发了两篇反批评文章,[②]然其重点不在辨析哪种观点更近情理,而是"借端炒作"学术之外的东西,致使《公莫舞》研究在非学术问题上争论不休,影响了正常研究的深入。

通过对《公莫舞》研究历程的回顾,可以看出,到目前为止学术界已初步揭示了《公莫舞》的真貌。若要将其面目彻底廓清,还需同仁付出艰辛的努力。首先,关于文体性质的体认。存在着"歌舞剧"说和"非歌舞剧"说的分歧。在分歧中,尽管由杨公骥先生开创的从戏剧角度审视、校点作品的研究思路经赵逵夫先生的推进和姚小鸥先生的宣传,影响较大,但由逯钦立先生开辟的从乐谱和乐府歌辞角度考察、点校作品的研究思路经白平、叶桂桐先生的发扬光大,同样有不可忽视的理由。各部戏剧史对其略而不论,亦说明"歌舞剧"说被认可的程度并不太高。同时,在确认其为"我国最早的歌舞剧演出脚本"的学者内部,对两个人物还是三个人物,五段还是三场的分歧目前也尚无统一趋势。其次,关于作品的内容和主题。存在着"征戍"、"经商"、"怀远"等说。尽管"征戍"说的影响在日益扩大,但"经商"说的支持者仍不改初衷。再次,关于字词的具体阐释。虽然所有学者都完全赞同并遵循析出歌辞之外广义的"声词"以疏通原文的点校原则,但在对具体字词性质归类、意义、作用、位置的确认和研究中,却不仅分歧颇大,且众说纷纭。仅从诸家校本对原文字词见仁见智的改动即可见一斑。除逯先生研究尚浅,原文大意还未疏通,故仅校改

---

① 《中华文史论丛》1989年1辑。
② 《东北师大学报》1999年3期和《学术界》2001年4期。

5字外,后来者皆改字颇多,杨先生校改20字,白先生校改增补30字,赵先生校改24字,叶先生校改13字,姚先生校改14字。虽各家校改之字互有交叉重叠,但互不相同者人人皆有,可见认识差异之大。对同一字的意义阐释,更是歧见迭出,言人人殊。这一切都说明,《公莫舞》的研究离认识的统一还有相当距离。

那么,未来的研究应如何继续深入呢?笔者不揣固陋,略陈愚见。其一,联系西汉社会大背景考察作品文体性质内容。既然学界对《公莫舞》产生西汉说已无异议,系统考察西汉尤其武帝时期是否具备歌舞剧这种综合性艺术产生的社会条件和文化土壤,对判定《公莫舞》的文体性质颇为重要。若能开掘出此戏剧产生的强有力实证,《公莫舞》为我国最早的戏剧演出脚本的结论将会更大程度地被认同。其内容解析也会更趋完善。这方面赵先生已发其端,颇具启示意义。其二,加强地上文学文献研究与地下出土文物研究的结合,以澄清《公莫舞》的体制和表演情况。赵先生借助对武威磨嘴子48号汉墓漆樽画的研究不只为自己的观点提供了有说服力的实证,更重要的是这种"二重证据法"为解决问题提供了一条有效门径,具有普遍意义。也正是出于同样的认识,著名音舞史专家何昌林先生才建议叶桂桐先生研究汉代画像砖石以解决问题。这种研究十分重要,必须继续下去。进而,赵、姚两先生对此漆樽画性质判定上的差异(赵认为是《公莫舞》写真画,姚认为画面表演的是"拂舞"而非"巾舞"),又给我们以启示,即用"二重证据法"研究《公莫舞》的性质体制,仅靠古文学研究者自身的力量是不够的。受专业局限,他们对出土文物的确认难免不确,若望研究继续深入,还需舞蹈史、戏剧史、音乐史专家和考古学家等的介入。只有通力合作,各展其长,才能得出更具权威性的结论。当然,我们更期待着能有直接说明问题的文献、文物出现。其三,加强文学史家与文字学史、艺术史、民俗史等专家的跨学科合作,以推进《公莫舞》原辞阐释的深入。因其课题狭小,其研究至今仍在少数人的小圈子中进行,未能引起广泛关注和参与。但作品本身的复杂性又亟需跨学科横向联合。《公莫舞》不仅是迄今仅存的诗、乐、舞并录的两篇书面语之一,还涉及汉代的生活俗语等,其原辞极为复杂,唯有音韵、文字、训诂、戏剧、音乐、舞蹈、历史、民俗等各科专家共同努力,逐字甄别研究,才能作出为人们普遍接受的圆通阐释,使分歧降至最低限度。其四,在未来的研究中,端正态度,改进学风亦颇为重要。《公莫舞》的专业性和复杂性,决定着任何个人都不可能单独彻底解决问题,因此它不是哪个门户的专利,需要众人共同参与。所有参与者的终极目标是完全一致的,都是为了解决问题,而不是争高低,因此,在共同的研究中应发扬平等切磋、互相学习的精神,既不应借商榷抬高自己,贬低别人,更不能将学术之争演变为学术排诋。那样,将会使该项研究偏离正常的学术轨道,不仅不能推进研究的深入,反会给研究添乱。我们相信,只要学界同仁密切合作,共襄此举,《公莫舞》的真面目被彻底廓清,是很有希望的。

蔡琰作品研究的世纪回顾*

流传至今署名蔡琰的作品共三首：范晔《后汉书·董祀妻传》载五言、骚体《悲愤诗》各一首。郭茂倩《乐府诗集》和朱熹《楚辞后语》收琴曲歌辞《胡笳十八拍》一首。20世纪，这三首作品的研究成果甚丰，仅笔者搜集到的就有论文112篇，作品鉴赏13篇，述及其内容的重要文史著作和作品选本21种。综观100年来的研究，大体可分为四个阶段：1949年建国前为讨论的逐步展开阶段，从建国到"文革"前为讨论的热门阶段，"文革"十年为研究的停顿阶段，1978年后为研究的全面深入阶段。前两个阶段主要围绕着三首作品的真伪展开讨论，最后一个阶段逐渐转向对文本价值的深入开掘，然真伪之争仍未完全沉寂。

一、关于五言《悲愤诗》真伪之辨

早期研究对两首《悲愤诗》本无争议。自苏轼在《仇池笔记·拟作》中以五言《悲愤诗》所述蔡琰被"董卓所驱虏入胡"与"琰之流离必在父殁之后，董卓既诛，伯喈乃遇祸"的史实不合及"明白感慨"、"东京无此格"为由，判定其为伪作，乃引发千年真伪之争。20世纪的争论，是前人争论的继续。较早介入争论的是刘桂章。1924年他在《蔡文姬〈悲愤诗〉的研究》①一文中，重申苏轼否定五言《悲愤诗》的理由，其具体论证则比前人详密精审，在疑古思潮盛行的"五四"前后有一定代表性。1932年，郑振铎的《插图本中国文学史》又对五言《悲愤

---

* 原载于《西北师大学报》2001年2期。
① 《学灯》1924年5月17日。

诗》提出新的否定理由：琰父蔡邕乃董卓重用之人，蔡琰不可能在作品中骂董卓。郑说曾为不少人所借用。其实，蔡琰被曹操赎回时北方已成曹操的天下，其感慨平生遭遇，痛骂曹操的仇敌未必没有可能。1942年，王先进的长文《〈悲愤诗〉作者考证》①则认为，在找到确凿证据之前，蔡琰对五言《悲愤诗》的著作权不宜轻易否定。惜王氏对疑古所持慎重态度并未引起争论者的注意。1945年张长弓和1949年初余冠英的同名论文《蔡琰〈悲愤诗〉辨》②，在第一阶段两种相反意见中最具代表性。张文逐一驳难宋以来蔡宽夫、何焯、沈钦韩等肯定五言《悲愤诗》诗意与本事吻合的说法，断定本传关于蔡琰兴平(194—195)间没入匈奴的记载不误，几家所言其被掳于初平(190—193)年间董卓之乱时的理由不能成立；进而提出八条否定五言《悲愤诗》的根据，除三条沿用旧说外，又提出了诸如诗意与胡地风景不合、不见六朝人论及等颇有影响的新理由。不过，笔者认为，以刘勰、钟嵘、萧统等人未论及或未选录为据否定该诗，说服力并不强，因之前，范晔依原始资料所撰正史《后汉书》已著录该诗，为其存在提供了最具说服力的实证；再说，由于文学观念的缘故，很多名篇如《陌上桑》、《孔雀东南飞》、《东门行》、《孤儿行》、陈琳《饮马长城窟行》等，都是《文心雕龙》不曾论及，《诗品》不品第，《文选》不选录的，总不致由此都判它们为伪作吧。余文则为捍卫蔡琰对五言《悲愤诗》的著作权，详辨众多文献史料，而提出了著名的"二次转手"说。认为董卓部下初平三年(192)春劫掠陈留时，归宁在老家的蔡琰被虏，兴平二年(195)冬李傕与南匈奴作战失败，蔡琰又作为战利品转于南匈奴手中，本传所载蔡琰兴平年间没入匈奴和五言《悲愤诗》所称其被卓众掳入匈奴并无矛盾，诗意与史籍一一吻合。不论"二次转手"说能否成立，余氏维护蔡琰五言《悲愤诗》著作权的根据都颇为充分，对千年来所有否定性理由作出的答疑也极具说服力。按说，余文一出，原有争论应该趋向消歇了，不想反引来了更大规模的讨论。先是张长弓以《读〈蔡琰悲愤诗辨〉》③为题，对"二次转手"说予以反驳；后是范文

---

① 《大道月刊》1942年2期。
② 分别见《东方杂志》(1945年)41卷7号、《国文月刊》(1949年)77期。
③ 《国文月刊》80期(1949年)。

澜在《中国通史简编》中重倡苏、郑旧说,并认为其作者来自民间。当然,张、范都未能拿出有说服力的新证。

20世纪50年代,余文易名《论蔡琰〈悲愤诗〉》收入《汉魏六朝诗论丛》由棠棣(1952)和上海古典文学(1956)两出版社大量出版发行后,正面的呼声越来越高。比较重要的成果有,宋升《关于蔡文姬〈悲愤诗〉的真伪问题》①、张少康《蔡琰〈悲愤诗〉本事质疑》②、刘开扬《关于蔡文姬及其作品》③、王先进《根据蔡琰历史论蔡琰作品真伪问题》④、谭其骧《蔡文姬的生平及其作品》⑤、刘开扬《再谈蔡文姬及其作品》⑥等。其中张少康文虽是否定余氏"二次转手"说的商榷性文章,但客观上却为肯定五言《悲愤诗》的真实性提供了新的依据和新的研究思路。张文认为,初平三年董卓部下劫掠陈留时蔡琰确在长安而不在老家,她虽是在兴平二年李傕、郭汜内讧时作为李邀南匈奴助战的条件被南匈奴掠去的,而诗开头"卓众东南下"的描述,是蔡琰回忆自己随父入长安时所见董卓军队东下洛阳劫掠后逼驾徙长安的情形,诗意与史实吻合。和张少康一样,谭其骧也不赞成"二次转手"说,他以史学家的敏感推测,本传"兴平"二字乃范晔依《蔡琰别传》中笼统的"汉末"二字主观臆改致误,而五言《悲愤诗》所述不误。谭说虽欠实证,但颇近情理,同样为维护余文的结论提供了有价值的思路。刘开扬两文则在坚信3篇作品皆真作的同时,又为"二次转手"说补足了不少文献证据,使肯定论更趋稳固。此外,郭沫若、刘大杰、高亨、胡念贻、刘盼遂、胡国瑞等著名学者在1959年讨论《胡笳十八拍》真伪时,也都为肯定五言《悲愤诗》提出了不少很好的见解。至60年代,新出版的一批文史教材,如北大中文系编《魏晋南北朝文学史参考资料》(1961)、刘大杰修订本《中国文学发展史》(1962)、游国恩主编《中国文学史》(1963)、林庚主编《中国历代诗歌选》(1964)、翦伯赞

---

① 《山西师范学院学报》1957年2期。
② 《文史哲》1958年3期。
③ 《光明日报》1959年6月8日。
④ 《光明日报》1959年6月21日,后收入《胡笳十八拍讨论集》,中华书局1959年11月版。
⑤ 《学术月刊》1959年8期。
⑥ 1959年8月撰写,收入《柿叶楼存稿》,上海古籍出版社1983年1月版。

主编《中国史纲要》(1966)、王仲荦著《魏晋南北朝隋初唐史》(1966)等,都已一致肯定五言《悲愤诗》的真实性,标志着这一争论真正进入了总结性、定论性阶段。当然,这一时期否定的声音也未完全停止,如1959年卞孝萱《谈蔡琰作品的真伪问题》(收入《胡笳十八拍讨论集》)一文,依《晋书》等考出,蔡琰被赎回时既有"家人"又有"中外"(中表)之亲活着,五言《悲愤诗》称"既至家人尽,又复无中外",显系伪作。笔者以为,在战乱年代,人们流落隔绝,刚被赎回的蔡琰并不一定知道还有亲人活着,看到家乡荒芜无人,发出"家人尽"、"无中外"的慨叹是在情理之中的。

  1978年后,随着新时期思想解放运动的深入,本趋于定论的五言《悲愤诗》,讨论又起,且呈现出新的态势。一是肯定性结论进一步稳固,如所有新版文史著作都对该作品作了肯定性介绍;陆侃如终身修订完成于1978年的力作《中古文学系年》[①],依"托命于新人"之句将此诗系于蔡琰重嫁董祀的建安七年(202);郑文《蔡文姬没于胡中论略》(1983)[②]对"二次转手"说又作了大量文献补充;刘文忠的《蔡琰〈悲愤诗〉二首的真伪及写作年代新考》(1986)[③]推定该诗写于建安十年(205)蔡琰为曹操缮书之后。另外,黎洪声《蔡文姬和她的〈悲愤诗〉》(1979)、胡义成《试论蔡琰和她的五言体〈悲愤诗〉》(1982)、许理绚《蔡琰李清照浅论》(1983)、郑平《蔡文姬〈悲愤诗〉的创作》(1997)等文,也都重申了五言《悲愤诗》的真实性。二是有些新的否定文章,又开掘出一些值得注意的新理由。如周芝成的《蔡琰被掳年代考辨》[④],据本传蔡琰回答曹操问话时"昔亡父赐书四千余卷"的答语,推断至死仍致力于修订《汉书》诸志的蔡邕,必在初平三年(192)四月被杀之时,才迫不得已将书籍赐给女儿,说明初平中蔡琰在父身边,绝无被掳之理,故五言《悲愤诗》诗意失真。尽管本文将蔡琰初平中是否被掳和诗意是否失真划等号的做法值得商榷,但其就蔡琰初平中未被掳掠新理由的分析还是有一定说服力的。再如蔡义江的《史载

---

① 《中古文学系年》,人民文学出版社1985年5月版。
② 《兰州大学学报》1983年1期。
③ 《古典文学论丛》第四辑,齐鲁书社1986年2月版。
④ 《上海师院学报》1983年1期。

蔡琰〈悲愤诗〉是晋宋人的拟作》,①突破诗史互证的传统考辨思路,从该诗叙述口吻和写作特点入手否定其真实性,认为首句"汉季失权柄"之"汉季"二字只能出自改朝换代很久以后的晋宋人之口。笔者颇欣赏蔡氏的研究新思路,却不同意其结论。建安时汉代已名存实亡,曹魏文人直呼"汉"或"汉季"有证可查。如陈琳作于同时期的《武军赋》就云"汉季世之不辟";其《神女赋》亦云"汉三七之建安"。"三七"即三七之厄的简称,意为东汉三七二百一十年至建安遭了厄运。两赋之句皆"汉季失权柄"之意。丁三省的《蔡琰〈悲愤诗〉新探——兼与蔡义江同志商榷》②以蔡氏之思路驳蔡氏之观点,亦有可取,惜未以铁证击中要害。此外,范宁《关于蔡文姬历史的一些疑问》(1983)、张炳森《亦说五言〈悲愤诗〉非为蔡琰作》(1990)、张小兵《〈悲愤诗〉的写作时代考》(1994)等文,不仅否定《悲愤诗》的真实性,甚至否认蔡琰在中国文学史上的存在,虽不免有标新立异之嫌,然亦能新人耳目。

二、关于骚体《悲愤诗》的真伪之识

与对五言《悲愤诗》的考辨不同,20世纪关于骚体《悲愤诗》的真伪虽也存在着两种相反意见,但并无专文讨论,多是在考辨五言诗或《胡笳十八拍》时顺便涉及。较早论及骚体《悲愤诗》的是郑振铎,他30年代初认为,骚体文字最浑朴、简单,最适合蔡琰的悲愤口吻,蔡琰是学者门第出身,古典气习极重,极有采用骚体的可能。刘大杰1941年在初版的《中国文学发展史》中接受了郑氏的观点,不过,20世纪50年代后刘氏又改变了原有看法,认为五言最可信,骚体疑信参半。王先进力反郑、刘之说,并从骚体诗意与东汉末南匈奴居住环境不符的角度否定其真实性。张长弓则进一步从骚体与五言意思、写法、层次皆同的角度,认定骚体是五言拟作之后的拟作。两种相反意见都有一定道理,然论证都嫌简略,且未能拿出有说服力的实证。相比之下,余冠英的否定性论证较缜密,理由也较充分。他认为,诗中所写似穷北荒漠之壤,与南匈奴所居地理环境不合;诗中蔡琰似生活在宫

---

① 《北方论丛》1983年6期。
② 《信阳师院学报》1985年4期。

廷，与本传所载没入左贤王部伍下层史实不合；诗中称匈奴为"羌蛮"，显然有误。余说对学术界认识的统一起了重要作用，但笔者以为其第二条理由明显不能成立，因本传并未直言蔡琰没于左贤王部下，其"没于南匈奴左贤王"之语恰说明是在匈奴宫廷，与诗意吻合。

第二阶段对骚体《悲愤诗》的真伪辨识，主要集中在20世纪50年代末讨论《胡笳十八拍》的文章中。郭沫若从情感真假角度力断该诗为伪作，他认为蔡琰经历了那么痛苦的骨肉分离，骚体却不仅没有丝毫的悲愤，甚至没有丝毫真情实感。郭氏惯于以诗人气质发偏激之论，其对骚体《悲愤诗》的判断亦应作如是观。刘开扬针对郭氏所列骚体不近人情的例句逐一辨析，断定各句恰恰很近人情，坚信该诗出自蔡琰之手。谭其骧则从地理学角度，系统归纳并驳难所有认为骚体诗意与本事地理环境不合的例证，有理有据，令人信服。另外，高亨、胡念贻、逯钦立等，也都提出了一些值得注意的肯定骚体诗的理由。从以上讨论看，这一阶段似乎肯定意见更多，其实不然，因多数参与另两首作品真伪讨论的学者，已把该诗排除在真作之外，认为没有再讨论的必要，故而未予论及。

20世纪80年代后，除丁三省、刘文忠两篇兼论并肯定骚体为真作的论文外，似未见反驳性文字，这恰从反面说明，此时视骚体为伪作已成为学术界的共识，游国恩、中国社科院文研所、葛晓音、章培恒、骆玉明、张炯、袁行霈等先后主编或独著的几种新版文学史都对此作了总结。尽管如此，笔者仍倾向于赞同丁三省肯定骚体诗的理由，既然《后汉书》本传对两首《悲愤诗》的载录都来自《蔡文姬别传》，那么首先就要确定别传的写作时间。虽然不能排除别传也有作伪的可能，但按照通例，别传常为传主熟人或亲人所为，二诗就不大可能是很晚之后的晋宋人拟作，找到实证之前，否定该诗的真实性似为时尚早。

三、关于《胡笳十八拍》的真伪之争

宋人始对蔡琰作《胡笳十八拍》提出质疑，明人沿袭宋人说者愈多，清人更众。20世纪前半叶则几乎众口一词断其为伪作。其中比较重要的意见有：1928年，胡适从语言风格和"杀气朝朝冲塞门，胡

风夜夜吹边月"等句律体成熟程度上推测,认为该诗似为唐人据《悲愤诗》拟作而成①。1930年,罗根泽《〈胡笳十八拍〉作于刘商考》②进一步通过缜密论证判定该诗作伪。其所列四条依据中,最主要的依据是该诗不见于唐前一切文献著录、论述和征引。这就抓住了问题的本质和要害,极具说服力。直到50年代末的大讨论,此说仍为否定派的基本依据。罗文还具体推断出该诗乐调当唐开元年间董庭兰作,歌辞乃唐大历年间刘商添加。稍晚,郑振铎的辨伪思路亦值得重视:同一作家同时创作三篇同一题材的作品,其中必有伪作,《胡笳十八拍》乐调出自沿街卖唱人之口,内容乃《悲愤诗》的放大。

随着罗根泽等说的提出,《胡笳十八拍》的真伪问题20世纪30年代似就该划上句号,不想,1959年郭沫若新编历史剧《蔡文姬》对《胡笳十八拍》的引录,却诱发了一场规模空前的关于《胡笳十八拍》真伪的学术大讨论,几十名全国一流学者介入其中,产生了一大批高水准研究成果,这些成果多数被及时收入《胡笳十八拍讨论集》③一书。其中坚持认定该诗为蔡琰作品的主要有:郭沫若《谈蔡文姬〈胡笳十八拍〉》至《六谈蔡文姬〈胡笳十八拍〉》、高亨《蔡文姬〈胡笳十八拍〉》、王竹楼《〈胡笳十八拍〉不是蔡文姬作的吗》、萧涤非《〈胡笳十八拍〉是董庭兰作的吗》、胡念贻《关于〈胡笳十八拍〉作者的争论问题》、黄诚一《从诗韵的角度谈谈〈胡笳十八拍〉的年代问题》、叶玉华《蔡文姬〈胡笳十八拍〉四论》、熊德基《〈胡笳十八拍〉非蔡琰作说商榷》、张德钧《关于〈胡笳十八拍〉的一些问题》等。其主要理由是:一、蔡琰被掳入匈奴的经历、地理环境与作品所述内容吻合;二、郭茂倩《乐府诗集》所录该作品之前的小序中"后董生以琴写胡笳声为十八拍"的"后董生"当作"后嫁董生",即言蔡琰后嫁董祀写出《胡笳十八拍》,而非指董庭兰;三、该诗对仗句不多和基本句句押韵,符合汉末诗歌的时代风格;四、从作品命名和编组看,《胡笳十八拍》是蔡琰创造的新标题;五、《白氏六帖事类集》卷十八"笳"条下有"蔡琰"二字,《胡笳十八拍》墨卷写有该诗首二句及"蔡琰书"三字,可为蔡琰真作的有力证

---

① 胡适著《白话文学史》,新月书店1928年6月版。
② 《朝华》(1930年)2卷1—2期。
③ 文学遗产编辑部编《胡笳十八拍讨论集》,中华书局1959年11月版。

据;六、该作品所表现生活感受的深度和情感的强度,非亲身经历者不能道;七、诗中"戎羯"之"羯"非与"戎"并列种族名乃"戎"之释语,抑或"羯"非后起,蔡琰入匈奴知而入诗。1960年郭沫若、张德钧又分别在《文学评论》第一期刊发《为"拍"字进一解》和《对〈胡笳十八拍〉的商兑》两文,认为"拍"早已有之,为匈奴语,被蔡琰一度使用,否定了刘大杰等"拍"是唐代开元后乐调和唱腔的观点,为第四条补充了新证。坚持判定《胡笳十八拍》为伪作的主要有:刘大杰《关于蔡琰的〈胡笳十八拍〉》和《再谈〈胡笳十八拍〉》、刘开扬《关于蔡文姬及其作品》、李鼎文《〈胡笳十八拍〉是蔡文姬作的吗》、王达津《〈胡笳十八拍〉非蔡琰作补证》、王运熙《蔡琰与〈胡笳十八拍〉》、刘盼遂《谈〈胡笳十八拍〉非蔡文姬所作》、胡国瑞《关于蔡琰〈胡笳十八拍〉的真伪问题》、王先进《根据蔡琰历史论蔡琰作品真伪问题》、祝本(逯钦立)《关于〈胡笳十八拍〉》、卞孝萱《谈蔡琰作品的真伪问题》、谭其骧《蔡文姬的生平及其作品》等。其主要理由是:一、琴曲以"拍"命名,是唐代才有的风尚;二、作品不见唐前文献著录、评述和征引;三、诗中地理环境与蔡琰被掳入胡地域不合;四、"羯"作为种族名到晋代才有,汉魏不可能预用;五、诗中匈汉关系与史实不符;六、诗歌内容与蔡琰被掳入匈奴经历及家庭情况、社会关系相违背;七、作品与汉魏风格体裁不合,汉魏诗句句用韵,该诗则常间句用韵,已遵唐人官韵规范;八、《蔡琰别传》是最早提到蔡琰"感笳之音,作诗言志"的文献,但其所举诗句,出自骚体《悲愤诗》而不是出自现存的《胡笳十八拍》辞;九、诗中袭有六朝及后人成句;十、作品有明显因文造情痕迹,其层次安排、风俗描写、心理刻画等常常违反逻辑和情理,显非当事人所写。关于作者,多遵从罗根泽旧说称董庭兰或刘商。原在争论中对其持肯定态度的萧涤非,1960年又刊发《再谈〈胡笳十八拍〉》[1],转而怀疑起来。笔者认为,从表面看,这场争论双方力量旗鼓相当,各有较充分的理由,很难相互说服,并未得出人们所期望的一致结论,但不论讨论者承认与否,实质上胜负已经明朗。在罗根泽、胡适旧说基础上拓展的诸如作品不见唐前文献著录、已遵唐人官韵规范、以"拍"

---

[1] 《山东大学学报》1960年3期、4期。

命名唐人才有、汉魏不可预用晋代"羯"字、蔡琰"感笳之音,作诗言志"例句是骚体诗而非《胡笳十八拍》辞等强有力的实证性否定依据,是难以轻易扳倒的。相反,肯定意见中的实证依据,如郭沫若以惯用改动原文手法视"后董生"为"后嫁董生"的得意推测即便成立,其实证也仅为唐刘商的《胡笳曲序》,远非唐前文献,仍难说明问题;又如王竹楼新发现的两则"有力的证明"《白氏六帖事类集》和《胡笳十八拍》墨卷,即便可靠,也是更晚的中唐白居易和北宋初年人的看法,更难说明六百年至八百年前建安时代的问题。不过,这场争论在不太正常的年代里倡导了一种平等对话的正常学风,在当时是很难得的,启迪了不少后人,其意义绝不亚于结论本身。

在此基础上,1978年后人们对《胡笳十八拍》真伪的认识又大获进展。就笔者搜集到的16篇相关论文看,除最初几年的个别文章如杨宏峰《论蔡文姬被掳与〈胡笳十八拍〉》[1]等,仍以诗意与史实吻合为由维护蔡琰的著作权,其他文章皆已持否定态度。其中黄瑞云《〈胡笳十八拍〉的作者问题》[2]、李毅夫《由用韵看〈胡笳十八拍〉的写作时代》[3]、王小盾《琴曲歌辞〈胡笳十八拍〉新考》[4]等文,更为确定该诗之伪提供了凿凿新证。黄文在系统归纳50年代至60年代争论情况,逐条深化否定派意见的基础上,又提出该诗中蔡文姬形象性格迥异于真作五言《悲愤诗》的否定理由,并作了入情入理的辨析。李文则运用音韵学知识,分拍细致考察了《胡笳十八拍》的20个韵段,并汇成概率总表,由用韵率和韵部构成,断定该诗只能完成于五代,而不会更早。王小盾更以艺术史家的眼光对琴曲、琴歌的发展历程作了精深缜密的探讨,无可争辩地揭示出,今存两组琴曲歌辞《胡笳十八拍》都是唐五代人的作品,刘商辞是盛唐董庭兰改制成型的《大胡笳》的产物,旧题蔡琰作的骚体辞则是五代南唐蔡翼制谱创辞成型的《胡笳十八拍》的产物;它们赖以产生的条件是《胡笳曲》的大曲化、故事化、乐谱化,因此,在唐之前不可能有《胡笳十八拍》辞。王文代表了新时期

---

[1]《宁夏大学学报》1983年1期。
[2]《黄石师院学报》1982年2期。
[3]《语文研究》1985年3期。
[4]《复旦学报》1987年4期。

这一问题的最重要研究成果,不失重大突破,预示了《胡笳十八拍》真伪之争的终结。同时,这一阶段几部权威专著的态度也值得重视。如,1984年面世的逯钦立巨著《先秦汉魏晋南北朝诗》,将其放在汉诗附录部分,并列出该诗"曲辞均是后人假托"的五条证据,其处理方法得当且观点可取;陆侃如《中古文学系年》(1985)以"调句凡猥"、"隋唐之不著录"断其伪托于"唐宋间",为稳固胡、罗旧说起了重要作用;《中国音乐辞典》(1987)释该作为"歌词最早见于南宋朱熹《楚辞后语》",以客观介绍代替主观按断,为人们提供了可信资料。各种文史教材断其为伪作者更不待言。另外,熊任望《蔡文姬的生年》[1]、陈祖美《蔡琰生平考证补苴》[2]、陈仲奇《蔡琰晚年事迹献疑》[3]等探讨蔡琰生卒年和行迹的力作,客观上也为三首作品真伪的定论起了促进作用。

四、对三首作品的美学评判

20世纪初,梁启超就从神圣情爱被境遇蹂躏的视角对五言《悲愤诗》的感人力量作过充分肯定[4],泽及不少后学。1930年,谭正璧在其通俗读物《中国女性的文学生活》中重点结合宋画院真迹《文姬归汉图》对三首作品分别作了赞美性介绍,曾倾倒不少中学生。50年代末的大讨论中,也有一些文章涉及三首作品的艺术成就评价问题,当时的基本看法是:五言成就最高,《胡笳》亦堪称佳篇,骚体比较粗糙。今天看来,这一评判仍比较客观。当然也有例外,如郭沫若则称《胡笳十八拍》是《离骚》之后最好的抒情诗。郭说极端,自然无人呼应。

1978年后,随着学术界对三首作品真伪认识的渐趋统一,探讨其成就的重点自然转向被普遍断为真作的五言《悲愤诗》一首。陈曼平《一曲用生命和血泪凝成的悲歌》[5],认为它通过描写个人的不幸遭遇

---

[1] 《河北大学学报》1980年3期。
[2] 《中华文史论丛》1983年2期。
[3] 《文学遗产》1984年4期。
[4] 夏晓虹编选《梁启超文选》下册,中国广播出版社1992年6月版。
[5] 《牡丹江师院学报》1981年1期。

概括了动乱年代妇女的共同命运,富有典型性。陈氏剖析虽嫌简略和传统,却标志了"文革"后正常研究的开始。金志仁《血泪凝成的诗篇》①,精心探讨了五言《悲愤诗》塑造抒情主人公形象的表现手法,认为细致的心理刻画、个性化的人物语言、典型细节描写、悲剧气氛渲染、实录式叙事手段是该诗成功的标志,颇有导读作用。柯庆明《苦难与叙事诗的两型》②尝试运用当时流行的"系统论"对两首《悲愤诗》作了系统观照,认为五言旨在叙"乱离",骚体意在抒"悲愤";进而将五言一首的叙事模式定位为"危机中心论",可视为当时运用新潮理论诠释具体作品较成功的例证。张亚新《蔡琰〈悲愤诗〉的悲剧特色》③,用较传统的方法也得出了与柯文类似而更严谨的结论,认为五言《悲愤诗》的价值主要在于其对悲剧必然性的揭示,这一揭示构成了该诗真正意义上的悲剧。此文大体标志了20世纪80年代学术界对五言《悲愤诗》美学意义的认识水平。另外,李德钧《蔡琰及其〈悲愤诗〉的艺术特色》④也对五言《悲愤诗》的意境创造有所发现;谢孟《抒情与写实的完美结合》⑤、黄一周《蔡琰〈悲愤诗〉的艺术特色》⑥,也对该诗叙事和抒情完美结合的艺术表现手法有较好分析。

20世纪90年代,人们对五言《悲愤诗》的美学意义作了更为深入的开掘。董林《蔡琰〈悲愤诗〉创作基因试绎》⑦认为,诗中所表现的才女不幸、失贞之苦、别子之痛,并非对于战乱罪恶的揭示,而是觉醒的自我意识与传统伦理观念的冲突之苦,颇具新意。穆薇《蔡琰及其〈悲愤诗〉与中国古代叙事诗传统》⑧把五言一首放在中国古代诗歌的大背景下进行比较研究,剖析了它在中国叙事诗优秀传统方面的奠基性地位,也颇有见地。屈正平《蔡琰诗的比较研究》⑨将三首作品放

---

① 《名作欣赏》1982年2期。
② 《集萃》1982年3期。
③ 《信阳师院学报》1985年1期。
④ 《济宁师专学报》1985年1期。
⑤ 《文史知识》1988年2期。
⑥ 《江汉大学学报》1988年3期。
⑦ 《建安文学新论》,中州古籍出版社1992年1月版。
⑧ 《齐鲁学刊》1998年5期。
⑨ 《内蒙古大学学报》1999年1期。

在一起观照,其研究方法亦有可借鉴处。代表五言《悲愤诗》最新研究水平的是余志海《蔡琰五言〈悲愤诗〉的情感透视》①。该文对诗中情感的地位特色、情感与形象的关系、情感表达的心理条件、情感与音乐的关系等,作了全方位的深层透视,认为它把真情推到了核心地位,心理剧创和强烈释放欲是其情感表述的心理条件,情感与音乐互为依存,相得益彰。余氏较全面地揭示了该诗深层的文化意蕴,确乎给人一种厚重感。张蕾《蔡琰五言〈悲愤诗〉的独特叙事视角与女性心理观照》②,在梁启超、董林之说基础上对诗中蔡琰艰难心理历程又有新开掘,亦值得注意。

遗憾的是,笔者未能搜集到独立评析骚体《悲愤诗》的论文,《胡笳十八拍》的评介文章也仅见陈志明一篇,亦只是一篇鉴赏文章。倒是通俗文章《汉末女诗人蔡琰》(陈祖美)③、专著《汉诗研究》(郑文)④和《建安诗论》(郑文)⑤对三首作品的成就均分别有所介绍。这种状况的形成,虽与学术界多将其中两首作品判为伪作有关,但也确实暴露了20世纪我们的学术研究重复而又面窄的严重缺陷。

通过百年回顾,不难发现,署名蔡琰的三首作品的真伪问题,20世纪已讨论得至尽至微,其基本辩证方法是诗史互证,虽也有人对此方法的科学性提出异议,但同样拿不出更有效的新方法来。所以,笔者私见,除非有说明作者身份的原始文献的重大发现,三首作品的真伪讨论很难再有新的突破,在目前条件下,再讨论下去意义已不太大。同时,不论作者是谁,三首作品的内容、价值和影响都是客观存在的,而正是在这方面,我们的研究还很薄弱。所以,三首作品本身的审美价值和文化意蕴,应当成为21世纪一段时间内人们研究和开掘的重点。

---

① 《陕西师大学报》1995年1期。
② 《河北大学学报》1999年1期。
③ 《文史知识》1983年4期。
④ 《汉诗研究》,甘肃民族出版社1994年8月版。
⑤ 《建安诗论》,甘肃民族出版社1994年8月版。

曹丕《典论·论文》创作动机新解[*]

魏晋南北朝时期被视为"文学的自觉时代",而曹丕的《典论·论文》则被视为这一"自觉"的最早标志。学术界普遍认为,该文提高了文学的地位,区分了文体,指出了文学批评的正确态度,首言"文以气为主"等。笔者认为,《典论·论文》提高文学地位的结论,有重新认识的必要。

所谓《典论·论文》提高了文学的地位云云,其依据是,文中说了如下一段话:"盖文章,经国之大业,不朽之盛事。年寿有时而尽,荣乐止乎其身,二者必至之常期,未若文章之无穷。"[①]其实,研究者仅留意于这段文字的表面意思,便以为曹丕把文学提到与事功并立的地位,却忽略了曹丕说这番话的真正用意。事实上他是怕别人染指自己的权力而向邺下文人集团尤其是曹植一派提出的安抚与告诫:文学也是建功立业,且能身后留名,当官没有什么意思,只能享乐一时,死了也就完了,你们要安心于舞文弄墨,不要急于争权夺利。这,显然是一位初立太子训导群下的口气,并非像人们通常所理解的那样真正意识到了文学的崇高地位。我们这样说,并不是凭空臆测。建安二十二年(217)十月,曹丕终于被曹操立为太子(见《三国志·魏志·武帝纪》),这对曹丕来说,实在太重要也太不易了,是他花费了五年(建安十八年始)心血才从曹植那里争来的。曹丕、曹植这场太子争夺战,波及邺下文人集团的许多成员,先后有杨修、丁仪、丁廙、邯郸淳、曹彰、曹彪、杨俊、吴质、刘廙、刘俊、邢颙、崔琰、徐奕、毛玠、何夔、桓阶、王象、荀纬、韦诞、仲长统、缪袭、杜袭、卫觊、和洽、路粹、

---

[*] 原载于《郑州大学学报》1995年4期,题目为《曹丕〈典论·论文〉创作动机探析》。

[①] 郭绍虞主编《中国历代文论选》第一册,上海古籍出版社2001年10月新1版,159页。

潘勖、徐幹、王粲、应瑒、应璩、刘桢、刘邵、钟繇、繁钦、高堂隆、王朗等程度不同地介入，有些人为曹植奔走游说，有些人为曹丕出谋划策，有些人褒扬二子中暗含倾向，有些人与二子皆善而无所适从，但总体看来，曹植乃众望所归。其中杨修、丁仪、丁廙、邯郸淳为曹植效命最勤，崔琰甚至因效命于曹丕而构怨丁仪，被仪谮而赐死，毛玠被仪谮而入狱，徐奕被仪谮而失位。曹操亦为太子之事绞尽脑汁，明察暗访，他亦始有意于曹植，"始者谓子建儿中最可定大事"①，"太祖既有意欲立植"②（建安十九年），"植，吾爱之……吾欲立之为嗣"③（建安十九年），"太祖俄有意于植"④（建安二十一年）。形势对曹丕极为不利。只是由于曹丕善"矫情自饰"，⑤又逢曹植不慎，"私开司马门"（建安二十二年八月）⑥触怒曹操，才使丕侥幸获胜（有关丕、植争太子位的记载很多，恕不诸一征引）。曹丕立太子时的外部局势是：北方早已统一（建安十六年），刘备亦已取蜀（建安十九年），曹操虽仍时有征伐，然三国鼎立格局业已形成，建安十六年至二十二年（211—217）之间无大战事。曹操建魏国（建安十八年）、自立魏公（建安十八年）、进爵魏王（建安二十一年），标志着其由外部征伐为主逐步转向内部治理为主。此时立曹丕为太子，意味深长，实际是在宣布，曹丕马上便可代汉而立，成为一朝太平天子了（事实上曹丕两年后便做了皇帝）。鉴于以上内外原因，初立太子的曹丕，感情是极为复杂的，一方面，为天下终归己有而长舒一口气，欣喜欲狂；一方面，因惧怕曹植一派不服而寝食不安。"初文帝与陈思王争为太子，既而文帝得立，抱辛毗颈而喜曰：'辛君知我喜不？'毗以告宪英，宪英叹曰：'太子代君主宗庙

---

① （西晋）陈寿著，（南朝宋）裴松之注《三国志·魏志》卷十九《陈思王传》注引《魏武故事》，中华书局1959年12月版，558页。

② （西晋）陈寿著，（南朝宋）裴松之注《三国志·魏志》卷十九《陈思王传》注引《魏略》，同上，562页。

③ （西晋）陈寿著，（南朝宋）裴松之注《三国志·魏志》卷十九《陈思王传》注引《文士传》，同上，562页。

④ （西晋）陈寿著，（南朝宋）裴松之注《三国志·魏志》卷二十一《王粲传》注引《魏略》，中华书局1959年12月版，603页。

⑤ （西晋）陈寿著，（南朝宋）裴松之注《三国志·魏志》卷十九《陈思王传》，中华书局1959年12月版，557页。

⑥ 同上，558页。

社稷者也，代君不可以不戚，主国不可以不惧。宜戚而喜，何以能久？魏其不昌乎？"①治天下，需要安定的内部环境，曹丕希望天下人都能安分守己，俯首听命，尤其是爱"捣乱"的文人。正是在这种感情的驱使下，他在立太子不久的是年末，完成了这篇著名的《典论·论文》。②其"经国说"、"不朽说"，淡化邺下文人集团尤其曹植一派做官意识的用意，是再明白不过了。事实上，曹丕立太子后，曹植一派确实不服，致使曹操为了稳固曹丕的地位，不得不在一年后（建安二十四年秋）借故除掉了曹植的智囊杨修，"太祖既虑终始之变，以杨修颇有才策，而又袁氏之甥也，于是以罪诛修。植益内不自安"③。"修临死，谓故人曰：'我固自以死之晚也。'其意以为坐曹植也。"④乃至于两年后（黄初元年正月），曹彰还寄希望于其父能临终改立曹植，"太祖至洛阳，得疾，驿（自长安）召彰，未至，太祖崩"。"彰至，谓临菑侯植曰：'先王召我者，欲立汝也。'植曰：'不可。不见袁氏兄弟乎！'"⑤曹植本人，更是愤怒，他继曹丕《典论·论文》之后，给杨修所写的信中说："辞赋小道，固未足以揄扬大义，彰示来世也。昔扬子云先朝执戟之臣耳，犹称壮夫不为也；吾虽德薄，位为蕃侯，犹庶几戮力上国，流惠下民，建永世之业，流金石之功，岂徒以翰墨为勋绩，辞赋为君子哉？若吾志未果，吾道不行，则将采庶官之实录，辩时俗之得失，定仁义之衷，成一家之言。"⑥和不能把曹丕的"经国说"理解为抬高文学的地位一样，

---

① （西晋）陈寿著，（南朝宋）裴松之注《三国志·魏志》卷二十五《辛毗传》注引夏侯湛作《辛宪英传》，中华书局 1959 年 12 月版，699 页。

② 《典论》一书非作于一时，全书完成时间当在建安二十二年末无疑，《论文》一篇当在最后。可参见严可均《全三国文》卷三十载卞兰《赞述太子赋》、《魏志·文帝纪》注引《魏书》及引胡冲《吴历》、陆侃如《中古文学系年》"建安二十二年"条。

③ （西晋）陈寿著，（南朝宋）裴松之注《三国志·魏志》卷十九《陈思王传》，中华书局 1959 年 12 月版，558 页。

④ （西晋）陈寿著，（南朝宋）裴松之注《三国志·魏志》卷十九《陈思王传》注引《典略》，同上，560 页。

⑤ （西晋）陈寿著，（南朝宋）裴松之注《三国志·魏志》卷十九《任城王传》，同上，556、557 页。

⑥ 曹植《与杨德祖书》，见（西晋）陈寿著，（南朝宋）裴松之注《三国·魏志》卷十九《陈思王传》注引《典略》。按：陆侃如《中古文学系年》考证该《书》作于建安二十一年，疑误。文中有"昔仲宣……孔璋……伟长……公干……德琏"云云，知写该《书》时此四人已死，此四人皆死于建安二十二年，故该文最早当写于是年末。

我们不能把曹植这段骂"辞赋小道"的话理解为贬低文学的地位,也不能仅仅理解为因曹植有才,文章写得好,所以骂"辞赋小道",而应理解为,这是曹植争夺太子位失败后,针对曹丕言不由衷的"经国说"所说的气话、反话、牢骚话,是对曹丕所指定的舞文弄墨人生之路的抗议。未得太子位者,骂文学为"小道",得太子位者,反称颂文学为"大业"、"盛事",其二人的真意何在,当不言自明。假若被立的太子是曹植而不是曹丕,也许他们二人对文学所发的高论将会正好颠倒过来。

我们对曹丕的"经国说"提出怀疑还有其他理由。首先,《典论·论文》中鼓励作家专事文学,"不假良史之辞,不托飞驰之势,而声名自传于后",这"不托飞驰之势"之语,明明是在告诫邺下文人集团的人们别再留心仕途。其次,文中所列举的建安七子:孔融、陈琳、王粲、徐幹、阮瑀、应玚、刘桢,皆为邺下文人集团中死去了的主将。他们当中除孔融爱与曹操"捣乱"外,都是曹氏集团的重要幕僚兼作家,曹丕皆避其政治作为而专扬其文名,正是以死人诱导活人,让人们靠文章不朽。再次,既然文学是"经国之大业,不朽之盛事",他曹丕为何不专事于此,却要为太子之位浴血奋战数年?做皇帝后,又为何迅速擢拔那些为自己争太子位出过力的人,而不使其专事文墨呢?如,黄初元年(220),卫觊徙尚书,封阳吉亭侯;王朗为司空,进封乐平乡侯;吴质为长史,拜中郎将,封列侯,督幽并;刘廙为侍中;王象拜散骑侍郎,迁常侍,封列侯;刘邵迁秘书郎;应璩为侍郎等。又为何将为曹植争太子位出过力的人,除杀害(如丁氏兄弟、杨俊)之外,便打发其专事文墨(如邯郸淳)呢?① 这说明,曹丕判定"大业"、"盛世"的标准仍是官位而不是文学。最后,理论指导写作,曹丕的文学作品现存赋28篇,文146篇(据严可均《全三国文》卷八),诗40首(据逯钦立《先秦汉魏晋南北朝诗·魏诗》卷四)。除其文皆为诏、令等应用文字之外,其诗赋多感伤别离之作,既无乃父作品反映社会动乱和民生疾苦之内容,亦无乃弟作品抒发建功立业之豪情,与所谓"经国之之大"关系甚疏。由此,我们可以得出这样的结论:"文章,经国之大业"云云,

---

① 可参见(西晋)陈寿著,(南朝宋)裴松之注《三国志·魏志》卷十三《王肃传》注引《魏略》,中华书局1959年12月版,420—422页。

是曹丕的违心之论。

　　退一步说,假设曹丕以上文字是出于真心,也同样不能说明提高了文学的地位。文学是上层建筑中离经济基础最远的部分,这个地位是确定了的,无法改变的,人为的拔高和贬低都是徒劳的。曹丕把文学作为经国大业的一部分,看似提高了文学的地位,实际则抹杀了文学自身的独立性和内在规律,仍未脱出先秦"言志说"、"美刺说"、"三不朽说"和汉儒"明道、征圣、宗经"的窠臼。文学的独立表现为自身的美学价值,而不是表现为直接服务于政治的作用大小,强调其治国的作用就等于强调文学是政治的附庸。从这个角度讲,曹丕的诗赋创作反倒胜过其理论。

从《世说新语》看魏晋士人的生命意识*

生命问题是人类最古老的问题之一。生命意识包括两方面的内容,一是人们的生死意识,二是人们实现生命价值的意识。文人是生命意识最活跃的阶层,魏晋士人又是历代文人中生命意识最强烈的一族。本文试图以《世说新语》为实证,对魏晋士人的生命意识作一粗浅勾勒,以期引起更深入的讨论。

我们的先民最初仅把死亡视作一种偶然现象,后来当他们醒悟到"人皆有死"时,便开始到神话中去寻找生命的永恒了。随着秦皇汉武寻求长生之举的屡屡失败和东汉谶纬之学的信誉扫地,东汉文人不得不拂去关于死亡的层层迷雾,再次正视"人生短暂"这个严酷而又非常明白的现实,所以,感伤人生短促便构成了东汉文人诗如《古诗十九首》的核心主题。如果说由于儒学束缚,东汉文人对死亡表现出的忧伤和无奈还有些难为情的话,随着儒学衰微和玄学的勃兴,魏晋士人对死亡的悲恸表现则要率真、任情多了。

一

据粗略统计,《世说新语》涉及自然死亡内容的 30 余则故事中有 10 则与我们的论题有关,主要集中在"伤逝门"中。如第 3 则王济死时孙楚"临尸恸哭,宾客莫不垂涕"①;第 4 则王戎丧子,"悲不自胜",

---

* 本文原载于《郑州大学学报》1999 年 6 期,由徐正英与常佩雨合作完成,征得常佩雨同意收入本书。

① 本文所有《世说新语》引文,全部出自余嘉锡《世说新语笺疏》,中华书局 1983 年 8 月版。因此书较易查找,故此篇引文仅标出第几篇第几则,不再一一列举页码,特此注明,后不赘述。

山简"更为之恸";第6则卫玠死时"谢鲲哭之,感动路人";第7则顾荣死时"张季鹰往哭之,不胜其恸";第10则王濛死时刘惔"因恸绝";第11则法虔死后,支道林伤心过度"却后一年,支遂殒";第12则郗超死后郗愔"一恸几绝";第15则谢安死后,其仇人王珣"直前哭,甚恸";第16则王献之死后王徽之"因恸绝良久,月余亦卒"。《德行》第29则载,王导的长子"长豫亡后,丞相还台,登车后,哭至台门"。《惑溺》第2则载,荀粲"妇亡,奉倩后少时亦卒"。如果把这些故事中各位名士为死者尽哀的行为理解为他们对亲人、亡友的感情真挚笃厚也不能算错,但我们却并不这样认为,因故事中生者与死者之间并非都有血缘或亲情关系,有的甚至积怨颇深。我们的理解是:其一,这些故事主要表现了魏晋名士强烈的求生欲望。尽管魏晋士人多有着深厚的老庄、玄学、佛学理论素养,能讲一通生死只不过是气的聚和散的大道理,但在本能和情感上他们却又对生命非常珍惜,对死亡极为厌恶,他们从死者身上感受到了人的生命的脆弱,进而才"兔死狐悲",为自己也将要走向死亡而悲痛欲绝;死亡甚至消除了他们之间的仇恨,因为从最原始的存活意识的公平性出发,仇恨在消殒的生命面前,显得那么微不足道,人们的着眼点都落到了自然生命的存活与否之上了。其二,这些故事还表现了魏晋士人任情率真的独特风采。正如王戎所宣称的"圣人忘情,最下不及情;情之所钟,正在我辈"(《伤逝》第4则)。这些名士面对死者所表现出的看似失态的凡夫俗子般的恸哭、哀嚎的举动,正是一种至情至性、展示真我的"魏晋风流",他们不愿意像礼法之士那样克制自己的情感。即便如桓温这样的铁腕人物,也不想掩饰自己乐生恶死的真情。北伐途中,他见到自己以前种的柳树已十围,不仅慨叹"木犹如此,人何以堪"!而且还"泫然流泪"(《言语》第5则)。他的泪水里虽有功业未就之叹,但更多的还是对人生短暂的悲伤。

在赴丧故事中还有比恸哭方式更能展示魏晋名士真我风采的怪异行为。如曹丕率众学驴鸣而葬王粲(《伤逝》第1则)、孙楚仿驴鸣而悼王济(《伤逝》第3则)、张翰弹琴慰顾荣(《伤逝》第7则)、王徽之摔琴恸献之(《伤逝》第16则),等等。以常人看来,这些怪异的举动发生在宾客云集的吊唁场合,简直不可思议,所以当孙楚面对王济的尸体摹仿驴的声音放声大叫后,"莫不垂涕"的"宾客"们都破涕"皆笑"起来。然而从孙楚个人讲，他又是真诚甚至虔诚的。他认为王济生前最喜欢听自己学驴鸣，此时用驴鸣为朋友送别才是对朋友最深切的悼念。所以面对宾客的笑声孙楚勃然大怒道："使君辈存，令此人死！"可见，那时吊唁者的怪异举动都是为满足死者生前的某种爱好而作出的，这就潜藏着吊唁者们一种共同的心理期待：那就是他们希望人死后灵魂仍然有知，能感受生者的美意，说到底还是企求生命永驻，厌恶死亡的降临。

二

美国人本主义心理学创始人马斯洛在他的《社会心理学》一书中提出了著名的需要层次理论[①]，认为，要求内在的价值与内在的潜能得以实现是人的本性。他把人的需要体系依次分为五个层次：一是生理的需要，二是安全的需要，三是社交的需要，四是尊重的需要，五是自我实现的需要。运用这一理论观照《世说新语》，五个需要层次正好可以作为对魏晋士人生命意识中实现生命价值意识的具体阐释。

《世说新语》中魏晋士人对第一层次生理需求即衣、食、住、行、性的极度放纵，对第五层次自我实现需求即个体生命参与实际社会活动来实现个人社会价值的惊人冷漠，虽有突破汉儒传统生命价值观，追求独特人生品位的一面，但就总体而言，其提供给人们的主要是负面的东西，本文不拟论述，谨将笔触放在安全、社交、尊重三个方面展开。

研读《世说新语》，不难发现一个奇特而普遍的现象，书中述及的魏晋士人绝大多数都步入了官场，206人当中，187位有大小不同的官职，但又很难见到关于这些人物忠于职守，竭诚勤政的故事，在其位不谋其政、纵酒放诞者却比比皆是。阮籍之所以"求为步兵校尉"，是因校尉"厨中有贮酒数百斛"，居官位而常醉不醒（《任诞》第5则）；王澄出任荆州刺史时，竟不顾"时贤送者倾路"，脱去衣服"上树取鹊子"，"得鹊子还下弄，神色自若，傍若无人"（《简傲》第6则）；山简身为

[①] 〔美〕马斯洛《社会心理学》，华东师范大学出版社1989年8月版，174—185页。

荆州都督，而"日莫倒载归，酩酊无所知"(《任诞》第 19 则）；孔群身为鸿胪卿，却以"糟肉乃更堪久"为喻回答王导，醉酒不止；身为尚书左仆射的周颢，竟因"通江积年，恒大饮酒，尝经三日不醒"，被时人称为"三日仆射"(《任延》第 28 则）；王徽之任桓冲的骑兵参军很久，当桓冲问到他的职务时，王竟"不知何署"(《简傲》第 11 则）；当桓冲以"卿在府久"为由，劝王徽之料理些事情时，他却心不在焉地答非所问："西山朝来，致有爽气"(《简傲》第 13 则）。即便是主持东晋国政的太傅谢安、丞相王导也不例外。如《言语》第 70 则云："王右军与谢太傅共登冶城，谢悠然远想，有高世之志。王谓谢曰：'夏禹勤王，手足胼胝；文王旰食，日不暇给。今四郊多垒，宜人人自效；而虚谈废务，浮文妨要，恐非当今所宜。'谢答曰：'秦任商鞅，二世而亡，岂清言致患邪？'"谢安在此对勤政提出了苛刻批评，为清谈作了极力辩解。"不复省事，正封箓诺之"的王导，所发出的"人言我愦愦，后人当思此愦愦"的自叹，更大有深意(《政事》第 15 则）。

以上现象应作何解释，是一个重大研究课题，不是这篇小文所能回答得了的，但有一点是肯定的，即从自我保护意识出发，对个体生命的生存方式作出智慧的选择，是造成魏晋士人这种行为方式的原因之一。治世进、乱世退或知不可为而为之，是前代文人对人生道路的三种选择方式，到了魏晋，士人们意识到了个体生命的可贵，原来神秘的政治和神圣的信仰及道义在他们心目中已变得不再神圣，他们不愿也犯不上为政治动荡中的某个主子去效忠卖命；更没有责任再像汉末的太学生领袖那样为挽回社会颓败拿生命作赌注去横议。个体生命似乎变得比什么都更为重要。这种对待社会的消极态度，本应促使魏晋士人重走前代文人乱世退隐山林的老路，但是，隐退则意味着受穷，价值观发生了变化的魏晋士人把物欲的满足视作了生命的第一需要，他们不想再受那份穷；官位就是待遇，门阀森严的魏晋时代，高官厚禄"厚"得惊人，足以诱倒意志坚强者。魏晋士人不仅要在乱世中活下去，而且还要活得更好，政治动乱正好为他们提供了选择空间。因此，大多数魏晋士人选择了与历代文人迥然不同的身在魏阙心在山林的大隐之路，这是中国历史上从未有过的现象。他们身居官位，既可利用官场的物质条件，充分满足生命的第一需要；又不问政务，高谈有无，任情放达，充分享受精神自由的快适；在权力更迭之时，又可因不涉官场倾轧和复杂的人际关系而全身免祸。我们不排除作出这种选择的魏晋士人中有的是出于被迫与无奈，内心深处蓄积着忧愤与痛苦（如处在曹魏和司马氏两大政治集团夹缝中无所适从的阮籍），但就总体而言，这是儒学禁锢解纽后，魏晋士人在强烈生命意识驱使下的一种自觉追求，体现了他们的生存智慧与洒脱，说明他们比前代文人聪明多了。他们自以为这样才真正实现了个体生命的价值。

研读《世说新语》，还可发现，魏晋士人对情感和友谊的需求异常强烈。如《惑溺》第 2 则载荀粲出庭冷熨病妇的故事：

> 荀奉倩（荀粲）与妇至笃，冬月妇病热，乃出中庭自取冷，还以身熨之。

《惑溺》第 6 则载王安妇"卿"王安丰的故事：

> 王安丰妇常"卿"安丰。安丰曰："妇人卿婿，于礼为不敬，后勿复尔。"妇曰："亲卿爱卿，是以卿卿。我不卿卿，谁当卿卿！"遂恒听之。

尽管《世说新语》的作者将这两则故事列入"惑溺门"，似乎对主人公的举动并非持褒扬态度，但客观上却向我们揭示了魏晋士人情感需求的新取向，它们与汉代梁鸿夫妇举案齐眉、相敬如宾的佳话相比，有着全新的性质。相敬不等于相爱，反说明情感的自我克制；举案齐眉更说明妻子甘愿恪守不平等的妇道，梁鸿故事是汉儒正夫妇、厚人伦、美教化的范例。而《世说新语》这两则故事，无论是丈夫为妻子"中庭取冷"疗病，还是妻子昵称丈夫为"卿"，都饱含着人生的至情至性！在互相倾轧的时代，人们的情感处于极度的荒芜状态，于是对家庭温暖、夫妻情感的渴求便异常强烈。另一方面，出于一个生命个体对另一个体的本能的呼唤，他们必然"相濡以沫"！于是荀粲、王安丰妇的生命意识的真实流淌便显得合情合理了，因而具有一种永恒的生命魅力，甚至具有终极关怀的价值。

《简傲》第 4 则的嵇康千里访吕安，《企羡》第 4 则的王胡之欲友殷浩，也颇有代表性。前者云：

> 嵇康与吕安善，每一相思，千里命驾。

后者云:

> 王司州(胡之)先为庾公(亮)记室参军,后取殷浩为长史,始到,庾公欲遣王使下都,王自启求住,曰:"下官希见盛德,渊源(殷浩)始至,犹贪与少日周旋。"

与人交往,对友谊的渴望,永远是人的生命中正常的情感需求。可以"千里命驾",也可以"自启求住",正是揭示出一个生命要求解读另一个生命的愿望。这显然是精神领域的追求。至于"竹林七贤""常集于竹林之下,肆意酣畅"(《任诞》第1则),更是名士高标的千古谈资。他们是在寻找精神家园,满足归属的需要,也就是要在归属中体现出自己的生命价值。

三

尊重的需要,在魏晋士人的生命意识中表现得最为突出,它主要表现为人格的自尊、才华的展示。与汉代文人相反,魏晋士人不追求个人人格的完善与完美,只追求自己人格的独立和独特,"人心里面的美与丑、高贵与残忍、圣洁与恶魔,同样发挥到了极致"[①]所以人格一元化在魏晋不复存在,代之而起的是丰富多彩、多元并存的人格景观——

任情放达。这是最能代表魏晋士人精神风貌的一种人格类型,也是研究者对《世说新语》关注的焦点,并且研究成果甚丰。如刘伶病酒、脱衣裸形,阮籍醉眠邻妇侧,阮咸与猪共饮,毕卓"拍浮酒池中",王恭行散,何晏服药,王廞"终为情死"等故事,都早已成了人们耳熟能详的饭后谈资,此不赘述。

镇定自若。这方面的代表人物无疑是谢安。不少学者都以广为流传的围棋赌墅及闻淮上捷报"意色举止,不异于常"(《雅量》第35则)的故事为例,讥讽谢安的从容镇静是矫揉造作,就连《晋书》本传也称他的这一行为是"矫情镇物"。我们则认为,这是谢安所努力追求的一种人格境界,绝非矫情自饰。淝水之战,符坚倾百万之师进军

[①] 宗白华著《美学散步》,上海人民出版社1981年5月版,177页。

淮上,晋拒敌兵力仅八万人,谢安即使运筹帷幄已有胜算,但战场上形势变化万端,偶然性极大,胜负实难预料;再说,这一仗事关重大,不同于诸葛亮所演之"空城计",其胜负无关蜀汉大局,而淝水之战则关系到整个东晋江山,正如何满子先生所说,在此情景下,作为征讨大都督的谢安,即便想矫揉造作,强装镇静,能装得出来吗?[①] 他的行为,完全是一种人格气质的外化。可谓"魏晋风流"的一道独特风景线。谢安这种人格魅力,还有不少例子可以说明,如《雅量》之 28、29、30、37 几则故事也可作如是观。此外,顾雍围棋,闻爱子死于任所,"神气不变"而"以爪掐掌,血流沾褥"(《雅量》第 1 则),夏侯玄倚柱作书"霹雳破所依柱,衣服焦然,神色无变"(《雅量》第 3 则),裴楷被收,"神气无变,举止自若"(《雅量》第 7 则),王献之从容避火,"神色恬然"(《雅量》第 36 则)等故事,都说明,展示从容不迫的品格以实现自己的生命价值,是不少魏晋士人的共同追求。

露才扬己。魏晋士人对自己的智慧和才华充满自信和自爱,总想不失时机地展示出来,以期自己的人格价值受到尊重,生命价值得以实现。其中有些名士特善于在众人和上司面前炫耀自己敏锐的才思。这方面杨修首当其冲,诸如《捷悟》第 1 则修相国门、《捷悟》第 2 则吃奶酪、《捷悟》第 3 则曹娥碑等故事,都是千百年来为人交相传颂的趣闻,只是他的逞才使性太不顾忌接受者的心理承受能力,所以在他为自己的人格自尊得到极大满足而得意忘形的时候,已经给自己的生命安全埋下了祸根。相比之下,烂醉中的阮籍为司马昭写劝进表,一挥而就,"无所点定"就高明多了,他在"时人以为神笔"(《文学》第 67 则)的赞叹声中满足了尊重的心理需求的同时,也为自己上了一份人身保险。还有的名士善于在关键时刻展示口辩,化解"危机"。如《言语》第 19 则载,晋武帝刚即位抽出一支代表皇帝世数的凶卦"一",百官无不面如土色,裴楷却巧展辩才云:"臣闻天得一以清,地得一以宁,侯王得一以为天下贞。"说他是溜须拍马当然不错,但我们认为他主要是想不失时机地表现自己,从"帝说(悦),群臣叹服"的反应中,可知裴楷尊重的需要确实得到了满足。还有的名士善于用辩

―――――――

[①] 参见何满子著《中古文人风采》,上海古籍出版社 1993 年 2 月版,183 页。

才摆脱自己的危险处境。如乐广的女儿嫁给了成都王司马颖,在司马颖与长沙王司马乂的夺权斗争中,司马乂怀疑乐广支持司马颖,"问乐令,乐令神色自若,徐答曰:'岂以五男易一女?'"乐广一句晓明利害的回答使司马乂"由是释然,无复疑"(《言语》第25则),不仅保住了全家性命,还赢得了司马乂的敬重。还有的名士,为了维护自己的人格尊严,善于羞辱挑衅者。如《言语》第48则载:"竺法深在简文坐,刘尹(惔)问:'道人何以游朱门?'答曰:'君自见其朱门,贫道如游蓬户。'"竺法深这两句机智圆通而又从容不迫的回答,既合乎佛教教义,又符合自己的身份;既还了自己并非攀附权贵的一份清白,又羞辱了刘惔的门阀观念,效果极佳。陆机答卢志"陆逊、陆抗是君何物"之衅(《方正》第18则),崔豹答郡城守不恭之问(《言语》第28则),也都是逞才使性维护人格尊严的范例。更多的魏晋名士,是在与朋友的调侃和对朋友的品鉴中表现自己的。如周𫖮以"清虚日来,滓秽日去"(《言语》第306则)回答庾亮对自己渐瘦的笑问,以"此中空洞无物,然容卿辈数百人"(《排调》第18则)回答王导对自己大肚皮的调侃;孙楚对"漱石枕流"误语的巧辩(《排调》第6则);山涛用"岩岩若孤松之独立,其醉也,傀俄若玉山之将崩"(《容止》第5则)描述嵇康的风姿;裴楷用"如登山临下,幽然深远"(《赏誉》第8则)概括山涛的品格;王戎用"如瑶林琼树,自然是风尘外物"(《赏誉》第16则)称赞王衍的风范等,名士们都在这任情的才华宣泄中展示了各自的精神风貌和人格魅力,满足了人格自尊的需要,实现了对自身生命价值的追求。

除放达、镇静、露才之外,魏晋士人的人格追求还有不少类型。如豪爽。王敦在晋武帝及时贤面前打鼓"神气豪上,傍若无人,举坐叹其雄爽"(《豪爽》第15则),酒后辄咏"老骥伏枥","以如意打唾壶,壶口尽缺"(《豪爽》第4则)。再如偏狭,以《忿狷》第2则王述吃鸡蛋的故事最为典型。值得注意的是,书作者对王述用筷子夹不住鸡蛋就勃然大怒"啮破即吐之"的行为,并没有作为人格缺陷去描述,而是作为一种人格魅力去展示的。甚至《言语》第15则还借赵至之口为偏狭人格作了理直气壮的辩护,"尺表能审玑衡之度,寸管能测往复之气,何必在大"?可见其精神的自由。又如淡泊。"管宁、华歆共园中锄菜,见地有片金,管挥锄与瓦石不异,华捉而掷之"(《德行》第11

则)。仅此即可说明,魏晋士人并非打破一切传统道德观和价值取向,他们中的一些人,同样因为笃守了传统道德(如君子固穷)而受到了社会的承认和尊重。次如不阿。《方正》第 3 则载,曹丕受禅,陈群义形于色,并云:"臣与华歆服膺元朝,今虽欣圣化,犹义形于色。"其言行既不乏传统忠义美德,又充溢才子智慧,惟魏晋名士做得出。此外,《世说新语》中即便写吝啬,如王戎卖李钻其核;写奢侈,如王济以人乳饮豚,以千万钱探牛心;甚至写残忍,如石崇杀美人劝酒等,也都从不同角度展示了魏晋士人的人格追求和精神风貌。

魏晋士人不同的人格追求,说到底根源于自我意识的觉醒。《品藻》第 35 则载,桓温与殷浩齐名,桓温问殷浩:"卿何如我?"殷浩回答说:"我与我周旋久,宁作我。"这是对"我"的坦然肯定。这种自我肯定本身意味着摆脱了外在的标准、规范,摆脱了他人对行为的约束,从而直接地突出了自我的存在,形成了一种自觉意识和人格追求上的高度自尊。《方正》第 20 则又载:"王太尉(衍)不与庾子嵩(顗)交,庾卿之不置。王曰:'君不得为尔。'庾曰:'卿自君我,我自卿卿;我自用我法,卿自用卿法。'"这里"我"被提到了至高无上的地位,表明了"人的觉醒"。这种觉醒导致了我们以上所论述的魏晋士人对独立人格构建的追求,充溢着强烈的实现个人生命价值的意识。

魏晋士人在人格尊重的追求中,还有两个问题值得一提。第一个问题是,他们对人格与生命关系的基本态度。随着自我意识的觉醒,魏晋士人非常懂得珍惜自己的生命,不再盲目崇尚舍生取义,这无疑是一种时代进步,但这并不意味着魏晋士人个个都变得贪生怕死无义可言了,他们将义赋予了新的人格内涵,在人格与生命发生冲突时,还是仍有人发出了"宁为兰摧玉折,不作萧敷艾荣"(《言语》第96 则)的呼声,并有少数名士在实践着这种声音。如夏侯玄在狱中高倡囚犯与法官人格平等,不仅严刑拷打"初无一言",并且做到了"临刑东市,颜色不异"(《方正》第 6 则);嵇康弹奏着《广陵散》走上刑场(《雅量》第 3 则)的举动,早成了人们谈论魏晋风流的话题之一;罗企生被谋逆的桓玄捕获后,只要满足桓玄"谢我"的要求,即可"当释罪"(《德行》第 43 则),但他却为了不委屈自己的人格和本性,而从容地选择了死亡;周子南为保全人格而拒不为官,强被忞恚做官后,竟因有被出卖的耻辱感而"一叹,遂发背而卒"(《尤悔》第 10 则)。尽管这些名士的人格追求各不相同,但他们为保人格而舍生命的性质却是一致的,他们的行为无疑为魏晋名士群体增添了耀眼的光辉。

第二个问题是,一批女性首次走进了名士行列。一反《烈女传》、《贞妇传》的传统,《世说新语》首辟"贤媛门"等,从展示才华、追求人格自尊的全新角度,塑造了一组独特的女性群像,她们不再是传统道德的化身,而是比男性名士更具独特人格魅力的一群。如《言语》第71则载:"谢太傅寒雪日内集,与儿女讲论文义,俄而雪骤,公欣然曰:'白雪纷纷何所似?'兄子胡儿(谢朗)曰:'撒盐空中差可拟。'兄女(谢道韫)曰:'未若柳絮因风起。'公大笑乐。"谢安之所以"大笑乐",无非是发现侄女的才华远远超过了侄儿,他为谢氏大族出一才女而大开其怀,欣慰之极。书作者更为时代产生这一才女而笔墨含情,推崇备至。许允之妻,不仅凭才华赢得了与丈夫的平等人格,更以其在危难之中"自若"、"神色不变"(《贤媛》第6、7、8则)的人格力量感染了不少时人和后人。另外,曹操卞太后、谢安夫人、王羲之夫人、桓冲夫人、韩康伯母亲等女性的精神风貌都明显打上了魏晋风流的时代特色。她们的被记叙、被赞美,标志着在人类生命意识发展的流程中,女性意识的觉醒。

毋庸置疑,魏晋是一个前所未有、后难企及的生命意识高度觉醒和不可遏止的时代,它主要表现在士人们对死亡的极度厌恶和对人格魅力的执着追求上,他们甚至把人格魅力的追求视作了生命价值实现的终极目标。也正因如此,从社会价值层面上讲,魏晋士人又是历代文人中最残缺的。从成员规模上讲,魏晋是历代都无法比拟的一个最庞大的士人群体;从人格魅力的展示形式上讲,可谓千姿百态、多元并存、无奇不有。之后,虽然历代都有魏晋遗风的文人出现,但作为群体出现的景观却再也见不到了;并且,将历代以个体生命形式出现的名士有序排列后发现,他们的人格类型又有惊人的一致性,多表现为怀才不遇的"狂放"风格。这就从反面昭示了一个基本事实:政治上最动荡、混乱、残酷的魏晋时代,"却是精神史上极自由、极解放、最富于智慧、最浓于热情的一个时代"①。《世说新语》为我们提供了丰富有力的物证。

---

① 宗白华著《美学散步》,上海人民出版社1981年5月版,177页。

20世纪最后二十年江淹研究述评*

江淹(444—505),字文通,考城(今河南民权县境内)人,我国南朝著名文学家,历仕宋、齐、梁三代,人们习惯以梁代作家称之。

自钟嵘《诗品》品评江淹后,论及江淹者代不乏人。明代以前,主要围绕钟嵘提出的江郎才尽、拟古诗等问题各抒己见;明代以后《恨》、《别》二赋也成为论述重点。进入近代,江淹渐被冷落,20世纪前80年,仅见成果4种:甘蜇仙《江文通的文艺》①、吴丕绩《江淹年谱》②、曹道衡《江淹及其作品》③、乔正康《试论江文通的〈恨赋〉和〈别赋〉》④等。虽吴谱和曹文不失江淹现代研究的开创之功,憾却长期呼而无应,未形成研究规模。

江淹研究的勃兴,是1979年后。据不完全统计,20世纪最后二十年,学术界共刊发关于江淹的文章54篇,整理作品集3部,编纂年谱1部,另有作品鉴赏12篇,等同于1500年来江淹研究人次及篇数的总和。其中前十年主要集中在基础性研究和原有三大课题的深入开掘上;后十年逐步拓展到对江淹全部作品的综合评判上,研究方法也从单一的思想艺术剖析转向比较文学、文化学、社会学、文人心态等视角,预示了21世纪江淹研究的走向。

---

* 本文原载于《中国文化研究》2001年2期,题目为《20世纪最后二十年江淹研究综述》,由徐正英与阮素雯合作完成。
① 《晨报副刊》1922年12月21日。
② 《图书季刊》1939年1卷2期。
③ 《光明日报》1961年3月19日。
④ 《扬州师院学报》1962年16期。

一

作者行迹考辨与作品整理,是学术研究深入的基础,就江淹研究而言,较早着手这项工作的是逯钦立。逯氏倾 24 年之功,以明人冯惟讷所辑《诗纪》为基础,杨守敬《古诗存目》和近人丁福保所辑《全汉三国晋南北朝诗》为参考,广取群书,悉心校辑,编成了《先秦汉魏晋南北朝诗》135 卷,其中辑得江淹诗两卷共 126 首。该巨帙 1983 年由中华书局出版后,遂成为治中古文学者的案头必备资料。紧承逯氏辑本,中华书局 1984 年又排印出版了李长路、赵威点校整理的明人胡之骥《江文通集汇注》。它以梅鼎祚本为底本、汪士贤本为校本加注刊刻而成,虽释文粗疏,然选用版本颇佳,李、赵二氏又依四部丛刊影印明翻宋本和梁宾本对其作了通校,使两大版本系统的优势得以互补,并新辑入 7 篇诗文。成为较完备的江淹作品读本,为江淹研究提供了很大方便。之后,俞绍初、张亚新又依李、赵整理胡注本编纂了更完备精审的江淹作品集《江淹集校注》,其完备精审表现在三个方面:一是注文比胡注增 10 余倍,并纠胡注及李善注之谬 600 余处,使注文面貌彻底改观;二是为作品作了详细系年;三是书后附有江淹年谱初稿和诗文集评。因此,该书几经周折于 1994 年由中州古籍出版社出版后,几近取代了胡注本。不久,母美春的《江淹文存目考》,①又新辑江淹佚文 6 则,可补各作品集之不足。

作品系年,直接关乎对作品内容的准确把握,作家创作道路、创作思想、创作风格流变的审视,以及作家行迹的澄清,因此,不少学者都把它作为作家作品研究的基础和突破口。曹道衡完成于 1980 年迟刊于 1985 年的 3 万字长文《江淹作品写作年代考》,②可视为江淹研究领域这方面的奠基之作。该文对江淹 205 篇作品的写作年代作了精心考辨和定位,旁征博引,条分缕析,启发了不少研究者。之后,丁

---

① 《文教资料》1994 年 6 期。
② 《文艺志》第三辑(1985 年)。

福林的《江淹诗文系年考辨》①、《江淹著述又考》②两文,针对曹文中系年不太具体或有异议的 23 篇作品,又作了补充考辨,使一些结论更趋精确。母美春的《江淹诗文系年》③一文,又对曹、丁未考的《铜雀妓》等 7 篇作品的写作时间作了判定,可视为曹文补充之补充。

近二十年,江淹行迹的考辨成果主要体现在作品系年和年谱中,单独的考辨论文不多。最早的小文是孟国楚的《黄檗山在哪里》④,其针对余冠英《汉魏六朝诗选》注江淹《游黄檗山》诗之"黄檗山"在"福建省福清县西"而发,借助大量地方志资料,考出江淹被贬建安吴兴令时所游黄檗山乃今福建浦城县境内之黄檗山。后孟氏与詹沧又补充大量新证刊出《江淹何处游黄檗》⑤一文,重申上文观点。该结论已被学术界普遍接受。杨惠民、王冠群《江淹故里小考》⑥一文,广征地方志和有关行政区划沿革文献,否定了《辞海》等多种权威工具书对江淹"今河南兰考人"的误称,指出江淹故里及墓地均在河南民权县境内。笔者 1995 年专程前往考察,亲见江淹故里确在民权县城东北 20 华里的程庄乡江集村,其墓及残碑在江集村东北 12 华里的李堂乡岳庄村西头,杨、王的结论是正确的。俞绍初《读〈文选〉江淹诗文拾琐》⑦一文,考出江淹初游建康为王室侍读,曾同时为始安王刘子真、建平王刘景素等诸王讲授五经,并非如其《自序》所说仅为始安王一人侍读。这一发现,为后来江淹敢于直谏刘景素谋逆找到了答案。丁福林的《江淹事迹新证》⑧,是一篇较厚重的长文,对江氏家族的迁徙情况,江淹系南兖州狱、随建平王赴荆州、为建平王主簿等时间,被建平王黜为吴兴令、自吴兴返京时间等重要问题都作了详尽考辨,其结论大都较有说服力,可与其作品系年两文相互参读。

为江淹编制年谱,始于吴丕绩,俞绍初又在吴谱基础上倾十年之

① 《河南师范大学学报》1987 年 3 期。
② 《扬州师院学报》1992 年 1 期。
③ 《南京师大学报》1993 年 3 期。
④ 《读书》1981 年 8 期。
⑤ 《福建论坛》1983 年 4 期。
⑥ 《中州今古》1984 年 2 期。
⑦ 《郑州大学学报》1993 年 1 期。
⑧ 《扬州师院学报》1994 年 3 期。

功,四易其稿,编制了代表最新学术水准的《江淹年谱》①,颇受学术界推崇。该谱以重大历史事件为背景,以文风、文事、重要作家行迹、江淹作品为横线,以江淹个人行迹为纵线,对江淹一生作了立体式综合考察,解决了不少学术难题。如纠正四库馆臣之误,确定江淹自我编写文集时间为建元四年(482)后;《诣建平王上书》作于泰始三年(467)八月下旬;江淹出狱原因与南兖州刺史换任及朝廷大赦有关等。

二

江郎才尽问题最早由钟嵘提出,之后论者蜂起。清代以前主要有三种意见:一种认为,江淹晚年仕好文墨而又气量狭窄的梁武帝,不敢以文陵主,并非真正才尽;一种认为,江淹晚年古朴文风与齐永明华丽文风格格不入,不屑尽其才,并非才尽;一种认为,江淹后期官越做越大,无暇顾及创作,并非才尽。三种意见似都认为江淹后期确未再进行文学创作,又都认为江淹并非真正才尽。近二十年,学术界抛弃了第一种传统说法,不少人在后两种说法的基础上进行了深入开掘。这方面较早的文章是曹道衡1980年初完稿1982年刊发的力作《论江淹诗歌的几个问题》②,该文重申了他60年代《江淹及其作品》及执笔的《中国文学史》(社科院本)中的观点。认为:一、江淹晚年才尽是客观事实,其永明以后的作品亡佚正说明他后期作品成就不高;二、江淹才尽的主要原因是作者思想境界本来就不高,前期不得志时尚能写出宣泄不平的好作品,晚年官运亨通,养尊处优,自然无佳作传世,官高繁忙无暇顾及的理由并不成立;三、鼎盛于宋末齐初的江淹诗风反映了从谢灵运、颜延之、鲍照等到永明诗风转变的枢机。可见,曹文是在认同江淹晚年曾有创作的前提下判定他才尽的,其对江淹才尽原因的分析及对江淹创作成就在南朝文学史上地位的

---

① 国家古籍整理出版规划小组主办《中国古籍研究》第一辑,上海古籍出版社1996年8月版,405—411页。

② 《文学遗产》增刊第十四辑(1982)。

裁定,都得到不少人的认同。此前,石济的《江淹才尽与庾信老更成》①、余慧的《江淹和江郎才尽》②两短文已沿袭了曹氏早期观点,认为养尊处优是江郎才尽的主因。

随着研究的深入,曹道衡又对江郎才尽问题提出的本身发表了看法。其《江淹》③一文,深入剖析了江淹古朴诗风与永明文风格格不入的事实,认为江淹有意回避带有政治色彩的永明文学集团和时人以其不合时宜而轻视他后期的创作,给他一落伍才尽的恶谥,是江郎才尽问题提出的关键。曹氏此文虽受了王夫之等第二种传统说法的启发,但结论并不一样,他仍是以坚持江淹后期有创作而且才尽为前提的,是对自己早期观点的补充。周锋的《江淹才尽与永明文风的关系》④、张亚新的《江淹集校注·前言》都完全赞同曹氏此说。周文并对永明诗人轻视江淹后期创作的原因进一步开掘道:南朝古奥文风向新丽文风转变的重要标志是永明声律论的出现,声律论倡导者对该理论出现前的古奥风格尚能宽容,对该理论产生后江淹仍持古奥文风当然就无法宽容了,所以江淹晚年被视为才尽是时代的必然。之后,李文勋的《江郎才尽辨析》⑤、谢文学的《论钟嵘〈诗品〉对江淹诗歌的评价》⑥两文,一篇呼应了曹氏前文观点,一篇综合了曹氏两文观点。

抛开传统意见,对江郎才尽做出全新阐释的是倪其心和莫砺锋。倪文《江郎才尽与才士悲剧》⑦认为,张协裂锦、郭璞索笔两个故事实是钟嵘对江淹摹拟文风的批评,意为江淹有文采,但那是借别人的,若归还原主,便自然才尽。倪文认为钟氏冤枉了江氏,其后期无佳作流传既非与文风不合而陷于困惑,亦非高官养尊或无暇顾及,也非与拟古有关,而是江氏要静心当一个明哲保身不再握笔的士大夫,他这种由自负才子到政府干员,再到保身士大夫的人生历程,代表了文人

---

① 《光明日报》1979年7月10日。
② 《河南日报》1981年3月15日。
③ 《中国历代著名文学家评传》,山东教育出版社1983年5月版,503—525页。
④ 《学术研究》1990年3期。
⑤ 《嘉应大学学报》1996年3期。
⑥ 《中州学刊》1998年1期。
⑦ 《文史知识》1992年8期。

的悲剧。倪文不仅对"才尽"原意作了新解,且赋予了这一问题深广的文化意蕴。莫文《江郎才尽新解》①则认为,所谓"才尽"应是相对于其创作高峰而言的衰退,并非真正的才尽,而江淹中前期创作的《恨》、《别》二赋从各方面看都达到了创作巅峰状态,即使江淹中年以后才思不减于前,其续作与前作处于同等水平,也难免要呈现出"才尽"的状态来。依莫氏看来,江郎才尽并非客观存在,只是人们感观上的错觉,这种对才尽原因的分析虽难令人信服,但却揭示出了文学史上存在的一种普遍现象。

笔者认为,二十年来学术界对江郎才尽问题不断深入的讨论,颇有启发意义,不过,在现有条件下该问题很难获得圆满解决,除非对原始文献如江淹后期作品有重大发现。问题的关键是江淹晚年是否真有创作?若有,又是如何亡佚的?是因成就不高而自然亡佚,还是外来人为因素?这些问题不澄清,江郎才尽问题就只能是现有条件下的合理推测。

三

江淹善摹拟,是梁代以来人们的一致看法,他现存的144首诗歌中拟古诗46首,计《杂体诗三十首》、《效阮公诗十五首》、《学魏文帝一首》,占总数三分之一。钟嵘《诗品》用"诗体总杂,善于摹拟"评江淹,主要是以他的《杂体诗三十首》为基点的。从萧统《文选》全部收录这30首诗,到清代各家选本重点选其拟古诗,都说明古人是把摹拟视为江淹创作的优点的。只是到了近现代,人们才以善摹拟、少独创为由冷落了他。

然而,近二十年学术界又开始从积极方面探讨起了江淹这部分作品。曹道衡《论江淹诗歌的几个问题》将《效阮公诗十五首》和《杂体诗三十首》分而论之。认为《效阮公诗》就是江淹《自序传》中所说的刘景素谋逆自己"因以为讽"的那组诗,因此这组诗并非制造假古董,而是借拟古之名来宣扬性命有定理的思想,以告诫刘不要有非分

---

① 《文学评论丛刊》1999年1卷2期。

之念。因当时刘的密谋尚未公开,讽谏则只能像阮籍《咏怀诗》一样多用比兴,故风格独特,价值颇高。关于《杂体诗三十首》,曹文认为情况虽比较复杂,但江淹摹拟汉代以来30家诗体的目的主要是通过摹仿各家的代表作来显示他们各自的特色,对我们理解古代作家的风格特点有一定帮助,且摹拟中还融入了江淹个人的人生经历和情感体验,不妨别具一格。之后,曹氏《江淹的拟古诗及其他》①、张亚新《江淹集校注·前言》两文,又对上文观点作了补充论证,可互相参照。

倪钟鸣的《论江淹杂体诗及其序》②一文,把探讨范围缩小到一组诗,并针对前人忽略《杂体诗》序言的缺陷,从诗、序并论入手,深入分析了这组诗歌及序文的独特之处。认为这30首诗与序是一个诗序互补、因果渗透的整体,并非拟古之作。就序而言,是南朝诗论的前奏曲,与《文心雕龙》和《诗品》两部文论名著有着特定的历史联系;就诗而论,逼肖地再现了南齐之前五言诗名家的各自特点,是诗论与创作的高度统一,形象与抽象相结合的文学史和文批史。而张亚新的《江淹拟古诗别议》③一文,则进一步把讨论问题的切入点放在了《杂体诗》的序上,认为序是准确理解、评价这组诗的关键,江淹序文阐明的文学见解是不同时代、不同诗人的作品具有各不相同的体制、风格,但彼此没有高下优劣之分,江淹这种见解是他以拟古诗的形式显示其"通方广恕,好远兼爱"的文学观,目的在于矫正时弊。叶幼明的《江淹〈杂体诗三十首〉新探》④一文亦持类似看法。

笔者认为,江淹的拟古之作毕竟只是他全部创作中的一小部分,历代以"善于摹拟"概言江氏创作总特点和今人以"缺乏独创性"总评其全部文学成就,不免以偏概全;将拟古诗与其他创作成就分而论之,将拟古诗中的两组亦分而析之,探索《杂体诗》时又将诗与序合而察之的研究思路是正确的,唯此,才能逐步给江淹一个客观公允的评价;就历代最受重视的《杂体诗》而言,近二十年探讨它在文学史和文批史上的地位是必要的,然从文学创作的正道讲,它确实缺乏独创

---

① 《中国古典文学论丛》第一辑,人民文学出版社1984年8月版,62—69页。
② 《深圳大学学报》1987年3期。
③ 《辽宁大学学报》1991年2期。
④ 《中国韵文学刊》1996年1期。

性,拟古和直抒胸臆有无法克服的矛盾,借其否定江氏全部成就不对,但回避缺陷,一味夸大这组作品的理论价值也同样有失客观。所以,关于江淹拟古诗的定位和评价问题很有继续讨论下去的必要。

四

《恨赋》和《别赋》标志着江淹创作的最高成就,是近二十年江淹研究的重点之一。吴乾兑、刘修明《读江淹〈别赋〉〈恨赋〉——兼评南北朝文学的形式主义》①一文是"文革"后第一篇为江淹平反性的重磅文章,该文认为,各种文学史之所以未对有崇高地位的《恨》、《别》二赋的社会意义予以揭示,主要是人们出于对南北朝文学是形式主义的习惯认识,其实深刻反映时代脉搏是南北朝文学的主流,二赋即为其主流的潮头,它们把诗歌中咏史和代言的传统引入辞赋中,借实指或泛指的历史人物等委婉曲折地吐露出了南北朝纷乱时代的心声,其中《别赋》表现了作者对当时社会纷争,国家分裂的强烈不满,《恨赋》反映的也是对尖锐复杂社会矛盾的悲愤情绪,都是为唤起人们对国家统一社会安定的渴望。今天看来,该文为二赋及六朝文学正名不免矫枉过正,仍未脱文学从属政治的桎梏,但在当时已确为骇俗之论了。

于浴贤的《论魏晋南北朝赋的"哀""怨"情》②一文在论及《恨》、《别》二赋时,所得出的"说尽世事沧桑,人生枯荣,抒写了人生的深沉悲哀与愁怨,有极强的概括力和代表性"的结论,显然客观了许多,比吴、刘二氏前进了一大步。在此基础上,赵乃增《略论江淹辞赋艺术》③一文,从艺术表现角度对二赋的认识价值作了更深入的开掘,认为,《恨》、《别》二赋都是对人生遭际与人情体验采取了总杂万端、比类相联的写法,其重大突破在于并非抒写一时一地特定情境下的个人自我的某种情感,而是描述古今广泛发生的、人生中带普遍性的抽象情感,对众多类型的恨事与别愁进行排比与集合,将辞赋描写的主

---

① 《社会科学》1979 年 2 期。
② 《漳州师专学报》1985 年 1 期。
③ 《中国人民大学学报》1993 年 1 期。

体从具体的物象世界转向抽象的情感世界,使辞赋达到了超越自我个体局限的单一性而通向社会群体无限的复杂性的新境界。赵氏此论,无疑标志了二赋研究的新水平。

史实的《江淹二赋对初唐文坛的影响》[①]一文,则重点讨论了二赋对后代辞赋的具体影响。文章认为,《恨》、《别》二赋最主要的特点是以情系事、以事系情、跳跃、多变的动态结构框架,忧伤哀怨的情感基调,而这些前无古人的辞赋特点,对初唐文坛有过较大影响,卢照邻、王勃、李峤等人的创作都曾将其作为历史传统继承了下来;同时,初唐文坛接受二赋的挑战,使赋作内容进一步扩大,结构进一步优化,创作主体的参与意识大为增强,句式的诗化倾向更加明显。不难发现,史实此文与莫砺锋的《江郎才尽新解》一文在二赋可否超越的问题上意见明显相左。史文认为二赋虽前无古人,但仍有来者;莫文认为二赋乃同类峰巅,后莫企及。其实二文立论角度不同,史文是以总体赋作立论,莫文乃以单篇赋作立论,虽结论相抵,然都深刻揭示了文学史的客观实际,颇能启迪人们的心智。颜建华的《漫说江淹的〈别赋〉》[②]一文,则从宇宙观的高度判定《别赋》乃江淹把宇宙哲学化、人生化,又把人生哲学化的范例。可视为颜氏另一长文《从江淹诗赋作品看其宇宙人生观》的前奏。

此外,1979年后古诗文鉴赏之风涌起,江淹二赋的鉴赏率亦较高,多达10余篇,有的赏析文章的学术价值亦颇值得注意。如曹明纲的《心物相感情景互生》[③]就对《别赋》的社会意义作了较细致的探讨。作为对曹文的呼应,何沛雄《慷慨激昂淋漓尽致》[④]对《恨赋》的赏析,学术价值则更高。他认为有别必有恨,《别赋》以"永诀"作结而《恨赋》以"永诀"起首,《别赋》分陈八类离别之苦而《恨赋》屡述八种饮恨之悲等,都说明二赋本是一不可分割的整体,必须合并研究方能奏效。此论已被广泛认同。

---

① 《东北师大学报》1994年4期。
② 《贵阳师专学报》1997年1期。
③ 《名作欣赏》1983年2期。
④ 《名作欣赏》1987年5期。

五

二十年来,在用传统方法对有关江淹的几个传统问题逐步深入开掘的同时,对其作品研究的视角和领域也在不断地转换和拓展。

从比较的角度研究江淹作品,当发轫于钱锺书,他广征实例,指出了"《别赋》乃《恨赋》之附庸而蔚为大国者,而他赋之于《恨赋》,不啻众星之拱北辰"①的基本事实,开了二赋之间及二赋与江淹其他赋作之间比较研究的先例。之后,曹道衡的数篇有关江淹的论文都不乏比较研究的色彩。昕文的《关于江淹评价的几个问题》②一文对江淹辞赋的研究,则可视为《管锥编》一段文字的具体阐发。曹道衡、沈玉成的《南北朝文学史》③则突破辞赋体裁,将研究视野扩大到了江淹的诗、拟古诗、赋、文各个领域,依次作了相互参照性的全面阐述。其实,此前陈庆元的《江淹"筋力于王微,成就于谢朓"辨》④和谢文学的《江淹"筋力于王微,成就于谢朓"释》⑤两短文,就已突破了江淹作品自身的比较研究,涉及作家之间的比较研究问题,两文一致认为江淹的作品筋力强于王微,成就高于谢朓。至曹道衡的《鲍照和江淹》⑥一文,则不仅全面深入地比较研究了鲍照和江淹辞赋与诗歌"急以怨"、文"好奇"的共同风格,指出了鲍照对江淹的影响,而且在比较分析他们二人作品风格相异之处时,又系统地探讨了他们各自更远的艺术风格渊源,如指出二人辞赋都受《楚辞》影响较深,但鲍照更多地得力于汉赋,江淹则更多地兼取了魏晋以来的辞赋特点。这就使比较研究又深入了一步。赵乃增的《略论江淹辞赋艺术》⑦一文,将江淹全部辞赋划分为抒情、咏物、描写美人艳容三大类,在从艺术角度对三类辞赋进行系统剖析时,不仅逐一涉及了各类赋作的艺术渊源,且集中

---

① 钱锺书著《管锥编》,中华书局1979年8月版,1141页。
② 《贵阳师专学报》1989年1期。
③ 曹道衡、沈玉成著《南北朝文学史》,人民文学出版社1991年12月版。
④ 《文学遗产》1985年4期。
⑤ 《文史知识》1985年8期。
⑥ 《齐鲁学刊》1991年6期。
⑦ 《中国人民大学学报》1993年1期。

笔墨对曹文所说的博采魏晋以来各家赋作特长进行了深入细致的阐发和开掘。标志了江淹作品比较研究的再次深入。李文初的《江淹与王微、谢朓：读〈诗品·齐光禄江淹〉札记》①一文，则可视为陈庆元、谢文学两文观点的综合与深化。

　　从文学角度综论江淹作品的是李宗长《江淹诗歌的题材选择及其文化意义》②一文。该文将江淹的全部诗歌分为拟古、游历、赠和三类，并认为哪一类都蕴含着极为丰厚的文化意义。尽管此文对江淹诗歌文化意蕴的探讨尚乏深度和新意，但其所选择的研究问题视角本身就是一个贡献，因它昭示了江淹作品未来的研究走向。同时，该文将《杂体诗三十首》所摹拟的题材与萧统《文选》所立的23个诗歌题材条目作了比较研究，认为江淹诗歌为《文选》在诗歌立目方面提供了借鉴。此说颇有见地。

　　从宇宙观、社会学、文人心态角度审视江淹作品的文章，一是颜健华撰写的《困惑与选择——从江淹诗赋作品看其宇宙人生观》，③一是田小军的《宋室三王与江淹的创作》。④ 颜文打破了习惯意义上的江淹作品分类，从其全部创作入手审视了江淹生命体验的本质，并进而探讨了这一本质所表现出的具体行为方式及对当时文人的影响。文章认为：失意，导致了江淹作品的愁怨，促使他从宇宙变迁角度重新审视把握人生，人生有限而宇宙无限的痛苦反而使他对人生更加执着，他要将有限人生融入无限的宇宙中去，从而达到天人圆融的境界，达到人生的极致，因而其口唱归隐调子而实走依附新贵路子的行为方式，为当时士子文人提供了人生选择的一种范式，所以研究江淹作品对了解当时士族文人心态很有意义。田文把江淹的创作与人生思考的动因与他早期在始安王、新安王、建平王门下的遭遇紧密联系起来考察，反倒给人以扎实有据之感，似有值得颜文吸取之处。由此我们认为，任何新的研究方法的运用，都不宜脱离史料根基，二者的有机结合尤为重要。

---

　　① 《嘉应大学学报》1998年第2期。
　　② 《南京师大学报》1997年2期。
　　③ 《中国文学研究》1997年4期。
　　④ 《承德民族师专学报》1999年6期。

从《原道》篇看刘勰的文学起源理论*

刘勰的文学起源理论集中体现在其《文心雕龙·原道》篇中。众所周知,"原道"一词本于汉代《淮南子·原道训》,高诱注《原道训》颇清楚:"原,本也。本道根真,包裹天地,以历万物,故曰原道,用以题篇。"[①]由哲学著作的宇宙本原于"道",推衍到文学理论著作,《文心雕龙》的《原道》篇当然就是指文学本原于"道"了。"道"的含义是什么,便成了理解刘勰文学起源理论的结穴所在。

除赞辞外,人们多把《原道》篇正文分为三段,笔者以为,这三段中先后出现的"道"其含义是各不相同的。

为便于深入,我们不妨先从首段的"文"字谈起。首段"文"字共出现六次。首句云:"文之为德也,大矣:与天地并生者,何哉?"很明显,"文之为德"之"文"是广义的文,泛指一切事物的外部文采,这些文采在宇宙天地产生时就随之产生了。第二处云:"夫玄黄色杂,方圆体分,日月迭璧,以垂丽天之象;山川焕绮,以铺理地之形,此盖道之文也。"这里"道之文",是就"天文"和"地文"而言,刘勰意在用天文、地文对广义的文采作出具体阐释。他认为,天地混沌未分时,它们的外部文采玄色和黄色就已混杂地表现出来了,天地分开后,明丽的日月、秀美的山川便分别作为天地的文采展现出来,而这些天地的文采和天地本身一起都是"道"的外部表现形态。第四处云:"傍及万品,动植皆文。龙凤以藻绘呈瑞,虎豹以炳蔚凝姿。云霞雕色,有逾画工之妙;草木贲华,无待锦匠之奇。夫岂外饰,盖自然耳。至于林

---

* 本文受王运熙、杨明先生著《魏晋南北朝文学批评史》第三章《文心雕龙》基本思想一节的启发完成,原载于《甘肃社会科学》2002年3期。

① 刘文典撰,冯逸、乔华点校《淮南鸿烈集解》,中华书局1989年5月版,1页。

籁结响,调如竽瑟;泉石激韵,和若球锽。""动植皆文"是说天文、地文之外,宇宙间其他一切动物、植物、林籁、泉石也都有文采,并且这些文采都不是靠"画工"、"锦匠"即人工修饰而成的,而是与其物体本身生之俱来的。第三处和第六处分别云:"(人)为五行之秀,实天地之心。心生而言立,言立而文明,自然之道也。""夫以无识之物,郁然有彩;有心之器,其无文欤?"①不言而喻,这几句谈的是"人文",刘勰认为,包括纯文学在内的人类文章的产生,和天文、地文及一切无识之物的文采一样,也是与人生俱来的。值得重视的是,刘勰对"人文"的界定很有超越时人之处。依他对天文、地文、动植万物之文的描述类比推衍,"人文"当指与人生俱来的人的外貌长相,而刘勰却抓住了人的本质特征"性灵所钟",即人类所特有的智慧、思想、情感,既然智慧、思想、情感是人类区别于其他一切事物的本质特征,所以人的外部文采自然就是表达这种智慧、思想、情感的语言了,语言形诸文字便是文章,所谓"心生而言立,言立而文明"②即此。正如黄侃所理解的:"寻绎其旨,甚为平易,盖人有思心,即有言语,既有言语,即有文章,言语以表思心,文章以代言语。"③刘勰最后得出"人文"即人类文章的崭新结论,抓住了人文的本质。

综上所引,可得三点认识:一、刘勰认为,一切文采的产生都是必然的。二、刘勰把各种文采的表现形态分为三类:一为形态色泽之美的形文,二为声韵节奏之美的声文,三为人类表情达意的情文即文章。三、刘勰将人文与天文、地文等结合在一起讨论,不仅是强调文章(包括纯文学)产生的必然性,更是强调文章产生的必要性:无识之物尚有文采,充满智慧和情感的人类岂能没有文学!

至此,我们可以比较容易地辨析首段中的"道"了。从表面看,首段"道"字出现两次,实可理解为四次。首句"文之为德也,大矣"之"德",学术界解说纷纭。④ 似以张少康据《老子》对"德"所作辨析最近

---

① (南朝梁)刘勰著,范文澜注《文心雕龙注》,人民文学出版社1998年2月版,1—2页。
② 同上,1页。
③ 黄侃著《文心雕龙札记》,中华书局1962年9月版,3页。
④ 如范文澜注《文心雕龙注》(6页)释作"文德",钱锺书著《管锥编》(1506页)释作"性能功用",王元化著《文心雕龙讲疏》(27页)释作"得",陆侃如、牟世金注《文心雕龙译注》(2页)释作"特点,意义",周振甫注《文心雕龙注释》(3页)释作"功用或属性"等。

刘勰原意,他释"德"为"得道"。① 据此,该句大意当为:广义的文采作为"道"的体现,它的意义是很重大的。第二处即前引"此盖道之文也",此句和首句意思一样,是说天文、地文都是"道"的体现。需要说明的是,学术界由此认为刘勰意在说明"道"是"文"的内容,"文"是"道"的外部表现形式。此理解忽视了"道"与"文"的中间环节"物"。刘勰的意思当是说:"道"产生了宇宙天地,宇宙天地的文采亦随其产生而产生,所以文采既是宇宙天地的外部表现形式,它又和宇宙天地一起共同构成了"道"的外部表现形式。这样,刘勰实际上是把宇宙起源论和文学起源论打通了。关于首段这个"道"的具体含义,第三处"心生而言立,言立而文明,自然之道也"和第四处"夫岂外饰,盖自然耳"等语就是刘勰所作的明确阐释。这里"自然之道"、"盖自然耳"意思相同,即是说,"道"就是自然而然。笔者非常赞同王运熙先生的看法,刘勰这个自然而然的道,来自老庄之道。② 老庄之道不外三个特点,一是无形无踪,③刘勰明显接受了这一观点,《夸饰》篇曾云:"形而上者为之道,形而下者为之器。"④公开宣称道是无形的。二是虽无形无踪,却为万物之源。⑤ 正如冯友兰所概括的:"(老庄)以为天地万物之生,必有其所以生之总原理,此总原理名之曰道。"⑥这一观点刘勰也完全接受了,从前面我们对"文之为德也,大矣"和"道之文也"两句的阐释即可看出。三便是顺乎自然。⑦ 对照刘勰本段关于道、物、文关系的阐述,《原道》篇首段的"道"确实来自老庄的自然之道,这个

---

① 张少康著《文心雕龙新探》,齐鲁书社1987年4月版,24页。
② 王运熙、杨明著《魏晋南北朝文学批评史》,上海古籍出版社,1989年6月版,341页。
③ 如《老子》十四章云:"(道)视之不见名曰夷,听之不闻名曰希,搏之不得名曰微。此三者不可致诘,故混而为一。"二十一章云:"道之为物,惟恍惟惚,惚兮恍兮,其中有象,恍兮惚兮,其中有物,窈兮冥兮,其中有精。"三十四章云:"(道)视之不足见,听之不足闻,用之不足既。"《庄子·大宗师》云:"(道)无为无形,可传而不可受,可得而不可见"等。
④ (南朝梁)刘勰著,范文澜注《文心雕龙注》,人民文学出版社1998年2月版,608页。
⑤ 如《老子》一章云:"(道)为万物之母。"二十五章云:"有物混成,先天地生。寂兮寥兮,独立而不改,周行而不殆,可以为天下母。吾不知其名,字之曰道"等。
⑥ 冯友兰《中国哲学史》,中华书局1961年4月版,218页。
⑦ 如《老子》二十五章云:"人法地,地法天,天法道,道法自然。"《庄子·天地》云:"德兼于道,道兼于天。"《秋水》又释"天"云:"牛马四足是谓天;络马首,穿牛鼻,是谓人。"等等。

自然之道的具体含义是客观事物本身发展变化的规律。刘勰似乎朦胧地意识到，宇宙万物及其外部文采的产生是一种不以人的意志为转移的现象，是客观事物发展变化的自然结果。

再看《原道》篇第二段和第三段前半部分对"道"的阐述。二段开头云：

> 人文之元，肇自太极。幽赞神明，《易》象惟先。庖牺画其始，仲尼翼其终；而《乾》、《坤》两位，独制《文言》。言之文也，天地之心哉！若乃河图孕乎八卦，洛书韫乎九畴；玉版金镂之实，丹文绿牒之华，谁其尸之，亦神理而已。①

不难看出，首段主要从道生万物的角度回答文学起源的根本原因或间接原因，而本段则主要回答文学起源的直接原因或具体原因。破解这个原因的关键同样是如何理解本段"道"的含义。从字面看，这段引文并没使用"道"字，实则"亦神理而已"的"神理"，就是本段所论的"道"。多数学者都释"人文之元，肇自太极"两句为人类文化的开端，始于宇宙起源的时候，即认为"太极"指天地混沌未分之时的元气。周振甫还为此批评刘勰说："形文、声文是与天地并生，情文是有了人类以后才有，但作者认为人文始自太极，也与天地并生，这是误解。"②殊不知周氏很可能委屈了刘勰，因此处"太极"当释为"八卦"。理由有四：一、文采（包括文章）始于宇宙起源的道理，刘勰在首段已经讲清楚了，第二段不可能再重复阐述；二、本文是骈文，互文见义，这里第二句"肇自太极"和第四句"易象惟先"含义完全相同；三、各家释"太极"为宇宙天地混沌未分时之元气的理由，皆依《易·系辞上》的一段文字，文云："是故《易》有太极，是生两仪。两仪生四象，四象生八卦。"殊不知，正是这则资料恰恰说明，不论"太极"（天地混沌之时的元气）、"两仪"（天、地），还是"四象"（四时）、"八卦"（天、地、风、雷、水、火、山、泽），都是用《易》的卦象来象征的，它们都是易象的内容，所以，这里以"太极"代指易象或以"八卦"代指易象都是再自然不

---

① （南朝梁）刘勰著，范文澜注《文心雕龙注》，人民文学出版社1998年2月版，2页。
② （南朝梁）刘勰著，周振甫注释《文心雕龙注释》，人民文学出版社1981年11月版，4页。

过的事了；四、刘勰在《宗经》篇中明确表述各种文体起源于五经。云："论、说、辞、序，则《易》统其首；诏、策、章、奏，则《书》发其源；赋、颂、歌、赞，则《诗》立其本；铭、诔、箴、祝，则《礼》总其端；纪、传、铭（盟）、檄，则《春秋》为根。并穷高以树表，极远以启疆，所以百家腾跃，终入环内者也。"①此段文字虽仅将论、说、辞、序几种文体的起源分属于《易经》，然将《易经》列在五经之首，即意在表明《易经》最早，而伏羲氏画八卦又是《易经》的肇始。由以上辨析，前六句似当解作：刘勰认为，人文（人类的文章）开始于易象，而作为易象具体表现形式的八卦，是太古伏羲氏首先画出的，它是《易经》的肇始，后来孔子作"十翼"，便完成了《周易》。至此，文学的直接起源便找到了，按刘勰的回答是文学起于伏羲画八卦。顺便指出一点，刘勰把《易经》作为人文的开始，且把著作权归于伏羲，是没有科学依据的，这是他征圣、宗经思想的体现。实际上《易经》并不是我国最早的文字，文字的产生比八卦要早，且文字产生之前口头文学就已产生了。然而，我们更关注的问题是，伏羲如何画出了八卦？刘勰认为，是"神理而已"，也就是说是"道"的驱使。这个"神理"即"道"的含义又是什么呢？这就是我们要重点讨论的问题了。

最早论及"神理"的是黄侃，他说："案彦和之意，以为文章本由自然生，故篇中数言自然，一则曰：'心生而言立，言立而文明，自然之道也。'再则曰：'夫岂外饰，盖自然耳。'三则曰：'谁其尸之，亦神理而已。'"②可见，黄氏认为刘勰笔下的"自然之道"、"盖自然耳"与"神理而已"意思完全相同，都是指自然而然的道。这一观点一出，便为不少学者沿用不疑，王元化并反复强调之，他说："刘勰所说的'自然之道'也就是'神理'。""'神理'即'自然之道'的异名。""篇末《赞》曰：'道心惟微，神理设教。'二语互文足义，说明道心、神理、自然三者可通。"③然依笔者体会，这里的"神理"应指有意志的天，而不应指自然规律，它与首段的自然之道是分属于两大思想范畴的概念。其实"若

---

① （南朝梁）刘勰著，范文澜注《文心雕龙注》，人民文学出版社1998年2月版，22—23页。

② 黄侃著《文心雕龙札记》，中华书局1962年9月版，9页。

③ 王元化著《文心雕龙创作论》，上海古籍出版社1979年10月版，48—49页。

乃河图孕乎八卦,洛书韫乎九畴;玉版金镂之实,丹文绿牒之华"等语,对此已作出阐释:人文之始的八卦是伏羲受了"河图"的启示画出的,夏禹的《洪范》是受了"洛书"的启发制作的。我们要问"河图"、"洛书"又是怎么来的? 它们的名字本身就是答案:"河图",即黄河中的龙所献之图;"洛书",即洛水中的龟所献之书。龙和龟怎么能献出图和书来? 只能是有意志的上天的指令,而不可能是自然规律。这一点刘勰在《正纬》篇交待得再明白不过了:"马龙出而《大易》兴,神龟见而《洪范》曜。……原夫图箓之见,迺昊天休命。"①图箓的出现是上天的命令。所以,把这里的"神理"释为自然之道是不符合刘勰原意也不合乎常情的。河图、洛书是上天赐给圣人的祥瑞,圣人们接受它们的启示才创作出了八卦等人类文章。这些,本是先秦以来人所共知的传说,有关资料记载很多。② 应该说,生活在神不灭论盛行的齐梁时代的刘勰对这些传说是深信不疑的。他把人文起源的具体活动都视作了圣人根据上天意志所进行的活动。

分析可见,把《原道》篇后两段及赞辞中出现的"神理"、"道心"笼统地视作"道"是对的,但若把它们具体阐释为与首段的"道"含义相同的自然之道则是无论如何也讲不通的,只有把它们释作代表上天意志的神道才合适。由此可以大体判定,刘勰在《原道》篇首段论及广义的文采(包括文学)起源的根本原因时持的是颇有唯物因素的老庄思想,后两段论及狭义的文学起源的具体原因时持的又是儒家的有神论思想了。

然而,刘勰对"道"的阐述并没有到此结束,他在《原道》篇第三段后半部分继续讨论了"道"的问题。他说:

> 然后能经纬区宇,弥纶彝宪,发辉(挥)事业,彪炳辞义。故知:道沿圣以垂文,圣因文而明道;旁通而无滞,日用而不匮。《易》曰:"鼓天下之动者存乎辞。"辞之所以能鼓动天下者,乃道之文也。③

---

① (南朝梁)刘勰著,范文澜注《文心雕龙注》,人民文学出版社1998年2月版,29—30页。

② 如《论语·子罕》,《易·系辞上》,《汉书·五行志》,《尚书·中侯握河记》,《论衡·书解》,《易·系辞下》等,均有记载。

③ (南朝梁)刘勰著,范文澜注《文心雕龙注》,人民文学出版社1998年2月版,3页。

"道沿圣以垂文,圣因文而明道"两句是贯通《文心雕龙》之《原道》、《征圣》、《宗经》三篇乃至全书的思想纲领,这两句中的"道"与最后一句"道之文也"的"道"含义完全相同,都是刘勰论"道"的结穴所在。学术界对这两句话讨论较多,然多把观察问题的视角放在辨析道、圣、经三者的关系方面,而忽视了对此处"道"的含义的探索。实则,刘勰在这里又赋予了"道"新的含义,它既不同于首段的自然之道,也不再是第二段和本段前半及赞辞中的神道,而变成封建社会中用以统治人们思想的社会政治之道了,即封建社会的政治制度、等级名分及维护这一制度的封建伦理道德等。依笔者体会,纪昀评《原道》篇时"文以载道,明其当然"一句似乎已经意识到这一点。① 表面看纪氏并未对道的含义作出诠释,然实际上他心目中被"文"运载的"道"只能是社会政治之道。虽然黄侃批评纪氏"又附会载道之言,殊为未谛",但他也不得不承认再把此处的"道"简单释作自然之道是如何也包容不了这个"道"的内容了,所以黄氏明智地折衷了一下,阐发云:"物理无穷,非言不显,非文不传,故所传之道,即万物之情,人伦之传,无小无大,靡不并包。"②这实际是将自然之道(万物之情)与社会政治之道(人伦之传)并举了,当然这种并举也不符合刘勰原意。可惜,黄氏此解没有引起学术界的足够重视,以至今天还有不少学者仍释此处的"道"为自然之道,③反比黄说退了一步。刘勰这段文字似乎应是说:封建社会的政治之道靠圣人表现在其创作的《六经》当中,而圣人又借助他们创作的《六经》阐发了封建社会政治之道,正因如此,圣人创作的《六经》才能治理国家,制定大法,发展事业,使文辞义理发挥巨大教化作用,成为一切文学创作的典范。

那么,刘勰又是如何自圆其说,使前后含义不同的自然之道、代

---

① (南朝梁)刘勰著,(清)黄叔琳辑注《文心雕龙辑注纪昀眉批》,中华书局1957年6月版,23页。

② 黄侃著《文心雕龙札记》,中华书局1962年9月版,4页。

③ 持此说者甚多,难予详列,可参陆侃如、牟世金注《文心雕龙译注》,齐鲁书社1982年9月版,6页;赵仲邑注《文心雕龙译注》,漓江出版社1982年4月版,22页;祖保泉著《文心雕龙选析》,安徽教育出版社1985年4月版,50页;冯春田著《文心雕龙释义》,山东教育出版社1986年11月版,26—27页;周振甫注《文心雕龙今译》,中华书局1986年12月版,14页等。

表上天意志的神道、社会政治之道三者统一起来的呢？他认为，借圣人之手创作的文章典范《六经》，既是圣人秉承上天意志，又是合乎客观事物发展规律而创作出来的，而《六经》中阐发的封建社会政治之道，又是客观事物本质特征在现实政治生活中的具体体现，封建社会的一切典章制度、等级名分、伦理道德都是符合客观事物本质特征的。这就是刘勰完整的文学起源理论！

不难看出，刘勰的文学起源理论，明显地打上了魏晋玄学的思想烙印。"名教出于自然"是盛行于魏晋时期的重要玄学命题，王弼《老子注》第三十二章曾云："始制，谓朴散始为官长之时也。始制官长，不可不立名分以定尊卑，故始制有名也。"①他认为政治教化是从最高的道派生出来的，立名分、定尊卑，是"朴散"之后的必然结果。郭象《庄子注·齐物论》亦云："君臣上下，手足内外，乃天理自然，岂真人之所为哉？"他甚至在同书的《逍遥游》篇中说："神人即今所谓圣人也。夫圣人虽在庙堂之上，然其心无异于山林之中，世岂识之哉？"②把顺乎自然的神人和统治国家的圣人融为了一体。正如庞朴所分析的："这就是说，凡君臣上下，尊卑贵贱，仁义礼法，一切存在的政治制度和道德规范，都是理应如此的自然状态。"③值得注意的是，这一在魏晋易代之际为迎合司马氏对名教的提倡而提出的玄学命题，一直漫延 200 年而不衰。若"自中朝（西晋）贵玄，江左（东晋）称盛"（《时序》），"江左篇制，溺乎玄风"（《明诗》）等语可作旁证的话，袁宏对这一命题精神实质的精辟阐发则说明东晋后该思想更加深入人心了。云："然则名教之作何为者也？盖准天地之性，求之自然之理，拟议以制其名，因循以弘其教，辨物成器，以通天下之务者也。"（《后汉纪》卷二六）笔者虽尚未读到南朝阐发此论的原文，然有关南朝人精通三玄——《老子》、《庄子》、《周易》的记载则俯拾皆是。如《南史·儒林传》所载，伏曼容"善《老》、《易》"；太史叔明"少善《庄》、《老》……尤精三玄"；严植之"少善《庄》、《老》，能玄言"。④ 可见，谈玄在南朝似乎成

---

① （魏）王弼注，楼宇烈校释《老子道德经注校释》，中华书局 2008 年 12 月版，81 页。
② （清）郭庆藩集释，王孝鱼点校《庄子集释》，中华书局 1961 年 7 月版，58、28 页。
③ 庞朴《名教与自然之辩的辩证发展》，《中国哲学》第一辑。
④ （唐）李延寿著《南史》卷七十一，中华书局 1975 年 6 月版，1730、1741、1735 页。

了构成大儒的条件。当然,谈玄不一定就是谈名教出于自然理论,然不可忽视的是,当时北朝人学的是郑氏学,而南朝人所学的三玄经典恰恰就是"名教出于自然"、"名教即自然"学说的阐发处王弼《周易注》、《老子注》和郭象《庄子注》①。所以,我们说名教与自然合一的学说在南朝仍沿袭不衰,绝非无稽之谈。在这种历史条件下,刘勰吸收玄学理论进入《文心雕龙》就是非常自然的了。

在文学起源问题上,刘勰有意将老庄之道与儒家之道打通的目的无非有两个,一是想借阐发文学起源于自然之道的观点,对当时过分追求形式主义的文风有所纠正。正如纪昀所说:"齐梁文藻日竞雕华,标自然以为宗,是彦和吃紧为人处。"②又如黄侃所说:"彦和之意,盖谓声采由自然生,其雕琢过甚者,则寝失其本,故宜绝之,非有专隆朴质之语。"③二是神化儒家思想,以强化文学教化作用,挽回儒教颓势。刘勰虽出身寒族,却是一个典型的入世主义者,对功名颇为热衷,10余年的定林寺生活和《文心雕龙》的写作,都是日后进阶的必要准备和资本积累,晚年出家也是因昭明太子死后失去靠山对仕途绝望所致。所以,他写作《文心雕龙》的指导思想非常明确,就是有益于统治者的统治。前一目的是刘勰的智慧处,后一目的是刘勰的可悲处。

---

① 参见(唐)房玄龄等著《晋书·荀崧传》,中华书局1974年11月版,1975—1980页;王元化著《文心雕龙创作论》,上海古籍出版社1979年10月版,42—43页;王运熙著《文心雕龙探索》,上海古籍出版社1986年4月版,55页;刘汝霖著《东晋南北朝学术编年》,上海书店1992年1月版等。
② (清)黄叔琳《文心雕龙辑注纪昀眉批》,中华书局1957年6月版,23页。
③ 黄侃著《文心雕龙札记》,中华书局1962年9月版,3页。

顾炎武研究《昭明文选》的成就及不足*

众所周知，从文章学、文艺学的角度对《昭明文选》入选作品进行点评，是明代"文选学"的主要特点和形式之一。这一时代的"文选学"颇遭后人讥讽，并最终为清代实证性的"文选学"所取代。笔者认为，生活在明末清初的顾炎武，正是实现"文选学"从点评走向实证的开路人，其在清代"文选学"振兴过程中具有"筚路蓝缕，以启山林"的重要地位。他的治《选》路子主要是：对《昭明文选》入选作品涉及的各类问题"穷源溯本，讨论其所以然"，"疏通其源流，考正其谬误"，"有一疑义，反复参考，必归于至当；有一独见，援古证今，必畅其说而后止"[①]不发空论。本文拟以《日知录》为例，对顾炎武的"文选学"研究成果作一初步清理，以俟智者作更为深入的探讨。

一、通过《昭明文选》阐释古代典章礼仪

顾炎武对古代典章礼仪情有独钟。他把《日知录》分为上中下三篇，"上篇经术，中篇治道，下篇博闻，共三十余卷"[②]。四库馆臣对该

---

* 本文是在俞绍初、杨明两先生具体指导下完成的，曾分成两文发表，"成就"长文题目为《顾炎武与文选学——以〈日知录〉为例》，刊于《郑州大学学报》2001 年 5 期，"不足"短文题目为《〈日知录〉对〈昭明文选〉作品的阐释与订误》，刊于《郑州大学学报》2002 年 4 期并被中国人民大学复印报刊资料（中国古代、近代文学研究）2002 年 11 期全文转载，短文由徐正英与范晓民合作完成，并以范晓民名义发表，为保持原文的完整性，这次收入本书时重新合并恢复全文原貌。

① （清）潘耒《日知录原序》，见顾炎武著，李克诚点校《日知录》，岳麓书社 1994 年 5 月版。

② （清）顾炎武著《顾亭林诗文集》卷四《与人书》二十五，中华书局 1959 年 8 月版，104 页。

书内容作了具体分述,称其中"十四卷十五卷论礼制"。① 其实,全书三篇三十二卷都涉及了古代典章礼仪问题。《昭明文选》,便是顾氏为发掘古代典章礼仪所关注的重要文献之一。

顾炎武借《文选》入选作品考察了古代去官丁忧制度。顾氏认为:"古人凡丧皆谓之忧,其父母丧则谓之丁大忧。"②他依《文选》卷四十五陶渊明《归去来辞序》"寻程氏妹丧于武昌,情在骏奔,自免去职"③之语,判定晋宋时有"已嫁之妹,犹去官奔其丧"④的礼制。因文献不足,为已嫁之妹去官奔丧是否是一种法定制度,笔者不敢妄言,但陶序至少说明,把奔妹丧作为辞官的一种理由在晋宋时期是冠冕堂皇的。检陶序,前有"(为官)及少日,眷然有归与之情"⑤语,知陶妹病逝之前其已有归意,顾氏似未留意;萧统《陶渊明传》则称陶去职乃因都邮之故,顾氏定知之。后人或从陶序,或从萧传,萧说影响尤广。笔者以为宋人洪迈之见更近情理,云:"观其(指序)语意,乃以妹丧而去,不缘督邮。所谓'矫励违己'之说,疑心有所属,不欲尽言之耳。词中正喜还家之乐,略不及武昌,自可见也。"⑥受洪说启发,我们不妨作出如下判断:不肯"矫厉违己"、本有"归与之情",实陶氏去官的内在真正动因;都邮来县视察,乃为陶氏去官的导火线;而适值其妹病逝武昌,奔丧则成了陶氏去职的公开借口。唯如此解释,才较全面合理。而"借口"本身就足以说明去官奔妹丧在晋宋时代确为人们所共同认可的礼仪,不然,陶氏去官之请怎么会被通过呢。

进而,顾炎武又以《文选》卷二十三潘岳《悼亡诗》等为据考察认为,晋代守丧期满方可重新求职,否则便是违制、违情。云:"潘岳《悼亡诗》曰:'荏荏期月周,戚戚弥相愍。'又曰:'投心遵朝命,挥涕强就

---

① (清)纪昀等总纂《钦定四库全书总目》《子部·杂家类三》,中华书局1965年6月版,1029页上。
② (清)顾炎武著《日知录》卷十五"期功丧去官"条,岳麓社1994年5月版,563页。
③ (南朝梁)萧统编,(唐)李善注《文选》,中华书局1977年11月影印版,636页下。
④ (清)顾炎武著《日知录》卷十五"期功丧去官"条,岳麓社1994年5月版,563页。
⑤ (南朝梁)萧统编,(唐)李善注《文选》,中华书局1977年11月影印版,636页下。
⑥ (南宋)洪迈著《容斋随笔·五笔》卷一《陶潜去彭泽》,见《全宋笔记》第五编第六册,大象出版社2012年1月版,406页。

车.'是则期丧既周,然后就官之证。"①从诗句可见,那时的服丧者既没有丧期不满而求职的自由,也没有丧期满后而不复职的自由,礼制具有法律效力。违者,轻则遭人讥议弹劾,如"晋泰始中,杨旄有伯母服未除而应孝廉,举博士,韩光议以宜贬"②。杨旄是否遭贬虽不得知,但其被韩光弹劾则是事实;重者受免官削爵处理,史载:"庐江太守梁龛明日当除妇服,今日请客奏伎。"则被刘隗上奏皇帝:"'宜肃丧纪之礼,请免龛官,削侯爵。(周)顗等知龛有丧,吉会非礼,宜各夺俸一月,以肃其违。'从之。"③仅因丧期差一天未满聚会,刘隗即奏将梁龛革职削爵;不仅个人被治,与会者丞相长史周顗等三十余人亦同受株连,足见当时官方对守丧之礼的重视程度。

顾炎武还在《日知录》中依《文选》卷一班固《西都赋》李善对"公"的注解,考察了该官职的执掌和流变情况;依《文选》卷十三贾谊《鵩鸟赋》"单阏之岁兮,四月孟夏。庚子日斜兮,鵩集予舍"句,考辨了汉武帝前不以甲子称岁的历法情况;依《文选》卷四十四陈琳《檄吴将校部曲文》及五臣注,辨析纠正了汉代历法无"子时"的误说;依《文选》卷六左思《魏都赋》"都护之堂,殿居绮窗"句,考订了"殿"之称谓与作用流变等,亦颇有说服力和认识价值。

值得注意的是,顾炎武借助《文选》阐释古代典章礼仪绝非为阐释而阐释,其目的无一不是为着总结国家治乱兴衰的经验教训。仍以丁忧为例,他在《日知录》卷十五"缌丧不得赴举"条最后云:"今制,非三年之丧皆得赴举。故士弥躁进,而风俗之厚不如昔人远矣。"④先指出明清丧制之变宽,再斥责当时风气之渐坏。进而在"期功丧去官"条最后以羞耻的情绪写道:"今代之人躁于得官,轻于持服,令晋人见之,犹当耻与为伍,况三代圣贤之列乎!"⑤今天看来,顾炎武的礼制观不免迂腐,何至于为年华虚度、浪费才智的三年丧制的破坏而大

---

① (清)顾炎武著《日知录》卷十五"期功丧去官"条,岳麓书社1994年5月版,564页。
② 同上,563—564页。
③ (唐)房玄龄等著《晋书》卷三十九《刘隗传》,中华书局1974年11月版,1835—1836页。
④ (清)顾炎武著《日知录》卷十五"缌丧不得赴举"条,岳麓书社1994年5月版,566页。
⑤ (清)顾炎武著《日知录》卷十五"期功丧去官"条,岳麓书社1994年5月版,564页。

动肝火？其实，他真正痛惜的是明朝人社会责任感的丧失，以平生最不欣赏的六朝作为正面依据与明朝对比，可谓意味深长。

二、从《昭明文选》中窥测传统文化习俗

与古代典章礼仪相联系，随着某些官方礼仪的深入人心，逐渐内化为人们的生活习惯和行为模式，长期相沿积久而成为一种风尚，这大约就是所谓的风俗或习俗。顾炎武在考察典章礼仪的基础上特别重视对传统文化与习俗的研究，他甚至把文化风俗的演变视为社会兴衰的一面镜子和人文道德的关键。曾云："风俗者，天下之大事"①，"论世而不考其风俗，无以明人主之功"②。

顾氏在广征博辨众多文献的同时，也从《文选》中探测到了不少有关传统文化习俗的记载。如，关于古代是否有避讳之俗的问题，历有争议，顾炎武认为先秦是没有的。他虽未论及君臣之间的情况，但认为在先秦时期至少父子之间、祖孙之间是可以直呼其字的，其史料依据则来自《文选》卷三十二屈原《离骚》。云："子孙得称祖父之字。子称父字，屈原之言'朕皇考曰伯庸'是也。孙称祖字，子思之言'仲尼祖述尧舜'是也。"③"皇考"即父亲，"伯庸"即屈父之名或字。顾氏将此视作先秦子不避父讳的铁证，并早为学界所接受。不过，今人赵逵夫先生近又对"皇考"作出新解，认为"皇考"指受姓之祖，"伯庸"即指楚国受姓之祖熊伯庸。④ 现赵说已为海内外不少学者所接受。所幸，赵说非但不会影响顾氏先秦不避讳结论的成立，反增强了其说服力：即先秦不仅子可称父字，孙可称祖字，后裔亦可称受姓之祖字。所以可基本断定，我国先秦时代确似无避讳之俗。

那么，避讳之俗是何时形成的呢？顾炎武在《日知录》卷二十三"生而曰讳"条依《文选》卷十七王褒《洞箫赋》及李善注等作了间接探讨。云："生曰名，死曰讳。今人多生而称人之名曰讳。《金石录》云：

---

① （清）顾炎武著《日知录》卷十三"廉耻"条，岳麓书社1994年5月版，482页。
② （清）顾炎武著《日知录》卷十三"周末风俗"条，同上，468页。
③ （清）顾炎武著《日知录》卷二十三"子孙称祖父字"条，同上，818页。
④ 赵逵夫著《屈原与他的时代》，人民文学出版社1996年12月版，5页。

'生而称讳,见于石刻者甚众。'因引孝宣元康二年诏曰:'其更讳询',以为西汉已如此。《蜀志》刘豹等上言:'圣讳豫睹。'许靖等上言:'名讳昭著。'《晋书》高君页 言:'范伯孙恟。恟率道名讳,未尝经于官曹。'束晳《劝农赋》:'场功毕,租输至。录社长,召闾师。条牒所领,注列名讳。'王褒《洞箫赋》:'幸得谥为洞箫兮。'李善注:'谥者,号也。号而曰谥,犹之名而曰讳者矣。'"①看得出,顾炎武赞成《金石录》关于生而称讳始于西汉的说法。他征引史料较多,有说服力者乃汉宣帝诏和《洞箫赋》及李注,其他皆晚在东汉之后,不足以说明西汉。宣帝诏生名曰讳不言自明,李善注宜简辨之。根据李善对文献典章的熟悉程度,他对"谥"的解释大抵是不会错的,其称"号而曰谥,犹之名而曰讳"而不称"犹今之名而曰讳",说明"号曰谥"和"名曰讳"都是指王褒创作《洞箫赋》时的习惯称谓,而不是王褒时的"号曰谥"相当于李善时的"名曰讳"。王褒正是西汉宣帝时人,距元康二年诏时间不远,这就为西汉宣帝时称人名曰讳提供了又一个例证。既然生名曰讳之说至迟起于此,避讳之俗则大约亦当最迟始于此了。由此不禁使人想到,西汉确实是我国礼教文化走向完善与严密的关键时期。

顾炎武类似的研究成果颇丰。如,依《文选》卷八扬雄《羽猎赋》"相公乃乘轻轩"句,对"相公"称谓发展流变的精细勾勒;借《文选》卷四十三嵇康《与山巨源绝交书》"少加孤露"句,对从六朝贺生日到唐宋祝寿辰习俗演变的描绘;以《文选》卷三十七曹植《求自试表》、卷三十六王融《策秀才文》、卷六左思《魏都赋》及三文李善注为据,对秦、赵两姓氏分合情状的精辟考辨等,无不可视作顾炎武这位通儒借研治《文选》而探测传统文化风俗的范例。

与阐释古代典章礼仪的目的相同,顾炎武借《文选》对传统文化风俗的探寻,同样寄托着深沉的兴亡之叹。如《日知录》卷十五"墓祭"条,顾炎武从《文选》卷九曹大家《东征赋》"遽氏在城之东南兮,民亦飨(一作'尚')其丘坟"②两句中受到启发,对众多文献详加考辨后,认为我国古代除有子祭父母、父母祭子、臣祭君、君祭臣等墓祭形式

---

① (清)顾炎武著《日知录》卷二十三"生而曰讳"条,岳麓书社1994年5月版,833页。
② (南朝梁)萧统编,(唐)李善注《文选》,中华书局1977年11月影印版,145页下。

外,还有民祭古贤者的墓祭风俗,他依次对各种墓祭方式的具体情况作了简洁细致的描述。还在此基础上概括出了"人情所趋,遂成习俗"①的习俗成因。进而痛惜一种习俗发展到极点便会走向它的反面。就民祭古贤者之风而言,他揭示出,其发展到东汉后期竟出现了"市贾小民相聚为宣陵孝子者数十人,皆除太子舍人,而礼教于斯大坏"②的可悲局面。敬贤地成了名利场,清俗为浊流裹渎,国运何能不衰。

三、以《昭明文选》为例阐发文学思想

顾炎武坚决反对摹拟之风。一切从原始资料出发,是顾炎武著名的治学思想,他平生最瞧不起用第二手资料以逞己说的人,认为利用第二手资料是买旧钱铸新钱。云:"尝谓今人纂辑之书,正如今人之铸钱:古人采铜于山,今人则买旧钱,名之曰废铜,以充铸而已。所铸之钱既已粗恶,而又将古人传世之宝舂剉碎散,不存于后,岂不两失之乎?"③与此相应,在文学创作上顾炎武最痛心的便是摹拟之风。他在《日知录》卷十九中专列"文人摹仿之病"条进行严厉批评。他认为,摹拟之作"即使逼肖古人,已非极诣,况遗其神理而得其皮毛者乎"?并以《文选》名篇为例具体论述道:"效《楚辞》者,必不如《楚辞》;效《七发》者,必不如《七发》。"进而分析造成这种现象的原因是:"盖其意中先有一人在前,既恐失之,而其笔力复不能自遂。此寿陵余子学步邯郸之说也。"④也就是说,摹仿造成了作家的心理障碍,限制了他们的心灵独运,桎梏了其创作才能的正常发挥。顾炎武颇同意洪迈《容斋随笔》对《文选》卷三十四中枚乘《七发》"创意造端,丽辞腴旨,上薄骚些"的高度褒奖,也同意洪迈对《文选》中曹植《七启》、张协《七命》等作"规仿太切,了无新意"的严厉批评。还认为,

---

① (清)顾炎武著《日知录》卷十五"墓祭"条,岳麓书社1994年5月版,545页。
② 同上。
③ (清)顾炎武著《顾亭林诗文集》卷四《与人书》十,中华书局1959年8月版,97—98页。
④ (清)顾炎武著《日知录》卷十九"文人摹仿之病"条,岳麓书社1994年5月版,685页。

洪迈对《文选》卷四十五中三篇作品"东方朔《答客难》,自是文中杰出","扬雄拟之,为《解嘲》,尚有驰骋自得之妙","班固《宾戏》,皆章摹句写,其病与《七林》同"的评论,"其言甚当"。但是,他又认为洪氏的评论是从小处着眼,"此以辞之工拙论尔",所以未免有拔高扬雄《解嘲》之嫌。他主张要"若其意",即从立意创新的高度去整体审视,那么所有摹拟之作就"总不能出于古人范围之外也"①,即皆毫无价值可言了。这就从根本上否定了摹拟之路的前途,比洪迈的认识更深一层。

那么,文学创作的前途在哪里? 应如何对待前人的优秀作品呢? 顾炎武认为唯一正确的选择就是如《文选》卷十七陆机《文赋》中所说的那样,"谢朝华于已披,启夕秀于未振",即在继承的基础上勇于独创,只有创新,才有出路。顾炎武同时也清醒地认识到,文学创新"益难矣",是一件非常不容易的事,他甚至遗憾"今且未见其人"②。唯其如此,顾炎武就愈发痛恨明清传统诗文领域里倡导的复古之风,他是在有为而发。

顾炎武还主张文学风格多样化。作为一名通儒,顾炎武对儒家传统的温柔敦厚的诗教是信奉不疑的,这一点人所共知,因此他颇为推崇文学作品的委婉含蓄风格。但是,顾炎武的可贵之处就在于他善于兼收并蓄,从经世致用的目的出发,同样欣赏与温柔敦厚的诗教风格相悖的作品。因此他对《文选》入选作品论述道:"诗之为教,虽主于温柔敦厚,然亦有直斥其人而不讳者。""《楚辞·离骚》:'余以兰为可恃兮,羌无实而容长。'王逸章句谓:'怀王少弟司马子兰。''椒专佞以慢慆兮'章句谓:'楚大夫子椒。'洪兴祖补注:'《古今人表》有令尹子椒。'""孔稚珪《北山移文》明斥周颙,刘孝标《广绝交论》阴讥到溉。"③不难看出,顾氏论《文选》卷三十二屈原《离骚》主要从具体词句入手,裁定了该篇率真的语言风格;论《文选》卷四十三孔稚珪《北山移文》和卷五十五刘孝标《广绝交论》则从全文立意入手,指出其率真

---

① (清) 顾炎武著《日知录》卷十九"文人摹仿之病"条,岳麓书社 1994 年 5 月版,685—686 页。

② 同上,685 页。

③ (清) 顾炎武著《日知录》卷十九"直言"条,岳麓书社 1994 年 5 月版,678—679 页。

的整体风格。值得玩味的是,作者对三文的总结语却是:"此皆古人风俗之厚。"①按儒家传统诗教观审视这三篇作品,他们恰恰都是违反敦厚之风的,而顾炎武却把文学作品的爱憎分明、激浊扬清视做古风淳厚,其深意正在于不满当时一味明哲保身、回避矛盾、言不由衷的庸俗文风。足见顾氏对文学率真风格和优良文风的向往与期待。

四、从《昭明文选》中探讨文体特点与文体流变

古代文体理论至南朝的《文心雕龙》和《昭明文选》而成熟,尽管两家细分文体近四十种,然刘、萧心目中的纯文学则主要是诗赋两体而已,这是六朝人的共识,也是文体理论成熟的标志。众所周知,赋的性质和特点历来言人人殊,莫衷一是。顾炎武则以《文选》作品为例提出了新的一家言。云:"古人为赋,多假设之辞。序述往事,以为点缀,不必一一符同也。子虚、亡是公、乌有先生之文,已肇始于相如矣。后之作者实祖此意。谢庄《月赋》:'陈王初丧应、刘,端忧多暇。'又曰:'抽毫进牍,以命仲宣。'按王粲以建安二十一年(216)从征吴,二十二年(217)春道病卒。徐、陈、应、刘一时俱逝,亦是岁也。至明帝太和六年(232),植封陈王。岂可掎摭史传,以议此赋之不合哉?""而《长门赋》所云,陈皇后复得幸者,亦本无其事。俳谐之文不当与之论矣。""陈后复幸之云,正如马融《长笛赋》所谓'屈平适乐国,介推还受禄'也。"②综上引文可知,顾炎武总体上把赋视为"俳谐之文",将其基本写作特点概括为"多假设之辞"。其结论乃从《文选》赋体名篇中归纳考辨而来。其中《子虚赋》见《文选》卷七,《上林赋》见《文选》卷八,《月赋》见《文选》卷十三,《长门赋》见《文选》卷十六,《长笛赋》见《文选》卷十八。笔者以为,顾氏对赋体的总结确给人一种耳目一新之感,并有一定道理,只是他未将赋作分门别类统观而论,未免以偏概全。其实以上五赋特点并不相同,顾氏的考辨亦不无可商榷处。若以"俳谐之文"、"假设之辞"概括《子虚》、《上林》二赋,无疑是正确的,赋中人物子虚、亡是公、乌有先生的名字本身就意味着虚构

---

① (清) 顾炎武著《日知录》卷十九"直言"条,岳麓书社1994年5月版,679页。
② (清) 顾炎武著《日知录》卷十九"假设之辞"条,同上,695页。

假设、本无其人；但这只是代表了西汉大赋的基本特点，并不能代表所有赋作。顾氏认为谢庄《月赋》"实祖此意"，即仿司马相如而来，笔者不敢苟同。之所以曹植公元232年才封陈王，而该赋言植公元212年前与诸子之关系时已称"陈王"，是赋作者谢庄作为后人对曹植官职的追称，并非有意歪曲历史，故不能以此作为"假设之辞"的佐证。将《长门赋》视为"俳谐之文"、"假设之辞"未尝不可，但它与《子虚》、《上林》二赋也并非同调，该赋与署名苏武、李陵的诗歌一样，是后人假托之作。司马相如元狩五年(前118)已卒，是不可能知道后元二年(前87)汉武帝死后的庙号而在赋中称"孝武皇帝"的。对托名之作，不宜以赋体名篇的通例视之。至于马融的《长笛赋》，则纯是一篇体物言志之作，本身写的就不是历史题材或人物题材，也就自然不存在与史实是否相符的问题，当然也就无所谓"假设之辞"了。其"屈平适乐国，介推还受禄"两句是抒写的作者的美好愿望，而不是对已有史实的假设。

顾炎武对五言诗流变的见解也颇新颖。他说："五言之兴，始自汉魏，而十九首并无题，郊祀歌、铙歌曲各以篇首字为题。又如王、曹皆有《七哀》，而不必同其情；六子皆有《杂诗》，而不必同其义，则亦犹之十九首也。唐人以诗取士，始有命题分韵之法，而诗学衰矣。"[①]这里讨论问题不仅全依《文选》入选作品为例，且首次把《文选》卷二十九保存下来的仅有的东汉十九首古诗确定为五言诗兴起的标志，很有见地。同时，不仅首次充分肯定了诗歌自由命题和同题不同情、同题不同义的艺术价值，且将其推崇为普遍的艺术创作规范，并依据这一规范对唐代科举命题应试之诗进行了严厉批评，称"诗学"至此而"衰矣"。说明顾氏深谙艺术三昧：艺术是真情的流露，最忌人为的各种限制。此外，顾炎武对不入六朝人视线的"传体"也有一番高论。他在《日知录》卷十九"古人不为人立传"条中认为，虽然"列传"之名起于司马迁的《史记》，但那是史官所立之"史"体，不是文学。他同意梁任昉《文章缘起》的说法，断定《文选》卷五十一东方朔的《非有先生

[①]（清）顾炎武著《日知录》卷二十一"诗题"条，岳麓书社1994年5月版，729—730页。

传》为"传体"之始。①并由此判定,作为文学的"传体"是寓言性的传记文,其特点乃"仅采其一事而谓之传"②。为此,顾氏还列举了韩愈《毛颖传》、柳宗元《种树郭橐驼传》、《蝜蝂传》等作旁证。此解可谓别具一格,将文学与历史的界限划分更清楚了。相比之下,刘勰《文心雕龙》由《春秋》到《左传》,再到《史记》、《汉书》的"传体"勾勒似嫌保守些。顾炎武还一反常论,认为我国七言诗起源于《文选》卷十九宋玉的《神女赋》,③而不是刘勰等所说的起于《诗经》,亦可聊备一说。

五、对《昭明文选》入选作品的读音、字义及用韵特点的阐释

重视声(音律)、色(辞藻)之美,是我国古代最主要的文学样式诗、赋、文创作的最基本特点。因此,《文选》收录的作品皆未出赋、诗、骈文之范围,仅赋一种文体就占去了《文选》三分之一的篇幅。而赋自身的美学追求又决定文中多用奇僻之字,给后世阅读造成了极大困难,直接影响了研究的深入。为此,顾炎武在前人研究的基础上,对《文选》作品中不少字句的读音、释义提出了很好的见解。

关于读音考辨,顾炎武多所创获。如,《日知录》卷七"䴗"条,针对《文选》作品中"弋白鹄,连驾鹅,双鸧下,玄鹤加"(司马相如《子虚赋》),"鸿鹔鹄鸰,鸰驾鹅属玉"(《上林赋》),"驾鹅鸿鹍"(张衡《西京赋》),"鸿鸰驾鹅"(《南都赋》)等句,广征博辨,认为鹅、鹄、驾几字皆"何"韵,读如"哥"。此解不仅使我们掌握了上述作品的读音,且感受出了各赋句的韵味美。再如,顾氏还就《文选》卷十三贾谊《鹏鸟赋》"斡流迁"和《文选》卷十九张华《励志诗》"大仪斡运"中的"斡"字详加考辨,纠正了扬雄、杜牧及元明时期普遍流行的"乌括切"声训之误,重训为"古案切",读如"管",对今人研究《文选》读"斡"为"卧"的习惯性错误也是一个警示。

---

① 检《文选》各版本,《非有先生传》皆作《非有先生论》,不知顾氏何据。
② (清)顾炎武著《日知录》卷十九"古人不为人立传"条,岳麓书社 1994 年 5 月版,691 页。
③ (清)顾炎武著《日知录》卷二十一"七言之始"条,同上,743 页。

关于字义解释，顾炎武也有新见。他在《日知录》卷三十二"幺"条中释《文选》卷十《文赋》"犹弦幺而徽急，故虽和而不悲"中的"幺"为"幼"，纠正俗写"幺"为"么"之误。又如，他解《文选》卷二十九曹丕《杂诗》"吹我东南行，行行至吴会"，卷三十七曹植《求自试表》"抚剑东顾，而心已驰于吴会"，卷六左思《魏都赋》"览麦秀与黍离，可作谣于吴会"等，认为各句中的"吴会"皆当指吴和会稽二郡所辖的广大地域，二郡合称"吴会"。并强调说"此不得以为会稽之会也"，即不能只理解为会稽郡的治所(今绍兴市)。① 顾氏的解释对我们准确领会作品精神实质很有帮助。应当指出，顾炎武对每个字词的阐释都是广征博引，详加考订后得出的，因而很具说服力。

关于用韵特点，顾炎武通过研读《文选》作品，归纳出了古诗赋文不忌重韵的特点。为此，他在《日知录》卷二十专列了"古人不忌重韵"条加以论述。如，依次列出《文选》卷十三潘岳《秋兴赋》四句连用二"省"字；卷二十三阮籍《咏怀诗·灼灼西颓日》六句连用二"归"字；卷二十二沈约《钟山诗应西阳王教》连用二"足"字；卷二十三任昉《出郡传舍哭范仆射》一文连用二"生"字，三"情"字；卷二十九托名苏武的《骨肉缘枝叶诗》连用二"人"字，《结发为夫妇诗》连用二"时"字等。笔者认为，《文选》所收皆南朝梁代之前的作品，其不避重韵似主要说明当时用韵尚处于自发草创阶段，正是声律理论尚未成熟且尚未有意运用于创作中的标志。其次，同字不同义，也可能是不避重韵的又一原因。如潘岳《秋兴赋》"宵耿介而不寐兮，独展转于华省"之"省"，是"省禁"之义；而"悟时岁之遒尽兮，慨俯首而自省"之"省"，乃"省察"之义。任昉《哭范仆射诗》中"潺冲得茂彦，夫子值狂生"之"生"是名词，任昉自指；而"不忍一辰意，千龄万恨生"之"生"则是动词，"产生"之义，皆字同义不同。然问题是，顾炎武不仅不厌其烦地罗列《文选》作品的重韵现象，而且反对有意避重韵。如，《日知录》卷二十一"诗人改古事"条对《文选》卷十九谢灵运《述德诗》"弦高犒晋师，仲连却秦军"句大为不满，讥之云："弦高所犒者秦师而改为'晋'，以避下'秦'字，则舛而陋矣。"② 由此不难看出，顾炎武信守的仍是他崇尚自

---

① (清)顾炎武著《日知录》卷三十一"吴会"条，岳麓书社1994年5月版，1085页。
② (清)顾炎武著《日知录》卷二十一"诗人改古事"条，同上，748—749页。

然的艺术原则,认为重韵只要重得自然就是好作品,他不允许因讲人工技巧而破坏自然原则,更不容许因讲人工而使作品出现知识硬伤。多用叠字句,是民歌的惯用修辞手法,《文选》卷二十九所录《古诗十九首》受民歌影响亦多用叠字。顾炎武从自然艺术原则出发,对这组诗推崇备至,情有独钟。如,他在《日知录》卷二十一"诗用叠字"条中一方面称"诗用叠字最难",一方面则举出十九首中《青青河畔草》连用"青青"、"郁郁"、"盈盈"、"皎皎"、"娥娥"、"纤纤"六组叠字的奇迹,赞其"极自然","下此即无人可继",同时又称《文选》卷三十三宋玉《九辨》"连用十一叠字,后人辞赋亦罕及之者"①。可见,自然是顾炎武追求的最高艺术原则。

六、对《昭明文选》入选作品及旧注的订正

顾炎武学识渊博,借研读《昭明文选》纠正了正史不少谬误,颇令人信服。此仅举二例,如《日知录》卷二十七"汉书注"条云:"史书之文中有误字,要当旁证以求其是,不必曲为之说。如此传(指《汉书·扬雄传》)《解嘲篇》中'欲谈者宛舌而固声','固'乃'同'之误;'东方朔割名于细君','名'乃'炙'之误,有《文选》可证。而必欲训之为'固'、为'名',此小颜之癖也。"②这里不仅以《文选》为据订正了正史《汉书》"固"、"名"两字的形讹问题,使其早已成为学术界的定评;而且还以小见大、举一反三,指出了"旁证以求"的考误方法;更重要的是,还藉此批评了学术界长期存在的"曲为之说"、"必欲训为某某"的不良学风。这种学风使得许多本该早澄清的问题愈搞愈复杂了,故顾氏之论至今仍不乏警世之意。再如,《日知录》卷二十七"左传注"条,以《文选》卷三十三屈原《九章》纠正《史记》之谬云:"《楚辞·九章》云:'思久故之亲身兮,因缟素而哭之。'明公在时之推已死。《史记》则云:'闻其入緜上山中,于是环緜上山中而封之,以为介推田,号曰介山。'然则受此田者何人乎? 于义有所不通矣。"③究竟屈辞所述

---

① (清) 顾炎武著《日知录》卷二十一"诗用叠字"条,岳麓书社 1994 年 5 月版,745 页。
② (清) 顾炎武著《日知录》卷二十七"汉书注"条,同上,965 页。
③ (清) 顾炎武著《日知录》卷二十七"左传注"条,同上,939 页。

与迁史所述有无矛盾,辞句能否证出《史记》之谬,限于篇幅,本文不拟详论,然仅就顾炎武发现和提出该问题的本身就足以见出他的识力。

顾炎武还依据史书发现了《昭明文选》原文及注释中不少问题,并逐一考证纠谬,大体分五个方面。

第一,辨所收作品之伪。如,顾炎武据《文选》卷二十九李陵《与苏武诗》第二首"独有盈觞酒,与子结绸缪"二句之"盈"字,判定该诗是后人伪作。云:"在武、昭之世而不避讳,又可知其为后人之拟作而不出于西京矣。"①各家断苏李诗之伪的理由较多,如果避讳之俗确在宣帝之前已有,此处顾氏凭一字不避惠帝刘盈讳而断李陵诗为伪作,还是有一定说服力的,亦不失为一家言。顾炎武还怀疑《文选》所载司马相如《子虚赋》不是原作,其游梁时所作那篇已佚。《日知录》卷二十七"汉书注"条云:"《汉书·司马相如传》,《子虚》之赋乃'游梁时作。'当是侈梁王田猎之事而为言耳。后更为楚称齐难而归天子,则非当日之本文矣。若但如今所载《子虚》之言,不成一篇结构。"(卷二十七"汉书注"条)顾氏的怀疑很有道理,高步瀛《文选李注义疏》卷七详考证实了顾氏的结论,已早为学术界所接受。

第二,纠作品内容之误。顾炎武认为《文选》卷四十七陆机《汉高帝功臣颂》所述内容失真,云:"陆机《汉高帝功臣颂》:'侯公伏轼,皇媪来归。'乃不考史书之误。《汉仪注》:'高帝母,兵起时,死小黄,后于小黄作陵庙。'《本纪》:'五年,即皇帝位于氾水之阳,追尊先媪为昭灵夫人。'则其先亡可知。而十年有太上皇后崩,乃太上皇崩之误,文重书而未删也。侯公说羽,羽乃与汉约中分天下。九月,归太公、吕后,并无皇媪。"②此条乃以史证文,很见功底,甚至指出了文误的具体原因是"太上皇后崩,乃太上皇崩之误,文重书而未删也",即少删了一个"后"字所至。不过,笔者以为,也许汉王刘邦母虽死,其父还另有妾;抑或其母死后,其父又续弦。虽然《高祖本纪》有"九月,归太公、吕后"之语,并无皇媪,但《项羽本纪》上却又有"归汉王父母、妻子"的记载。此可存疑。另,纠《文选》卷十二郭璞《江赋》"总括汉泗,

---

① (清)顾炎武著《日知录》卷二十三"已祧不讳"条,岳麓书社1994年5月版,819页。
② (清)顾炎武著《日知录》卷二十一"陆机文误"条,同上,751页。

兼包淮湘"之误,亦可存疑。顾氏认为"淮泗并不入江",笔者以为"总括"和"兼包"似乎本就不指必入江。

第三,纠旧注之误。《日知录》卷二十七"文选注"条云:"阮嗣宗《咏怀诗》'西游咸阳中,赵李相经过。'颜延年注:'赵,汉成帝后赵飞燕也。李,武帝李夫人也。'按成帝时自有赵李,《汉书·谷永传》言赵李从微贱专宠;《外戚传》:'班婕妤进侍者李平,平得幸,亦为婕妤。'《叙传》:'班婕妤供养东宫,进侍者李平为婕妤而赵飞燕为皇后。大将军(王凤)薨后,富平定陵侯张放、淳于长等始受幸。出为微行,行则同舆执辔,入侍禁中,设宴饮之,会及赵李诸侍中,皆引满举杯,谈笑大噱。'史传明白如此,而以为武帝之李夫人何哉?"①此段以众史证《文选》颜延年旧注"赵李"之误,认为"赵李"指汉成帝时的赵飞燕和李平,而不是赵飞燕和武帝时的李夫人。可谓多证并立,言之凿凿。笔者以为顾氏的解释确实更合阮籍用典原意。

第四,纠五臣注之误。因五臣注浅陋不堪,故顾氏纠其谬之例俯拾皆是,此仅简列二例以窥一斑。如《日知录》卷二十三"氏族相传之讹"条纠《文选》卷五十六曹植《王仲宣诔》吕向之谬,云:"曹子建作《王仲宣诔》曰:'流裔毕万,末胄称王。厥姓斯氏,条分叶散。世滋芳烈,扬声秦汉。'吕向注:'秦有王翦、王离,汉有五侯。'按王粲系毕公高之后,毕万封于魏,后十代,文侯始列为侯,至孙称惠王,因以王为氏;而秦之翦、离,自周太子晋之后;汉之五侯,自齐田和之后。此三派元不相干,注引为一,误矣。"②叙王氏脉系如数家珍,指吕注之谬有理有据,可谓定论。又如《文选》卷三十四枚乘《七发》云:"扁鹊治内,巫咸治外。"吕向注云:"扁鹊、巫咸皆郑人。"顾炎武于《日知录》卷二十五"巫咸"条纠吕氏之谬云:"按《列子》、《庄子》皆言:'郑有神巫曰季咸',而扁鹊则鄚人,字形相混,亦以为郑也。"③不仅以确凿文献指出吕注扁鹊籍贯之谬,且指出谬在"郑"、"鄚"形近相混而讹,可谓确考。扁鹊鄚(今河北任丘市)人,早为《史记》本传等多种文献所载,五臣浅陋误人可见一斑。

---

① (清) 顾炎武著《日知录》卷二十七"文选注"条,岳麓书社1994年5月版,970页。
② (清) 顾炎武著《日知录》卷二十三"氏族相传之讹"条,同上,800页。
③ (清) 顾炎武著《日知录》卷二十五"巫咸"条,同上,874页。

第五，纠注中引文之误。顾炎武在《日知录》卷二十"年号当从实书"条中云："《文选·魏都赋》刘良注'文昌殿前有钟，其铭曰：惟魏四年，岁次丙申，龙次大火，五月丙寅，作蕤宾钟。'魏四年者，曹操为公之四年，汉献帝之二十一年也。"若刘良注所引铭文文字不误，顾氏是对铭文的提法提出批评的，认为称"魏公四年"年号不合实际，当直用汉建安二十一年年号。这表明顾氏对历史有严格的实事求是态度。

七、顾炎武的失误

尽管顾炎武对《昭明文选》入选作品进行了较全面的阐释与订误，取得了重要成就，不过，认真研读顾氏的研究成果，仍能发现他在考证有关问题时，或因证据不足，或因偏执一种材料，或因观念局限，所得结论也有不少错误或值得商榷之处。有些笔者在前面已随文辨析，有些需留待以后详论。此处谨略陈二例，以就方家。

通读《日知录》，可以感受到顾炎武特别偏信孔颖达的见解，有时甚至因偏信孔氏不正确的观点而不惜舍弃多种可靠文献。如，顾氏在《日知录》卷二十五"湘君"条中，认为《文选》卷三十二《九歌》之《湘君》、《湘夫人》中的湘君、湘夫人为水神，并非舜之二妃。为证明己说，顾氏则转引孔颖达所引用的皇甫谧《世纪》"舜葬于苍梧之野，盖三妃未之从也"两句话以实之。其实，舜妻尧之二女的神话传说屡见于《尧典》、《檀弓》、《汉书》、《后汉书》、《三国志》等，凡所称引，皆作二妃。《史记·五帝本纪》集解亦引《礼记》作二妃。所谓三妃之说，乃肯定为别本之讹。但顾炎武却对此则有讹误的材料信而用之。另外，顾炎武对待神话传说的态度也颇为保守，致使视不少相关珍贵文献为荒诞，严加痛斥。如同卷同条，对《文选》卷十九宋玉《高唐赋》中李善注引《襄阳耆旧传》有关赤帝女姚姬故事的记载；对《文选》同卷曹植《洛神赋》注中《汉书音义》关于伏羲之女故事的记载，顾氏都表示了极大不满。他认为，作为"假设之辞"的赋描写这些荒诞不经的故事是可以的，而李注中所引的文献史料竟记载这些东西是不可思议的，失去了史料价值。笔者以为，顾炎武对文学作品和历史文献提出不同的要求标准是对的，但他不懂得古文献记载的神话材料是没必要去坐实的。顾炎武甚至指斥"《九歌》之篇、《远游》之赋,且为后世迷惑男女,渎乱神人之祖也"①,说明他连文学创作中运用神话故事也无法容忍,这或许是实证派共有的局限吧。

顾炎武对《昭明文选》作品之误也有当考而失考者。如他在《日知录》卷二十专列"年号当从实书"条,要求改朝换代后年号要从实记录,但在同卷"郡国改名"条中却自失其则,云:"(《文选》卷四十七)夏侯湛《东方朔画像赞》'大夫讳朔,字曼倩,平原厌次人也。魏建安中分厌次以为乐陵郡,故又为郡人焉。'此郡国改名之例。"②顾氏认为,上几句话先言东方朔"厌次人"而不是直接追称其为"乐陵郡人",符合史家用字的规范,是"郡国改名之例。"然正是这个符合史家用字规范的正面典型,其"魏建安"几字,却恰恰违背了信史的规范。建安是东汉末献帝年号,而夏侯湛是魏晋间的辞赋家,且是曹魏的同乡豪门,在文中称汉建安为"魏建安",正是有意违背信史用字规范,而一向坚持"年号当从实书"的顾炎武却未能发现夏侯湛的这一大错,反而误将其树为正面典型。看来,智者千虑也会犯常识性错误,顾炎武这样的大家也莫能外。

---

① (清)顾炎武著《日知录》卷二十五"湘君"条,岳麓书社1994年5月版,877页。
② (清)顾炎武著《日知录》卷二十"郡国改名"条,同上,725页。

附 录

论河洛文化的根源性特征*

一、河洛文化界定

按照阴法鲁、许树安先生的归纳,学术界对"文化"一词的解释虽然聚讼纷纭,但普遍认同的代表性观点大致有四种,一种认为指物质文明和精神文明的总和,一种认为专指精神文明,一种认为指与政治、经济并列的文化,一种认为指思想基础即哲学。[①] 不难发现,四种定义由广到狭,依次递缩,我们取"物质文明与精神文明总和说",但具体讨论河洛文化时又以"精神文明"为主,精神文明中又以思想观念为主。

具体到河洛文化的概念,学术界亦同样聚讼纷纭。既表现为空间(地域)概念界定的差异,又表现为时间(历史)概念界定的不同。就空间(地域)概念而言,代表性的意见由小到大,依次为"以洛阳为中心的

---

* 原载于《河南社会科学》2010年第6期。

① 见阴法鲁、许树安主编《中国古代文化史·前言》,文云:"'文化'一词有多种用法、多种含义。就'文化史'、'文化学'等学科所采取的文化含义说,一般的理解约有四种:第一义,指每个民族为了生存和发展,积年累代,在物质生活和精神生活中通过体力和脑力劳动所取得的各种成果和成就的总体而言。包括物质文化和精神文化。第二义,专指精神文化而言,即社会意识形态以及与之相适应的典章制度、政治和社会组织、风俗习惯、学术思想、宗教信仰、文学艺术等。第三义,指社会生活中和政治、经济两类并列的文化类而言。这三类——政治、经济、文化的内容,彼此有关联,有交叉,有时难以划分。第四义,主要指一个民族的思想基础即哲学而言。这样,对文化的内容、范围及研究目标的理解,便因人而有分歧了,但人们一说到文化,对它们的不同含义还是可以互相领会的。"北京大学出版社1990年9月版,1页。

黄河与洛水交汇地区的文化"说(简称"豫西"说)①、"四至"说②、"与中原文化同义(中原文化代名词)"说等。③ 就空间(历史)概念而言,代表性的意见由短而长,依次为"远古"说④、"上古至战国末期"说⑤、

---

① 赵芝荃《史前文化多元论与黄河流域文化摇篮说》,见《河洛文化论丛》第一辑,河南大学出版社 1990 年 8 月版,1 页;韩忠厚《试论河洛文化在中国文化史上的地位》,同上,22 页;陈昌远《先秦河洛历史地理于河洛文化历史地位考察》,同上,36 页;李先登《河洛文化与中国古代文明》,同上,53 页;窦志力《河洛文化浅说》,同上,64 页;孟令俊著《河洛文化纵横·自序》,中州古籍出版社 1993 年 9 月版,3 页;戴逸《关于河洛文化的四个问题》,载《寻根》1994 年 1 期;史善刚著《河洛文化论纲》,河南人民出版社 1994 年 7 月版,1—2 页;程有为《河洛文化概论》,载《河南社会科学》1994 年 2 期。

② "四至"是指河洛文化区域边界东南西北四个方向所到达的地方,大致以朱绍侯、周文顺、徐宁生、薛瑞泽、许智银等人的观点最具代表性。朱绍侯认为,"经过最近几年的研究,学术界对河洛地区的范围,几乎取得了一致的共识。即指以洛阳为中心,西至潼关、华阴,东至荥阳、郑州,南至汝颍,北跨黄河而至晋南、济源一带地区。"见《河洛文化于河洛人、客家人》一文,载《文史知识》1994 年 3 期;周文顺、徐宁生认为,"'河洛文化'是一个地域文化概念。'河',即中华民族的母亲河——黄河;'洛',即今黄河中段南面之支流——洛水;'河洛',泛指黄河与洛水交汇之流域。以今日地域之观念,她以中岳嵩山为中心,北迄邯郸以南,南接淮河之北,西达关中华阴,东至豫东平原。其主要区域,即今河南省境。"见周文顺、徐宁生主编《河洛文化·"我们的河洛文化观"(代前言)》,五洲传播出版社 1998 年 9 月版,5 页;薛瑞泽、许智银认为,河洛地区以洛阳为中心,"东至郑州、中牟一带,西界华阴、潼关一线,南以汝河、颍河上游的伏牛山脉为界,北跨黄河以汜水以南的晋南,河南的济源、焦作、沁阳一线为界。"见《"河洛"与河洛地区研究补正》,载《中国历史地理论丛》1999 年 2 期和《河洛文化研究》,民族出版社 2007 年 10 月版,47 页。其他"四至"说详见有为、辛夷综述性文章《根在河洛功存华夏》,载《史学月刊》1994 年 1 期。

③ 此观点亦以朱绍侯、邢永川、程有为等为代表。朱绍侯载《文史知识》1994 年 3 期所载《河洛文化与河洛人、客家人》一文中云:"作为河洛文化圈,实际要超过河洛区域范围。笔者认为河洛文化圈应该涵盖目前河南省全部地区,东与齐鲁文化圈相衔接,南与楚文化圈相衔接,西与秦晋文化圈相衔接,北与燕赵文化圈相衔接。究其实质,河洛文化就是狭义的中原文化。广义的中原文化应包括齐鲁、秦晋、燕赵等文化。"邢永川《"河洛"初考》(收入《河洛文化与汉民族散论》,河南人民出版社 2006 年 4 月版,72—81 页);程有为著《河洛文化概论》,河南人民出版社 2007 年 10 月版,2 页。

④ 见张振黎《从"河图"、"洛书"乃"祭祀河洛神化"的演变,看河洛文化在华夏文明中的地位河作用》,收入《洛汭与河图洛书》,河南科技出版社 1996 年 3 月版,15—33 页。

⑤ 孙家洲认为"河洛文化与其他地域文化一样,至秦朝统一后已不复存在"。河洛文化是指"夏商周三代河洛地区的文化现象",三代之前的史前文化仅是考古文化概念,不是历史文化概念,秦统一之后,文化统一,已无区域文化。见周文顺、徐宁生主编《河洛文化》,五洲传播出版社 1999 年 9 月版。

"上古至北宋"说①、"上古至清代"说②、"上古至当代"说③等。

众多专家的研究成果对笔者启迪良多,在总结他们研究成果的基础上,笔者经过认真品味思考,自认为,从空间上确定河洛文化的范围似宜注意四点:一是划定的区域范围不宜过大也不宜过小,过大则无特色,过小则无内涵;二是四周边界似宜大致划定地区,不宜划得太过具体和清晰,因凡是文化圈皆呈从中心区域向四周辐射渐远渐淡态势,与相邻文化圈之间自然有过渡交叉地带,边界划定太过具体,则不符合历史实际;三是河洛文化与河洛文化圈外部边缘未必强求完全一致,文化圈略大于和略超出自然地理区域概念是正常的;四是文化圈的划定,不要忽略古代自然山脉和水系的阻隔作用。

综合以上原则,在河洛自然地理区域和今日行政区域划分上,我个人比较认同程有为先生的划分意见,同时又有所完善和修正,"从自然地理讲,河洛地区位于黄土高原的东南隅,西起华山,东至豫西山地与黄河下游平原交界处,南自伏牛山、外方山,北至太岳山(又称霍太山),包括伊洛河流域、涑水流域、沁水流域及汾水下游地区。从现代行政区划来说,就是河南中西部和山西南部及陕西东部一小部分"④。具体到所包括的城市则为,以河南省洛阳市为中心,向东包括郑州市全部及开封市西部,向南包括许昌市、漯河市全部及平顶山市大部,向西包括三门峡市、陕西省的渭南市东部及商州市北部,向北包括济源市、焦作市、新乡市、鹤壁市、安阳市、山西省的运城市、临汾市、晋城市及长治市南部。

就河洛文化圈而言,笔者比较认同朱绍侯先生归纳学术界研究成果而提出的"四至衔接"说,而不敢苟同他所说的"河洛文化圈应该涵盖目前河南省全部地区"、"河洛文化就是狭义的中原文化"⑤的提

---

① 徐光春著《中原文化与中原崛起》,河南人民出版社2007年4月版,5页。
② 见李先登《河洛文化与中国古代文明》一文,收入《河洛文化论丛》第一辑,河南大学出版社1990年8月版,53—63页;韩忠厚《试论河洛文化在中国文化史上的地位》,同上,22—35页。
③ 程有为《河洛文化略论》,收入《洛汭与河图洛书》,河南科技出版社1996年3月版,299—305页。
④ 程有为著《河洛文化概论》,河南人民出版社2007年10月版,3页。
⑤ 朱绍侯《河洛文化与河洛人、客家人》,载《文史知识》1994年3期。

法。因为处于河南省西南部占据省辖市最大面积的南阳市历史上明显属于荆楚文化圈。南阳的文化可以归属今天的中原文化,但不能归属传统的河洛文化,这是由中原文化与河洛文化下限的断限不同所决定的。

据此,河洛文化圈就是大致如朱绍侯先生所总结的东与齐鲁文化圈相衔接、南与荆楚文化圈相衔接、西与秦晋文化圈相衔接、北与燕赵文化圈相衔接的处于我国中心区域的文化圈。

就时间(历史、历时)的概念而言,孙家洲、周文顺、徐宁生等先生对河洛文化下限划定的理由,对笔者的启发最大,笔者虽不敢苟同他们河洛文化"战国末期"说的下限结论,但却启发了笔者如何划定。他们划定的理由很简单,区域性文化的形成必须"依附于强大的国家政治力量",①因而随着秦始皇的统一天下,"车同轨,书同文,度量衡整体划一",包括河洛文化在内的各个区域文化便不复存在,此后存在的则是统一的国家文化。强调政权对文化的主导作用,一言中的。但是,文化"依附"政权并不等于完全取决于政权,即使政权是决定文化特色的决定性因素,也不等于是文化形成的唯一因素。构成文化的因素是多方面的。区域文化的形成,除了政权因素之外,区域位置、自然环境、地理条件、气候条件、原有传统等,也都自然而然地影响着地域文化特色的形成。因此,我个人认为,秦始皇统一中国后,在大一统的政权下,各个区域性的文化逐步趋向融合,但其固有的区域特色不可能完全抹杀掉,正像客家人生活在闽台及世界各地不同的政权下,却仍保持固有的文化特色一样。

大一统政权下不同地区的文化特征的共性强于不同政权下不同地区文化特征的共性而淡于其个性是不言而喻的,但不能说统一政权下就没有了地域文化特征。依生活经验推测,同在秦始皇大一统政权统治下,北方大漠中人的生活方式、风俗习惯、群体意识与好尚、语言特点等与江南水乡或大山深处的生活方式、风俗习惯、群体意识与好尚、语言特点等肯定相去甚远。其实,地理环境与文化特征形成

---

① 孙家洲先生的观点见于1993年10月9日在河南巩义举行的"中华炎黄文化与河洛文明国际学术研讨会"上的发言,周文顺、徐宁生《河洛文化·我们的"河洛文化观"(代前言)》,五洲传播出版社1998年9月版,6页转述。

的关系早在东汉时期班固就已经揭示过了。其《汉书·地理志》云："凡民函五常之性,而其刚柔缓急,音声不同,系水土之风气,故谓之风;好恶取舍,动静亡常,随君上之情欲,故谓之俗。"①此处虽未直言文化特征问题,但所论人们的群体性格、语言、好尚等,正是文化特征重要内容的具体表现。班固在具体介绍东汉各地风俗形成情况时,也是从政权和地理两方面着眼的。如,他认为吴粤和齐俗的形成源于早期政权主导,云:"吴粤之君皆好勇,故其民至今好用剑,轻死易发。""初,太公治齐,修道术,尊贤智,赏有功,故至今其土多好经术,矜功名,舒缓阔达而足智。"而同时他又认为,巴蜀、燕赵、荆楚风俗的形成则主要缘于其地理环境,宣称,因巴蜀"土地肥美,有江水沃野",所以其"俗不愁苦,而轻易淫泆,柔弱褊阸";又称,因燕赵"地薄人众,犹有沙丘纣淫乱余民",所以形成"丈夫相聚游戏,悲歌慷慨"、"作奸巧"、"女子弹弦跕躧"之风,辽东"地广民希,数被胡寇,俗与赵、代相类";而"楚有江汉川泽山林之饶,江南地广,或火耕水耨",致使形成"信巫鬼,重淫祀"之俗。②不论班固此处对大一统皇权统治一百年后的东汉时期区域风俗特征的概括是否准确,但他对其生成原因的揭示,对我们今天界定河洛文化时间下限问题无疑具有启示意义。

所以,笔者更倾向于徐光春先生的观点,河洛文化的下限划在北宋更为符合历史实际。因北宋之后,随着首都的南迁和文化重心的南移,河洛文化确实走向了衰落,逐渐淡出了人们的视线。当然,孙、周诸先生的立论原则启发我们认识到河洛文化的原则和辉煌期确实在秦始皇统一中国之前的夏商周三代,也确定了本文探讨问题的立足点。

至此,可以得出结论:河洛文化就是指以河洛地区为中心的与东南西北四个文化圈相链接的、北宋之前的传统文化圈,其核心为夏商周文化。

说到河洛文化,为避免与"中原文化"发生混淆,这里也有必要借引徐光春先生对这两个概念的精辟分析予以澄清:

---

① (东汉)班固著《汉书》卷二十八《地理志》,中华书局 1962 年 6 月版,1640 页。
② 同上,1667、1661、1645、1655、1657、1666 页。

我认为,河洛文化与中原文化是一个既相互区别又相互联系的区域文化,集中体现在地域范围、存在时间、文明起源、思想内涵等几个主要方面。从地域范围看,河洛文化的产生地与发展地都在中原文化的地域内,主要是在豫西的洛宁、孟津、巩义一带,比中原文化的范围要小的多。从存在时间看,河洛文化只是中原文化的一段历史,主要是宋代之前,尤以夏、商、周三代文化为重点;而中原文化不仅包括古代、近代,也包括现代和当代的一切文化现象。从文明起源看,河洛文化只是中原文化的重要源头之一,主要以传说中的"河图"、"洛书"为标志,中原文化除此之外,还有裴李岗文化、仰韶文化、龙山文化等其他源头。从思想内涵看,河洛文化与中原文化都是包罗万象,但人们对它们的关注点并不一样,对前者主要是以社会上层为依托,侧重于精神上和理论上的研究,而对后者则是以社会大众为基调,贯通上下,融汇古今,注重传承、实用研究。由此可见,河洛文化诞生在中原,繁荣在中原,并由此传播到全国各地和海外,是中原文化的重要组成部分,是中原文化前期的核心和主流。①

徐光春先生的观点,除对河洛文化的区域界定略显过小外(其文所指当为河洛文化的中心区而非全部河洛),其对"河洛文化"与"中原文化"关系的辨析无疑可作为定论和研究者的指导性意见,笔者完全赞同。笔者认为,用简单的话概括"河洛文化"、"中原文化"、"中国传统文化"三者的关系就是:中原文化是中国传统文化的核心,河洛文化又是中原传统文化的核心,河洛文化是中国传统文化核心中的核心。正如罗豪才先生所说:"河洛文化是以洛阳为中心的古代黄河和洛水交汇地区的物质与精神文化的总和,是中原文化的核心,也是中华传统文化的精华和主流。"②打一个形象的比喻,中国传统文化是一棵根深叶茂的大树,中原文化就是这棵大树的根和树干,而河洛文化就是这棵大树的主根。

---

① 徐光春著《中原文化与中原崛起》,河南人民出版社 2007 年 4 月版,4—5 页。
② 罗豪才《弘扬传统文化　推进文化创新》,见《人民政协报》2006 年 2 月 27 日 C2 版。

二、河洛文化的根源性特征

关于河洛文化的特征问题,学术界和政界归纳已多,囿于笔者所见,有"四性"说①、"五性"说②和"六性"说③等,而"四性"说中又有几种不同的概括。这些概括和归纳都各有道理,但是,笔者以为在人们归纳的众多特征中,河洛文化区别于其他区域性文化的最鲜明、最本质的特征是它的根源性。所谓根源性,一则是在诸种文化中发端时间早,对文明发展方向有引领作用;二则是作为文化核心的思想文化富于原创性。

本来,在古代以来的观念里,中国被认为是"天下",河洛地区又被认为是"天下"之中,"中华民族摇篮"、"中华民族发祥地"早已成为人们对以河洛文化为中心的中原的惯常称呼,但近些年随着区域文化研究的深入和考古成果的印证,文明起源的"一元"论受到挑战,发生了"一元"与"多元"之争。毫无疑问,"多元"论更有利于完整体现中国古代文化的景观,中华文明的成就不但有黄河文明的贡献,还有长江文明、草原文明及其他文明的贡献。但历史学家和考古学家研究的结果同时又表明,不论"一元"论还是"多元"论,都无法改变河洛文化分布的中原地区在中华文明发祥史中的独特贡献和中心地位。正如李学勤先生所说:"中国古代文明诚然是多源的、多区域的,然而也必须看到,不同时期、不同区域的文化发展是不平衡的。也就是说,在若干关键的当口,特定的区域会起特殊的历史作用。""历史文献和考古成果的研究分析表明,我们的先人摆脱原始野蛮的状态,真

---

① "四性"说,李学勤归纳为"传统性"、"开放性"、"综合性"、"先导性",见《河洛文化的历史地位与河洛文化的性质》,载《文史知识》1994年3期;罗豪才、王全书归纳为"根源性"、"传承性"、"厚重性"、"辐射性",见王全书2006年2月24日中国河洛文化研究会成立大会的讲话,载《人民日报》2006年2月25日,罗豪才《弘扬传统文化 推进文化创新》,载《人民政协报》2006年2月27日;程有为归纳为"开放性或者说包容性"、"先进性或者说先导性"、"正统性"、"连续性",见《河洛文化概论》,河南人民出版社2007年10月版。

② "五性"说,徐光春归纳为"根源性"、"原创性"、"包容性"、"开放性"、"基础性"。见《中原文化与中原崛起》,河南人民出版社2007年4月版。

③ "六性"说,薛瑞泽、许智银归纳为"传统性"、"开放性"、"综合性"、"先导性"、"嬗变性"、"持久性"。见《河洛文化研究》,民族出版社2007年10月版。

正开始进入文明时期,正是在中原地区。"①中华文明这棵参天大树,虽然树根有多条,但河洛文化无疑是多条树根中的主根。为说明这一点,这里不妨从史前考古文化、"河图洛书"文化、思想元典文化三个方面予以探讨。

史前考古足以说明河洛文化富于根源性。史前文化主要是指夏朝建立之前文明成果的总称,河洛地区的史前文化的主要特点是时间久远、内容丰富、领域广泛。以郑州的新郑裴李岗村命名的距今8 000年左右的裴李岗文化,在河南省中部、西部、南部已发现同类文化遗址120余处,其中在郑州的新郑裴李岗遗址出土了数百件磨制石器和陶器,在漯河的舞阳贾湖遗址,出土了新石器时代的房址53座、窑穴370座、陶窑13座,以及灰坑、墓葬、公棺葬等,出土文物近5 000件,特别是出土的世界上最早、保存最完整的骨笛,改写了世界音乐史;出土的酿酒遗物,被美国人配方复制后,生产出了9 000年前配方的酒,引起轰动。以三门峡渑池仰韶村命名的距今7 000年左右的仰韶文化,在河洛地区出土了大量彩陶和磨光石器,充分反映了新时期时代先民们的生产生活状况。距今5 000年左右的河南龙山文化,在河洛地区发现了相当丰富的陶器动物浮雕及鼎、罐、壶等文化遗存。可见,史前文化在河洛地区发现不止一处,也不是少数、若干处的几件历史遗存,而是连续的、有规模的历史遗存。② 所以著名学者刘庆柱先生断言:"田野考古揭示,河洛地区的河南龙山文化就是华夏文化的母体文化。""从探索中国古代文明形成源头来说,夏文化直接渊源于河南地区的河南龙山文化;从对夏王朝以后的中国古代历史发展而言,河洛地区的河南龙山文化、夏文化是孕育华夏文明、中华民族文化、汉文化的核心文化。"③大家知道,人类社会从野蛮迈入文明门槛的主要标志,一是文字的产生,二是城邑的兴建,而考古发现,这两种文明标志都集中出现在河洛地区。考古发现证明,文字的起源可能比传说中造字的仓颉所处的黄帝时代还要早。裴李岗文化时代,漯河的舞阳贾湖遗址出土的一些龟甲及石质装饰品上,已发现

---

① 李学勤《河洛文化研究的学术意义》,载《光明日报》2004年8月24日。
② 参见徐光春著《中原文化与中原崛起》,河南人民出版社2007年4月版,6—7页。
③ 刘庆柱《河洛文化是中华民族的核心文化》,载《光明日报》2004年8月31日。

一些刻画符号类似殷商甲骨文字。李学勤先生认为,这些"新发现的龟甲符号,可能同后来商代的甲骨文有某种联系"①。这就说明裴李岗文化时期刻画符号已开始替代结绳记事了。仰韶文化时期,许多遗址出土了大量刻画有多种符号的陶器、陶片,尤其陕西临潼姜寨遗址、郑州大河村遗址,发现陶片符号数量惊人,仅姜寨一处就出土陶片符号 129 个,计 38 种,学术界基本认定这些符合已是文字雏形。如郭沫若先生认为:"彩陶上的那些刻画符号,可以肯定地说就是中国文字的起源,或者中国原始文字的孑遗。"②于省吾先生更断定是现存最早的文字:"我认为这是文字起源阶段所产生的一些简单文字。仰韶文化距今有六千多年之久,那么,我国开始有文字的时期也就有了六千多年之久。"③河南龙山文化时代,更发现了大量成文文字,其除沿用仰韶文化时期符号文字外,又增加了新的形体,这些文字的意义虽暂时还未能为人们所破译,但已说明此时文字已走出草创单字的萌芽时期,而进入初步联字成文的感情交流时期。我国最早的成熟文字甲骨文,出土于河洛地区的安阳,更是人皆共知的事实,仅带字甲骨就出土 16 万片,单字就有 5 000 多,远远超过了今天的常用字数,现已在安阳建成了中国文字博物馆。④

从考古学的角度讲,文明探源的工作很大程度上是在"找城",找到了都城遗址,也就找到了文明源头,所以国家实施的中华文明探源工程和夏商周断代工程都不约而同地把重点锁定在中原。考古工作既发现了裴李岗文化时代的城堡——三门峡灵宝西坡遗址,也发现了龙山文化时代的城堡——郑州的登封王城岗城址"禹都阳城"遗址,更发现了规模大、等级高、使用时间长的夏代中晚期国都——洛阳偃师二里头遗址。偃师二里头遗址的大规模发掘,被学术界公认为"迄今所发现的最早的王都的遗址","进入文明历史的新时期"的标志。⑤ 如上考古成就充分表明以洛阳为中心的中原地区在整个史

---

① 李学勤《文物研究与历史研究》,载《中国文物报》1988 年 3 月 11 日。
② 郭沫若《古代文字之辩证的发展》,载《考古学报》1972 年 1 期。
③ 于省吾《关于古文字研究的若干问题》,载《文物》1973 年 3 期。
④ 参见程有为著《河洛文化概论》,河南人民出版社 2007 年 10 月版,29—30 页。
⑤ 郑杰祥著《新石器时代与夏代文明》,江苏教育出版社 2005 年 5 月版,446 页。

前文明时期都处于领先地位,中华文明是在这一文明基础上融合其他文明逐步发展起来的。河洛文化的根源性由此可见。

"河图"、"洛书"是河洛文化根源性的文化符号和标志。河图洛书被称为"河洛文化的源头和标志",不仅河洛、河洛文化因这一神圣的文化符号而得名,体现了河洛文化的根源性,而且还"体现了中华传统文化的根源性",被认为"中华文化的源头"。① "中华世纪坛"的世纪大厅里,建有浓缩中华五千年文明史的圆壁浮雕,就以河图洛书为第一组,以太极八卦为第二组,足见河图洛书的根源性在中华民族文化积淀中的认同程度。

那么,河图洛书如何体现河洛文化的根源性呢?因为河图洛书作为一种文化现象和文化符号,既神圣又神秘,正如戴逸先生所说:"河图洛书,千古之谜。这个问题涉及中国学术史上一场公案。"②千百年来,经学家和史学家研究者代不乏人,成果也颇为丰富,但并没有人能真正揭开其神秘的面纱。因此,对这一问题的探讨,更绝非此一小文所能胜任,有兴趣对此问题作全面了解者,可阅读王永宽先生的《河图洛书探秘》一书。本文这里仅拟从民间传说、传世文献、出土文献三个角度略陈一得之见。

古老的河图洛书传说宣扬了河洛文化的根源性。"河图"的传说是这样的,太昊伏羲氏继天而王,伏羲巡视黄河中游,至河水与洛水交汇的洛阳一带,黄河河水中跃出一匹龙头马身的神物,身上有一组如八卦之形状的数字(或说龙马旋身变成一块有数字图案的玉版献给伏羲),符号数字排列成一六居下,二七居上,三八居左,四九居右,五十居中的图案,这就是河图。伏羲受此图案的启发,依照图案仰观天象、俯察地理、远方诸物、近取自身,便画出了八卦。后来周文王在伏羲八卦的基础上推演出了六十四卦,以卦象的变化象征天地万物的变化,就是今天所见到的《易经》,再后来,孔子又注释阐发《易经》而作《系辞》等十篇,称为《十翼》,就是今天所见到的《易传》。这就是历经"三世"和"三圣"而成的《周易》的来历。虽说文化是物质文明和

---

① 参见王永宽著《河图洛书探秘》罗豪才序(河南人民出版社2006年4月版,2页)、程有为著《河洛文化概论》(河南人民出版社2007年10月版,38页)相关论述。

② 戴逸《关于河洛文化的四个问题》,载《寻根》1994年1期。

精神文明的总和,但精神文明无疑是总和的中心,而精神文明中思想又无疑是重心。作为五经之首代表中华民族先贤智慧的《周易》既然发源于龙马所献之河图,河图理所当然也就成为人们心目中文化的源头和标志,而河图所出的流域"河洛"一带自然就是文明的发源地了。这是一种自然而然的文化心理积淀。西晋怀帝时所建河图寺又名伏羲庙,历经改名重修,今仍以龙马负图寺之名立于洛阳的孟津县城北就是这一文化心理积淀的见证。至于说河图什么样子、什么质地、什么内容,以至于是马驮上来的还是本来就是马背上的花纹显示出的图案都无从知晓。

"洛书"的传说则是,大禹治水时,到洛水,有个神龟从洛水里爬出,背上有从一到九的符号数目,符号数目排列成戴九履一,左三右七,二四为肩,六八为足,五居中央的图案,这就是洛书。大禹受龟纹图案的启发,依照洛书制定出治理天下的九章大法,这就是今天五经之一《尚书》中的《洪范》篇,它标志着最早的治国纲领性文献的诞生。当然,也就同样被视为河洛文化起源的又一标志。传说总不免夸大其词,可精神实质当可信。今洛阳洛宁县长水乡西长水村所立南北朝(或唐代)的"洛出书处"碑和清雍正二年重立"洛出书处"碑及北宋时在附近龙头山上所建禹王庙和宋人所题"洛书赐禹地"刻石及历代题诗,都是这种文化心理积淀的见证。

先秦传世文献对河图洛书的简略记载,为追寻河洛文化的根源性提供了可能。

(一)梁萧统《文选》卷四十八班固《典引》蔡邕注引《尚书》曰:

颛顼河图雒书在东序。①

这是一则目前能见到的最早的河图洛书的先秦元典文献,不见于今本今文《尚书》和伪古文《尚书》,当为古文《尚书》佚文无疑。古文《尚书》东汉后失传,今本所谓古文《尚书》为东晋梅赜所献西晋王肃伪造本,伪造本虽因辑录保存不少相关古代文献而仍有重要学术价值,但毕竟去真古文《尚书》原貌较远。东汉末年蔡邕时古文《尚书》尚未失传,故其注释班固作品时引用之。今赖蔡氏引用幸得保留

---

① (南朝梁)萧统编,(唐)李善注《文选》,中华书局1977年11月影印版,682页。

佚文一句，实为幸事。因古文《尚书》是西汉武帝时出于曲阜孔府墙壁中的先秦古写本，其原始性和可信度不言而喻。

该文内容可作两种解释：第一种理解为，颛顼时代河图洛书陈列在东墙下。若此，则说明河图洛书不仅是实有之物，而且它们的出现早于颛顼时代，至迟在颛顼时代就已被作为国宝陈列在明堂的东墙下了（不过它们应不是马文和龟文本身，而是圣人受马文龟文启发而创制出的河图洛书）。这不但印证了河图出于伏羲时代的传说，而且印证了传说的可信性，自然说明了河洛文化的根源性。第二种理解为，颛顼的河图洛书陈列在东墙下。若此，则说明《尚书》史官记载此物时把创作权归在颛顼的名下了。笔者推测，若此则佚文出自《尚书》的《虞夏书》篇目中，其当属前一种情况，若出自《周书》篇目中，则属于后一种情况，只可惜蔡邕引用时未注到篇目。但是不论作哪种理解，此则文献都对河洛文化根源性特征的揭示有特殊意义，因不论颛顼之前还是颛顼时代，都代表了中华文明的初创时期。

又，《尚书·周书·顾命》载：

> 越翼日乙丑，王崩。……越玉五重，陈宝，赤刀、大训、弘璧、琬琰在西序。大玉、夷玉、天球、河图在东序。……太史秉书，由宾阶隮，御王册命。①

这里记载的是西周成王姬诵去世后，周康王姬钊发丧并接受其父遗命继承王位的仪式。仪式上西墙和东墙两侧摆满了国家宝器，其中摆放在东墙一列的宝器中有"河图"，此处虽仅提河图而未提洛书，但依上引《尚书》佚文可知，河图应代指河图和洛书无疑。

《尚书》是我国现存最早的国家档案，《虞夏书》部分因产生于文字成熟之前，历代史官口耳相传，至文字成熟后追忆成篇，可信性相对较低，《商书》部分可信内容大幅增加，《周书》部分则多可信从，加之《顾命》篇在今文《尚书》和古文《尚书》中皆存，其内容的可信性更强。为此，不妨对如上记载作如下推测：其一，河图洛书在西周初年还存在，仍被视为重要宝物，但它是圣人受马文龟文启发后创出的河图洛书，而不是马文龟文本身。其二，依照东西两序陈列宝物大体对

---

① 李民、王健译注《尚书译注》，上海古籍出版社 2000 年 10 月版，373—376 页。

称原则,既然西序有"大训"即典谟遗训文字性的宝物,列于东序的河图洛书似也应当是一种文字或图案性的宝物;再依物以类聚原则推测,列于东序的宝物皆玉器,河图洛书也许同样是刻有图案或文字的玉器,抑或是与西序"大训"对称的帛书;同时,根据裴李岗文化中刻画符号甲骨、商朝宫廷占卜甲骨透露出古人对龟甲的崇拜意识(古人视龟甲和蓍草为灵物),再印证神龟献洛书的传说,也说不定河图洛书是带有图案的龟甲也未可知。另外,高亨先生认为,河图洛书更有可能分别是黄河之图和洛水之图,是古地理书,上古帝王重视河洛地理而重视其地图,故宝藏之,并载入《尚书》。此可略备一说,若此,则河图洛书的质地当为绢帛的可能性更大。此说同样无损于对河洛文化根源性意义的揭示。

(二)《管子·小匡》载:

> 桓公曰:"余乘车之会三,兵车之会六,九合诸侯,一匡天下。……而中国卑我。昔三代之受命者,其异于此乎?"管子对曰:"夫凤凰鸾鸟不降,而鹰隼鸱枭丰。……昔人之受命者,龙龟假,河出图,雒出书,地乘黄。今三祥未见有者,虽曰受命,无乃失诸乎?"①

《管子》一书的真实性,宋代以来屡受质疑,但经章学诚、严可均、余嘉锡等大儒及当代学者考证,虽确认非管仲所编,却也并非伪作,应成于战国之时,是依先秦相关史料整理而成。此处所引《小匡》之篇更有《国语·齐语》印证,当是较为可信的管仲言论。从引文可知,作为春秋霸主的齐桓公,头脑膨胀,有取代天子之念,向管仲咨询三代故事,管仲便以圣王受命而龙龟、河图洛书、神马三种祥瑞出现为由劝阻了他。这里"假"释作"至","乘黄"即神马。由此可得出三点结论:一是至迟载春秋中叶的管仲时期,河图洛书的称呼已同时出现了;二是至迟春秋中叶河图洛书已被人们视为接受天命、改朝换代的祥瑞之物了,不仅仅像《尚书·顾命》所载那样只是作为国宝珍藏;三是至迟春秋中叶人们已将河图洛书与大禹联系了起来。大禹是夏代

---

① (春秋)管仲著,黎翔凤撰校注,梁运华整理《管子校注》,中华书局 2004 年 6 月版,425—426 页。

开国之君,管仲称夏商周三代开国之君接受天命改朝换代时都出现了河图洛书等祥瑞之物。只可惜管仲亦未介绍河图洛书具体为何神物。

(三)《论语·子罕》载:

> 子曰:"凤鸟不至,河不出图,吾已矣夫!"①

《论语》中的孔子言论,是孔子的弟子们随时记下并在孔子去世后为追忆恩师而汇集在一起的,是毋庸置疑的元典文献。《论语·述而》曾言及孔子"不语怪力乱神",《论语·先进》亦曰:"季路问事鬼神,子曰:'未能事人,焉能事鬼?''敢问死。'曰:'未知生,焉知死?'"由此可知孔子重视祭祀,不是迷信鬼神,而是曾参说的:"慎终,追远,民德归厚矣。"(《论语·学而》)此处孔子谈到河图的言论虽简,价值却不可低估。这里的河图应该包括了河图和洛书,因为司马迁《史记·孔子世家》所载《论语》此文时,"河不出图"句下有"雒不出书"一句。孔子虽意在慨叹自己生逢礼崩乐坏的春秋末世,生不逢时,报国无门,但客观上却不仅肯定了河图洛书的存在,而且还揭示出了河图洛书是盛世方现的天赐祥物。作为一位中华民族的文化巨人、伟大的思想家和平生不语"怪力乱神"的学者,孔子对河图洛书及其文化意义的肯定有其导向性意义。其一,孔子的肯定说明了河图洛书实际存在过。其二,虽然他未讲河图洛书曾在哪个盛世出现过,但从《论语》可知,孔子心目中的盛世,至迟是西周初年周公摄政、制礼作乐的时代。在人们的印象里,孔子虽然也肯定夏商两代盛世的文化,但毕竟就三代而言,最推崇的还是西周文明,所谓"周监于二代,郁郁乎文哉!吾从周"。(《八佾》)孔子推崇西周、推崇周公的言论最多。不过,依笔者臆测,孔子所怀念和向往的盛世,更有可能是三代之前开启河洛文化之源的三皇五帝时代。如《论语·八佾》载:"子谓《韶》,'尽美矣,又尽善也。'谓《武》,'尽美矣,未尽善也'。"孔子对《韶》乐极为推崇,认为《韶》乐不仅艺术美极了,而且内容好极了,认为《武》乐却毁誉参半,认为艺术美极了,但内容却不够好。孔子此处评论的《韶》乐是传说中五帝之一的虞舜时期的音乐,因为代表了

---

① 杨伯峻译注《论语译注》,中华书局1983年10月版,89页。

我国早期的禅让和谐文化,所以他认为尽善尽美,而《武》乐是西周武王时期的音乐,代表了西周以武力得天下的文化特征,所以他认为尽美而不尽善。可见孔子对西周文化是有保留的。中华民族文明初始时期的时代和文化才是他最理想的盛世,至少是他理想的盛世之一。由此推测,孔子认为河图洛书在唐尧虞舜的时代是出现过的。如果这一推测不太荒谬的话,河图洛书的古老传说,在文化巨人孔子这里得到了印证。河图洛书所揭示出的河洛文化的根源性则不言而喻。

(四)《墨子·非攻下》载:

> 子墨子曰:"……赤鸟衔珪,降周之岐社,曰:'天命周文王伐殷有国'。泰颠来宾,河出绿图,地出乘黄。武王践功,梦见三神曰:……"①

《非攻》是墨子的代表性观点,产生于战果初年当不成问题。此处所言河图洛书,也是讲顺应天命而降的祥瑞,所不同前引文献之处在于,一则直接说明祥瑞所降之人,是降给来到黄河之滨的"泰颠",历代注释者不明泰颠何人,按上下文看似当指周文王(或其特使),这与古老传说河图献伏羲、洛图献大禹相比反倒晚了许多,意义不大;二则首称"河图"为"绿图","绿图"即"箓图",也就是新兴君王所得上天任命的凭证,标志其祥瑞意识进一步强化。故此则文献意义不大。

(五)《易传·系辞上》载:

> 是故天生神物,圣人则之。天地变化,圣人效之。天垂象,见吉凶,圣人象之。河出图,洛出书,圣人则之。②

传统说法《易传》为孔子所作,虽经历代考证现已普遍认定非出于孔子之手,但其被视为先秦文献是没问题的,当成于战国时期。传统说孔子作《十翼》,现在一般看法《十翼》成于战国末年,当为孔子后学所为。"河出图,洛出书,圣人则之"已成为了经典名言,其经典意义表现为,它标志着至迟在战国时期,人们已普遍认同了河洛文化的根源性。认为圣人是依法河图洛书初创了河洛思想政治文化的,此

---

① (战国)墨子著,(清)孙诒让注《墨子间诂》,中华书局2001年4月版,51—52页。
② 高亨注《周易大传今注》,齐鲁书社1979年6月版,540页。

处虽然没有明言是哪位圣人，但依先秦文献中人们普遍认同的圣人，无非是三皇五帝、唐尧、虞舜、大禹、商汤、文王、武王等。既然《尚书》记载至迟颛顼时代已将宝物陈列明堂，此处所指自然亦当为颛顼之前的圣人了。河洛文化的根源性显而易见。

另外，出土战国文献《竹书纪年》、编成于西汉的先秦文献《大戴礼记·诰志》篇、《礼记·礼运》篇等有关河图洛书的记载，也都不同程度地说明了河洛文化的根源性。

可惜周初之后的先秦元典未再记载河图洛书的保存情况和西周以后的去向，清人胡渭和万斯同在《易图明辨》一书中推测，河图洛书可能毁于西周末年周幽王时期的犬戎之乱的镐京战火，此仅聊备一说。因此河图洛书的内容、载体和形式，如写有什么内容，是书于玉器、龟甲，还是缣帛，是文字还是图案或符号数字，都成了千古之谜，这是令人扼腕叹息的。不过，随着考古成果的不断发现，我们应对破解这一千古之谜充满期待和信心。

考古发现印证宋代重出河图洛书文本未必出于伪造。人们今天能看到的由白圈黑点组成的河图洛书，据说是五代末北宋初道士河南鹿邑人陈抟隐居华山绘制传出的，后被理学集大成者南宋朱熹列于《周易本义》卷首，从此直观的河图洛书复现，流传日广。其图如下：

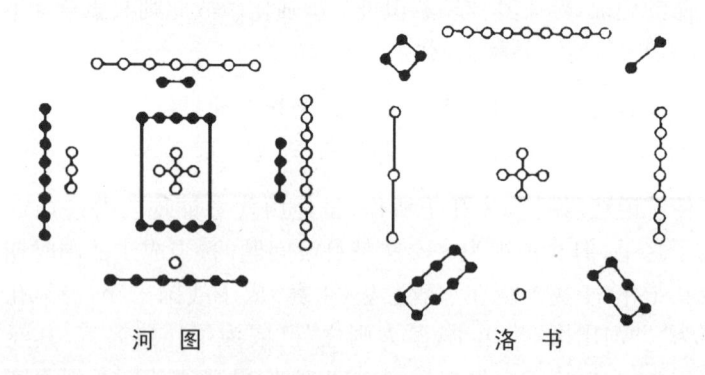

河　图　　　　　　　　洛　书

陈抟和朱熹分别在其儒家经典著作《易龙图序》和《周易本义》中对河图洛书出于伏羲时代和宝物实存的可信性、《易传》对探究八卦思想奥秘和河图洛书思想奥秘的依据性、河图洛书与八卦图、六十四卦图内在源流关系的密切性等，都作了系统深刻的探讨，影响深远，也引来了长期的分歧。尤其重现的两幅由白圈黑点数目排列出的河图洛书的真伪与内涵,更成为争论至今的重大课题。笔者信从蔡运章先生《河图洛书之谜》一文的观点,认为现代考古学为今见河图洛书的未必伪作提供了较有说服力的印证。现摘录备参:

> 建国后在陕西华县元君庙仰韶墓地出土距今六千年左右的陶器上,有用锥刺成55个小圆圈组成的三角形图(《元君庙仰韶墓地》图版十六),与清胡煦《周易函书约存》所载《河洛未分未变之三角图》及李光地《启蒙附论》中的《点数应河图十位图》都极为相似,这可能就是原始的河图。1987年安徽含山陵家滩大汶口文化墓葬出土距今五千年的长方形玉版上,刻有象征北辰、四维、八方、八节、八卦和天圆地方的图案,玉版四周分别钻有四、五、九、五[多]个小圆孔。这与《易纬·乾凿度》所说"太一下行八卦之宫,每四乃还中央"的洛书数理相合,因而玉版上的图案和圆孔,当是原始洛书和八卦的象征。值得注意的是,这块玉版出土时,挟在玉龟的背甲和腹甲之间(《文物》1989年4期),这与"神龟贡书"的传说恰相吻合。而这些玉版和玉龟的年代比大禹还要早一千年,由此可见河图洛书产生的年代是多么久远。更为重要的是,1977年安徽阜阳西汉汝阴侯墓出土的大乙九宫占盘上所刻的数字和文字内容,与洛书九宫图和《灵枢经·九宫八风篇》所载完全相同(《文物》1978年8期)。它不但证明今传洛书图并非陈抟伪作,而且说明这种洛书图早在战国时已经流行。①

从蔡运章所列考古材料不难看出,北宋重现的河图洛书文本不是凭空伪造,不仅全合西汉墓所出土的玉版图案,也与史前出土玉版图案有相仿处。如果说西汉墓葬之物可能受了今文经学附会的影响(但谶纬之学毕竟还未兴起),但考古发现的5 000年前文化遗存是不可能受到后代附会之说影响的。今本河图洛书确实不是"作伪"能解释得了的。同时,传世文献《大戴礼记》卷八《盛德》篇所载古时帝王处理朝政及进行祭祀活动的明堂,其建制数字为"二九四,七五三,六

---

① 蔡运章《河图洛书之谜》,载《文史知识》1994年3期。

一八",进而《尚书·洪范》中"五行"、"五事"、"八政"、"五纪"、"三德"、"五福"、"六极"等数字相吻合,已是人所共知的事实。

还有,不论传说中的伏羲时代,还是颛顼时代,或大禹时代,都是考古文化证明尚未有成熟文字的时代,产生于此时的河图洛书以黑白点代指阴阳、以黑白点数目的排列表达对宇宙万物的哲学思考,当是自然而然的事情。如果它们是用文字写出的,反而不符合基本历史实际了。如郑玄注和《隋书·经籍志》著录的所谓"河图九卷,洛书六卷"云云,让人一眼即明是指汉代以来附会出的伪河图洛书。

如上种种都为河图洛书的真实存在和今本河图洛书的久远性提供了较有说服力的依据,因此,梁代刘勰经过对汉代纬书考辨后所作"河图孕乎八卦,洛书韫乎九畴"、"龙马出而大《易》兴,神龟见而《洪范》耀"的结论是信而有征的①。不过,我们真切期待着更有说服力的考古成果尽快出现。

思想元典的原创性对河洛文化的根源性作了有力的揭示。春秋战国时代被西方学者雅斯贝尔斯称为世界东西方同时产生伟大思想家、文化巨人和原创思想流派的轴心时代,而当时东方中国产生的十大思想流派中②,或当时成为显学或其后长期产生深刻影响的著名思想流派就有儒、道、墨、法四家,而这四家著名思想流派当中,除儒家之外,其他三家全部产生在河洛地区,成为河洛文化的又一标志。而儒家学派的创立也与河洛文化有着特殊的不解之缘。下面略述道、墨、法而重点探讨儒家学派的河洛源。

道家。按司马迁《史记》卷六十四老子本传所载,春秋末期道家学派创始人老子为楚苦县厉乡曲仁里(今河南周口市鹿邑县东)人,为"周守藏之史",即东周管理藏书的史官。其道家经典文本《老子》五千言著于离周西去归隐出函谷关之时,函谷关无疑是河洛的中心区域。道家二号代表人物、战国中期的庄子在《史记》中与老子同传,为蒙(今河南商丘市民权)人,曾为蒙地的漆园小吏,未载其他出仕经

---

① (南朝梁)刘勰著,徐正英、罗家湘注译《文心雕龙注译》,中州古籍出版社 2008 年 3 月版,29、47 页。

② 十大思想流派,按司马谈的叫法称为"家",班固《汉书·艺文志》对这十家的排列顺序为:儒家、道家、阴阳家、法家、名家、墨家、纵横家、杂家、农家、小说家。

历。看来一生未离蒙地，其经典文本《庄子》一书当著于此。蒙虽在河洛地区之外，但却在河洛文化圈之内，《庄子》又是弘扬老子学说的不二经典，故称河洛思想元典毋庸置疑。

墨家。司马迁《史记》卷七十四《孟子荀卿列传》末记载春秋战国之际墨家学派创始人墨子传记数语，称其为"宋大夫，善守御，为节用。或曰并孔子时，或曰在其后"。宋国首都在今河南省商丘市。而且战国典籍《吕氏春秋》卷二《当染》则云："鲁惠公使宰让请郊庙之礼于天子，桓王使史角往，惠公止之。其后在于鲁，墨子学焉。"①大意是说，鲁惠公派宰让到首都洛阳请示郊祭、庙祭的礼仪，周平王就派了名叫角的史官前往鲁国指导，鲁惠公就把这位史官角留了下来。角的后代在鲁国生活，墨子向他的后代学习。高亨先生等根据墨子向生活在鲁国的角的后代求学的史实推断，墨子是鲁国人，并且此说得到不少学者认可。学术界又有人认为，当时鲁有东鲁西鲁之分，东鲁在今山东曲阜，西鲁则在今河南平顶山市的鲁山县，墨子是鲁山人。笔者以为，一般情况下，做某国的大夫当主要是某国人，但在择君而仕的春秋战国时代，在某国出仕的未必就一定是某国人；同样道理，由于地缘方便的原因，在某国拜师求学，当主要是某国人，但也未必就一定是某国人。匡亚明先生在《孔子评传》中列95名孔子弟子简历，其中有籍贯者66人，而66人当中鲁国人有40位，其他26人籍贯则遍布鲁国之外的多个诸侯国。具体到墨子，我倒倾向于是宋国人。因作为正史，首句即言传主籍贯是司马迁《史记》的定例，此处首句即言"宋之大夫"，很清楚，意在介绍墨子籍贯。相比之下，《吕氏春秋》此处表述的是学术传承，并非是为了说明墨子籍贯，仅称其求学于生活在鲁国的老师。至于说到东鲁、西鲁之分，笔者孤陋，只能就教于方家了。但问题是，不论墨子是宋国人还是鲁国人，都无碍于墨家学说和经典文本《墨子》创制于河洛文化圈的事实。其求学于鲁，接受的是东周史官角之后代的礼学，而此正揭示了墨家学派的学术渊源在洛阳，墨子仕于宋国，其元典《墨子》无疑创作于宋都，而宋都河南商丘也属于河洛文化圈，至少是河洛文化圈与齐鲁及北楚文化圈的

---

① （战国）吕不韦著，许维遹集释，梁运华整理《吕氏春秋集释》，中华书局2009年9月版，52—53页。

交叉地带。

法家。战国末期法家代表人物韩非在司马迁《史记》中与老子合传。《史记》称他为韩国贵公子,其学说"归本于黄老"。关于法家经典文本《韩非子》各篇的写作地点问题需要澄清一点:该书各篇皆韩非出使秦国之前在韩都为挽韩国之危、指陈韩弊而作,并非作于秦国。司马迁《太史公自序》和《报任少卿书》两文曾云:"韩非囚秦,《说难》、《孤愤》。"故导致人们对韩非各篇创作国度产生歧解。笔者以为,这句话当理解为韩非正因为被囚秦国,所以他的《说难》、《孤愤》等一批名篇才得以广为流传,不是说正因为韩非被囚禁在了秦国,所以他才在秦国监狱中创作出了《说难》、《孤愤》或以《说难》、《孤愤》为代表的《韩非子》各篇。这一点,《史记》卷六十三韩非本传记载得明白无误,云:"非见韩之削弱,数以书谏韩王,韩王不能用。于是……观往者得失之变,故作《孤愤》、《五蠹》、内外《储》、《说林》、《说难》十余万言。"①不仅明言《说难》、《孤愤》两篇写于韩国,而且"十余万言"之规模亦正与今本《韩非子》全书吻合,当证全书皆作于韩国。本传又云:"人或传其书至秦。秦王见《孤愤》、《五蠹》之书,曰:'嗟乎,寡人得见此人与游,死不恨矣!'"②可见,是《孤愤》等篇自韩国传到秦国后,秦王先读其文而后才知其人的。因此,《韩非子》各篇绝无写于秦国之理。有学者认为,司马迁另两文所述于历史事实不符,可忽略不计。但笔者以为,问题在于两文所记与史实不符之处恰是司马迁自己所写韩非本传不符,作为一个伟大的史学家绝不可能同一部正史中自相矛盾、犯如此低级的常识性错误。因此,我们认为,司马迁三处所记韩非创作《韩非子》各篇地点时,所表达的意思是一致的,都是说《韩非子》各篇皆创作于韩国首都新郑,而新郑无疑处于河洛地区的中心地带。

下面重点探讨一下儒家学派与河洛文化的渊源关系问题。春秋末期,孔子所创立的儒家学派不仅在当时就与墨子创立的墨家学派并称显学,尤其是西汉武帝以来,被历代统治者利用之后,直至"五四"运动的两千多年里,一直是占据统治地位的正统思想,长期影响

---

① (西汉)司马迁著《史记·老子韩非列传》,中华书局1982年11月版,2147页。
② 同上,2155页。

着一个民族思想的状态和行为方式。尽管这一学派的创立者孔子自称为"殷人之后",但毕竟自孔子的五代祖木金父开始,就从宋国首都迁奔鲁国陬邑了,孔子又自幼随母亲在鲁国首都曲阜长大,所以,儒家学派原创于鲁国是不言而喻的。但是,我们所关心的是,儒家学说的思想来源、创立基础是什么?笔者以为,儒家学说的思想来源和创立基础是西周初年周公摄政时其在成周洛阳形成的"敬德保民"治国思想和周公所制定的一整套体系完备的礼乐文明。这一点,我国国学大师杨向奎先生早就下过明确结论:"以德、礼为内容的儒家思想:宗周→春秋;周公→孔子,构成三千年来儒家思想之完整体系。"①

虽然由于文献的缺乏,我们不可能找出很多证据说明问题,但一部《论语》就足以让我们深切感受到孔子对西周礼乐文明及礼乐制造者周公的顶礼与膜拜了,他不但宣称"周监于二代,郁郁乎文哉!吾从周"(《论语·八佾》),年盛时还经常梦见周公,并为年老不再梦见周公而慨叹不已,"甚矣我衰也!久矣我不复梦见周公"(《论语·述而》)。他把捍卫周礼以恢复周朝盛世作为了自己毕生的神圣使命。

那么,孔子是凭借什么接受了西周的思想文化遗产作为自己创立学说的直接基础呢?笔者以为,至少有三点值得注意:最重要的一点是,周公之子伯禽代父就封,治理鲁国时,将丰富的西周典章文献和完备的周礼带到了鲁国。《史记》卷三十三《鲁周公世家》载:"封周公旦于少昊之虚曲阜,是为鲁公。周公不就封,留佐武王","摄行政当国","而使其子伯禽代就封于鲁",齐鲁原为东夷落后荒蛮之地,伯禽赴任后,"变其俗,革其礼"。② 所以,到了礼崩乐坏的春秋时代,开创于西周的礼乐文明,其重心反而东移到鲁国了。因此,孔子八岁时吴公子季札来聘,却到曲阜观周乐而不是观鲁乐:"请观于周乐。使工为之歌《周南》、《召南》……"(《左传·襄公二十九年》)至孔子十二岁时,晋国使臣韩宣子来聘,浏览了鲁宫的文献典藏后的感叹更能说明河洛文明东移鲁国的现状:

二年(前540)春,晋侯使韩宣子来聘,且告为政,而来见,礼

---

① 杨向奎著《宗周社会于礼乐文明》,人民出版社1992年5月版,279页。
② (西汉)司马迁著《史记·鲁周公世家》,中华书局1982年11月版,1515、1518、1524页。

也。观书于大史氏,见《易》、《象》与《鲁春秋》,曰:"周礼尽在鲁矣,吾乃今知周公之德,与周之所以王也。"①

所谓"周礼尽在鲁"和"乃知周公之德"即说明以曲阜为首都的鲁国接受的全部是周公德治思想和西周礼乐文明。而孔子自幼就生活在周礼文化氛围浓郁的曲阜,受其熏陶是很自然的。

第二点是孔子对古代文化的勤奋学习与探求。孔子的好学人所共知,他不仅"十有五而志于学"(《为政》),以学习为快乐,"学而不厌"(《述而》),"学而时习之,不亦说乎"(《学而》),而且还自负自己学习的刻苦,"十室之邑,必有忠信如丘者焉,不如丘之好学也"(《公冶长》)。孔子喜欢学什么?他自己说得很清楚,一是博览群书,二则在博览的基础上,最钟情和孜孜以求的还是古代文化和周礼,所谓"博学于文,约之以礼"(《颜渊》),"我非生而知之者,好古,敏以求之者也"(《述而》)即是。

第三点是孔子亲赴德治思想和周礼的发源地洛阳考察学习。切身感受原创礼乐文明,为创立自己的学说汲取营养,寻找灵感。零星记载孔子入周问礼的可靠文献有《吕氏春秋》、《大戴礼记》、《礼记》、《史记》,另外,晚出的《说苑》、《孔子家语》、《潜夫论》等较晚文献也有印证作用。综合前修时贤研究成果,大致判定孔子入周都洛阳问礼的内容有三:一是观先王之遗制,二是问礼于老聃,三是学乐于苌弘。关于观先王遗制,《说苑·敬慎》云:"孔子之周,观于太庙右陛之前,有金人焉……"②尽管刘向所编《说苑》搜辑史料过杂,但当有所本,此则文献起码说明孔子到周都洛阳后曾拜谒过周之太庙。《孔子家语·观周》对孔子观周礼的记载更为具体,云:"……今孔子将适周,观先王之遗制,考礼乐之所极,……历郊社之所,考明堂之则,察庙朝之度。……于是喟然曰:'吾今乃知周公之圣,与周所以王也。'"③随着河北省八角廊西汉墓出土文献对《孔子家语》内容的印证,学术界对其真实性的认可度逐步升温,认为该书并非尽出魏晋人之手,其保存了不少汉代及以前的文献。此处引文说明孔子对周礼的考察学习

---

① 杨伯峻注《春秋左传注》,中华书局1981年3月版,1227页。
② (西汉)刘向著,向宗鲁校证《说苑校证》,中华书局1987年7月版,258页。
③ 王国轩、王秀梅译注《孔子家语》,中华书局2011年3月版,129页。

态度之虔诚,考察之细致,学习之认真,领悟深刻,收获之丰厚。

关于问礼于老子,所见史料更可靠。作为去孔子不远的先秦文献,《吕氏春秋·当染》虽未明言孔子向老子学了什么,但足证其事之不虚,云:"孔子学于老聃。"《史记·仲尼弟子列传》所载"孔子之所严事,于周则老子",《潜夫论·赞学》所载"孔子师老聃"等,也都印证了这一史事。《史记·乐书·索隐》引《大戴礼》中所存先秦文献云:"孔子适周,访礼于老聃。"则不仅明言孔子向老子学习的地点是洛阳,且明言学习的内容周礼。因老子是东周宫室管理图书典籍、庙堂文物的智者,孔子向其学礼实属自然。作为正史的《史记·孔子世家》虽未能记孔子向老子所问之礼的具体内容,仅留下老子阐发道家妙言的临别赠言,从"孔子自周反于鲁,弟子稍益进焉"的记载中,不难测知孔子此次洛阳之行的收获之大,这之中无疑也包括对老子思想营养的汲取。《史记·老子韩非列传》所载"孔子适周,将问礼于老子"史实时,虽亦重在记录老子的道学妙论而未留下谈礼内容,但从孔子向学生所谈访老感受内容看,其在与另一位思想巨人的思想碰撞中获益匪浅。他甚至为老子思想的博大精深所折服,感叹老子为人中之龙,云:"鸟,吾知其能飞;鱼,吾知其能游;兽,吾知其能走","至于龙吾不能知,其乘风云而上天。吾今日见老子,其犹龙邪!"[①]

关于学乐于苌弘。《史记·乐书·索隐》引《大戴礼》称,孔子适周,"学乐于苌弘"。[②]《礼记·乐记》亦云:"子曰:唯丘之闻诸苌弘,亦若吾子之言是也。"[③]都不仅说明孔子向苌弘学习过,而且还可测知他向苌弘学的是周乐。因据《左传》和《淮南子》载,苌弘是东周景王和敬王时的重臣,是一位精通礼乐典章的饱学之士。孔子所创儒家学派极重礼乐教化,以"礼"别人之"异",以"乐"和人之"同",此理念的形成应该说与其向苌弘学乐不无关系。

综合以上记载,不难发现孔子千里迢迢从鲁国赶往周都洛阳,目的只有一个,就是为自己创立儒家学派、创立儒家学说而广为博取、积累礼乐文明的知识和思想营养,洛阳之行在儒家学说创立过程中

---

① (西汉)司马迁著《史记·老子韩非列传》,中华书局1982年11月版,2140页。
② (西汉)司马迁著《史记·乐书》,同上,1228页。
③ 杨天宇译注《礼记译注》,上海古籍出版社1997年4月版,663页。

的重要性不可低估,正如梁晓景先生所说:"孔子适周,曾问礼于老聃,学乐于苌弘,观先王之遗制,目的是要广泛地学习礼乐知识,这对孔子思想的形成,是有重大意义的。"①需要说明的是,关于孔子适周考察学习的时间问题,清代以来一直众说纷纭,有十七岁、二十七岁、三十岁、三十四岁等四种代表性说法,②笔者倾向"三十岁"说,但笔者以为,不论哪一种说法,都表明孔子是在其人生早期赴洛学习的,而此时正是他学说创立的积淀期或草创期。因此,河洛文化滋养儒家学说的生成是一个客观存在。

毫无疑问,孔子创立儒家学说时对河洛文化中的西周文化采取的是"因"与"损益"即继承、改造和发展的科学态度,这也是一切思想文化发展的必然规律。孔子对这一规律非常清楚,他说:"殷因于夏礼,所损益可知也;周因于殷礼,所损益可知也。其或继周者,虽百世可知也。"(《论语·为政》)那么,孔子是如何"因"和"损益"河洛文化中的西周文化而发展成为自己的儒家学说的呢?本文仅谈两点。

一、笔者以为,孔子所创立的儒家学说的思想核心——仁,是西周"敬德保民"思想的哲学升华。众所周知,"敬天轻人"是殷商思想的根本特性,《礼记·表记》所说"殷人尊神,率民以事神,先鬼而后礼,先罚而后赏"③,是对殷商思想的准确表述。其统治者,一方面每事必占卜,今天出土的16万片带字甲骨基本都是占卜刻辞即商王叩问上帝的人神来往信件,就是明证;另一方面,大量杀人祭祀、以人为牲,今天出土的1 350余片甲骨所刻1 992条卜辞中所记16 500多人被用作祭品的惊人数字就是明证。④ 而周革殷命,首次打出了"敬德保民"旗号,预示着一种新思想的诞生,被王国维称为"旧文化废而新文化兴"的标志。⑤ 一部《尚书》说得很分明,这一新口号的提出,虽首

---

① 梁晓景《孔子入周问礼及其相关问题》,收入《河洛文化论丛》第一辑,河南大学出版社1990年8月版,213页。

② 参见阎若璩著《四书释地续》、梁玉绳著《史记志疑》、孔广森著《经学卮言》、林春博著《孔子世家补订》等。

③ 杨天宇译注《礼记译注》,上海古籍出版社1997年4月版,938页。

④ 参见杨向奎著《宗周社会与礼乐文明》,人民出版社1992年5月版,426页。

⑤ 参见王国维著《观堂集林》卷十《殷周制度论》,河北教育出版社2001年11月版,288页。

见于今本《尚书》的《泰誓》篇和《武成》篇,但这两篇文字皆不见于今文《尚书》,而唯见于东晋梅赜所献伪古文《尚书》,其内容的真实性尚难确定。① 所以,作为一种治国理念和思想体系的创立,则是由辅佐武王灭殷的周初杰出政治家、思想家周公旦在洛阳正式提出并系统阐发完成的。据《尚书》、《史记》的《周本纪》、《鲁周公世家》等文献记载,周武王伐纣灭商后第二年即病逝,由周公旦摄政当国,其东征平三监之乱后即遵武王遗愿营建东都洛阳。新都建成后,实行两都制,周公留守于此"制礼作乐"。营建东都前后,周公在洛阳发布了一系列诰命文书,集中体现了一位杰出思想家以德治国的思想理念,也确立了西周的基本治国风格。这些诰命文书今存有《大诰》、《微子之命》、《康诰》、《梓材》、《洛诰》、《多士》、《无逸》、《君奭》、《立政》等,另存有召公奭遵周公之意作于洛阳的《召诰》。这些文献成为我们了解周公等人以德治国思想的主要依据。

笔者以为,周公在他所创立的"敬德保民"德治思想体系中,首先提出了有德者得天下、无德者失天下的命题。他在多篇诰命中总结夏商灭亡教训时都反复申述了这一观点,其中出自召公之手的《召诰》中的一段言论颇具代表性:"我不可不监于有夏,亦不可不监于有殷。我不敢知曰,有夏服天命,惟有历年;我不敢知曰,不其延。惟不敬厥德,乃早坠厥命。我不敢知曰,有殷服天命,惟有历年;我不敢知曰,不其延。惟不敬厥德,乃早坠厥命。今王嗣受厥命,我亦惟兹二国命,嗣若功。"②文中反复强调的一点就是夏商灭亡的教训都是"惟不敬厥德"而被上天唾弃。在《康诰》和《立政》中则又反复强调的是,周朝得天下的唯一原因在于文王"明德慎罚"、武王"不敢替厥义德"被上天所垂青:"惟时怙冒闻于上帝,帝休,天乃大命文王殪戎殷,诞

---

① 《史记·周本纪》载:"十一年十二月戊午,师毕渡盟津,诸侯咸会","武王乃作《太誓》,告于众庶"。知《泰誓》乃武王作于伐纣途中,惜原文已佚,仅伪古文《尚书》存,其他有"天视自我民视,天听自我民听"之句,表天意与民意相统一的思想。《史记·周本纪》引有"今予发维共行天罚"等句,与伪古文《尚书》此二句思想不一致。《史记·周本纪》又载:"(武王)乃罢兵西归,行狩,记政事,作《武成》。"知《武成》为武王灭商后返镐京途中所作,惜原文亦佚,仅伪古文《尚书》存,其中有"惇信明义,崇德报功,垂拱而天下治"之句,表敬德思想。所存八十余字佚文无此三句。

② 李民、王健译注《尚书译注》,上海古籍出版社 2000 年 10 月版,291 页。

受厥命越厥邦民。""(武王)不敢替厥(文王)义德,率惟谋从容德,以受此丕丕基。"这里虽有宣扬周权天授以慑人心之意,但确立以德立国的兴亡标准,其进步意义不可小视。所以周公、召公一再恳求周成王实施德政:"王其疾敬德"、"王敬作所,不可不敬德"、"惟王其疾敬德"、"惟王位在德元"(《召诰》)。①

更值得注意的是,周公旦还把天意与民意统一了起来,认为从民意而弘天意国运方能长久:"今民将祗遹乃文考,绍闻衣德言"、"弘于天若,德裕乃身,不废在王命"。(《康诰》)并且他还声称自己只畏天意和民心:"予惟用闵于天越民。"(《君奭》)同时认为,殷商的先王之所以治理得好,正是因为敬畏天意和民意的结果:"昔殷先哲王迪畏天显小民,经德秉哲。"(《酒诰》)②虽然各文亦多处讲天意,讲占卜,但与殷商统治者的虔诚迷信"天命"是不同的,不少时候似乎仅以天意作借口,借天立威,"利用人民对'天命'的迷信传统,藉以造成一种虚假现象,好像西周灭殷是'天命'安排的,借此作为自己统治的心理上的'理论根据'罢了"③。如《多士》篇,强迫殷顽民从商地迁往洛阳就属于这类情况。文中一再宣称殷亡和他们被迁是上天的惩罚,是殷失德所致,周朝乃代天行事,殷民必须服从,不可违抗:"尔殷遗多士,弗吊旻天,大降丧于殷。我有周佑命,将天明威,致王罚,敕殷命终于帝。""惟天不畀不明厥德,凡四方小大邦丧,罔非有辞于罚。"④这些措辞强硬的话,威慑意义应该大于对上天真诚信奉的意义。有时周公甚至还大胆地对天意的权威性和可信性提出了怀疑,他曾在《君奭》中公开声称:"天不可信。"⑤《君奭》不像诰体那样是当时公开发布的文诰,而是周公和召公两人个别谈话的记录,正因如此,他才便于说出心里对上天的真实看法。因此,"天不可信"是周公等周初思想家们对思想史的可贵贡献。他们怀疑天意的作用,恰恰是因为他们意识到了人的重要性,认为天意顺从的乃是民意。这一思想在《酒诰》

---

① 李民、王健译注《尚书译注》,上海古籍出版社 2000 年 10 月版,257、352、288、290、291 页。
② 同上,259—260、330、274 页。
③ 匡亚明著《孔子评传》,齐鲁书社 1985 年 3 月版,127 页。
④ 李民、王健译注《尚书译注》,上海古籍出版社 2000 年 10 月版,305 页。
⑤ 同上,321 页。

中表述得十分明白:"人无于水监,当于民监。"①明确要求统治者要用民意作镜子观察自己。而天意和民意的考察标准和落脚点仍然是"敬德保民",也就是《蔡仲之命》中常为人称道的名言:"皇天无亲,惟德是辅。民心无常,惟惠之怀。为善不同,同归于治;为恶不同,同归于乱。"②以周公为代表的政治家和思想家们对西周这一德治思想的简略概括,其创新性和进步性是不可低估的。其价值就在于意识到了人的存在、人的价值和人的重要性,意识到了对人的作用乃至人格的尊重,不再像殷商那样把奴隶、战俘等有生命的人不当人而当作牲口和物件一样,任意宰割、杀戮、祭祀、陪葬,具有重要的思想史意义。

那么,周公心目中乃至西周德治理念中的"德"的具体内容又是什么呢?依笔者理解,他认为作为统治者最大的德就是执政为民,保护民众的利益,让民众安居乐业。如在《康诰》中反复叮嘱卫康叔要"用康乂民作求"、"丕则敏德,用康乃心"、"乃以民宁,不汝瑕殄"、"惟命不于常,汝念哉!……用康乂民"。③他在《梓材》中还称,政治要想千秋万代,唯一的选择就是统治者子子孙孙永远保民安康:"欲至于万年,惟王子子孙孙永保民。"④以民众安康视为德治的最高标准,自然也是审判统治者之德的价值尺度。周公还认为,作为统治者,勤政节俭、不贪图安逸是德的重要标准。为此,周公专门作《无逸》篇,历述勤兴逸败、俭昌奢亡的历史事实,反复告诫即将临朝执政的周成王,不要贪图安逸,要以殷为鉴,效法周文王勤劳节俭,奋勉为政,居安思危。周公又认为,谨慎执政也是统治者的重要之德。如他在《康诰》中教育卫康叔要"明乃服命,高乃听,用康乂民"⑤,认为有德的统治者不仅要勤政,而且还要善于听取各种意见,谨慎决策,才能真正达到保民目的。他在《无逸》篇中用殷中宗祖乙的"严恭寅畏"、"治民祗惧,不敢荒宁"和周太王古公亶父、王季的"克自抑畏"⑥的史例,教

---

① 李民、王健译注《尚书译注》,上海古籍出版社 2000 年 10 月版,277 页。
② 同上,334 页。
③ 同上,267 页。
④ 同上,283 页。
⑤ 同上,267 页。
⑥ 同上,314—315 页。

育周成王以畏惧谨慎之心执政。周公同时认为,统治者之德还在于善于反省自己。如在《酒诰》中教育百官要"尔克永观省,作稽中德"①,经常反省自己,让行为举止合乎道德。甚至在《无逸》篇中以殷中宗为例,教育周成王,要能以虔诚反省、勤勉补过的心态对待指责和咒骂,而不是利用尊位打击和报复:"厥或告之曰:'小人怨汝詈汝!'则皇自敬德。"②认为这是政治家的应有素质。周公还认为,任人唯德是统治者有德的又一表现。如《多士》篇中指出,德是唯一用人标准:"予一人惟听用德。"③其理由很简单,一方面他认为,只有任人唯德,所任之人才能真正辅佑国家:"惟兹惟德称,用乂厥辟,故一人有事于四方,若卜筮,罔不是孚。"④(《君奭》)另一方面他同时认为,如果任人不唯德,则政权之内部无贤人,国家就会败亡:"谋面用丕训德,则乃宅人,兹乃三宅无义民","是惟暴德,罔后。"⑤(《立政》)所以周公反复强调,选用官员一定要任用好人,拒绝小人,唯有如此,才能治理好国家:"继自今立政,其勿以憸人,其惟吉士,用励相我国家。"⑥那么周公旦要求重用的有德之人是什么样子呢?他认为,最重要的一是要忠,二是要孝,三是要勤勉,四是要慎守为臣之道。如其《蔡仲之命》云:"惟忠惟孝,尔乃迈迹自身,克勤无怠,以垂宪乃后","克慎厥猷"。⑦ 总之,周公旦理想的治国集团是由品德高尚的优秀分子组成的明君贤臣集团,而周文王时期的统治集团就是他理想的以德治国的最高统治集团:"(公曰):'在昔上帝割申劝宁王之德,其集大命于厥躬?惟文王尚克修和我有夏。亦惟有若虢叔,有若闳夭,有若散宜生,有若泰颠,有若南宫括。'又曰:'无能往来,兹迪彝教,文王蔑德降于国人。'"⑧(《君奭》)

作为伟大思想家的孔子,非常崇拜西周文化。他不仅服膺和信

---

① 李民、王健译注《尚书译注》,上海古籍出版社 2000 年 10 月版,270 页。
② 同上,319 页。
③ 同上,309 页。
④ 同上,324 页。
⑤ 同上,349 页。
⑥ 同上,354 页。
⑦ 同上,333 页。
⑧ 同上,326 页。

奉周公等人创制于洛阳的以德治国理念和"敬德保民"思想,而且还发挥了其中个人道德修养的内容,尤为可贵和重要的是,他还以一位思想巨人的独特智慧,天才性地将"敬德保民"思想升华到哲学高度,创造出了以"仁"为核心和精髓的儒家思想体系。

所谓服膺和信奉,是说和周公旦等人一样,孔子终生主张以德治国。他认为,唯有以德治国,国家才能从根本上得到治理,而靠德之外的法律和强权都解决不了根本问题,云:"为政以德,譬如北辰,居其所而众星拱之","道之以政,齐之以刑,民免而无耻;道之以德,齐之以礼,有耻且格。"(《论语·为政》)因此,主张要以修德招人而得天下,而不应以武力征伐而得天下:"远人不服,则修文德以来之,既来之,则安之。"(《论语·季氏》)

所谓发挥,是说孔子以一位非在位者的思想家的特殊视角,对西周德治思想中的个人道德修养问题情有独钟,对当时不重个人道德修养的现状极为忧虑,云:"吾未见好德如好色者也。"(《论语·子罕》)又云:"德之不修,学之不讲,闻义不能徙,不善不能改,是吾忧也。"(《论语·述而》)他认为统治者的个人道德修养是实现以德治国理念的根本所在,唯有推行德治的统治者本身有很高的道德境界,以德治国才不至于成为一句空话,即所谓:"其身正,不令则行;其身不正,虽令不从"(《论语·子路》),"子帅以正,孰敢不正"(《论语·颜渊》)?甚至认为,只要统治者人品正,以德治国就没有困难,反之就不可能:"苟正其身矣,于从政乎何有?不能正其身,如正人何?"(《论语·子路》)因此,孔子对个人道德修养问题作了重点阐述,比周公有较大发挥,并在论述中提出了"君子"人格的概念。认为,凡有志于治国者,首先要努力修炼自己的道德,完善自己的人格,使自己成为一个真正的君子,进而再完善自己的家庭,使自己的家人亦具良好的德行,然后才步入政坛,即所谓"修身、齐家、治国、平天下"(《礼·大学》)。具体而言,孔子所提出的君子人格概念是一个很高的道德标准。依笔者理解,大致包括以下几个方面:其一,最基本的是关心道德,如"君子怀德","德不孤,必有邻"(《论语·里仁》)。其二,坚守道义,如"君子忧道不忧贫"(《论语·卫灵公》),"君子喻于义"(《论语·里仁》),"君子义以为质"(《论语·卫灵公》),"见利思义"(《论语·宪问》),"不义而富且贵,于我如浮云"(《论语·述而》)。其三,忠诚、勤勉,如"主忠信,徙义"(《论语·颜渊》),"事君尽礼"(《论语·八佾》),"行之以忠"(《论语·颜渊》),"君使臣以礼,臣事君以忠"(《论语·八佾》),"事君敬其事而后食","行笃敬"(《论语·卫灵公》),"执事敬"(《论语·子路》),"事思敬"(《论语·季氏》)。其四,诚实守信,如"敬事而信","谨而有信"(《论语·学而》),"言必信"(《论语·子路》),"无信不立"(《论语·颜渊》)。其五,胸怀坦荡,如"君子坦荡荡,小人长戚戚"(《论语·述而》)。其六,严于律己,宽以待人,如"躬自厚而薄责于人"(《论语·卫灵公》),"君子成人之美,不成人之恶"(《论语·颜渊》)。其七,恭敬谦和,如"文质彬彬,然后君子"(《论语·雍也》),"泰而不骄"(《论语·子路》),"君子讷于言而敏于行"(《论语·里仁》),"君子博学于文,约之以礼"(《论语·雍也》)。就孔子教学生的内容看,也贯穿着他培养学生君子人格的教育理念,其《论语·述而》篇所称的"子以四教:文,行,忠,信"即可见出。值得注意的是,就孔子培养和要求的君子人格标准看,是区分层次的,其《论语·宪问》专门讨论这一问题:"子路问君子。子曰:'修己以敬。'曰:'如斯而已乎?'曰:'修己以安人。'曰:'如斯而已乎?'曰:'修己以安百姓。'"他认为,君子的最基本标准是必须有良好的道德修养和敬业精神,而最高的标准亦即对君子的终极要求,则还是能"安百姓",也就是"保民",培养君子人格的归宿和落脚点与周公旦等西周政治家完全一致,其传承关系不言而喻。

　　孔子对周公等西周"敬德保民"思想的继承和发展,更为集中地表现在他对以"仁"为标志的人本人伦思想和哲学思想体系的创造上。

　　众所周知,表述西周"敬德保民"思想的文本集中体现在《尚书》一书中,而《尚书》各文中并未直接出现"仁"这一词语。其《金縢》一文虽有"予仁若考"一语,但此文的真实性和写作年代迄今尚无定论。此前的殷商甲骨文和西周铜器铭更均无此字。《诗经·郑风·叔于田》和《诗经·齐风·卢令》两诗出现两句"仁"字句,《国语》中的二十四见,《左传》中的三十三见,则都是春秋时代的事情了。

　　孔子是第一个大量集中使用"仁"字的人,据匡亚明《孔子评传》统计,代表孔子思想的最可靠经典文本《论语》一书,出现"仁"字一百〇九次。"仁"字实际上是孔子用春秋时代开始流行的一个词语对他所理解的西周以来"敬德保民"思想的提炼和概括,同时又赋予了它新的内涵。囿于笔者的统计,《论语》中孔子谈"仁"的内容大体分三类,一是解释"仁"的内涵的,二是大量倡导"仁"、批评不仁现象的,三是其他与"仁"相关的内容。因后两类与本文讨论的问题无关,故仅述第一类。按原顺序摘引如下:

1. (樊迟)问仁。(子)曰:"仁者先难而后获,可谓仁矣。"

——《雍也》

2. (子曰):"夫仁者,己欲立而立人,己欲达而达人。能近取譬,可谓仁之方也已。"

——《雍也》

3. 颜渊闻仁。子曰:"克己复礼为仁。一日克己复礼,天下归仁焉。为仁由己,而由人乎哉?"

——《颜渊》

4. 樊迟问仁。子曰:"爱人。"问知。子曰:"知人。"

——《颜渊》

5. 樊迟问仁。子曰:"居处恭,执事敬,与人忠。虽之夷狄,不可弃也。"

——《子路》

6. 子曰:"刚、毅、木、讷近仁。"

——《子路》

7. 子张问仁于孔子。孔子曰:"能行五者于天下为仁矣。""请问之。"曰:"恭,宽,信,敏,惠。恭则不侮,宽则得众,信则人任焉,敏则有功,惠则足以使人。"

——《阳货》①

由以上各条可知,孔子对"仁"的解释分两个层次和范围,一是对内即个人本身而言,二是对外即个人之外的他或群体而言。可以说,对内是基础,是前提,属于第一层次;对外是拓展和扩大,是升华和目的,属于第二层次。

先看第一层次:第3条中所谓"克己复礼为仁",就是说"仁"的前

---

① 杨伯峻译注《论语译注》,中华书局 2009 年 10 月第 3 版,60、64、121、129、138、141、181 页。

提条件必须是"克己",也就是要用各种道德标准约束自己。具体用什么道德标准约束自己呢?依所录几文顺序而言,则是第1条中的"先难",即付出辛勤劳动,也就是要勤敏,此处与第5条中的"执事敬"和第7条中的"敏"意同;二则是第5条中的"居处恭"、第6条中的"木、讷"和第7条中的"恭",即庄重、朴实不张扬;三则是第6条中的"刚、毅",即做事要刚毅、果断;四则是第7条中的"宽"即宽厚;五则是第7条中的"信"即诚实;六则是第7条中的"惠",即慈惠。综合观之,在孔子看来,作为一个人,对自身而言,能够约束自己,使自己做到庄重、宽厚、诚实、勤勉、慈惠及刚毅果断,也就是接近仁了。不难看出,孔子的这一对仁人的评判标准,虽含有对性格甚至能力评判的因素,但最主要的还是伦理道德和人格修养的评判。

再看第二层次,第4条中所谓"爱人",千百年来一直被视为孔子对"仁"最经典的概括。依笔者理解,孔子的意思是说,懂得爱别人就是"仁",再参照第2条"己欲立而立人,己欲达而达人"及第5条"与人忠"之解,不妨作这样的理解:孔子所说的"仁",对外而言,就是懂得爱别人,爱别人的具体表现是重点在于对别人要忠诚、真诚,自己过得去的事情也要让别人过得去。不言而喻,孔子此解,是比第一层次更为典型的伦理道德和人格修养的价值评判。当然,孔子所谓"克己"和对外"爱人"的最终目的还是为了"复礼",这一点他在第3条中说得很明白。所谓"复礼"就是恢复春秋时代已经衰落了的周公所主持制定的西周礼乐文明(当然,此处所谓的西周礼乐文明已是孔子依自己的价值观在内心深处改造过了的礼乐文明),孔子这一点的对与错且不去管他。我们最为关心和感兴趣的是,孔子所谓"爱人"之解与周公旦等西周"敬德保民"思想之间的关系及巨大进步意义。周公等西周所提出的"敬德保民"思想是一个政治领域的概念,是作为最高统治者站在管理国家的高度对被管理者客观存在予以正视,他们要通过实施德政,使被统治者的生命和基本生存权不至肆意受到践踏。这固然比殷商时不把人当人进步了,但仍是一个阶级或阶层对另一个阶级或阶层进行管理的思想。"保民"是发现民众力量的客观存在,为稳固长久的统治而不得不采取的行动。而孔子对"仁"所作的"爱人"之解,重要意义在于,他把政治领域的概念移植到了伦理道德的领域之内了,已突破和超越了阶级或阶层的界限和范畴。孔子所谓"爱人"中的"人"当泛指一切人,没有阶级和阶层之分,没有"敬德保民"中"民"的范围局限,不论他是贵族还是平民,其首先是一个独立存在的人。孔子的意思是,他只要是一个存在的个体,你就应该尊重他的存在,尊重他的人格,他就应该受到应有的尊重。所以孔子说,从积极方面讲,自己想过得去的事情,就要让所有存在的个体也都过得去,即所谓"己欲达而达人";从消极方面讲,自己不想做的事情,就不要强加给任何存在的个体去做,即所谓"己所不欲,勿施于人"(《卫灵公》)。照此,人殉、人祭(牲)制度自然失去了理论上存在合理性。可以看出,孔子认为,爱别人、尊重别人的意志已不是一个政治命题,而是每一个仁人都应该具备的道德修养,是道德伦理对仁人的应有要求。毫无疑问,孔子运用"仁"字对周公"敬德保民"思想所作的伦理化转变和提升,是"敬德保民"思想的一大进步,已蕴含人本主义思想因素。

可贵的是,孔子对周公"敬德保民"思想的提升,并未到此为止,他进而又把"仁"升华到了哲学层次。众所周知,《论语》是记录保存孔子言论的最可靠的文本,可惜的是,孔子对"仁"所作哲学层次阐述的言论,未见于《论语》而仅见于《礼记》第三十九的《中庸》篇。因此《中庸》篇中孔子言论的真伪自然成了我们讨论问题的前提。我们知道,《礼记》是西汉人戴圣所编的一部先秦至秦汉时期的礼学文献选编,随着儒学在汉代地位的提高,《礼记》篇中以"子曰"形式出现的篇章行文颇多。其中有些真是孔子的言论,有些则为假托,有些则如欧阳修所说,"子曰"为讲经人的泛称。情况复杂,所以哪些真正是孔子的言论颇难逐一考辨清楚。而具体到著名篇章《中庸》成文时间和作者,学术界经过长期探讨,意见已基本统一,确认为孔子之孙孔伋即子思所作。其集大成考辨成果见王锷先生《〈礼记〉成书考》,冰释学术界不同见解者疑虑的文章见李学勤先生的《失落的文明》。[①] 笔者信从学术界的基本结论。笔者以为,既然《中庸》篇为子思所作,他所记孔子言论当是可靠的,理由有二:其一,子思出生之年其父孔鲤去世,家学自然当由作为长孙的子思继承,这是定例,也是责任。虽然

[①] 王锷著《〈礼记〉成书考》,中华书局 2007 年 3 月版,75—79 页;李学勤著《失落的文明》,上海文艺出版社 1997 年 8 月版,344—345 页。

子思四岁时孔子即去世,子思不可能直接接受祖父教育或记住祖父所说的话,但子思是孔子弟子中被称为"十哲"之一的高足曾子的弟子。曾子以孝著称,从道德、学统角度讲,所传之学被公认为是最正统的孔门学问,子思所记孔子言论当是从曾子而来,曾子所传当为亲耳聆听孔子所言或直接获取的第一手文献。《论语》中的言论也是孔子平时所言,由弟子们随听随记或追记,孔子死后才由弟子们汇集而成,《中庸》所辑孔子言论,形式性质当与《论语》大体相同,所以是可信的。其二,众所周知,"中庸"是孔子重要的哲学观,尽管《论语》中孔子直接提到"中庸"的地方只有一处,但《论语》中很多言论都贯穿着孔子的中庸思想,而《中庸》篇中有关孔子言论的精神实质与《论语》完全一致。因此,历代学者都有引用此篇中孔子言论以讨论问题者。《中庸》篇云:

  (鲁)哀公问政。子曰:"……仁者,人也,亲亲为大;义者,宜也,尊贤为大。"①

笔者信从匡亚明先生的论断,他认为如上孔子为"仁"所下定义"仁者,人也"是"具有人道主义博大精深的人本哲学",②匡先生的这一概括确实揭示出了孔子儒家学说的哲学本质。依照匡先生的分析,孔子关于"仁者,人也"的哲学概括,对人的本质从低到高作了三个层次的揭示。第一个层次,揭示了人的生物本性。"仁者,人也"就是说人就是人,而不是神。人只要来在这个世上就要实实在在地吃喝拉撒、衣食住行,生儿育女,生老病死。不管穷人、富人、贵族、平民,都是这样。并且人人都想过得好一点,所谓"富与贵,是人之所欲也","贫与贱,是人之所恶也"即是(《论语·里仁》)。正是认识到了人类的这一生物本性,因此他非常推崇周公旦等西周"敬德保民"的治国思想,希望让广大民众吃饱肚子,维持生命,而且能够生儿育女,人口兴旺。再高一层次的希望则是,不仅能让民众养活众多的人口,还要让他们的生活过得富裕。这就是《论语·子路》篇中所记孔子的现实愿望:"子适卫,冉有仆。子曰:'庶(人口兴旺)矣哉。'冉有曰:'既庶矣,又

---

① 杨天宇译注《礼记译注》,上海古籍出版社1997年4月版,910页。
② 匡亚明著《孔子评传》,齐鲁书社1985年3月版,82页。

何加焉?'曰:'富之。'曰:'既富矣,又何加焉?'曰:'教之。'"第二个层次,揭示了人的社会本性。"仁者,人也"就是说,人是社会的人,是整个庞大社会体系中的一个角色。每一个人都在等差有序的社会秩序中占据着应该占据的位置,因此,必须接受社会规范的制约,这个规范就是"礼",所以他特别推崇周公旦在洛阳制定的一整套完备的礼乐制度。认为这是人的社会本性决定的,只能损益,不能取消。所谓"一日克己复礼,天下归仁焉","非礼勿视,非礼勿听,非礼勿言,非礼勿动"(《颜渊》),就是对这一理念的捍卫。第三个层次,揭示了人的道德本性。"仁者,人也"就是说人不是一般动物,而是有道德观念的。道德观念是人和动物的根本区别,也是人类的最高本性,人必须有意识地保持道德观念。在孔子看来,道德道义比富贵更重要:"不义而富且贵,于我如浮云。"(《论语·述而》),有时甚至胜过生命:"志士仁人,无求生以害仁,有杀身以成仁。"(《卫灵公》)因此,他特别推崇周公旦等提出的以德治国的理念,不仅身体力行地在鲁国践行之,失败后又不辞辛劳地周游列国去宣扬之、推广之。

综合如上研究,不难发现,孔子以"仁"为核心的儒家学派思想体系,是在周公等创制的以德治国的理念和"敬德保民"思想基础上结合春秋时期的社会现实创立出来的。我们既可把"敬德保民"思想升华出的以"仁"为核心的人本哲学视为儒家思想体系中的最高层次,也可将其视为儒家学派思想体系的基础,儒家学派的政治思想、社会思想、伦理思想乃至教育思想等,都是在这一哲学思想基础上派生出来的。

赵逵夫的《屈原与他的时代》*

和《诗经》研究差不多,屈学研究两千年来一直是先贤们竞相涉足的显学,研究成果可辟一个小小图书室。且不说贾谊、刘安、司马迁、班固、扬雄、王逸等两汉时期的屈学开创者;也不说宋代以降的洪兴祖、朱熹、黄文焕、王夫之、林云铭、蒋骥、戴震、胡文英等屈学大师;仅就近现代的梁启超、刘师培、郭沫若、朱自清、闻一多、钱穆、游国恩、姜亮夫、林庚、陆侃如、蒋天枢、汤炳正等前辈的研究成就,便足以使人望而却步了。所以笔者常想,尽管屈学领域还有不少千年之谜等待破译,但我们这些解放后成长起来的、没有旧学根基的晚辈,要想再有较大突破,几乎是不可能的,除非地下有重大发现。然而,最近研读了人民文学出版社出版的赵逵夫所著《屈原与他的时代》①一书,原有想法产生动摇,这部"获得了历史性的结论"(汤炳正《序》)的论著便出自20世纪80年代初培养的研究生之手。

《屈原与他的时代》是一部约40万字的论文集,共收论文23篇,囊括了作者十几年来主要屈学研究成果,其中一部分曾在《文史》、《古籍整理与研究》等刊物上发表过。据作者《前言》称,他下决心研究屈原的原始动因是1981年从中国社会科学院《文学动态》杂志上读到了有关日本学者否定屈原的介绍。所以,该书虽没有一篇直接驳难"屈原否定论"的商榷文字,但各文都侧重在屈原生平及所处时代具体问题的考辨上,这其实就是对"屈原否定论"的间接回答。因此,材料翔实、考述精密、见解稳妥便构成了本书一个特征。"屈原否定论"仅仅是导致作者倾心屈原研究的原始诱因,并非其从事该项研究

---

* 本文原载于《文献》1999年2期。
① 赵逵夫著《屈原与他的时代》,人民文学出版社1996年12月版。

的出发点和预定目标，一个个具体问题的深入考辨，最终还是为了对屈原作出符合历史本来面目的评价。所以，该论文集并不是一部琐碎散乱的"屈原问题考辨集"，更非一部仅限于回答屈原是否存在的"问题考辨集"，而是一部以论文集形式出现的自成体系、自成架构的论著。它在屈原生平和所处时代两大主题交汇的坐标下，大体按时代顺序排列，依次对屈原的世系、行踪、思想、主张、创作、交游及当时的政治、军事、外交、文化等作了立体式考察。所以，点面结合、深刻性与系统性的统一，便构成了本书的基本特点。

据作者称，他在本书写作过程中作了两方面的努力，"一方面是发掘、发现新材料，寻找更多的科学依据；一方面是面对目前所获得的已知条件，使所得的结论能上下左右贯通无碍"。（前言）笔者以为，本书的学术价值也正体现在这两个方面。尽管这两方面很难割裂，常常同时表现在同一篇文章中，但就一些重点文章的价值取向看，还是各有侧重的。

所谓新材料、新依据的发现，一是指地下出土、馆藏尘封、散落民间的先秦原始资料的发现；二是指从现有先秦原始资料中发现其新的史料价值。《屈原与他的时代》一书则主要指后者。在这方面，《〈战国策·张仪相秦谓昭雎章〉发微》（简称《发微》）和《〈战国策〉中有关屈原初任左徒时的一段史料》（简称《史料》）两文最具代表性。"屈原否定论"之所以能从清末民初的廖平、胡适一直绵延到 20 世纪 60 年代以来日本的某些学者，甚至被铃木修次、白川静等写进日本大学教材，并产生一定影响，其主要原因就在于先秦史料中没有关于屈原的记载，因此，能从先秦史料中发现有关屈原的记载，问题也就不解而解了。《发微》和《史料》两文便力图澄清这一问题。《发微》一文将系于楚怀王十八年（前 311）的《战国策·张仪相秦谓昭雎章》校勘纠谬后，与《史记》的《屈原列传》、《楚世家》两文中记载该年事件的文字进行了对比研究，经过多方精密考证，判定《战国策·张仪相秦谓昭雎章》中所记秦以楚驱逐昭滑、陈轸为条件方割汉中地与楚议和的情节，就是《史记》两文中所记"秦割汉中地与楚以和"情节前面略去的开头部分，《战国策》和《史记》所记的是同一个完整事件的前后两半。而《战国策》中那位听到秦要楚驱逐昭滑的消息后，便请昭滑引自己面见楚王，要求出使齐国恢复齐楚邦交的"有人"，就是《史记》两文所记事件后半情节中出使齐国的屈原。至于《战国策》为何不像《史记》一样直接称"屈原"而称"有人",是由这部书的性质决定的,据《战国纵横家书》所反映《战国策》成书情况看,该书在收录上书、书信时,前面一般不注主名,而该章中"有人"那段对形势作精辟分析的文字,正是屈原给昭滑的一封信,它和《史记》中屈原对形势的看法亦完全吻合。《史料》一文,在对《战国策·孟尝君出行五国章》精心校勘的基础上,考辨否定了林春溥、黄式、缪文远、顾观光等人的系年结论,将其重系于楚怀王十一年(前318),系年的重新确定,直接关系到对该章事件本质的把握。此前一年,山东六国联盟形成,楚为纵长。孟尝君的五国之行即为巩固联盟工作的一部分,楚乃其出行的第一站,楚王赠孟尝君象牙床,乃为讨好各国执政来访者,以巩固其纵长地位。本文利用另一论文关于"登徒"与"左徒"关系的考订成果,判定《孟尝君出行五国章》中那位力劝孟尝君拒受象牙床的"郢之登徒",就是初任左徒之职的屈原。屈原这样做的目的,是怕孟尝君受重礼而败坏形象,进而影响六国合纵抗秦大计。《发微》和《史料》是迄今屈学界仅有的两篇从《战国策》中发现有关屈原活动的论文,它的刊布,使"屈原否定论"的依据失去了存在前提,故发表之初曾产生了广泛影响①。

如果说《战国策》中两段史料的发现,为屈原的存在找到了实证的话,那么《屈氏先世与鬻王熊伯庸》一文则因从《世本》中发现了另一则新材料,而为屈原的家世及屈原与《离骚》的关系找到了铁证。历来都以为屈氏出于屈瑕,因其封于"屈"而以地名为氏;同时,因王逸释《离骚》第二句:"朕皇考曰伯庸"中的"伯庸"为屈原父名,人们也就相沿作如是解了。然本书作者从《史记·楚世家》三家注《索隐》中发现了一则重要材料:"《世本》康作庸。"便以此为突破口作了全方位考辨。按《世本》所载,西周末年楚熊渠长子之名当为"庸",依古人在字前加伯、仲、叔、季之例,应即"伯庸"。《史记·楚世家》作"熊毋康",《帝系》作"无康",古无轻唇音,"毋"、"无"又皆在鱼部,"伯"在铎部,平入相转,则"毋"、"无"皆"伯"之假借。"庸""康"形近易混,且

---

① 此文在海外的影响参见《文史知识》1994 年 12 期 7 页引文。

"庸康声类同，古多通用"（孙诒让语），说明"庸"误为"康"。故"毋康"、"无康"，实即"伯庸"。熊渠灭庸国而封其长子在庸（今湖北竹山）以北的汉水边上，并以"庸"名其长子以旌其功；后又伐杨越，封少子疵为越章王；后兵至于鄂，封中子红为鄂王，即为"三王"。又，《汉书·地理志》等书，甲水流入汉水后的一段，先秦时楚人亦称之为甲水。因伯庸被封于甲水边上，故其后以"甲"为氏，"甲"、"屈"皆见纽字，"甲"借为"屈"，双声假借，《庄子》中称屈氏为甲氏，原因亦正在此。又，学术界虽称屈氏出于屈瑕，史料无证，亦无人考出"屈"在何处；称"伯庸"为屈父，史料亦无一丝痕迹。又，"皇考"当释作"太祖"，不释作"父"；太祖，即受姓之祖。可见，"皇考曰伯庸"这句话的意思是：《离骚》作者的太祖就是楚三王之一的熊伯庸。熊伯庸即甲伯庸，甲伯庸即屈伯庸，屈伯庸乃屈氏之始，作为其后代的《离骚》作者姓屈自是必然的了；以作品内容对照屈氏中人，著作权则非屈原莫属。屈原作品中一再称道"三王"、"三后"的原因也豁然明白了。所以，这一"历史性结论"在国际学术会议上交流及发表后，都曾震动过学术界。① 在此基础上，《屈氏世系与屈原思想的形成》一文又对春秋战国时期屈氏世系及各人物的关系作了细致考稽与勾勒，发现了不少新材料，因而增补了很多新人物。如据屈子赤角簠铭文，廓清了屈御寇与屈公子朱的父子关系；据《战国策·莫敖子华对楚威王》、《淮南子·修务》、《困学纪闻》等材料，补入了屈氏英雄屈大心；据《说苑·臣术》、《渚宫旧事》等补入了屈春；据《说苑·指武》、《淮南子·道应》等增补了颇有民本思想的屈原祖父屈宜臼等。将前代学者所勾勒的十余代世系加密到二十余代，其用功之勤和收获之大可见一斑。

和以上诸文从常见史料中发现新证据不同，《左徒·征尹·行人·辞赋》一文则主要充分利用了地下出土的新资料，为扑朔迷离的"左徒"一职的职掌揭开了最后一层面纱。左徒是屈原一生的主要任职，考察其职掌关系到屈原生平中许多问题的研究，然因楚文化的特殊及资料的不足，自唐张守节以来，历代学者都只能含糊其辞，不敢定论。该文在随县曾侯乙墓出土"左徒"、"右徒"资料及汤炳正研究

---

① 此文影响见《屈原与他的时代》汤炳正序及前言。

结论的基础上,又在20世纪50年代出土春秋楚地铜器铭文中了发现了"右征尹"官名,确定"左徒"、"右徒"是战国时的叫法,"左征尹"、"右征尹"是春秋时的叫法,战国时古籍中统称为"登徒"即中原国家之行人。《周礼》中"大行人"、"小行人"大体与楚人"左(登)徒"(简称左徒)、"右(登)徒"(简称右徒)相对应。左徒,即负责国家外交事务中重大事务的大夫。又用《左传》等书关于行人职守、特长的记载,说明屈原几种能力特长之间的关系及《史记》本传对屈原"博闻强志,明于治乱,娴于辞令"记载的根据。此文大体廓清了左徒一职的职掌、流变、对执掌者素质的要求、左右徒之间的关系以及中原国家的相应官职等诸多问题。另外,《屈原未放逐汉北说质疑与放逐汉北的新证》一文,从地下出土的长沙马王堆帛书《相马经》中发现了楚地有"南山"的记载,印证屈原作品《抽思》,为判定屈原确曾流放过汉北增补了新证。

　　笔者以为,本书作者在《前言》中所说的已知条件,一是指已发现的现有先秦原始资料;二是指前人的研究成果。本书在运用这些条件创立贯通无碍的新结论方面,确实成绩可观,前面介绍其善于发现新资料时已有涉及。这方面最具代表性的,是《汉北云梦与屈原被放汉北任掌梦之职考》(简称《掌梦》)、《〈哀郢〉释疑并探屈原的一段行踪》(简称《释疑》)、《屈原在江南的行踪与卒年》(简称《卒年》)三文。

　　《掌梦》一文,考察的是怀王时期屈原被放逐汉北的行踪问题。该文先后征引了包括正史、野史、地下出土资料、历代文人文学创作、今人历史地理研究成果在内的四十余种典籍,结合当时楚国的政治、经济、交通、文化、民俗心理、语言习惯和屈原作品及历史遗迹,进行了筐发式考辨,终于使学术界言人人殊的诸多问题有了一个更为圆通的说法:战国时楚人所谓"江南"、"汉北"皆以楚郢都(今湖北江陵)为中心言之;屈原在怀王二十四五年放逐汉北,其地即春秋战国是汉北云梦,在汉水下游的北面(相当于今钟祥、京山、天门、应城、云梦、汉川几县地盘),当时该地西部为丘陵森林地带,乃楚王游猎区,东部为草莽沼泽地,乃屈原居所所在;屈原放逐此地任掌梦官,居住在其东部的鄀(今云梦县),负责管理云梦游猎区及楚王游猎事宜;一次怀王田猎,突遇青兕射之,楚俗,射青兕不祥,怀王因而受到惊吓,故屈原作《招魂》招怀王之魂;屈原至怀王二十八年重被召回朝廷;屈赋中

"北姑"即"北姑射之山",在汉北西部;"沧浪之水"即春秋时代清发水,又名清水,亦即今浈水,在汉北东;"庐江"即芦江,亦汉北河流,以沿岸多芦苇而得名;"南山"在汉北与鄀都之间;"江潭"指汉江边上水泽,非专名。我们不敢说本文的结论是最后定论,然与已有结论相比,它们确实达到了"上下左右贯通无碍"的程度,一定程度上揭示了屈原生平中一段重要经历的真实情况,并启示我们对放逐汉北之"放"的含义有了更确切的理解,是迁谪,而不是废官放逐。

《释疑》一文,探讨的是顷襄王时期屈原被流放江南的行踪问题。它虽是以索解《哀郢》一文为突破口,不像上文涉及的知识面那么广,但因自汉代以来,人们对其中两句的解释众说纷纭,莫衷一是,故探索难度,不亚前文。关于两句原文解释,上句"过夏首而西浮兮",王逸以来约有七八种代表说法,或释为从西浮而东行,或释为人向东而心恋西,或混"夏首"为"夏口";下句"上洞庭而下江",说法更多,或含糊其辞,或为站在夏口向西望,湖在上江在下,或为南洞庭而北长江,或为顺着洞庭入湘江,或为船头向洞庭尾向长江,有的还释为或者上洞庭或者下长江,甚至还有人认为古时洞庭湖在长江北,先入洞庭再下长江等,不一而足。本文旁征博引,对以上诸说一一驳议,解上句为:由夏首顺江东行,至湖口而西折入洞庭湖。夏首,乃夏水由长江分出之地;夏口,乃夏水与汉水合流入长江之处,二水相距甚远。解下句为:出洞庭湖而顺江东行。关于屈原被放之地"陵阳",多以为即远在江南范围之外的今安徽陵阳。本文据《汉书·地理志》《山海经》《水经注》及地下出土的《鄂郡启节》考出,此"陵阳"乃江西省西部、庐水发源处西北面的另一个"陵阳"。关于《哀郢》反映的事件背景,说法亦较多,本文考为秦怒取楚十五城,襄王元年(前298)初屈原离郢事。归纳以上结论,本文勾勒屈原行踪为:怀王拘秦,岁末,襄王即位(仍用怀王年号),秦怒其继任而发兵攻楚,楚城连破难守之时,旧贵族迁罪屈原而自保,将其放逐江南之野,即沅湘领域,襄王元年初,屈原离郢,自夏首顺江东行,至洞庭湖口而西折入湖漂泊,本拟至沅湘,后因秦兵势猛,虑沅湘不保,故又出湖沿江东下,至彭蠡泽,又沿庐水西南行,二月终达与洞庭沅湘流域一罗霄山脉之隔的江西西部陵阳。此勾勒,使学术界或以为屈原流放地在沅湘,或以为在安徽陵阳而又难于解说其中矛盾的难题终得圆通解决,亦与屈原《九章》

中反映的屈原行程完全吻合。

与上文勾稽屈原行踪的时间相衔接,《卒年》一文,考证了屈原流放江南时由陵阳到沅湘之间的行踪及最后三篇作品创作的时间、地点、卒年。关于屈原最后三首作品《涉江》、《哀郢》、《怀沙》的创作时间,学术界分歧较大,清人林云铭、屈复对《九章》中此三首作品次序作了如上调整,然以游国恩、陆侃如为代表的一批现代学者不同意,仍坚持《哀郢》、《涉江》、《怀沙》的排列次序。本文综合辨析后确定为,屈原在陵阳逗留不久,又原路返回,于秋末到鄂渚,初冬到溆浦,在此创作了《涉江》(前298),后留住此地;同时以凿凿之据证明《哀郢》既不可能为初离郢都(前298)时所作,亦不可能为九年后重返郢都之作,更不会是襄王三十或三十一年(前269、前268)屈原死后之作,只能是创作《涉江》九年后回忆离郢悲凉情景时的创作;《怀沙》则作于襄王十六年(前283)从湘水上游靠近资水上游的地带向北行进之时死前一月左右的孟夏四月。关于屈原卒年,学者们多纯从《哀郢》一诗所反映的情况来推断,又因对该诗前半反映事件及作时看法不一,故致众说纷纭,仅代表性说法就九种之多,最早和最晚者竟相差四十多年。本文则从人们熟悉的《屈原列传》及各家注中发现问题,并参照《哀郢》,判定屈原当卒于襄王十年(前289)至十九年(前280)之间,然后详细排列这十年间楚国发生的重大军政事件,进而考定出他自沉于顷襄王十六年(前283),即顷襄王与秦昭王会于楚故都鄢郢不久。二王相会的消息虽不是屈原自杀的唯一原因,但却是他立即结束生命的导火线。这个时间结论,虽与九种说法之一的姜亮夫的观点相合,而立论角度、使用证据、推论过程则全然不同,颇具说服力。

此外,《昭滑灭越与屈原统一南方的政治主张》一文,是对屈原外交思想的开掘。人们习惯用"联齐抗秦"一语概括屈原的外交思想,包括郭沫若也仅称他"想以德政来让楚国统一中国,而反对秦国的力征经营"。① 本文则从整个六国形势和屈原任左徒前与任左徒后,屈原在职之时与去职之时楚国对外政策的变化入手,又用以邻为壑的规律结合秦灭巴、蜀旁证,说明屈原的外交思想包括两个方面:一是

---

① 郭沫若著《屈原研究》,见《郭沫若古典文学论文集》,上海古籍出版社1985年2月版,214页。

联合山东六国共同抗秦，以期遏制"虎狼之国"的发展，争取时间；二是向东南、西南发展，以期先统一南方，作为统一全国的第一步。屈原任左徒之后即改变同齐国争夺泗上之战略为"城广陵"，备越国，与越先后五战；屈原虽去左徒之职，而到怀王十八年恢复在君王面前发言权，即建议昭滑经营越国，五年而灭越。弄清了这些事实，就使我们对屈原外交思想有了更为具体而全面的认识，他的统一全国的思想也就有了具体内容，而不只是一个招牌。对《离骚》、《天问》、《大招》等作品的内容也就有了深层理解。《屈原的冠礼与早期任职》一文的结论可信度亦很高。《橘颂》创作于何时，学术界多仅从作品风格推测，故终难确定。本文则将这篇《九章》中唯一的四言之作与《仪礼·冠礼》和《孔子家语》所载《冠颂》相比较，三者不仅形式相同，内容相近，用词亦雷同，《橘颂》甚至套用《士冠辞》的成句，从而确定为屈原二十岁时举行冠礼后的明志之作。

　　《屈原与他的时代》一书，在考订重要问题时，还随文解决了一些看似不起眼的小问题，同样包含着作者善于发现问题解决问题的功底和识力。如《屈原列传》开头人们耳熟能详的几句话："怀王使屈原造为宪令，屈平属草稿，未定，上官大夫见而欲夺之，屈平不与，因谗之。"人们均释后二句为上官大夫想夺过去看，屈原不给他看。本书则广征史籍，解"夺"为"改"，解"与"为"同意"，释二句为上官要求屈原修改其起草的限制贵族利益的某些法令内容，屈原不同意，故谗之。此解一出，二人斗争性质深化一层。又如，人多将史料中"鄢郢"二字分开解读，致抱怨史料不通，本书则合解"鄢郢"为楚故郢都，楚都屡迁，然皆称"郢"，迁至何处，"郢"前则习惯加此处地名。去一顿号，救活多则史料。再如，《张仪列传》中记楚丹阳之败后又复袭秦至蓝田，胡三省注"蓝田"为今陕西蓝田，读者对楚本来败在长江流域却忽又深入秦腹地大感不解，本书则纠正为鄢郢南一百华里处另一蓝田，文意豁然。《张仪相秦说昭雎章》中为秦国传话者和被秦想法逐出楚国朝廷者同为"昭雎"，因该材料自相矛盾而久被遗弃，本书则考出文中"雎"字有几处当作"滑"字，传话者乃亲秦派人物昭雎，被逐者则抗秦派中坚昭滑。一字之考，废料派上大用场。此类例子，俯拾皆是，不胜枚举。

　　通过对《屈原与他的时代》一书的粗浅探讨，笔者初步感受到本书作者有以下治学特点：第一，一切从原始资料出发。十几年来，本书作者一直潜心于先秦两汉典籍、先秦出土文献、保存先秦史料的后代文化典籍的系统研读，致力于从第一手资料中发现问题。若仅满足于在别人的论著之间斟酌去取，是根本不可能有这么多真正属于自己的新发现和新建树的。不论是屈氏世系中大量新人物新资料的增补，还是屈原活动原始记载的发现等，都足以说明。第二，赖于坚实的旧学根基。研究先秦文学尤其特殊的楚文学，如果没有坚实的音韵、文字、训诂、天文历法、历史地理、典章制度等旧学方面的扎实根基，即使从原始资料出发，在研读这些资料时遇到了有用的材料，也不一定能发现它的价值。正是经过了这种真功的修炼，其读书才力透纸背，往往能从别人不留意的史料中敏锐地发现问题，剖璞见玉。这一点，仅从本书对屈氏太祖熊伯庸的发现和探索过程即可说明。笔者以为，以上两条的结合应当是治先秦文学乃至治整个古典文学者必备的先决条件，可惜由于种种原因，这样的学者越来越少了。第三，坚持批判继承和发展创新相统一的原则。凡读到本书的人，都会有一种明显的感觉，作者每探讨一个老问题，总要先把这个问题的研究历史与现状如数家珍地展现给读者，并逐一作出细致入理的剖析，然后才正面展开自己对本问题的探讨，"层层论证，步步推演，结果竟得出一个全新的概念。"（汤炳正《序》）这看似一个单纯的论文撰写方式问题，实际上却蕴含着一种继承与创新相统一的治学原则和良好学风。两千余年的屈学研究，在给后人留下难题的同时，也为后人提供了良好的研究基础，不批判地利用这一基础，不仅是一种浪费，还会有盲目撞车造成无效劳动的情况发生，不利于创造；同时，梳理、交待前贤的研究成果也体现了一种学术规范，对随心所欲标新立异或据前贤成果为已有重新刊布的不良学风也是一种抵制。凭着旧学根基在原始资料中艰苦跋涉的本书作者，颇为重视梳理、交待和借鉴前人的研究成果，"游国恩先生关于屈原被放时间和地理的研究，汤炳正先生关于'左徒'与'登徒'关系的研究，谭其骧先生关于云梦与云梦土变迁的研究，李学勤、裘锡圭先生关于地下出土帛书、竹简和楚文化的研究等，都成了我研究的起点和基础。"（《前言》）正是在这些起点和基础上的大胆创新，才使得本书后来居上更趋完善。

正如作者自己所说，他不认为自己的结论就是真理，只是希望走向真理，笔者以为，本书确实还有一些可商榷处。从大的方面说，因作者另有一部《屈骚探幽》面世，故本书对作为文学家的屈原方面的探索稍显单薄，不如对作为政治家、外交家、思想家的屈原方面的探索成果丰厚；同时宏观论述的学术价值逊于对具体问题探索的学术价值。就具体问题而言，由于作者对屈原过于痴迷，有些结论还嫌实证不足。如，作者引宋人邵博《邵氏闻见后录》说明司马光《资治通鉴》不录以文立身者，又引司马光《五哀诗》中称赞屈原人格及楚辞成就的《屈平》诗，裁定《资治通鉴》不载屈原是因司马光把他视作了以文立身者，并非因其怀疑屈原的存在。至此本已说明了问题，然而作者又开掘了一个司马光"深埋心底而不肯道人"的原因，即他怕把屈原载入《资治通鉴》后改革家王安石会以改革家屈原自比。笔者以为，尽管作者为二人的相似找到了很多旁证，但仍不免有猜测之嫌，很可能委屈了司马老先生。屈原能否称得上改革家可以讨论，但比屈原典型得多的改革家商鞅照样走进《资治通鉴》，又作何解呢？屈原不入《资治通鉴》，恐怕还是被视为纯文人且先秦缺乏有关他的史料之故吧。再如，在屈氏的世系中考屈荡的曾孙亦作屈荡，屈建的玄孙亦名屈建，仅以战国无避讳之说为佐证，恐怕还难说服人。

赵逵夫著《屈骚探幽》刍论[*]

继 1996 年 8 月人民文学出版社推出了赵逵夫先生的力作《屈原与他的时代》之后，又推出了他的另一部力作《屈骚探幽》①，这是十几年来赵先生呕心屈赋研究的一部代表性成果。如果说《屈原与他的时代》一书主要是从历史文献学的角度对屈原的世系、行踪、思想、主张、创作、交游及当时的政治、军事、外交、文化等一系列重大问题作了全方位考察的话，那么，《屈骚探幽》则主要是从文艺学、美学、阐释学的角度对屈原的代表作《离骚》作了立体式探索。两书相互辉映，代表了屈学研究的最新水平，奠定了赵逵夫先生在屈学研究中卓然大家的学术地位。

一

《屈骚探幽》一书分上中下三编，前两编由 11 篇长篇论文组成，其中有的论文曾在《中国社会科学》、《文学评论》等权威刊物上发表过，并产生了强烈反响。"上编解决《离骚》的创作环境、背景及内容、艺术鉴赏方面的一些问题，中编论《离骚》创作中对以前诗歌和楚国民歌在形势、情调、风格、表现手段等方面的继承与创造的关系，也探讨了楚国的音乐、美术、舞蹈及文风对屈原抒情诗特别是对《离骚》的影响"，"下编对《离骚》作了新注新译，有些需要重点加以辨析考证的问题，另为《辨证》，列于《新注》之后"。（见《前言》）三编各自独立而又

---

* 本文原载于《西北师大学报》1999 年 4 期，题目为《宏观研究与微观考辨相结合的典范——〈屈骚探幽〉述论》。

① 赵逵夫《屈骚探幽》，甘肃人民出版社 1998 年 5 月版。

密切相连，构成了一部独具特色、自成体系、多所创新的高质量学术专著。

笔者以为，善于运用宏观把握与微观考辨相结合的科学方法探讨问题，是《屈骚探幽》一书的重要特征，也是其多所创新的重要原因。传统的治骚方法多局限于微观考辨，而新一代学者则又多侧重于宏观研究，其实，宏观研究只有以微观考辨为根基，其结论才扎实可信；微观考辨也只有在宏观研究统领下进行，其用力才有目标，将其成果运用到宏观研究中去，才能充分体现出自身的价值，从而使一些重大问题得以突破。《屈骚探幽》正是在这方面树立了典范。

《屈骚探幽》的两结合体现在两个方面：

一、从总体上说，前两编属宏观研究，后一编为微观考辨。正是由于后面对《离骚》作品逐字逐句作出了更合原意的新阐释，对许多疑难词句进行了深入精辟的辨正，前面高屋建瓴的宏观剖析才显得异常有说服力。如《辨证》第一条，作者广征《国语》、《左传》、《礼记》、《淮南子》等史料，考出《离骚》首句"帝高阳之苗裔兮"之"高阳"为祝融吴回，纠正了《史记·楚世家》将"高阳"之号归为颛顼并进而将楚民族归为黄帝后裔的错误结论，指出这是司马迁在西汉大一统思想意识支配下对古史的改造。这一纠谬看似平常，却直接关系到了对《离骚》爱国爱楚思想内容的剖析与评价。因为在先秦人心目中，黄帝、颛顼是北方之神，祝融为南方之神，分属两大地域，若依《史记》将楚民族归为北方神之后，视民族利益重于生命的《离骚》抒情主人公开篇即炫耀自己与秦为同一祖先，那么全篇抒发的为抗秦保楚至死不悔的爱族之情不是失去意义了么？赵说一出，《离骚》所宣扬的爱国思想则深化一层。

又如《新注》第（2），自王逸以来，人皆注《离骚》第二句"朕皇考曰伯庸"之"皇考"为死去的父亲，本书作者则据《礼记·王制》、王闿运《楚辞释》、《毛诗选》释《周颂》、刘向《九叹·愍命》等，注"皇考"为屈氏受姓之祖"太祖，始封君"。又依《屈原与他的时代》中《屈氏先世与句亶王熊伯庸》一文，结合先秦典章制度判定这个屈氏受姓之祖"伯庸"即楚国始封君熊伯庸。一条注释，解开了《离骚》抒情主人公的"爱国情结"之谜，许多相关的大问题解决起来也就容易多了。他原来是以楚国先君之后自居，把楚国国业当作了自己的家业。

再如《辨证》第二十七条,因王逸以来或注"济沅湘以南征兮,就重华而陈辞"中的"辞"为言辞,或沿用此说而略之,遂导致学术界对《离骚》下面大段陈辞内容的理解歧异纷纭,进而影响了对作品抒情主人公形象的宏观剖析。本书作者受清代林仲懿《离骚中正》的启发,经过精心考辨,认为"辞"当释作"诉讼、申辨"。这一辨证,使我们明白了《离骚》抒情主人公的长篇陈述是为了辩护证明自己的无罪。他排列"夏康娱以自纵"四段亡国之君历史教训的文字作为自辩材料,正透露出了屈原的获罪可能与反对楚怀王的生活放荡有关;其"汤禹俨而祗敬兮"五段自辩文字,则又对我们理解屈原任左徒期间的政治主张有很大启发。更重要的是,对九段陈述内容的新理解为本书前面正确剖析抒情主人公形象提供了新依据。

如果说以上数例说明赵先生的微观考辨自然地为其宏观研究提供了坚实依据的话,那么,上编《〈离骚〉的开头结尾与创作地点的关系》一文与下编《辨证》第六、第九两条的结合,则无疑是宏观研究与微观研究从研究过程到研究结论的完整统一了。该文的第一个小标题《站在先王先祖神灵的面前》集中考察了《离骚》开头的内在含义,它与《辨证》第六条的考辨文字紧密结合,互相发挥,纠正了王逸以来许多误说,认为"昔三后之纯粹兮"之"三后"指楚国三祖句亶王熊伯庸、鄂王熊红、越章王熊执疵;"彼尧舜之耿介兮"等五句中的"彼"指楚三王而非指尧舜;"何桀纣之猖彼兮"一句反问楚怀王而非桀纣。第三个小标题《"陟陞皇之赫戏"诠释》则与《辨证》第九条紧密结合考察了《离骚》结尾的内在含义。认为《离骚》中几次提到"皇"字都不是像王逸、朱冀、刘梦鹏、胡文英、钱澄之等人所解释的那样作"皇天、国君"之义,而皆是"先祖、先王"的意思,其"陟陞皇之赫戏"一句指先王的灵光。在此微观研究的基础上,文章最后认为,"三后"之说一方面表现了抒情主人公对祖先的缅怀与对楚国历史上强盛时代的向往,一方面朦胧地表现了屈原的政治理想。《离骚》全诗并不像有些人说的从头到尾表现了'去'和'留'这两种思想的矛盾与斗争。对祖国的热爱,对美政的向往和对当朝国君的批判与期待,才是贯穿首尾的思想情绪","灵光"之说,是"诗人由于皇考显示的神光而看到了旧乡,改变了远离楚国的打算,决定在楚国留下来。……诗人既不会因为热爱祖国而在国君昏昧、朝廷黑暗的情况下放弃斗争与追求而盲目地求得团结，也不会因为要实现自己的政治理想而远走他国另求明君，也不会因为当时楚国现实政治的黑暗与腐败而对祖国的感情有所淡漠。似乎，这三者也都在对先王明君的崇敬这一点上统一了起来"。以上宏观结论不能不令人感叹其深刻而独到。

二、从局部上说，由于《屈骚探幽》与《屈原与他的时代》研究对象的不同，其前两编的宏观研究多侧重从文艺学、美学的角度审视问题，即便如此，这部分文章也从未忽视在微观考辨的基础上获取结论。除上面《〈离骚〉的开头结尾与创作地点的关系》一文既可视作前后两编宏观与微观结合的典范又可视作自身宏观研究与微观考辨结合的典范外，还有数篇也很典型。如本书首篇《〈离骚〉中的龙马同两个世界的艺术构思》一文，对历来不受学术界重视的《离骚》抒情主人公的坐骑时而曰"龙"时而曰"马"作了详细考辨。作者据古本《尔雅·释畜》"马高八尺为龙"、《周礼·夏官·瘦人》"马八尺以上为龙"的训释，通过辨析《尚书·中侯》、《吕氏春秋·本味》高诱注、《拾遗记》、《汉书·百官公卿表·上》、《西京杂记》卷二、《水经注》卷二十、《后汉书·马皇后记》、《礼记·礼运》孔颖达疏、《路史后记·一》注引《玄中记》、司马贞《补三皇本纪》、《太平御览》卷七八及八九六等多种文献，判定传说中的龙由马演化而来，伏羲氏以龙为图腾，盖沿于白马氏以马为图腾，由此疏通了《离骚》中或马或龙的疑义，解释了诗人在展现一个现实与神话相结合的宏大的艺术境界时绝妙的构思。作者认为抒情主人公所乘之"龙"、"飞龙"、"玉虬"都是白色骏马。在此基础上，作者揭示了诗人所创造的高广神奇、自由变幻的抒情环境。认为诗中凡写一般乘驾以标示行程及表现对人间故土之恋时，皆作"马"；凡表现其超然高举、脱离人间社会时，皆作"龙"、"飞龙"、"玉虬"，以见其形象之变化。诗中"驷玉虬以乘鹥兮"一句是诗人想象让群飞的鹥鸟将自己托起来，前面再有四匹白色的神骏腾骧以导向，使自己像乘着车子一样升向天空。诗人就凭借着鹥车与神骏，上下出入于现实世界和幻想世界之间。进而，本文得出了被学术界高度重视的著名结论：如果说《离骚》以超现实世界为现实世界的补充，二者既有区分又无截然界线这样的抒情环境最有利于抒发奔放的激情和大地难载、高天难容的悲愤，那么龙马神骏和鹥车的构思又最完美地解决了现实世界与超现实世界的关系，以及诗人来往于二者之间的问题。而无论是关于两个世界的构思还是龙马的构思,又都根植于中国上古文化的土壤,因而显得又奇特,又自然。本文从史料考辨入手,在解说了一个小小的"抵牾"疑问的同时,却回答了《离骚》的浪漫主义抒情特征及抒情手法的重大课题。

当然,《屈骚探幽》的宏观结论和微观结论之所以都显得那样扎实可信、胜人一筹,从根本上说还是赖于先生深厚的音韵、文字、训诂、文献、历史地理、典章制度、民风民俗、美学理论根基和对疑难问题穷追不舍、刨根究底、不搞个水落石出誓不罢休的顽强求是精神,但是善于运用科学研究方法不能不说也是一个重要原因。

二

笔者以为,坚持从原始资料出发与系统梳理前人研究成果相结合的治学原则,是《屈骚探幽》的又一重要特征和多所创新的又一原因。正如赵先生自己所说:"如果不是从研读先秦典籍和有关先秦文史之第一手的材料出发,而只斟酌去取于别人的论著之间,是不可能有什么新的发现的。"① 又如伏俊琏先生所说:"赵先生的每一个新说的创立,都首先要对前人对这个问题的各种的研究进行分析。"② 可以说,在从原始资料出发的基础上系统梳理前人研究成果,已构成了学术界公认的赵先生的一大治学风格。

《屈骚探幽》中《辨证》各条及前面论文中的有关微观考辨部分处处体现了这一点,故不再费墨举例说明。值得注意的是,本书在从原始资料出发当中,特别重视利用地下出土的新资料。如关于《离骚》的比兴手法问题,自东汉王逸《离骚序》作了"依《诗》取兴,引类譬喻"等系统论述之后,探讨者代不乏人。当今学术界多认为,《诗经》和春秋战国时代的飌及列国间普遍存在的赋诗言志之风是《离骚》比兴手法的主要来源。本书《从帛书〈相马经·大光破章故训传〉看屈赋比喻象征手法的形成》一文,则利用 1973 年长沙马王堆三号汉墓出土的

---

① 赵逵夫《读书与研究》,《文史知识》1994 年 12 期。
② 伏俊琏《孜孜不倦的探求者——赵逵夫教授学术成就述评》,《古典文学知识》1996 年 6 期。

战国楚人所著的帛书《相马经》资料使问题得到了进一步澄清。该文对《相马经》及众多先秦文献综合考察后认为,《离骚》的比兴与《诗经》的比兴并不相同,而《相马经·大光破章》"经文中只出现喻体,不出现本体,它同本体的联系主要依赖于人们约定俗成的比喻习惯","喻体同本体的联系显示了一定程度的稳定性","喻体同本体之间有着较多的联系"等特征恰与《离骚》的比喻象征手法切近。同时,屈原之前楚地诗歌、民谣的表现手法也与《离骚》手法相类。进而推定,偏重象征、重在抒情的《离骚》"比兴"特色,主要是楚民族自身悠久独特的审美趣味、语言风格等文化传统影响的结果,《诗经》等的影响不是主要原因。因该文"利用楚文物,在方法上自然比前人进步得多,材料也更为可靠",所以"说服力也更强"①。

《楚国高度发展的艺术对屈原抒情诗的影响》一文更是充分运用了出土文物资料。该文集中探讨了以《离骚》为代表的屈原抒情诗同楚国音乐、绘画、舞蹈的内在联系,对 1957 年河南信阳战国楚墓中出土的编钟,1970 年湖北纪南出土的战国彩绘石磬,1978 年湖北随县曾侯乙墓出土的组合完整的大批精美乐器等出土文物综合研究后认为,其庞大演奏阵容所体现的"和谐为美"思想启迪了屈原抒情作品语言潜在的音乐性能的发挥。又将 1949 年长沙战国楚墓出土的《妇女凤鸟图》、1973 年长沙楚墓出土的《龙舟人物图》、1973 年湖北江陵出土的彩绘木鹿等珍品与《离骚》所描绘的境界进行了全面分析对比,认为这些艺术形式表现出的丰富想象力、高度概括力和深厚的浪漫情调哺育了屈原,直接影响了他在《离骚》中对神奇诡异、似真似幻美妙图景的创造。并认为,善于学习其他艺术门类的经验和技巧来充分发挥语言表现优势,是屈原攀上抒情诗歌高峰的原因之一。不仅该文的结论对我们有重要启发,其分析问题的视角和方法也同样对我们有启发意义。

就本书重视系统梳理前人研究成果而言,除普遍体现在微观考辨的条目中之外,宏观研究的文章中也体现得很充分。如《〈离骚〉的比喻和抒情主人公的形貌问题》一文,对学术界一直未能很好解决的

---

① 赵逵夫《屈骚探幽》郭晋稀序,甘肃人民出版社 1998 年 5 月版,2 页。

《离骚》抒情主人公形貌前后是否统一的问题进行了深入研究。为彻底解决这一问题,赵先生系统梳理了王逸、五臣、洪兴祖、朱熹、林云铭、蒋骥、戴震、胡文英、孙次舟、闻一多、游国恩、钱锺书、潘啸龙、夏太生、易重廉等历代学者在《离骚》的比喻和抒情主人公形貌问题,认为20世纪50年代游国恩先生创立的在学术界占统治地位的"男女君臣之喻说"(游先生自称"女性中心说")是问题的症结所在,而这一学说的潜在根源则又是朱熹的"夫妇君臣之喻说"。文章又对朱熹的"夫妇君臣之喻说"进行了系统剖析,在论证它难以成立的同时,又深入开掘了朱熹编造此学说的思想根源是借此"增夫三纲五典之重"(《楚辞集注后序》)。进而,文章又对在新情况下对"夫妇君臣之喻说"作出新认定、新发展的"男女君臣之喻说"进行了系统驳难,逐条辨析了该学说所列的九条理由,认为一条也不能成立。之后,才终于正面确立了自己的新结论。赵先生认为,《离骚》中个别地方以众女妒美色喻奸臣妒贤臣,以求女喻寻求知音,只是随文设喻,并不存在以男女喻君臣的比喻系统,因而也不存在《离骚》抒情主人公形貌前后不统一的问题,抒情主人公自始至终都是一个头戴峨冠的坚强不屈、情志高洁的男性政治家形象,是"男女君臣之喻说"破坏了《离骚》人物形象的完整性和一致性,影响了人们对《离骚》的艺术鉴赏。又认为,此问题以前之所以未能彻底解决,不少学者只是致力于弥合矛盾,一是同对于一些词句的理解有关,一是因未能理清有关学说发生演变的历史轨迹并与朱熹的思想联系起来。

仅此一例,即可印证汤炳正先生对赵逵夫先生探讨问题特点的总结:"首先是接受前人的学术遗产,然后层层论证,步步推演,结果竟得出一个全新的概念。"①正因该文运用这一方法得出了一个全新的概念,所以楚辞学界这一老大难问题终于得到了彻底解决。

三

笔者以为,《屈骚探幽》中纯粹从文艺学、美学、比较文学等角度

---

① 赵逵夫《屈原与他的时代》汤炳正序,人民文学出版社1996年8月版,2页。

考察屈赋的一组文章也有重大突破。如《〈离骚〉的结构、叙事与抒情》一文,在对《离骚》的结构进行探讨时,力排前实后幻(或前写素行后写素志)的两分法和以记事内容为划分标准的多分法,主张以诗人情绪变化节奏为划分标准,将《离骚》全文分为三大部分和一个乱辞。进而对各部分进行了具体剖析,认为第一部分是结合象征性的叙事来抒情,后两部分是通过虚幻的情节来抒情;情感发展线索和或隐或现的叙事线索为贯穿全诗始终的两条线。笔者以为,本文关于《离骚》结构"三分法"、"双重线"的新结论体现了抒情诗的本质特征,因而是各说中最科学合理的一说。

诗歌的艺术特征,除内容诸因素外,主要由属于外部结构的诗体形式,属于深层结构的意境、情调、抒情状物过程,属于中层结构的语言三个方面组成,有关屈赋艺术特征继承与创新关系方面的研究,学术界本就很少有人涉足,偶有论及者,关注的却又只是诗体形式问题,恰恰忽略了最重要的风格、情调问题。本书《屈原在风格情调上的继承与创造》(简称《创造》)、《屈原在完成歌诗向诵诗的转变方面所作的贡献》(简称《贡献》)、《屈赋形式上的继承问题》(简称《问题》)三文正是在这一领域作出了开创性贡献。

《创造》一文,运用审美理论、民俗学、地域学、心理学等手段,对屈赋在意境、情调、感情抒发等深层次表现技巧方面的继承与创造问题进行了综合考察。认为,通过具体描述生动展示主体的心灵,力求从视、听、味、嗅、触方面体现对客体的完整认识,是屈赋继承南楚诸子文化传统而创造的结果;吸吮南楚抒情诗歌缠绵悱恻、深沉幽远、含意不尽情调的乳汁,是《离骚》创造出"爱的折磨"情调的重要因素;善于从心理变化的诱发物方面表现思想、忧伤的情绪是屈原向春秋南楚上源作品表现方法学习借鉴的产物等。文章进而总结出屈原宝贵的艺术经验,是始终将继承与创新同对于诗歌表现力、感染力的不断追求结合在一起,尤重意境、情调、神韵的继承和语言抒情传意功能的发挥。

《贡献》一文则认为,屈原创立的骚体诗反映了他重视艺术的创造应考虑到人们欣赏习惯的重要美学观;屈原创立了最能体现汉语韵律美的固定的偶句韵形式;屈原确定的单句"兮"字句,使上下句形成了抑扬顿挫之势和语气上的似连非连之气;屈原开创的四句一节格式使诗歌更富音乐美；注意到了以虚字为腰及平仄谐调，开了律诗相间相粘格式的先河；屈骚大体整齐的句节形式又造成了其诗体的建筑美；骚体选用大量诱发外形想象色彩刺激的词语、对偶修辞手法体现了它的绘画美。

《问题》一文，对我国早期诗歌形式发展的总趋势作了勾勒，对屈赋句式作了归纳，并认为楚民歌句中有"兮"字的五言句和两句之间有"兮"字的五言句是屈原创造出"离骚体"的基础。

如果说《创造》一文，因为从诗歌艺术特征的深层结构方面对屈赋创作的文化背景作了系统探讨而功不可没的话，那么，从诗歌艺术特征的外部结构和中层结构方面对屈原创立的"离骚体"的特点及巨大贡献作出全方位研究的《贡献》一文，在这一研究领域的筚路蓝缕之功则更不应该被学术界所忘记。即使是仅从诗句形式上对"离骚体"产生基础有所阐发的《问题》一文，也是对楚辞学界不小的贡献。

值得一提的是，本书的《前言》也是一篇不可多得的高质量学术论文，在全书中起着提纲挈领的作用。该文将《离骚》放在世界文学的大背景下，对其辉煌的艺术成就和在世界文学史上的崇高地位进行了纵横交错、贯通古今、融会中西的全方位剖析，许多见解深刻而独到，令人备受感染。如果说读《屈骚探幽》下编主要使我们感受到了作者深厚的旧学根基和孤军深入的探索精神，读上编和中编主要感受到的是作者全面的文化理论素养和睿智的思维的话，那么，读《前言》则又使我们感受到了这位复合型学者横溢的才华和澎湃的激情。这，绝非溢美！

和《屈原与他的时代》一样，《屈骚探幽》前两编虽是以论文集的形式出现的，但它绝不同于一般意义上的论文结集，各文之间虽彼此独立，但又互有密切的内在联系，自成体系；同时，它又不同于一般意义上的看似体系严密完整的学术论著。这种论文集特点，是赵先生通盘研究、重点刊发的治学思想指导的结果，对当今的学术界很有启发意义。因它既避免了一般论文集零乱、无体系的缺憾，又避免了一般论著重弥合、塞冗文、多水分的毛病，是一种展示真正高水平研究成果的好形式。

技进乎艺　艺进乎道*
——从《论书绝句》看启功先生的古书鉴定法

今年是启功先生100周年诞辰。他不仅是我国当代著名的书法家、文献学家和旧体诗人，还是著名的古代书画鉴定大师。其生前作为国家文物鉴定委员会主任，经他的法眼，为国家鉴定确认或剔除的国宝无数，被国人誉为当代"书画鉴定第一人"。虽然先生的法眼具有很强的实践性和经验性特征，但是，其鉴定方法并非没有规律可循，对其鉴定方法进行学理总结，是我们的责任，也是学术的必然要求。

启先生本人于1935年和1961年至1974年分两批陆续创作的前二十首和后八十首《论书绝句》①及各篇所附晚年释文，则为这项研究提供了一些珍贵信息，从中得以窥见其古书鉴定方法之一斑。据统计，启功先生《论书绝句》百首论及的朝代自西汉至清末，"评析的书法家100多人；涉及的碑帖120多件，其中两汉6件，魏晋南北朝21件，隋唐五代30件，宋金21件，元代12件，明代6件，清代18件，日本书法7件。按版式分类，墨迹82件，摹刻12件，碑刻26件；按书体分类，篆书2件，隶书11件，楷书24件，行书66件，草书18件"。②

笔者以为，启功先生鉴定古代书法的方法至少可以归纳为四个方面。

---

* 本文原载于《文艺研究》2013年9期。
① 启功著，赵仁珪注释《论书绝句》（注释本），三联书店2002年7月版。
② 文师华《从〈论书绝句百首〉及其自注看启功对历代碑帖的评析》，《南昌大学学报》2007年1期。

一、验之以目

书法作品鉴定,既鉴定其真,也鉴定其摹,还鉴定其伪,同时又要鉴定出是谁作的伪,这需要目验者极深的造诣。目验法是书法鉴定的基础和前提,也是启先生最主要的鉴定方法。依笔者体会,其中又大致分为三个方面。

首先,目验作品运笔,观其自然与否,是鉴别原迹还是摹本的关键。依此标准,启先生目验出了不少真迹。其中对东晋王珣所书《伯远帖》的鉴定颇为典型。《伯远帖》和王羲之的《快雪时晴帖》、王献之的《中秋帖》被称为"三希"帖,乾隆皇帝因在养心殿收藏此三帖而将该殿改称为"三希堂",其名声之大可想而知。前两帖早被分别鉴定为唐人摹本和米芾临写本,而王珣此帖的真伪却向来难以定论。直到启先生目验,才最终定谳:"王帖惟余伯远真,非摹是写最精神。临窗映日分明见,转折毫芒墨若新。"(《论书绝句》其三十三,以下书名略)启先生临窗映日,精心目验,确认《伯远帖》是王珣留存于世的唯一真迹,这一鉴定结果的凿凿理由是:"转折毫芒墨若新。"启先生在释文中对这一理由作了较详阐发:"余尝于日光之下,映而观之,其墨色浓淡,纯出自然。一笔中自具浓淡处无论已(矣),即后笔过搭前笔处,笔顺天成,毫锋重叠,了无迟疑钝滞之机。使童稚经眼,亦可见其出于挥写者焉。"①这实际上是用自己的经验归纳出了鉴别原迹还是摹本应掌握的一个秘诀和普适性标准,那就是笔墨浓淡、笔画交接、毫锋重叠等处是自由挥洒而成还是迟疑钝滞而成。指出这一关键,就等于揭示出了书法鉴定的铁律,可谓不是理论的理论。道理并不复杂,真迹自然是率性挥洒而成,而临摹为了像原作,每每下笔,心思都用在了模仿得像不像上,其浓淡转折之处当然只能是迟疑钝滞而不可能一挥而就,原创与临摹的本质区别就在于此。至于鉴定者能否目验出这一区别,那就是个人的造诣问题了。另如四十五、五十三、五十五诸首也比较有代表性,其分别对初唐人孙过庭所书《书

---

① 启功著,赵仁珪注释《论书绝句》(注释本)三十三释文,三联书店 2002 年 7 月版,66 页。

谱》、盛唐人怀素所书《苦笋帖》、晚唐诗人杜牧所书《张好好诗》等真迹目验结果的论述，都揭示了对如上铁律的运用。如果说"书谱流传真迹在，参差摹刻百疑生。针膏起废吾何有，曾拨浮云见天明"（其四十五），是从反面批评世人看惯了刻本拓印不显浓淡的白字本，反而不识浓淡自然的复出真迹《书谱》，是书法鉴定实践中的一种痼疾的话；那么，"笋茗俱佳可逮来，明珠十四迈琼瑰"（其五十三），则从正面说明《苦笋帖》之所以被鉴定为"俱佳""明珠"的真迹，是因为其运笔"精美跌宕"；而"诗思低回根肺腑，墨痕狼藉化飞腾。满襟泪溅黄麻纸，薄幸谐谈未可听"（其五十五），则更进一步指出，不仅杜牧在创作《张好好诗》时宣泄了对少女张好好的肺腑之情，而且他用黄麻纸书写此诗时，笔墨间同样倾注了对张好好的满腔真情。所谓"墨痕狼藉化飞腾"，就是"墨痕浓淡相间，时有枯笔飞白（用枯笔所书，笔划中留有空白处），中有点定之字"，这种浓淡、枯笔、空白、点定，都共同揭示出一个道理——书出真情自然，非临摹者迟钝笔锋所能表现，"知非出于他人重录，斯樊川之亲笔，人间之至宝也"。①

依此标准，启先生还目验出了不少临摹本。如佚名章草书东汉史岑《出师颂》，宋人多题为西晋书法家索靖或南北朝书法家萧子云，启先生目验后则断为隋人摹本，云："隋贤墨迹史岑文，冒作索靖萧子云。漫说虚名胜实诣，叶公从古不求真。"（其三十七）判此书为摹本的依据仍是运笔钝滞不自然："余所见各帖本笔划无不钝滞，又知其或出于转摹，或有意求拙，以充古趣，第（但）与墨迹比观，诚伪不难立判焉。"②启先生在二十多岁时就曾依此标准目验出一件被误为真迹的摹本。近代流传的一幅所谓唐初虞世南书写的《汝南公主墓志》，颇为有名，因限于条件，当时启先生未能亲睹墨迹本，然而他仅凭目验墨迹本的影印本，就立刻断定这是一幅宋人摹本："宋元向拓汝南志，枣石翻身孔庙堂。曾向蒙庄闻谠论，古人已与不传亡。"（其九）理由很简单，"其摹法具在，即影印本中亦能辨出"③，所谓"摹法"，仍是

---

① 启功著，赵仁珪注释《论书绝句》（注释本）五十五释文，三联书店2002年7月版，110页。

② 同上，74页。

③ 启功著，赵仁珪注释《论书绝句》（注释本）九释文，三联书店2002年7月版，18页。

指运笔钝滞问题。现存于上海博物馆的这幅帖子，已被专家们用现代科技手段集体鉴定为宋人临摹本，完全证实了近八十年前启先生的目验结果，其铁律的成功运用可见一斑。

其次，目验作品笔势风格，是鉴别真迹还是伪作的主要依据。鉴定真迹的例子，如佚名章草《异趣帖》残卷，其内容为"爱业愈深，一念修怨，永堕异趣。君不"，可能因是佛家语，又有"君"字，故旧题为梁武帝书，但后人定其为唐人摹本，写人佚名不详。启先生则依其书势风格，力判为梁武帝真迹，旧题不谬："或言异趣出钩摹，章草如斯世已无。梁武标名何足辨，六朝柔翰压奇觚。"（其三十五）所谓"世已无"、"何足辨"、"压奇觚"是在含蓄说明唐宋书法无此风格。其释文阐释得更为直白，完全是一种不容质疑的口吻："笔势翔动，点画姿媚，而古趣盎然，绝非唐人以后人所能到。"很显然，启先生是从书法风格的大处着眼鉴定这一真迹的，他认为，不是唐以后哪个具体的人而是唐以后的任何时代都不再可能临摹出这种六朝独有的古趣。更何况，"自影本观之，毫锋顿挫，一一不失"①，即运笔自然天成，根本没有摹本钝滞的痕迹。其五十三首"精纯虽胜牛腰卷，终惜裁缣吝袜材"，也是从书写风格入手将怀素的绢本小草《千字文》鉴定为真迹的，并且还从其"笔意略形颓懒"的风格意蕴中，将书写时间具体锁定在怀素的晚年。启先生对辽宁博物馆所存宋高宗赵构"御书"白居易诗所作的真迹鉴定，虽然情况有些特殊，但结论也主要是从书势风格入手的，诗云："多力丰筋属宋高，墨池笔冢亦人豪。详搜旧格衡书品，美谥难求一字超。"（其七十）因该书有"御书"印玺，故旧题宋徽宗书，其风格却与徽宗明显有异，后多鉴定为米芾真迹，斥"御书"印玺为后人伪加。启先生目验后则依书写风格作出了完全不同结论。他认为，虽然书风酷似米体但绝非米芾所书，并且米芾也从不书写他人之诗而只书写自己的创作。启先生借助有关赵构曾由初学黄庭坚后改学米芾且风格数变的可靠文献，鉴定其为宋高宗赵构学米体罕见真迹无疑，其"御书"印玺乃为真钤而非后加。

依风格鉴别伪书的实例以四十七首论《鹡鸰颂》最为典型。传

---

① 启功著，赵仁珪注释《论书绝句》（注释本）三十五释文，三联书店2002年7月版，70页。

为唐明皇所书的《鹡鸰颂》是一桩千年未决的历史悬案。启先生目验后发现，一方面，书后确有唐明皇敕字；而另一方面，对比唐明皇的真迹，其风格虽近，但又确实不够尽合；另一方面，以运笔轻重观之，却又自然天成，并无钝滞临摹痕迹，情况的确比较复杂。启先生抓住风格这一主要问题，认定此书确非出自唐明皇之手，属于伪作无疑。但伪作的情况有多种，有的本有真迹，仿作者署原书者之名；有的本就无此真迹，作伪者自书内容而署某家之名。启先生则凭其渊博的历史文化知识、深厚的造诣和对诸多档案文献的经眼谙熟，断定此书是一种特殊的作伪——翰林院代书体："翰林供奉拨灯手，素帛黄麻次第开。千载鹡鸰留胜迹，有姿无媚见新裁。"（其四十七）凡皇帝御制诏敕多不亲书，而由翰林院学御书体的专职官员代书，书后由皇帝敕字，此《鹡鸰颂》即属于开元年间的这类代书体，是唐明皇与翰林院共同作伪的珍品。这桩一千三百年历史悬案的解决，可视为启先生以目验笔势风格为主兼及它法鉴别伪作的成功范例。

再次，目验对比真迹，是确认真正作者的有效方式。在书法鉴定实践中，有一种情况是最容易引起众说纷纭的，那就是作品本身未署作者，佚名。遇此情况，启先生主要采用的鉴定方法是，先比对目验已确认的真迹，再多法并举寻找他证，最终澄清真相。这种对比目验是全方位的，从整体风格，到细枝末节，一顿一点，尤其相同的字，其相类相异处都在比验之列。当然，能否真正发现问题，则又是鉴定者的造化水平问题了。其五十八首论对南唐李后主两处题画书作真迹的发现，就属于经典实例："江行署字实奇观，韩马标题见一斑。有此毫锋如此腕，罗衾何怕五更寒。"李后主的真迹存世极少，河南汝州所刻《汝帖》残石真迹，虽剥蚀严重，也已属难得的珍品。启先生在鉴定唐人韩干所画《马》画册卷首题"韩幹画照夜白"六字时，除参考右侧宋人吴说所题一句说明外，主要用目验方法详尽对比真迹《汝帖》后，得出"笔法健拔，与汝帖中字相类，可知为后主笔"的结论。在此基础上，又用双重对比法，对李后主时期画院学生赵干画《江行初雪图》佚名题"江行初雪，画院学生赵幹状"十一字，作了真迹鉴定，既目验对比指出其与韩干画《马》卷首题字同出一人之手（尤其重出"幹"字全同），又目验对比确认其"笔势亦与汝帖中迹相类"，而作出同为李后主真迹的最终鉴定。同时,对后一例还并举了内容佐证和风格佐证:称其内容"赵幹状"指赵干画而非指赵干书题,当时应诏画,除皇帝御书外,他人不可在卷首书题大字;称其风格"观其笔势,似欲锥破统万城墙者,乃至虚张声势,无救亡国也"①,即书法风格所透出的书者心态与李后主亡国前的心态吻合。目验对比,兼举多证,终得凿论,了无疑者。

启功先生在书法鉴定实践中对如上目验法的成功运用,使得众多古代书法作品,不论是真迹、代书、摹本,还是伪作,都难逃大师法眼,可谓无法之法。

二、考之以文献

启功先生是著名的文献学家,通过文献考辨鉴定书法书写年代,是他的独特优势,在看似信手拈来、轻松诙谐的不经意辨析中,却为古代书法鉴定揭示出了一些带有规律性的启示。笔者认为,启先生的文献考辨,大致是由书面内到书面外依次进行的。

(一)从书法作品的纸面上寻找文献证据

这种方法具体又可分为从书法内容本身找证据和从印章、落款、题识、跋语等上面找证据两种。前一种较为典型的是第二首对西晋陆机《平复帖》创作时间的考证。该帖原文有"吴子杨往初来主,吾不能尽,临西复来"等语,近八十年前,启先生据以推定,其当创作于吴亡后陆机隐居华亭(今上海)闭门读书尚未入洛出仕时期。他认为,文中内容说明,吴子杨曾寓居华亭,与隐居于此的陆机有旧,后出任荆襄,临行前来与陆机话别,"殆吴子杨将往荆襄一带,行前作别耳",因荆襄在华亭的西方,所以陆机记其事时才选用了"临西复来"一词,由该词逆推,说明两人话别的地点在华亭。当然,启先生仅借书作内容考证了其文本的创作时间,至于对其墨迹真伪的鉴定,则又增用了其他方法(见后)。

后一种较为典型的则是三首和三十四首对唐摹晋本的时间考

---

① 启功著,赵仁珪注释《论书绝句》(注释本)五十八释文,三联书店2002年7月版,116—117页。

证。按传统说法,不见唐摹本,不足以言知书,这说明,今人能见到唐代的摹本就已很不容易了,若能见到初唐时期宫廷组织摹工精心临摹的二王父子名帖本,那将更是如获至宝了。启先生二十余岁时,发现流传到日本的王羲之《丧乱帖》、《孔侍中帖》摹本上有"延历敕定"(782—805)印章,他认为只要能证出此印章不伪,也就鉴定出了摹写年代。他进而从日本档案圣武天皇死后,皇后捐献给东大寺的天皇遗物目录《东大寺献物账》中查出了对此二幅书作的登录,找到了原始档案证据,证实延历印章非后人伪钤,自然作出"其摹时必在公元八世纪以前"的年代结论。并由此推测,二摹本当是日本留学生或遣唐使从中国携回到日本的。其摹本虽已晚至中唐,但因为是唐代之物,所以备受世人重视,被视为唐人摹写名帖的标志。启先生对此二帖的崇爱之情也溢于言表:"先茔松柏俱零落,肠断羲之丧乱书"(其三),"丧乱帖笔法跌宕,气势雄奇。出入顿挫,锋棱俱在,可以窥知当时所用笔毫之健"。① 而我们则在感佩先生深厚造诣的同时,也从其鉴定方法中受到启示:先从书法纸面中寻觅文献线索。三十年后,启先生用同样方法又鉴定出了比此二帖更早的初唐时期的王羲之、王献之、王僧虔"三王"多幅名帖摹本:"琅琊奕代尽工书,真赝同传久不殊。万岁通天留向拓,金轮功绩过天枢"(其三十四)。启先生依纸面武则天年号"万岁通天"(696—697)题识、北宋史馆之印、南宋岳珂跋等文献,佐之以正史《旧唐书·王方庆传》,鉴定出这批自清宫流出复现社会的名帖摹本当摹于武则天万岁通天之年。因《旧唐书·王方庆传》载,当朝大臣王方庆应武则天之命,呈献家藏先人遗墨,武则天命宫中摹工临摹副本以保存。启先生推知"万岁通天"题识为王方庆进呈时署于原迹,意在铭志此事。既然摹本上亦留摹写题识,足证其摹写时间必在王方庆献书之年,因过一年就改年号了。鉴出此初唐摹本,标志着王氏父子最早摹本的存世,其价值远远高于上二帖。正因为此,切齿"荒淫酷虐"、"如狼嗜肉而蚊嗜血"武则天的启先生,对她此次组织摹写保存王氏名帖之举,却作了"金轮(武则天自称金轮皇帝)功绩过天枢(武则天在端门外专为自己所立纪颂功德的柱子)"

---

① 启功著,赵仁珪注释《论书绝句》(注释本)三释文,三联书店 2007 年 7 月版,6 页。

的崇高评价,而这一范例对人们的启示,则仍主要是从书法纸面文献寻找鉴定证据的重要性。

(二)以书法作品的纸面为线索,到纸面之外寻找文献证据

启先生对旧题谢灵运书庾信《步虚词》等的年代鉴定,就运用了这一方法。其实,明人丰坊早已以谢灵运早于庾信不可能预书其诗为由,否定了旧题,随后,董其昌便跋其为盛唐张旭真迹,遂相沿称。但董其昌在刻该贴入其《戏鸿堂帖》时,却又不顾基本事实地称丰坊曾断其为谢灵运书写。启先生则从书法内容本身发现,庾信原句"北阙临玄水,南宫生绛云"之"玄"被改书为了"丹",此改书违背五行中北水南火(水黑火红)的常理。以此为线索,检其所谙熟之正史《宋史·真宗本纪》,找出了文献铁证:"按宋真宗自称梦其始祖名玄朗,遂令天下讳此两字。"①也就是说,天下避讳"玄"字是从宋真宗大中祥符年间(1008—1016)开始的。所以,启先生终得对这幅改"玄"为"丹"旧题谢灵运的书作确定了真实年代:北宋大中祥符年间所书。可见,以书法纸面为线索,到纸外寻找文献证据,也是书法年代鉴定实践中的有效方法之一。为此,启先生对董其昌不顾基本证据的态度作了调侃,所谓"谢客先书庾信诗,早悬明鉴考功辞。腾诬攘善鸿章帖,枉费千思与万思"(其五十六)即是。

(三)直接从外部文献中寻找证据

最典型的实例是其六十二首对《黄庭经》非王羲之所书的论述:"百刻千摹悬国门,昔人曾此问书源。赫然一卷房中诀,堪笑黄庭语太村。"一则,他确认晚唐人张彦远编《书法要录》中所收南朝宋人虞和记王羲之用书法换山阴道士白鹅的故事,明言王羲之为道士书写的是《道德经》,而不是《黄庭经》,也不可能是《黄庭经》;二则,李白《送贺宾客归越》诗"山阴道士如相见,应写黄庭换白鹅"二句,是诗家之言,不足为考证依据,并且关键在于李白以"黄庭"入诗而不以"道德"入诗,完全是为了平仄押韵和"黄""白"对举的需要;三则,《黄庭经》书写者落款为"永和山阴县写"而未署书者之名,只能说明有王羲之书写的或然性和可能性,而并不能说明其书写的必然性,更不

---

① 启功著,赵仁珪注释《论书绝句》(注释本)五十六释文,三联书店 2002 年 7 月版,113 页。

能说明其书写的唯一性,因其他书法家同样可以在永和年间的山阴之地书写此帖。如上三辨,再印证书体风格本身,《黄庭经》非王羲之真迹,不仅成为定谳,而且还为借助文献考证鉴定书法作品提供了范本。

三、证之以书史

从书法艺术风格发展演变历史的视角去观照书法作品的书写时代与真伪,是启功先生书法鉴定实践中运用自如的一种方法,其所辨之伪和所鉴之真都成定谳。

辨伪之例,如二十四首对所谓东汉蔡邕书《夏承碑》的鉴定。据宋人赵明诚《金石录》称,此碑"刻划完好如新,余家所藏汉碑二百余卷,此碑最完",[①]今存石拓本为明无锡华夏真赏斋本,清翁方纲有长跋,称为孤本。启先生则从书法碑刻艺术流变史的角度果断断定,赵明诚所见碑文已非汉碑原文,而是北齐重立之碑:第一,从汉碑整体时代风格立论,认为"汉碑隶体,千妍万态,总其归趋,莫不出于自然。顿挫有畸轻畸重,点画亦或长或短,俱以字势为准。遍观西京东京诸石刻,再印证竹木简牍,无一故作矫揉者"[②],也就是说,不论西汉东汉的碑刻,还是出土的汉代简牍,其书写风格全部都是自然天成,毫无矫揉造作的痕迹;第二,从字体演变的使用规律立论,认为"汉隶既变篆籀,自以简易为主","历观诸碑,除碑额外,隶书之碑文中,绝不搀一篆体"(释文),即汉代隶书之所以取代战国秦朝的篆籀体,就是为了方便,因此汉代碑文自然全用隶书书写,而从不夹杂也不应夹杂篆体;第三,从碑文书写风气流变立论,认为"掺杂篆隶之体而混于一碑之中,此风实自魏末齐周开始,至隋而未息"。[③] 启先生以如上书法艺术流变史的眼光观照所传蔡邕书《夏承碑》,认为其既隶篆杂用,又矫

---

① (宋)赵明诚辑录《金石录》卷十六,四部丛刊续编本,商务印书馆 1934 年影印版,5 页。

② 启功著,赵仁珪注释《论书绝句》(注释本)二十四释文,三联书店 2002 年 7 月版,48 页。

③ 同上。

揉顿挫,且近唐隶之俗,尤其整体气息,绝类北齐所立《兰陵王高肃碑》,故当为北齐重书重立之碑:"北朝重造夏承碑,高肃唐邕故等夷。汉隶缤纷无此体,笔今貌古太支离。"

辨真之例,如三十六首对隋人智永所书《千字文》真迹的鉴定。据《法书要录》载,王羲之七世孙,隋代浙东永兴寺名僧智永,曾手书真草《千字文》八百本,散施给浙东诸寺。启先生判定今存日本的《千字文》当为唐时传入日本,因唐代中日交流多经海路,故日本留学生或遣唐使从浙东获宝携回日本自在情理之中。但因世传《千字文》乃集王羲之单字而成,所以导致中唐时期的日本延历年间圣武皇后向日本东大寺捐献宫廷藏品时,其捐献清单《东大寺献物账》也将此《千字文》误题为王羲之,从此历代沿称不变。到晚清时期,日本学者内藤虎次郎长跋此墨迹,又将其鉴定为唐人摹本,从此,遂又沿用新称。启先生将此墨迹及其北宋刻本与六朝墨迹、唐人墨迹做了认真对比勘验,凭借其渊博的历史文化知识和过人的专业造诣,果断否定了流传千余年的"集字"说和流传近百年的"摹写"说,毅然鉴定为隋智永手书《千字文》真迹:"永师真迹八百本,海东一卷逃劫灰。儿童相见不相识,少小离家老大回。"限于篇幅,启先生虽然没能在释文中阐发比观定谳的具体理由,但我们不难体会出,他主要是以艺术史家的独特眼光,从书法艺术风格流变的视角观照的结果,他认为六朝、隋、唐各时代的书法,都有相互之间不可逾越的各自独有的时代风格与时代特征,隋人书法的独有之处,六朝和唐代是不可能具备的。这一点,也许只有造诣到了像启先生这种大师应有境界才能感受得出,正像他在其三十五首论南朝梁武帝的真迹唐人不可能临摹得出一样。

由上可见,启先生的鉴定实践所揭示出的文献考证法,也是书法鉴定中的重要方法之一。

四、佐之以出土书体

这里所说的出土书体也包括敦煌文献书体在内。启先生借助出土书体鉴定古代书法的实践始于青年时期,这当与20世纪初英籍匈牙利人斯坦因大量盗掘我国新疆、甘肃地区汉晋简牍、王国维依照片整理出版《流沙坠简》有关。启先生1935年创作《论书绝句》时开篇第一首即以《流沙坠简》立论:"西京隶势自堂堂,点画纷披态万方。何必残砖搜五凤,漆书天汉接元康。"认为《流沙坠简》中不少汉简本来就标有年代,其原汁原味的隶书风格,可以比勘鉴别偶现于世的汉代残碑断砖拓本真伪。他这一意识自觉而强烈,其一生鉴书无数,从未忽视过出土文献的佐证作用,"今(指1980年)距此诗作时又四十余年,战国秦汉竹帛之遗,纷至沓来,使人目不暇给,生今识古,厚福无涯,岂止书学一道,隶书一体而已哉"①!可见,先生一直都将借助不断涌现的地下简牍佐证自己的书法鉴定视为"无涯"的"厚福";所谓"岂止""隶书一体",是说自己借出土书体鉴定书法,其所借以汉晋为主却又不局限于汉晋。启先生对西晋陆机《平复帖》的真迹鉴定,就是运用出土书体佐证的成功范例:"翠墨黟然发古光,金题锦帙照琳琅。十年校遍流沙简,平复无惭署墨皇。"(其二)启先生花大力气将《平复帖》与《流沙坠简》中的晋代草书进行了长年的反复对比,用这一外证得出了"极相似,是晋人真迹毫无可疑者"②的凿凿之论;再结合前述考证该帖内容无疑为陆机入洛前创作于闭门华亭时的文本内证,断其为陆机真迹同时也是现存最早的名家墨迹则是不容质疑的了。近八十年前启先生加封它的"墨皇"尊号,不仅至今仍当之"无惭",而且早已成了学人们对该帖的习惯称呼。

　　运用敦煌文献书体比验佐证以辨唐代《化度寺碑》拓本真伪的例子更为典型。先说辨其伪。《化度寺碑》的所谓拓本很多,多到不可胜数。翁方纲耗其平生精力对其进行了详考细鉴,其最终确认北京范氏的书楼藏本皆为原石所拓真本,仅这一部分就多达数本之多。但近八十年前,启先生有幸见到了敦煌文献中的唐代原石拓本,经目验比对,竟然发现,原来翁氏所判真迹全部都是后代的翻刻本,皆为误判。其中也包括了翁氏极为珍爱自藏、宋元以来题识多达"万千"并经潘宁、梁章钜等清代名家之手的一幅。其出土文献书体辅助鉴定之重要可见一斑。再说辨其真。今藏上海博物馆《化度寺碑》帖,是明代王偶的旧藏本,上有王氏的钤印,后为乾隆十一子清成亲王所

---

① 启功著,赵仁珪注释《论书绝句》(注释本)一释文,三联书店2002年7月版,2页。
② 启功著,赵仁珪注释《论书绝句》(注释本)二释文,同上,5页。

收藏。翁方纲"细楷详跋,以为宋翻宋拓",①将其判为宋代的翻刻本和重拓本。启先生则借用敦煌本将其作了比对鉴别,正是这幅被翁氏判为翻刻本而抛弃掉的本子,恰恰才是真正的唐代原石拓本,启先生借出土文献书体昭雪了一桩艺术史上的重大冤案。难怪他在论及如上两类鉴定结果时对后者扼腕叹息,大发感慨:"书楼片石万千题,物论悠悠总未齐。照眼残编来陇右,九原何处起覃溪(翁方纲号)。"(其十)遗恨怎么才能让翁方纲起死回生,一见《化度寺碑》的原石?因为由此冤案,启先生联想到了经翁氏这一鉴古大家之眼不知误判毁弃了多少国宝:"想见当日经覃溪鉴定,判为翻刻,因而遂遭弃掷之真本,又不知凡几。庸医杀人,世所易见,名医杀人,人所难知,而病者之游魂滔滔不返矣。"②犹如法官误判,已获斩刑,他日再行昭雪,已难复生。还好,启先生所雪此案,幸早被收入博物馆。由此可见,借出土书体辅助鉴宝,作用不可小视。

启先生不仅借出土书体证书法之真伪,还借其判书法水平的高低。如其十一云:"乳臭纷纷执笔初,几人雾霁识匡庐。枣魂石魄才经眼,已薄经生是俗书。"他一方面充分肯定了唐人楷写本水平之高,称其"莫不结体精严,点画飞动,有血有肉,转侧照人";一方面又以魏晋出土简牍字体比对批评了宋刻魏晋碑帖的低劣:"宋刻汇帖,如黄庭经、乐毅论、画像赞、遗教经等,点画俱在模糊影响之间,今以出土魏晋简牍字体证之,无一相合者,而世犹斤斤于某肥本,某瘦本,某越州,某秘阁。不知其同归枣石糟粕也。"③对世人不知宋刻汇帖皆为糟粕的事实而在各糟粕本之间争高低的行为表示了极大忧虑。

五、学理价值

作为中华传统文化的重要载体之一,中国书画既有独特的艺术表现特色,又有丰富的历史文化内涵。晋唐以来,书画便作为文化瑰宝被收藏,出现了众多收藏家和鉴定家。由于书画鉴定的主要任务

---

① 启功著,赵仁珪注释《论书绝句》(注释本)十释文,三联书店2002年7月版,20页。
② 同上,20—21页。
③ 启功著,赵仁珪注释《论书绝句》(注释本)十一释文,同上,22、23页。

是"辨真伪、明是非",人们往往习惯于从技能角度来看待鉴定家的工作,强调其实践作用与经济价值,而忽略了书画鉴定对于文化建设的贡献。启功先生不仅是一位书画鉴定大家,更是一位书画鉴定方面的大学问家。他的书画鉴定理论、方法与实践,让此项工作逐渐摆脱了匠气,提升了它的层次、品格与地位,使之逐渐发展成为一个独立的现代学科门类,具有较高的艺术价值与文化史意义。

(一)"多闻阙疑"的鉴古理念

古书的鉴定一般具有两层含义:一是鉴其高低,一是定其真伪。前者是针对作品的审美价值而言,后者则是针对创作者而言。在启功先生之前,古书鉴定多限于经验之谈,散见于各种著录、题跋与笔记之中,破碎不足名家。且古书鉴定属于技术活儿,口耳相传,少有公开发表者。启功先生对从古至今的重要古书鉴定作了全面而系统地整理,金针度人,将千古不传之密揭示并传承了下来。

通过对《论书绝句》的如上讨论,我们可作出如下总结。其一,尽管启先生的《论书绝句》对书法的鉴定多是经验性、感悟性、具体性、实践性的,他自己没有作出理论性概括,但我们所作如上四个方面的归纳及探讨,大体上应该还是符合先生原意的,这是他的经验,也是他的方法,同时也是他的理念和理论。其二,启先生的如上四种鉴古之法,是区分层次的,大体是由内到外,由主到次。其中,目验法是其鉴定古书的基础和前提,在这一基础鉴定方法中,又是先目验基本笔画,再目验整体风格,后与其已知真迹对比目验,三个方面的目验相辅相成。不论是后面的文献考证,艺术流变观照,还是出土书体佐证,都离不开对书体本身的目验。文献考辨法,是在目验基础上进行的一种重要的实证方法,其实证也是依次从书法内容本身,到内容之外的纸面、再到纸面之外的典籍三个层面,去寻找文献实证并进行考辨的。书法流变史观照法,则是在前两种方法基础上,将审视鉴定的眼光放得更开阔一些,是对时代特色与个体特色相统一的观照标准的运用。出土书体佐证法,则属于鉴定实践中的辅助方法(若有与鉴定对象同样的文本则另当别论,如《化成寺碑》拓本的鉴定),一般情况下,其提供的主要是对该时代书体总体风格认识的参照,而不是具体的实证。其三,尽管我们代为启先生概括提炼了如上鉴定方法,但其在鉴定实践过程中,各种方法并非界限分明,而往往是诸法并用,多证并举的,只是根据具体情况,以其中的某种方法为主罢了。

我们从《论书绝句》论及的鉴古实例中,还窥见到了启先生的鉴古理念,那就是孔子在《论语》中倡导的干禄法,汉代以后被转变成的治学理念:"多闻阙疑,慎言其余"(《为政》)、"君子于其所不知,盖阙如也"(《子路》)。自东汉许慎撰《说文解字》将其作为治学理念和撰写原则后,晋代荀勖、宋代刘敞、杨元明、清代吴大澂、近代王国维、现代容庚等都坚守了这一严谨的治学理念,尤其王国维撰《尚书注》、容庚编《金文编》,成为践行这一理念的楷模。所谓"多闻阙疑",就是对没有把握的东西宁可阙而存疑,也不强作解释。王国维、容庚等在20世纪二三十年代力倡此学风,当直接影响了几年后启功先生的书法鉴定实践和鉴定理念。这从其1935年第十首对翁方纲误将真迹判为翻刻、误弃国宝的扼腕叹息中看的颇为清楚。他认为因误判而致国宝误弃者是不可饶恕的罪孽,因为国亡可再重建,文物毁灭则永不可复得。正是在这一理念指导下,启先生对古代书法的鉴定皆慎之又慎,尤其是鉴伪,在《论书绝句》及其《释文》中,看似轻松诙谐,实则无绝对把握者,他决不轻发议论。正因为此,凡经启先生鉴定论及过的古代书法作品,已皆成定谳。

(二)促进了中国书画鉴定学科的建立

首先,启功先生对古书鉴定法的总结开启了中国书画鉴定学的先河。中国书画鉴定学是一门既关注传统书画鉴定实践,更注重中国书画鉴定理论与方法研究的学问,启先生的著述与实践为这门学科的科学化奠定了根基。启功先生的《论书绝句》及相关著作,系统性地论述了传统书画鉴定的研究对象、研究范围、研究方法,探索性地介绍了中国书画鉴定的基本原理、基本方法与价值意义。① 其次,启先生以出土书体佐证古书的鉴定方法,丰富和发展了书画鉴定学方面的考古类型学方法。古书画作伪者代不乏人,作为一个鉴定家首先具有丰富的历史文化知识,具有较高的艺术学养与哲学思辨能力。启先生利用出土书体进行比照,根据古书形态式样的差异程度,

---

① 如启功先生的《书画鉴定三议》,根据多年的实践经验,系统地总结出了古代书画鉴定的八个弊端:一、皇威,二、挟贵,三、挟长,四、护短,五、尊贵,六、远害,七、忘形,八、容众。

排列出各自的发展序列,确定其年代,使得书画鉴定方法更加科学化。第三,启先生的古书鉴定法丰富和发展了古籍版本学。书画是特殊的版本,具有更为丰富的形态,但是传统的古籍版本学很少涉及书画方面的鉴定与辨伪。启先生的古书鉴定方法填补了古籍版本学的一项空白,是对传统文献学的一项发展。

书画的鉴定,既是一门技术,也是一项文化科目,中国书画鉴定学科的成立将是传统艺术学向现代学科发展的一个重要转折。新的学科体系的建立,会直接影响到人们对于书画鉴定的观念与认识,进而增强书画鉴定这门学科在大艺术学科门类中的独立地位与影响力。"把以鉴定方法论为主体的书画鉴定学的概念发展成为书画鉴定学的现代学科理论概念,应该是中国书画鉴定观念在当代转型的最重要标志,它是需要努力的目标,也是这个时代能达到的理想结果"。[1]

(三)将传统技术提升到了较高的艺术与文化层面,促进了"书道"的形成

《庄子·养生主》记载了"庖丁解牛"的故事,面对文惠君"技盖至此乎"的疑问,庖丁对曰:"臣之所好者道也,进乎技矣。"在庄子看来,"道"虽然与"技"有关,但又超出单纯的技术的层面。《庄子·天地》亦云:"故通于天地者,德也;行于万物者,道也;上治人者,事也;能有所艺者,技也。技兼于事,事兼于义,义兼于德,德兼于道,道兼于天。"[2]"艺"是一种实践行为,其行为结果是"成于事",而要有好的结果,就要求行为主体有一定的技巧与能力,所以"艺"又引申出"技"之义,因此说"能有所艺者,技也",故"技艺"、"才艺"才能相提并论。技术不仅仅是技术,"单纯的技术只是对某一种特定工艺的把握,而上升到'道'的层面,则是更深入地接触到这个事物与万物相通的东西,接触到万事万物的总规律"。[3]

启功先生的古书鉴定法,不仅是为了辨别真伪,更是体现了对中

---

[1] 林如《中国书画鉴定学的学科意识与观念转型》,《文艺研究》2008年3期。
[2] (战国)庄子著,(清)郭庆藩集释,王孝鱼点校《庄子集释》,中华书局1961年7月版,404页。
[3] 李壮鹰《谈谈庄子的"道进乎技"》,《学术月刊》2003年3期。

国博大精深的书法文化的一种耽好与欣赏。古时"道"本与技艺相通,把握一件事物之"道",是指在实践中真正驾驭和操作这件事物,而非像一些西方人那样只从理论上认识它的规律,抽象出一些理论命题。对于一种特定的操作方法和技艺,我们在现代汉语中常常以"技"、"术"、"艺"称之,而古代及现代的日、韩等国常常称之为"道"。如中国人所称之"剑术",日本称"剑道";中国的"武术",日称"武道";中国的"摔跤术",日称"柔道";中国的"拳术",日、韩称"拳道";中国的"插花艺术",日称"花道";中国的"茶艺",日称"茶道"。① 书法亦有道,书道的含义虽然与书法近似,但侧重不同。书法是书写方法,是技艺层面,书道不单纯强调书写的技法,而是通过书写悟道,包括修身、养生、悟道等方面的含义,追求意境、情操和艺术美。书写是手段,悟道是目的。唐代以前一般称为书道,如晋卫夫人《笔阵图》:"然心存委曲,每为一字,各象其形,斯造妙矣,书道毕矣。"②唐虞世南《笔髓论》:"故知书道玄妙,必资神遇,不可以力求也。"③后因唐人尚法,强调法度,因而改称书法。到了当代,书法的实用性逐渐剥离,其目的更多的是修身、养性、悟道等艺术性和道德性诉求,所以时代要求我们更应重于道,而不是更重于法,因而应将书法提升到书道层面。

启功先生的古书画鉴定方面的学理、方法与实践,融入了自己的生命体验与哲理深思,从而将传统的"书法"、"书艺"上升到了"书道"层面。这主要得益于启先生在传统文化方面的渊博学识和丰富实践经验。他在长期的鉴定生涯中,"见过数以十万计的作品",自信所见的东西"绝对超过任何古人"。他曾说:"我从小随诸多名师学画,又发奋于书法艺术。而我的绘画老师都是文人,教授的方法主要是观赏临摹;我学书法的主要途径也是大量临摹古人的碑帖,这也为我的书画鉴定积累了大量的实践经验。""我一生所从事的工作始终不离中国的古典文化,这又为我的书画鉴定奠定了更深厚的根基。现在

---

① 李壮鹰《谈谈庄子的"道进乎技"》,《学术月刊》2003 年 3 期。
② (晋)卫夫人《笔阵图》,见《历代书法文论选》,上海书画出版社 1979 年 11 月版,23 页。
③ (唐)虞世南《笔髓论》,同上,113 页。

有些人擅长考辨材料之学，但自己不会写，不会画；有些人会写会画，但又缺少学问根底，作起鉴定家就显得缺一条腿。幸好我有两条腿，这是我的优势。"①正是这两方面的优势，使得启功先生不断提升和超越传统的书画鉴定范式，技进乎艺，艺进乎道，实现了"道"对"技"、对"艺"的超越。诚如叶朗先生所说："'技'就是单纯的技术性的活动，以实用为目的。'道'就是审美的境界，超越了实用的目的。但是'道'并不外于'技'，'道'是'技'的升华。'技'达到高度的自由，就超越实用功利的境界，进入审美的境界。"②启先生的古书鉴定与"书道"，为其不贵远贱近，不信伪迷真，"不矫饰，不做作，如水之在地而随物赋形，如云之在天而舒卷自如"，③而真正超越了功利境界，进入了审美臻境，成为当代"书道"乃至文艺创作与研究领域的代表人物。

---

① 启功口述，赵仁珪、章景怀整理《启功口述历史》，北京师范大学出版社 2004 年 7 月版，186、181 页。
② 叶朗著《中国美学史大纲》，上海人民出版社 1985 年 11 月版，120—121 页。
③ 张海明《略述启功先生的书学》，《文艺研究》2000 年 3 期。

俞绍初辑校《建安七子集》评介 *

建安时期,是我国文学史上的重要时期,三曹(曹操、曹丕、曹植)和七子(孔融、陈琳、王粲、徐幹、阮瑀、应玚、刘桢)是这一时期文学成就的集中代表。辑校编纂他们的文集,是研究建安文学最基础也是最重要的工作之一。继曹操、曹植、王粲的集子整理出版之后,中华书局又出版了郑州大学俞绍初教授辑校的《建安七子集》。作为国务院十年古籍整理规划的重点项目和中华书局的重点书目,这部迄今我国最完善的七子总集的面世,无疑是对建安文学研究的重要贡献,也是我国古籍整理的又一重要成果,已引起了学术界的广泛关注。

这部新辑七子总集的完善,首先表现在搜求材料的完备和精确上。编纂辑校古人的集子,最高的目标,是努力恢复作家作品的原貌,为此,需遵循两条原则:"一则网罗放佚,使零章残什,并有所归;一则删汰繁芜,使莠稗咸除,菁华毕出。"①俞氏辑校的《建安七子集》,正是在这两方面比前人有重大突破。建安七子的诸家别集,《隋书·经籍志》皆有著录,据两《唐志》和宋代书目考察,原本历唐迄宋,先后悉数散佚。今天所能见到的,是明清人撮钞总集、史传、唐宋类书如《文选》、《艺文类聚》等汇编而成,其中代表性的有明杨德周《汇刻建安七子集》、张溥《汉魏六朝百三家集》,清杨逢辰《建安七子集》,近丁福保《汉魏六朝名家集》。另外,明冯惟讷《古诗记》、清严可均《全上古三代秦汉三国六朝文》也分别辑存了七子的诗和文。但以上旧辑本皆缺失严重、繁芜时现、真伪混杂,且不注明出处,难以使人凭信。

---

* 原载于《郑州大学学报》1990 年 5 期。
① (清)纪昀等总纂《钦定四库全书总目·集部·总集类》,中华书局 1965 年 6 月影印版,1685 页。

俞氏在此基础上，博览群籍、钩沉索隐、搜剔佚文，付出了巨大而艰辛的劳动。仅用作底本的典籍就有《文选》《玉台新咏》《文馆词林》《乐府诗集》《古文苑》《玉烛宝典》《编珠》《北堂书钞》《艺文类聚》《初学记》《太平御览》《事类赋》《海录碎事》《韵补》《太平广记》《九家集注杜诗》等二十六部，之外还参阅书目达一百五十余种。

正因如此披沙拣金，才得以使珠玑尽收，所获巨大。尤其是文的部分，辑佚多达 148 则 809 句，计 5 700 余字，使七子集面貌大为改观。其中有的是被埋没千年，从无人知晓的全篇，如孔融的《上书荐赵台卿》，陈琳的《车渠椀赋》《悼龟赋》《答客难》等，这些篇子的发现，不仅为建安文学研究提供了新资料，而且有的还是颇为重要的作品。《车渠椀赋》是建安文士宴集时的酬唱争胜之作，今天俞氏发现了佚文，我们才得以知道，当时陈琳也是参加者之一，《悼龟赋》则可能和他在《答东阿笺》中提到的《龟赋》有联系；有的则补齐了前人击赏的名篇，如与曹植《七启》齐名的王粲名篇《七释》，虽被西晋傅玄誉为"精密闲理，亦近代之所希也"①，但在旧辑本中只能见到少数残文断句，今俞氏书海探宝，竟从适园丛书本《文馆词林》中发现了完整的全文，使千年名文重见天日，学术同仁欣喜不已；还有的虽未能补齐全篇，但使残章零什更趋完整，如新辑本为徐幹的《齐都赋》补充 54 句，为刘桢的《鲁都赋》补充 132 句，我们才得以看到建安时代仅存两篇大赋的基本风貌。因陈琳的《大暑赋》《止欲赋》《大荒赋》《迷失赋》等被补进 263 句，使总量超出旧本几倍，我们才得以对陈琳赋作风格有了基本把握。其中《大荒赋》是陆云曾仿作的名篇，而旧辑本只存从《初学记》中录来的两句"假龟筮以贞吉，问神谍以休祥"，傅璇琮曾撰文考证，为不能增补而难以确定赋体深表遗憾，这次俞氏依《韵补》竟新辑得 17 则 68 句之多，并且还从该书《书目》所引文字得出此赋乃为三千言大赋的新结论。兹引其校勘记如下：

陆云《与兄平原书》云："闲视《大荒传》，欲作《大荒赋》，既自难工，又是大赋，恐交自困绝异。"又云："陈琳《大荒》甚极，自云

---

① （北宋）李昉《太平御览》卷五九〇引《七谟序》，中华书局 1960 年 2 月影印版，2657 页。

作必过之，想终能自果耳。"是则陈琳《大荒赋》为大赋，在魏晋间传诵于世。宋人吴棫《韵补·书目》曰："（陈琳）在建安诸子中字学最深。《大荒赋》几三千言，用韵极奇古，尤为难知。"据吴氏所言，《大荒赋》今之所存者，十不及二矣。①

这对深入研究建安时期辞赋创作的状况有重要参考价值。

俞本的搜集广博，在诗歌部分也明显超过前人。今人逯钦立，中古文学造诣殊深，花费二十四年心血，编纂出了《先秦汉魏晋南北朝诗》，以一人之力为中古文学史的研究提供了翔实资料，功堪可佩，但因逯作八三年问世时俞稿已交出版社，憾未能参阅，不然，会省俭许多翻检之苦，可喜的是，现两书相比，俞书后来居上，弥补了逯本的缺憾。除《孔融集》所录的《杂诗》二首有待进一步考证外，《王粲集》还多辑《俞儿歌舞》4首，"失题诗"3则，《陈琳集》、《应玚集》、《刘桢集》多辑"失题诗"各1则，刘集一句"战士志敢决"，虽才5字，却是从浩繁三十六卷的《九家集注杜诗》注文中搜剔出来，披拣之苦，可想而知。

俞辑本不仅珠玑尽收，还考订精审，莠稗咸除。如王粲的《荆州文学官志》，严可均、丁福保辑录时误将《文心雕龙·宗经》中"夫易谈天下"一段长达40句的文字掺入其中，今被俞本剔除。诗歌部分，不仅剔除了旧辑本如杨德周《汇刻建安七子集》误收在《王粲集》中的江淹《杂体诗·拟王粲怀德》等，即与逯本比，亦剔除了其误收的"哀笑动梁尘，急觞荡幽默"一则。此诗实为谢灵运《拟魏太子邺中集》中模拟陈琳的作品，苏端在《草堂诗笺》卷九注杜诗时误引为王粲诗，逯氏疏忽，未核查《文选》而依此误辑。俞本搜求完备又繁冗务去，还表现在对另一些作品的处理上，如陈琳的《为袁绍上汉帝书》、《与公孙瓒书》、《拜乌丸三王为单于版文》，张溥辑本收入《陈记室集》，而严可均则收在袁绍名下，谓"此三篇出琳手，容或有之，但无实证"②；《钟虡铭》刘逵以为作者不明，张溥则以为王粲所作；《弹棋赋》旧本未辑，《艺文类聚》题作丁廙，《太平御览》则引首四句题作王粲。凡此归属难以确定者，俞本尽皆入集，作为附录分放于陈琳、王粲同类作品之

---

① 俞绍初辑校《建安七子集》，中华书局2005年6月版，47页。
② （清）严可均辑《全上古三代秦汉三国六朝文》，中华书局1958年12月影印版，968页上。

后，并逐一考订说明。这样做，既避遗珠之憾，又防乱真之嫌，还可资后人深考。

俞辑《建安七子集》的完善，还表现在编排作品的科学和佚文处理的严谨上。其一，旧辑本都将存文较多的孔融、王粲二家分为数卷，其余各家均作一卷，今俞本则改为各家一卷，共为七卷，每卷又以诗、赋、文排列，新辑佚文插入相应类目，不单另立，这就使全书整体统一，条理明晰，一目了然。其二，旧辑本，包括逯本，对某些篇目的编排和归属似欠科学，俞本皆详考后作了科学的调整。如《王粲集》中《弹棋赋序》，严、丁二旧本均据《太平御览》的三处引文分为《投壶赋序》、《围棋赋序》、《弹棋赋序》三篇编排，俞氏据文意及《艺文类聚》所引曹丕、丁廙与王粲同题唱和的材料，确定上三序实为同篇之割裂，重新合并为一篇《弹棋赋序》。再如，诗的部分，俞本与逯本的编排亦有几处不同，计：俞本王粲《咏史诗》2首，逯本1首，第二首归属"失题诗"；俞本王粲《杂诗》5首，逯本1首，后四首编入"失题诗"；俞本阮瑀《七哀诗》2首，逯本1首，另一首编入"失题诗"；俞本阮瑀《苦雨》1首，逯本归"失题诗"。详考两本编排之异，逯本考订欠精，俞本更为科学。仅以王粲《咏史诗》2首为例，从俞本校记和年谱中可知，王粲此二首"咏三良"和"咏荆轲"诗，是建安十六年西征马超归关中途中和阮瑀、曹植同题唱和之作，各旧本皆将阮瑀的二首《咏史诗》入集，曹植仅存1首，亦以《咏史诗》入集，疑第二首"咏荆轲诗"亡佚，故王粲2首均为《咏史诗》无疑，逯本处理欠妥。其三，旧辑本和严可均为使"零章残什，尽有所归"，多将底文截为数段，把所得佚文拼接插入，这样做，主观愿望虽好，客观上却有武断勉强之嫌，俞本对佚文的安排则严谨得多，凡佚文中确与底本某处上下文句衔接者，遂补入其间，除用方括号标出外，还在校勘记中注明，否则，皆另立单条，排在原文之后。如《王粲集·荆州文学记官志》，在"百氏备矣"下，补入了从《太平御览》中得来的"故曰物生而蒙"等9句，与下文"夫文学也者"相接，上下贯通，天衣无缝，使原文色彩大增。而《陈琳集·武军赋（并序）》，共从《北堂书钞》、《韵补》等书中辑佚80句，只有"震雷庭之威"等17句，被分缀于行文各处，所余63句则全部单则罗列于后。拼接有故，单列有理，无疑是科学、严肃的。

俞本《建安七子集》的完善，又体现在四种附录和前言的学术价值上。除正文外，书后还有四种附录，即《建安七子佚文存目考》、《建安七子杂著汇编》、《建安七子著作考》、《建安七子年谱》。它们绝非一般的正文补充，尤其是《建安七子年谱》具有很高的学术价值，代表了最新研究水平。佚文存目的考辨，本是出力不见功的工作，而《建安七子佚文存目考》，将七子作品中有目无文者，逐一钩稽，广征博引，详加论证，得出了可资依据的结论，为揭示七子创作全貌，作出了不容忽视的贡献。《建安七子杂著汇编》，收录王粲《英雄记》、徐幹《中论》、刘桢《毛诗议问》三篇，属于子书的杂著，本不是文学总集收录的范围，而俞氏不辞辛劳，作了和诗文同样详备的校勘整理，其中《中论》，为研究徐幹生平思想提供了重要资料。《建安七子著作考》则引录隋唐以来公私书目有关记载，勾勒了七子著作的流传情况，征引之博，令人折服，仅《孔融集》一处考证，就引典籍15种，涉及10人，纠正史籍错误两处。

《建安七子年谱》，更被公认为代表俞氏学术水准的力作。建安七子，孔融生平资料较多，《后汉书》有传，《魏志·崔琰传》注中亦罗列一些材料，其余六子合传于《魏志·王粲传》中，且极简略。俞氏则广参博览，钩沉索隐，所得甚丰。他将七子合在一起，以年代为纵线，以七子之间及七子与同代各类名人之间的交游为横线，以重大政治、文化事件为背景，作纵横交错、全方位的考察，取得了突破性成果。其中，不少地方纠正了错误定论。如《魏志·王粲传》定王粲十七岁离长安到荆州避难，历无争议，俞谱据《博物记》、《三辅决录》、《元和姓纂》及《后汉书·献帝记》、《王允传》、《董卓传》纠正为十六岁。徐幹的卒年，自余嘉锡考证为建安二十二年(217)，遂成定说，俞谱则依《中论序》和钱培名《中论题识》重证为建安二十三年。王粲《登楼赋》的楼址，《文选》李善注引盛弘之《荆州记》谓在当阳，五臣刘良注则谓江陵，今人多从当阳说，俞谱则依《水经注》及《荆州图副》推翻上二说，正为麦城。有的地方为正确结论补足了证据，解决了长期争议的问题。如陈琳建安二十一年所作名檄《檄吴将校部曲》，因开头有"尚书令彧"之语，被赵铭琴断为伪作，争论时久。徐公持曾撰文定为陈琳作品，认为此几字乃后人掺入，因说服力不强，未被认可，俞谱则依《后汉书·献帝纪》、《魏志·武帝纪》及《华歆传》所载史实，从音韵学角度确证"彧"当"华歆"之误，为徐说补足了证据。还有的结论，为解决重要的学术问题，提供了依据。文学分期问题，是建安文学研究的重要课题，且争论诸多。俞谱征引众多史料并深究曹氏父子和六子（孔融除外）作品，证实，建安十四年正月，曹军兵败赤壁至江陵，又北上次襄阳，曹操大宴宾客文士于汉滨，王粲、陈琳、应玚等文士同游汉水，有感游女之事而同题唱和《神女赋》；三月，曹军至谯后，曹丕、王粲、阮瑀、徐幹等文士又宴集唱和，分别作《述征》、《初征》、《纪征》、《序征》诸赋，记叙南征荆州之事；七月，曹丕又命王粲同作《浮淮赋》；十二月，曹军由合肥二次还谯，曹丕又夜宴六子等文士众宾，再次诗赋酬唱。由此确定邺下文人集团即开始形成于是年。这一结论的提出，无疑为划分建安文学的分期提供了重要依据。

  本书前言的学术价值亦不可忽视，实为一篇高屋建瓴的建安文学专论，是俞氏长期潜心建安文学研究的心得总结。它多角度、全方位地对七子及建安时代的文学现象进行了系统地再评价，不少观点独具慧眼，诸如孔融的人生悲剧和性格悲剧关系问题，孔融在汉末清义之士向魏晋名士转变过程中的代表性问题，王粲前后期创作风格异同问题，刘桢、徐幹两都赋与汉代大赋的渊源关系问题，建安时代诗赋合流趋向在七子作品中的反映问题，七子在汉代散文向六朝骈文转变过程中扮演的角色问题等，或旧问题新阐发，或学术课题新开拓，言简意赅，评说允当，发人深思。

  当然，这部七子总集，也还有它需待完善的地方，如陈琳的《柳赋》"重日穆穆，天子亶圣聪兮。德音允塞，民所望兮"一段，前两句校勘明显有误，应为："重曰：穆穆天子，亶圣聪兮。德音允塞，民所望兮。"作为几十万言的巨著，这些小疵实属难免。想治学谨严的俞先生，对此已早有所发现，待重版时定会修订得更完备。

郑州大学古籍所编
《中外学者文选学论集》述评*

对《昭明文选》及相关问题的研究，称为"文选学"，简称"选学"。"文选学"起自初唐，历经宋、元、明，至清代达到鼎盛，由于种种原因，近代以来渐趋冷落，直到20世纪80年代，才在中外学者的共同努力下，呈现出可喜的复兴趋势。今天，内外联手，通力合作，重振"选学"雄风，已成为学术界的共识。1998年8月中华书局出版的俞绍初、许逸民主编的《中外学者文选学论集》，就是海内外同仁共襄盛举的第一批重要成果。

《中外学者文选学论集》是郑州大学古籍整理研究所主持编纂的国家重点社科规划项目和国家重点古籍整理出版规划项目《文选学研究集成》丛书中的一种，该论文集共收录20世纪初至1993年间海内外公开发表的代表性"选学"研究论文57篇，依次分为中国大陆、中国港台地区、日本、韩国和欧美五个部分，每部分又以刊载时间先后为序编排。笔者以为，这部86万余字的巨著，大体涵盖了20世纪"文选学"研究的精华，它和同时出版的《中外学者文选学论著索引》一起，展示了近代以来海内外"选学"研究的整体情况，并构筑了《文选学研究集成》系统工程的基础。全书内容涉及了"选学"研究的方方面面，本文谨撮其要者评述之。

一

对《昭明文选》原文及李善注、五臣注的考辨正误、补订疏解，是传

---

* 原载于《书品》1999年4期，题为《〈中外学者文选学论集〉述介》。

统"选学"的基本特点。近代以来,这种最见功底和学力的基础研究仍在继续,本书选录了5篇这方面的文章,解决了"选学"研究中不少具体问题。刘盼遂的《〈文选〉篇题考误》(1928),依四部丛刊本影宋刻六臣注本,旁征博引,考订出了篇题有误的《文选》作品112篇,正误近150处,虽有些结论尚待进一步探讨,但已在相当程度上规范了《文选》作品的篇题。祝廉先倾数年之功,以72岁高龄在旧作基础上完成的5万余字长文《〈文选〉六臣注订伪》(1954),是对《文选》六臣注的系统研究成果,或辨史实之误,或考名物典章之谬,或陈释义之失,多证据凿凿,仅征引史料就达二三百种,颇受学术界推崇。香港王礼卿的《〈选〉赋考证》(1967)长文,是其"选学"系统研究成果中的一小部分,他对《文选》的研究分为文义考、注例考、注义考三大方面,此文则是"文义考"中关于《西都赋》、《东都赋》、《西京赋》、《东京赋》几篇大赋中74个要句句义的辨析疏解。本文的价值主要体现在对李善注、五臣注、何义门评点、高步瀛《〈文选〉李注义疏》有所补正,是港台同类文章中的佼佼者。

与上三文的系统考辨不同,徐复的《读〈文选〉札记》(1979)一文则主要从语言学、文字学、训诂学、音韵学角度,以札记的形式对《文选》的13篇作品中14句原文进行了精心考辨和训释,虽探讨问题不多,却颇见功力,其辨析结果多可作为定论。俞绍初的《读〈文选〉江淹诗文拾琐》(1993)一文则将考辨视角集中到了某一位作家的作品当中,探讨范围的进一步缩小,更有利于研究的深入。本文采用史、文、注互证法,拂去了江淹行事中不少迷雾。如,据《从冠军建平王登庐山香炉峰诗》的李善注所引史料,深入考辨出江淹20岁游学建康时,曾为包括始安王刘子真、建平王刘景素在内的刘宋诸王讲授过五经,并非其《自序》中所说的仅以五经授始安王一人,澄清了他与刘景素早年的关系,为后来江淹敢于直谏刘景素谋逆找到了答案;同时,还据该诗否定了江淹曾随刘景素到过湘州的说法。又如,依大量史料考订出了《文选》所选江淹名篇《诣建平王上书》的具体写作时间在泰始三年(467)八月下旬,解决了学术界一桩长期悬而未决的公案。

二

与前一个问题相联系,随着对李善注及五臣注研究的深入,清代汪师韩已对李善注的注释模式开始了初步探讨，20世纪50至80年代，台湾学者对这一问题的研究更加系统深入，至九十年代，大陆学者则进行了愈加深层的开掘。本论文集收录的台湾李维棻的《〈文选〉李注纂例》、王礼卿的《〈选〉注释例》、黄永武的《〈昭明文选〉李善注摘例》三文和大陆王宁、李国英的《李善〈昭明文选注〉与征引的训诂体式》一文，是这方面的代表性研究成果。李维棻将李善的注释模式初步归纳为自明作注之例（内细分12小类）、释义用语之例（内细分14小类）、文字变易之例（内细分6小类）、辨正得失之例（内细分6小类）4种，每小类都有举例说明，虽化分和介绍都还显肤浅，然已对汪师韩之说多所发明。相比之下，晚于李文十几年的王礼卿文就繁富了许多，王文仅是对《文选》"赋"类的释例，就细分成了存卷旧式例、解题例、释用事例、释文义例等55种，并完全打破旧分法，重建了一套自己所认为的李善注释模式。至八十年代的黄永武则又由博返约，将李善注释模式总括为自明作注之例、善注释题之例、校定篇次之例、绍介作者之例、释字审音之例等5种，归纳更趋科学成熟，为港台学术界普遍接受。总之，以上论文都在李善注释模式的探讨上取得了可喜成绩。美中不足的是，这些研究还停留在表面形式的归纳上，未能上升到理论高度，而王宁、李国英之文则无疑是这一问题的理论升华。该文把李善之前古书注释的模式归纳为说解式、直译式、考证式三种，认为李善注开创了一种全新的注释模式：征引式。这种模式以直接援引旧文、旧注、成句与故实来探明词语源流，而将说解语义与阐明文意融于其中。它的本质特征为：不只是在寻求引文中的词句与被释词句的对应，也不只是在寻求被释典故的典源出处，更重要的是在寻求注中引文与选文在思想感情和意境上的一致，引导读者去体会和欣赏选文，它已超越以往经史子注消除文字障碍、显示典籍原貌的这一目的，而成为鉴赏文学作品的导读。这种分析可谓高屋建瓴，数语破的。

进而，对李善注与五臣注优劣的评价，就构成了"选学"界探讨的又一重要课题。其实，李善注与五臣注的优劣问题，唐代的李匡乂、五代的丘光庭、宋代的苏轼就已相继论及了，他们都力主彰李善注而抑五臣注，直至现在，这一看法还为多数学者所信守，本书所选孙钦善的《论〈文选〉李善注和五臣注》（1988）一文可为代表。孙氏认为，李善注是旧注的集大成之作而又多所开创，它详于注明典故、引证史事，精于辨字、注音、释义，擅长校勘，小传与解题精核简当，征引博赡，且体例严明；五臣注则疏于征引而繁于训释，注释质量低劣，例多疏误，校勘不严谨，凭臆轻改等，他并列举了大量实例进行论证，颇有说服力。笔者以为，李善注胜于五臣注是基本事实，但李善注与五臣注在不同层次上可以互相补充，李善注旨在对文学作品的源流加以探索，引导读者了解作品之祖述，适合文学研究者使用，而五臣注则为一般读者扫除文字障碍，也是不可缺少的。同时，随着新资料如几种日抄本《文选》、台湾藏陈八郎本五臣注、韩国藏奎章阁本六家注等的出现，李善注本在传抄过程中出现的许多错误，可以据五臣注加以订正，五臣本的典注出自李善，音注出于公孙罗，至少保存了不少珍贵资料。所以，这部论文集未选近些年学术界呼吁重新评价五臣注为其说公道话的文章，不能说不是一个缺憾。

三

版本源流的考镜，是认知《文选》作品及注文原貌的前提，自然是深入研究《文选》的基础，所以，各国学者尤其日本学者非常重视这一课题的研究，并取得了不小的成绩。本论文集共选此类文章10篇，在书中所占比例最大，其入选比例是否得当可以见仁见智，然就入选的论文来说，确实是非常过硬的。张寿林的《唐写〈文选〉五臣注本残卷跋》(1941)一文，对1937年日本东方文化学院所藏《文选》五臣注本残卷(共一卷)的影印本进行了系统研究，认为该残卷是与李善注本合并前的五臣单注本，保存了五臣注原貌。香港饶宗颐的《日本古抄〈文选〉五臣注残卷》(1956)一文与张文研究的是同一版本，虽研究方法和视角不同，然结论完全相同，两文同时入选，可供互相参照。

笔者以为，本书收录的《文选》版本研究文章最有价值的是日本著名汉学家斯波六郎的《对〈文选〉各种版本的研究》(日、台、港译作《〈文选〉诸本之研究》)一文。斯波六郎和他的学生倾数年之功，对日本所存《文选》的各种版本进行了系统调查和研读，于1957年刊出了他这篇8万余字的长文，该文全方位立体性地探讨了36种《文选》版本,其中,刊本33种,计李善注本15种,六臣注本五臣注在前李善注在后者6种,六臣注本李善注在前五臣注在后者12种;旧抄本3种,计李善单注残卷2种,《文选集注》残卷1种。作者对上述版本流传的来龙去脉、系统传承、真伪优劣、学术价值,甚至纸型规格、刻工姓名、册数页码、存放地点等都作了细致入微的辨析与介绍。为了醒目,作者还将各种版本分属系统的传承情况列出了《系统图表》,使人一目了然。该文名曰版本研究,其实还对一些版本的原文、注文进行了精心校勘和辨误纠谬工作,已超出了版本研究范围。虽然今之学者对该文的某些结论提出了不同看法,但它的权威地位一直是被公认的。

程毅中、白化文的《略谈李善注〈文选〉的尤刻本》(1976)一文,通过对北京图书馆所藏初版的早期尤刻本的精心考辨,对斯波六郎上文依据胡刻本所得出的"李注摘出说"提出了不同意见,认为尤刻本及以尤刻本为祖本的李善注本如胡刻本并非从六臣注本中摘出,这一观点已逐渐为大陆学者所接受。日本冈村繁的《〈文选集注〉与宋明版本的李善注》(1978)一文对斯波六郎上文提出的古抄本《文选集注》的李善注最近李善单注原貌的观点提出异议,认为集注本的李善注是后出的。而日本森野繁夫的《关于〈文选〉李善注》(1979)一文则又对冈村繁的观点提出了不同意见,该文基本倾向斯波之说,认为古抄集注本李善注最近李善单注本原貌,而北宋国子监刊本李善注则来自集注本李善注抽出后的再编本。现在虽然还难判定哪种说法更合情理,然而这种讨论对我们的深入研究是很有启发的。

此外,台湾张月云的《宋刊〈文选〉李善单注本考》(1985)、韩国金学主的《朝鲜时代所印〈文选〉本》(1985)、白化文的《敦煌遗书中〈文选〉残卷综述》(1988)、屈守元的《跋日本古抄无注三十卷本〈文选〉》(1992)等文,对台湾所存宋刊李善单注本的版本渊源,韩国朝鲜时代刊印的《文选》尤其奎章阁本的情况,分藏于英、法、俄及中国国内的几种《文选》、《文选音》等残卷,屈氏1938年临写的今大陆仅存的日本白文古抄本《文选》等,分别作了详尽的考索和系统介绍,我们既可把它们视作对斯波之文的补充,又可把它们与斯波之文放在一起视作当今中外《文选》版本研究成果的大观。

四

如果对《文选》原文、注文的考辨及版本研究属于张之洞所说的"征实"的话,那么对《文选》选录标准等问题的讨论就是所谓"课虚"了。这一问题,刘知幾和苏轼虽未直接言及,然已对某些具体作品是否应该入选《文选》提出了看法,清代阮元则正式分析《文选序》提出了选录标准问题,并确认《文选》的选录标准是"沉思""翰藻",章太炎则力斥此说,认为《文选》不收子书是总集的体例决定的。从此,这一问题便成了"选学"界讨论的重点之一。本书除几篇探讨其他问题时涉及选录标准内容的论文外,专论此问题的文章还选了6篇。总的来看,这些文章大多认可"沉思""翰藻"为《文选》选录标准的说法,分歧主要在于如何理解这两个词的含义及对这一标准应如何评价。

朱自清的《〈文选序〉"事出于沉思,义归乎翰藻"说》(1946)一文,是20世纪40年代讨论《文选》选录标准问题的权威之作,他在同意阮元对《文选》选录标准判定的同时,又指出了阮氏的两点疏忽,一是只注意到了昭明太子不选经、史、子,而忽视了他也不选"辞";二是只探讨了"沉思""翰藻",而忽略了"事""义"。他解释道:"事""义"绝不可分割,"义含事中,事以见义";"沉思",即深思;"翰藻",即文采;这两句话的含义是善于用事,善于用比。此解一出,即为不少学者如骆鸿凯、王瑶、李嘉言等沿用不疑。

王运熙的《萧统的文学思想和〈文选〉》(1961)一文,在阐述萧统文学思想时涉及了选录标准问题,认为《文选》对作品的选录主要是在萧统"文质彬彬"思想指导下进行的,亦即《文选》的选录标准主要是"文质彬彬"。郭绍虞的《〈文选〉的选录标准和它与〈文心雕龙〉的关系》(1961)一文,虽言称不是争论文章,实是针对王文而发,认为"所谓事出沉思,近于《金楼子·立言篇》'情灵摇荡'之意;而义归翰藻,则又是《立言篇》所说'绮谷纷披'之文。并与《文心雕龙》比较说,《文心》以道圣经为质,贵古贱今,《文选》却以情为质,选文详近而略远,"原来他是把文学作品当作娱耳悦目之具的",批评其"基本上是形式主义"或"有形式主义的倾向"。可见,该文既否定了王文的"文质彬彬"说,又否定了王文"《文心》、《文选》思想一致"说。20世纪

70年代香港齐益寿的《〈文心雕龙〉与〈文选〉在选文定篇及评文标准上的比较》一文与郭文的观点不谋而合,他认为萧统"今胜于昔"的思想与刘勰"一代不如一代的看法""大相径庭",并称"我宁可以'综缉辞采,错比文华'做为《文选》的选文标准,而不以'事出于沉思,义归乎翰藻'做为《文选》的选文标准。"殷孟伦的《如何理解〈文选〉编选的标准》(1963)一文,则一方面呼应王运熙先生的"《文心》、《文选》思想一致"说,一方面又对"事出于沉思,义归乎翰藻"两句话的含义做出了自己的阐释。云:"'事',指写作的活动和写成的文章而言,'出',是'产生','于',介词,在这里的作用是表所从,'沉思',犹如说'精心结构',或'创意';'义',指文章所表达的思想内容而言,'归',归终,'乎',同'于',介词,这里的作用是表所向,'翰藻',指确切如实的语言加工。用现代汉语直译这两句,应该是说:写作的活动和写成的文章是从精心结构产生出来的;同时,文章的思想内容终于要通过确切如实的语言加工来体现的。"可见,殷文对这两句话的阐释虽沿用朱、王成说,然却比朱、王二文清晰了。沈玉成的《〈文选〉的选录标准》(1984)一文,则在精心推敲《文选序》后三段的基础上提出了新的一家言,认为"沉思""翰藻"是对上两句"综缉辞采"、"错比文华"的补充,并非对选录标准的确定,"换句话说,他在这段文字里提出的是选录的前提而非选录的标准"。

王运熙的《〈文选〉选录作品的范围和标准》(1988)一文,是他对《文选》、《文心雕龙》、《诗品》乃至整个魏晋南北朝文学思想潜心研究数十年之后,精心结撰出的一篇关于《文选》选文标准问题的总结性长文。王先生认为,《文选》的选录范围是专选集部之文,即篇章、篇翰、篇什等单篇作品,不选经、史、子三部的篇章,这不是因萧统重视文采而经、史、子三部的篇章质朴乏采不符合入选标准,而是如章太炎所说由于当时总集的体例和传统所决定。王先生在此修正了自己以前所谓《文选》不选经、史、子是编者有意识地把文学作品和学术著作区别开来的说法。王先生又认为,《文选》全书的选文标准有二:一是在抒情、叙事、述义诸方面都重视辞采、文华、翰藻(三词同义,指骈文的对偶、声韵、辞藻、用典等语言美)。指出,学术界用"综缉辞采","错比文华","事出于沉思,义归乎翰藻"四句话作为《文选》全书的选录标准,既有道理,又不精确,道理在于《文选》所选作品确实文采斐然,不精确在于只注意了"事"(叙事)和"义"(评论),忽视了占主导地位的诗赋作品的抒情和状物,不能覆盖《文选》所选的全部作品;二是注意风格的雅正。即"丽而不浮,典而不野,文质彬彬",也就是不但要求文章美丽有文采,不失之野;同时又反对过度追求华美,失之浮艳。不难看出,王先生的意见不仅最为圆通,也更为符合《文选》的客观实际,标志着《文选》选录标准问题的讨论正在走向总结,其结论正在日趋完善。同时,重视与《文心雕龙》《诗品》及其他同时期文学理论著作的横向比较,颇有助于对《昭明文选》和萧统的文学思想作全面评价。

进而,本书还选录了数篇探讨萧统文学思想的文章。其中莫砺锋的《从〈文心雕龙〉与〈文选〉之比较看萧统的文学思想》(1985)、马积高的《〈文心雕龙〉与〈昭明文选〉中对"文"的看法的比较》(1988)两文,都认为刘勰的文学思想比较保守,且存在深刻矛盾,萧统则代表着文学要求独立发展的进步潮流。日本清水凯夫的《〈文心雕龙〉对〈文选〉的影响》(1989)一文,甚至认为刘勰追求的是复古主义,《昭明文选》迎合的则是有华靡倾向的《谢灵运传论》的文学观,思想体系根本不同。刘跃进的《昭明太子与梁代中期文学复古思潮》(1992)一文的结论则与上三文相反,他从大的文化背景视角探讨后认为,《昭明文选》是梁代复古思潮和士人心态反映的必然产物,而这一思潮和心态的产生恰恰是萧统贯彻乃父文化政策的必然结果,亦即萧统的文学思想比较保守。这些讨论对开阔我们的视野,启迪我们的心智确实很有意义。另外,美国詹姆斯·R·海陶玮的《〈文选〉与文体理论》一文,则从文学思想史的高度,对《文选》在中国文体理论发展史上的贡献给予了很高的评价,虽因文化背景的隔膜认识不一定准确,然毕竟代表了欧美地区学术界对《文选》研究的水平。

五

按历代学者的通常看法,《昭明文选》出自众人之手,是萧统组织东宫文人依自己的文学观并在自己的实际主持下编纂而成的,和后来帝王的"御撰"之类纯属挂名的情况很不相同。何融的《〈文选〉编撰时期及编者考略》(1949)一文则考辨认为,一些史料记载的《昭明

《文选》众多参编人员的名字靠不住,唯刘孝绰参与萧统编纂工作的可能性最大。曹道衡、沈玉成的《有关〈文选〉编纂中几个问题的拟测》(1988)一文则在此基础上进一步认为,《昭明文选》在作家作品的取舍上可能与刘孝绰的爱憎有关。可见,二文之论虽与传统说法有所不同,然都仍是以承认萧统的著作权为前提的。

首先否定萧统著作权的是日本青年学者清水凯夫,他在《〈文选〉编辑的周围》(1976)一文中认为,《昭明文选》的编纂者是刘孝绰而不是昭明太子,他仅是挂了个虚名;协助刘孝绰完成工作的有王筠、陆襄、殷钧、殷芸等。清水的主要理由是,入选《文选》的作品严重违背了昭明太子的文学思想,浓厚地反映着刘孝绰的意志,是刘孝绰依据《谢灵运传论》的理论原则编纂的。此观点一提出,很快得到了日本老一辈学者冈村繁的赞赏,本书入选的他的《〈文选〉编纂的实际情况与成书初期所受到的评价》(1986)一文在呼应清水意见的同时,又进而从《文选》编纂以前的情况判定《文选》所收作品是刘孝绰从原有的各种总集和选集里再选而成的,即《文选》只不过是以往总集和选集的简本。清水包括上文在内的论文集1989年在中国翻译出版后,立即引起了国内学者的注意,他们纷纷撰文提出反驳意见,以维护萧统的著作权。这方面的代表作则是入选本书的顾农的《与清水凯夫先生论〈文选〉编者问题》(1993)一文,该文对清水所提出的否定萧统著作权的三条理由逐一进行了辨析,认为均难成立。如,辨析清水所列诸多入选《文选》的作品,说明选谁不选谁非但没有体现清水所说的体现了刘孝绰的爱憎和个性,反而体现了萧统的个性。又如,辨析清水所列《文选》作品,认为这些作品并非清水所说的是刘孝绰的"自我表现"。再如,以清水所举《高唐赋》、《神女赋》、《登徒子好色赋》、《洛神赋》等所谓完全违背萧统文学思想的作品为例,辨明入选这些作品正体现了萧统的文学思想。

中外学者的这一争论才刚刚开始,最近刊出的争论文章中又有人提出新的一家言,认为萧统是《文选》的独立编纂者,其他任何人都未参与。可惜由于本论文集定稿较早,这一观点的论文未及收入,要不,这部论文集反映的讨论《文选》编者问题的观点就更全面了。笔者以为,在目前条件下,《文选》的编者问题是难以定论的,它需要长时间的深入研究抑或重要的史料的发现才能得出比较一致的看法。

不论著作权归谁，《昭明文选》客观存在的价值和在中国文学史、中国文学思想史上的历史地位，都会在深入讨论的过程中为越来越多的人所认知，所以，对这一问题展开讨论是有必要的。

六

从文学角度对《文选》进行研究，起自明清时期的点评，当以何焯的《义门读书记》和于光华的《文选集评》成就最大。然以论文形式出现的研究成果则是近代以后的事，入选本书的3篇此类文章都是不同时期的名家名作。其中骆鸿凯的《〈文选〉指瑕》(1936)一文，分类征引了自《翰林论》至《史通》所言及《文选》作品的全部资料并兼及宋元以下资料，从文章写作角度，分文章风格、典故运用、语言风格、对偶技巧、字词选用等五个方面，对《文选》中不少作品写作上的失误进行了批评，在系统提供批评资料的同时，又为我们深入剖析《文选》作品指点了门径。缪钺的《〈文选〉赋笺》(1947)一文，对班固的《两都赋》、王粲的《登楼赋》、潘岳的《闲居赋》、曹植的《洛神赋》四篇名作作了精心笺释，既有史实、典章的考辨，又有句义、文意的疏通，还有思想、艺术的剖析，可谓"征实"和"课虚"相结合的典范。相比之下，曹道衡的《从文学角度看〈文选〉所收齐梁应用文》(1993)一文，则是这方面一篇最全面最系统的研究成果。全文依次按文人代帝王草拟的诏令策文、为统治者藻饰太平或歌功颂德的文章、酬世的碑志文字、臣下向皇帝奏的章表、书信体的书笺等五大方面，对《昭明文选》中齐梁时代应用文的文学艺术成就进行了系统研究，有许多醒人耳目之论。曹先生还进而指出，不论古代散文还是骈文，尤其是骈文，很大一部分是应用文字，唐代古文运动之后仍然如此，所以今天的文学史研究，应重视应用文与纯文学作品关系的探讨。曹先生此言对我们的文学史研究有重要启发意义。

本论文集还收入了几篇对《昭明文选》研究成果进行研究的文章，如普暄对胡克家《文选考异》的纠谬，周祖谟对《文选音》的研究，许嘉璐对黄侃"选学"训诂成就的探讨，穆克宏对骆鸿凯《文选学》一书的介绍等，都颇见功底。同时，书后所附的5篇"概述"也不可轻视，尤其毛德富的《中国大陆"文选学"研究概述》和白承锡的《韩国"文选学"研究概述》两文,学术质量颇高,附录与正文参照研读,可相互补充,相得益彰,更便于鸟瞰中外"文选学"整体研究状况。

展望"选学"宏业,任重而道远,许逸民的《再谈"选学"研究的新课题》(1992)一文,不仅从理论上界定了"选学"研究的大体范围,即所谓"文选注释学"、"文选校勘学"、"文选评论学"等"八学";而且还从实践上制定了可操作的研究课题,即所谓《文选学研究资料汇编》《文选学书录》《文选汇注》等"十二项目"。本书即为十二项目中最基础的一项,它的出版为其他项目的顺利实施奠定了良好基础,宏伟的"选学"大厦正期待着更多的海内外同仁共建共享。

初 版 后 记

出版论文集的本意，是想对自己过去20年的读书教学心得做个总结，以期结束学术上的纯粹积累和爬行学步阶段，进入真正意义上的学术研究时期。既然是总结过去，因而决定收文求"全"，除知识介绍和赏析文章外，凡1983年大学毕业至2003年博士毕业晋升教授20年间撰写并刊出的50篇学术论文和教研论文悉数收入。但随着对打印稿的校读，内心渐渐不安起来，过去曾为之沾沾自喜的文章，今天读来却感到颇为稚嫩单薄，为了对读者负责，决定改变初衷，变"全本"为"选集"。经过几轮淘汰，初步确定保留25篇文章，后接受出版社关于选文时段宜相对集中的建议，又删除了唐代以后全部篇目，最终确定18篇研究先秦两汉魏晋南北朝文学与文学思想的论文入选，恩师曹道衡先生为该书取名曰：《先唐文学与文学思想考论》。因我的教学和研习经历是从元明清文学段逐渐向上逆推的，并且先文学而后文论，因此收入本集的文章自然是近10年的成果，其"文论编"更主要是近几年的新作。故而本论文集的缺憾颇为明显，其未能入选自己前10年的研习成果（其实前10年也确有一些自以为质量较高的文章，如《韩愈柳宗元山水散文艺术比较》、《苏辙史论文的舒缓平和之美》、《长生殿主题矛盾辩》等），为弥补这一缺憾，便将全部论文目录及所载刊物按时间顺序附于书后，以备有兴趣者浏览。

回顾自己20年来的研习经历，不免有"沿波讨源"，迟入"法门"之叹。按治国学正道，当先从小学和先秦文献做起，打下坚实根基后，再量力而行，逐渐往下段延伸，而我却正好倒了个个，大学时代喜欢现当代文学，大学毕业后服从教学需要重点研习研元明清文学，进而唐宋文学，再进而魏晋南北朝文学与文论，直到不惑之年，从恩师赵逵夫先生攻读博士学位，才最后落脚到先秦文学与文学思想研究，而此时记诵原典夯实基础的年龄早已错过。所以，总有底气不足、力不从心之感。直至最终避熟就生，把研究重心放在先秦两汉出土文献和佚文方面才算找到了自己的"根据地"，终于有了学术上的归宿感。实践证明最后一步选择是正确的，围绕先秦出土文献和先秦佚文所做的《先秦文学思想研究》，不仅受到王运熙、曾繁仁、叶君远、张崇琛、霍旭东、俞绍初等专家的褒奖，被评为西北师大优秀博士论文，而且从中摘发在中文核心期刊上的几篇长文多被中国人民大学复印报刊资料全文转载。这些鼓励使本人的信心增强不少。我将努力在这块属于自己心灵寄托的土地上辛勤耕耘下去，直至有较大的收获。

拙集的出版得到不少师友的关怀与帮助，借此奉上我的真诚谢意。恩师王运熙先生、曹道衡先生乃当今学界泰斗，均以近八旬高龄为拙集赐序，其奖掖之情，没齿难忘；恩师杨明先生，热情为拙集联系上海古籍出版社，其拳拳之心，令人动容；郑州大学曹策问校长划拨校长基金资助拙集出版，倍感温暖；学生兼同事李琳、王士祥帮助审阅遴选文稿，并提出重要编选建议，学道不孤，颇感欣慰。他们的情谊怎一个"谢"字了得！

徐正英
2004 年 12 月 20 日记于郑州雕虫书屋